W.S.Maugham

毛 姆 文 集
W. Somerset Maugham

毛姆剧作全集 卷二

The Collected Plays of W. Somerset Maugham Volume II

〔英〕毛姆 著 黄梦园 吴洁静 黄雅琴 译

上海译文出版社

目　录

卷二　乡绅　　　　　　　　　　OOI

史密斯　　　　　　　　　　093

应许之地　　　　　　　　　　I9I

未知　　　　　　　　　　285

圈子　　　　　　　　　　369

恺撒之妻　　　　　　　　　　453

乡　绅

LANDED GENTRY

黄梦园　译

人物表

克劳德·伊瑟利

阿奇博德·伊瑟利牧师

亨利·科贝特

甘恩

莫尔

格瑞斯·伊瑟利

福莱家的弗农小姐

霍尔小姐

伊迪丝·路易斯

玛格丽特·甘恩

故事发生在萨默塞特郡的凯尼恩-富尔顿庄园，克劳德·伊瑟利的家中。

第一幕

场景：在凯尼恩-富尔顿庄园的客厅。客厅里有一扇巨大的落地窗，整个客厅看起来通透敞亮。墙上挂着老庄园主的画像。老庄园主们个个摆出阴郁的神态，这样人们的注意力就不会放在这些画作其实并没有多少艺术价值这件事上了。屋内的家具精致典雅，结实耐用。每件家具都古老陈旧，饶有历史感。铺在家具上的印花棉布颜色暗淡，透出维多利亚时期那般死气沉沉的气息。整间屋子的装潢大气典雅，彰显着名门望族的气派，而非私人的独特品味。

时值夜晚，一两盏灯亮着。

管家莫尔上场，克劳德·伊瑟利的猎场看守人甘恩紧随其后。莫尔有些年纪了，但那非凡的气场让人一眼难忘。甘恩身形矮小，体格敦实，业已花白的头发肆意而顽固地生长着，下巴留着一圈胡子。他穿着自己最拿得出手的衣服，面料是暗色调的绒面呢。

莫尔：在这等着吧。

　　　　［甘恩手里拿着帽子，走到屋子中间。

莫尔：宴会这会还没结束呢，不过他很快就会过来见你。

甘恩：那我在这等着。

莫尔：他说，你一到就要立马通报他。这大晚上的，有什么事值得这样火急火燎？

甘恩：如果他想让你知道的话，肯定老早就告诉你了。

莫尔：跟我无关的事，我也不想知道。

甘恩：这可真不像你的作风，可惜了啊。

莫尔：今天是夫人的诞辰。

甘恩：他不是说我一到就要通报他吗？

莫尔：我刚把甜点给他们送过去。给他们点时间品尝那些桃子吧。

甘恩：我还以为你得听命行事。

莫尔：你这话说得可真有礼貌，真有你的。

  [甘恩费了老大劲才忍住没顶撞他几句。他恨得拳头痒痒，但他克制住冲动，没上去揍那油嘴滑舌、阿谀奉承的老家伙几拳。莫尔瞥了他一眼，走了出去。这个看守猎场的在屋子里来回踱步，仿佛笼里的困兽。不多会儿传来一阵声响，他停下脚步，手里还在不停把玩着帽子。

  [克劳德·伊瑟利上场。他三十五岁的年纪，整个人看上去很干瘪，一副一本正经的样子。长相说不上好看，但也算不上难看。举手投足间能看出此人偏于独断专行，有些盛气凌人。

克劳德：晚上好，甘恩。

甘恩：晚上好，老爷。

  [克劳德愣了一会。为掩饰些许尴尬，他点了一支烟。甘恩直勾勾地望着他。

克劳德：为什么叫你过来，我想你是知道的。

甘恩：洗耳恭听，老爷。

克劳德：我以为你心里会有个让自己满意的说法。牧师跟我说，你女儿佩姬昨天晚上回来了。

甘恩：是的，老爷。

克劳德：但这样做有点蠢，对吧？

甘恩：老爷，我不明白您的意思。

克劳德：哦，甘恩，别在这跟我说这些废话了。我什么意思，你心里跟明镜似的。这对于我们来说都是顶讨厌的事，但逃避没有任何用处……你这辈子基本上都是在猎场度过的吧?

甘恩:如果按我从父亲手里接过看守猎场这活计开始算起,到今年的米迦勒节,得有五十四个年头了。我在这儿领工资那会儿,您还没出生呢。

克劳德:我老爹说你是他见过的最尽职的看守人,而且真是见鬼,我对此也没有什么好抱怨的。

甘恩:多谢肯定,老爷。

克劳德:不管怎么说,我们别再拐弯抹角了,没多大意义。我直接说正题吧,佩姬在伦敦似乎遇到了些麻烦……我对你和佩姬的遭遇表示十分难过。

甘恩:可怜的孩子。她不该是受谴责的那个人。

　　　　　[克劳德略微耸了耸肩。

甘恩:我希望她忘掉过去发生的所有事。她去伦敦本身就是个错误,但她还是坚持要去。现在我会把她留在我身边。我不会再让她离开我,直到我入土为安。

克劳德:这个想法是极好的,但是甘恩,佩姬恐怕没法留在这里。

甘恩:为什么?

克劳德:庄园的规定你我都心知肚明。姑娘家遇到这种麻烦,必须得离开。

甘恩:这种规定毫无人性可言!

克劳德:你之前可没有过这样的想法,而且老实说,这条规定被落实,你见过也不是一两次了。

甘恩:这会儿让她离开,肯定会出事的。遭受如此奇耻大辱,她十有八九会想不开。我不会再让她离开我的视线半步。

克劳德:甘恩,我恐怕没法为你打破庄园的规矩啊。

甘恩:[绝望地] 那她能去哪儿呢?

克劳德:哦,我希望她能去什么地方找份活干。伊瑟利夫人会尽其所能帮助她的。

甘恩：别说了，我的乡绅老爷。我不能让她走。我想让她留在这儿。

克劳德：我也没那么不近人情。我会给你留些时间，你好好安排一下吧。

甘恩：给我留时间也没用。我不想把她送走。

克劳德：恐怕这不是你想不想的问题。怎么吩咐你，你就怎么去做。

甘恩：我是不会让她离开我的，多说无益。

克劳德：你最好回家同你的妻子好好商量一下。

甘恩：我不想跟任何人商量此事。我主意已定。

[克劳德沉默了片刻。他若有所思地看着甘恩。]

克劳德：[郑重其事地] 我给你二十四小时的考虑时间。

甘恩：[大吃一惊] 老爷，您这话是什么意思啊？

克劳德：如果到那个时候佩姬还没有离开，我恐怕只能让你走人了。

甘恩：老爷，您不会这样做的，对吧？看在我为您家卖命这么多年的分上，您也不能这样做啊，乡绅老爷。

克劳德：到时候看吧，我的朋友。

甘恩：您不能就这样把我扫地出门。我可以去告您。告您非法解雇。

克劳德：你想搞什么名堂请自便，但如果佩姬明天晚上还不走，到了周二，你就得卷铺盖走人。

甘恩：[声嘶力竭地] 您不会这样做！您不能这样做！

[餐厅的门开了，传来众人的说笑声以及众人起身走动的声音。]

克劳德：他们要过来了。你最好快点走人。

[弗农小姐和伊迪丝·路易斯上场，格瑞斯跟在她们后面。甘恩局促不安地站了一会，随后转身离开。弗农小姐三十五岁，她身形瘦削，面色苍白，整个人看上去非常憔悴。她举手投足尽显从容，为人镇定沉着，能看出她出身富贵人家，而且很有

自己的想法。伊迪丝·路易斯是个二十岁的漂亮姑娘。格瑞斯三十岁的年纪，模样俊俏，有着真挚而热情的脸庞，一双眼眸楚楚动人。她时常躁动不安，老是哈哈大笑，让人不禁觉得她是不是在勉强自己发笑。她的情绪总是大起大落。跟自己的丈夫说话时，她总是带着几分讥讽的意味。

伊迪丝： [朝窗边走去] 哦，真是个美好的夜晚！我们可得出去走走。[对格瑞斯说] 去吗？

格瑞斯： 可以啊，你想去的话。

伊迪丝： 每次看窗外我都嫉妒不已，真是受够自己了。看那些可爱的老树！

格瑞斯： 我想知道，如果一年三百多天什么也不让你看，你还会心生嫉妒吗？

伊迪丝： 我喜欢乡下。

格瑞斯： 平时住在伦敦的人都喜欢乡下。

弗农小姐： 难道你不喜欢吗？

格瑞斯： [情绪激动] 我讨厌乡下！我全身上下每一个毛孔都散发着对乡下的厌恶。

克劳德： 亲爱的格瑞斯，你在说些什么呀？

格瑞斯： 乡下真烦。烦透了。那些望不到尽头的树林，那些一成不变的草地，还有那些耕地。哦！

伊迪丝： 从你家餐厅向外眺望的那番景致，我永远也不会厌烦。

格瑞斯： 那如果一日三餐都在看，十年如一日地看呢？哦，亲爱的，冬天的早晨，早餐吃得早的话，你都想象不到外面是怎样一番景象。你坐在那儿看着窗外，手冻得冰凉，在想着自己的鼻子是不是也被冻得通红。这会儿，你的丈夫在念晨祷，因为他的父亲曾经也是这样念过来的。天阴沉沉的，仿佛要砸下来把你压个粉碎。

克劳德：你没法指望一年到头都是阳光灿烂的日子，对吧？

格瑞斯：[微笑着说]说的对。哦，国王陛下！

伊迪丝：好吧，作为一个土生土长的伦敦人，我多想双膝跪地，好好膜拜一下你院子里那些挺拔的大树。哦，多么美好的夜晚啊！

弗农小姐：在此般夜晚，

甜美的风儿轻吻树梢

悄然无声……

　　[弗农小姐和伊迪丝·路易斯退场。舞台上只剩下格瑞斯和她的丈夫。

格瑞斯：甘恩刚才来做什么？

克劳德：我有话跟他说。

格瑞斯：能说给我听听吗？

克劳德：只会徒增你的烦闷。

格瑞斯：烦闷这东西我熟。

克劳德：我说亲爱的，你今晚看起来很是开心啊。

格瑞斯：非常感谢你这样夸奖我。

克劳德：我今早送你的那条项链，喜欢吗？

格瑞斯：[微笑着说]我肯定在收到那一刻就说喜欢了。

克劳德：真希望你今晚能戴上它。

格瑞斯：它跟我的礼服不太搭。

克劳德：不管搭不搭，你都可以戴着它。

格瑞斯：你瞧，我一直都拿你当榜样。我已经学会了礼貌第一，情绪第二。

克劳德：[很是羞赧地]我本想着，如果你在乎我，就不会考虑搭不搭这样的问题。

格瑞斯：你在指责我吗？

克劳德：没有的事！

格瑞斯：是吗？

克劳德：真是见鬼，你知道吗，我有时候不住在想，你做做样子也好——表现得有那么点喜欢我。

格瑞斯：如果我做了什么让你极度反感的事，你指出来就好了，我会努力改。

克劳德：亲爱的，我的要求不多吧？

格瑞斯：你为什么非得挑这个特别的时刻来小题大做呢？我真搞不懂。

克劳德：得了吧，我哪里小题大做了！

格瑞斯：好吧对不起，我忘了只有女人才会这般无理取闹。

克劳德：我只想告诉你，我会一直爱着你，直到我死的那一刻。

格瑞斯：[突然很受感动] 就算是过了十年神圣的婚姻生活之后？

克劳德：在我眼里，就像十天那样短暂。

格瑞斯：我的上帝啊，在我眼里好似一辈子那样长。

克劳德：我说格瑞斯，你这话什么意思？

格瑞斯：[回过神来] 你现在不应该回餐厅吗？你兄弟和科贝特先生两人在那儿相看两厌。

　　[克劳德盯着她看了一会，然后起身离开。格瑞斯攥紧拳头，脸上流露出极其悲楚的神情。她一只手在眼前不耐烦地挥了一下，似乎想要驱除头脑里那些折磨人的念头。莫尔上场，手里拿着一个金属托盘，上面放着咖啡。

格瑞斯：放桌上吧。

莫尔：好的，夫人。

格瑞斯：弗农小姐和路易斯小姐在花园里。你去告诉她们咖啡端来了，好吧？

莫尔：好的，夫人。

[他穿过一扇落地窗，朝花园走去。过一会儿，弗农小姐上场。

格瑞斯： 伊迪丝不来吗？

弗农小姐： 我叫她去拿披肩了。我们想去湖边走走。

格瑞斯： 喝咖啡吗？

弗农小姐： 谢谢……我正努力回想，自己上次来这里是什么时候。

格瑞斯： [边倒咖啡边说] 那是我结婚之前的事了。

弗农小姐： 我非常喜欢凯尼恩这地方，我很高兴你当时邀请我来过圣灵降临节。

格瑞斯： 我婆婆给我写信，说你们没有订婚。

弗农小姐： [笑道] 这话听着怪没人情味的。

格瑞斯： 是这样吗？

弗农小姐： [唐突地说道] 我可以叫你格瑞斯吗？

格瑞斯： [眼睛往上瞥了瞥，有些吃惊] 当然可以。如果你想这么叫的话。

弗农小姐： 我叫海伦。

格瑞斯： 是吗？

[弗农小姐略笑了笑，随后起身走到壁炉前站着，双手背在身后。

弗农小姐： 我不知你为何这样讨厌我？

格瑞斯： 我不明白你为何觉着我讨厌你。

弗农小姐： 你对我的厌恶全都写在脸上了，不是吗？

格瑞斯： 很抱歉。以后我会多加注意。

弗农小姐： [若有所思] 我原本想跟你成为很要好的朋友。

格瑞斯： 恐怕我不是一个很容易交到朋友的人。

弗农小姐： 我们住得那么近。如果我俩只是点头之交的话，看上去似乎挺傻的。

[短暂的沉默。

格瑞斯：之前他们想让克劳德跟你结婚的，不是吗？结果他娶了我。

弗农小姐：我在你们的婚礼上见到你的时候，就不住在想——如果
　　我是他，我也会做同样的决定。

格瑞斯：[眼神里透出一丝欣喜] 如今他们想让你嫁给他兄弟阿奇
　　博德。

弗农小姐：[微笑着说] 我知道这事。

格瑞斯：你意下如何？

弗农小姐：他还没有开口问我呢。

格瑞斯：满打满算你家得有五千英亩地。他们家族放弃这样的机会
　　似乎挺可惜的。

弗农小姐：为了这些地产，要把一个普通得不能再普通的三十六岁 ①
　　女人娶进门，也够讨厌的。

格瑞斯：你喜欢过克劳德吗？

弗农小姐：无论我是否喜欢过克劳德，我现在非常担心他的妻子。

格瑞斯：为什么？

弗农小姐：嗯，部分原因是恐怕你过得并不是很幸福。

格瑞斯：[大吃一惊道] 我？[用几近抗议的语气说] 我本以为，能
　　让一个女人开心的一切东西我都拥有了。我有一个很爱我的丈
　　夫，我们的钱多得花不完。我们——　[突然停顿了一下]　——
　　过得很幸福！上帝啊，真希望当初他娶的人是你！很显然，他
　　当时做了个错误的决定。

弗农小姐：[咯咯地笑道] 我觉得他肯定没这么想过，你知道的。

格瑞斯：你能想象吗，克劳德的母亲跟他说过不止一次，说如果当

－－－－－－－－－－－－－－－－－－

① 　此处原文写弗农小姐三十六岁，与前文提到三十五岁有出入，译文仍保留，
　　特此说明。

初娶了海伦·弗农，如今一切就大不同了。

弗农小姐：嗯，你会不喜欢我，也就没什么好奇怪的了。

格瑞斯：喜欢你！我讨厌你，全身上下都在讨厌你！

弗农小姐：我的上帝啊，你不是在开玩笑吧？

格瑞斯：[带着一丝幽默的语气说]我这样说你不会介意吧？

弗农小姐：一点也不介意，不过我很想知道原因。

格瑞斯：因为我生性易嫉，我嫉妒你。

弗农小姐：我就是个单身的老姑娘，有什么好嫉妒的？

格瑞斯：我没有的东西你全都有。我在夫家生活了十年，来自福莱家族的弗农小姐和我这个中产家庭出身的年轻女子，简直是一个天上一个地下，这一点你以为我不清楚吗？克劳德·伊瑟利那个天杀的蠢蛋竟然娶了我。你家境殷实，而我一个子也没有。

弗农小姐：钱不是一切。

格瑞斯：哦，别说那样的废话！每一分钱都得伸手问别人要，你怎会懂那种滋味？如果想给克劳德准备一份圣诞礼物，我还得花他的钱去买……但凡一年我自己能有个四十英镑的收入，我也不至于如此抓狂。可我一个子都没有，一个子也没有！而且我还得记账。但归根结底，那都是他的钱。如果他觉得需要记账，那他自己的为什么不记呢？我买一个发夹都得记下来。[突然咯咯地笑道]而且最糟的是，我永远算不清楚那些数字。

弗农小姐：的确，算数这活计让记账的难度直线上升。

格瑞斯：我从最开始就输得一败涂地。他们瞧不起我，因为我是个无名小卒，还是个没钱的无名小卒。但是我长得高高壮壮的，是看上去挺健康的那种年轻女子，所以他们可能会自我安慰，觉得我很能生孩子——他们想要的不过是一头奶牛罢了——结果我连孩子也没怀上……

[弗农小姐一时不知道该说什么好，做了个小动作来表示她

的困惑和无助。有一小会儿，她们都没有说话。

格瑞斯：哦！我真是受够了，我一直以来都在忍气吞声，忍受着所有的羞辱。

[伊迪丝·路易斯拿着披肩进屋，把它递给弗农小姐。

伊迪丝：这个可以吗？

弗农小姐：非常感谢。你真是一个天使。

格瑞斯：你现在去外头也待不了几分钟了。男人们很快就会到这里来。我还想打打牌呢。等我婆婆过来，我们就得谨言慎行了。

伊迪丝：你不喜欢伊瑟利老夫人？

格瑞斯：是伊瑟利老夫人不喜欢我。

弗农小姐：胡说！她真的非常喜欢你。

格瑞斯：我真希望她喜欢我的方式能轻松愉快一些，而不是在我的一言一行和穿着打扮上吹毛求疵。

伊迪丝：她明天会过来，对吧？

格瑞斯：是的。[戏谑地笑道] 她百分百会不喜欢你。到时候我把你介绍给她说，"这是路易斯小姐"——她会上下打量你好一阵，好像你要来应征厨娘似的。接着她会说："路易斯。"

伊迪丝：为什么呢？

格瑞斯：因为你跟我一样，都不是本地人。

伊迪丝：哦！

格瑞斯：你完全可以说一声"哦"，但你并不完全明白我这话的含义。在伦敦，你若是相貌出众，为人风趣，不那么装腔作势，大家基本都会和和气气地待你。可是在这么一个地方，就算你拥有天底下所有的良善，只要不是本地人，你就是个无名之辈，你接下来的日子就不会好过。

弗农小姐：[微笑道] 我觉得你对我们过于苛刻了。如果你有优势……

格瑞斯：[弗农小姐突然语塞，格瑞斯抓住机会说道] 出身中产阶级的优势？

弗农小姐：某个家族世世代代都在同一片土地上生活，三四百年皆是如此，族中一向家风优良，有为国效力的传统，另一家是无根无基的小门小户——你觉得二者泾渭分明，这是一种无伤大雅的错觉，你无需对我们怀恨在心。

格瑞斯：这番话仿佛是从克劳德嘴里说出来的。

弗农小姐：[好脾气地] 我们当然也有自己的缺点。

格瑞斯：你是你们阶层第一个承认这一点的人，我从来没听见谁说过这话。

弗农小姐：[若有所思地] 我想知道，如果你身后跟着一群喜欢到处猎狐、喝得醉醺醺的乡绅老爷，你还会不会这样鄙视我们。

格瑞斯：哦，亲爱的，我刚结婚那会儿常常整夜睡不着觉，我倒是真心希望能有这样一帮人。邻居过来拜访的时候，我瞧得清清楚楚，他们一个个都在等着我什么时候现出乡音，盼着我出糗呢。有个罗宾逊小姐，是不是？罗宾逊！有个人是叫罗宾逊吧？哦，我真想抓花他们那一张张丑陋的老脸！

弗农小姐：真庆幸我在国外待了这么长时间！否则我这辈子估计要被你毁容了。

格瑞斯：我时常在想，即便天使长加百列到了萨默塞特郡，若受邀参加狩猎活动，名单上他一定排不进乡绅的行列。

弗农小姐：我觉得你不要老拿伊瑟利老夫人的标准来评判我们。她已经是老古董了。

伊迪丝：我不是想过分打听啊，我只是觉得，既然你不喜欢伊瑟利老夫人，为什么还要让她待在这呢？

格瑞斯：你还是太年轻了啊，孩子！你知道吗，即使是在这样一个名门望族，金钱也是这世上唯一要紧的玩意儿。我们穷得叮当响，但伊瑟利老夫人——[用咄咄逼人的眼神迅速瞥了弗农小姐一眼]——浑身上下都散发着铜臭味……我吓到你了吧?

弗农小姐: [笑道] 没有，但看得出来你一直想吓唬我。

格瑞斯: 除了这所房子和土地，外加一堆规矩外，克劳德一无所有。我们还能养那几只猎犬，举办狩猎活动，以及保养几辆车，都得仰仗伊瑟利老夫人的资助。

弗农小姐: [对伊迪丝·路易斯解释道] 伊瑟利老夫人继承了家族的遗产。

格瑞斯: 她娘家姓班布里奇，你会常常听到她感谢上帝赐予她这一姓氏。

> [阿奇博德·伊瑟利和亨利·科贝特上场。三十四岁的阿奇博德很讨人喜欢，他相貌英俊，身上有着自身特有的幽默感，而且时常露出和善的表情。他在凯尼恩-富尔顿庄园谋了份差事，不过除了披着神职人员的外衣假意虔诚外，他整个人脑袋空空。科贝特是个二十四岁的小伙子，很是招人喜欢。克劳德·伊瑟利跟在他们身后。

科贝特: [看见伊迪丝·路易斯站在落地窗旁边] 你要出去吗?

伊迪丝: 我们本来要出去的——现在不去了。

格瑞斯: 我一直在帮路易斯小姐做心理准备，好迎接你母亲的到来。

伊迪丝: 我的双腿已经开始发抖了。

阿奇博德: 我们母亲就是一般意义上那种有个性之人。对这个世界，她有着最美好的期许以及最高标准的原则，因此她成功地毁掉了与自己有关的每一个人的生活，搅得他们不得安宁。

克劳德: 格瑞斯，明天要派马车去接她，你没忘吧?

格瑞斯: 没忘……上次弄错了，派汽车去接她，结果她又把车子给打发回来了。

弗农小姐: 我的上帝，她为什么这么做?

格瑞斯：伊瑟利老夫人没有坐过汽车，而且伊瑟利老夫人永远不会坐汽车。

克劳德：[用相对柔和的语气说] 格瑞斯，我觉得你不应该拿母亲开玩笑。

格瑞斯：如果能拿她做别的事，我就不会拿她来取笑了。

　　　　[格瑞斯边说边坐到钢琴旁，用手指胡乱地戳弄着钢琴键。]

格瑞斯：科贝特先生，你可以给大家唱支歌吗？

科贝特：不了吧，谢谢。

格瑞斯：我想放松一下。

阿奇博德：你可真是急不可耐啊！

格瑞斯：[对科贝特说] 你愿意唱歌吗？

科贝特：适合这个场合的歌，我怕是都不会唱。

格瑞斯：我好像听你唱过一首高音小曲，很是优美。

科贝特：非常感谢你的夸奖，可我不是很喜欢当众出丑。

格瑞斯：绅士的教育的内容应当包括，如何让自己有尊严地出丑。

克劳德：[对科贝特说] 不就是唱个歌嘛，你比那些喝下午茶的年轻淑女牢骚还要多。

格瑞斯：[嘴角上扬，但眼神犀利地看着他说] 别扭扭捏捏，跟个大姑娘似的。

　　　　[她开始弹琴，而科贝特耸耸肩，开始唱那首《我没法唱那高音》，但态度不怎么样。正当他们弹琴歌唱之时，门突然开了，管家通报说伊瑟利老夫人及其陪侍到了。伊瑟利老夫人是个身材矮小的老妇人，身形有些臃肿，穿着褚黑色的衣服，看上去略显寒酸。她仿佛是个已经穿上自己最好的衣裳的女佣。她的陪侍霍尔小姐是个低调的人，话不多，看不出具体年龄。她总是忧心忡忡，时刻想着帮忙。]

莫尔：伊瑟利老夫人、霍尔小姐到。

克劳德：母亲！

　　　　[歌声戛然而止。众人惊愕不已。伊瑟利老夫人一动不动，在那站了好一会儿，愤愤地审视着这群人。随后她大模大样地进了屋，那股威严的劲儿跟那矮小的个头和肥胖的身躯倒是相得益彰。

伊瑟利老夫人：难道我是进了疯人院？

格瑞斯：我们以为您明天才到的。

伊瑟利老夫人：我猜到了，因为我在车站没看到来接我的车子。我不得不自己叫车，花了我四先令六便士。

克劳德：母亲，您改变行程为什么不告诉我们呢？

伊瑟利老夫人：我已经告知过你了。我昨天给格瑞斯写信。她今天早上肯定收到我的信了。

格瑞斯：哦，我真是够蠢的！我知道那是您的笔迹，但今天是我的生日，所以我想明天再拆。

克劳德：格瑞斯！

格瑞斯：我真的万分抱歉。

伊瑟利老夫人：只能说，承蒙上帝眷顾，我不用走路过来。

格瑞斯：车站一直都有车的。

伊瑟利老夫人：上帝或许可以行行好，让他们全都有生意忙……我们叫不到车才算好事呢。

格瑞斯：我真搞不懂，上帝除了拿我们开玩笑，就没别的事要做了吗。

伊瑟利老夫人：[四下环顾] 当初你父亲是在这所房子里过世的，我可以问一问吗，你们为何将这里搞得乌烟瘴气的？

克劳德：今天是格瑞斯的生日，我们觉得稍微热闹一点应该无伤大雅。

伊瑟利老夫人：[戴上眼镜盯着众人道] 我是传统且有涵养的人，我不认识的人你们一个个给我做个正式介绍。

格瑞斯：如今每个人的名声都不大好，因此我们觉得不介绍更保险
一些……这位是路易斯小姐。

伊迪丝：您好。

伊瑟利老夫人：路易斯！

格瑞斯：[带着一丝笑意，饶有兴味地说] 我想您认识福莱家的弗农
小姐。

伊瑟利老夫人：[非常和蔼地说] 我当然认识福莱家的弗农小姐。亲
爱的海伦，你看上去娇俏极了。现在只有出身高贵的女子才能
把夸张的服饰穿出味道来。

弗农小姐：[与她握手] 您真是太客气了。

格瑞斯：我忘了您是否认识科贝特先生。

科贝特：您是否一切安好？

[伊瑟利老夫人的视线透过镜片看他，他则微微鞠了个躬。]

伊瑟利老夫人：科贝特！

科贝特：[稍有些粗鲁地重复道] 科贝特！

伊瑟利老夫人：[转头对霍尔小姐说] 路易莎，我们以前有个送奶工
叫科贝特。

霍尔小姐：我们现在的送奶工叫威尔金森。

伊瑟利老夫人：[非常和蔼可亲地说] 我进来的时候你正在唱歌。歌
名叫什么？

科贝特：[闷闷不乐地说]《我没法唱那高音》。

伊瑟利老夫人：既然如此，我不明白为什么你还要尝试……阿奇博
德，你躲在沙发后面干吗？不过来亲吻一下自己的母亲吗？

阿奇博德：亲爱的母亲，见到您真高兴。

[他吻吻她的额头。]

伊瑟利老夫人：我周日晚上在一个晚宴上碰见一位牧师，真令我

吃惊。

阿奇博德：我发现，一天布道两次，能让人胃口倍儿棒。况且，《圣经》也告诉我们——"五谷健壮少男"①。

格瑞斯：[微笑道] 您还不饿吗？不想吃点东西吗？

伊瑟利老夫人：不了，我直接到房间里去。花钱坐马车回来，每次都让我心情欠佳。

格瑞斯：我去瞧瞧，看一切是否都已安排得舒适妥帖。

伊瑟利老夫人：千万不要因为我的缘故给你添任何麻烦。那样我会很苦恼的。

　　　　[格瑞斯退场。

伊迪丝：[在弗农小姐耳边悄悄说道] 现在我们或许该去湖边，你认为呢？

弗农小姐：当然得去了……伊瑟利老夫人，您还需要我为您做些什么吗？

伊瑟利老夫人：[慈祥地说] 不必，我亲爱的海伦。

　　　　[弗农小姐和伊迪丝·路易斯退场，没过多久科贝特也溜了出去。

伊瑟利老夫人：克劳德，你能带霍尔小姐去餐厅，给她拿个三明治和一杯波特酒吗？

克劳德：当然可以。

霍尔小姐：我现在不太想吃东西。谢谢您，伊瑟利老夫人。

伊瑟利老夫人：胡说，路易莎！我知道什么东西对你有好处。克劳德，盯着她把波特酒喝了。[他们正要离开，她又说道] 我有话要对阿奇博德说。

阿奇博德：亲爱的母亲，我可以俯在您脚下洗耳恭听。

_____

① 出自《旧约·撒迦利亚书》——译者注

伊瑟利老夫人：[咯咯地笑道] 我可不相信你能做到。你现在越发胖了。他们这会给你安排些事情，还真是时候。

阿奇博德：[微笑道] 对于乡绅来说，昔日的权力已不复存在。如今教会的晋升也都充斥着各种稀奇古怪的理念，要看品德，要看学问，还有天知道什么东西。

伊瑟利老夫人：希望你从来没吃过土豆或者面包。你没吃吧？

阿奇博德：我就像躲避其他诱惑一样躲开它们。

伊瑟利老夫人：也没喝过汤？

阿奇博德：在我眼里，这就像那位戴着红字的荡妇，我避之不及。

伊瑟利老夫人：我相信你从没碰过青豆。

阿奇博德：啊，被您逮着了。即使圣徒也有弱点。我承认，我永远无法拒绝当季的青豆，这让我长了不少肉。

伊瑟利老夫人：你得有个人好好管教你。你必须结婚。

阿奇博德：母亲，不管聊什么您总能绕到这上面。

伊瑟利老夫人：结婚是牧师的责任。

阿奇博德：[打趣道] 圣保罗说……

伊瑟利老夫人：[打断他的话] 阿奇博德，我知道圣保罗是什么观点，但我不认可。

阿奇博德：[不动声色地说] 母亲，我有充分的理由相信圣保罗出身于名门世族。

伊瑟利老夫人：[飞快地瞥了他一眼] 我们都知道当年——你明白我的意思，海伦·弗农很是失望。

阿奇博德：她从那场打击中熬过来了，但我总觉得她的品位很差。

伊瑟利老夫人：我当时失望透了。我一门心思想让凯尼恩-富尔顿庄园与福莱家族缔结亲事……即便是到了现在，如果你知道要去赢得海伦·弗农的芳心，为时不晚。

阿奇博德：亲爱的母亲，海伦·弗农从来没有喜欢过我，这一点我是知道的。

伊瑟利老夫人：到了她这个年龄，只要有人求婚，她就会把芳心许给谁。

阿奇博德：即便对方是一个穷酸的乡村牧师？

伊瑟利老夫人：你比一个普通的乡村牧师强多了，阿奇博德。很难指望格瑞斯将来能生下一儿半女，除非——发生些变故，克劳德能再婚……

阿奇博德：母亲，您这话什么意思？

伊瑟利老夫人：格瑞斯又不会长生不老。

阿奇博德：但从另一个角度说，她身体挺健康的。

伊瑟利老夫人：可能会有其他办法摆脱她。

阿奇博德：什么办法？

伊瑟利老夫人：[冷静地看着他说] 我是那种别人追问几句，我就会将心思和盘托出的人吗？你什么时候开始有了这种错觉？

　　　　[格瑞斯进屋，打断了两人的对话。

格瑞斯：我希望没让您久等。待会您会发现一切都已安排妥当。

伊瑟利老夫人：这样的话，我要回房间了。阿奇博德，你去告诉路易莎，说我要回自己房间了。

阿奇博德：好的。

　　　　[阿奇博德退场，留下格瑞斯和伊瑟利老夫人。

伊瑟利老夫人：格瑞斯，跟你待在一起的那位年轻小姐是谁？

格瑞斯：伊迪丝·路易斯。她是我朋友。

伊瑟利老夫人：啊！还有那个科贝特先生是谁呢？

格瑞斯：他也是我朋友。

伊瑟利老夫人：真是难以想象，你竟会邀请素昧平生的人来家里。

格瑞斯：我不知道还有别的什么方式可以介绍他们了。

伊瑟利老夫人：我敢说，你这话本身已经描述得够充分了。

[霍尔小姐和克劳德、阿奇博德一起回来。

伊瑟利老夫人：我打算回房间了，路易莎。你给我念一刻钟的书吧。

霍尔小姐：好的，伊瑟利老夫人。[对格瑞斯说] 周日晚上你没有安排祷告吧？

格瑞斯：没有，我们会阅读族谱。你在卧室会看到有本叫《乡绅》的书。

伊瑟利老夫人：[冷冷地说] 我年轻那会儿所有人都觉得，一个年轻淑女的出身比脑瓜子伶俐更重要。

格瑞斯：[咯咯地笑道] 这样的观念给我们这辈人带来不少灾难。

伊瑟利老夫人：晚安。

格瑞斯：[热情友好地跟霍尔小姐握了握手] 你要是觉得有什么不舒适的地方，一定要让我知道。我希望你房间里的一切我都置办妥当了。

伊瑟利老夫人：路易莎当然会发现她需要的东西一应俱全。她不需要任何东西。来吧，路易莎。

[伊瑟利老夫人和霍尔小姐离开。

阿奇博德：我得溜达回教区了。

克劳德：哦，好的。

阿奇博德：晚安，格瑞斯。

格瑞斯：晚安。

克劳德：[对阿奇博德说] 我跟甘恩谈过那事了。

阿奇博德：我担心他会做出点什么招人厌的事。

克劳德：我的态度非常强硬，你知道的。

阿奇博德：这就对了。对付这样的家伙，没别的办法了。晚安，老兄。

克劳德：晚安。

[阿奇博德退场。

克劳德：你刚刚是不是在问甘恩的事情，格瑞斯？

格瑞斯：没错。

克劳德：我一开始想着最好还是别跟你说了，但思量再三……

格瑞斯：[打断说] 确实没那个必要。我一点都不好奇。

克劳德：我想还是把我做的事情告诉你为好。

格瑞斯：克劳德，无论你做什么都是对的。[微笑道] 因为这样你才
　　　会遭人嫌啊。

克劳德：你这话说得真讨巧，不过我还是觉得得征求一下你的同意。

格瑞斯：你所做的一切无一例外都会得到我的赞同，这是我们一开
　　　始步入婚姻生活就达成的共识。

克劳德：格瑞斯，你到底怎么回事啊？

格瑞斯：什么怎么回事？什么事也没有。

克劳德：你最近变得越发奇怪了。我根本搞不懂你。

格瑞斯：我想着你会有更重要的事要做，而不是成天因为我而烦忧。

克劳德：格瑞斯，在这世上，我最重要的事情就是为你而烦忧。

　　　[她盯着他看了好一会儿，倒吸了一口气。]

格瑞斯：克劳德，今晚别来烦扰我了。我头疼得厉害，疼得想大喊
　　　大叫。

克劳德：[用担忧的口吻细声细气地说] 可怜的孩子，你为什么不告
　　　诉我呢？很抱歉刚才一直叨扰你。疼得很厉害吗？

格瑞斯：我真是禽兽不如！我这样待你，你如何还能这般喜欢我？

克劳德：我的宝贝，我不会因为你头疼而责怪你。

格瑞斯：我很抱歉，刚才我对你的态度实在过于恶劣。

克劳德：别胡说！

　　　[他想拥她入怀，但她躲开了。]

格瑞斯：克劳德，请不要。

克劳德：宝贝，为什么还不上床睡觉呢？

格瑞斯：[像是被惊吓到了，大叫道] 哦，不!

克劳德：这个时间点，床铺是所有人最佳的去处。

格瑞斯：我想乐一乐。去把其他人叫进来，他们这会儿都在下面，在湖边呢。然后大家打打牌。

　　　　[他正打算下去看看，她突然开始叫唤起来。

格瑞斯：看在上帝的分上，照我说的去做。

　　　　[他瞥了她一眼，耸耸肩，然后朝外面的花园走去。格瑞斯重重地叹了口气。过了一会儿，亨利·科贝特上场。格瑞斯一声不吭地看着他走进屋。

科贝特：我一直想找机会单独跟你聊聊。

格瑞斯：是吗?

科贝特：刚才你为什么非要让我唱歌啊? 那歌真是有够蠢的。

格瑞斯：[眼神冷冰冰的，带着敌意] 因为我乐意。

科贝特：你让我变成了一个十足的傻瓜。

格瑞斯：我就是想让你变成那样。

科贝特：[吃惊地问道] 是吗? 为什么?

格瑞斯：我没什么好解释的。

科贝特：你知道的，如果我能搞懂你，我就得被绞死。你一分钟一个样，让人捉摸不透。

格瑞斯：[冷淡地说] 你这话说的真让我不安。克劳德也这样跟我抱怨过。

科贝特：哦，绞死克劳德吧。

格瑞斯：哈里①，你变得越来越像他了。

科贝特：我不是很明白你这话是什么意思。

格瑞斯：兜兜转转一大圈，发现自己又回到了原点——这趟旅程真

---

① 亨利·科贝特的昵称。

不值当啊。

科贝特：每次别人用隐喻的方式来说话，我都不知道他们想表达些什么。

格瑞斯：[故意盯着他看] 哈里，我想我还爱着你呢。

科贝特：你常说这话，见怪不怪了。

格瑞斯：[缓缓说道] 我不知道刚才我说这话是不是为了说服我自己。我心如荒原！一片荒凉！我现在知晓了，我对你的感觉并非爱情。

科贝特：如今才发觉这点，为时已晚了吧？

格瑞斯：[悻悻地说] 是的，就是这样。一切都为时已晚……他们过来了。

[一阵说话声传来，伊迪丝·路易斯、海伦·弗农和克劳德渐渐走近。

克劳德：[站在窗边说] 我出去那会儿她们正往回走呢。

格瑞斯：[带着一丝苦笑对科贝特说道] 我们要去打牌了。

第一幕终

第二幕

场景同第一幕。正值晚上，将近七点，但天仍大亮。格瑞斯和佩姬·甘恩在屋内，两人都站着。佩姬是一个漂亮的姑娘，非常年轻，但面色极度苍白，黑眼圈十分明显。她打扮得像一个要外出的女仆。格瑞斯的忧愁全写在了脸上。

佩姬： 太太，您会试一试对吗？

　　[格瑞斯还沉浸在自己的思绪里，佩姬的声音似乎吓了她一大跳。]

格瑞斯： 我本应该知道这事。居然没人跟我说，真是缺德。

佩姬： 太太，我还以为您知道呢。我以为所有的事您都知道。

格瑞斯： [友善地笑道] 佩姬，我没有怪你的意思……伊瑟利先生这会不在家，等他一回来我就找他问个明白。你最好回去把你父亲叫来。

佩姬： 太太，您知道我父亲的脾气。我怕他不愿来。

格瑞斯： 哦，但我觉得他得来。告诉他……

　　[看见亨利·科贝特进屋，她立刻闭上了嘴。]

科贝特： 你们好啊，我打扰你们了吗？要我出去吗？

格瑞斯： [疲倦地用手摸了摸额头] 不用。我刚说完了……佩姬，尽量带你父亲过来。

佩姬： 好的，我尽量办到，太太。

　　[佩姬退场。格瑞斯稍稍喊叫了一声，有些心烦，又有些

028

恼火。

科贝特：怎么了？你看起来很沮丧啊。

格瑞斯：刚刚那个姑娘，她父亲在我们庄园看守猎场。她过来找我，想让我帮她跟克劳德说说情，多宽限他们些时间。我根本不知道这话什么意思。然后她说，克劳德要求她父亲必须在二十四个小时内将她赶出大门，否则就将他开除。

科贝特：[漫不经心地说] 哦，是的，我知道。这个年轻的姑娘似乎举止轻浮。今天午餐后克劳德和你小叔子在吸烟室提到过这事。

格瑞斯：那你为什么不同我说？

科贝特：呃，我从来没想过你会不知道这事。何况——过去这一两天，你也不怎么想让我待在你身边。

格瑞斯：[快速地瞥了他一眼] 我要招待其他客人。

科贝特：[耸了耸肩] 似乎是段风流韵事。但如今这世道，我对某个猎场看守人的放荡女儿实在是没多少兴趣。

格瑞斯：[挖苦道] 这可着实有些维多利亚中期那感觉了，不是吗？

科贝特：[对她说话的口气颇感吃惊] 你不会真的为了此事而困扰吧？

格瑞斯：[突然愤愤地嚷道] 那可怜姑娘只是做了和我一样的事情，难道你看不出来吗？

科贝特：[轻声笑道] 天哪，你没有意外生下一个小宝宝吧？

格瑞斯：哦，别这么说，别。

科贝特：[淡定地说] 事实上她比你做得过分多了。而且她那些事被人发现了。

格瑞斯：你怎么能说出这种令人讨厌的风凉话！

科贝特：我发现，你跟人说些显而易见的常识，别人却总是觉得你在说风凉话。

格瑞斯：你真的体会不到我的感受吗？她事出有因。她只身一人，差不多就是个孩子罢了，也没有受过教育。人们居然指望她能抵抗住诱惑，这怎么可能呢？

科贝特：跟上层社会相比，下层社会的人抵抗诱惑的能力更弱——这种看法纯属错觉。首先，他们接受的道德教育更为系统；其次，他们在很小的时候就被教育，美德是最宝贵的财富。

格瑞斯：[蓦然抬眼望着他] 哈里，如果我叫停我们之间的事，你会介意吗？

科贝特：我当然会介意。

格瑞斯：哦，别因为平常人都会这么说，所以你也这样说。你跟我说实话。

科贝特：[不自在地说] 为什么现在要问我这些？

格瑞斯：[看了他一眼，略微勉强地说] 我觉得自己真是太刻薄了。

科贝特：对克劳德？

格瑞斯：[带着恳求的口吻，仿佛在给自己开脱] 哈里，他待我实在是太好了。他给我的每一件礼物，他跟我说的每一句好话，都仿佛尖刀一般直刺我心。有时候我对他态度恶劣，我控制不住自己，但不管我做什么，他都待我一样好……无论我做什么，他都爱我。

科贝特：你现在开始在乎克劳德了吗——你的想法和以前不一样了吗？

格瑞斯：哦，倒也不必假装些什么。我从来没有像他爱我那样爱过他。我办不到。他的爱令我厌烦。是的，结婚以来我一直都是这种感觉……只是最近……

    [她突然停了下来。科贝特侧眼瞥了她一眼。

科贝特：哦！

格瑞斯：我不知道自己到底是什么感觉，也不知道该怎么办。我现在有些不知所措，可怜极了……他依旧令我厌烦——哦，有时候真是烦得要命。可我又时不时感觉我有那么五六分爱他。这听上去太荒唐了。竟然爱着克劳德——一起过了这些年之后。这些年有些东西确实改变了我……但最不应该改变的是我对他的态度啊。

　　[她的脸涨得通红。科贝特又盯着她看。他的不快全写在脸上了。

科贝特：我现在所处的境地不怎么讨喜，对吧？

格瑞斯：克劳德是你非常要好的朋友，我从来不认为你会好受。

科贝特：如果你是这个态度，那我只能说最好还是结束吧。

格瑞斯：你可真是个无赖，不是吗？

科贝特：不是。我没有装作比别人更优秀，但我敢肯定自己也没那么差劲。我是一个普通得不能再普通的男人，身体还算健康。任何一个处在我这个位置的男人都会选择这样做，你因为这个就辱骂我，可真够傻的。

格瑞斯：[忽然醒悟道] 对你来说，仅此而已吗？

科贝特：什么意思？

格瑞斯：我对你而言什么也不是，是吧？我不过是个有那么点魅力，和你萍水相逢的女人而已？如果我在你心里只是这样的角色，你为什么要来招惹我？我伤害过你吗？哦，你真狠。真狠啊！

科贝特：[淡淡地说] 一个巴掌拍不响，男人没法独自偷情，你知道的。

格瑞斯：你这话什么意思？

科贝特：这么说吧，很多小伙子都非常害羞，很害怕遭人拒绝，怕到骨子里。但男人不会担这样的风险——嗯，男人发现没多少风险要承担的时候才会行动。

格瑞斯：你的意思是说我让你明白不用……哦，你怎能这般羞辱我？

科贝特：难道我这话没一丁点真实可信的成分吗？

格瑞斯：[眼神专注，仿佛要看透自己的灵魂] 你说得没错……哦，我实在是太羞愧了。

科贝特：如果人们别那么自欺欺人，这世界将会更加欢乐，大家也都活得轻松自在些。

格瑞斯：[真相就这样毫无保留地展现在她面前，她感到难以置信，但依旧想要刨根问底] 难道你就没想过，我只是被好奇心所驱使，而你不过是刚好撞到了这么个机会罢了？

科贝特：偷情十有八九都是这么开始的，你知道的。

格瑞斯：[努力找借口为自己辩解] 我那会儿好无聊——好孤独。跟那些人住在同一个屋檐下，我从来没有家的感觉。他们羞辱我。而你似乎跟我是同类人。和你在一起我感到舒服自在。一开始我以为我们喜欢同样的东西——音乐、书籍和绘画……过了很久我才发现你连小提琴和犹太竖琴都分不清……我不明白为什么你要费尽心机欺骗我？

科贝特：我觉得那些话题能讨好你，很自然就会聊起那些东西。

格瑞斯：我犹记得，刚开始那会儿，我觉得自己走出了牢笼，终于畅快地呼吸到了新鲜空气。对我而言，这就好似——哦，我不知道该怎么形容——就好似春日的花朵突然在我心中盛放。

科贝特：你想从我这里得到的东西，恐怕超出了我所能给予的范围。

格瑞斯：哦，我不责怪你。你说得对——该责怪的人是我。[突然激动起来说] 哦，我嫉妒那个可怜的姑娘！她深陷其中，那是出于爱。我问她那个男人是谁，但她不愿跟我说。她说不想让他卷进麻烦里。她肯定还爱着他。

科贝特：[看着她痛苦不已，他有些触动] 格瑞斯，我希望你别把我想成一个十足的恶棍。我们的事变成这副局面，我感到难过。

格瑞斯：[循着自己的思绪继续说道] 如果那可怜的姑娘受到惩罚，

而我却安然无事的话，那就太可怕了。我不能让她像个麻风病人一样被赶走。要是那样的话，我的心这一辈子都不得安宁了。

科贝特：克劳德言出必行，他不喜欢说一套做一套。他似乎已经下了最后通牒，我觉得他会执行下去。

格瑞斯：这事对我意义重大。我总觉着，如果我能保住那个可怜的姑娘，一定程度上——哦，只是微乎其微的程度上——能弥补我犯下的错误。你会不会觉得我简直愚蠢至极？

科贝特：生活有时复杂到了极点，不是吗？

格瑞斯：[微笑道] 到了极点。

　　　　[外面传来马车停靠的声音。

科贝特：啊呀，是谁来了？

格瑞斯：是我婆婆。她刚才兜风去了。[瞥了一眼自己的表] 克劳德应该很快就会进来。

科贝特：你打算怎么办？

格瑞斯：我打算尽我所能说服他改变主意。

科贝特：格瑞斯，你不会想做什么蠢事吧？

格瑞斯：你什么意思？[突然明白他这话的含义] 你不会以为我要……哦，那样我可做不到……你觉得我必须得跟他说吗？

科贝特：格瑞斯，我想让你知道，无论你接下来会做什么，无论发生什么，我都愿意去坦白我们的事。

格瑞斯：[摇头道] 不，我绝不会开口让你娶我。现在我们都知道，我俩这事是怎么一回事——向来都……

科贝特：格瑞斯，我非常抱歉。

格瑞斯：没这个必要。我很高兴能知道真相。此前是我的胆小怯懦让我俩走到一起。我原本很害怕重回昔日那种沉闷得让人发慌的寂寞。但你给了我勇气。

科贝特：此事真的没一点商量的余地了吗？

格瑞斯：目前我觉得没什么好留恋的了——留下的只有羞愧。

　　[伊迪丝·路易斯进屋。格瑞斯很快收拾好心情，抛却那股一本正经的劲儿，换上一副和善且带着笑意的面容同她打招呼。

伊迪丝：我们去兜了个风，真令人愉快。

格瑞斯：你觉得乡下还跟以前一样美丽吗？

伊迪丝：[喜笑颜开道] 哦，我没好好看这乡下。我太兴奋了，没心思欣赏这些风景。伊瑟利老夫人一直在跟我讲住在附近的家族的一些陈年旧事，可着实吓了我一跳。似乎越是往前追溯，他们的各种举动就越惊悚可怖。

科贝特：我发现，即便做出最伤风败俗之事，此人在百年之后也会被后辈顶礼膜拜。

格瑞斯：[挖苦道] 这怕是比登天还难吧？那些吹毛求疵的太太可没什么怜悯之心。在你还没意识到你身处何地时，她已经把你揽入怀中要挑你刺了。

　　[伊瑟利老夫人上场，后面跟着弗农小姐和霍尔小姐。霍尔小姐抱着伊瑟利老夫人的哈巴狗。

格瑞斯：希望您兜风兜得开心。

伊瑟利老夫人：格瑞斯，我兜风不是为了让自己开心。我要训练那些马匹。

格瑞斯：[微笑道] 而且我听说，您找着机会丰富了一下伊迪丝这个年轻姑娘的视野。

弗农小姐：[对伊迪丝说] 下次你到我们福莱家，记得提醒我给你看我曾祖母的肖像画，我曾祖母叫玛丽·弗农。她当年跟摄政王那场婚外情真是闹得沸沸扬扬，你知道的。

伊瑟利老夫人：[和蔼地说] 亲爱的海伦，我最喜欢你了，可是我不允许这样捕风捉影的言论四处传播。无论真相如何，现在根本没有证据呢。

弗农小姐：伊瑟利老夫人，您这话怕是不太妥当吧，我曾祖母写给摄政王的每一封信件都在我手里呢。

伊瑟利老夫人：[*轻声笑道*] 那他写给你曾祖母的信呢？

弗农小姐：摄政王把曾祖母的信退回来了，曾祖母自然也把他的信退回去了。

伊瑟利老夫人：我能懂她。收到任何一封信她都会好好保存下来的。每个女人都是如此。

弗农小姐：[*稍昂起头以示不快*] 近百年来，全郡人都相信这事是真的，我不明白您为何突然开始怀疑这怀疑那。玛丽·弗农的韵事尽人皆知。

伊瑟利老夫人：[*打趣道*] 我知道你曾祖母是一个水性杨花的轻佻女子，可这并不能证明她跟摄政王有什么瓜葛。

弗农小姐：伊瑟利老夫人，您没法否认摄政王曾在福莱家过夜。

伊瑟利老夫人：不过是住一晚罢了。

弗农小姐：此话怎讲？

伊瑟利老夫人：那会儿，摄政王正跟帕梅拉·班布里奇打得火热，这在当时是个丑闻。[*对伊迪丝·路易斯说*] 我可不是伊瑟利家的人，感谢上帝；我娘家姓班布里奇。而且无论什么时候，只要是到附近这一片来，他都会同我们待在一起。

弗农小姐：您说他们有暧昧关系，不过是想往自己脸上贴金。

伊瑟利老夫人：[*自信满满地说*] 这么说吧，摄政王给过我曾祖母一绺他的头发，这东西现在在我手里呢，所以我说这话没什么问题。

弗农小姐：一绺油腻腻的头发，这乡间有半数的人家都会有，他们也会告诉您那是摄政王的头发。个人认为，除非有十足的把握，否则说这话委实是想攀高枝了。

伊瑟利老夫人：[*轮到她昂起脑袋*] 海伦，我觉得你未免过于粗鲁了。现在有男人在场，我没法说太多细节，但我说的每个字都不是空穴来风。路易莎，你明白我的意思吗？

霍尔小姐：伊瑟利老夫人，打从一开始我就相信您所说的每一个字。

弗农小姐：伊瑟利老夫人，毫无疑问，您对您说的东西深信不疑。可是，希望您别介意我这么说，任何一个看过帕梅拉·班布里奇画像的人都知道，整件事根本就是无稽之谈。

伊瑟利老夫人：[冷淡地说] 海伦，我们别争论不休了。我知道自己是对的，就这样，别再说了……路易莎，把狗放到那张椅子上。

霍尔小姐：科贝特先生坐着呢，伊瑟利老夫人。

伊瑟利老夫人：[依然有点愤愤地说道] 科贝特先生是买下那把椅子了吗？

科贝特：没有的事，只是科贝特先生一直坐着那把椅子。

伊瑟利老夫人：科贝特先生一直坐某把椅子，别人就不能使用了吗？

科贝特：当然可以。可太巧了，科贝特先生正打算重新落座。

伊瑟利老夫人：[冷笑道] 科贝特先生是长了腿的。

科贝特：只有两条腿。如果慈悲的上帝有意让他站在上面，无疑会给他安上四条腿。

伊瑟利老夫人：科贝特先生似乎很熟悉上帝的设计理念，这一点倒是出乎我的意料……路易莎，把狗给我。它可以趴在我的腿上。

科贝特：[戏谑地说道] 哎呀，您刚才要跟我这么说，我自然不会有丝毫犹豫。

伊瑟利老夫人：先生，我觉得你真是过分粗俗了……格瑞斯，如此愚蠢的笑话，你竟然会发笑，我真是诧异。

格瑞斯：您忘了，我生性也是这般粗俗。

伊瑟利老夫人：我努力想忘记这点，可你老是费尽心思让我想起来。

[克劳德和阿奇博德上场。

克劳德：怎么样母亲，您兜风还开心吗？

伊瑟利老夫人：克劳德，我兜风不是为了开心；我是去训练那些马匹。

阿奇博德：我们刚刚去教区开会了。

克劳德：[气哄哄地说] 要为萨默塞特郡这些人出点力是越来越难了。那就是一群顽固不化、固执己见的蠢货。

伊瑟利老夫人：四十年前我就这样预言过。当时他们把那些关于教育的理念引进来，都是些废话，我当时就说这样做后果会很严重。

阿奇博德：[目光熠熠] 母亲，您明显有过思量，好让这话里话外的意思不那么容易被参透，所有良善的先知都是这样做的。

伊瑟利老夫人：阿奇博德，那会儿你还没出生呢，你参透不了也不足为奇。我说过会发生这样的事。我说这样做会让下层人士越发特立独行，跟他们打交道会越来越难。这不，今早我在乡里散步，竟然没有一个人注意到我。路易莎，是不是这样呢？

霍尔小姐：不是的，伊瑟利老夫人。

伊瑟利老夫人：路易莎，你这话是什么意思啊？

霍尔小姐：[赶忙说道] 不好意思。伊瑟利老夫人，我的意思是"是的"。

伊瑟利老夫人：只有几个上了年纪的男人用手触帽表示敬意，还有一个老妇人行了屈膝礼——仅此而已。

克劳德：[微微点头] 这倒算不上是多么重要的事，不过能看出来世道变了。长话短说就是，他们不再像以前那样尊敬上层阶级了。

格瑞斯：[讥讽道] 或许他们不再认为我们比他们更优越。

克劳德：教育他们认识到自己的错误，现在为时不晚。对我个人而言，我可得管好自己的家庭。

格瑞斯：[唐突地说] 克劳德，佩姬·甘恩今天下午来找我了。

克劳德：她来过？

　　　　[一阵短暂的沉默。科贝特猜到接下来要发生什么，便站起身来。

科贝特：[对伊迪丝·路易斯说] 难道你不想去花园走走吗？

伊迪丝·路易斯：想去呀。

格瑞斯：我叫佩姬把她父亲带过来。

　　　　[科贝特和伊迪丝退场。

克劳德：[还没等二人完全退场，就迫不及待地开口] 格瑞斯，你这样做我很难过。我跟他没什么好说的。

格瑞斯：[对伊瑟利老夫人说] 克劳德威胁说，如果佩姬今晚十点前不离开，他就要解雇甘恩，您知道这事吗？

伊瑟利老夫人：克劳德总算是有些大家长派头了。他还给甘恩二十四小时考虑。如果是我的父亲，他只会给十五分钟。

格瑞斯：为什么瞒着我？看样子除了我，所有人都知晓此事。

克劳德：真是见鬼！格瑞斯，我昨晚想告诉你，但你不让我开口。

格瑞斯：[大吃一惊] 哦！你要说的是这事？我不知道……克劳德，我要你发发慈悲，饶过那可怜姑娘吧。我要你跟甘恩说，她不需要离开。

克劳德：[异常坚定地] 亲爱的，我办不到。我主意已定，必须执行下去。

格瑞斯：为什么？

克劳德：真是活见鬼！如果我总是说一套做一套，那整个庄园的规矩还要不要了？所有人都知道，我说一不二，言出必行。此种作风对庄上所有的人都好，天大的好。

格瑞斯：[带着笑意，试图哄劝道] 就破例一次，不会造成什么伤害的。

克劳德：这事关我的权威。我吩咐甘恩做事，他拒绝了，那我就得告诉他，这事不办就得丢饭碗。我现在可不能食言，否则我就是个十足的傻瓜。

格瑞斯：一个姑娘陷入麻烦就要被赶走，你不觉得这事太不公平了吗？

克劳德：这不是我制定的。这是家规。

格瑞斯：[转头对弗农小姐说]海伦，你也是女人。你肯定能看出这事有多残酷。你就不能说些什么来帮帮我吗？

弗农小姐：我不知道我能做些什么。毕竟我们福莱家也有同样的家规。

克劳德：在这片王土上，有超过半数的世家望族都会有同样的规矩。如果注重家族的体统，这条规矩绝对不能少。

弗农小姐：我觉着，如果这样的规矩毫无可取之处，那人们不会如此普遍地采纳它，更不会让它延续至今。

格瑞斯：[气恼地]哦，真让人抓狂。我面前总垒着一堵石墙，一直在那，永远在那。不管那堵墙是什么，它都是良善的象征。无论某个习俗多么残忍，多么不公，只因它是习俗，它就变得不可触犯。如果某条规矩是恶法，那么就因为有十几代人因此遭罪，就能说明这规矩不再恶毒了吗？

伊瑟利老夫人：亲爱的，要评判这类事，你现在还很不够格。

阿奇博德：但就这件事来说，恐怕你的同情心被浪费了。佩姬·甘恩这个年轻女子非常不值得同情。

格瑞斯：她若值得同情，我就没必要为她求情了。

伊瑟利老夫人：要这么说，一个姑娘越轻贱，那她就越值得同情了。

格瑞斯：[对阿奇博德说]在这事之前，你对她并没有什么意见啊。

阿奇博德：没有因为特定的事厌恶罢了。她向来都很厚颜无耻，而且就算是来主日学校上课，她也是三天打鱼两天晒网。

格瑞斯：就这样吗？

伊瑟利老夫人：我个人认为甘恩一家都是真正的宗教异见者。

格瑞斯：[按捺不住道] 我的上帝，他们上教堂可都是高高兴兴的。

伊瑟利老夫人：真也好，假也罢。不过在我的印象里，不信国教的信徒就是他们那样的。

阿奇博德：天知道，我一点也不想显得如此不近人情且毫无同情之心。但不管怎么说，如果你放过那些败坏道德之人，你就没法让大家保持一个较高的道德水准。

格瑞斯：如果将她赶出去，你想过她以后会怎样吗？

阿奇博德：我们会尽量给她安排妥当。格瑞斯，这件事我们每个人都不好做。我为此事万分苦恼，我敢肯定克劳德也是如此。

克劳德：我当然也苦恼。可真是见鬼，在我们这样一个位置上，没法带这么多个人情绪。尤其是现在，人们从四面八方攻击我们这些做主的人，不过越是这样，我们就越得强硬一些，拿出我们的态度来。

阿奇博德：我们真的很努力去做正确的事情，你得看出这一点，不然对我们有失公允。我们在这样的高位上或许是个严重的错误，我们的能力可能也配不上这等位置。但这个社会不是由我们构建的，其中存在的种种不公也并非我们的责任。在其位谋其职，我们不过是发觉自己处在某个特定的位置上，进而顺势采取相应的措施罢了。

克劳德：长话短说，既然上帝委以我们重任，我们就有义务把四里八乡的乡民管理好。我们的职责是奖惩并施。

格瑞斯：哦，你们真是铁石心肠！你们这些人觉得自己一辈子都不会做出任何追悔莫及的事吗？[越发激动起来] 哦，你们这些品德高尚之人，我讨厌你们。看到那些犯过错的人被折磨得生不如死，你们才会心满意足。犯下的每一个罪孽都要受到相应惩罚，这跟地狱有什么区别，地狱都没有存在的必要了！你们从不肯松口。你们不知道，为避免堕入深渊，像我们这样的人需要抵抗住多少诱惑。

弗农小姐： 格瑞斯！你在说什么啊！

　　　　[格瑞斯几乎不能自已，盯着弗农小姐看，眼神犀利。突然间格瑞斯回过神来，惊恐地望着她。她意识到，自己和亨利·科贝特的事弗农小姐已经知道了。一阵短暂的沉默。管家上场。

莫尔： 甘恩和他女儿来了，老爷。

克劳德： 哦，好的，我马上过去。

莫尔： 好的，老爷。

　　　　[退场。

伊瑟利老夫人： 克劳德，为什么不让他来这儿呢?

格瑞斯： 是的，不管怎样说，让他来这里吧。这样你们也都可以看看是个什么情况。

阿奇博德： 我跟莫尔说吧? [他边说边朝门口走去，嚷道] 莫尔，叫甘恩到这里来。

弗农小姐： [起身道] 我想我得走了。我是个局外人。[对霍尔小姐说] 你要跟我一起走吗?

霍尔小姐： 伊瑟利老夫人，您需要我留下来吗?

伊瑟利老夫人： 不需要，路易莎，你今天还没锻炼呢。你最好绕着花园走上三圈。

霍尔小姐： 伊瑟利老夫人，我今天身体有些不适。

伊瑟利老夫人： 哦，胡说! 你现在身体状态好着呢。你可以把狗带上。

霍尔小姐： 好的，伊瑟利老夫人。

　　　　[弗农小姐和霍尔小姐退场。

伊瑟利老夫人： 路易莎有时非常讨厌。她老以为自己身体不好，可她比我年轻足足二十五岁。我这一辈子没有生过一天的病。

> [莫尔为甘恩开门。甘恩进屋，手里拿着帽子站在门边，露出尴尬的神色。他身着工作服。

克劳德：下午好，甘恩。

甘恩：下午好，先生。佩姬说您想见我，老爷。

格瑞斯：甘恩，是我叫她带你来这里的。我想着如果你跟伊瑟利先生再说说，或许事情会有转机。

甘恩：夫人，我没有什么话要跟伊瑟利先生说的了。

克劳德：甘恩，我原本希望再见到你，你能更清醒、更理智一些。你知道的，你这样固执己见，只会伤到自己。

甘恩：老爷，我不认为自己固执己见。

克劳德：[对格瑞斯说] 你瞧瞧，这男人让事情毫无回旋的余地。

甘恩：[努力克制自己的情绪] 请问乡绅老爷，我想知道明天我真的要离开吗？乡绅老爷，我知道您说过要赶我走，但我不敢相信您是认真的。

克劳德：你现在可以畅所欲言，我洗耳恭听。我会很公平地待你。

甘恩：您的要求我根本无法办到，要是我能让您看清这一点就好了，我相信您会让我们留下来的。佩姬无处可去。

克劳德：这是什么话，伊瑟利夫人会尽量帮她安排妥当。佩姬不会缺钱的，你大可放心。

甘恩：那姑娘需要的不是钱。我如果将她送走，她只能去找那个混账东西了。

克劳德：你瞧，甘恩，这是原则问题。如果为你的事破了例，开了这个口子，可就太不公道了。

甘恩：[朝前走了走，带着些暴躁和愠怒，对着克劳德说道] 我爱那姑娘，我无法忍受与她分别。她是个心地善良的姑娘，只是时运不济。

克劳德：甘恩，你这番话倒是说得动人。但真是见鬼，如果她是个好姑娘，她就能抵抗住诱惑。

格瑞斯：[大惊失色道] 克劳德，你知不知道自己在说什么啊。

克劳德：我不想老戳人痛处，可我感觉，如果她表现得这样不守妇德，那是因为她——希望你不要介意我这样说——她生性如此。我觉得没人能因为我过于强硬而责怪我，不过话说回来，恐怕我对这样的女人没有多少怜悯之心，她们……

格瑞斯：[打断道] 克劳德，别说了——看在上帝的分上。

甘恩：老爷，这是您最后的态度吗？如果那姑娘不离开，我就必须得走人是吗？

克劳德：恐怕是这样。

甘恩：四十年来，我忠心耿耿服侍你们父子。我现在住的那间小屋是我出生的地方。如果您赶我们走，我们能去哪儿呢？我年纪越来越大了，再重新找份工作不是件容易的事。这里是我们安身立命之地。

克劳德：我很抱歉。我也无能为力。我给过你机会，但你不愿接受。

　　　　[甘恩转着手里的帽子，神情焦灼。心中痛苦万分，让他的表情很不自然。他张嘴想说话，但说不出一个字，只留下一声含糊不清的叹息。随后背过身去。

克劳德：考虑到你这些年兢兢业业，我会给你五十英镑，可以帮你们挺过接下来的几个月。

甘恩：[怒不可遏地] 自己的脏钱自己留着吧。

　　　　[甘恩退场。格瑞斯朝克劳德走来，神情里透着绝望。

格瑞斯：哦，克劳德，你不能这样做。那个男人会心碎的。难道你就没有丝毫怜悯之心吗？难道你不明白得饶人处且饶人的道理吗？

克劳德：格瑞斯，你说什么都没用。我说一不二。

格瑞斯：我很少会求你为我做些什么吧。

克劳德：嗯，真是见鬼，这是我第一次拒绝你。

格瑞斯：[悻悻地] 我想那是因为之前求你做的那些事，只是些无关痛痒的小事吧。

伊瑟利老夫人：格瑞斯，你为何对这事不依不饶？

格瑞斯：看到任何一个人处于痛苦之中，我都会感到难过，这很奇怪吗？

克劳德：亲爱的，这世上的事，只要能让你开心，我都愿意去做。但是这件事，你还是相信我的判断为好。

格瑞斯：你怎能如此铁石心肠？

克劳德：好了，格瑞斯，别生我的气了。事情本身已经够糟了。

伊瑟利老夫人：克劳德，你做事怎么婆婆妈妈的，真受不了你。以前你父亲只要下了决心，就再无商量的余地，而且我也从没想过要跟他唱反调。

阿奇博德：[眨巴着眼睛] 母亲，您怕是忘了，那是因为在父亲拿定主意之前，您通常已经帮他下定决心了。

格瑞斯：[对伊瑟利老夫人和阿奇博德说] 你们可以稍微回避一下吗？我必须跟克劳德单独聊聊。

阿奇博德：走吧，母亲。让我带你绕花园走走，走上个三圈。

[伊瑟利老夫人和阿奇博德退场。]

格瑞斯：当着他们的面，我不知道怎么开口。他们永远不会明白，只会冷语相向。但是克劳德，你怎么能这般冷酷无情地赶走甘恩啊？这么做根本犯不上啊。他同你一样爱着这片土地……突然间，我似乎明白了那间破烂的小屋对他而言意味着什么了——还有林木草场，灌木丛林。他这辈子都跟凯尼恩家紧紧相连在一起。他的根深深扎在泥土里，犹如一株植物。离开这里对他而言意味着什么，难道你看不出来吗？

克劳德：他走只是因为他执拗且顽固的性格。在萨默塞特郡，他这样的农夫遍地都是。你为他们劳心劳力，但得不到丝毫感激。你试图跟他们讲道理，但他们那愚笨的脑袋瓜听不进半句话。

格瑞斯：你不能因为他愚蠢，反应慢了点，就这样待他。他一把年纪了，你就这样把他扔到外头去。他要被饿死的。

克劳德：你必须明白，我这样做只因这是我的职责所在。

格瑞斯：[急不可耐地说] 哦，男人做出这等毫无人性的事，总在说这是他们的责任。

克劳德：格瑞斯，你怎能待我如此刻薄？

格瑞斯：哦，克劳德，但凡你爱我，就听我这一次吧。你不明白这对我意义有多重大。我一直以来总是不给你好脸，但以后我想改。我想要爱你。我要比以往任何时候都更关心你。克劳德，求求你，就照我说的去做吧——仅仅因为我开了口，因为你爱着我。

克劳德：[稍稍后退了几步] 亲爱的，我已经不能再爱你了，我爱你爱到了极致，而爱我却不尊重我的……

格瑞斯：[激动地打断他] 哦，不要，不要这样，克劳德；看在上帝的分上，让我们真诚些，自然些吧。你就不能抛开庄园主的身份，忘掉自己是一方之长，忘掉这一切，可以吗？只需要记住自己只是个普通人，就像我们其他人一样，软弱无力——且不堪一击，好不好？你自己肯定也希望自己将来能得到宽恕，可你现在表现得毫无怜悯之心。

克劳德：亲爱的，正是因为你，我才这样强硬。

格瑞斯：[不耐烦地说] 哦，你怎能说出这样的话！这到底和我有什么关系啊？

克劳德：真是见鬼，正是因为你我才无法让步，难道你看不出来吗？我要说这话可真够讨厌的，搞得我都感觉自己是个混蛋。

格瑞斯：[不禁露出惊恐的神色] 这和我有什么关系呢？

克劳德：在认识你之前，我并不认为女人会比大多数男人优秀，但你让我明白——一个贤良淑德的女人会给人带来多大的震撼。

格瑞斯：[声音嘶哑地说] 这话太荒谬了。这——这没来由啊。我没……就在前几天，你还说我冷若冰霜。而且刚才你还说我刻薄。

克劳德：我敢说一切都是我的错。我觉得有时候我惹得你心烦。说到底，我知道你远比我有价值得多。我不敢奢求你能像我爱你这般爱我。

格瑞斯：如果我跟你想象中的我——大不相同，你就不会坚持赶走那个可怜的姑娘，是吗？

克劳德：要是那样的话，我的想法应该会大不同。

格瑞斯：[强忍着啜泣道] 真是不可理喻。

克劳德：即使不是出于庄园的规矩，我也无法忍受你跟她生活在同一个地方。我受不了。这只是某种本能。一想到你散步的时候会碰到——那个女人，还有她的孩子，我就感到一阵恶心。

格瑞斯：哦，克劳德，你是否知道自己在说些什么啊。

克劳德：听到她来过这里，你还跟她说过话，我简直要反胃了。

格瑞斯：[崩溃道] 哦，我受不了了。

克劳德：好了，亲爱的，我们别再争执下去了。这会让我感到心痛。

格瑞斯：[自言自语道] 哦，我做不到。我做不到。

克劳德：说你原谅我了，亲爱的。

格瑞斯：我？……如果我不是你想……哦，要问出这样的问题也太强人所难了。克劳德，我求你让步吧。

　　[他摇摇头。她绝望地后退了几步，意识到无论如何也没法让他改变心意。

格瑞斯：哦，这惩罚可真够重的！

[传来一声锣响。克劳德看了看表。

克劳德：天啊，我都不知道已经这么晚了。那是梳妆更衣的锣声。你得抓紧时间了。

格瑞斯：[茫然地看着他] 那是什么？

克劳德：亲爱的，要准备更衣吃晚餐了。你不会迟到吧？你知道的，母亲最讨厌等人了。

格瑞斯：[没精打采地] 放心，我不会迟到的。

[他拉过她的手紧紧地握了一下，随即匆匆离开。她则木然地被他握着。克劳德把她的手放下时，手重重地垂了下来。她一动不动地站在原地，保持着他离开时的姿势。她双眸无泪，但抑制不住想要抽噎，她极力克制，但差点把自己给噎住了。管家上场。

莫尔：夫人，佩姬·甘恩来问您是否还想见她。

格瑞斯：[吓了一大跳] 她一直在这里等着吗？

莫尔：是的，夫人。她不知道甘恩已经离开了。他没有再回用人房。

格瑞斯：叫她过来吧。

莫尔：好的，夫人。

[莫尔退场。过了一小会，他给佩姬·甘恩开门。

格瑞斯：哦，佩姬，你看上去病得厉害！我没能帮上你什么。

佩姬：[悲痛地大喊道] 哦，太太，我本来还抱有希望的。您说过您会尽力的。

格瑞斯：亲爱的，我为你难过得不得了。

佩姬：太太，这对我太过残忍，而且对我父亲也太过残忍。太太，您就不能再做些什么了吗？

格瑞斯：[痛苦地倒吸了一口气] 我已经尽力了。我再没别的办法了。我不能真的…… [几乎是自言自语] 这样的要求对任何人来说都太过了。

佩姬：我必须得走了，一切都结束了。太太，您不会让父亲也被赶出门的，对吗？我现在唯一在乎的就是这件事了。这会彻彻底底伤了他的心的。

格瑞斯：[脸上露出一丝希望] 你觉得他会同意你离开吗？佩姬，我觉得这样终归是最好的安排。我已经做了——我已经做了我所能做的。

佩姬：不，他连听都不愿听。但无论如何，我都得走——去一个他找不到我的地方。

格瑞斯：[眼下急着尽力办妥此事] 佩姬，我敢说这种情况不会持续太长时间的。你身上的钱够吗？我想为你做点什么。

佩姬：我现在不缺东西，谢谢太太。感谢您为我所做的一切。太太，万一我出了什么事，有劳您留意一下我的小宝宝，别让人把他送到济贫院好吗？

格瑞斯：你这话什么意思啊？我不明白。

佩姬：太太，我不打算带小宝宝一起离开。那只会给我徒增负担。

格瑞斯：[宽慰地舒了一口气] 哦，我还以为你的意思是……

佩姬：太太，您对我还有什么要吩咐的吗？

格瑞斯：没有了，佩姬。

佩姬：太太，那我得说晚安了。

格瑞斯：晚安，佩姬。[她看着佩姬离开，随即发出一声痛苦的叹息]

格瑞斯：不，我做不到，我做不到。

　　[伊迪丝·路易斯乐呵呵地上场。

伊迪丝·路易斯：你在这里啊！我还以为你在自己屋里呢。你的侍女说你到现在都没上楼呢。

格瑞斯：[疲倦地] 我正要上楼。

伊迪丝·路易斯：[微笑道] 我有件无比重要的事，想听听你的意见。

格瑞斯：［挤出一丝笑意］什么事啊？

伊迪丝·路易斯：唔，我想知道你会不会穿周六你穿过的那套灰缎子礼服啊？是这样的，我只带了三套晚宴服，其中有一套就是灰色的，但跟你那件相比，我的颜色更深一些，在你旁边会显得我太过清冷了。如果你要穿，我就不穿了。

格瑞斯：［没精打采地说］没有，我没打算穿灰缎子那套。

伊迪丝·路易斯：那你要穿什么呢？

格瑞斯：我没想好。

伊迪丝·路易斯：可你必须想好了啊。

格瑞斯：这很重要吗？

伊迪丝·路易斯：我可不想跟你穿一样的衣服。

格瑞斯：［握紧双手以免自己尖叫起来］我不会穿戴任何跟你的灰礼服冲撞的服装或配饰。

伊迪丝·路易斯：谢谢。我现在可真幸福啊。我说，我们可真要迟到了。

　　［她一溜烟跑开了。格瑞斯轻笑一声，像是在回应对方。伊迪丝·路易斯退场后，这笑变成了悲伤、低沉、歇斯底里的哀鸣，其间还夹杂着断断续续的啜泣声。

第二幕终

第三幕

　　凯尼恩-富尔顿庄园的餐厅。这是一间极其华丽的餐厅，巨大的落地窗通向花园。墙上挂着过去两三代已故的伊瑟利家族的先人们：维多利亚时期呆板的淑女和绅士们；身着十九世纪初样式制服的年轻军官们，还有相貌丑陋的乔治王时期的乡绅老爷们，身旁是他们的妻子，后者头上敷了粉以掩饰银发。在法式落地门之间，在离墙面相当远的地方放有一张圆桌，上面摆放着早餐。谢拉顿风格的餐边柜上铺着一块布，上面放着一个让菜肴保温的支架，一只大火腿以及一些盘子、叉子和汤匙。在餐边柜的对面靠墙的位置摆放着一排座椅，桌边另有五六张椅子。舞台左右各有一扇门。

　　时间是第二幕过后的次日清晨。大幕拉开时，众人刚好结束餐前祷告仪式。克劳德坐在桌边，桌上摊着一本巨大的祈祷书，面前还有一本更为大部头的《圣经》。除了克劳德，所有人起身，跪在各自的椅子前。在场的有伊瑟利老夫人、霍尔小姐以及弗农小姐。在离众人很远的地方是一些正在祷告的用人们，他们之间的距离过于明显，甚至连最高神明都会注意到，这就是贵族人士与下人之间的区别。用人们也按着尊卑次序，依次跪在墙边那一排座椅前，厨子在一头，管家在另一头；他们的顺序分别是身形臃肿、上了年纪但备受尊敬的厨子，伊瑟利老夫人的贴身女仆、两个女佣、一个厨娘、一个男佣，以及管家莫尔。祷告结束后，他们站起身，停顿片刻，随后聚在一起，在厨子的带领下走了出去。管家把《圣经》和祈祷书从桌上拿走。克劳德起身，把信件和《泰晤士报》夹在腋下。

伊瑟利老夫人：克劳德，我没看见格瑞斯的女佣。

克劳德：我想格瑞斯现在离不了她。

伊瑟利老夫人：如果格瑞斯能守时些，就不会弄得自己的女佣没法参加晨祷了，祷告既是乐趣，也是责任。

霍尔小姐：我也没见到你的女佣，弗农小姐。

弗农小姐：她是罗马天主教的信徒。

伊瑟利老夫人：海伦，她是教皇党人？这样做不是太冒险了吗？

弗农小姐：好家伙，您为什么这么说？

伊瑟利老夫人：难道你不担心她的思想会腐蚀其他用人吗？

弗农小姐：[微笑道] 她已经年过四十了，是个非常值得敬重的人。

伊瑟利老夫人：她肯定非常轻浮。我宁可要一个无神论者。

霍尔小姐：一个信罗马天主教的女佣，我想都不敢想。

伊瑟利老夫人：路易莎，你有可能会拥有女佣吗？

霍尔小姐：没可能，伊瑟利老夫人。

伊瑟利老夫人：这样的话，我着实不明白你为何要对此话题发表看法。

克劳德：[正读着信，这会抬起头面带微笑道] 霍尔小姐只是说些普罗大众的看法罢了。

伊瑟利老夫人：在这个早餐桌上我不想听普罗大众的看法。

　　　　[他们说着话，管家和男佣端来开胃菜，上面盖着餐盖。他们将小菜放在餐边柜上，把咖啡、牛奶倒进银壶里，还上了茶。他们随后退场。克劳德起身走到窗边读信。

伊瑟利老夫人：海伦，我想在你们福莱家也会做祷告吧？

弗农小姐：恐怕我自己不会做。要我念祈祷文，我倒怪不好意思的。

伊瑟利老夫人：我不明白这是为什么。念祈祷文不会让我不好意思。

霍尔小姐：伊瑟利老夫人，您念得很好。

伊瑟利老夫人：念祈祷文的时候，我永远不会忘记自己是一个出身高贵且拥有财产的女人。

弗农小姐：我总觉得用人们会非常厌恶这类祈祷文。

伊瑟利老夫人：越厌恶对他们越有好处。亲爱的海伦，这就是生活。新的一天伊始，大家对自我有一个清晰的认知是好事，认识到主人就是主人，下人就是下人。

霍尔小姐：伊瑟利老夫人，我觉得用人们也喜欢这样。

伊瑟利老夫人：路易莎，他们喜欢与否我毫无兴趣。造物主赐予我权威，知道这一点对我来说就足够了。

　　[亨利·科贝特上场。

科贝特：很抱歉我迟到了。

伊瑟利老夫人：早餐十点开始，真无法想象为何有人还做不到准时呢。

科贝特：我也无法想象。[走到餐边柜] 看看今天有什么吃的。

伊瑟利老夫人：路易莎，看看有没有我喜欢吃的。

科贝特：[打开餐盖] 有炸鲽鱼，还有鸡蛋和培根。

伊瑟利老夫人：在这个国家，任何一个中产阶级家庭的餐厅里都会有这些菜品。

科贝特：还有芥末腰子。

伊瑟利老夫人：路易莎，我先吃炸鲽鱼，然后再吃鸡蛋和培根。

克劳德：[朝前走] 哦，不好意思。需要我给你拿些什么吃的吗？

伊瑟利老夫人：[对同桌客人打趣道] 如果科贝特先生之后没有吃光那些芥末腰子，或许我看看自己是不是也要吃一份。

科贝特：[咯咯笑道] 科贝特先生觉得如果自己吃上一点芥末腰子，肯定会上蹿下跳的。

克劳德：[对弗农小姐说] 不知道拿什么菜肴能吸引到你？

弗农小姐：我想我可以吃些炸鲽鱼。

克劳德：这就是乡野的雅趣。每个人都可以吃到特色风味的早餐，不是吗？

[他将一个盘子递给弗农小姐，随后给自己拿了一个，然后坐下。他一边落座一边抽出夹在胳膊下的《泰晤士报》，随后坐在报纸上。

弗农小姐：[看着他举止怪异，笑道] 克劳德，《泰晤士报》上有什么特别的内容吗？

克劳德：我还没看呢。

伊瑟利老夫人：克劳德，比起伊瑟利家，你更有班布里奇家人的风范。我父亲以前也总是坐在《泰晤士报》上，以免有人抢在他之前先读了。

克劳德：不得不说，我不喜欢在我还没来得及看之前，报纸就被很多人翻过了，弄得乱糟糟的。读《泰晤士报》的一大乐趣就在于第一个读。而且《晨报》和《邮报》都在餐边柜上，任何人都可以取阅。

[伊迪丝·路易斯上场。

伊迪丝：哦，我知道自己迟到得厉害。你们都可以责怪我。我真的非常抱歉。

科贝特：[学着伊瑟利老夫人的口气] 早餐十点开始，真无法想象为何有人还做不到准时呢。

伊迪丝：[笑道] 格瑞斯还没下来吗？[克劳德正起身想给她拿些食物，伊迪丝对他说] 不了，不用麻烦了。我自己来就好。

伊瑟利老夫人：当年我是这里的女主人的时候，早餐每天八点准时供应。

科贝特：[戏谑地说道] 这看起来就跟一顿晚餐似的。用过这顿晚餐，您就去睡觉了吧？

伊瑟利老夫人：我从不破例。有一次，我堂兄詹姆斯在猎场摔断了脖子，被人用担架抬进屋，但第二天我照常下楼，还吃了一顿非常丰盛的早餐。

科贝特：恐怕是因为他没给你留任何东西吧。

伊瑟利老夫人：[咯咯笑道] 恰恰相反，他把所有的债务都留给我了。

　　　　[格瑞斯上场。

格瑞斯：上午好。

伊瑟利老夫人：下午好，格瑞斯。

格瑞斯：我迟到了吗？我觉得所有的美德中，最惹人嫌的就是守时了。

伊瑟利老夫人：亲爱的，这可是皇室的美德。

格瑞斯：这样说的话，作为中产阶级的一分子，我不践行这样美德也就没什么大惊小怪的了。

克劳德：亲爱的，要我给你拿什么吃的吗？

格瑞斯：有什么好吃的吗？

伊瑟利老夫人：[带着阴沉的笑] 你这想法有两下子。

克劳德：有炸蝶鱼、鸡蛋和培根。

格瑞斯：哦，我没什么想吃的。我喝点茶，吃点吐司就好。

克劳德：亲爱的，你没胃口吗？

伊瑟利老夫人：可能格瑞斯刚才在房间里吃过面包和黄油，已经吃得饱饱的了。起床的第一件事是先喝杯茶，这是什么新习俗，我可受不了。我从不会给我的客人这样安排。

科贝特：那就别邀请我去您家做客了吧。

伊瑟利老夫人：[他这话正中自己下怀，因此乐道] 可能你会觉得吃惊，我压根没打算邀请你。

科贝特：[兴高采烈地说] 这样啊！本以为我给你留下了深刻的印象呢，伊瑟利老夫人。

伊瑟利老夫人：你看，这就是我不能邀你来做客的原因。面对你的甜言蜜语的诱惑，我这等上了年纪的人或许能幸免于难，但路易莎可就不一定了。

霍尔小姐：哦，伊瑟利老夫人，您怎么能这么说话呢！哎呀，科贝特先生得比我小个十岁。

伊瑟利老夫人：我得说小十五岁。

科贝特：霍尔小姐，别让我的美梦碎了一地。我自以为你看我的眼神并不清白呢。

　　　　[阿奇博德·伊瑟利从花园进来。

阿奇博德：啊，我就知道你们还在吃早餐。

克劳德：我们都是懒虫。我猜你起床后已经晃悠了两个小时了吧。

格瑞斯：[看着他说] 出什么事了吗？

阿奇博德：是的。

克劳德：我就觉得你看起来有点怪。

阿奇博德：出了一件非常可怕的事情。我刚听说的。

克劳德：[从椅子上起身] 老弟，发生了什么事？

　　　　[现在这些吃早餐的人都被搅得心神不宁。某种尴尬的气氛正在他们中间弥散开来。看到他人处于痛苦时人会不自觉感到尴尬，他们此刻就是这种感觉。不过他们都觉得这事跟自己没什么关系。

阿奇博德：你最好跟我一块儿去吸烟室。

格瑞斯：阿奇博德，现在想保密已经来不及了。你最好告诉我们吧。

克劳德：快说吧，老弟。

阿奇博德：[稍稍犹豫一下] 佩姬·甘恩自杀了。

　　　　[格瑞斯惊叫着跳起来。

克劳德：[看着格瑞斯] 我的上帝啊。

　　　　[格瑞斯满脸惊恐地朝前走去，摇摇晃晃地向一把椅子走

去。她跌坐在椅子上眼睛直勾勾地望着前方。

克劳德：她到底为什么要这么做啊？

格瑞斯：太可怕了！

克劳德：[朝她走去，正要把手放到她肩膀上] 格瑞斯。

格瑞斯：[颤抖地说] 别碰我。

　　　　[他停下手上的动作，看着她，满脸的困惑和不快。

阿奇博德：你最好过去一趟吧。

克劳德：[依旧盯着格瑞斯看] 我觉得自己应该做点什么。我不知道
　　要做些什么。

阿奇博德：恐怕能做的事不多了。

克劳德：我最好去看看甘恩，对吗？

伊瑟利老夫人：克劳德，你为什么不吃完早餐再去？

克劳德：哦，我现在什么都吃不下。

　　　　[他和阿奇博德退场。

霍尔小姐：太可怕了！

　　　　[格瑞斯站起身来，朝门边走去。

伊瑟利老夫人：格瑞斯，你要去哪里啊？

格瑞斯：[几乎不能自己] 看在老天的分上，让我静静吧。

　　　　[她背对众人站着，望着屋外。一时间大家都没有说话，空
　　气中弥漫着一丝尴尬。

伊瑟利老夫人：路易莎，科贝特先生对那些芥末腰子一直大惊小怪
　　的，你给我弄一些尝尝。

科贝特：让我来吧。

伊瑟利老夫人：路易莎会去拿。她喜欢服侍我。对吗，路易莎？

霍尔小姐：是的，伊瑟利老夫人。

　　　　[弗农小姐把椅子往后推了推。

伊瑟利老夫人：海伦，你吃完了吗？

弗农小姐：是的。

伊瑟利老夫人：你没吃什么啊。

弗农小姐：我吃不下。

　　　　[弗农小姐似乎想要去跟格瑞斯说话，但她随即又改变了主意，只是在另一张椅子上坐下了。她时不时地抬头看格瑞斯。

伊瑟利老夫人：一个遭人抛弃的荡妇干出自杀这等缺德事，我无法想象为何有人会为此感到难过。

科贝特：嗯，反正发生什么事都不能破坏我的食欲。

伊瑟利老夫人：科贝特先生，如果我们诚实地面对自己，那么就应该承认，谁的死都不足以破坏他人的食欲。

霍尔小姐：哦，伊瑟利老夫人，您怎能说出这样的话啊？

伊瑟利老夫人：路易莎，过去这十年，我像母亲一般对待你。如果明早有人发现我死在床上，你吃饭的时候会不会少吃一块土豆呢？

霍尔小姐：[拿出手绢] 哦，会的，伊瑟利老夫人。我真的会，真的会。

伊瑟利老夫人：[感动地] 路易莎，你真是个好姑娘，我那条黑色的蕾丝披肩是你的了。你好好缝补一下，还能用很多年。

霍尔小姐：哦，伊瑟利老夫人，多谢。您对我真好。

伊迪丝：我今天是不是得走了？我本来打算待到明天的。

科贝特：我本就打算今天走。我得去威尔特郡那边应酬一番。

伊瑟利老夫人：你好像很受欢迎的样子。

科贝特：我会的插科打诨的话多着呢。

伊瑟利老夫人：恐怕眼下境况让你的长处毫无用武之地。

　　　　[众人沉默了一会儿。

伊迪丝：我想去花园走走。

科贝特：一起吧。我想抽根烟。

[她站起身来，从落地窗向外出去。科贝特跟在她后面。

伊瑟利老夫人：[从桌边站起身道]亲爱的格瑞斯，我想你应该记得——自杀不仅是极其伤天害理的行为，而且是软弱无能的孬种才会干出来的事。如今不管什么事都沾着些伤春悲秋的多愁善感，我真是受不了。在过去，那些罪孽深重的人会在十字路口自绝性命，用一根木棍刺进自己的内脏，我们的祖先不过是把这些人埋葬起来罢了。他们罪有应得。

[格瑞斯没有搭话。伊瑟利老夫人耸耸肩，走出房间，霍尔小姐紧随其后。格瑞斯听到关门声，立即转过身去，发出一声近乎窒息的怒吼。

格瑞斯：哦，你听到了吗？一个不幸的姑娘香消玉殒了，他们竟然还有闲情逸致在这里谈天说地，说这样的话，没一点怜悯。她的自我牺牲在他们眼里毫无意义。她自杀是为了拉她父亲一把，不然他这一大把年纪了还要被解雇，赶出主家。但他们却说她堕落败坏，说她罪孽深重。

弗农小姐：但这对你来说不是什么新鲜事了吧？人们一向憎恶那些具有英雄主义精神的人，难道你没意识到吗？他们不喜欢别人对自己的指摘，所以最简单的自我防御方式就是尽情地嘲讽他人。

格瑞斯：如果我做出另外一种选择，或许可以救她一命，但我没有勇气。

弗农小姐：[担心她会将某个秘密吐露出来，那事最好不提为妙]格瑞斯，别犯傻。

格瑞斯：我一度怀疑过她会这么做，但她还是更胜我一筹。我极力想让自己相信这一切会尘埃落定。我想让她静悄悄地离开这里。

弗农小姐：[努力让她镇静下来]从古至今，身陷困境的女人不在少数，可她们都没有选择结束自己的生命。我觉得她的天性里一定存在某些怪癖。我猜她的生存本能不像我们大多数人那样强烈，而且——而且有很多事几乎都足以成为她自杀的诱因。

格瑞斯：只是有件事本来要说的，可我没说。我办不到。

弗农小姐：亲爱的，看在上帝的分上，打起精神来。

格瑞斯：你知道克劳德为什么这么强硬，非得赶她走吗？因为他无法忍受我有机会跟一个干过这等错事的女人打照面。

弗农小姐：[垂下眼睛] 我在想，这是他内心深处的真实想法。

格瑞斯：[突然间疑虑重重] 为何你比我更懂克劳德在想些什么呢？

弗农小姐：[担心暴露自己的内心] 只是我乱加猜测罢了。

格瑞斯：[紧盯着她] 那天我问你，你是否还爱着克劳德，你缄口不言。

弗农小姐：[微笑道] 我真心觉得这与你无关。

格瑞斯：[严肃地] 你还爱着他吗？

　　[弗农小姐眼看着就要爆发了，不过她很快克制住了自己。

弗农小姐：是的，我想我还爱他。

格瑞斯：很爱吗？

弗农小姐：[嘶哑地] 是的。

　　[一时间她们都没说话。

格瑞斯：我婆婆肯定愿意拿出一半的财产来换取你知道的——你知道的那个秘密，你明白吗？这些年她一直留心观察我，想从我身上找到点什么把柄。只要有一<u>丝丝</u>捕风捉影的事，你大可相信她有本事把这事无限放大，直至把我搞垮。

弗农小姐：亲爱的，我完全不明白你在说些什么。

格瑞斯：[耸了耸肩] 你是怎么发现的？

　　[弗农小姐稍微盯着她看一会儿，然后尴尬地看向别处。

弗农小姐：我原先就起了疑心。如果真有点什么，没有哪个男人不会表现出某种占有欲。他表现得太过明显了，你知道的……然后到了昨天，我基本上可以完全确定了。

格瑞斯：现在我落到你手里了。你打算怎么做？

弗农小姐：亲爱的，我能做什么？克劳德并不会因为对你的爱意减少了，就来爱我啊。

格瑞斯：你肯定对我嗤之以鼻。

弗农小姐：没有……我只是为克劳德感到很难过。

格瑞斯：[几乎是妒火中烧地] 克劳德永远是你第一个考虑的对象。

弗农小姐：在我十六岁那会儿，还是个小姑娘的时候，他就已经是我的全世界了。

格瑞斯：这就是你不嫁人的原因吗？

弗农小姐：我想是的。

格瑞斯：我做梦也想不到，竟然有人这样在乎克劳德。我想你在他身上看到了某些我未曾发觉的特质……他有上百种千奇百怪的方式能让我抓狂不已。

弗农小姐：你看，那些让你怒火中烧的怪癖并不会惹恼我。

格瑞斯：[若有所思地] 我想，真爱会让人忽视这些小缺点。

弗农小姐：甚至需要这些小毛病的存在，因为这都是些非常私人化的特征……然后你可以稍稍取笑它们一番，最美好的爱情总是包含着那么些幽默感。

格瑞斯：海伦，知道你还爱着他，让我莫名有种奇怪的感觉。这也让我对他产生了某种之前从未有过的感觉。

弗农小姐：我觉得，任何一个女人知道有别的女人爱自己的丈夫爱得死去活来的，她只会更爱他。

格瑞斯：[慢悠悠地] 我不知道这些年，我对他是不是太不公了……你是否会觉得，我认为他肤浅，是因为我自己本身就没有多少深度，或者我觉得他狭隘，是因为我自身就无比狭隘？

[克劳德·伊瑟利上场。格瑞斯赶紧转过身去同他说话。

格瑞斯：你见到甘恩了吗？

克劳德：[伸手敲铃] 没有，他没有在那小屋里。我已经派人去找他了，让他到这里来一趟。

格瑞斯：那他们知道他现在在哪儿吗？

克劳德：是的，更糟心。小酒馆开门后，他就一直泡在那里。

弗农小姐：可那事是什么时候发生的？

克劳德：你是问……佩姬吗？昨天晚上。

格瑞斯：昨晚？但为何刚才我们才听闻此事呢？

克劳德：[垂头丧气地] 现在下边遇着麻烦不愿通报我们了。他们想自行解决。

　　　　[门铃声响起，莫尔去开门。

克劳德：哦，莫尔，等会甘恩到了，你立马向我通报。我马上过去见他。

莫尔：老爷，他来了。

克劳德：是吗？我没想到这么快。好吧。

格瑞斯：克劳德，你为何不叫他到这里来呢？我也有话要同他说。

克劳德：我想着，要是他喝得烂醉，你最好还是别见他了。否则他可能会非常不可理喻。

格瑞斯：克劳德，我必须要把我的心里话跟他说说。

克劳德：那好吧。[对莫尔说] 叫甘恩来这里吧。

莫尔：是的，老爷。

　　　　[退场。

弗农小姐：我想你们会希望我回避吧。

格瑞斯：嗯，你不会介意的，对吗？

　　　　[弗农小姐摇了摇头，面带微笑走出去。克劳德看着他妻子，一时间不知怎么办才好。他开始没话找话。

克劳德：她真是个识大体的女人！真不明白阿奇博德为何还不赶紧娶她进门。

格瑞斯：可能阿奇博德不爱她吧。

克劳德：任何一个神志清醒的男人都会爱上她的。

　　[格瑞斯没有接话，只是向他投去了不寻常的目光。莫尔开门让甘恩进来。甘恩蓬头垢面，邋里邋遢，脸色憔悴又疲惫。他并没有真的喝醉，但他神情木然，一方面是酒精的缘故，另一方面是因为伤心过度。他身上携着枪。他走进屋站在门边上，头上戴着帽子，一副笨手笨脚的样儿。

克劳德：甘恩，摘掉帽子吧。

　　[甘恩看看他，眼神飘忽不定，随后慢慢脱下帽子。

甘恩：乡绅老爷，您有话跟我说？

克劳德：甘恩，我刚刚去过你的小屋。我看到了佩姬……我想跟你说，发生这样的事，我感到非常难过。我永远无法原谅自己。

　　[甘恩颤颤巍巍地向前走，面对着克劳德。

甘恩：您还想要我怎么样？难道您还不放过我吗？您还想让我卷铺盖走人吗？

克劳德：不。我正要告诉你的就是这个。

甘恩：给我们一点时间，我们会走得远远的。不需要太长时间。只需要等我安葬好我的姑娘。这是我们唯一的诉求。

　　[格瑞斯发出惊恐的尖叫声。

克劳德：我希望你能留下。我想尽我所能弥补你的损失。我想让你知道，我非常自责。

甘恩：这样就能让她起死回生了吗？

克劳德：要是时间能倒流，只要能避免悲剧发生，我什么都愿意做。[瞥了一眼格瑞斯] 这恐怕是我的错。

甘恩：她自我了断，为的是我不被赶出去。她自杀为的就是这个。你这个主子真是铁石心肠——你向来如此。她以为要保住我的工作，这是唯一的法子。

克劳德：[很是局促不安地] 以后我会尽量改变。之前我不觉得自己
　　心有多硬。我以为自己只是在秉公办事而已。

格瑞斯：那条规矩可真够残酷的。

克劳德：我原以为我只是在尽自己的职责。

甘恩：无论如何，乡绅老爷，她是一个好姑娘，一个好姑娘。

克劳德：我相信她是。

甘恩：对于你们这样的人而言，要保持刚正不阿的品性不是件难事。
　　你们面对的诱惑并不像我们那样多。

克劳德：这话不假。对我们而言，言行举止要保持适度的得体并不
　　是件太困难的事。

格瑞斯：[哽咽地] 甘恩，孩子现在在哪？

甘恩：[怒气冲冲地吼道] 那个小家伙你们也不放过吗？你们现在还
　　不够满意吗？我留在这里，那孩子就必须得送走吗？

格瑞斯：不是的，不是的。我只想知道有没有我能够帮得上忙的地
　　方。我想帮帮你。

甘恩：我不需要您的帮助。我只想还留在这里工作，自己挣点工钱。

克劳德：完全没问题，我向你保证。

甘恩：我可以走了吗？我今早还有很多事要做。

克劳德：你走吧……走之前可以跟我握握手吗？

甘恩：那对您有什么好处呢？

　　　　[克劳德做了个很沮丧的手势。]

克劳德：我只能再说一句，我是真的真的非常难过。我知道无论我
　　做什么都弥补不了你的丧女之痛……你现在可以回去了。

　　　　[甘恩转身要走，克劳德和格瑞斯一言不发地望着他。他突
　　然转过身，将一把枪塞进克劳德的手里。]

甘恩：瞧这个，乡绅老爷，收下我的枪吧。我现在不适合留着它。

克劳德：[厉声说道] 真该死，你这是什么意思？

甘恩：昨天夜里，我酒劲上来，发誓要一枪崩了您的脑门，自己被
　　　绞死也在所不惜。不要让我拿着这枪。这会儿我不适合保管它。
　　　如果再喝醉，我会宰了您的。

克劳德：真是活见鬼，你这样跟我说话是什么意思！你当然得带枪。
　　　这是你的工作，我不许你怠工。

格瑞斯：[小声得几乎听不到] 克劳德，当心。

克劳德：[看了看弹夹] 你没装子弹？

甘恩：他们把弹夹拿了出来。我快疯了，我感觉自己在胡言乱语。
　　　如果我当时碰到您——您现在可就不会站在这儿了。

克劳德：我猜你用的是八号子弹吧？

　　　[格瑞斯和甘恩都不约而同地看向他。格瑞斯突然意识到他
　　　接下来要做什么，心中不由得一惊。

甘恩：是的。

　　　[克劳德点点头，朝门那边走去。他顿了顿，瞥了一眼格
　　　瑞斯。

格瑞斯：我没事。

　　　[他走了出去。过一会儿，他拿着两个弹夹回屋。他把子弹
　　　装好，然后把枪还给那个看守猎场的。

克劳德：拿好。我不觉得有什么好担心的。我愿意冒这个险，看看
　　　你是不是真的想一枪崩了我。

　　　[甘恩接过枪，握着枪的手抽搐着。他半抬起枪口。克劳德
　　　朝刚才自己进出的那扇门那边走去，关上门。接着，像是被某
　　　种诱惑所驱使，甘恩打起精神来，朝自己主子的方向迈了一大
　　　步。格瑞斯抑制不住惊呼了一声。克劳德转身，直面那男人。

克劳德：可以了，甘恩。要跟你说的话我已经说完了。你可以走了。

　　　[甘恩拼命地控制住自己。他手指发痒，很想开枪，但是克
　　　劳德那副不怕死的样子最终阻止了他。

甘恩：上帝啊！［他转身离开，狠狠地把枪甩了］

克劳德：［断然道］甘恩，把你的枪带上。

　　　　［那男人停下脚步，看着自己的主子，随即被震慑住了，拾起地上的枪。他迈着重重的步子走出房间。屋子里安静了一会儿。格瑞斯长舒一口气。］

格瑞斯：你愿意这么做，我真为你高兴，克劳德。

克劳德：［以为她说的是刚才自己尝试道歉］真不知该跟他说些什么才好。

格瑞斯：我不是这个意思。我的意思是，我很高兴你让他把枪带走。

克劳德：哦！真是见鬼，你不会以为我真的会被一个下人威胁到吧？

格瑞斯：［低声道］我真害怕他会朝你开枪。

克劳德：其实我也害怕。不过我敢肯定，他看到了两个不一样的我，他想要一枪崩了的是那个铁石心肠的我。

格瑞斯：你可真够胆。

克劳德：胡说！［他顿了顿］格瑞斯，恐怕你觉得我是个讨厌的混账玩意儿。

格瑞斯：［快速看了他一眼］谁也不知道会发生这种事。

克劳德：你肯原谅我吗？

格瑞斯：［大吃一惊道］我？

克劳德：我觉得自己简直就是一个十恶不赦的混蛋。如果我听你的，这事就不会发生。

格瑞斯：不是你的错。我没有说——能让你改主意的话，我说不出口。

克劳德：你那样坚持让佩姬留下，着实让我火冒三丈。不过后来我突然想到了什么。当然了，你肯定不可能跟我感同身受。我是觉得，如果一个人坦率得让人恼火，说明此人慈悲为怀，你知道吧。

格瑞斯：亲爱的克劳德，你把我说得仿佛还是个年方十八的姑娘似的。

克劳德：你可能不记得了，阿奇博德告知我们这事时，我是有些话想跟你说……

格瑞斯：嗯，你第一个想到了我，不是吗？

克劳德：[自顾自地说下去] 我走到你身边。那会儿——那会儿你似乎在发抖，然后你说："看在上帝的分上，别碰我！"

格瑞斯：我很抱歉。我不是有意要这样做。

克劳德：是的，我知道你不是那个意思。你不自觉就会这样。而且——哦，格瑞斯，一想到你——你一点也不依赖我，我就难受，你知道吗……我觉得自己是个该死的混蛋，可是我不至于让你憎恨，让你厌恶，对吧？

格瑞斯：克劳德，我不值得你如此挂虑。

克劳德：我抑制不住自己。不知怎么地，你已经融入我的血脉，深入我的骨髓。另外我想对你说，在这世上你就是我的全部，希望这话听起来不像是一句蠢话。每次我说这样的话，你都会笑话我。

格瑞斯：[与其说是同他对话，不如说是在跟自己解释] 要准确说出自己的想法是件极其困难的事，对每个人而言都是如此。我们所使用的词汇太过古旧了。对于我们真正想表达的核心思想——他人只能靠猜。

克劳德：我一直想让自己专注在甘恩父女这事上，但说真的，我满脑子都是你。

格瑞斯：你知道的，克劳德，你把我想得太好了，除了你，没有人把我想得这么好。我的青春年华早已不再，但仍觉得我美艳动人的，你是唯一一个。

克劳德：我不在乎。你知道吗，有时候我真希望你能快点变老，到那时你就不会那样光彩夺目，这样我对你的爱或许会更有分量。

格瑞斯：［有些抑制不住，大笑道］哦，亲爱的，你这想法可真够吓人的。

克劳德：格瑞斯，现在别笑话我了。

格瑞斯：［带着哭腔道］我没有笑话你。我向上帝发誓，我可没笑话你啊。

克劳德：每到要表露自我的时刻，我的嘴简直笨到家了。我想让你明白的是，他人倾心于你的那些理由，并非我爱你的理由。我爱你，只因你是你，你明白吗。你是这般温柔敦厚，疾恶好善。我非常敬佩你，你知道的。

格瑞斯：［用嘶哑的嗓音说道］克劳德，我没那么好。

克劳德：如果你还算不上是善良的话，那我觉得这世道已然堕落不堪了。

格瑞斯：我并不是你想娶的那类妻子。我一直这么觉得。

克劳德：在这世上与我称得上良配的女人只有你。永远都是。

格瑞斯：［深受感动］能担得起这话的女人并不多，对吗？有幸听到这话的人应该很感激。

克劳德：你还记得我们初次见面的场景吗？

格瑞斯：［望向别处道］我真不明白，在遇着我之前，有这么多年，你为何不娶海伦·弗农？

克劳德：真是见鬼，我究竟为什么要娶她啊！

格瑞斯：你母亲非常迫切地希望你能娶她。

克劳德：我并不爱海伦·弗农，就像她对我的感觉一样。

格瑞斯：我不禁在想，她比我更适合做你的妻子。她应该很了解你。我一直不觉得我能明白你的心思。克劳德，我真是个彻头彻尾的失败者。

克劳德：亲爱的，你怎么能说出这等蠢话？

格瑞斯：她或许能给你生个一儿半女。克劳德，你那么想要孩子，可是我连一个孩子都没给你生。

克劳德： 亲爱的，在这点上我俩确实不太走运。

格瑞斯： [语气真挚地] 如果你娶了她，或许一切都会不一样了。

克劳德： 如果我想要孩子，主要是因为我觉得有了孩子你会更快乐。这样你就不会那么在意这里单调乏味的生活了。而且作为孩子的父亲，或许我也能得到一些额外的关注。

格瑞斯： 所有一切都是为了我吗？你满脑子都是我。

克劳德： 你介意吗？

格瑞斯： 我太羞愧了。

　　　[阿奇博德从门厅走进来。

阿奇博德： 哦，克劳德，我来的路上遇到来验尸的。他想见见你。

克劳德： 好的。我就来。他在门厅那儿吗？

阿奇博德： [点头道] 我跟他说，除了我告诉你的信息，其他的你一概不知情。但我想他还是会找你问话。

克劳德： 躲不掉就只能微笑面对了。

　　　[克劳德和阿奇博德退场。格瑞斯坐在写字桌旁边的椅子上，双手掩着面。过了一会儿，亨利·科贝特进屋。她听到碎石路上传来他的脚步声，不由得吃了一惊。他手里拿着帽子，外套搭在胳膊上。

科贝特： 我正要走。想找你道个别。

格瑞斯： 已经到要离开的点了吗？我不知道已经这么晚了。

科贝特： 万分感谢你的款待。这趟真是不虚此行。

格瑞斯： 你能来真是太好了。欢迎再次登门。

科贝特： [低声道] 我估摸着你这辈子都不会想见我了吧。

格瑞斯： 再也不想。

科贝特： 你看上去并不怎么痛苦，对吗？

格瑞斯： [用某种介于抽噎和轻笑之间的口吻说道] 确实。

科贝特：我万分抱歉。

格瑞斯：这话可帮不上我什么忙，不是吗？

科贝特：但凡有我能做的事，只要你发话，我都非常乐意效劳。

格瑞斯：不用，无论将来发生什么，能帮我的人只有我自己。

科贝特：如果我知道你如此走心，我就不会干这样的蠢事了。

格瑞斯：[讥讽道] 这就是女人讨人厌的地方，不是吗？本是逢场作戏的事，她们却认真得不能再认真。

科贝特：此等说法会让对方觉得自己遇到了一个十足的无赖。但归根结底，堕入情网是一种无法抑制的激情，而且希望从情网中挣脱出来，也并非什么恶棍之举。

格瑞斯：你昨天问我，我是否开始在意克劳德了？

科贝特：没错。

格瑞斯：我爱他，我原以为自己绝不可能爱上他。我不知道自己因何而爱他。我只是突然感受到了这种爱意。我——哦，我没法跟你说清楚。这就好比我的灵魂渴望去爱他。我真被这种感觉吓了一跳。

科贝特：我想这样一来，一切就都能回归正轨了。

格瑞斯：一切都太晚了。我——被玷污了。在那次之后——你知道我的意思，就是我跟你——我的第一感受是惊讶，因为我发现自己跟以前并没什么不同。我以为一个女人做了那种事，一切看起来都会不一样。可我的感受跟以往别无二致。除了现在。就仿佛那摊血渍——你不记得了吗——阿拉伯香水气味再浓，也掩盖不了……

科贝特：[担忧且动容] 你知道的，这样想很荒谬。

格瑞斯：[情绪愈发激动] 哦，瞧我干的好事！要是我能抵制住诱惑就好了！现在我算是看清了，那是何等的腐败堕落啊，真是见不得光的丑事。哦，我讨厌自己。当你驻足在我和克劳德之间的时候，我如何能将自己的心交给他呢？而今你横亘在我俩之间，我如何能完完全全把我的心交给克劳德呢？

科贝特：我感到万分抱歉，格瑞斯。

格瑞斯：如果时光能倒流，能让我改变过去，我愿意付出一切代价。如果没有那事，我现在或许会非常幸福。我已经没有机会了。命运总要与我作对。现在爱着克劳德又能怎么样呢——我已经没资格做他的妻子了。

　　[她几近崩溃，不能自已。科贝特站在那儿，手足无措地望着她。外面传来一阵汽车的鸣笛声。

科贝特：[略微吓了一跳] 什么声音？

格瑞斯：是鲁尼。他担心你误了火车。你还是赶紧走吧。

科贝特：你现在这个样子，我没法走。

格瑞斯：[嘲讽道] 我可不想你误了火车。

科贝特：我想你现在还怨恨我，厌恶我。

格瑞斯：你死了才好呢，只有这样才对我有利，不是吗？

科贝特：[若有所思地] 事实是，只有罪大恶极的人才应该作孽……那些清高之人做了无可挽回之事，只会把局面弄得很难看。

　　[莫尔进屋，男佣跟在他后面。

格瑞斯：什么事？

莫尔：太太，我来催人了。

格瑞斯：哦对，我给忘了。[向科贝特伸了伸手] 你可得抓点紧。

第三幕终

第四幕

场景同第一幕和第二幕，在凯尼恩-富尔顿庄园的客厅。

两天后。时值午间，伊瑟利老夫人的哈巴狗正趴在她的大腿上，霍尔小姐在给她念《泰晤士报》上的头条。

霍尔小姐：[念道]"……将选举权给予此类公民，由于身体上的差异，他们从古至今、无论何时何地，都在更大范围的公民社区享有公民权，这种外在差异是任何法令条规都无法改变的。她们坚称，女性和男性一样承担着缴纳各项费用及纳税的义务，因此她们坚信，女性应当与男性共同享有选举权。但是费率和税收是可以通过立法来征收或废止的。男性可缴费或纳税，也可不再成为缴费者或纳税人。无论再怎么激情抗议，或推理论证，或雄辩言说，或游行示威，或令行禁止，唯一一件无法达成的事就是把女人变成男人。"

伊瑟利老夫人：这话千真万确，路易莎。

霍尔小姐：我一直以来也是这个想法，伊瑟利老夫人。

伊瑟利老夫人：还有一事，路易莎。没有哪个男人能成为母亲。

霍尔小姐：[若有所思地答道]对，我想是不能够。

伊瑟利老夫人：路易莎，对这个问题你还有什么疑问吗？

霍尔小姐：哦，没有了，伊瑟利老夫人。

伊瑟利老夫人：[反唇相讥道]你大可相信我的话，没有哪个男人能成为母亲。而且显而易见，当今这世道，有些女人也生不出孩子，做不了母亲。

[阿奇博德·伊瑟利进屋。

阿奇博德：早上好，母亲。

伊瑟利老夫人：早上好，亲爱的。

[他弯下腰亲吻她。

阿奇博德：早上好，霍尔小姐。

霍尔小姐：早上好。

伊瑟利老夫人：路易莎，你可以到花园去读完那篇文章。

霍尔小姐：[起身道] 好的，伊瑟利老夫人。要我把狗狗带走吗？

伊瑟利老夫人：[将狗交给她] 带走吧。要非常留意它。它今天不太舒服。

[霍尔小姐带着小狗退场。

伊瑟利老夫人：阿奇博德，我很开心有机会跟你说说话。我觉得过去这一两天，你一直在躲着我。

阿奇博德：[心情畅快地说] 哦，没有的事，亲爱的母亲。

伊瑟利老夫人：当时我叫格瑞斯邀请海伦·弗农过来住几天，我还抱着很大的希望，想着你能跟她求婚。

阿奇博德：我很尊敬弗农小姐，但说实话，我心里对她并没有那方面的情愫。

伊瑟利老夫人：阿奇博德，这样的情愫对一个牧师而言并不是必需品。她出身非常优越，以后还会继承家产。足足五千英亩地，外加一幢刚完工的宅子。

阿奇博德：[咯咯笑道] 若是无需娶妻就能拥有这些财产就好了！

伊瑟利老夫人：[眨巴着眼睛道] 这世上任何的欢愉都会伴随着些瑕疵，你是个牧师，你自然是比我清楚，不需要我来告诉你啊。

阿奇博德：母亲，真可惜您不是个男人！不然大主教的位置定是您的。

伊瑟利老夫人：阿奇博德，你想转移话题吗？

阿奇博德：换个话题没什么不好。

伊瑟利老夫人：那我要再多说一句，我是这世上最温柔恭顺的女人，一只羔羊都愿意给我领路。不过我想提醒你，凯尼恩-富尔顿庄园一年给你的生活费不会超过一百七十英镑。另外，如果你能保住你助理牧师的职位，并且能够像一位绅士那样过活的话，只有一个原因，那就是我对你倾囊相助。

阿奇博德：母亲，我已经准备好靠一年一百七十英镑过活了。我想着，这样的活法对作为牧师的我大有助益，那效果就跟婚姻一样。

伊瑟利老夫人：[有些生气道] 我不知道你在说些什么，阿奇博德。

阿奇博德：我知道你是不是又想着用别的理由鼓捣我结婚，什么结婚可以快速减肥之类。

伊瑟利老夫人：我不禁在想，你不会是对海伦有什么看法吧？

阿奇博德：[微笑道] 据我敏锐的观察，她前额的刘海是假的，真希望我晚几个夏天再发现这件事。

伊瑟利老夫人：那当然是假发了，阿奇博德，你自己也不是个小孩子了。

阿奇博德：恰恰相反，我已经是只老鸟了，放些碎谷糠别想把我逮住。

伊瑟利老夫人：这个家不需要再有一个举止轻浮的年轻家伙了，这点我敢肯定。

阿奇博德：我觉得过去这一两天，格瑞斯倒挺保守的。

伊瑟利老夫人：跟她有什么关系呢？她总是拉着一张脸，就跟你那布道词一样又臭又长。

阿奇博德：恐怕佩姬的死令她悲痛不已。

伊瑟利老夫人：[怒气冲冲道] 这恰恰是这类人最让人受不了的地方，一点自制力也没有。一个厨娘死了她就能要死要活的，哪天哪位公爵夫人过世了，她到底要怎么办才好？

阿奇博德：母亲，你在玩什么猜谜游戏吗？

[格瑞斯进屋。她看上去精疲力尽，心力交瘁。她整个人神经紧张。现在不管她做出什么蠢事，或者什么匪夷所思的癫狂之举，似乎都是合理的，这就是目前她给人的印象。

格瑞斯：早上好，阿奇博德。

阿奇博德：早上好。

格瑞斯：我还以为你去参加问讯了。

阿奇博德：没有。我没必要去。而且看克劳德的意思，他好像也不想让我去。

伊瑟利老夫人：什么事？

阿奇博德：佩姬·甘恩的事，在找人问话。

格瑞斯：你见到克劳德了吗？

阿奇博德：我看见他在教区长的住宅附近张望了得有五分钟。恐怕他很是忧心。

伊瑟利老夫人：真受不了克劳德。他应该更加自尊自爱些，不该让这样的事乱了自己的方寸。

阿奇博德：他担心有人会提些难堪的问题。

伊瑟利老夫人：你似乎完全忘记了有关各方的立场是相对的。如果克劳德觉得某个问题很冒犯，不想回答，最简单的办法是大发脾气，然后拒绝回答。验尸官是谁？

格瑞斯：叫戴维斯。是个当地的医生。

伊瑟利老夫人：你不会是想说，这个当地的小医生会问些克劳德预料之外的问题吧？

阿奇博德：戴维斯是个资深的改革派分子。恐怕他要借这次机会耍耍克劳德。

伊瑟利老夫人：我现在真是摸不着头脑。我年轻那会儿，一个改革派的医生，我们连五分钟都忍不了。他要么改持立场，做个保守派，要么离开这个区，否则他在这里的日子不会好过。

阿奇博德：[耸耸肩] 格瑞斯，你看上去下一秒就要倒地了。

格瑞斯：哦，我没事，谢谢关心。

伊瑟利老夫人：你的脸上抹了胭脂？我没搞错吧？

格瑞斯：我昨晚辗转难寐，睡得不好，我不想看上去病恹恹的。

伊瑟利老夫人：我年轻的时候，淑女们可不会做这些涂脂抹粉的事。

格瑞斯：[强忍怒火道] 现在已经不是您年轻的时候了，而且我也不是淑女。

伊瑟利老夫人：[格瑞斯这话正好给了她话柄，她轻笑道] 亲爱的格瑞斯，你是负责招待我的女主人，我可不敢跟你唱反调，不然就显得我太蛮横无礼，没个淑女相了。

　　[她自认为这个回答很是巧妙，心情大好，便起身离开。格瑞斯走到壁炉台的镜子前，用手帕擦拭着脸颊。

阿奇博德：如果我跟你说些事，你会火冒三丈吗？

格瑞斯：[冷冷地说] 你是看我的发型不顺眼吗？还是我裙子的剪裁令你不满呢？

阿奇博德：我是想跟你说些关于克劳德的事情。

　　[格瑞斯有些吃惊，但她尽力不表现出来。她没有接话，也没有向别处张望。

阿奇博德：你知道他有多奇怪吗。如果心里装着事，他话会变得很少。但每次他这样，熟悉他的人都知道他又有烦心事了……他非常担心你。

格瑞斯：[依旧看着镜子道] 我现在有什么值得他这样记挂。

阿奇博德：他担心你会因为佩姬之死而怪罪他。

格瑞斯：我为何要这样？

阿奇博德：他觉得是这他的错。

格瑞斯：我想在某种程度上是的。

阿奇博德：他太喜欢你了，所以只要想到这事——这事会给你带来
　　　影响，他就受不了。

格瑞斯：他为这事有跟你说什么吗？

阿奇博德：没有。

格瑞斯：或许只是你妄加猜测罢了。[转身] 为什么现在跟我说
　　　这些？

阿奇博德：我担心问讯对他而言是一场恶战。我原想着你或许可以跟
　　　他说点什么，给他打打气。就算一言半语对他来说也意义重大。

　　　[一时间谁也没说话。

格瑞斯：你这会儿竟会跟我说这样的话，我觉得真是奇怪极了。毕
　　　竟一直以来我们也算不上什么要好的朋友，不是吗？

阿奇博德：那些所谓最好的朋友，不过是些会让我们自我感觉良好的
　　　人罢了。我一向认为，如果一个男人胆色尽失，自乱阵脚，那将
　　　是件多么可怕的事……如果你愿意，可以为克劳德做很多事。

格瑞斯：我觉得你言过其实了，我对他产生不了这样大的影响。毕
　　　竟，一直以来他都有意将我与他的生活严格划清界限。

阿奇博德：就算他犯了错，那也是无心之过，我想你应当明白这一
　　　点。他只是个食五谷的凡夫俗子，偶尔出错在所难免。

格瑞斯：你这话仿佛在说我是个完美无瑕的人。

阿奇博德：另外，就算他如此强硬，要坚决执行庄园那项规定，有
　　　部分原因也是为你考虑，不是吗？因为他认为，不让邪恶之人
　　　近你身是他的责任。

格瑞斯：他这样跟你说的？

阿奇博德：没有。但这似乎显而易见。

格瑞斯：我觉得也不难猜——是个人都能看出来。

阿奇博德：格瑞斯，你会尽你所能吗？

格瑞斯：你觉得我该做些什么？

阿奇博德：我很难告诉你具体该怎样做。我觉得最重要的事情就是，你跟克劳德说——如果你愿意的话——说你喜欢他，说无论发生何事，你对他的感情永不变。

格瑞斯：[声音嘶哑地] 这不会很难。因为我全心全意爱着他啊。

阿奇博德：[微笑道] 如果你能就这样跟他说——就用刚刚这种语气，仿佛这就是你真实的感受一样——这会让他非常快乐。

　　　　[一阵沉默。格瑞斯用手遮住双眼，并保持着这个姿势，这样她说话时可以不用看着阿奇博德。]

格瑞斯：阿奇博德，我想跟你说会儿话——跟那个当牧师的你说。

阿奇博德：亲爱的格瑞斯，你吓到我了。

格瑞斯：以前我对你的态度总是恶劣，待你很不好，我感到很过意不去。我嫁过来有十年了，这十年里我肯定没少说你坏话，那些现在想来又愚蠢又残忍的话，我真是羞愧啊。

阿奇博德：[语气轻快地] 哦，别胡说！你是个伶牙俐齿的主儿，而且当某句刻薄的话就到你嘴边时，你很难忍住不说出来，许多人都是这样。

格瑞斯：我以前经常说些伤你的话，而且有时真是恶劣至极。我很感激你如此耐心地待我，我想让你知道这个。如果你讨厌我，那也不足为奇。

阿奇博德：哦，我想我一直都很喜欢你，格瑞斯。我知道你经常觉得这里的生活极其沉闷单调。如果我做什么能让你过得舒服些，我乐意之至。

格瑞斯：我此前对你的看法很不公道。我有时会觉得你很伪善……我原以为你愿意当牧师，只是为了有个营生，有个地方住。

阿奇博德：是的，我有感受到。但我不会因此而憎恶你。你说得没错。

[格瑞斯转过身去，诧异地盯着他看。

阿奇博德：恐怕我没能为教区做多少贡献。比起我的使命，我的阶层对我的意义更重要。我知道这样不对，可我无法控制自己不这样想。我被各类惯习常规牢牢束缚住，并且我也没有挣脱的意愿。依靠家族过活的日子已是过去式，对次子的额外津贴也不再有，我在这里再无立足之地。我认为我不是通过正常流程谋得这份差事的，不像在我之前的罗伯特叔叔，而且我也没有那份热忱之心，否则我可能会认为我是通过自己的努力赢得这一职务的。

格瑞斯：我真是太惭愧了。就因为别人没有把自己的心掏出来捧在手里，我就认为他们没有心。

阿奇博德：正式被任命后，在威克菲尔德当了三年的助理牧师。我工作非常上心，没有一点自己的时间。现在想想，那是段快乐的时光。而且这也是我眼下理应要做的事。我应当拿这里的一切去换一份城里营生的活计，趁一切都还来得及之前，去实打实做点事。可我没那勇气。这就导致我现在一事无成，因为我总是摇摆不定，信念不坚定。这也导致我在教区里没一点影响力。那些人来找我，不过是想讨要一些牛肉汁和煤票，但需求得到满足后，他们就会另觅他处。唯一适合我做的事就是经营一个小家庭，跟住在附近的乡绅们一块吃吃饭罢了。你对我的总结非常到位。

格瑞斯：我现在不这么想了。我现在认为，如果以宽容的眼光看待别人，或许更能参透对方的真实本性。

阿奇博德：[笑着说] 你刚刚说有话要同我说，我却在一个劲地谈论自己。

格瑞斯：阿奇博德，我觉得你让我放松些了。你人真好。

[她顿了顿，两人沉默了一会。她焦躁不安地在屋里踱步。

格瑞斯：[有点上气不接下气地说] 阿奇博德，我感到非常痛苦。我做了一些让自己后悔不已的事。我不知要如何开口。但我必须告诉你……我曾做过对不起克劳德的事。

阿奇博德：格瑞斯，你肯定是疯了。你说的不可能是真的。这——这不可能。

格瑞斯：这件事一直在折磨着我。一直折磨着我。

阿奇博德：可我不明白。你的意思不会是……

格瑞斯：[绝望地] 哦，是的，千真万确。请你体谅体谅我吧。

阿奇博德：你说你爱克劳德。

格瑞斯：是的。我现在如此痛苦不堪，原因就在于此。我非常痛苦。我真是痛不欲生。我想让你帮帮我。我想要你告诉我，我该怎么办。

　　　　[一阵沉默。阿奇博德有些茫然无措，老半天说不出一个字。

格瑞斯：你很难以置信，对吧？听起来很不可思议。有时候我不住在想，这不可能是真的。

阿奇博德：[努力保持镇定] 好像被人恶狠狠打了一棍。

格瑞斯：别责怪我。该骂的话我已经骂过自己千遍万遍了……哦，我恨我自己。

阿奇博德：我真是糊涂了。你为什么要告诉我这些？我觉得我应该有一堆问题要问你，但我现在问不出一句话。

格瑞斯：除了自己干的那些见不得光的事外，我觉得其他一切都无所谓了。克劳德一直待我很好，我却这样欺瞒于他。他每一次对我温柔以待，对我说的每一句包含爱意的话，都是对我的责备。我全心全意地爱着他，然而我做过的这等骇人听闻的事却永远横亘在我们中间。我再也受不了了。

阿奇博德：我实在是无能为力。

格瑞斯：你打算跟克劳德说吗？

阿奇博德：我？你肯定是疯了。

格瑞斯：我以为你或许觉得你有这个义务。毕竟你是他弟弟。

阿奇博德：你这样信任我，我从未想过要背叛你对我的信任。

格瑞斯：那我该怎么办呢？

阿奇博德：我无法给出建议。我没有这方面的经验。我也只是个涉世未深的毛头小子。

格瑞斯：你必须给我建议。我快要被消耗殆尽了。我不能再这样下去了。

阿奇博德：你和……你知道我的意思……都结束了吗？

格瑞斯：是的，都结束了。

阿奇博德：我不知道该跟你说些什么。我很抱歉。

格瑞斯：[垂头丧气地]就没人能帮帮我吗？

阿奇博德：我想没有其他人知道这事了吧？

格瑞斯：海伦·弗农。她发现了。可我不能向她寻求建议。我办不到。我做不到这样自取其辱。而且我内心那种懊悔的感觉简直要了我的命。

阿奇博德：我现在不管说什么，听起来都带点虚情假意，这实在是太难为我了。我不想让你觉得我在责备你。

格瑞斯：只要你帮我，我不在乎你说什么。

　　　[二人又陷入一阵沉默。

阿奇博德：[欲言又止地]我们所受的教导是，忏悔是有罪之人的一条清晰可走的路。

　　　[格瑞斯惊得跳起来，大惊失色地望着他。

格瑞斯：你要我告诉克劳德？

阿奇博德：[低声道]如果没有坦白这个过程，我不知宽恕该从何谈起。

格瑞斯：[深深地长叹道]哦，你知道这话给我带来多大的宽慰吗！过去这些天，我一直在跟自己作斗争，想着是否要坦白此事。

我一直想守着这个秘密，并且试着当它不存在。可它却无处不在，阴魂不散。这就仿佛是某种执念，其威力之强，随时要把我压倒。这一切驱使我——驱使我去坦白一切。我知道我应该这么做，但我总是忍不住打退堂鼓。如果再不告诉他，我真的要疯了。

阿奇博德： 看着老天的分上，先平复一下自己吧。

格瑞斯： 如果在我尝试说服他让甘恩留下的时候就坦白这一切，那姑娘就不会送命了。但我没那勇气。我不愿牺牲自己。这太强人所难了。在那之后我就一直后悔不迭，备受折磨。他们说她有自杀倾向，不为此事自杀，也会因别的事自了结。但对我来说，她直挺挺地躺在那就是对我的责备。她在责备我。

阿奇博德： 你为什么不现在就去找克劳德说清楚，了结此事呢?

格瑞斯： 我太害怕了。我害怕得难受。有那么十几次，就差临门一脚了——就要了结此事，就要摆脱折磨我内心的那种痛楚了——但总是在最后一刻，我退缩了。这就仿佛你正站在高处俯瞰，你得抓住点什么，好让自己别一猛子往下跳。我应该跟他坦白，这是迟早的事。要赢回我的自尊，这是唯一的办法。想要好好生活，这是我唯一的机会了。

阿奇博德： 我希望自己能多为你做些什么。

格瑞斯： 没有人可以帮我。哦，多么残酷啊! 我爱上克劳德的时候出了这档子事! 我一开始并不爱他。可一切来得非常突然——仿佛原本蒙在我眼球上的鳞片突然被剥了下来 ①。就在这个时候，我才看清我的罪孽有多深重，我所犯下的事有多么不道德。哦，那事远非罪孽和不道德这样的词所能形容。简直是污秽至极。唯一能做的就是告诉他，好了结此事。你知道他会跟我

---

① 出自《圣经》典故，比喻恍然大悟。

离婚的，对吗？

阿奇博德：他非常爱你。

格瑞斯：即便痛不欲生，他也要狠下心休了我。你知道克劳德的脾性。他会觉得这是他的职责所在。无论有多么伤心欲绝，那些理应要他去做的事他都会做。哦，但如果他能原谅我这一次，我会想尽一切办法弥补的。我刚学会如何做一个贤惠的妻子，虽然我根本不配做他的妻子，真是太痛苦了。

阿奇博德：[深受感动] 鼓起勇气来，格瑞斯。

[她盯着他看了一会，随即拿定主意。她从裙子里掏出一封信，然后坐到桌边，将信塞进信封里，并在信封上写上克劳德的名字。]

格瑞斯：你能敲下铃吗？

阿奇博德：[敲了敲铃] 你要做什么？

格瑞斯：这封信是——那人写给我的。这是所有的证据。我还是没法亲口跟克劳德说。这样做会让我感到绝望。所以我想着，只需要把这信交到他手里……

[说话间，莫尔进屋。她将信交给他。]

格瑞斯：伊瑟利先生一回来，你立马给他。

莫尔：是的，太太。

[退场。]

阿奇博德：[大吃一惊] 你打算就这样告诉他吗？

格瑞斯：我能做到的只有这么多了。

阿奇博德：[大受震撼] 上帝啊，我都干了些什么？

格瑞斯：他会看到那封信，然后最糟糕的部分就过去了。我没法跟他开口——我做不到。

阿奇博德：我希望你做的是正确的事。

格瑞斯：不管怎么说，一切都结束了——到那时，我或许已经开启新生活了……不知道我什么时候得离开这里。

阿奇博德：别说这样的话。

格瑞斯：[望向窗外] 我原以为自己恨这地方。这里让我烦闷至极，总让我忍不住想要哭一场。可现在，我该是再看不见夜色渐晚时分这院儿里的景致了。而且我觉得……我觉得这里所有的一切——那葱郁的树木，青青草地，呱呱叫的乌鸦，已然融进我的血液，深入我的骨髓，成为我的一部分了。

　　[门开了，格瑞斯惊得跳起来，轻微地发出一声惊呼。海伦·弗农上场。

格瑞斯：哦，我还以为是克劳德。

　　[她用手按着心口，靠在一把椅子，好让自己平复过来。

弗农小姐：这到底是怎么一回事？

格瑞斯：[朝阿奇博德扬了扬脑袋] 我跟他说了我和……

弗农小姐：[迅速发出一声惊呼，可这并没有阻止格瑞斯继续说下去] 哦！

格瑞斯：我打算告诉克劳德。这是现在唯一要做的事。

弗农小姐：[语气尖锐地对阿奇博德说] 这是你的建议吗？阿奇博德，你个蠢货！

格瑞斯：我没办法再继续忍受这种折磨了。

弗农小姐：我之前就想过你会有这方面的心思。可你一直不让我同你说几句话。

格瑞斯：此前我内心一直在挣扎，但现在我下定决心了。

弗农小姐：我亲爱的姑娘，生活中有三大铁律。铁律之一——永远不要作孽；这是最明智之举。铁律之二——一旦作孽，永远不要忏悔；这是最勇敢的举动。铁律之三——如果要忏悔，千万别坦白；这条最难做到。

阿奇博德：海伦，我觉得这会儿不是耍嘴皮子的时候。

弗农小姐：我的上帝，我已经严肃得不能再严肃了。

阿奇博德：你的意思是说，你觉得格瑞斯应当闭口不言吗？

弗农小姐：我觉着，不管她要说什么，那都是件顶可怕的事。

阿奇博德：罪人若想得到宽恕，必须首先坦白罪孽。

弗农小姐：于你而言，上帝依旧只是复仇之神，他人须通过自我牺牲的方式来使其息怒。

阿奇博德："我们若认自己的罪，神是信实的，是公义的，必要赦免我们的罪。"①

弗农小姐：这话是对傲慢而顽固的那代人所说的，他们不知道谦卑为何物。但可以肯定的是，没人想要让我们这代人表现得谦卑。我们已经足够怯懦了。我们对自己一点信心也没有。我们对坦露自我有着病态的热情。这个时代最大的病症是，所有人都像个泼妇一般，煞有介事地大肆闹腾。而坦白自我仿佛一剂良方，人人都奔之而去，因为我们最后一丁点自力更生的能力也无处寻了。

阿奇博德：格瑞斯，别让她动摇你。我恳求你，为你的灵魂考虑考虑吧。勇敢些。

格瑞斯：我知道这是自己获得快乐的唯一机会。

弗农小姐：可谁在乎你快不快乐啊？

阿奇博德：海伦，你怎能如此绝情？

弗农小姐：没人知道我们为什么会被带到这世上。但显而易见，我们来这并不是为了享乐的。又或者说，就算我们就是来享乐的，可造物主已经把这世间搅和得一片狼藉。所以别考虑什么快乐不快乐了。

阿奇博德：[非常认真地对格瑞斯说] 罪人如果要忏悔，就必须坦承其罪。这是一个罪人彻底悔悟的唯一证据。

---

① 出自《圣经·新约》的《约翰一书》。

弗农小姐：一派胡言！这个罪人还能给出更合理的证据来证明自己悔悟了，那就是用自己的行动来证明。

格瑞斯：这对现在的我而言再容易不过了。

弗农小姐：可若只是嘴上忏悔，行动上还很勉强的话，那就不是什么好事。

格瑞斯：我一直觉着，要不是我犯下这等可怕的罪孽，我们现在要比之前幸福得多，这个念头一直折磨着我，也算是对我的一种惩罚。

弗农小姐：你现在爱克劳德，对吗？

格瑞斯：全心全意地爱着。

弗农小姐：我想的是，正因为你犯下了这样的罪孽，你才配拥有爱情。

阿奇博德：[惊慌失色道] 海伦。

弗农小姐：曾经的你顽固如石，自私自利，因为你对自己并无什么特别的指摘。想要成为一个贤良淑德的女性，或许需要你先稍稍偏离通往美德的那条狭窄小道。

阿奇博德：海伦，你不会是认真的吧。

弗农小姐：只有忏悔才能让男男女女变得有人情味，这不是什么稀奇事。

阿奇博德：不带牺牲的忏悔毫无用处。

格瑞斯：是的，我感觉到了。我唯一能做出的牺牲就是将自己的灵魂彻彻底底地暴露在克劳德面前，然后接受应有的惩罚。

阿奇博德：而且，我认为克劳德应当有自主选择的机会。把他蒙在鼓里对他不公平。

弗农小姐：[对格瑞斯说] 难道你不知道克劳德爱你，相信你，而且深深地信任你吗？

格瑞斯：这就是我备受折磨的原因。我不值得他这样待我。如果我对他没有爱——如果我毫不在意他是否深爱我这件事——这整件事就不会如此可怕……我无法忍受这个秘密横亘在我们之间。我知道他爱的不是我，他爱的只是他心中幻想的我。我为此妒火中烧。我嫉妒他深爱着的那个幻想出来的女人。我希望他爱我本来的面目，就像我爱他那样。

弗农小姐：格瑞斯，别忘了我也曾爱过他，我不抱任何希望，没想过得到任何回馈。这能让我有些许话语权，不是吗？

　　[阿奇博德快速瞥了她一眼，露出惊讶的神色，不过他一言未发。

弗农小姐：我唯一在意的事就是他过得幸福。我恳请你可怜可怜他吧。

格瑞斯：你这话是什么意思？

弗农小姐：你若是毁了他对你的信念，他将一无所有。他以为自己足够强大，但事实并非如此。他所仰仗的寥寥数条简单的清规戒律，其中有些已经被弃如粪土。眼下他比以往更需要你。你可以让他重新自立起来。可你却打算羞辱他。像痛苦、忧伤这样的情绪姑且不论，只说一件，这对他作为男人的自尊心会带来多大的打击，难道你不知道吗？我恳求你可怜可怜他吧。

格瑞斯：你要我继续带着这可憎的谎言去生活。可这让我喘不上来气。我周围的空气似乎都悬浮着欺骗的影子。如果克劳德爱的并非真正的我，那他的爱于我而言有何意义呢？

弗农小姐：亲爱的，我们的朋友爱我们也并不是因为我们本身，而是因为他们发自内心地赋予我们的诸如仁慈和美丽这样的优点。我们表达感激之情的唯一方式，就是竭尽全力维持这些他们加之于我们的珍贵幻影。

格瑞斯：建立在虚假幻想之上的爱情，不要也罢。我内心深处还留存一丝期盼，如果我告诉克劳德，未来某一天他或许就会原谅我。然后，我们可以重新开始，彼此相知，相互信任。可我若是瞒着他，我们将永远无法一道同行。即便我们如胶似漆，不曾有一刻分别，我们之间也永远有距离，这道障碍所产生的距离。

弗农小姐： 那就让这障碍成为你的惩罚吧。

格瑞斯： [大吃一惊道] 这障碍！[鄙夷地轻笑道] 你自己都不明白你要求我做的是什么样的事。我深爱着克劳德，所以我无法让他再继续认为我是一个纯洁无瑕、清清白白的好女人了。

阿奇博德： 海伦，谎言中如何能长出良善呢？

弗农小姐： 可能这从头到尾都算不上谎言。难道你不记得那个"快乐的伪君子"① 了吗？爱能创造许多奇迹。

格瑞斯： [倒吸了一口凉气] 你的意思——你觉得我真的能变成克劳德所认为的那种人吗？

弗农小姐： 或许你可以试试。

格瑞斯： 那样的话我就一刻也不得安宁了，你明白吗？

弗农小姐： 如果你真心爱着克劳德，为了他能得到幸福，或许这份代价不算太大。

格瑞斯： [声嘶力竭道] 哦，你说得轻巧，可你不懂那种羞耻感。那种感觉仿佛是要了我的命。还有，对方所爱的并非你本来的面目，这实在是有够侮辱人的。并且你希望我永远不要摆脱这一切。哦，你说得不错。这惩罚可真够残酷的。

弗农小姐： 这是你回报克劳德对你的爱的唯一方式了。

格瑞斯： [陷入沉思] 回报他对我极尽的温情，还有这些年来的体贴入微和悉心照顾。

　　[有那么一会儿，格瑞斯一边消化着这些话，一边直勾勾地盯着前方。

---

① 《快乐的伪君子》是由马克斯·比尔博姆创作的，具有道德教育意义的短篇小说。

弗农小姐：格瑞斯，我请你拿出勇气来。

格瑞斯：[长叹道] 我做梦也想不到还有比这更大的牺牲，但现在我似乎看到了这种可能性。我在想……我相信是有这种可能性的……[突然被吓了一跳] 哦！你听。

　　　　[她听见克劳德进屋的声音。门厅传来说话声。

格瑞斯：一切已成定局。不管怎么想，现在都为时已晚。

弗农小姐：怎么说？

格瑞斯：克劳德刚刚进来了。我听见他在跟莫尔说话。莫尔把信给他了。

弗农小姐：你的意思是……[她差不多明白了对方这话的意思，随即情绪激动地说] 哦，我不在乎人类是邪恶不堪还是软弱无能——给他们点骨气尚有挽回的余地；但人类竟能蠢到如此地步，我真是接受不了。

格瑞斯：你们能回避一下吗？我不希望克劳德发现我们几个人聚在这里。

弗农小姐：[看了格瑞斯一眼，对阿奇博德说] 我们走。

　　　　[二人退场。格瑞斯一副受惊的模样。她一动不动地站着，手里一直在揪着手绢。克劳德上场。他手里拿着信，随手扔在桌上。格瑞斯胆战心惊地看了一眼，发现信还没拆。

格瑞斯：[强行让自己看起来自然些] 问询结束了？

克劳德：[情绪低落，瘫坐在椅子上] 他们裁定，她是在神志不清的状况下自杀的。

格瑞斯：你原先就料到是这结果，对吗？

克劳德：是的。

格瑞斯：事情终于告一段落了，你肯定要谢天谢地吧。

克劳德：[费劲地] 陪审团投票认为，我是需要被谴责的对象。

格瑞斯：克劳德！

克劳德：哦，他们问我的都是些什么问题！现场还有专门的记录员，问询的内容都会记录在案，到时候你可以去读读看。他们把我塑造成一个十足的恶徒。

格瑞斯：但我相信这比你之前想象的情况要好很多。

克劳德：你瞧，我根本没有机会为自己辩护。面对那群持有异见的小摊贩，我根本就没打算找什么借口开脱。这样一来，我就仿佛被人打断了腿。

格瑞斯：说到底，那十几个乡巴佬怎么看你又何妨？

克劳德：问询结束后我走出去——问询在伊瑟利纹章大楼进行，在楼上那间大屋里——外面聚了一大群人，都是我认识了一辈子的人，我猜他们心情肯定舒畅得不得了，可以借此机会回家好好泡个澡了。而且我经过的时候，他们还发出一阵嘘声。

格瑞斯：你不是说过你打算废除那项规定吗？

克劳德：当然要废除。真是见鬼，这玩意酿成的惨剧已经够多的了。

格瑞斯：我真希望你找机会告诉他们。

克劳德：[很是羞愧地] 验尸官问我以后打算怎么做。但当时那帮人就围在我身边，我不能退缩让步。格瑞斯，我真的办不到。那会儿我只能说，我是这个庄园的一家之主，我说一不二，他人无权干涉。

格瑞斯：[把手放在他的肩头] 我担心你心里一直有事，很是焦心啊，我的丈夫。

克劳德：这事确实给我带来些许冲击，因为我发现，他们——他们就是单纯讨厌我。我很喜欢庄园里的人，而且我以为他们也喜欢我。他们遇上麻烦的时候，我要多上心有多上心，能做的事全帮他们做了。遇着哪次收成不好，地租我连催都不催一下，尽管这些年我们手头一直也不宽裕。真是该死，这些年来，我的时间和精力都花在他身上，围着他们转，可到头来，他们却对我这样厌烦。如果我不小心犯了错，他们可是一点宽容之心也没有。我的出发点是好的，并无恶意，可他们根本不念及此。

格瑞斯：克劳德，我敢肯定事情没你说的这么糟。你想象他们对你的恨意到了极点，但情况肯定没这么严重。

克劳德：哦，要是你能亲眼看到他们那个样子！他们对我冷嘲热讽的时候，居然能那样自得其乐！我能从他们脸上读出对我的恨意。哦，我想阿奇博德是对的。属于我们的时代已成往事。如今在这乡里，他们唯一需要的就是那些做股票交易、腰缠万贯的犹太人。

格瑞斯：亲爱的，我知道你一直以来都尽量做到尽善尽美。我知道你为庄园里的人们做了多少事。不过说到底，你做那些事也不是为了换取他们的一句感激，不是吗？你做那些事是出于自身的责任。

克劳德：[起身道] 哦，格瑞斯，要是没有你，我真不知道该怎么办了。这事发生以来，你一直在拼尽全力支持我。我真的要好好感谢你才是。

格瑞斯：别说这些客气话！

克劳德：我真担心此事会让你性情大变，但你依旧是你，对吗？

格瑞斯：[摇头道] 我没变。

克劳德：格瑞斯，如果失去你，我就活不下去了。没有你——我想象不出来没有你的生活是什么样子。

格瑞斯：克劳德，你可真够傻的。

克劳德：我在说胡话，对吗？

[他注意到他刚刚放在桌上的那封信，便随手拿起来。格瑞斯屏住呼吸。

克劳德：哎呀！我忘拆这信了。我一进门莫尔就给我了。[吃惊地] 这是你的笔迹。

格瑞斯：[她伸出手，表现得极为自然] 没什么。我本以为你回来那会我已经出去了，我只是想提醒你花坛的事。只是给你留的一张便条。

克劳德：[将信递给她] 你打算出去吗？

格瑞斯：我原打算跟海伦·弗农去兜兜风，到威尔斯那边去一趟。

　　　　[她边说边把信撕碎。

克劳德：格瑞斯，别离开我。我今天很是需要你。

格瑞斯：[瘫坐在椅子上，仿佛被抽干了力气] 不，我不会离开你……如果你需要我的话。

　　　　[克劳德屈膝跪在她身边。

克劳德：格瑞斯，我一直都需要你。你对我很重要……说到底，只要有你在，其他都无所谓。想到我还有你可以信赖，这对我真是莫大的慰藉。而且你永远不会责骂我。格瑞斯，感恩有你。

　　　　[他将脸埋在她的膝头，亲吻她的双手。

格瑞斯：[声音发颤] 克劳德，我永远也成为不了配得上你的那种贤妻。但我会尽力而为。克劳德，如果你能一直信赖我，假以时日，或许我就能变成你想象中的那个我。[他动了动] 不，别看我。我想让你知道——我全心全意地爱着你，我全身心地爱着你。我想忘掉自我，只想着你。只要能让你幸福，我的幸福又算得了什么呢？

　　　　[她弯下腰，亲吻他的发丝。

　　　　　　　　　　　　　　　　　全剧终

史密斯

SMITH

四幕喜剧

黄梦园　译

人物表

托马斯·弗里曼

赫伯特·达拉斯-贝克

阿尔杰农·佩珀康

弗莱彻

达拉斯-贝克夫人

艾米丽·查普曼

奥托·罗森堡夫人

史密斯

故事发生在肯辛顿区克雷迪顿大楼的一套公寓里。

第一幕

　　这一幕发生在达拉斯-贝克夫人位于肯辛顿区克雷迪顿大楼的客厅。客厅后有几扇窗户，透过窗户可以看到外面的街道。客厅右边的一扇门直通大厅；客厅左边的一扇门直通餐厅。里面的家具在普罗大众的品位中称得上是上流。墙上挂着几幅意大利老画师的摹本；柜子中摆放着质量上乘的瓷器；家里的椅子统一用精致的印花棉布包着。伦敦中上层阶级的女士都会这样布置她们的客厅。这样的布置可谓老套，但还算赏心悦目，不乏艺术感的同时又相对便宜。

　　此时已经是将近下午五点。达拉斯-贝克夫人，艾米丽·查普曼，奥托·罗森堡夫人与阿尔杰农·佩珀康正在桥牌桌前玩牌。

　　罗兹——即达拉斯-贝克夫人——今年三十岁，她皮肤白皙，美艳动人。她身着靓丽的服饰，但举手投足间有些忸怩作态。阿尔杰农要年轻个两三岁，是个非常机灵的年轻小伙。他胡子刮得干干净净，穿着讲究，好似刚从时尚插图里走出来。他每次坐下的时候都会往上拉拉他的裤子，这样裤子在膝部就不会鼓起来了，而且每次还会确保外套的下摆不会起皱。奥托·罗森堡夫人年轻漂亮，面色红润，满头的金发也是精心打理过的。艾米丽今年三十有二，比其他人都要年长一些。无论是气质还是穿着打扮，她与其他人都不分上下。艾米丽皮肤黝黑，面容憔悴，眼神疲惫，不过她画了眼妆来掩饰自己疲惫的眼神，脸颊也弄得红扑扑的。她的衣着也同样价格不菲。

　　帷幕拉起，这圈牌已经进行了一半。艾米丽负责打明、暗两手牌，阿尔杰农打的是明手。悄无声息中，牌已经打了两墩。

奥托夫人：你怎么知道我有那张王后牌？

艾米丽：[面无表情地] 这圈牌刚开始我就看你的手牌了，有备无患嘛。

罗兹：[对奥托夫人不耐烦地] 为什么你会觉得我不懂？

艾米丽：你还想继续玩吗？

罗兹：你不觉得你后面都会赢吗？

艾米丽：你从头到尾都没机会赢。

罗兹：把手牌打完吧。

艾米丽：[耸了耸肩] 你这是在浪费时间。

奥托夫人：我这个人就爱把手牌打完，没人知道后面会怎么发展。

艾米丽：这得看你是怎么玩的。

罗兹：[把牌扔在桌面] 都给你吧。要是你没有飞那张十，我们可能又能赢一墩。

艾米丽：天哪可别说了，我早都看出来了，她有 J 牌。

罗兹：[恼火地] 我可没看出来。

艾米丽：那是因为我会玩桥牌。

阿尔杰农：你太厉害了，比起当你的对手，我更想跟你一队。

艾米丽：我必须得打好。毕竟，我靠这个生活。

　　　　[罗兹苦笑了一下。

艾米丽：[温和地] 我这么说是因为我知道你马上要这么说了，亲爱的罗兹。

奥托夫人：计分结果怎么样？

艾米丽：二十四点以下，三十点以上。

罗兹：不管怎么说，我们救了这局牌。

艾米丽：[把牌递向奥托夫人] 我来切牌怎么样？

奥托夫人：可以，谢谢。

阿尔杰农：我说，罗兹，要不要来点茶？

　　　　[奥托夫人在发牌。

罗兹：按一下那个铃，史密斯会把茶送来。

阿尔杰农：好的。[走向铃铛按了按]

罗兹：我们不可能赢，除非打红桃或者打无将定约①。

奥托夫人：场上有三张 J 和一张十，我不可能打无将定约，如果你
　　是这个意思的话。

艾米丽：到这个阶段了，这局牌你就应该那么打。

奥托夫人：[拿起牌] 红桃。

罗兹：希望你手里有东西，我的搭档。

阿尔杰农：我能出牌吗？

艾米丽：当然。

　　　　[阿尔杰农打出一张牌，罗兹把手牌放桌子上。史密斯走进
　　来。史密斯是个二十岁的高个子姑娘，有着不凡的魅力。她举
　　止优雅，走起路来也很端庄，而且皮肤白皙。她身心都很健康，
　　这一点显而易见。她整个人看上去泰然自若，还有些腼腆。她
　　穿着黑色衣服，系了个围裙，戴着一顶女仆帽。

罗兹：[起身] 史密斯，把茶端上来。

史密斯：好的，夫人。

　　　　[史密斯展开一张临时用的桌子，在上面铺了一块布。

罗兹：弗里曼先生的房间收拾好了吗？

史密斯：收拾好了，夫人。[史密斯走出房间]

奥托夫人：弗里曼先生是谁？

罗兹：汤姆。

_____

① 桥牌术语，指的是不指定任何花色为将牌。

[艾米丽猛然抬起头，与罗兹四目相对，然后艾米丽移开了视线。

奥托夫人：汤姆是你哥哥？

罗兹：[看着艾米丽笑道] 是的，他今天会到。

奥托夫人：你一定激动坏了吧？

罗兹：你觉得我像激动坏了的样子吗？

艾米丽：一直聊个不停可玩不好桥牌。

阿尔杰农：谢天谢地，茶来了。

[史密斯端着托盘走了进来，上面放着茶具。过了一会，她又走了出去，再次进来时端着蛋糕、面包、黄油和烤饼。

[退场。

罗兹：[回到桥牌桌前，边走边说] 恐怕我给你弄了一手烂牌。

奥托夫人：我没机会了。

艾米丽：剩下的都是我的了。[艾米丽放下手牌]

阿尔杰农：这是决胜局。

罗兹：艾米丽，你运气真不错。

艾米丽：[边计分边说] 和运气没关系。二十二先令。

奥托夫人：我还没开始算。

罗兹：[一直在计分] 二十二先令。

奥托夫人：我们最好先算清。

罗兹：我喝杯茶再继续。

奥托夫人：我以为你想甩掉我们呢。

罗兹：为什么你会这么想？

奥托夫人：你哥哥什么时候到？

罗兹：他之前发过电报，但我给忘了。阿尔杰农，什么时候到来着？

[阿尔杰农起身，从书桌上拿来一份电报。

阿尔杰农：他坐的火车下午四点五十分到滑铁卢。

奥托夫人：你不去接他吗？

罗兹：［笑了一下］天哪，当然不去。我为什么要在冷飕飕的火车站里站半个小时？

奥托夫人：可是你十多年没见过他了。

罗兹：准确来说是八年。

奥托夫人：我丈夫经常去巴黎出差一周，他每次回来我都去接他。

阿尔杰农：你不会烦吗？

奥托夫人：会，不过他好像觉得我应该去接他。

艾米丽：德国人太多愁善感了。

奥托夫人：我希望你别再叫他德国人了，艾米丽，他已经入我们国籍十年了。

罗兹：我确信汤姆一定不想让我去接他，正好我也不想去接他。阿尔杰农，我觉得你一定会喜欢他的，他有时候很幽默。

阿尔杰农：我忘了他是做什么的了。

罗兹：哦，什么都做。我对他不太了解，这你是知道的。他一年会写一两封信给我，不过我一年到头都很忙，没时间给他回信。他最近可能在罗得西亚经营农场呢吧。

阿尔杰农：这个行当听起来真不错。

艾米丽：罗兹，客厅有镜子吗？我想整理一下我的面纱。

罗兹：没有，阿尔杰农非要把镜子扔了。我忘了为什么了。

阿尔杰农：我不喜欢在客厅看到镜子，太土气了。

艾米丽：罗兹，你介不介意我去你的房间一会儿？我一想到帽子可能歪了就很烦。

罗兹：当然不介意，快去吧。你知道我的房间在哪，对吧？

艾米丽：谢谢。［艾米丽离开］

阿尔杰农：我觉得她今天有点过于疲累了。

罗兹：我只希望她别再往脸上抹妆了，她的眼睛看着有点吓人。

奥托夫人：她不该化那么重的妆。

罗兹：从婚约取消之后她就开始这样了，这是她伤心的外在表现。

阿尔杰农：她把头发染红的时候就有迹象了。

罗兹：我觉得下次她婚姻计划出岔子的时候还会这样。

奥托夫人：她太不幸了，真可怜。

罗兹：你知道她之前和汤姆订过婚吧？

奥托夫人：啊？不知道。

罗兹：这就是为什么他们今天见面会很有意思了。我提到汤姆的名字的时候，她看我的眼神都变了。我在想她到底看不看好汤姆。

奥托夫人：他们解除婚约了吗？

罗兹：汤姆当时在证券交易所遭受重创，艾米丽把他打发走了，不得不说，艾米丽是很明智的。

阿尔杰农：现代的爱情很脆弱，很少能经得起那种事。

罗兹：她可能是想让自己好受点吧，和一个在军队服役的男人订了婚。订婚两三年以后，那个男人不知怎么的就去世了，这事让她心烦意乱。我猜那个男人家里挺有钱的。

阿尔杰农：她是从那之后开始涂胭脂的吗？

罗兹：哦，不是的，那件事以后她还只是搽粉。她是遇到那个犹太人以后才开始涂胭脂的。亲爱的，你不介我这么说吧？

奥托夫人：当然不，你知道，我丈夫从来没有因为自己是犹太人不开心过。他说这个身份方便他进入上流社会。

罗兹：那个犹太人非常不幸。他很有钱，经常送给艾米丽好东西。艾米丽也很高兴。你要知道，那时候艾米丽至少二十七岁了，她那时就开始变得有点神经兮兮的了。那会儿他们都快要结婚了，突然有一天，那个犹太人牵扯进了一桩离婚案，被列为了共同被告。案子结了以后，那个犹太人找到艾米丽，说自己毁了一个女人，那个女人被他害得身败名裂。谁也不知道怎么的，那个犹太人觉得自己有义务娶那个女人。

阿尔杰农：艾米丽就这样被抛弃了？

罗兹：她今年至少三十二岁了。我觉得有个烟囱清扫工向她求婚，她都会答应的。

奥托夫人：她是你的好朋友，不是吗？

罗兹：哦，当然，我对她可以说是很忠诚了……我们都知道她没什么钱。

阿尔杰农：我觉得她桥牌玩得非常好。

罗兹：凑不齐四个人的时候我才会叫她。她老是赢，我自己买礼裙都很节俭，还要出钱给她的礼裙买单。

奥托夫人：她穿的衣服很漂亮，不是吗？

罗兹：我经常想她是不是真的只擅长玩桥牌。

阿尔杰农：不管怎么说，我们把她往坏了想就行了。

　　　　　[艾米丽回到客厅。

艾米丽：你们在说我吗？我一定被批得体无完肤了吧。

罗兹：[无礼地] 亲爱的，确实是体无完肤。

艾米丽：我想也是。我刚才离开的时候就在想，面纱和人格之间我只能选一个。

罗兹：你选了更重要的一个，挺明智的。[门在这时开了] 啊，我家大人来了！

　　　　　[赫伯特·达拉斯-贝克进门。赫伯特今年四十五岁，已经秃顶，看起来膀大腰圆。他为人随和，很普通却有些自大，对自己王室法律顾问的职位很是满意。他的胡子也刮得干干净净。

达拉斯-贝克：你好！[他与奥托夫人和艾米丽握了握手] 嗨，阿尔杰农！

阿尔杰农：嗨！

罗兹：来得真是时候，茶刚端上来。

达拉斯-贝克：事务所没什么事了，所以我就想着我应该回来看看是不是有人在玩桥牌。

[罗兹递给他一杯茶，他坐了下来。

奥托夫人：你可以坐我这，我也该走了。

罗兹：别胡说，我们一会儿抽牌决定。

达拉斯-贝克：[对罗兹] 你哥哥还没到吧。

罗兹：还没有，我觉得火车可能晚点了。

达拉斯-贝克：[对奥托夫人] 真是有意思。我从来没见过他，你知道吧？他去好望角之后我才认识罗兹。

罗兹：他就是那种看起来可悠闲的人，什么都不放在心上，完全不吃道德良心那一套。

奥托夫人：听起来他真是讨人喜欢呢。

罗兹：不过他确实是能言善辩，还很幽默。

阿尔杰农：在这个邪恶的世界里，哪一点更实用呢？

艾米丽：这都八年了，他可能都变了。

罗兹：哦，我敢肯定他没变。他以前就油嘴滑舌，粗枝大叶，不过他是挺讨人喜欢的，现在肯定还那样。

达拉斯-贝克：阿尔杰农，今天你们都做什么了？

阿尔杰农：哦，我们今天挺忙的，对吧罗兹？

罗兹：是挺忙的。

阿尔杰农：我七点到这的，然后带罗兹去试了一身礼裙。

罗兹：阿尔杰农在裁缝那儿帮了我大忙了，他点子很多。

阿尔杰农：这我得说一句，可不是我自夸，我的确对礼裙略知一二。

奥托夫人：[笑了一声] 我在想要是我试裙子的时候带一个年轻男人给我参谋，我丈夫会说些什么。

达拉斯-贝克：[瞥了一眼罗兹的裙子] 我觉得这得看最后选的裙子

怎么样。

罗兹：我觉得你丈夫听起来有些古板，像郊区来的。

奥托夫人：准确来说，是梅达谷来的。

阿尔杰农：试完衣服我们就回来了，先吃了午饭，然后一起玩桥牌。

罗兹：我现在的确觉得伦敦很无聊。

艾米丽：你们要是还想晚餐前玩一盘的话，就别浪费时间了。

    [他们起身，然后走向桥牌桌。

奥托夫人：我不能玩了，没时间了。

达拉斯-贝克：你不是因为我来了才要走的吧?

奥托夫人：当然不是，我就再待几分钟，看下你们拿到手牌，就必
    须赶紧走了。

艾米丽：我们倒牌吧。[她们开始倒牌]

达拉斯-贝克：我们俩是搭档，查普曼小姐。

艾米丽：是的。[他们坐了下来，罗兹开始发牌]

达拉斯-贝克：你是弱二开叫吗?

艾米丽：是的。

达拉斯-贝克：我也是。

艾米丽：不介意弱无将吧?

达拉斯-贝克：不介意。

艾米丽：只有这个法子能赢钱。

阿尔杰农：你这是在吓唬我，查普曼小姐。

罗兹：我说，汤姆在我们结束这局之前到的话可就太烦了。

阿尔杰农：仁慈的上帝会眷顾我们桥牌玩家的。

罗兹：谁来也不能在一局牌中间打断我。

    [听到发牌完毕，她看了看手牌。

罗兹：红心。

艾米丽：我接个红心吗，伙伴?

达拉斯-贝克：当然可以。

　　[艾米丽打出一张牌。此时门开了，史密斯走了进来，告知他们有客人。托马斯·弗里曼紧跟着史密斯气势汹汹地走了进来，他戴着一顶帽子，还穿着外套，胳膊上搭着一条毛毯。托马斯已经三十五岁了，仍然身强体壮。他看起来热情友好，脸上挂着孩子般的笑容。他穿着粗花呢套装，裁制得很好，但是看起来不太好看。

史密斯：弗里曼先生到了。

弗里曼：罗兹。

罗兹：傻子！为什么不等我打明手的时候来？

弗里曼：罗兹。

罗兹：你为什么不把东西放外面？[生气地笑了一声] 我讨厌别人戴着帽子，穿着外套进我的客厅。

　　[弗里曼本来是快步走向罗兹，现在停了下来。他站在原地，惊讶地看着她。史密斯走向前。

史密斯：先生，需要我帮您脱下外套吗？

弗里曼：[友好地笑了笑] 麻烦你了。

　　[他脱下外套，史密斯带走了他的毛毯和帽子，让他免于受窘。

罗兹：[看向明手的手牌，阿尔杰农已经把它们放在了桌子上] 我先看看你都有什么。

　　[弗里曼微笑着走向罗兹，从她手中拿走了牌，把椅子转了一圈，把她从椅子上拉了起来，然后亲了亲她。

弗里曼：罗兹，我整整八年没见你了。

罗兹：别像个傻子一样，汤姆。

弗里曼：来，亲我一下。

罗兹：[对其他人] 真是不好意思，我没想到我哥哥这么热情奔放。

艾米丽：我们还是别打了。

罗兹：我觉得是你的手牌比较烂吧，我的手牌可好了。

弗里曼：[拉着罗兹] 别说那么多，罗兹。亲我一下。

罗兹：[面带微笑，但是有点恼火] 你真像个冒失鬼。

　　　　[罗兹亲了他的脸颊，弗里曼抱住了她。

弗里曼：你知道，我当时吓坏了，看你没去车站接我，还担心你生
　　病了。

罗兹：你并不希望我去接你，不是吗?

弗里曼：我当然希望你去接我了，你个自私鬼。[开心地笑了一声]
　　不过没关系。[罗兹想把他推开] 别动，我不会让你推开我的。
　　哎呀，见到你我实在是高兴。

罗兹：你这么弄得其他人都不舒服，把我搞得也很可笑。

弗里曼：[松开她，微笑着] 抱歉。

罗兹：要是我知道他会这样，我肯定不会让你们来的。

弗里曼：[伸出手走向阿尔杰农] 你一定是我的妹夫了吧。

阿尔杰农：我很乐意和你握手，可惜我不是。

罗兹：这才是赫伯特。

弗里曼：[有些惊讶，与达拉斯-贝克先生握了握手] 哦，你……你
　　要是给我寄张照片就好了。

达拉斯-贝克先生：人越老越是对照相没兴趣。

罗兹：这位是艾米丽·查普曼。你应该还记得她吧?

弗里曼：[热情地与艾米丽握手] 啊呀，见到你我真的非常高兴。你
　　真是一点也没变。

艾米丽：听你这么说真好。

罗兹：这位是辛西娅·拉塞尔。你还记得辛西娅吧?

弗里曼：[努力回忆] 看着真是年轻时尚。天哪，我真是老了。

奥托夫人：你好，我真的得走了，再见……你之前在证券交易所待

过，我丈夫可能认识你。

弗里曼：你不是在提醒我你结过婚了吧？他叫什么名字？

奥托夫人：奥托·罗森堡。

弗里曼：不，我觉得我们应该不认识。我以前认识一个挺胖的男人
也姓罗森堡，他来自德国，是个犹太人，但是他老得都能当你
爸了。

奥托夫人：[微笑着] 你说的这个人就是我丈夫。

弗里曼：[吃惊] 哦！请原谅我，对不起。

奥托夫人：没事，其他人也这么形容他，不过我还没见过不乐意嫁
给他的女人。

弗里曼：只要你开心就好，这是最重要的，不是吗？

阿尔杰农：你的孩子怎么样？

奥托夫人：哦，他今天早上脏兮兮的，陪了他两分钟我就出来了。

弗里曼：你有孩子了？多大了？

奥托夫人：六周大。[看了看手腕上的表] 天哪！我快来不及了，我
还要换衣服去听歌剧。我丈夫有些古怪，他讨厌迟到。

弗里曼：你离开孩子这么久没事吧？

奥托夫人：[惊讶地回答] 有保姆照顾他。

弗里曼：可是你看着身体很好啊。

奥托夫人：他这是什么意思？

弗里曼：你为什么不在身边给孩子喂奶？

罗兹：[不满地] 汤姆。

奥托夫人：尊敬的弗里曼先生，你可别认为我会浪费生命，再花八
个月照顾他。光是生孩子我就受够了，凡事都有个度。

弗里曼：不好意思，在罗得西亚，人们在这一方面还是很原始的。

奥托夫人：[笑了一声] 真是可笑！[对罗兹] 再见，亲爱的，今天
下午玩得很开心。

罗兹：再见，很高兴你能过来。替我向奥托先生问个好。

> [奥托夫人对着其他人点了点头，然后走了出去。

罗兹：[苦笑着] 你怎么想的？为什么对辛西娅说那些话？

弗里曼：我只是觉得既然有幸有了孩子，就应该给自己的孩子哺乳。

罗兹：你？

> [史密斯走了进来，走向弗里曼。

史密斯：先生，可以给我您行李箱的钥匙吗？我已经把您衣帽匣里的东西取出来了。

弗里曼：[把钥匙递给史密斯] 非常感谢。[史密斯离开] 有人帮你做事的感觉好极了，要是什么都自己做不知道要做多久呢。

艾米丽：你不是换了个新女仆吗，罗兹？

罗兹：没有，从去年夏天就是她。

艾米丽：我之前没注意到她。

罗兹：她父亲在我们过暑假的房子附近有个农场，我们经常从那儿买鸡蛋和黄油。她想找份工作，我就让她跟着我了。

艾米丽：她之前没做过女仆吗？

罗兹：哦，做过，她之前在几个不错的人家那里做过，不过都是在乡下。她非常希望来伦敦。

达拉斯-贝克：她是我这么长时间里见过最好的女仆。

罗兹：她做得确实不错，工作很卖力，针线活做得也好。

弗里曼：她看起来很端庄健美。

罗兹：汤姆，这可不是形容女佣的。她长得是不错，这也是我雇用她的原因。要是我请的女佣长得丑，阿尔杰农会不开心的。

阿尔杰农：[对达拉斯-贝克] 你知道我和罗兹在她身上打了个赌吧？

达拉斯-贝克：是吗？

阿尔杰农：六双手套呢。

罗兹：绒面革手套，一双至少也得五六英镑。

阿尔杰农：像她那样的女孩肯定会未婚先孕，指不定哪天就生了个小史密斯，我俩都相信这只是个时间问题。

艾米丽：[大笑] 你的想法太荒唐了，阿尔杰农！

阿尔杰农：不过我们不确定那个男人会是公寓的杂务工还是那个警察。

罗兹：我打赌是那个警察，因为警察穿一身制服，有浪漫气息。

阿尔杰农：我打赌会是杂务工，因为杂务工就在楼下，相遇是爱情最好的"帮手"。

达拉斯-贝克：为什么不会是那个邮递员？他也穿着制服，一天能来七趟，而且穿着制服也比那个警察帅气。

罗兹：你觉得呢，汤姆？

弗里曼：[冷淡地] 我？她来伦敦的时候，她父亲让你照管好她了吧？

罗兹：亲爱的汤姆，你是一点幽默感都没有吗？

弗里曼：不好意思，我不明白为什么一个年轻女孩可能生个私生子这件事可以拿来说笑。

　　　　[其他人面面相觑。

阿尔杰农：[走到罗兹面前，握住她的手说] 亲爱的罗兹，我对你深表同情。

罗兹：[强颜欢笑] 我看不透他。我觉得这是他精心准备的一个玩笑吧。

艾米丽：[起身] 我觉得我该让你们有独处的时间。你们肯定想好好抱抱彼此，这么多年不见，不少亲戚离世了，你们肯定想好好聊聊。

罗兹：桥牌没法进行了，真是不好意思。

艾米丽：[向弗里曼伸出手] 再见。

弗里曼：[热情地握住她的双手] 再见，真的很高兴能再见到你。希望我在这儿的期间能经常见你。

艾米丽：真是没想到你竟然还记得我。

弗里曼：别瞎说，我当然记得你了，我经常在想你怎么样了。我离开这么久了，见见老朋友挺好的。

艾米丽：再见了。

　　　　[达拉斯-贝克送她到门口。

弗里曼：她是个好女孩，真没想到她竟然还没有结婚，我真为她感到难过。我还想着我这次回来能看到她带着一堆孩子呢。

罗兹：你见到她没感觉不舒服吗？

弗里曼：[惊讶地] 为什么？

罗兹：你还记得你之前和她订过婚吧？

弗里曼：这和我们应不应该做朋友没什么关系，不是吗？她取消婚约的时候，我确实挺难过的，不过我现在知道我不适合结婚。要是和她结了婚，我一定是个不称职的丈夫。

罗兹：可是她是因为你破产了才抛弃你的。

弗里曼：你说得对，不过我不会因为这个记恨她，我觉得那是人之常情。

阿尔杰农：你好像真的很讨人喜欢。

弗里曼：顺便问一句，你是哪位？

阿尔杰农：[粗鲁地] 我？无名小卒，阿尔杰农。

弗里曼：这就说得通了。

阿尔杰农：[笑道] 你说话的方式真是讨人喜欢。

弗里曼：听着，我不想让人觉得我脾气不好，但是你一点也没要走的意思。我八年没见过我妹妹了，你不觉得回避一下比较合适吗？

罗兹：[发笑道] 汤姆，注意点你的态度。你不能完全不顾上流社会的礼节。

弗里曼：［平静地］狗屁上流社会。

阿尔杰农：他这么一说，我再说走就有点别扭了，不是吗？

　　　　［达拉斯-贝克走了进来。

达拉斯-贝克：阿尔杰农，你会留下和我们吃晚餐吧？

阿尔杰农：你内兄现在只想和家人待在一块，而不是……［停顿思考］

弗里曼：和外人。

罗兹：别胡说，就当成和平常一样，今天必须留下吃晚餐。

阿尔杰农：我先去给我妈打个电话，让她给我送些衣服。我可以在你的房间换一下吗？

达拉斯-贝克：当然。

阿尔杰农：［对弗里曼］很抱歉让你不开心了，可是这里的厨娘比我妈做的饭好吃太多了。

达拉斯-贝克：［搓着手］这次回来一定很开心吧。

弗里曼：［激动地］很开心！我在罗得西亚晚上睡不着的时候，脑子里想的都是英格兰的林荫小道还有宜人的灰色天空。

阿尔杰农：别让他说了，罗兹，他马上就该说英格兰是个小岛屿了。

　　　　［退场。

弗里曼：［没有理会阿尔杰农］刚下船的时候，我激动得想和每个人拥抱。我以为南安普敦是世界上最好的地方了。天哪，在火车上的时候，我看到茂盛的大树，绿油油的田野，还有许多红砖建的小别墅！我一直在跟自己说，这里是英格兰，英格兰！

罗兹：［冷笑道］别那么激动，汤姆。你这样显得有点可笑。

弗里曼：你以为我会在意吗？到滑铁卢的时候，行李员问我有没有叫出租车，我告诉他再便宜我也不坐。我让他帮我找了一辆四轮马车。坐进去的时候就闻到熟悉的霉臭味，那时候才感觉自己真的到伦敦了。

达拉斯-贝克：你离开以后这里发生了很多变化，比如出租车，公共
　　汽车，地铁。从你离开以后，这里发展了不少。

弗里曼：[若有所思地] 我有点怀疑。

达拉斯-贝克：过去十年里，这里的发展速度很惊人，我敢保证。

罗兹：赫伯特，别那么啰嗦。

达拉斯-贝克：我有吗？伦敦是世界上最伟大的城市……我去看看史
　　密斯给晚餐备了什么酒。[达拉斯-贝克走了出去]

弗里曼：对不起，我刚才对你的朋友有些傲慢了，不过我真的很想
　　和你单独说说话。

罗兹：从你进门，你说的话就没得体过。

弗里曼：不用担心，我相信他们会原谅我的。[走向罗兹，把手放在
　　她的肩膀上，让她面向自己] 让我看着你。

罗兹：[试着挣脱] 别犯傻，汤姆。

弗里曼：你幸福吗，亲爱的。

罗兹：当然幸福了。

弗里曼：我一直很担心你。

罗兹：为什么？

弗里曼：我对你的丈夫一无所知，除了知道他比你大很多。

罗兹：这种问题不可避免，不是吗？除非愿意靠着微薄工资勉强度
　　日。男人不到四十岁不可能赚够钱让自己的妻子过上好日子。

弗里曼：看到你过得不错我真的松了一口气。

罗兹：所以你到底在担心什么呢？

弗里曼：[胳膊滑到她的腰部] 我原以为没有孩子你会很失望呢。

罗兹：[笑道] 但是，亲爱的汤姆，如果想要孩子我们能生一堆。我
　　们没有孩子是因为我们不想要。

弗里曼：[放开她，面无表情地] 我原以为女人没有孩子是最大的不

幸了。

罗兹：[笑道] 你真是个十足的傻子，汤姆。赫伯特一年能挣两千英镑，靠着这些钱，我们日子过得不错。我们可以去圣莫里茨、巴黎和马里安温泉镇度假，在郊区还买了一套房子。我们要是无聊了，随时可以去剧院，或者去卡尔顿酒店吃顿晚餐。如果我们有几个孩子，我们肯定没机会做这些事。

弗里曼：我明白了，不过我对你说的那些没什么兴趣。

罗兹：还有，我想自己过得快活。我可不想把我的青春浪费在孩子身上。辛西娅·罗森堡怀孕的时候有六个月什么都不能干，那段时间她挺苦的。

弗里曼：我还以为有孩子是件幸福且幸运的事呢。

罗兹：亲爱的汤姆，你让我感觉很不自在，我真的很担心你会变成一个老学究。

　　　　[达拉斯-贝克走了进来。

达拉斯-贝克：我想着把那头小肥牛犊宰了给这位浪子接风洗尘。

罗兹：[微笑着] 听起来真不错。

达拉斯-贝克：我刚好弄到一些九八年的酩悦香槟，我觉得今天喝了它再适合不过了。

罗兹：[笑着对弗里曼] 要是养一群哭哭啼啼的孩子，我们可没法用酩悦香槟款待你。

弗里曼：[愉快地] 你一定觉得我是个老学究，不过坦白说，我更想喝啤酒。

　　　　[阿尔杰农·佩珀康走了进来。

阿尔杰农：我妈妈在电话里向你问好了，还差信童给我送了衣服。

罗兹：她真是个顾家型的家长。

　　　　[阿尔杰农搬来一把椅子，坐在弗里曼正对面。

弗里曼：你想干吗？

阿尔杰农：你来之前罗兹向我们信誓旦旦地说你是个机智风趣的人，我现在拭目以待。

弗里曼：[大笑] 傻孩子，要是我刚才对你无礼了，请你原谅我。

阿尔杰农：你刚才是有些无礼，不过既然你请我原谅你，为什么你还摆着一副盛气凌人的样子，我很不喜欢别人这样。

弗里曼：我不明白你什么意思。

阿尔杰农：我的错，以后和你说话我会努力把字的音节控制在两个以内。

弗里曼：[笑道] 我隐约觉得你有些不怎么友好，我想知道为什么。

阿尔杰农：因为我不喜欢你这个人。

弗里曼：你说这话让我很难过，可以告诉我为什么吗？

阿尔杰农：我还不知道，我只知道目前我对你不太满意。你不介意我这么说吧？

弗里曼：当然不，我不会在意其他男人怎么说我，只要我知道我想的话随时能把他摁地上。

阿尔杰农：罗兹，你知道你这个弟弟很野蛮吧，这就是他的问题所在，他身上泥土味道太重了。

弗里曼：我觉得是因为你的鼻孔习惯闻广藿香水的味道了。

阿尔杰农：这个回答至少挺机敏的，不过还是挺差劲的，你真是个老古董了，真是可惜。

弗里曼：你什么意思。

阿尔杰农：你就像个二十世纪初的人。

罗兹：汤姆，你真是太让人失望了。你真的变了好多。

弗里曼：我变了？要是一个小时前你问我，我会说我一直都没变过，但是现在……我在想是我变了还是你们变了。

罗兹：[无奈地笑道] 哦，亲爱的，别把随口说的话当真。要是别人跟你聊天说今天天气不错，你给那个人讲一堆哲学大道理，想想你们的对话会变成什么样子？

弗里曼：[起身，然后伸了个懒腰] 我觉得是我变了。我还记得我离开英格兰的时候心情很低落。那次的经济萧条把我击垮了，我当时觉得我失去活下去的动力。我无法想象离开伦敦，去一个没有剧院，没有音乐厅的地方，生活会变成什么样子。对当时的我来说，假期就是去河边野餐，和女人睡觉；我当时以为的乐事就是去罗曼诺意大利餐厅吃个晚餐。我打过猎，也和别人比过赛。我可以确定的是我以前喝酒喝得太多了。

阿尔杰农：兄弟，你在演讲吗？

弗里曼：[看向他] 我刚才挺喜欢你这个人的。

阿尔杰农：什么？

弗里曼：我在你身上看到了我曾经的影子，所以我现在看着你只感觉恶心。

阿尔杰农：[冷静地] 我觉得你连我一半的讨人喜欢都没有。

弗里曼：虽然那次大萧条毁了我，但是我很感谢那次遭遇，除了一点，我一年不能挣五千英镑了。

罗兹：要不是那次大萧条，艾米丽·查普曼现在可能有自己的车了。

达拉斯-贝克：话说回来，你到底为什么会去好望角？

弗里曼：对当时的我来说，那是最好的选择了，我这辈子做的选择都挺明智的……后来，我很快就学会了些东西。我当时乘的二等舱，你知道二等舱里经常有些粗鲁的家伙。船驶入英吉利海峡的时候，天气不太好，我当时也病得厉害。晚上的时候，我想到甲板上呼吸一下新鲜空气，路过吸烟室，有个大块头冲我嚷嚷，让我去喝两杯，那人有七八分醉意了。我当时一点也不想喝酒，所以我拒绝了。

达拉斯-贝克：我还是不明白为什么你会去那儿。

弗里曼：那个人走向我，抓住我，然后对我说，不管怎样我今天必须喝。我说了句滚开。他还不放开我，所以我揍了他。那人忽然掏出一把左轮手枪，我当时就在想，天哪，我要完了。不过我当时也在气头上，我肘部当时放在吧台上，上面正好有一瓶威士忌。我猜你们从来没想过一瓶酒也能当作武器。

阿尔杰农：对文明人来说，酒瓶就是装酒的。

弗里曼：那个人开枪之前，我抓住瓶颈，狠狠地砸在他头上。他像棵树一样倒了下去，那是我这辈子和别人发生过的最激烈的一次冲突。

达拉斯-贝克：坦白说，要是二等舱里的人这样对待一个温和的旅客，我可不会去坐。

弗里曼：不过这是很多年前的事了。

达拉斯-贝克：你没有受伤吗？

弗里曼：我被揍了一顿，但从那以后，没人敢再惹我了。我砸晕的那个男人在床上躺了整整两周，他是我这辈子打晕的第一个男人。不过这件事让我很有满足感，把其他男人打晕的感觉挺好的。

阿尔杰农：如果那个男人没机会站起来还手，我也会喜欢这种感觉的。

弗里曼：这件事过后，我再也不晕船了，我还得到了很多值得反思的东西。我就意识到，我要去的那个地方，拳头要比口才重要多了。在那三个月里，我很庆幸自己的胳膊比较强壮。

罗兹：为什么？

弗里曼：因为没钱的时候，我就去一个叫约翰内斯堡的酒店给别人搬行李。就因为我看起来壮实，才得到了这份工作。

罗兹：没钱的时候为什么不写信？

弗里曼：我觉得我能靠自己挺过去，而且我做到了。我在罗得西亚经营着一个不错的农场，赚了一些钱。我现在只有一个心愿，这次回英格兰就是为了实现它。

达拉斯-贝克：是什么呢？

阿尔杰农：买农用用具？还是买张巴格代拉球桌？我觉得都有可能。

弗里曼：都不是。

阿尔杰农：又认真起来了。

弗里曼：好几年时间，我一直埋头苦干，甚至没时间思考。一段时间以后，我开始思考自己的生活了。我经常在草原上看着朝阳，回忆以前的快乐生活；我经常看着星星，思考我这么辛苦地工作是为了什么。不过，过了一段时间，我对那种生活就厌倦了，对现状有些不满，甚至开始驼背了。我不明白我到底怎么了。有一天，我突然醒悟了，我知道我想要什么了，第二天我就把行李打包好了。

罗兹：好吧，汤姆，快告诉我们到底是什么？

弗里曼：亲爱的，还能是什么呢？我明白的事情就是男人不是独居动物。

罗兹：你的心愿是找个妻子？

弗里曼：我现在有整整六周的时间找一个。

阿尔杰农：你最好在报纸上打个广告。

弗里曼：可以，这个我倒不在意，不过我觉得罗兹应该能帮帮我。

罗兹：我？你想让我给你找个妻子？

达拉斯-贝克：那会有爱情吗？

弗里曼：我只有六周时间，不可能什么都要。不过，要是你能找到一个和我同样健康强壮的女人，爱情自然会来。只要那个女人还有点姿色，脾气好点，胃口也不错，我保证会好好爱她。

阿尔杰农：罗兹，我们不如开个婚姻介绍所了。

罗兹：［笑道］你得告诉我你的具体要求。

弗里曼：我的要求没多少。我只希望我的妻子为人正派诚实，愿意工作，我不希望她过于关心上流社会的事，因为她唯一接触的就是我的圈子。

罗兹：哎呀，我认识的人没有符合的。

     [*史密斯走了进来。*

史密斯：[*对阿尔杰农*] 先生，有个信童给您送了个包裹，要收八便士。

阿尔杰农：哦，赫伯特，你给史密斯八便士可以吗？

史密斯：[*对弗里曼*] 先生，这是您的钥匙。

弗里曼：[*漫不经心地*] 谢谢。

第一幕终

第二幕

　　场景：达拉斯-贝克家的餐厅。餐厅的中间有张圆桌，桌上摆放着一份午餐。餐厅的一侧是谢拉顿式的餐具柜，柜子附近有个活动板，透过这个板子可以把饭菜从厨房递过来。餐厅里摆放着几把谢拉顿式的椅子。餐厅的一角摆放着一个老式的落地摆钟。墙上挂着几幅临摹英国大画师的摹本。这里的风格与客厅别无二致，布置的品位不错，尽管毫无特色可言。厨房后方有两扇窗户。

　　史密斯坐在一扇窗旁，身旁放着一摞亚麻布，她正在补袜子。在另一扇窗边，站在折梯上的男人是弗莱彻，他是这所公寓楼的杂务工，此时正忙着清洗窗户。他的身旁放着一桶水，两只手里各拿着一块毛毯做成的抹布。这个年轻人留着一撮小胡子，性格开朗。他穿着杂务工裤，上身穿着一件灰色法兰绒布料的衬衫。帘幕拉起，房间一片寂静，他们都在忙着自己的工作。过了一会儿，史密斯抬起头看摆钟。

史密斯：你得马上离开这里。
弗莱彻：我刚清洗完，不过还得再擦一下。
史密斯：你快该吃午饭了，对吧？
弗莱彻：过去半个小时里，我觉得肚子空空的。
史密斯：这是最后一扇窗户了吧？
弗莱彻：是的，我现在可开心了。从早上八点开始我就一直在清洗窗户。

史密斯：厨娘刚才说，她觉得你一天能擦完公寓的所有窗户。

弗莱彻：能擦完这一栋吧，我挺享受清洗完全部窗户后的感觉。当能坐下来吃香肠和土豆泥的时候，我喜欢告诉自己，看，艾伯特，你赚得真不少。

史密斯：清洗窗户的薪水不错吧?

弗莱彻：这个得看你是怎么定义薪水的了。

史密斯：他们能付给你多少?

弗莱彻：大小窗户都是六便士一扇。

史密斯：我都想干这个了。

弗莱彻：这不是女人干的活。

史密斯：你都怎么用你的钱?

弗莱彻：存银行。这一方面没人能对我评头论足，我是个踏实的人。

史密斯：还有一方面别人不能对你评头论足，你挺有自信的。

弗莱彻：这话对一个小伙子来说是一种赞美。

史密斯：[笑了一声] 所以我说了。

弗莱彻：[转过身，放下手头工作] 我是特意最后打扫这个房间的。

史密斯：这样方便一些对吧，刚好午饭能做好。

弗莱彻：你可能不知道原因，对吧?

史密斯：不知道。

弗莱彻：你猜一猜，猜对的时候我给你说。

史密斯：不好意思，我没那么闲。

弗莱彻：[从折梯上下来] 听着，你没忘记我那天问你的问题吧?

史密斯：我还没什么时间想呢，每次见面你都提这个。

弗莱彻：你对我有什么成见吗?

史密斯：我对你没有任何成见。

弗莱彻：我是个很踏实的人。

史密斯：哦，对一个男人来说，踏实不是最重要的。

弗莱彻：这话就是女人经常会说的。如果你踏实，她们就希望你狂野一些；你要是狂野，她们就希望你踏实一些。

史密斯：你见过话匣子没？

弗莱彻：[惊讶地] 什么意思？

史密斯：你就和话匣子一样。

弗莱彻：这是我第三次问你，听着，我清洗窗户，加上收到的圣诞赏钱和小费，一周能挣二十五先令。

史密斯：我只能告诉你我正在考虑，我没法告诉你更多。

弗莱彻：什么是工作？你现在的情况就是一直工作，工作，工作，但是你连声谢谢都听不到。

史密斯：就算我结婚了，也不可能整天玩乐。

弗莱彻：你应该为自己工作，你要勇敢地试一下。我们到时候可以在底层买个自己的家。

史密斯：我不确定自己能不能接受一辈子住在地下室。

弗莱彻：好吧，那你想住哪？

史密斯：这是我自己的事。

弗莱彻：哦！[停顿了一下] 你这话的意思是你不愿意和我交往？

史密斯：愿上帝保佑这个男人，我那句话没有任何意思。我没有说愿意，也没有说不愿意。

弗莱彻：哦！

史密斯：别问了，要是你想问到底，我劝你带着你的折梯和那桶脏水离开这里吧。

弗莱彻：好吧，我不会再催着你回答我了。

　　　　　[他提着桶和折梯走向门外，但是突然停了下来。

弗莱彻：下次晚上休息，你不会和我去看音乐剧了，对吧？

史密斯：[笑道] 我可能出不去。

弗莱彻：要是你能呢？

史密斯：好吧，要是你逼我的话，我可能会去。不过，你记住，这不是说我同意和你交往了。

弗莱彻：我明白，这也不是说你不同意，对吧？

史密斯：我只是想说我还没决定好。

弗莱彻：[放下手里的东西，走向史密斯] 你不讨厌我，对吧？

史密斯：拿着你的东西，离开这里去吃饭吧。

弗莱彻：不管问你什么，你都不直接回答我。

史密斯：我不讨厌你，我对你的感觉就和我对其他人的感觉一样。

弗莱彻：是吗，这么说来我还该庆幸了？

史密斯：我觉得你应该这么想。

弗莱彻：好吧，日安吧。

史密斯：日安。

　　　　[他走了出去。史密斯继续做着手头的活，回忆着刚才和他的聊天，露出了微笑。她把刚才缝的袜子放到桌子上，拿起了另一只。她把手伸进袜子的洞里，笑了起来。弗里曼走了进来，她站起身，收拾面前的东西。

弗里曼：别动。

史密斯：我把这些活带到了这里，因为这里的光线好些。在公寓背光的地方什么也做不成。

弗里曼：这些东西看着非常像我的。

史密斯：是的，先生。

弗里曼：我妹——达拉斯-贝克夫人吩咐你缝的吗？

史密斯：[掩饰笑意] 不是的，先生。这些东西破洞了，我就想着可以试着补一下。

弗里曼：你经常会做没有被吩咐的事情吗？

史密斯：先生，我看到有需要做的事情就会做。

123

弗里曼：这份工作不是这么做的，你知道吧。

史密斯：我只是不想看着一位绅士穿着破洞的东西。

弗里曼：我还有些穿的比这些还破。

史密斯：可惜的是，缝这些东西只是浪费力气。［她把手伸进袜子的洞里］瞧瞧，先生！

弗里曼：我最好买些新的，对吧？

史密斯：先生，我觉得这是个好主意。

弗里曼：我今天会去买六双。

史密斯：容我说一句，先生，既然要买，我要是您的话我会买十二双，这样每双都能穿得久一些。

弗里曼：［笑道］好的，我会买十二双。

史密斯：还有，您现在很缺睡衣，先生。

弗里曼：你提得很好，我会买的。

史密斯：您现在想吃午餐吗，先生？

弗里曼：非常想，达拉斯-贝克夫人不来吗？

史密斯：是的，先生。

弗里曼：好吧。

　　［史密斯走了出去。不一会儿，她再次走了进来，端着主菜，一盘鱼肉，还有一些鸡蛋。弗里曼坐了下来，她把鸡蛋递给弗里曼，弗里曼拿了一部分。然后，她把剩下的鸡蛋放到餐具柜里。

史密斯：您想喝霍克酒还是波尔多红葡萄酒，先生？

弗里曼：霍克酒吧，谢谢。

　　［史密斯给他倒了些霍克酒，在他吃饭时她站在餐具柜旁。他看了她一眼。

弗里曼：你要是不想的话，大可不必在这里等着。我吃完了可以按铃叫你。

史密斯：[纹丝不动] 谢谢您这么说，先生。[停顿了一下]

弗里曼：你想站在那儿看着我吃饭？

史密斯：我想把事情做得得体，先生。

弗里曼：随你吧。

史密斯：先生，如果您不想我在这里的话……

弗里曼：你自己舒服就好。[停顿了一下]

弗里曼：这鸡蛋太好吃了，可以代我向厨娘致意吗？

史密斯：好的先生，多谢您的夸奖。[停顿了一下]

弗里曼：哦，对了，非常感谢你帮我缝东西。

史密斯：不用客气，先生。

弗里曼：我有很久没让人给我弄这些东西了。

　　　　[史密斯再次把菜递向他。

弗里曼：不用了，谢谢……今天天气不错，对吧？

史密斯：是的先生。

　　　　[她把他面前的盘子拿走，换了一个干净的来。然后她打开
　　墙上的活动板，端出从厨房推出来的菜，把羊排和土豆递给他。

弗里曼：自己吃饭是件挺无聊的事，对吧？

史密斯：因人而异吧。

弗里曼：我要是和你找话说，你不介意吧？

史密斯：您要是想的话，当然不介意，先生。

弗里曼：[眼里闪出愉悦的神情] 别期望太高，毕竟我离开这里很长
　　时间了。

　　　　[史密斯安静地站在餐具柜旁，犹豫了一会，她决定说点
　　什么。

史密斯：冒昧问一句先生，罗得西亚离这很远吗？

弗里曼：是的，很远。

史密斯：比澳大利亚还远？

弗里曼：我不知道，为什么这么问？

史密斯：我就是想到了。

弗里曼：你父亲是个农民，是吗？

史密斯：是的，先生。

弗里曼：我也是。

史密斯：您肯定经营着很多农田吧。

弗里曼：两千英亩。

史密斯：这就对了，人们常说只有大规模种植，种田才能赚钱。

弗里曼：为什么你不给你父亲帮忙，选择来这里当佣工？

史密斯：哦，我们都离开家了，家里要养的人太多了，我父亲要非
  常辛苦才能勉强养活我们。

弗里曼：你喜欢做侍女吗？

史密斯：我只会做这个，先生。

弗里曼：你为什么不去罗得西亚？在那个地方，身体健壮的女人不
  可多得。

史密斯：我之前考虑过换个地方。

弗里曼：[惊讶地] 考虑过去罗得西亚？

史密斯：不是的，先生，我对罗得西亚一无所知，我有个姐姐嫁到
  悉尼了，她告诉我在我找到工作之前，我可以跟着她。她是个
  厨娘，有个中介找到她，把她带过去的。

  [史密斯意识到自己说得太多，就不再说了。她把羊排递给
  弗里曼。

弗里曼：不用了，谢谢。[史密斯把他的餐盘收了起来] 然后呢？

史密斯：刚才说话忘了收餐盘了。

弗里曼：哦，没关系的。继续说吧。

史密斯：如果汤普森先生发现我伺候您吃饭的时候和您说话，我真
  不敢想他会说什么。

弗里曼：谁是汤普森先生？

史密斯：他是我服侍的第一个人家里的管家，是他培训我的。

弗里曼：［笑道］我觉得他绝对不会发现的。

　　　　　［史密斯打开活动板，又端上来一个盘子。］

弗里曼：要是你端的是甜点，我绝对不会吃的。给我来点奶酪，我
　　　　今天吃的能顶一周。

史密斯：好的，先生。

弗里曼：［史密斯把奶酪递给他］接着说你姐姐。

史密斯：我觉得达拉斯-贝克夫人看到我和您说话会不高兴的，
　　　　先生。

弗里曼：那我就不吃奶酪了。

史密斯：［微微带着笑意，有些腼腆］好吧，她到悉尼还不到一个
　　　　月，就有一位先生向她求婚。他是当地一家出租车公司老板，
　　　　她要是想的话，有四十三辆出租车供她随便坐。我和她在信里
　　　　聊过，她现在绝对是个出租车行家了。

弗里曼：不好意思，我想问一下，她是不是也给你物色了个出租车
　　　　公司老板？

史密斯：在悉尼又不是人人都开出租车公司。

弗里曼：要是那样的话，交通可能会有点拥堵。

史密斯：［一脸天真地］那样的话，可不容易谋生啊。

弗里曼：［笑道］最后那些老板也只能互相照顾生意了。

史密斯：我姐姐说要是我愿意的话，六个月内就能找个人完婚。

弗里曼：你买票了吗？

史密斯：我不着急。

弗里曼：但是你应该结婚了，女人结婚就该趁年轻。

史密斯：我又不是必须跑到世界的另一头才能结婚。

弗里曼：听起来好像你在伦敦这边有人选了。

史密斯：这个不好说。

弗里曼：我觉得你不会告诉我是谁。

史密斯：您吃完奶酪了，先生。

弗里曼：我想吃个苹果……不用，不用换盘子了。

　　　　[史密斯递给他一盘苹果]

弗里曼：[拿了一个苹果] 然后呢？

史密斯：我正要说，先生。

弗里曼：吃苹果有助于消化。

史密斯：有个年轻人向我求婚呢，当然，要是我答应了，我肯定不
　　　　用去悉尼了。

弗里曼：你喜欢他吗？

史密斯：这个嘛，先生，我喜欢他，但是我不知道自己够不够喜欢
　　　　他，愿不愿意和他结婚。他说的话总是能把我逗笑。

弗里曼：另一半能把你逗笑是个好事。

史密斯：我就是不知道要是我整天听那些话，还会不会觉得好笑。

弗里曼：这就是嫁给一个风趣的人的坏处吧。

史密斯：要是我告诉他这个故事老掉牙了，他会很生气。

弗里曼：哦，这种人都有些敏感。你要是那么说，他们会觉得伤
　　　　自尊。

　　　　[弗里曼从烟盒里抽出一支烟。

史密斯：我去看看您的咖啡好了没，先生。

　　　　[史密斯走了出去。这时，达拉斯-贝克先生走了进来。

弗里曼：嘿，你回来了。

达拉斯-贝克：是的，现在是周六的下午，我没想到会有人在这里。

弗里曼：[起身] 罗兹去哪了？你知道吗？

达拉斯-贝克：不知道，我觉得她可能在哪和阿尔杰农吃午饭吧。

弗里曼：你好像对她的去向一点都不在意。

达拉斯-贝克：[轻松地] 我是个模范丈夫，我特别注意这个，从来不多管闲事。

　　　　[史密斯端着咖啡走了进来，弗里曼给自己倒了一杯。

弗里曼：你不来点咖啡吗?

达拉斯-贝克：不了，我喝过了，在大厅吃的午饭。

　　　　[史密斯走了出去。弗里曼犹豫了一下，然后决定和他聊聊。

弗里曼：我这几天就想和你聊聊。

达拉斯-贝克：怎么了?

弗里曼：我不喜欢别人对我说别多管闲事，不过我觉得你一定会这么说我。

达拉斯-贝克：[看着有些茫然] 老兄……

弗里曼：你觉得罗兹整天和佩珀康待在一块合不合适?

达拉斯-贝克：[惊讶地] 这有什么?

弗里曼：[有些尴尬地] 我来这里两周了，那个年轻人每天至少来吃一顿饭，没有一天不来的。每次我进公寓都能看见他在那躺着。要是没看见他，就说明他和罗兹一块出去了。

达拉斯-贝克：罗兹喜欢那个人。

弗里曼：[冷淡地] 是个人都能看出来。

达拉斯-贝克：可是我也喜欢他啊，对我和罗兹来说，他就是个朋友。

弗里曼：[面无表情地] 你说得对。

达拉斯-贝克：况且……她能帮到他不少。对一个年轻人来说，和一个年长的女人做朋友是件好事。

弗里曼：如果我是你的话，相比让他整天和我妻子待在一块，我觉得我的鞋尖更能帮到他。

达拉斯-贝克：你的意思是……我应该……

[他停顿了一下，看起来有点疑惑还有点心烦。

弗里曼：把他踢走？我确实会这样。

达拉斯-贝克：但是我没理由这么做，我挺喜欢他的，还有，罗兹不
　　　会同意的。

弗里曼：罗兹会明白那样只会让自己丢人。

达拉斯-贝克：不过我喜欢他这个人。我认识他很久了，真的很喜
　　　欢他。

弗里曼：好吧，只能说人各有所好吧。

达拉斯-贝克：我觉得你没有资格评判，别介意我这么说。你在一个
　　　原始国家待了这么长时间，在那个地方男人都很专横，女人被
　　　视为私人财产，不过这里是伦敦。

弗里曼：老兄，不管是在伦敦，还是在布拉瓦约或者堪察加半岛，
　　　两个年轻异性整天来往结果都是一样的。

达拉斯-贝克：胡说，两个异性相处五分钟擦出火花，生个孩子，这
　　　是小说里常有的情节。我们所处的是一个高度文明的社会，人
　　　们有大把的兴趣爱好。阿尔杰农绝对不会对罗兹有那个意思。

弗里曼：那我只能说，他太蠢了。

达拉斯-贝克：[震惊地] 你说什么！

弗里曼：罗兹长得很漂亮，穿着考究，整天喜笑颜开的。你想想，
　　　一个年轻人和她日日夜夜待在一起，她的丈夫对这件事满不在
　　　乎，站在一旁熟视无睹，两个人之间还没发生关系，很难不让
　　　人觉得这个年轻人是个可鄙的混蛋。

达拉斯-贝克：但是……但是你说的话自相矛盾了，你的说法完全是
　　　自相矛盾。

弗里曼：我没有，对于一个正派且正常的人来说，异性之间不可能
　　　存在友谊。因为这种关系要么催生爱情，要么变成爱情。

达拉斯-贝克：[讥讽一笑] 来点小点心还是咸口小吃？

弗里曼：都可以，随你。

达拉斯-贝克：[开始有些恼火] 罗兹知道分寸，毕竟她是我妻子，我比你更了解她。

弗里曼：[冷冷地] 这你放心，要是她没分寸，我现在也不会和你聊这个。

达拉斯-贝克：她不是会做那种傻事的女人。她对爱情没什么兴趣，对其他那些乱七八糟的也没兴趣。

弗里曼：想必她也和其他女人一样，也有五感吧？

达拉斯-贝克：当然了，不过他们的关系更多的是精神层面……你太粗俗了。

弗里曼：老兄，要是这样的话，我更确信他们私通了。

达拉斯-贝克：[震惊地] 什么！

弗里曼：如果他们真是正派且正常的人就好了，他们违反了十诫中的每一诫，他们比你想的还没人性。他们甚至不如一只猿猴。

达拉斯-贝克：行了，行了，你这话说的过分了，你这完全超出了开玩笑的限度。真的……我不知道你是什么意思。不如一只猿猴！没有人性，没人性！你真是……天哪！

　　[他情绪很激动，因为愤怒变得语无伦次。

　　[罗兹和阿尔杰农进门，罗兹穿着散步服。

罗兹：你为什么会在这里？[看到她丈夫在气头上就问道] 怎么回事？

达拉斯-贝克：[不耐烦地] 怎么回事？什么事也没有，就是开个玩笑。

　　[他走了出去，轻声嘟囔着。

阿尔杰农：[对弗里曼] 我在想，你不是在努力让自己变得讨人喜欢吗？

　　[罗兹看了一眼弗里曼，然后跟着她丈夫走出了房间。

弗里曼：很明显，我的努力没得到回报。

阿尔杰农：我怀疑是因为你说话的方式有点让人接受不了。

弗里曼：[愉快地]你别指望着我像你那么会闲聊，毕竟你靠这个谋生呢。

阿尔杰农：这是艺术，伙计，是艺术。

弗里曼：希望你能赚到钱吧。

阿尔杰农：这是我唯一的谋生手段，你也能看出来，我去的裁缝店都还不错……我要是有兴致了，随时都能去丽思大酒店吃顿午餐。

弗里曼：[平静地]去那里之后呢，要是我没误会的话，你会让和你一起去的人付钱。

阿尔杰农：你是不是特别想让人觉得你傲慢无礼。

弗里曼：你觉得我做到了，对吗？

阿尔杰农：英国殖民地的人对礼貌的理解真是奇怪。

弗里曼：[不慌不忙地]你和罗兹去过那里吃午饭吗？

阿尔杰农：去过。

弗里曼：她付的钱，对吧？

阿尔杰农：是的。

弗里曼：你可能会觉得我有些过于敏感了，我不喜欢让一个女人请我吃饭。那会让我感觉不舒服，就像一些国外来的绅士，有的会让警察帮他们买前往欧洲大陆的票，还要把他们送到查令十字车站。

阿尔杰农：[笑了一声]你真是太可笑了。为什么罗兹不能请我到饭店吃饭，这和在家里有什么两样？

弗里曼：你能告诉我为什么她该请你吃午饭吗？

阿尔杰农：当然，因为她觉得我能帮到她很多，和我待在一起她很开心，也能学到不少东西。

弗里曼：[讽刺地] 今天早上你陪她去试礼裙了，对吧？

阿尔杰农：没有，我们买了六双长筒袜，然后去了国家美术馆。

弗里曼：你多大了？

阿尔杰农：二十八岁，不过我觉得我看起来要年轻一些。

弗里曼：你看起来非常健康，而且挺壮实的。你做过什么工作吗？

阿尔杰农：我以前做过汽车生意，不过后来做不下去了。

弗里曼：为什么不做点其他的？

阿尔杰农：我有时也会看看汽车行业里还有没有其他机会。

弗里曼：在这个国家，好像所有无能的人都会用这一招来靠女人吃饭。

阿尔杰农：不止这里，整个欧洲都是，老兄。

弗里曼：如果你是个彻头彻尾的傻瓜，我可能还更有耐心些，可惜你不是。

阿尔杰农：你真是过奖了，听你这么说，我得小心点了。

弗里曼：你是个精明的人，我觉得你要是努努力，你应该能过得不错，不过你更愿意当个寄生虫。

阿尔杰农：这个词用得好。

弗里曼：但是可不讨人喜。

阿尔杰农：老兄，我们所处的阶层是上帝赐予的，我们被教导要在自己的阶层履行自己的责任，仁慈的上帝赐予了我一个爱我的母亲，她能给我提供膳宿，但是没钱给我买衣服和香烟。

弗里曼：所以你不去工作，而是选择靠朋友生活？

阿尔杰农：你不该这么措辞，现代文明催生了各种职业，我只是选择了一个，虽然这个职业报酬没那么高。你想想我选的这个职业对现代社会有多重要，所以报酬还应该更高些。

弗里曼：你说的这个职业是？

阿尔杰农：这个职业太新了，还没有确切的名字，不过其他做这个的要么被称为贵宾犬，要么被称为家猫。

弗里曼：[冷笑] 你真是有羞耻心呢。

阿尔杰农：我没必要感到羞耻。相比其他做这行的人，我做得已经够好了。你觉得如果没有我，罗兹和赫伯特会变成什么样？和他们一样的夫妻还有成千上万，这些夫妻结婚以后无聊得要死，他们需要像我这样的男人给他们的生活增添乐趣。赫伯特读新闻简报的时候，是我陪着罗兹购物，是我陪着她去看戏剧。我下午还陪她玩桥牌，她举行聚会的时候，都是我帮她操持。每到周日，我还要陪赫伯特打高尔夫，我的技术不错，但是我会故意让赫伯特在最后一个果岭获胜。罗兹不舒服的时候，晚上我会陪赫伯特玩皮克牌。作为回报，他们也会让我在这里的日子舒服点。他们出去度假的时候会把我带上；我买东西欠钱了，罗兹和赫伯特也都很愿意借给我点。他们要想买车了，我会去替他们买，还能得到一笔佣金，我还会给他们当司机，这样他们什么都不用担心，只管好好娱乐。他们不用车的时候，我还能带朋友兜兜风。

弗里曼：这样既让朋友开心了，又不用花什么钱。不过，你是不是认为你一辈子都可以这样？

阿尔杰农：当然不是，根据我的经验，在一家能做个两年左右吧。我在惠特斯特布家待过两年——当然，雇主要是有贵族头衔是个好事，不过其实并没有那么好——惠特斯特布夫人想向我收钱，不过给我打了个大折。我还在艾萨克·科恩家待了两年，和他们在一起的时候，我感觉自己富得像个犹太人。夫妻俩都很有魅力。

弗里曼：你想说他俩很慷慨吧？

阿尔杰农：他们人确实不错。

弗里曼：两年后呢？

阿尔杰农：[耸了耸肩] 两年后他们受够我了。我再也没办法让这对夫妻和睦相处，他们后来也对我翻脸了。不过，他们对我翻脸的前一两个月，我就发现苗头不对，所以我就开始找下一家了。

弗里曼：你愿意一辈子都这样吗？

阿尔杰农：我还没想过这个。家猫这个职业就和演员是一样的，在观众讨厌你之前，你就得退场了。可能某一天——有可能是明天，也有可能是十年以后——我会和一个不错的女孩坠入爱河，不过这个女孩一年收入必须得有两千英镑。

弗里曼：为什么这样的一个女孩要嫁给你？

阿尔杰农：因为我是个有趣的人，或者因为我认识的有钱人不少，还有可能单纯因为我请求她嫁给我——许多女继承人就是因为这个选择嫁给一个穷小子——靠着她的钱，我们一定能过得舒舒服服的。

弗里曼：所以到最后还是个寄生虫，我宁愿扫大街也不会这样。

阿尔杰农：这就是我们不一样的地方，我绝对不会去扫大街。

弗里曼：你可能会觉得我又蠢又犟，不过你不工作的话，我相信你无法从生活中获得长久的满足感。

阿尔杰农：胡说八道！那些无知的人只是为了逃避无聊的生活，才去工作中寻求慰藉。我绝对不会那样。

　　　[罗兹走了进来，脸颊通红，双眼怒火熊熊燃烧，气势逼人。

罗兹：[走向弗里曼] 你刚才和赫伯特说什么了？

　　　[弗里曼看着她的双眼，沉默了片刻。

罗兹：[突然大声说道] 真是无耻！你竟敢！你竟敢干涉我的生活！

弗里曼：[看向阿尔杰农] 年轻人，你走开一下好吗？

阿尔杰农：[笑道] 我不太想走。

弗里曼：我不是在问你。

阿尔杰农：没什么场面比两个亲人吵架更有趣了，我可不想错过。

弗里曼：你告诉他让他离开好吗，罗兹？

罗兹：我不说。

弗里曼：亲爱的，我和赫伯特说那些，是因为我觉得那样是对的。

罗兹：[愤怒地] 你没有资格那么做……

弗里曼：[对阿尔杰农] 我这么说你可能会惊讶，不过我是个很保守的人。我不想家丑外扬，你最好离开这里。

阿尔杰农：不好意思，我不想离开。

弗里曼：你要是不走，我发誓，我会把你揍趴下。

阿尔杰农：那你得把我揍趴下了，虽然你明显比我强壮得多，但是你话都说到这个份上了，我就算挨揍，也不可能因为你威胁我而屈服。

弗里曼：[对他的勇气感到惊讶] 好家伙！

罗兹：走开一下吧，阿尔杰农。

阿尔杰农：好的。[走到门口，面带微笑对弗里曼说] 我一点也不相信你会打我。在房间里打架，还有一位女士在场，绝对不可能的。你就是说说，但是绝对不会动手。

　　　　　[阿尔杰农走了出去。

罗兹：你想说什么？现在可以说了。

弗里曼：[走向罗兹，把她抱在怀里] 听我说，罗兹……

罗兹：[推开他] 天哪！别碰我。

弗里曼：你不想坐下来好好说说吗？

罗兹：[不耐烦地] 哦，我知道你在想什么，你就是想弄得煽情点。你想让我靠在你的肩膀上抹眼泪，然后用沙哑的声音深情地跟我说话。我不想听，你还是收起那一套吧。

弗里曼：如果我们都有点同情心的话，应该能让我们更好地理解彼此。

罗兹：这和同情心有什么关系？我们主动让你过来住在我们家，我们还跟你说把这儿当成宾馆就好。

弗里曼：我要是想住宾馆，早就去住了。

罗兹：[没有理会他说的话，继续说] 我们从来没有对你有过什么要求。你是真的闲着没事做是吗？你对他说了一堆荒谬的事情，让他怀疑我和阿尔杰农之间的关系。

弗里曼：别忘了，我先和你聊的这个，你不愿意听我说。我对你说过我要去和赫伯特聊聊。

罗兹：[不耐烦地] 我以为你就是说说而已。

弗里曼：你是我最关心的人。你换位思考一下，你觉得我该怎么做，当我发现你做那样……那样的……

　　　　[弗里曼尴尬地不再说话。

罗兹：你有什么资格对我说教？你觉得自己高人一等，真是可笑……

弗里曼：[打断她] 我绝对没这样想过。

罗兹：你以为我不知道在剑桥的时候，你和一个女人有麻烦了，父亲花过钱帮你收拾你的烂摊子那档子事？你以为我不知道别人是怎么议论你和奎尼·毕晓普的？

弗里曼：我在这种事上面栽过跟头不是你可以重蹈覆辙的原因。

罗兹：话说回来，我有什么错，你要来指责我？

弗里曼：你和阿尔杰农·佩珀康之间的关系非常欠考虑。你要知道，你们这种行为只会让人有一种想法。

罗兹：但是，阿尔杰农对我和赫伯特来说都是一样的，就是个朋友。

弗里曼：我请求你在事情尚可挽回之前把他打发走。

罗兹：真是荒唐！你说得太夸张了。你是想说我和阿尔杰农之间有点什么吗？

弗里曼：亲爱的，我该怎么回答这个问题？

罗兹：不是，我认真地问你。

弗里曼：我真心希望你们之间没有什么。

罗兹：你觉得有还是没有？

　　　　[罗兹顿了一下。

弗里曼：有。

罗兹：[放声大笑] 可怜的阿尔杰农，我想不到有什么能比和我发生性关系更让他烦的事情了。

弗里曼：[愉快地] 好吧，不管怎么说，我把你逗笑了。

罗兹：你真的太可笑了。

弗里曼：你觉得阿尔杰农喜欢你什么？他和你其他的朋友一样，只是想追逐名利。如果他明天遇到一个女人，发现在这个女人身上比你更有利可图的话，他立马就会抛弃你，就像扔掉一只旧手套一样。

罗兹：哦，不过，我肯定在他厌烦我之前早就厌烦他了。

弗里曼：我能和你说一件事吗，自从我来到这里，这件事就一直萦绕在我心头。[她没有回答。他坐在她椅子的扶手上，然后拉住她的手] 你知道，你的生活过得很堕落，还有你身边的那群人——一群可怜的家伙！就像那个辛西娅…… [他记不起来她的全名了]

罗兹：罗森堡。

弗里曼：她为了钱，嫁给了一个又老又胖的男人。孩子生着病，她甚至忍心出去一整天，对孩子不管不顾。她不愿意照顾孩子，因为这会影响她找乐子。还有艾米丽·查普曼，几年前她都该结婚了。

罗兹：她也想结婚，不是说她没试过。

弗里曼：我到这里的第一天，你就跟我说她的婚约解除了，我也感到很惋惜。她现在的生活里只有桥牌了，一场接一场。你觉得她从中能获得快乐吗？你光是看看她的眼睛里就能看出来，她的眼神里充满了不安与不满。

罗兹： 她以前也没有善待你，你何必在她身上浪费你的同情心。

弗里曼： 我打心底里觉得她是个非常正派的姑娘。如果她能找个不错的男人……

罗兹： [打断他] 不如你娶她？

弗里曼： 她跟我去非洲农场能做什么？还有你，罗兹，你看着也是一副心神不定，不满现状的样子。你不觉得有了孩子以后，你会更幸福吗？

罗兹： 我告诉你，我们养不起。

弗里曼： 你只需要减少一些自私的消遣活动。

罗兹： 我要这么说可能会吓到你，相比孩子，我更喜欢那些自私的消遣活动。

弗里曼： 如果你能两者兼得呢？我虽然不是有钱人，但是我偶尔也会奢侈一下，满足我的精神需求。如果你有了孩子，每年我可以给你几百英镑用作为孩子的开销，这样就不需要花你们的钱了。

罗兹： 实际上是我不想要孩子。养孩子肯定能把我烦死，我缺乏那种母性，我不想再多说了。[艾米丽·查普曼进门]

艾米丽： 我能进来吗？

罗兹： [亲了一下她] 我不知道你来了。没有让你久等吧？

艾米丽： 没有，史密斯说你在餐厅，我就来了。[对弗里曼伸出手] 你好。

弗里曼： [与她握手] 你好。[对罗兹] 可以让人把桌子收拾一下吗，罗兹？我有点事，想用一下桌子。

罗兹： 好的。

弗里曼：我先去取我的东西了。[弗里曼走了出去]

罗兹：我越来越烦汤姆了。他对我生活的各个方面都不满意，我真受不了他这个样子了。

艾米丽：你们刚才在吵架吗？

罗兹：他一直在因为阿尔杰农的事对我说教，很可笑，对吧？

艾米丽：这八年里他变了很多。

罗兹：他现在蛮不讲理。我十分希望他能找个妻子，赶快走人。

  [艾米丽·查普曼看了她片刻，有些迟疑，然后决定开口。]

艾米丽：如果我嫁给他你会不开心吗？

罗兹：[微微一惊] 亲爱的，那真是帮了我天大的忙了。

艾米丽：你应该给他说过从他走了以后，我订过两次婚了吧？

罗兹：[笑道] 没有，当然没有。我没道理告诉他。

艾米丽：我知道你要是不愿意的话，你能把这件事搅黄，所以我就先来和你说了，我觉得这样更合适些。你肯定能看出来我最近在想这个了吧？

罗兹：我只知道你一周七天，天天来这，肯定不单单是想见我。

艾米丽：[声音中带着一丝焦虑，还有一丝恳求的意味] 你不会做什么对我不利的事吧？

罗兹：[笑道] 当然不会。

艾米丽：如果你不赞成的话，我会直接放弃。

罗兹：没有，真的没有。你打算怎么做？

艾米丽：[耸了耸肩] 他是个多愁善感的人。

罗兹：[听懂了艾米丽的话外音，笑了起来] 说实在的，你真聪明。

艾米丽：[谦虚一笑] 如果一个男人对你非常同情……

罗兹：你想单独待会儿吗？哦，我忘了叫史密斯。

  [罗兹按了一下铃，然后朝着门的方向走去。

艾米丽：把你从自家餐厅赶出去感觉很不合适。

罗兹：别胡说，祝你一切顺利。

> [罗兹走了出去，然后史密斯进门。她开始收拾桌子。艾米丽·查普曼态度有了些变化，她与史密斯关系还算融洽，此时她看起来很温和。

艾米丽：史密斯，你对伦敦还满意吗？

史密斯：满意，谢谢你小姐。

艾米丽：你能从这份工作获得很多满足感，你一定很开心。达拉斯-贝克夫人好像对你很满意。

史密斯：谢谢你，小姐。

艾米丽：相比你以前做佣工的人家，这里相对小了些吧？

史密斯：是的，小姐。之前的人家家里有管家。

史密斯：艾米丽，我不是说你该离开这里，别误会。我想说，如果你想提升一下自己，随时可以找我，我可以给你找个不错的人家。

史密斯：谢谢你，小姐。

> [艾米丽瞪了她一眼。

艾米丽：[装出一副漠不关心的样子] 佩珀康先生今晚在这吃饭吗？

史密斯：是的，小姐。

艾米丽：他一般都在这吃，是吗？

史密斯：[明白了艾米丽是什么意思] 这要看情况了，小姐。

艾米丽：达拉斯-贝克先生外出巡回时，他都做什么？

史密斯：我不知道，小姐。

> [史密斯低着头继续清理餐桌。艾米丽·查普曼决定再试探一下她。

艾米丽：史密斯，在这个地方，你一定要非常谨慎。

史密斯：为什么，小姐？

艾米丽：如果你卷入任何麻烦，可就不怎么好了。当然，你从来没有见过他们之间任何……

史密斯：没有，小姐。

艾米丽：[轻笑一声] 你是我见过话最少的人。

史密斯：小姐，我不会谈论与我无关的事。

艾米丽：你真是个宝。

　　　　[艾米丽冲着她微笑，但是史密斯背向她时，她有些生气地皱着眉头。弗里曼走了进来，艾米丽立马又喜笑颜开了。弗里曼手里拿着几沓目录簿。

艾米丽：啊呀，你看着真是个大忙人啊，我马上走。

弗里曼：不用，就是一些目录簿，我要过一遍。

　　　　[他把东西放在桌子上。史密斯已经清理完桌子，并走了出去。艾米丽拿起了一本，看了看。

艾米丽：农业用具。

弗里曼：[提起史密斯] 那女孩不错，最近我们聊了不少。

艾米丽：[看似轻松地说] 太主动，太轻浮了。

弗里曼：她好像打算移民。

艾米丽：是吗？

弗里曼：还挺明智的。她在新南威尔士州能比在这多拿一倍工资，而且想什么时候结婚就能什么时候结婚。

艾米丽：你觉得那才是女人该走的自然进程，对吗？

弗里曼：我觉得女人只有遵循自然的安排才会幸福。

艾米丽：[翻了一页目录] 你最近买了不少东西吧？

弗里曼：没有呢，不过我必须快点了，时间有点紧。

艾米丽：为什么这么快就要走了？

弗里曼：我不能把农场放在那听其自然，什么都不管，得赶紧回去打理了，而且那是我的生活，我想回去。

艾米丽：在那个地方你开心吗？

弗里曼：我从来没这么问过自己……这样看来应该是挺开心的。

艾米丽：[声音突然变了调] 你真幸运。

弗里曼：你过得很不开心吧？

艾米丽：很糟糕。

弗里曼：非常抱歉。

艾米丽：[强颜欢笑] 谢谢你这么说……别说我了，说了也无济于事，只会让事情更糟。

弗里曼：不管你遇到什么困难，都会有解决办法的。

艾米丽：[伸出手] 我知道你想尽力帮我，但是你帮不到的。

弗里曼：[捂住她的手] 可以告诉我你有什么烦心事吗？

艾米丽：哦，亲爱的朋友，没什么事，只不过时光匆匆，一年又一年过去了，而我还在浪费生命。我是个一无是处的人，对我身边的人来说就是个累赘。

弗里曼：哦，别胡说八道。

艾米丽：走到这个地步，我只能怪我自己，是我咎由自取。

弗里曼：[面带微笑，但并没有专心听她说话] 哦，别这么说。

艾米丽：你有钱的时候，我同意了嫁给你。你没钱了以后，我就把你抛弃了。

弗里曼：你在想这个？那时候我们俩都不适合结婚。

艾米丽：你一定打心底里鄙视我。

弗里曼：我发誓，每次想到你的时候，我都怀着爱慕之情，想着我们深刻的友谊。

艾米丽：你那时非常爱我吗？[开始抽噎] 哦，你不知道当时我有多难过。

弗里曼：[深受感动] 哦，亲爱的，别哭了。我不忍心看你哭。

艾米丽：你走开吧，我这个样子太丢人了。哦，我受的惩罚已经够多了。

弗里曼：求求你别哭了。

艾米丽：[她此时的嗓音变得沙哑低沉，好像接下来说的话不由自主地就从嘴里冒出来了]你走了以后，走了以后我才明白自己有多爱你。我那天再次看到你的时候……

　　[弗里曼有些吃惊，微微抖了一下，然后沉着地看着她。

艾米丽：这不怪你，只是我知道你肯定觉得我变老了，相貌也变得平平，看起来一团糟，但是你看起来还和以前一样，所以那些往事就涌上了心头。要是你想报复我，你已经成功了。

弗里曼：[低声说]老天作证，我从来没想过报复你。

艾米丽：但是现在，天哪，你走吧。我再也不想看到你了。不见你我也不会那么难过。

　　[艾米丽顿了一下。弗里曼起身，看着艾米丽，在房间踱来踱去，然后停了下来。

弗里曼：你真的爱我吗？

艾米丽：哦，别这样。你怎么能问这种问题羞辱我？

弗里曼：世上很少有真爱存在，如果一个男人被一个女人爱着，那么这个男人应该感激。也许命运自有安排，让我回到英格兰。

　　[弗里曼顿了一下。艾米丽目视前方，屏着呼吸，身上每根神经紧绷着。

弗里曼：你知道自己在说什么吗？我只是个农民，在农场的生活很艰辛，也很孤独，那里的生活与你了解的截然不同。

艾米丽：你要是知道我有多孤独就不会这么问了。

弗里曼：你真可怜，你的生活一定很糟吧？

艾米丽：在这个世上没有一个人爱我。

　　[艾米丽顿了一下。

弗里曼：我能给你的不多。如果你愿意嫁给我，我会努力做一个好丈夫。

艾米丽：[低声说道] 汤姆。

　　　　[弗里曼伸出双手，她抬起手，握住了他的手。

艾米丽：汤姆。

　　　　[史密斯走了进来。

史密斯：有位先生要见您，先生。

弗里曼：哦，我知道了。我马上去见他。[对艾米丽] 这个人要和我
　　　谈生意上的事。

艾米丽：好的，你去吧。

　　　　[弗里曼转身向门口走去，艾米丽松了一口气，面露微笑。

第二幕终

第三幕

场景与第一幕一致，发生在达拉斯-贝克家公寓的客厅。

桥牌桌已摆放好，达拉斯-贝克先生、罗兹，艾米丽·查普曼和阿尔杰农已经打完了一圈桥牌。阿尔杰农打的是明手牌。

艾米丽：[已经到了最后一墩，艾米丽率先出牌] 决胜局了。

罗兹：[冷冷地] 你感情生活一定很不顺吧，艾米丽，我从来没见过有人有这么好的牌，运气都用到这上面了吧。

阿尔杰农：[一直在计分] 三十五先令。

达拉斯-贝克：[看了看他的手表] 结束的时间正好。

      [外面的电话铃响起。

罗兹：哦，烦死这铃声了。快去看看是谁，赫伯特。

达拉斯-贝克：好的。[起身走了出去]

罗兹：希望不是辛西娅·罗森堡，如果是她这时候打扰我们，我绝对不会原谅她。

艾米丽：反正每次都有你丈夫跑腿呢。

罗兹：他一会要出去。他得在一个无聊的政治会议上讲话。

阿尔杰农：幸运的是，他刚才给我们凑齐了四个人。

罗兹：我给他说了，要是可以的话就早点回家。

阿尔杰农：看来林肯律师事务所的生意有点萧条，我们得省着点花钱了，罗兹。

罗兹：糟透了，不是吗？我非常想买一辆车。

阿尔杰农：我那天听说有一辆不错的二手车在出售，挺适合你的。那辆车只开了三个月。

罗兹：他们想卖多少钱？

　　　　［达拉斯-贝克走了进来。］

罗兹：谁的电话？

达拉斯-贝克：奥托·罗森堡。

罗兹：真讨厌，辛西娅要来吗？

达拉斯-贝克：我不知道，奥托问我她在不在这里。

罗兹：大概一点的时候，他打过一次电话，问我知不知道辛西娅在哪吃的午餐。我是知道的，不过我给他说了不清楚。

艾米丽：他为什么这么大惊小怪的？

罗兹：哦，因为那个婴儿。那个病恹恹的可怜蛋老是生病。

达拉斯-贝克：我答应奥托，如果辛西娅过来的话，我会告诉他。

罗兹：辛西娅在那也帮不了什么，只会让她操心。奥托家里请了女佣，可是每次那个孩子开始哇哇啼哭，他都恨不得从伦敦商业区飞过去。

达拉斯-贝克：话虽如此，我觉得我们还是应该跟辛西娅说一声，罗兹。奥托非常着急，辛西娅应该马上回家。

罗兹：打完这一盘再告诉她。就是一个无聊透顶的婴儿生病了而已，我不明白为什么要因为这个浪费整整一个下午。

阿尔杰农：说得好。

达拉斯-贝克：好吧，应该没关系。辛西娅回家晚或早个半小时没什么影响。

　　　　［弗里曼走了进来。］

弗里曼：［愉快地］嘿，又在玩桥牌。

　　　　［他笑着与艾米丽·查普曼握了握手。］

艾米丽：［轻松地］这会没有。我们在等辛西娅·罗森堡。

达拉斯-贝克：[看了看手表]很遗憾，我该走了。

阿尔杰农：国家需要他，他马上要告诉英国选民他是如何履行他的义务的……别这么看我，好像你从来没见过我一样，这样可不礼貌。

弗里曼：我刚才还在想今天会不会见到你。你今天在这吃早餐了吗？我忘记了。

阿尔杰农：没有，我早餐都是在床上吃的，我妈觉得这样有利于我的健康。我在这吃的午餐。

弗里曼：好吧，那我早上就没见过你。祝你早安。

阿尔杰农：[声音中有一丝嘲讽意味]谢谢。

弗里曼：希望你昨天睡了个好觉。

阿尔杰农：睡得很安心。

弗里曼：听你这么说，我很开心。

阿尔杰农：我很好奇为什么你没让我难堪，你这么礼貌，让我感觉摸不着头脑。

[史密斯走了进来，身后跟着奥托·罗森堡夫人。]

史密斯：罗森堡夫人。[史密斯走了出去]

奥托夫人：非常抱歉，我来得太晚了。我刚处理了一堆事情。

罗兹：我们刚才都有点生你的气了。

奥托夫人：[与达拉斯-贝克握了握手]你好。我今天过得实在太累了。今天一个早上都在我的裁缝那里，然后我还得去丽思大酒店和蒙蒂·肯扬吃午餐。吃完午餐，又去拜访了十几个人，又顺路去看了一场画展预展，之后又去卡尔顿酒店喝了点茶。这辈子从来没这么忙过。

达拉斯-克：来一盘桥牌就能歇过劲来了，对吧？

奥托夫人：是的，我也这么觉得。我很想在晚餐之前打一两盘桥牌，今天就是这种信念支撑着我。

弗里曼：[笑道] 对于无所事事的富人来说，真的应该有八小时的工作时间。

奥托夫人：[与弗里曼握了握手] 你好，给我说说有什么进展，我很想知道。

弗里曼：[疑惑地问道] 我？

奥托夫人：罗兹告诉我你这次来英格兰是为了找个妻子。我就在想这是个摆脱我丈夫姊妹的好机会。

弗里曼：她们漂亮吗？

奥托夫人：我丈夫有三个姊妹——蕾切尔、莉迪亚和邦邦。

弗里曼：我觉得我应该会喜欢邦邦。

奥托夫人：她们整天挑我刺，还告诉奥托，直到我感觉自己身上的刺被挑完了。她们是我见过最爱找别人事的人。

艾米丽：她们是做什么的？

奥托夫人：她们对于幸福生活的理解就是我应该整天待在婴儿摇篮旁边，只能早上离开一会去做家务。不过，我是这么告诉奥托的，我们雇八个用人是干什么的？[对罗兹] 我们刚雇了个第二男仆，亲爱的，这个男仆有六英尺四英寸高，我还是挺骄傲的。

罗兹：亲爱的，我希望你明白，人们一般不会谈起第二男仆的，除非和他恋爱了。

达拉斯-贝克：即便是那样，还是有些轻率。

阿尔杰农：别再和我说你丈夫的姊妹了。

奥托夫人：好吧，我不说了，她们都是犹太姑娘，不过你要是了解了，你就会知道犹太人没那么糟。况且她们每人每年能赚三万英镑。

艾米丽：[笑道] 听起来是个好机会，汤姆。

弗里曼：是吗？

罗兹：还想打桥牌的话，就别浪费时间了。

奥托夫人：[对达拉斯-贝克] 你不来玩桥牌吗？

达拉斯-贝克：[拿出手表] 不了，我十分钟之内就要走了。我就在这看一会，你们开始吧。

罗兹：你要是走了我真是感激不尽，赫伯特。你每隔一分钟就看一次你的手表，真的很讨厌。

阿尔杰农：你看起来坐立不安的，赫伯特。我们之所以跟着你，就是因为我们欣赏你泰然自若的心态。

达拉斯-贝克：[笑道] 哎呀，我只是不知道一会儿会发生什么。

　　　　　[此时已经开始为伙伴切牌。

艾米丽：你和我一队，阿尔杰农。

　　　　　[电话铃响起。

罗兹：太叫人恼火了。那个破电话又响了！

达拉斯-贝克：我去接，好吧？

罗兹：好，去吧。接完电话以后把听筒拿下来放一边。

达拉斯-贝克：好的。

　　　　　[去接电话的路上史密斯走了进来]

史密斯：[对奥托夫人说] 有人打电话找您，夫人。

奥托夫人：哦，真是烦人！你说了我在这里吗？

史密斯：是的，夫人。

罗兹：你太蠢了，史密斯。有人这么问，你就该说你去问一下。

奥托夫人：好吧，你就说我正在玩桥牌，走不开。有什么事可以告诉你，你会给我传个话。

史密斯：好的，夫人。[离开]

达拉斯-贝克：[紧张地] 罗兹。

罗兹：你好像很受欢迎啊，辛西娅，这是第三通找你的电话了。

奥托夫人：奥托可能又有什么愚蠢的想法了，我就不应该告诉他我要来。

艾米丽：如果玩桥牌不想被打扰，最不该做的就是让别人知道你在哪，不然你打弱无将的时候，他们指定会给你打电话。

[史密斯走了进来，看起来非常难过。

史密斯：打扰一下，夫人……

罗兹：你到底怎么回事，史密斯？

阿尔杰农：我赌五英镑奥托和厨娘私奔了。

史密斯：罗森堡先生打来的，夫人。

奥托夫人：怎么了？

史密斯：[努力抑制情绪] 哦，夫人，我不能告诉你。

罗兹：[厉声说道] 史密斯！

史密斯：您必须马上走，夫人，事关婴儿。

奥托夫人：我觉得奥托就是有点情绪了，告诉他我打完这手牌就去。

史密斯：哦，不是的，夫人，请您立即回去。您不能继续打牌了，真的不能。

罗兹：你在说什么？

弗里曼：什么事，史密斯？

史密斯：哦，先生，他们说我只能告诉奥托夫人。

弗里曼：他们一定觉得接电话的是我妹妹吧。是什么事？

史密斯：[低声说] 婴儿去世了，先生。

[罗森堡夫人尖叫了一声，但是什么也没有说。她起身，呆滞地看着其他人，然后跑了出去。此时房间里鸦雀无声。罗兹也被惊吓到，她目视前方，呼吸急促，紧握双拳。

达拉斯-贝克：我说，我是不是该跟着她。

罗兹：[从嘴里挤出几个字] 不，让阿尔杰农去。

阿尔杰农：好吧，我不介意。我就想说，太扫兴了，不是吗？

[他走了出去，罗兹眼睛跟着他移动。

达拉斯-贝克：我们应该告诉她那孩子生病了，罗兹。

[罗兹微微抖了一下，他的话犹如一记重击。她对史密斯严厉地说。

罗兹：你还站在这干吗，史密斯？

史密斯：哦，夫人，这太可怕了，不是吗？

罗兹：[愤怒地] 天哪，出去。

史密斯：请宽恕我，夫人。[史密斯走了出去]

罗兹：[努力保持镇静] 我挺欣赏史密斯循序渐进的传话方式的。

艾米丽：她看起来挺难过的，不是吗？

罗兹：[耸了耸肩] 下层阶级听到这种事就激动。

达拉斯-贝克：希望这件事不会引起什么矛盾，罗兹。

罗兹：[努力压住怒气] 你不是该去参加会议了吗？

达拉斯-贝克：该去了，刚才都把这事忘记了。

[他犹豫了一下，然后快步走了出去。

弗里曼：你知道那孩子生病了吗，罗兹。

罗兹：午餐之前，他们打来电话问我知不知道辛西娅在哪。

弗里曼：不过你知道她在哪。吃早饭的时候，我听到你说她去丽思大酒店吃午餐。

罗兹：我没理由多嘴告诉奥托他妻子在哪。

弗里曼：如果你告诉他，她三个小时前可能就回家了。

罗兹：天哪，别对我说教，汤姆。我现在没心情听你说这些。

弗里曼：罗兹，你不告诉罗森堡他的妻子在哪，是因为你不想桥牌的安排被打乱吗？

罗兹：天哪，我不知道那孩子会去世。一直以来，奥托都很为那孩子的健康担忧。这整件事真的很讨人厌。

弗里曼：[愤慨地] 罗兹！

罗兹：哦，天哪，别烦我，让我自己待会。自从你来了以后，整天都在指责我。我受够了。你要是对我不满意，你可以走。伦敦肯定有不少宾馆。

弗里曼：对，住宾馆肯定是最正确的选择了。对你来说，我就是个陌生人，我们俩没有共同语言。

罗兹：我只希望我不会和你一样整天说那些蠢话。哦，要是你能知道我多讨厌你就好了！我讨厌你自命清高的样子，讨厌你咄咄逼人的样子。你要是离开了，我真的感激不尽。希望我永远，永远不要再见到你。

弗里曼：好吧，你很容易就能摆脱我。我会走的。

[罗兹生气地哼了一声，然后愤然离开。弗里曼对艾米丽·查普曼说道。

弗里曼：你刚刚目睹了一场非常激烈的家庭争吵。

艾米丽：到我这个年纪的单身女性都见过不少这种场景。

[她稍微停顿了一下。弗里曼看着有些沮丧。

弗里曼：罗兹是我唯一的亲人了，我这次回来，感觉对她的感情比以往更深了。

艾米丽：亲爱的朋友，人们重逢时都会有这种感觉。

弗里曼：我有时候感觉很孤独——非常孤独。我希望她能具有那些女性美好的品质，当然，这些品质是我个人想在女人身上看到的。

艾米丽：可怜的罗兹！她之前穿得过于讲究了。

弗里曼：我对她的要求也不多，我只希望她能做个诚实正直的人，做个忠诚的妻子，做个好母亲。

艾米丽：[盯着他看了一会，若有所思地说] 我觉得这些要求都不过分，不过……

弗里曼：她怎么能那么冷酷、那么自私！只有史密斯看着真的在意那个婴儿。

艾米丽：她那个阶层的人就容易伤感。

弗里曼：只有那些没有心的人才无动于衷。

艾米丽：说实在的，你真的在乎那孩子是死是活吗？

弗里曼：我要是告诉你我在乎，你会感到惊讶吗？

艾米丽：我是说，你从来没见过那个婴儿。

弗里曼：这个世界是如此美好，生活是如此丰富多彩。你想想，这个孩子还没有享受生活就离世了，这难道不是一件让人痛苦的事吗？

艾米丽：你真的认为这个世界很美好，生活很多彩吗？

弗里曼：你不这么觉得吗？

艾米丽：[不愿回答] 那孩子出生几周了。

弗里曼：即便是这样，一个孩子的离世也是让人很难过的一件事。

艾米丽：老处女经常说这些东西，从你嘴里说出来有些奇怪。

弗里曼：你一定觉得我很可笑吧。

艾米丽：不能说可笑，我觉得你有些与众不同。

弗里曼：我经历过一段艰难的时刻，这个世界也曾对我不公。当然，我觉得我经历的事情让我变得更理智了。我现在只追求那些简单纯粹的事物。

艾米丽：就像简单的衣服，恐怕那样的追求也要花不少钱。

弗里曼：[笑道] 不，我所追求的生活只不过是不再为住所和食物而发愁，身边有妻子和孩子陪伴着我。如果愿意努力的话，这些应该不难得到。对于美而言，可以看到日出、日落与满天星辰就够了，我别无他求。我希望我的家人喜欢我。[声音变低] 为此，就算让我忍受恶劣的天气，过着艰苦生活，经历生老病死，我也毫无怨言……那样的话我的生活就完美了。

> [他顿了一下，艾米丽和他拉开了些距离。听他说这些话，她感到心烦意乱。

艾米丽：[用沙哑的嗓音说道] 昨天，你向我求婚呢，汤姆。

弗里曼：[笑道] 天哪，我没有忘记。

艾米丽：你向我求婚是因为你认为我会是一个诚实正直的人，会是个忠诚的妻子，会是个好母亲吗？

弗里曼：是的。

[艾米丽此时内心有些挣扎，脸上闪过一丝痛苦的表情。]

艾米丽：我觉得我应该告诉你，从你离开以后，我订过两次婚。

弗里曼：我知道。

艾米丽：[惊讶地] 你怎么会知道？

弗里曼：我第一天来到这里的时候罗兹告诉我的。

艾米丽：[愤恨地] 我早该知道。

弗里曼：你为什么现在告诉我？

艾米丽：为什么？[她情绪有些激动] 为什么你让我嫁给你？我告诉你我一直爱你，你知道那不是真的。

弗里曼：我要是那么期待的话，难免有些自视过高了。

艾米丽：你知道，我当时说的那些话就是想着让你同情我。

弗里曼：即便我不是完全相信你说的话，我也非常同情你。

艾米丽：为什么？

弗里曼：我觉得有时候虽然一个女人嘴上说着谎话，但是心灵却可以道出事实。

艾米丽：我不明白你是什么意思。

弗里曼：我相信你的心灵。

艾米丽：即便是你知道我那么说是在骗你？

弗里曼：[笑道] 是的。

艾米丽：不过为什么你愿意娶我？

弗里曼：因为我觉得我们都应该拥有幸福。

艾米丽：[难过地] 我从未期望过得到幸福。

弗里曼：你知道，我相信我可以给你美好的生活。虽然会很艰苦，但是那种生活自有其好处。我相信不久以后，人性的肮脏与不善的一面皆会离我而去。

艾米丽：[伤心地] 你不了解我，汤姆。我岁数大了，已经无法改变。

弗里曼：我已经学会降低对其他人的要求。

艾米丽：你知道为什么我急切地想要嫁给你吗？我欠了三百英镑的债，我甚至接到了法院令状，但是我连一先令都没有。只要我宣布自己订婚了的消息，我就能得到一刻解脱。我的裁缝愿意借钱给我，直到我结婚为止。

弗里曼：这样的话，她也不需要借给你钱了，我来处理吧。

艾米丽：你不责备我吗？

弗里曼：[笑了一声] 你能和我坦白我已经很高兴了。现在我们可以重新开始，还有，我们以后不要再提这事。

艾米丽：我在罗得西亚的农场能做些什么？我唯一的天赋就是打桥牌。

弗里曼：[笑道] 到时候晚上打双明手你肯定能赢我。

艾米丽：两年前，我绝对不敢想自己会嫁给你。但是，当我感到越来越绝望，我想到嫁给你应该容易一些，所以我下定决心尽快返回英格兰。我没想到为这次返回找个借口会那么难。

弗里曼：[温柔地] 也许你慢慢爱上了我，然后不再介意我待的地方。

艾米丽：我吗？我再也不可能爱上谁，我的爱在多年前就已消失殆尽。

弗里曼：[伸出双手] 不管怎样，我们应该冒险尝试一下。

艾米丽：[绝望地把他挡开，仿佛在与命运做抗争] 不，汤姆，我告诉你，我做不到，我做不到，我做不到。

弗里曼：为什么？

艾米丽：[情绪激动地说] 我现在有一种从来没有过的感受，我无法理解这种感受。我曾经非常希望得到，但是现在……我对你没有一丝感情。如果你爱我的话，情况也不会那么复杂，但是你不爱我，对吗？我的意思是真诚的，真挚的爱。

弗里曼：那种爱可能会来的。

艾米丽：我不配做你的妻子……在过去的两个星期里，我们每天见面，我从来没有这么了解过你。你现在变得很纯粹。我曾经暗暗嘲笑过你，但是不知怎么的，我忍不住…… [她想说"尊重你"，但没有说出口，用手势表达了自己的意思] 我可能让你的生活变得不幸，那对你不公平，我不能那么对你。对我来说，你是个非常可靠的人，我不能做那种自私的人。

弗里曼：你知道你在说傻话吧？

艾米丽：我不能嫁给你，不是为了你着想，而是为了我自己。嫁给你有些——不适合。

弗里曼：[严肃地] 那你准备怎么办？

艾米丽：我会按我自己的路走，也许，[抽噎了一下] 对我来说这是个更好的选择，因为你一直对我很好。[态度突然转变，摆出一副古怪的样子] 好了，我们唠唠叨叨了半天，样子肯定有些可笑。

弗里曼：[笑道] 看来我注定要孤身一人前往非洲了。

艾米丽：[温柔地] 哦，我希望结果不是这样。我希望你能找到一个能帮到你，一个能满足你所有期望，热爱你所热爱的生活的妻子。我希望她也是个纯粹、保持本色的人。

弗里曼：但是，亲爱的，这样的一个完人到底在哪？

[她诧异地看着他，然后嘴角挂着微笑说道。]

艾米丽：你为什么不娶史密斯呢？我觉得她非常适合你。

弗里曼：你觉得她会愿意？

艾米丽：[笑道] 你为什么不问一下她呢？

弗里曼：[平静地] 我会问她的。

艾米丽：遗憾的是，你是一位绅士，你总不能娶一个用人吧。

弗里曼：为什么不能？我要去的地方周边三十英里荒无人烟，那里没有绅士和淑女，只有男人和女人，有时候还会有野兽。

艾米丽：那就只有一个小障碍了，你不爱她。

弗里曼：两个同样健康强壮的异性走到一起，爱情自然而然就会产生。

艾米丽：[挖苦道] 会吗？

弗里曼：我保证，我可以爱上任何女人，只要她脾气温和，胃口不错，长得还过得去。

艾米丽：[笑了起来] 你个笨蛋！

弗里曼：你欠的三百英镑怎么办？

艾米丽：幸运的是，我的裁缝会给我开支票。我刚介绍给她一位新客户，所以如果知道我的第四次婚约又取消了，她一定会很开心。

　　　　[看到艾米丽走向门口，弗里曼按了一下铃。

艾米丽：你为什么要按铃？

弗里曼：我以为你要走了。

艾米丽：[打趣道] 你这么急着赶我走吗？

弗里曼：当然不是。

艾米丽：我想去看罗兹呢。她现在把你赶出去可就要命了。

弗里曼：[笑道] 为什么？你也知道，这早晚会发生。

艾米丽：那你怎么俘获史密斯这个少女的芳心呢？

弗里曼：你觉得我在开玩笑，其实我没有。

艾米丽：那么我得去好好安抚一下罗兹了。说来也奇怪，我好像天生就有劝说人的本事，尤其是那些刚吵完架的人，两个人都有理，说的话也不是真心想说的。

弗里曼：你可以告诉罗兹，如果我刚才冒犯了她，我非常抱歉。

[艾米丽走了出去。不一会儿，史密斯走了进来，站在那里仿佛在听候吩咐。

弗里曼：怎么了？

史密斯：您按铃了吗，先生？

弗里曼：没有！

史密斯：客厅里的指示灯亮了，先生。

弗里曼：我撒了个谎，我不小心按到了。我以为查普曼小姐要走呢，不好意思。

史密斯：好的，先生。[她转头要走]

弗里曼：可不可以给我来杯喝的。

史密斯：好的，先生。您想喝什么？

弗里曼：我觉得威士忌和苏打水就可以。

史密斯：好的，先生。

[她走了出去。弗里曼看着她离开的背影，笑了笑。他走到一张墙边桌前，拿起来一张农场平面图。他在考虑艾米丽·查普曼的建议。史密斯端着一杯威士忌和一个苏打水瓶走了进来。

弗里曼：谢谢。

[史密斯走向门口。

弗里曼：你在忙什么？

史密斯：刚才正要准备晚餐用的酒。

弗里曼：哦，好的……我注意到你很擅长做手工活啊。

史密斯：我吗，先生？

弗里曼：你给我的每件破衣服上面都缝上了我名字的缩写。

史密斯：对不起，先生。我以为……

弗里曼：[打断她]哦，我不介意。不过，如果我犯了谋杀罪或者在隐藏自己的身份，可就尴尬了。

史密斯：〔嘴角透出一丝笑意〕这个嘛，先生，世界上没有犯谋杀罪的人肯定比犯谋杀罪的人多，我当时觉得您肯定属于前者。

弗里曼：你真好，把我的东西弄得那么好。

史密斯：我觉得能做的我都做了，先生。无论您出席什么场合，没人会说您穿得不体面。

弗里曼：那真是太好了。

史密斯：有些人喜欢穿破衣服。

弗里曼：在家里的时候，没人这么照顾我。

史密斯：您家里一个女人都没有吗，先生？

弗里曼：没有。

史密斯：那您家里一定不怎么整洁。

弗里曼：〔笑道〕这可不一定。

史密斯：我认为农场里需要有一位女主人。农场里从早到晚有许多事情要做，有些事情男人连女人一半都不如。

弗里曼：这要因人而异吧……你想看看我的农场吗？

史密斯：是的，先生。

　　　　〔他展开农场平面图，她茫然地看着。

弗里曼：怎么样？

史密斯：我以为您有一些照片呢，我不知道这些是什么。

弗里曼：很多农场主的女儿都能从中分辨出干草堆和奶牛，我以为你是其中之一呢。

史密斯：先生，我没看到奶牛或者干草堆，只看到一些红色和绿色的方格。

弗里曼：你看看，这儿是玉米地，那儿是牧场。那儿是条河，正好穿过牧场。这条河可值不少钱呢。看见那个蓝色小方格了吧——那是我的房子，那房子还不错。

史密斯：我不喜欢去太偏的地方，我觉得那些地方一定有很多灰尘。

弗里曼：嘿，你为什么脸红了？

史密斯：我没有脸红，不过您盯着我的时候，我感觉有些不舒服。

弗里曼：[突然问道] 你的身体怎么样？

史密斯：我的身体？我从来没想过这个。

弗里曼：那么说你对自己的健康挺满意的。

史密斯：作为一个用人，总不能手指头疼都大惊小怪的。

弗里曼：你卧病在床过吗？

史密斯：从很小的时候起就没过，先生。

弗里曼：你会做饭吗？

史密斯：您问的问题太可笑了。

弗里曼：我不觉得，这个问题很合理啊。你要是想去新南威尔士州，
　　　　会做饭是很重要的。你想想，在那个地方，会摆弄银器有什么
　　　　用呢？

史密斯：您觉得周五的晚餐怎么样，先生？

弗里曼：我忘记了。

史密斯：看来是不错，不然你肯定会注意到。男人都是这样。如果
　　　　万事顺遂，他们压根不会注意到。但是如果稍微出点岔子，他
　　　　们能抱怨一周。

弗里曼：周五的晚餐怎么了？

史密斯：先生，厨娘那天头痛得很厉害，那次晚餐是我做的。

弗里曼：[迅速问道] 你没头痛过吧？

史密斯：[笑道] 我？先生，我这辈子从没头痛过。

弗里曼：我猜你会做那些浮华的服饰吧…… [看到她疑惑的表情]
　　　　我想回到周五晚餐那个话题呢。

史密斯：话题变得确实很快，先生。

弗里曼：你会做地道的英国菜吧？

史密斯：我母亲不舒服的时候，我经常给家里的十三个人做饭。

弗里曼：你在家的时候开心吗？

史密斯：哦，是的，先生。我喜欢农场。要不是家里人太多了，我绝对不会离开的。

弗里曼：[下定决心] 为什么你对新南威尔士州特别感兴趣？

史密斯：这个嘛，您知道，我有个姐姐在那里，先生。去到一个陌生的城市，有个认识的人还是不错的。

弗里曼：我在想你喜不喜欢罗得西亚。那里的天气宜人，这个国家也越来越兴盛。你在那边肯定能帮到我许多。

史密斯：[笑道] 好吧，先生。我不能因为您家里没有女士我就过去，这样有些不太合适，不是吗？

　　　　[她顿了一下。史密斯拿起空瓶放在了托盘上，然后端起托盘。

史密斯：我把威士忌拿走吧，先生？

弗里曼：[语气平和地] 你可以嫁给我吗？

史密斯：[面带微笑仿佛听到了一个粗俗的笑话] 我吗，先生？

弗里曼：是的，史密斯。顺便问一下，你叫什么名字？

史密斯：史密斯，先生。

弗里曼：我是说你的教名。

史密斯：[没有迎合他] 我喜欢别人叫我史密斯，先生。

弗里曼：为什么？

史密斯：先生，在这些人家里，我已经习惯听人以姓氏称呼用人，除了男仆以外。

　　　　[史密斯边说边向门口走去。弗里曼拦住了她，不过拦她的动作看着比较自然。

弗里曼：你要去哪？

史密斯：我要去倒些波尔多红葡萄酒了，先生。主人晚餐前喜欢喝这个。

弗里曼：[礼貌地] 你忘了我问你的问题了吗？

史密斯：你只是在嘲笑我，先生。

弗里曼：不好意思，我没有那个意思。[他注意到她的表情] 你怎么了？

史密斯：我在想你站在门前，我该怎么样穿过这个门。

弗里曼：你回答我之前，我绝对不会让你走出这个房间的。真见鬼，又不是每天都有人向你求婚，你应该好好想想。

史密斯：非常感谢您，先生，但是我觉得不行。

弗里曼：为什么？

史密斯：[放下托盘] 先生，首先我是个家佣，而您是位绅士。

弗里曼：哦不，我不是。我早都没有那种荒谬的想法了。

史密斯：你只是这么说说，先生。

弗里曼：我曾经是位绅士。我会去打猎，会去萨维尔街①买衣服，参加过三个俱乐部。我以前还经常和歌舞队的女孩去萨夫伊酒店吃饭，但我现在不是绅士了。

史密斯：哦不，您是的，先生。刚见到您我就能看出来。

弗里曼：别这么讨厌。我知道你会这么说。我希望你别隔一分钟叫我一次先生，在我求婚的时候这么叫我，只会让我感觉很奇怪。

史密斯：我知道自己的身份，先生。

弗里曼：[笑道] 你一定觉得我忘了我的身份了吧？

史密斯：这话轮不到我来说，先生。

弗里曼：那就说明我不是一位绅士。

史密斯：我不看好门不当户不对的婚姻，这样的婚姻不会有好结果的。

弗里曼：希望你不要说得那么笼统，我想听到的是一个直截了当的

---

① 世界最顶级西服手工缝制地，以传统的男士定制服装而闻名。

回答。

史密斯：我觉得我告诉过你了，先生。

弗里曼：那个回答不对。你最好再想个回答……行了，亲爱的，我
们都别胡说了。你会是个好妻子，我会努力成为一个好丈夫。
你可以跟我去我那里，那个房子非常舒适，在那里你可以做女
主人，这要比做女佣好多了。

史密斯：昨天弗莱彻也是这么对我说的。

弗里曼：什么？谁是弗莱彻？

史密斯：他是个杂务工，先生。

弗里曼：他在向你求婚吗？

史密斯：是的，先生。

弗里曼：他休想，你是怎么回复他的？

史密斯：我没有同意，也没有拒绝。

弗里曼：你就这样吊着他？

史密斯：我打不定主意。

弗里曼：你刚才决定得倒挺快。

史密斯：哦，这个嘛，你不一样。他更适合一些。

弗里曼：这么说我还该高兴呢。

史密斯：我没有其他意思先生，只是我想嫁给一位劳动者。

弗里曼：[怒冲冲地打趣道] 天啊，你觉得我是做什么的？我敢打
赌，我一天干的活比六七个弗莱彻一周干的还多。

史密斯：[镇静地] 脑力工作不算。

弗里曼：不是那么回事。我说的是体力劳动，孩子。

史密斯：哦，我知道绅士们嘴里的体力劳动指的是什么，就是在一
旁看着，发工资让别人干活。

弗里曼：[笑了一声] 你知道，我现在想给你一巴掌。

史密斯：先生，我见过有绅士派头的农民干活。你知道在我们那一

带是怎么说这种人的吗？这种人既不是绅士，也不是农民。

弗里曼：谢谢你这么说。

史密斯：我不是有意这么形容你的，先生。

弗里曼：听着，你心目中的丈夫是什么样的？

史密斯：我吗，先生？

弗里曼：我觉得你有答案。

史密斯：好吧，我不会找个懒惰的男人。

弗里曼：先声明一下，我是这个房子里起床最早的，足足比其他人早了一个钟头。

史密斯：我没说过您是懒虫。

弗里曼：[露出满意的神情] 嗯。

史密斯：[她不想让他把自己的认可当作鼓励] 每天我想去打扫客厅的时候，都能看到你早上七点半就坐在那儿，这也是个麻烦呢。

弗里曼：还有呢？

史密斯：这个男人要有强壮的手臂。我是这么想的，人无法预知未来。男人可能随时会丢掉工作，不过只要他愿意干活，再加上强壮的手臂，在英格兰或者其他任何地方都不会挨饿的。

弗里曼：摸一下我的肌肉。

史密斯：哦，绅士的力量，我很清楚。

弗里曼：你真的清楚？

史密斯：玩游戏倒是够用，要是搬一箱重东西上五楼的话……

弗里曼：[打断她] 孩子，我曾经在约翰内斯堡最好的酒店做了六个月的行李搬运工。

史密斯：[惊讶地] 您吗，先生？

弗里曼：弗莱彻要是知道该很沮丧了，对吧？

史密斯：[有些生气] 弗莱彻身体很结实，而且很热心。他说他能徒手掰弯一根铁条。要是他真这么做了，我也不会惊讶。

165

弗里曼：我会惊讶，还有，我不明白徒手掰弯铁条有什么用呢？

史密斯：我也不明白，不过那场面看起来应该不错。

弗里曼：[摇了摇头] 在我看来有些卖弄了。

　　　　[史密斯笑了一声，然后害羞地抬头看着他。]

史密斯：我拒绝了你，你不会生气吧，先生？

弗里曼：不会，这就和战争一样，战事多变。

史密斯：不过，在这些事情上，每个人都会为自己考虑，不是吗？

弗里曼：是这样。

史密斯：如果可以的话，先生，我可以离开去倒酒吗？

弗里曼：可以。[在她离开的时候说道] 你不吻我一下吗？

　　　　[她犹豫了一下，笑了笑。]

史密斯：如果您希望这样的话，先生。

弗里曼：说实在话，你真是通情达理，真的让我很惊讶。要是其他
　　人的话，肯定该因为这个没休止地大惊小怪了。

史密斯：哦，先生，我一直觉得，一个吻而已，没什么大不了的。

弗里曼：那得看情况了。

　　　　[弗里曼走向她，她的脸颊向他凑去。他亲了一下。史密斯
　　露出了克制的微笑，然后离开了。]

弗里曼：好吧，希望破灭了。

　　　　[阿尔杰农走了进来，帽子放在了手背上。]

阿尔杰农：嘿，罗兹在哪？

弗里曼：应该和查普曼女士在她房间里。

阿尔杰农：哦！[他走到门口然后说] 我说，史密斯，告诉达拉斯-
　　贝克夫人我来了。[他关上了门] 我是个英雄，真的。你知道我
　　挺身而出的事吧？我陪着一位哭哭啼啼的母亲，走到她死去的
　　孩子的床前。

弗里曼：[和气地] 可怜的家伙！

阿尔杰农：我觉得你一直都处于这种歇斯底里的状态。

弗里曼：我现在很镇静，因为刚才来了点威士忌和苏打水。

　　　　[罗兹和艾米丽走了进来。

罗兹：怎么样？

阿尔杰农：我带她回家了。

艾米丽：她难受吗？

阿尔杰农：她看着有点不安，你不知道吗？她一直在问奥托会怎么
　　说她。

罗兹：可怜的傻瓜，她怕奥托怕得要死。

阿尔杰农：我觉得他以后会经常因为这件事吵闹吧？

罗兹：他是那种很粗鄙的人，你知道吧。

弗里曼：如果他为自己孩子的死而生气，那就太粗鲁了，不是吗？

　　　　[史密斯走了进来。

史密斯：打扰一下，夫人，主人为晚餐准备了红葡萄酒，可是我打
　　不开软木塞。

罗兹：你最好让弗莱彻弄一下。

史密斯：他在厨房，夫人。他现在很累。

弗里曼：我还以为他是年轻的大力士呢，你是说弗莱彻连个软木塞
　　都打不开吗？

史密斯：[有些傲慢地] 先生，如果连他都打不开，就没人能打
　　开了。

弗里曼：把酒拿过来，我试一下。

史密斯：好的，先生。[她走了出去]

艾米丽：我要和你说再见了。

罗兹：再见，亲爱的。别把我家里的这些事放心上。

艾米丽：史密斯都把我看成你家的一员了。

罗兹：今天的桥牌进行得不是很顺利。

艾米丽：[与弗里曼握了握手] 再见，祝你好运。

阿尔杰农：你在祝他哪方面有好运？

艾米丽：[笑道] 婚姻计划。

弗里曼：再好的计划，不管人和鼠，往往都会落空。

阿尔杰农：老兄，别和我们说苏格兰谚语……你应该采纳我的建议，
在《每日电讯报》上登个广告。

弗里曼：我在考虑，看来是别无他法了。

　　　[史密斯再次进门，手里拿着一瓶波尔多红葡萄酒。瓶颈上
插了个瓶塞钻。

史密斯：弗莱彻又试了一下，先生，还是打不开。

弗里曼：弗莱彻是个笨驴。

　　　[他拿起瓶子，往外拔瓶塞钻。他停了下来，深吸了一
口气。

史密斯：[轻声打趣道] 您别累到自己了，先生。

弗里曼：闭嘴！

　　　[他又试着拔了一下，这次慢慢地把软木塞拔了出来。他带
着嘲弄的微笑把酒瓶又递给了史密斯。脸上带着一丝笑意，她
接过酒瓶然后低下了头。

阿尔杰农：天哪，你真是力大如牛。

　　　[弗里曼缓慢地把瓶塞钻从软木塞中拔出，然后把软木塞递
给了史密斯。

弗里曼：你可以把这个软木塞送给弗莱彻，再表达一下我对他的赞
誉，也许他会想挂在表链上。

　　　　　　　　　　　　　　　　　　　　　　第三幕终

第四幕

场景与前一幕相同。

弗里曼懒洋洋地躺在一把扶手椅上，手里拿着一本书。史密斯端着一个托盘走了进来，托盘上放着几花瓶的花。她走进来，弗里曼瞥了她一眼，然后继续看书。她把花瓶摆在几个地方，站在房间中间打量着这些花瓶，然后把其中一两个换了位置。

弗里曼：[脸上带着一丝笑意说道] 刚才摆的位置就挺好，你知道吧。

史密斯：[微微一抖] 你吓了我一跳。我以为您在看书呢，先生。

弗里曼：你进来以后，我发现看你摆花更有意思。[史密斯没有回答] 我下周就要离开了，你应该对这个消息有些兴趣吧。

史密斯：您要走的话，我们都会难过的。

弗里曼：你反正是不会因为这个消息夜不能寐。

史密斯：确实到不了那个程度。[她顿了一下，等待他说话，但是看到他拿起书时，她走向门口] 还有什么吩咐吗，先生？

弗里曼：[抬头说道] 没有，谢谢。

史密斯：[犹豫地] 打扰一下，先生。

弗里曼：怎么了？

史密斯：我——我想感谢您对我这么好，先生。

弗里曼：你真好，我从来没发觉我有过。

史密斯：很多绅士在说了您上周说的那些话之后都会趁机拉近距离。

弗里曼：你拒绝嫁给我，我可不觉得那是一种鼓励。

史密斯：也许是您对我太无礼了。我知道考虑到我的工作，这么说是有点傻，但是我不喜欢别人和我说话时，用那种和只狗说话一样的口吻。

弗里曼：[笑道] 你现在说的话有些傻了，你最好继续做你的工作。

史密斯：好的，先生。

弗里曼：我从没想到，有一天你站在这里会让我这么不舒服。

史密斯：厨娘说她觉得我该辞职。

弗里曼：哦，你和厨娘讨论那件事了？

史密斯：您不介意这个，对吧？

弗里曼：不介意，你要是想的话也可以和那个杂务工聊聊。

史密斯：先生，我母亲叮嘱了厨娘，让她照顾好我。所以我就想，我最好告诉她您说了什么，虽然实际上，更多的是我在照顾她。

弗里曼：[露出饶有兴致的微笑] 是吗？

史密斯：在我看来，单身女性到了快四十岁都容易在男人身上犯傻。

弗里曼：[轻笑了一声] 厨娘建议你离开的时候，你是怎么回答的？

史密斯：我说我不知道没有我的话，她该怎么办。

弗里曼：我看得出你对自己有正确的认识。

史密斯：不是每个人都能和厨娘处得来，先生，所以我就想着再等等看。

弗里曼：希望我没有让人觉得讨厌。

史密斯：没有，先生。您还是和以前一样，只不过您过去常常和我闲聊几句。直到今天之前，你基本上没有和我说过一句话。

弗里曼：我最近想了很多事。

史密斯：是吗，先生？

弗里曼：我觉得你是个很好的女孩，能娶到你的男人肯定是个非常幸运的家伙。

史密斯：您又在嘲笑我了，先生。

弗里曼：不，我没有。我觉得你肯定能把他管好，那也没什么坏处。希望你可以幸福快乐。

史密斯：[面带笑容，脸上泛起了红晕] 谢谢你，先生。

弗里曼：如果你愿意听的话，我想给你一些建议，如果我是你，我不会期冀从生活中得到太多。记住，别想着一个人变得完美，所以偶尔要体谅他一下。

史密斯：女人永远都得去体谅男人，不是吗？

弗里曼：[轻笑一声] 我希望他能对你好，能配得上你。

史密斯：[笑道] 我希望他能比您说的这些还要好，先生。

弗里曼：好吧，别告诉他这些。[门铃响了]

史密斯：前门传来的。

弗里曼：[在她离开的时候] 我觉得是佩珀康先生。

   [史密斯走了出去，弗里曼拿起书继续看。史密斯进来说艾米丽·查普曼来了。相比前面几幕中的打扮，艾米丽今天穿得很朴素。她没有戴任何首饰，没有搭胭脂，眼睛周围也没有涂眼影，现在的她看起来面色有些苍白。史密斯说过之后便走了出去。

史密斯：查普曼小姐。

弗里曼：[起身，然后热情地走向她] 稀客，好久不见。

艾米丽：你好。

弗里曼：你上次来都是一个世纪之前了吧。

艾米丽：[笑道] 准确来说是八天。

弗里曼：恐怕罗兹现在不在。天公不作美，这个星期天是阴雨绵绵。罗兹带着赫伯特去教堂了，她觉得这样就能报复老天了。

艾米丽：我现在过来就是觉得应该能单独见到你。

弗里曼：[笑道] 这话说得让我受宠若惊。

艾米丽：我想谢谢你。

弗里曼：天哪，为什么？

艾米丽：你真是太好了，那天你给我寄了三百英镑。你还记得这个让我非常感动。

弗里曼：哦，别胡说！

艾米丽：收到钱以后，我的第一感觉是我应该还回去，但是之后我就想那么做会有些傻，还有些不现实，因为我非常需要这笔钱。毕竟有时候常识会战胜人性中那些更高尚的情感，这是挺正常的。

弗里曼：[笑了一声]确实是这样。

艾米丽：我把钱还给了我的裁缝。这是我人生中第一次还清所有债务。

弗里曼：你一定感觉非常轻松吧。

艾米丽：就目前而言，我感觉非常孤独。

弗里曼：你会习惯的。

艾米丽：但我还做了些其他的事。我卖掉了我所有的东西，所有的衣服——我还找到了一些相当不错的花边，我感觉挺幸运的——还有所有的小饰品。[脸上闪过一丝笑容]我甚至卖了十年前你送我的戒指。

弗里曼：[惊讶地]我想问，为什么？

艾米丽：我再也不想要那些东西了，我要离开了。

弗里曼：是吗？

艾米丽：我是来向大家告别的，我想告诉你我打算做什么，因为这事跟你有很大关系。我希望你不要因此觉得我太愚蠢了。

弗里曼：毫无疑问，我会的。

艾米丽：[轻松地]你知道，那天我拒绝了嫁给你，也算是我做的一件好事吧，因为我们俩毫不在乎对方……你可能因为一时冲动而一生生活在痛苦之中。说实话，你不庆幸我拒绝了吗？

弗里曼：你这个问题太荒唐了！

艾米丽：我不知道为什么我会拒绝你。有种比我自身更强大的东西控制着我，也成就了我，但是那种东西是疯狂的。行善就像吸毒一样，要是迈出去一步，老天也不知道你最终会怎样。

弗里曼：[口气有些滑稽地] 你让我感觉很震惊。

艾米丽：后来，我觉得自己非常高尚，有一两个晚上没睡，大哭了几次。

弗里曼：我想说，我很抱歉。

艾米丽：你不必这么说，因为我非常高兴。

　　　[她顿了一下，然后有些害羞地看着他。她继续说话时，语气中先前的愉悦烟消云散，只剩下严肃。

艾米丽：我不知道我是怎么了。我突然感觉自己一无是处，这种感觉挺可怕的，而且我讨厌自己过去十年所过的生活。我不知道你是否明白一个身无分文的女人想要保持体面意味着什么。那些比我有钱的人羞辱我时，我只能忍气吞声；别人对我不理不睬，我还要笑脸相迎。

弗里曼：我觉得那种生活一定很糟。

艾米丽：在最近的两三年里还要更糟。人们不会介意邀请一个漂亮姑娘到家里做客，但是没人会想邀请一个因为一心想找个丈夫而出名的女子，所以我只能主动寻求邀请，我再也不能挑挑拣拣，选择自己想认识的人。别人开始埋怨我桥牌打得太好了。我赢的时候，有一半的人含沙射影地说里面有猫腻；再过一会他们就故意避开我，不和我打牌了。谁知道他们还会说什么。我必须穿戴华丽，人们邀请的其实不是我，而是我的礼裙。他们有时会想知道我的钱是哪来的。哦，我讨厌这个问题。

弗里曼：这么问是不太好。

艾米丽：我当时看着镜子里的自已，想着我才三十岁，但是我打扮
　　得像个泼妇。十年以后我会成什么样？……我当时都想自杀了。

弗里曼：看来你没有。

艾米丽：没有，不过我决定与这一切做个了结。我已经受够了那些
　　羞辱人的话和他们刻薄的态度。[愉快地]我就从洗干净脸开
　　始了。

弗里曼：是经济上的考虑还是一种象征？

艾米丽：[笑了一声]我不能浪费时间了，我要找个工作维持生计。
　　我去了一家医院，看看能不能做个护士。这个职业没什么稀奇
　　的，不过这是我第一个想到的。

弗里曼：然后呢？

艾米丽：那个护士长上下打量着我，然后说我根本不是他们要找的
　　那种女人。后来我有了个新主意。

弗里曼：看起来你主意很多。

艾米丽：你告诉过我史密斯在考虑移民新南威尔士州，你还记得
　　吗？我打听了一下。

弗里曼：你？

艾米丽：我兜里现在揣着一张二等舱的票，这张票不用花钱。我马
　　上动身去悉尼，有份薪水相当不错的工作等着我呢。

弗里曼：我觉得你非常勇敢。

艾米丽：谈不上勇敢，这只不过是众多罪恶之中最轻的一个。

弗里曼：[听到门打开的声音]罗兹和赫伯特回来了。

艾米丽：你不用告诉他们我要做什么。

弗里曼：我一个字也不会说的。

　　　[罗兹和达拉斯-贝克走了进来。他身穿长礼服，看起来更
　加体面了，罗兹手里拿着一本祈祷书。

罗兹：哦，艾米丽，我一直在想你最近怎么样了。

艾米丽：[亲了她一下] 我最近很忙。

罗兹：阿尔杰农不在这里吗?

弗里曼：我没看到他。

罗兹：他真讨厌!

弗里曼：他绝对会准时赶过来吃午饭。

罗兹：我开始觉得他在利用我们了。

　　　　[弗里曼挑了挑眉毛，嘴唇变成了吹口哨时的形状。罗兹不耐烦地走了出去。

达拉斯-贝克：罗兹今天早上的心情不太好。希望阿尔杰农会过来。

弗里曼：[面无表情地幽默了一句] 你真的这么想吗?

达拉斯-贝克：希望他午餐不会迟到，罗兹每次等他等得都很烦。

弗里曼：今天有雨，你不能打高尔夫了，所以我觉得他今天可能不会来了。

　　　　[罗兹再次走了过来，她脱掉了自己的手套，祈祷书已经不知放在了何处。

罗兹：留下吃午饭吗，艾米丽?

艾米丽：谢谢你，不过今天不能在这吃了。

罗兹：你最近见到辛西娅·罗森堡了吗?

艾米丽：没有，我给她打了电话，但是她不在家。

罗兹：想想都生气。我给她打了两次电话，两次我都恰好知道她在家，但是他们不让我和她说话。我给她写信问我能不能去看她，但是也没有给我回信。

达拉斯-贝克：我觉得她一定因为孩子去世的事伤心着呢。

罗兹：胡说八道!

达拉斯-贝克：我担心她会想着因为我们的过错才导致她没有及时到家。

罗兹：哦，赫伯特，别再提这个了。我觉得你一天比一天啰嗦了。

[阿尔杰农·佩珀康走了进来。

达拉斯-贝克：[没注意到阿尔杰农进来] 我最近很担心这件事。

罗兹：亲爱的赫伯特，那都是过去好久的事了。

达拉斯-贝克：我担心别人可能议论我们，要是他们知道……

罗兹：[打断他] 我才不在乎人们怎么说我呢。

阿尔杰农：我真走运！刚来就正好碰上夫妻拌嘴。

罗兹：你迟到了好久，朋友。

阿尔杰农：是吗?

罗兹：你至少应该假装表示一下歉意，你不觉得吗?

阿尔杰农：我该伏在你脚前，亲一下你的裙摆。

罗兹：我现在觉得你越来越蠢了。

阿尔杰农：我这段时间也发现了。

达拉斯-贝克：昨晚怎么了，年轻人? 晚餐前五分钟打电话说你来不了了，这实在不像话。

罗兹：我在想，你什么时候会因为给我们造成的不便而道歉。

阿尔杰农：[拿出他的手帕，撑起打结的一角] 看看这个。我来的时候想到了一个特别有说服力的借口，我特意在手帕上打了个结，以防我忘记了。但现在那个结没了，我就不该那么相信我手帕上的结。

[史密斯走了进来，告诉其他人辛西娅·罗森堡来了，然后走了出去。辛西娅还穿着丧服。

史密斯：罗森堡夫人到了。

[罗森堡夫人刚进入房间时猛然停下，脸上透着紧张不安。

罗兹：辛西娅。

奥托夫人：我没想到会有这么多人，因为今天是星期天…… [她停了下来]

罗兹：[亲了她的脸颊] 到底怎么回事? 我那天给你打电话了，你为

176

什么不愿见我?

奥托夫人:［与达拉斯-贝克握了握手］你好。

达拉斯-贝克:你刚失去了孩子,我想向你表示深切的同情,很高兴有机会对你亲口说。

罗兹:行了,赫伯特。

奥托夫人:谢谢你……罗兹,我有事想和你说一下。

弗里曼:我们走开让你们单独聊吧?

　　　　［奥托夫人犹豫了片刻。

奥托夫人:不用麻烦。

弗里曼:你坐下吧?

奥托夫人:不,谢谢你。我只能在这一小会儿。你那天给我写了信,罗兹。

罗兹:我一直在想,你到底是为什么没回复我。

奥托夫人:奥托想让我在信里说,但是我觉得我做不到。我以为见到你以后我能解释得更清楚,但是这……这真的很难。

罗兹:你怎么搞得那么神秘。我写信给你单纯是想问你我什么时候可以去看你,只是出于礼貌。

　　　　［奥托夫人又变得紧张不安,漫无目的地拉着裙子的穗带。

奥托夫人:恐怕现在还不能让你去看我……一定要原谅我。

罗兹:为什么?

奥托夫人:［突然歇斯底里起来］哦,过去一周真的太可怕了。我那天到家时,孩子已经走了,奥托对我非常生气。他把婴儿卧室的门锁上,不让我进去。他对我从来没那么生气过。我没想到他会那样对我说话。他……［她做了个手势,示意他打了她］我以为他要把我杀了。

罗兹:没人性的家伙。

奥托夫人:我——我不介意这个。我没想到……我……他不再和我说话了。我只能去找蕾切尔，让她去和他说。他说我嫁给他就是为了他的钱，还说我是个无用的妻子、无用的母亲。

罗兹：你不该让他那么说你。

奥托夫人：他说的没错。

罗兹：幸运的是，在我们生活的世界里，人们并没有讲真话的习惯。

奥托夫人：他提到分开了，我当时很害怕。毕竟，他是这个世上唯一爱我的人。他以前对我一直很好，就算自己万般不便，他也会为我考虑。我不知道他离开我以后，我该去哪里。对我来说就像世界末日一样。

罗兹：就因为奥托·罗森堡说要分开？

奥托夫人：我觉得我要比自己想象中更爱他……最后他告诉我，如果我能改变，变成一个正派的人，他愿意和我继续在一起……所以，我答应他不再见你。

罗兹：我？

奥托夫人：你们所有人……我结交的所有人。他觉得你是——我不知道该怎么说。

罗兹：亲爱的，你不必解释。没有你的陪伴，我们也会坚强的。

奥托夫人：别生我的气。我觉得我必须解释一下，我不想让你对我有不好的想法。恐怕我也不能见你了，艾米丽。

艾米丽：[温和地] 哦，亲爱的，别担心，反正我本来也不能经常见你们了。我要走了。

罗兹：你，艾米丽？

艾米丽：是的，我今天来是和你告别的。我要去澳大利亚了。我们再也不能玩桥牌的时候埋怨彼此了，罗兹。

罗兹：你走了至少对我的钱包来说有好处。

奥托夫人：[对罗兹犹豫地] 再见。

罗兹：你可以代我向奥托致意……

弗里曼：[打断她] 要是我的话，我可不会说一些讨人厌的话。[对奥托夫人] 抱歉，我不了解你丈夫。

奥托夫人：你刚来的时候说他是个又老又胖的德国犹太人。

弗里曼：我当时对他的了解还没现在多呢。再见。

奥托夫人：[对达拉斯-贝克] 再见。

达拉斯-贝克：[生硬地] 再见。

　　　　[他为她打开门，然后她离开了。]

罗兹：[笑了一声] 我从来没听过这么粗俗，这么荒唐的事情。

达拉斯-贝克：我敢说没有她，对我们影响也不大，亲爱的。我觉得她还有她丈夫和我们不是一路人。

罗兹：[生气地] 我们本该在他们背弃我们之前就明白的。

达拉斯-贝克：[拿出手表] 午餐之前的时间只够我读一份简报了。我该去换一件吸烟服了，这身长礼服有些紧。

艾米丽：我提前给你说声再见吧。

达拉斯-贝克：再见。希望你旅途愉快。

艾米丽：谢谢你。[他走了出去]

阿尔杰农：你会写信告诉我们一些关于袋鼠的事吧?

艾米丽：[笑道] 我会的。[对罗兹] 再见，亲爱的。

罗兹：你这么快就要走了?

艾米丽：恐怕我必须得走了。

　　　　[她们心不在焉地亲了彼此的脸颊。艾米丽与阿尔杰农握手时，罗兹按了一下铃。]

阿尔杰农：这个离别很感人，不是吗?

艾米丽：非常感人。

　　　　[弗里曼已经走到门口并打开了门。他与艾米丽握了握手。]

弗里曼：再见，祝你好运。

艾米丽：[面带微笑，但是眼睛里噙着泪水] 再见。

[她走了出去，然后弗里曼关上了门。

罗兹：你看着心都碎了，汤姆。

弗里曼：你刚刚送走了你认识一辈子的朋友，这可能是你最后一次见她了，难道你没有一丝难过吗？

罗兹：她越来越让人受不了了，你知道吧。人们都开始刻意回避她了。

阿尔杰农：就我个人而言，相比老朋友，我更喜欢刚认识的人。

罗兹：[笑了一声] 这个想法一定让你震惊吧，汤姆。

弗里曼：哦，亲爱的罗兹，你们早没什么能让我感到震惊的了。相比之下，儿童剧院的木偶更能让我震惊。

阿尔杰农：喂，这又是什么俏皮话？

弗里曼：刚来这里的时候，我真的吓坏了。我以为我掉进了邪恶的深渊。

罗兹：真是荒唐！

弗里曼：我花了些时间才发现，你们根本不是人类。你们不是男人也不是女人，而是一群无性的怪物，你们的血管里没有鲜血。如果让你们直面生活——[轻蔑地耸了耸肩]——你们不过是一群只会用水彩画阿尔卑斯山脉的年轻小姐罢了。你们说不上邪恶，只是太懒散了。你们有抽烟的恶习，唯一的爱好就是打桥牌。整日只想着玩乐，而无聊已深入你们的骨髓。就你们自身而言，你们非常微不足道，但是英格兰到处都是像你们这样轻浮、愚蠢的人。

阿尔杰农：[看了看手表] 幸运的是，我不用赶火车。

罗兹：亲爱的汤姆，艾米丽·查普曼没有那么在乎我，就和我没有那么在乎她一样。难道就因为她说她要去澳大利亚的时候我没有情绪失控，你就这么训斥我，像教训一个学生一样，真是荒唐。

阿尔杰农：我说，她到底为什么离开？

罗兹：我觉得汤姆应该比在座的了解的都多。

弗里曼：为什么？

罗兹：我觉得是因为她想说服你娶她，但是失败了，而且她觉得你是他最后的机会了。

弗里曼：我说点你感兴趣的吧，是我主动提出娶她的。

阿尔杰农：真有意思！她说了什么？

弗里曼：她建议我娶史密斯。

罗兹：史密斯？

阿尔杰农：这主意太棒了！你奉上自己的土地并说爱她了吗？

弗里曼：是的。

罗兹：汤姆！

弗里曼：先别激动。她拒绝了我。

阿尔杰农：[大笑道] 真是笑话！

罗兹：你为什么那么做？

弗里曼：因为我觉得她会是个出色的妻子。在我回来的这段时间里，她是我见过的唯一一个看起来既顾家又能成为称职母亲的女人。她是个纯粹的人，心地善良也诚实坦率。

罗兹：她为什么拒绝你？

弗里曼：可能她觉得我不够好。

罗兹：你说这话是认真的吗？

弗里曼：当然。

阿尔杰农：对你来说，一定很不容易接受吧。

弗里曼：是不容易。

　　　　[罗兹走过去按了一下铃，把手指放在了上面，表情凝重。

弗里曼：你为什么按铃？

罗兹：[冷淡地] 这是我家，我按铃之前不需要向你请示。

弗里曼：不要做过分的事，罗兹。

　　[史密斯走了进来。]

罗兹：史密斯，希望你明天早上离开这里。

史密斯：[震惊地] 我，夫人？

弗里曼：[愤怒地说] 罗兹！

　　[他们两个的声音几乎叠在了一起。]

罗兹：[对弗里曼] 让我自己待会……[对史密斯] 我会给你一个月的薪水。

史密斯：我犯什么错了，夫人？

罗兹：我没有什么想解释的，希望你十点之前准备好。

弗里曼：[低声说道] 罗兹，别这么残忍。

罗兹：[愤恨地] 我想的话随时可以解雇我的女佣。[对史密斯] 你可以走了。

　　[史密斯努力抑制住抽噎声，安静地离开了房间。]

弗里曼：你怎么能这么无情？

罗兹：别傻了。还指望我留一个你爱着的仆人？太丢脸了。现在这栋公寓的所有人都知道你向她求过婚。如果想搞这种事情，你就不该到这里来。你让我成了这里的笑柄。

　　[弗里曼耸了耸肩，但是没有回答。他走向窗户，向外望去。阿尔杰农视线在两人之间来回打转。]

阿尔杰农：好吧，我得走了。

罗兹：[斥责他] 你不在这吃午饭？

阿尔杰农：恐怕不能了。你不知道吗？

罗兹：[嘴唇紧绷] 不知道。

阿尔杰农：我妈真笨！我交代她今天早上给你打电话了。

罗兹：你去哪吃午餐？

阿尔杰农：我？哦，和惠特斯特布女士。

罗兹：惠特斯特布女士出市区了。今天早上我在报纸上看到她要在河边举行周末聚会。

阿尔杰农：[镇静地] 是吗？那就很尴尬了，不是吗？

罗兹：汤姆，你回避一下好吗？我想和他单独聊聊。

弗里曼：当然。[他退场]

罗兹：你这次真的说错话了，不是吗？

阿尔杰农：这就是势利眼的坏处了。要是我说我要和琼斯夫人或者罗宾逊夫人吃午饭，你肯定不会发现。

罗兹：你在隐瞒什么？

阿尔杰农：我？

罗兹：哦，别装傻了。我知道你有什么瞒着我。你有点不对劲，刚才为什么骗我？

阿尔杰农：我刚才犯傻了，我其实是要和几个姓特雷弗的美国人吃午餐。

罗兹：我从来没听过他们。

阿尔杰农：他们在这个地方扎住了脚跟，尽管你没听过，他们甚至积累了一笔不小的财富。

罗兹：[愤怒地看着他] 你这话是什么意思？

阿尔杰农：好吧，你要是想知道的话我告诉你，我准备娶他们的女儿，那个女孩年轻又漂亮。

罗兹：[马上问道] 你和她订婚了吗？

阿尔杰农：[面带微笑] 是的。

罗兹：什么时候的事？

阿尔杰农：在前天晚上的舞会上，我向她表达了爱意。

罗兹：你为什么从来没提过这个？

阿尔杰农：特雷弗一家正在欧洲其他国家旅行，要到深秋才返回伦敦。在那之前，我想着没必要拿我的私事来烦你。

罗兹：我看你是觉得我们夏天不会带你乘车旅行，如果……

　　　　[她生气地顿了一下。

阿尔杰农：[平静地] 如果什么？

罗兹：你个骗子。

阿尔杰农：[挑了挑眉毛] 就因为我没把我的私事告诉你？

罗兹：她有钱吗？

阿尔杰农：恰恰相反，对一个美国人来说，她算是很穷的了。她一年勉强能赚两千英镑，可怜的女孩。我们以后得非常节俭了。

罗兹：[愤怒地] 哦，别一直嬉皮笑脸的。

阿尔杰农：说实话，我不明白你为什么这么生气。

罗兹：你这样把我以后的计划都打乱了，我还要重新做计划。如果你还有一丝良心的话，你就不会这么愚弄我。

阿尔杰农：亲爱的罗兹，女人真的很奇怪。一直以来，我们相处得都很融洽，但是我们对彼此都没有什么感情，我们都不会想和对方发生关系，那对我们彼此来说都非常无趣。但是我明白，你也不希望我和别人发生性关系。你更愿意把我看作你的财产，哪天讨厌我了，你就会把我抛弃掉，你只是期望获得那种快感。

罗兹：[生气地抽噎起来] 这世界上没有一个人爱我。

阿尔杰农：亲爱的罗兹，别犯傻。因为我现在和别人订婚了，你就想说服自己你爱上了我。

罗兹：你怎么忍心嘲笑我呢？

阿尔杰农：我没有嘲笑你。我只是想告诉你，得不到时又想得到的这种行为有多蠢。[他看了看手表] 恐怕我必须要走了。你今晚应该在家吃饭吧。

罗兹：不在！

阿尔杰农：那就坏了，我要和我母亲吃晚饭了。

罗兹：你不必费心往这跑了，我觉得你已经厌烦我了。

阿尔杰农：随你的便吧，不过，你现在明白我把订婚的这个好消息藏在心中有多明智了吧？

罗兹：你快迟到了，参加你的聚会去吧。

阿尔杰农：[友好地伸出手] 再见，我相信你会喜欢我妻子的。

罗兹：卑鄙无耻的家伙。

> [他短促地笑了一声，耸了耸肩，然后走了出去。罗兹瘫坐在椅子上，开始哭泣。弗里曼走了进来。

弗里曼：我听到阿尔杰农离开了……嘿，怎么了？

罗兹：他走了——再也不会回来了。

弗里曼：[神情严肃，过了片刻说道] 我不觉得是什么坏事。

罗兹：艾米丽走了，辛西娅不愿意见我，现在他也走了。为什么他们突然都要离开我？我做错了什么？可能我身上有瘟疫吧。

弗里曼：[严肃地] 我觉得他们离开你是因为你从来没把他们当过朋友。你只是把他们当成取乐的工具，他们对你亦是如此。交朋友不是件容易事。想交到真正的朋友，你必须全心全意的对他们而且任何不求回报……不过你最终会发现这是值得的。

罗兹：我看不起他们所有人。

弗里曼：[温和地] 到目前为止，你基本上还没有体会到过生活的美好。为什么不试着改变一下呢？这次是个前所未有的好时机。

> [罗兹扭开了头，有些犹豫；有那么一刻，她有些许动摇。然后，她突然歇斯底里起来，身上带着一种绝望中燃起的勇气。

罗兹：埃塞俄比亚人能改变自己的肤色吗？我天生与你不一样，汤姆。我必须以我最初的方式生活。几个熟人离开了我，我还能认识更多。我没必要担心，担心也没用。[她走向门口，然后打开门] 赫伯特。

达拉斯-贝克：在呢，亲爱的。

罗兹： 快点儿，我有话想和你说。[他走了进来] 赫伯特，我们去王子饭店吃午饭吧，我们两个，怎么样？我们不能在家吃了，厨房里出了大麻烦。

达拉斯-贝克： 为什么？你怎么了？

罗兹： [歇斯底里地] 没怎么，我就是感觉无聊了，想开心一些。我想去个热闹嘈杂还有乐团的地方。

达拉斯-贝克： 你想的话当然可以，亲爱的。但是，汤姆怎么办？

弗里曼： 我要去俱乐部见个人，一会正好可以去。

罗兹： 我们要快，马上要来不及了。

达拉斯-贝克： 我先去换外套，马上就回来。[他走了出去]

罗兹： 那样就不会无聊了。我必须得让自己快乐。我要去个热闹的地方，我想听乐团演奏，我想要快乐。然后，我们乘坐出租车，直奔拉内拉花园。

　　[她站在那里，试图抑制自己的情绪，努力压制住即将迸出抽泣声。达拉斯-贝克穿上长礼服，走了进来。

达拉斯-贝克： 我准备好了，亲爱的。

罗兹： 走吧。

　　[他们走了出去。前门传来砰的一声。过了一会儿，弗里曼从壁炉架上取下一罐鲜花，把它放在一张桌子旁边的地板上。他笑了笑，按了按铃。史密斯走了过来。

史密斯： [她挺直身子，竭力使自己显得很有尊严] 您按铃了吗，先生？

弗里曼： [用开玩笑的语气] 我太笨了，不小心弄翻了一个花瓶，你能过来把水擦干净吗？

史密斯： 好的，先生。

　　[她拿起抽屉里的抹布，跪了下来，把地毯擦干。她捡起地上的花，然后放回花瓶里。

弗里曼：你刚才哭了。

史密斯：[厉声说道] 没有，先生。

弗里曼：抱歉……你不想离开吗？

史密斯：我从来没有被解雇过，我讨厌别人像对一只狗一样对我说话。

弗里曼：这件事是我的错。

史密斯：我料到了。

弗里曼：非常抱歉。我从来没有想到我妹妹会这么做。

史密斯：哦，没关系的，先生。厨娘说了，这一天迟早都会来。

弗里曼：厨娘听起来像个相当坚定的悲观主义者。

史密斯：用不了多久我就能找到下一家雇主。

弗里曼：你为什么不直接去悉尼找你姐姐呢？总比在这一个个地方腐烂要好。

史密斯：我现在不能那么做，先生。我上周收到了她的一封信，她告诉我她要和她的丈夫回家度假。

弗里曼：哦！……你想留在这里吗？我觉得我姐姐会……

史密斯：[打断他] 您的好意我心领了，先生。但是，我没有任何过错却被辞退，我不想待在这种地方。

弗里曼：我觉得就是自尊心在作祟。

史密斯：我觉得这叫精神可嘉。

弗里曼：看来，你身边就剩下弗莱彻了。

史密斯：谢谢你，不过我暂时不会嫁给弗莱彻。

弗里曼：哦？

史密斯：我整整一周都没和他说话。

弗里曼：好吧，等你们结婚了就好了。

史密斯：我已经下定决心，而且已经告诉过他我不会嫁给他了。

弗里曼：你为什么这么说？

史密斯：[不再试图显得有尊严，她轻笑了一声] 这个嘛，先生，您还记得你拔出来的那个软木塞吗？

弗里曼：当然了，弗莱彻这么年轻却拔不出来，不是吗？

史密斯：我对他说，如果一位绅士能拔出来软木塞而他却不能，他一定是个软弱无力的小子。

弗里曼：我觉得你的话不符合逻辑，那只能说明我高大强壮罢了。

史密斯：我只是在和他开玩笑，先生，但是他突然就因为这个凶了起来，后来发生了不少事情；最后，长话短说，我让他离开了。上周三，他和楼上的一个女孩约会去了。

弗里曼：好吧，这么说你摆脱他了，对吧？

史密斯：从来没真的喜欢过他。

弗里曼：看来，你现在又没有归宿了……为什么不改变主意，嫁给我呢？

史密斯：非常感谢您先生，不过，我拒绝你的时候，我是认真的。

弗里曼：我知道你人很好，但是你不能与其他女性如此不同。

史密斯：那样不行的，这件事就到此为止吧。

弗里曼：你可以回家几天，在这期间，我去申请结婚许可证。然后我去找你，和你结婚，之后我们可以直接开始我们的生活。

[史密斯没有回答，腼腆地笑着，低眉垂眼。她看起来明显有些动摇。]

弗里曼：就我这个人来说，你有什么不满的吗？

史密斯：[脸上带着一丝笑意] 不，先生，没有。

弗里曼：你要明白，最初我向你求婚是因为我想找个妻子。现在我向你求婚是因为我喜欢你。

史密斯：厨娘说的对，我应该早点走的。

弗里曼：哦，别管什么厨娘了。[她瞥了一眼壁炉台，然后他注意到她面露惊色] 怎么了？

史密斯：我在想你是怎么把花瓶弄翻的，我记得我把它们放在了壁炉台上。

弗里曼：我没有把它们弄翻，我小心翼翼地把它们放在了地板上，这样就能麻烦你过来打扫了。

史密斯：[笑道] 你真是好笑。

弗里曼：然后呢？

史密斯：我现在就要去打包好行李。

弗里曼：你为什么不愿意嫁给我，在你给我一个合理的回复之前，你不准离开这个房间。

史密斯：谁能拦住我？

弗里曼：我。

史密斯：我倒想看看你做这种事。

　　　　[她试着绕过他，但是他抓住了她的手腕。

弗里曼：你别走。

史密斯：[开始生气] 放开我好吗？

弗里曼：不好。

史密斯：我拒绝你是因为你是位绅士，这一点无法改变。

弗里曼：但是，亲爱的，没有哪位绅士会这样拦住一个女人。

史密斯：[笑了一声] 你真是有问必答。

弗里曼：你也是一样，不过你的回答永远不对。

史密斯：看来，只要是拒绝你，你就不能接受。

弗里曼：当然不接受，我可不是傻瓜。

史密斯：那么，也许我只好回答我愿意了。

弗里曼：[抱住她] 你真好，现在告诉我你的名字吧。

史密斯：玛丽。

弗里曼：你真聪明，我就希望你姓这个，亲我一下。[他亲了她一下]

弗里曼：不回礼吗？

史密斯：［开心地叹了口气］非常乐意。

全剧终

应许之地
THE LAND OF PROMISE
四幕喜剧

黄梦园·译

献给艾琳·范布勒

人物表

诺拉·马什

爱德华·马什

格特鲁德·马什

弗兰克·泰勒

雷金纳德·霍恩比

本杰明·特罗特

希德尼·夏普

爱玛·夏普

詹姆斯·威克姆

多萝西·威克姆

艾格尼丝·普林格尔

克莱门特·怀恩

凯特

剧情发生在坦布里奇韦尔斯①，而后在加拿大。

第一幕

　　场景：坦布里奇韦尔斯，威克姆小姐家的客厅。屋里的家具和装饰可真不少。光是包着褪色印花棉布的扶手椅就有好几把；小桌儿这儿一张，那儿一张；大大小小的壁橱里摆放着各色瓷器；装在银相框里的照片简直数不清；屋主人见缝插针，哪儿有地方就往哪儿塞瓷制装饰品；奇彭代尔 ① 椅自然是少不了，还有从托特纳姆官路 ② 购入的各色椅子。花瓶里插着各色各样的鲜花和生意盎然的绿植。墙纸上印着大朵大朵的菊花，墙上挂着数不胜数的古典水彩画，都装在镀金画框里。客厅只有一扇门，出去就是门厅，还有一扇正对着花园的落地窗。窗前挂着饰有白色花边的窗帘。现在是下午四点，百叶窗关着，但缕缕阳光依旧从缝隙中倾泻而下。有个纸盒放在椅子上，里面放着个白花编成的花环。客厅女仆 ③ 凯特推门而入。凯特的仪容端庄得体，正值芳龄。她正领着普林格尔小姐进屋。普林格尔小姐为坦布里奇韦尔斯一家富贵人家的小姐的贴身女伴 ④，只不过她服侍的小姐有些年纪了。普林格尔小姐人已至中年，衣着朴素，双肩瘦削、窄小，饱经风霜的脸上满是倦容，头发业已花白。

凯特：普林格尔小姐，我去跟马什小姐说您来了。

普林格尔小姐：她今天还好吗，凯特？

凯特：她累坏了，可怜的小东西。她现在正躺着呢，不过我相信她肯定非常愿意见到您，小姐。

普林格尔小姐：我很高兴她没去参加那个葬礼。

凯特：埃文斯医生觉得她还是在家待着比较好，小姐。威克姆太太 ⑤ 也说，去了也只会让自己伤心。

普林格尔小姐：过去那些日子她时刻侍立威克姆小姐左右，真不知道她是怎么撑过来的。

凯特：威克姆小姐不愿意找个专业陪护。而且小姐，您也知道威克姆小姐有多么刁难人……马什小姐睡在她房里，刚睡着又被叫起来，要么让她去把枕头拍松一点，要么让她倒水，反正名堂可多了。

普林格尔小姐：她真是太不会体谅别人了。

凯特：用"不体谅"这个词都太轻了，小姐。我才不愿意做什么贴身女伴，绝不做。看看她们遭的什么罪！

普林格尔小姐：哦，好吧，不是每个人都跟威克姆小姐一个样儿。我的雇主哈伯德太太就挺和善的。

凯特：听声音好像是马什小姐下楼了。［她走过去把门打开］普林格尔小姐来了，小姐。

　　　　［诺拉走进来。她二十八岁的年纪，面容和善且真诚，脸上常挂着幸福的笑容。她性情恬静，举止文雅；她是个急性子，但她能把自己的脾气控制得很好。她那端庄得体的外表下隐藏

---

① 在 18 世纪的英国，奇彭代尔家具几乎是最高家具工艺的代名词。其设计者托马斯·奇彭代尔被誉为"欧洲家具之父"。

② 位于英国伦敦的一条重要的购物街。18 世纪末 19 世纪初，托特纳姆宫路以销售家具而闻名。

③ 旧时侍候用餐、打扫屋子、为客人开门的女佣。

④ 贴身女伴常见于 18 世纪到 20 世纪中期的英国。贴身女伴住在雇主家里，其职责是陪伴雇主，与她交流谈心，陪她参加社交活动，或是一起陪客人聊天等。只有阶层背景与雇主相近或略低于雇主的女性才会被考虑担任该职位。无论是未婚女性、寡妇，还是已婚但家里没有女性成员的女性，均可雇贴身女伴。

⑤ 即多萝西·威克姆。

着一颗热情似火的心。眼下她穿着一身黑衣。

诺拉：我真高兴你来了。我还想着要是今天下午你能来就好了。

普林格尔小姐：哈伯德太太不知道跟谁去开车兜风了，她不想让我跟着。

   [她们互相亲吻对方。诺拉发现了那个花环。

诺拉：这是什么？

凯特：他们出门后才收到的，小姐。

诺拉：我想知道这是谁送来的。[她看了看附在花环上的卡片]"艾尔弗雷德·文森特太太敬上，向我亲爱的威克姆小姐致以最深切的悼念，向其悲痛万分的亲属致以最诚挚的同情。"

凯特：好一个"悲痛万分的亲属"，小姐。

诺拉：[表示抗议] 凯特……你最好把这东西拿得远远的。

凯特：我要怎么处置这东西呢，小姐？

诺拉：待会我打算去趟墓地。我带过去吧。

凯特：好的，小姐。

   [凯特拿起纸盒走了出去。

普林格尔小姐：你不会已经哭过了吧，诺拉？

诺拉：[抱歉地笑了笑] 是的，我没忍住。

普林格尔小姐：到底有什么值得哭的呢？

诺拉：亲爱的，情绪来了自然就哭了。

普林格尔小姐：好吧，我不想在背后说她的不是，毕竟她人已经不在了，那可怜的家伙，但我从未见过像威克姆小姐这样可恶的老女人。

诺拉：跟一个生活了很久的人永远分别，我想每个人或多或少都会伤感。我做威克姆小姐的贴身女伴已有十个年头了。

普林格尔小姐：你是怎么熬过来的！她是那样吹毛求疵，盛气凌人，脾气又差。

诺拉：嗯，的确如此。她觉得自己花了钱，就不把我当人看。我从来没见过有谁说话像她那样刻薄。一开始我每天晚上躺在床上都会哭，她说的那些话真是太难听了。但后来我慢慢就习惯了。

普林格尔小姐：我想知道你为什么不离开她。换作是我我肯定就走人了。

诺拉：像贴身女伴这样的工作不是那么好找的。

普林格尔小姐：确实如此。他们告诉我求职中介的登记簿上写满了人，全是要找工作的。在找到哈伯德太太这份工作之前，我失业了将近两年。

诺拉：你的情况还稍微好些。你随时可以去投靠你哥哥。

普林格尔小姐：你也有个哥哥啊。

诺拉：是的，但他现在正在加拿大务农。他拼尽全力也只能养得起他自己，他没法连我一块养。

普林格尔小姐：他近来如何？

诺拉：哦，他过得还不错。他有了自己的农场。前几年他写信回来，说如果我想有个家，可以随时去他那里。

普林格尔小姐：加拿大太远了。

诺拉：等你到了那里就不觉得远了。

普林格尔小姐：为什么不把百叶窗拉起来？

诺拉：我想就在这里等他们参加完葬礼回来。

普林格尔小姐：但现在一切都结束了，你肯定松了一大口气吧。

诺拉：有时我并没有意识到已经结束了。过去几个星期我几乎没怎么合眼，到她真正离开的时候，我已经累得不行了。有两天的功夫我啥也干不了，除了睡觉还是睡觉。可怜的威克姆小姐。她肯定恨极了自己那副要死不活的样儿。

普林格尔小姐：你真是了不起。我相信你真的非常喜欢她。

诺拉：你知道吗，过去近一年的时间，除了我亲手端来的东西，她什么也不愿吃。她尽其所能让自己喜欢身边的每个人，她对我也是如此。

普林格尔小姐：这还远远不够。

诺拉：而且对于她的离开，我哀痛万分。

普林格尔小姐：我的老天！

诺拉：终其一生她都是个苛刻而自私的女人，这世上没有一个人真正关心她。这样离开人世真是糟透了，没有一个人真心为她感到遗憾。她的侄子和侄媳天天盼着她死。太糟糕了。我注意到，他们从伦敦回来探望她，只不过是想知道她的身体状况是不是比之前更差了一些。

普林格尔小姐：好吧，在我看来她就是个招人讨厌的老女人，对于她的死我没有半点不乐意。而且我希望她是给足了你钱才死的。

诺拉：〔笑了笑〕哦，她的确是给了不少。还记得两年前，有一次我差点撂挑子不干了，那时她便对我说，她死后会给我留下一大笔钱，够我后半辈子衣食无忧了。

普林格尔小姐：你说的是埃文斯医生的助手向你求婚那次吗？我很高兴你没嫁给他。

诺拉：他人挺好的。但当然，他算不上是个绅士。

普林格尔小姐：我一点也不愿和男人一起生活；我觉得他们讨厌极了。而且如果这男的还不是绅士，那就更没可能了。

诺拉：〔眨巴了一下眼睛〕他去找过威克姆小姐，但她只想赶紧打发他走。威克姆小姐先说她不会放我走，然后又说我脾气不好。

普林格尔小姐：我喜欢她说的这话。

诺拉：她的话不假。每隔一阵儿，我都觉得我再也没那耐心了。但我却忘了我是完全依附于她而活的。假使她真把我打发走了，我估计再找不到这样的活计了，可我还老冲她发脾气。不得不说，在这一点上她对我还是挺和善的。每当我气急败坏的时候，她总是望着我笑，等我慢慢平静下来后她会对我说："亲爱的，你结婚后，如果你的丈夫是个明事理的人，他一定会时不时大粗棍子揍你一顿。"

普林格尔小姐：这恶毒的老太婆。

诺拉：[笑了笑] 我倒想瞧瞧哪个男的有这胆。

普林格尔小姐：你觉得她给你留了多少钱？

诺拉：好吧，我现在当然不知道；遗嘱他们下午从葬礼回来后才会宣读。但从她话里话外的意思，我猜得有个二百五十英镑一年。

普林格尔小姐：至少得有这个数。毕竟你人生中最黄金的十年都用来服侍她了。

诺拉：[安心地松了一口气] 以后我再也不会听别人使唤来、使唤去了。以后我愿意几点起就几点起，愿意几点睡就几点睡，想出门就出门，想回家就回家。

普林格尔小姐：[冷冷地说道] 你以后或许会嫁人。

诺拉：我一辈子不嫁人。

普林格尔小姐：那你之后有什么打算？

诺拉：我会去意大利，佛罗伦萨，罗马。有人过世了我这样开心，你会不会觉得我怪可怕的？

普林格尔小姐：我亲爱的孩子啊。

[外面传来马车车轮发出的哐当声。

诺拉：他们回来了。

普林格尔小姐：我是不是最好先回避一下？

诺拉：恐怕你得先走了。

普林格尔小姐：我很想知道遗嘱上写了什么。要不我上你屋里等着？

诺拉：还是不要吧。这样，你先到花园里坐着。他们四点会去赶个什么车回伦敦，到那时我俩就可以惬意地喝会儿茶了。

普林格尔小姐：那好吧。哦，亲爱的，我很高兴你能有好运气。

诺拉：当心点。

> [普林格尔小姐悄悄地溜进花园。不一会儿，威克姆先生和威克姆太太走进屋。威克姆太太是个模样俏丽的年轻女子。她穿着一袭黑衣，身上的长袍看起来既高贵又时髦。詹姆斯·威克姆脸上的胡须刮得顶干净，他面庞瘦削，有一颗光秃秃的脑袋。他穿着黑衣，戴着黑色羔皮手套。

多萝西：[兴高采烈的样子] 哦！快把百叶窗拉上吧，马什小姐，气氛已经够压抑的了。吉姆 ①，如果你够爱我的话，赶紧把那双手套摘了吧。它们真叫人喜欢不起来。

> [诺拉走到窗前，拉起百叶窗。

威克姆：为什么？这手套怎么惹着你了？买手套的时候，店里的伙计说它们再适合我不过了。

多萝西：这行头让人觉得你天天在参加葬礼，我可没见过几个穿成你这样的。

威克姆：好吧，那你一定也不希望我天天穿得跟要去参加婚礼似的，对吧？

诺拉：去的人多吗？

多萝西：不算少。大多都是那些热衷于参加别人葬礼的人，这样他们能轻轻松松地把时间消磨掉。

威克姆：[看了看手表] 希望怀恩能准时到。我可不想错过火车。

多萝西：葬礼结束后，那些恶心人的、拽着你的手不放的老东西都是些什么人，吉姆？

威克姆：想不起来了。他们让我觉得自己像个傻瓜。

多萝西：哦，是吗？瞧你那样儿，活像个猫头鹰。我看你在那儿强

---

① 詹姆斯的昵称。

行掩饰自己的情绪，演得可真够拙劣的。

威克姆：[表示抗议] 多萝西。

诺拉：您想喝点茶吗，威克姆太太？

多萝西：行，让人送些进来吧，这样怀恩先生来的时候茶也准备妥
当了。

　　　　[诺拉正要去摇铃时，威克姆太太把她拦下了，冲她愉快地
笑了笑]

　　　　让我们帮您摇铃吧？我敢打赌您现在肯定有一两件事要
去做。

诺拉：好的，威克姆太太。

　　　　[诺拉退场。

威克姆：我说，多萝西，别在马什小姐面前乱开玩笑。她跟路易莎
姑妈感情非常深。

多萝西：哦，真是胡说八道！要评判他人你得亲自观察，这是亘古
不变的绝佳准则。我敢打赌，她巴不得那老妇人赶紧死呢。

威克姆：她过世后马什小姐伤心坏了。

多萝西：真没脑子！男人个个都是蠢货。他们总不明白，女人的
眼泪是流不完的。我也流泪了，但天知道我对她的死没有半点
难过。

威克姆：我亲爱的多萝西，你可别这么说。

多萝西：为什么不能说？我说的句句都是实话。路易莎姑妈是个极
讨厌的人，要不是为了她的钱，没有谁愿意在她身边多待一分
钟。现在在这儿装清高有什么用？反正人已经不在了，说或不
说已没有任何分别。

威克姆：[又看了看手表] 怀恩可快点吧。要是我们错过火车可就麻
烦了。

多萝西：我一点也信不过马什小姐。看她那样子，她好像知道遗嘱

的内容。

威克姆：她肯定不会知道。路易莎姑妈那样的人绝不肯轻易开口。

多萝西：我敢肯定，她知道自己肯定能得到些什么。

威克姆：哦，好吧，我觉得她有资格这么想。路易莎姑妈可没少折磨她。

多萝西：她有工钱拿，有舒服的房子住。如果不喜欢那地儿，她大可转身离去……这毕竟是家族财产，我认为路易莎姑妈无权赠予外人。

威克姆：假使马什小姐得了点微薄的年金，我们也不应有所抱怨。几年前，马什小姐本有机会嫁人的，但路易莎姑妈向她保证会给她留点什么，马什小姐这才没走。

多萝西：马什小姐还这么年轻，仿佛她往后三十年会一直待在这儿似的。

威克姆：其实，我听说路易莎姑妈要给她每年二百五十英镑。

多萝西：但遗产总共有多少？

威克姆：我想大概有一万九千英镑。

多萝西：哦，那也太荒唐了！给她这么多钱真不公平。这笔钱对我们用处也很大。每年能额外有二百五十英镑的话，我们差不多能供得起一辆车了。

威克姆：亲爱的，我们能分到一点就谢天谢地了。

多萝西：[吃惊状] 吉姆！[她直勾勾地盯着他] 吉姆，别这么想！哦！要是那样的话就太可怕了。

威克姆：当心，有人。

　　[门开了，凯特将茶具端进来，放在小桌上]
　　今天的天儿可真好啊，真是走运，不是吗？

多萝西：是的。

威克姆：往后一段时间似乎都是艳阳天。

多萝西：是的。

威克姆：但办婚礼的话总遇着下雨，真是奇了怪了。

多萝西：真是非常奇怪。

[凯特退场]

这些年我就指着那笔钱了。我晚上经常会梦到我在读电报，上面是路易莎姑妈过世的消息。我一直在想等钱到手后该怎么花。我们的生活会大不同。

威克姆：你知道她的为人。她一丁点也不关心我们。我们要做好最坏的打算。

多萝西：你不会认为她把所有财产都给了马什小姐吧？

威克姆：若真是那样，我不会感到惊讶。

多萝西：那我们就对遗嘱提出异议。说这里头存在他人的不当干预。打一开始我就在怀疑马什小姐。我讨厌她。哦，怀恩怎么还不来？

[门铃响。

威克姆：我想他来了。

多萝西：提心吊胆的感觉真是糟透了。

威克姆：把情绪控制一下吧，老婆。我的意思是，至少表现得沉闷一些。毕竟我们才从葬礼上回来。

多萝西：难道我们还不够沮丧吗？

[凯特上场，通报怀恩先生的到来。

凯特：怀恩先生到了。

[怀恩先生上场，凯特退场时将门带上。怀恩先生是已故的威克姆小姐的律师。他身材高挑，脑袋光秃秃的。他双颊红润，精力充沛，闲着没事时就四处以乡绅自居。他穿着丧服，因为他才从威克姆小姐的葬礼上回来。

威克姆：您好啊！

怀恩：[异常庄重地牵起多萝西的手] 葬礼上我都没机会跟您握个手。

多萝西：[有些不知所措] 您好。

怀恩：您蒙受了巨大的丧亲之痛，请务必接受我最诚挚的慰问。

多萝西：当然，不过人终有一死。

怀恩：是的，我明白。尽管如此，这对您而言必定是个不小的打击。

威克姆：我的妻子着实悲痛万分。但我那可怜的姑妈已受尽了病痛的折磨，她的离世不失为一种快乐的解脱。

怀恩：马什小姐怎样了？

　　　[多萝西快速地瞥了他一眼，不禁疑惑这礼貌性的问询是否另有深意。

多萝西：哦，她挺好的。

怀恩：她全心全意地照顾威克姆小姐，真让人佩服。埃文斯医生——他是我的姐夫，您知道的——跟我说就是受过专业训练的护士也没她称职呢。对威克姆小姐而言，她就同女儿一般。

多萝西：[相当冷淡地说] 我觉得还是赶紧把她叫过来吧。

威克姆：你带了那个…… [他略带尴尬地顿住了]

怀恩：带了，在我的口袋里。

多萝西：我来摇铃。[她摇了摇铃]

威克姆：我猜怀恩先生想要喝口茶，多萝西。

多萝西：哦，很抱歉，我忘给您递茶了。

怀恩：不用了，非常感谢。我不喝茶。

　　　[他从口袋里拿出一个长信封，从里面抽出遗嘱，然后若有所思地将遗嘱展开。多萝西匆匆瞥了一眼那文件，神色紧张。凯特上场。

威克姆：你去看看马什小姐过来了吗。

凯特：好的，先生。

　　　　　[退场。

多萝西：几点了，吉姆？

威克姆：[看了看表] 哦，时间还早。[对怀恩说] 今晚我们在伦敦
　　有一个重要的约会，所以我们担心会错过火车。

多萝西：火车的服务真是烂透了。

怀恩：遗嘱不长，不出两分钟就能读完。

多萝西：[神情焦灼，越发没了耐心] 马什小姐究竟在忙些什么？

怀恩：眼下这花园真是漂亮。

威克姆：[语气唐突] 很漂亮。

怀恩：对于自家花园，威克姆小姐总是兴致满满。

多萝西：是的。

怀恩：我种的郁金香就没有这园里的开得好。

威克姆：[急躁地说] 是吗？

怀恩：[对多萝西说] 您对花园感兴趣吗？

多萝西：[几乎无法控制住自己的脾气] 不喜欢，我讨厌它们……谢
　　天谢地，终于来了！

　　　　　[门开了，马什小姐上场。怀恩起身。

怀恩：您好啊，马什小姐。

诺拉：您好。

威克姆：您要喝杯茶吗？

多萝西：[神经高度紧张] 吉姆，马什小姐更愿意在我们离开后安静
　　地喝杯茶。

诺拉：[微微一笑] 我不太想喝茶，谢谢。

多萝西：怀恩先生把遗嘱带过来了。

诺拉：哦，好的。

　　　　　[诺拉镇定地坐下。多萝西紧紧地攥着手，打量着她。多萝
　　西试着解读诺拉的表情，看看她是否知道些什么。

206

怀恩：马什小姐，据我所知，应该不存在其他的遗嘱了吧?

诺拉：您这话是什么意思?

怀恩：我的意思是，威克姆小姐没有另立遗嘱了吧——在我不在场的情况下? 比如说，您是否听到过她要如何处置她的财产?

诺拉：[异常坚决地说] 哦，没有的事。威克姆小姐一直在说，遗嘱都在您手里呢。她做事非常有条理。

怀恩：我想我有义务做这样的问询，因为几年前，她曾向我咨询过重立遗嘱的事。她跟我说了这个想法，但却没有告诉我具体该如何操作。我还想或许她自己已经写好了。

诺拉：我对此事毫不知情。我确信您手上拿的是她唯一的遗嘱。

怀恩：既然如此，那我们就以这份遗嘱为准……

　　　　[多萝西突然醒悟过来，她立刻打断怀恩。

多萝西：遗嘱什么时候立的?

怀恩：八九年前……确切的日期是 1904 年 3 月 4 日。

　　　　[多萝西意味深长地上下打量着诺拉。

多萝西：您是哪一年开始照顾威克姆小姐的?

诺拉：1903 年年底。

　　　　[众人沉默了一阵。

怀恩：我要逐字宣读吗? 还是说告诉你们大致的内容即可? 遗嘱非常短。

多萝西：简要说说吧。

怀恩：好的，威克姆小姐赠予福音传播协会一百英镑，赠予坦布里奇韦尔斯综合医院一百英镑，其余所有财产均由其侄子詹姆斯·威克姆继承。

　　　　[多萝西急促地深吸一口气，脸上洋溢着胜利的神情。她再次望向诺拉，诺拉则面无表情，看不出一丝情绪。

威克姆：那马什小姐呢?

怀恩：上面没有提到马什小姐。

诺拉：[无力地笑了笑] 我几乎不抱任何希望。遗嘱订立的时候，我来到威克姆小姐身边才几个月。

怀恩：所以我才会问您后来是否有新立遗嘱。我曾跟威克姆小姐谈过这事，她说她死后会给您留足生活费。我还以为她跟您说过这事呢。

诺拉：是的，她有说过。

怀恩：她曾说要给您三百英镑一年。

诺拉：她太慷慨了。她想过要为我做这些安排，我很开心。

怀恩：奇怪的是，她才跟埃文斯医生提起这事没几天就离世了。

威克姆：也许在什么地方还有另外一份遗嘱？

怀恩：我确实不这么认为。

诺拉：我确信只有这份遗嘱。

怀恩：埃文斯医生跟威克姆小姐一起谈过马什小姐的事。那会儿，威克姆小姐整个人已经非常疲倦了，埃文斯医生建议她找个专业陪护。她就是在那时候跟埃文斯医生说，她的遗嘱在我手里，她要留给马什小姐一大笔钱，好让她后半辈子衣食无忧。

多萝西：[迅速插话道] 这样必然是不合法的，对吧？

怀恩：什么不合法？

多萝西：我的意思是，没人能强迫我们——我指的是，遗嘱的内容是有法律效力的，不是吗？

怀恩：当然。

威克姆：恐怕让您大失所望了，马什小姐。

诺拉：[语气轻松] 没孵出小鸡之前，我从不去数自己有几只鸡崽。

怀恩：目前这种情况，马什小姐感到失望也是人之常情。我想威克姆小姐一直让她认为……

多萝西：[突然打断] 姑妈身后并没有多少遗产，我明白的。而且我猜她肯定觉得，把大部分财产都拱手让予外人这种做法不太公平。

威克姆：没错，这是家族财产；她从我祖父那里继承过来的，而且……但马什小姐，我想让你知道，我妻子和我发自内心地感激您为我的姑妈所做的一切。金钱也无法报答您对姑妈的关照和奉献。您做得已经非常棒了。

诺拉：能说出这些话，您真是一个顶好的人。我非常喜欢威克姆小姐，为她做这些我心甘情愿。

怀恩：我想关注过马什小姐和威克姆小姐的人都会注意到，过去十年间，马什小姐无时无刻不陪在她身边，没有一刻离了她的。

威克姆：[稍加迟疑，瞥了她妻子一眼] 那是当然，我姑妈是个非常难对付的人。

多萝西：[表示赞同] 挣钱糊口向来不是件愉快的事。如果没遇着什么坎，那这工作可就没劲透了。

[听到这出人意料的言论，诺拉略带戏谑地看了她一眼。]

威克姆：为表谢意，我妻子和我非常乐意给您些补偿。

多萝西：我正要说这事呢。

怀恩：[脸色稍好了些] 此情此景，我相信这样……

多萝西：[立刻打断他] 您工钱有多少，马什小姐？

诺拉：每年三十英镑。

多萝西：真的吗？我听说许多女士能当上贴身女伴已经够开心了，她们连工钱也不要，只为能有个地儿住，能与同道中人来往。我敢打赌，您这些年一定存了不少钱吧。

诺拉：[冷冷地答道] 我得花钱把自己打扮得体面些，威克姆太太。

多萝西：[竭尽所能装出最大的体面] 好吧，我敢肯定，我丈夫非常乐意额外再付您一年的工钱，对吧吉姆？

诺拉：谢谢您的好意，但我不会接受法律规定之外的任何施予。

多萝西：[镇定自若地说] 你必然知道我们还得交上一大笔遗产税吧。这笔税至少要吞掉威克姆小姐两年的房产所得，没错吧，怀恩先生？

诺拉：我很清楚有这么一回事。

多萝西：或许您之后会改主意的。

诺拉：我不会改的。

　　　[之后便是一阵略有些尴尬的沉默。怀恩先生起身。他显然对威克姆太太的"慷慨大度"不甚满意。]

怀恩：好吧，我必须得走了。

威克姆：我们也要走了，多萝西。

多萝西：[相当轻松自在] 哦，坐车去车站五分钟就够了。

怀恩：再见，马什小姐。如果我有能帮上忙的地方，您尽管告诉我便是。

诺拉：您太客气了。

怀恩：[对多萝西说] 再见。

　　　[他向多萝西微鞠一躬，向威克姆点头示意，在多萝西发表下一次的长篇大论之前退场。]

多萝西：[用极度友好且和善的语气说] 吉姆会在一两天之内给您写信。您知道的，我们很感激您为我们那可怜的姑妈所做的一切。我们非常乐意给您写推荐信，一定给您最高的评价。

威克姆：[觉得能帮上忙，心里宽慰了些] 哦，是的，我们会竭尽所能帮您的。

多萝西：您是一位非常出色的陪护，我敢保证，您轻而易举就能找到下家。我也会帮您留心着。我会问我的朋友们是否有这个需要。

　　　[诺拉若有所思地看着她，一言不发。多萝西则对她报以微笑。]

威克姆：快点，多萝西，时间不多了。再见，马什小姐。

诺拉：再见。

> [他们匆匆出门，不一会儿便乘坐出租车离开了，外面传来车轮摩擦地面的声响。屋内只有诺拉一人。她呆呆地站着，望着前方，并没有注意到普林格尔小姐已经从花园回来了。

普林格尔小姐：我还以为他们要在这里待一辈子呢。怎么样？

> [诺拉回头看着她，一言不发。

> [普林格尔小姐吃了一惊] 诺拉！没出什么事吧？是不是钱没你想象的多？

诺拉：威克姆小姐一个子儿也没给我。

普林格尔小姐：天啊！

诺拉：一个子儿也没有！哦，太残忍了。话虽如此，她确实也没有义务给我留些什么。她供我吃供我住，外加一年三十英镑。我有权选择自己是否留下来。她没必要向我承诺什么。她也没必要拦着我，不让我结婚。

普林格尔小姐：亲爱的，你可不能嫁给那个小助理啊。他不是个绅士。

诺拉：十年啊！一个女人最好的十年啊，在她的同龄人享受生活的时候。最终我得到了些什么？包吃包住外加一年三十英镑。当个厨娘都比这个强。

普林格尔小姐：一个好厨娘确实挣得多，我们没法跟她们比。要像淑女一样在你所在的阶层生活，你就得付出点代价。

诺拉：哦，这太残忍了。

普林格尔小姐：[试着安慰她] 亲爱的，别放弃。我相信再找份工作于你也就是轻而易举的事。你能把蕾丝洗得很漂亮、不走样，插花也没人比得上你。

诺拉：我做梦都想去法国和意大利……往后十年，我还得继续照顾某位老淑女，直到她死为止；等她死后再另谋生路。真到那会儿，我年纪也不小了，一切就没那么容易了。日子就这样一天天过下去，直到我老得再也谋不到工作为止。到那时，某个慈悲心肠的人会收留我。这样的生活，你真的喜欢吗？

普林格尔小姐：亲爱的，一个淑女能做的事还真不多。

诺拉：想想我这十年是怎么熬过来的！每一个无理的要求我都得忍着！不能觉得身体不舒服，不能喊累！就算是仆人，也没有像我这样能忍的。我蒙受了多少羞辱！

普林格尔小姐：我知道你现在很累，心里也堵。不是每个人都像威克姆小姐这么难对付的。对我而言，哈伯德太太简直就是善良的化身。

诺拉：想想看吧。

普林格尔小姐：我不明白你的意思。

诺拉：想想看，她是有钱人，你是穷人。她把旧衣服给你穿。她大办宴会时总会让你作陪，不让你独自一人用餐。虽说你是寄人篱下，但除非她在气头上，她不会挑明这一点。但是你——这样的生活你已经过了三十年。你嚼着奴隶吃的苦面包，直到——直到有一天，它尝起来仿佛提子蛋糕般香甜可口。

普林格尔小姐：[很受伤地说] 我不知道你为什么要对我说这样的话，诺拉。

　　　　[诺拉没来得及回应，凯特上场。]

凯特：霍恩比先生求见，小姐。

诺拉：[惊讶地问] 现在？

凯特：我跟他说了现在不太方便，小姐，但他说事情十万火急，而且他不会耽误您太长时间，最多五分钟。

诺拉：真是烦人……让他进来吧。

凯特：好的，小姐。[退场]

诺拉：他到底要干吗？

普林格尔小姐：他是谁，诺拉？

诺拉：哦，他是霍恩比上校的儿子。你知道吗，他住在莫利纽克斯
　　公园很靠前的位置。他的母亲跟威克姆小姐很要好。他周末时
　　不时会到这儿来。他做着跟汽车相关的工作。

　　　　[凯特把客人带进来。

凯特：霍恩比先生到了。

　　　　[凯特退场。雷金纳德·霍恩比是个英俊潇洒的年轻男子。
　　他五官清秀，身材高挑，衣着讲究。头发乌黑光滑，一看便经
　　过精心打理；两撇小胡子也修剪过，还打着卷儿；身上的衣服
　　好看又合身，只有萨维尔街时髦的裁缝才有这手艺。他的领带
　　和手帕从胸前的口袋附近冒出一截儿，脚下蹬的靴子是当下时
　　新款。但他是个公子哥。

霍恩比：冒昧造访，实在抱歉。但我不知道您是否还在这儿，我想
　　过来跟您聊会天。我过两天要离开这了。

诺拉：您不坐会吗？这是霍恩比先生——这是普林格尔小姐。

霍恩比：您好啊。一切都还好吗？

诺拉：抱歉，您指的是？

霍恩比：我是说葬礼。我母亲去了。对她而言不过是个平常的聚会。

　　　　[普林格尔小姐吓了一跳，一本正经地挺起身子，可诺拉却
　　眨巴着眼睛，饶有兴味地看着他那轻浮的样儿。

诺拉：真的吗？

霍恩比：您是知道的，她上年纪了。她年龄很大了才有我的——
　　便雅悯 ①，您知道吗。[他转而向普林格尔小姐说] 便雅悯和撒

――――――――――――――――

① 在《圣经·旧约》中，便雅悯是雅各和妻子拉结所生的儿子，是以色列十二
　　支派中的首领。便雅悯是雅各家族的第十二个，也是最小的儿子。

莱 ①，您知道吗。

普林格尔小姐：我再清楚不过了，但那个人不是撒莱。

霍恩比：不是吗？每当有老朋友离世，母亲参加葬礼时总会自言自
　　　　语："好吧，不管怎么说，我比她活得长。"她回来后会吃松饼、
　　　　喝茶。她参加完葬礼后总吃松饼。

诺拉：女仆说您有事要跟我说。

霍恩比：没错，我差点忘了。[对普林格尔小姐说] 如果撒莱不是便
　　　　雅悯的母亲，那她是谁的母亲？

普林格尔小姐：如果您想知道，我建议您去找本《圣经》读一读。

霍恩比：[心满意足地说] 我觉得这是个棘手的问题。[对诺拉说]
　　　　我想说，我要去加拿大一趟。听我母亲说，您有个哥哥还是什
　　　　么的在那里。

诺拉：是哥哥，不是什么。

霍恩比：我母亲说，或许您不介意帮我写封信引荐一下。

诺拉：乐意之至。但恐怕他帮不上您什么大忙。他是个农夫，住在
　　　　穷乡僻壤，去哪儿都不近。

霍恩比：但我此行就是要去务农的。

诺拉：是吗？这究竟是为何？

霍恩比：我必须得干点事了，而且我觉得种地对我来说是件好差事。
　　　　在平时，你经常可以射箭、骑马，您知道的。你还可以跟大伙
　　　　打打网球、跳跳舞什么的。而且你还可以赚到一大笔钱，这是
　　　　毫无疑问的。

诺拉：我还以为您在伦敦经营汽车方面的业务呢。

霍恩比：嗯，某种程度上说是的。但是……我想您已经听说了。我
　　　　母亲到处跟人说。老爹已经不想搭理我了。总之一切都烂透了。

_____

① 撒莱是雅各之母，即便雅悯的祖母。

214

我要离开这该死的地方，到国外去，越快越好。

诺拉：您要我现在就把信写出来吗？

霍恩比：那就再好不过了。

　　　　[诺拉在写字桌前坐下，开始写信。

　　　　真相是，我破产了。要是当初我坚持打桥牌，现在什么事
也没有。我从前靠打桥牌赚了不少。一年能有上千英镑。

诺拉：[震惊不已] 不会吧！

霍恩比：您知道吗，我经常玩。我真是个蠢货，要是只打桥牌该多
　　　　好。可我却迷上了"铁道"。

诺拉：迷上了什么？

霍恩比：铁道牌 ①。没听说过吧？我经常去桑顿那里。我猜您从来没
　　　　有听说过这人。他经营着一家小赌场。你到了那儿，上等的晚
　　　　餐白吃不要钱，饮料要多少有多少；支票任你兑换，现金跟小
　　　　鸟似的扑腾而来。可结果，我输得连裤衩都不剩。然后桑顿把
　　　　我告上法庭，说我有张支票有问题。老爹替我把债还清了，但
　　　　他说我必须得去加拿大。这么跟您说吧，我以后再不赌了。

诺拉：哦，总算是吃一堑长一智。

霍恩比：靠"铁道"你绝对弄不到钱。到最后你的钱必定会被掏空。
　　　　等我回国后，我一定只玩桥牌，不碰别的。这里头总有不少门
　　　　道，如果脑子够灵活，知道怎么出牌，那你不知不觉就能捞上
　　　　一笔。

诺拉：您的信写好了。

霍恩比：太感谢了。跟您说吧，其实我根本不想拿这东西。我觉着
　　　　我一踏进那片土地就会有人把工作送上门的，但带着它也无妨。
　　　　我先告辞了。

────────────────

① 源于法国的一种纸牌游戏，主要流行于欧洲及拉丁美洲各赌场。

诺拉：那么再见，祝您好运。

普林格尔小姐：再见。

[和诺拉和普林格尔小姐握手后，霍恩比退场。

普林格尔小姐：诺拉，你怎么不去加拿大呢？既然你哥有了自己的
农场，我还以为……

诺拉：[打断她的话] 我哥结婚了。那是四年前的事了。

普林格尔小姐：你从来没跟我说过。

诺拉：我不能说。

普林格尔小姐：为什么？他妻子……他妻子人怎么样？

诺拉：她是个服务生，在温尼伯 ① 一家脏兮兮的小旅馆里做事。

普林格尔小姐：那你之后有什么打算？

诺拉：牛奶洒了，哭再多也于事无补。我会再去找份差事。

第一幕终

---

① 加拿大城市。

216

第二幕

场景：曼尼托巴省 ① 代尔镇，爱德华·马什的农场的客厅兼厨房。这是一个镶着棕色木板的房间，墙上挂着廉价的镀金相框，里面是从圣诞节画报上剪下的彩色插图。在一扇门的上方搁着一只驼鹿头，另一扇门的上方是一个巨大的厨房挂钟。地板上铺着闪闪发亮的油布。窗户的内侧放着天竺葵，种在枫糖浆罐里。一边是一个巨大的美式火炉。有一个没有涂漆的碗柜，上面放着盘子、杯子和杯托。这些都是普通得不能再普通的陶器，几乎都不是成套的。那儿有两把美式摇椅和一些厨房用椅，还有一张朴素的餐桌。炉子上放着一个巨大的水壶和几只平底锅。有一个小书架，上面放着几本破破烂烂的小说和几本旧杂志。餐桌上铺着一块不太干净的廉价白布。爱德·马什 ② 坐在一头，面前放着没吃完的一大块冷牛肉，另一头是他的妻子，面前是茶壶、牛奶罐和糖罐。桌子上有一条面包，一个装着枫糖浆的大罐子，还有吃剩的牛奶布丁。诺拉的一侧坐着她嫂子，另一侧坐着雷金纳德·霍恩比，对面是弗兰克·泰勒和本杰明·特罗特。晚餐刚吃完。格蒂·马什 ③ 是个黝黑矮小的女人，表情冷酷，皮肤干涩。她身形瘦削，神经紧张，但性情活跃，为人勤奋。她说话尖酸刻薄，至少从外表上看，毫无温柔可言。她穿着一件衬衫，一条毛织裙，一双相当漂亮的棕色高跟鞋。她还围着一条小围裙。诺拉穿着一件白色衬衫和一条绿色裙子。爱德·马什是个脾气好、性格随和的男人，留着小胡子，头发蓬乱。他穿着一件黑色的法兰绒衬衫，上面缝着白线，一件黑色的背心，一条又

217

黑又脏的裤子。另外几个男人是雇来的帮工。弗兰克·泰勒是个高个子，身强力壮，五官清秀，眼神坦率而幽默。他脸上的胡子刮得很干净。他动作缓慢，说话明显带有口音。他是一个很自信的男人。他穿着一件深色法兰绒衬衫和一条工装裤。工装裤原本是蓝色的，但由于穿的时间过长变得又黑又脏；从上面的裤带能看出这是温尼伯市伊顿家店里的货色。本·特罗特④是一名英国劳工，牙缺了几块，还变了色；头发剪得很短，额头上还贴着一绺小鬈发。他穿着和弗兰克·泰勒一样的工装裤。雷吉⑤·霍恩比的脑袋依旧打理得干净整齐，头发一看就是细心梳理过的。他的工装裤比其他人的要新得多。他穿着一件法兰绒衬衫，显然是皮卡迪利大街⑥的货色。

马什：再来点糖浆吗，雷吉？

霍恩比：不了，谢谢。

马什：大家都吃得差不多了吧？

格蒂：看样子是的。

　　　[马什把椅子向后推，从口袋里拿出一个袋子和烟斗，点了起来。泰勒也做着同样的事情。

格蒂：今天下午我们就可以开始熨衣服了。

诺拉：好的。

特罗特：瞧外面那晾衣绳，今早你衣服可是没少洗。

---

① 加拿大中南部的一个省。
② 即爱德华·马什。
③ 即格特鲁德·马什。
④ 即本杰明·特罗特。
⑤ 即雷金纳德·霍恩比。
⑥ 英国伦敦的繁华街道。

诺拉：我的手臂还酸着呢。

格蒂：如果你在这儿待得再久一些，你就不会穿那么多乱七八糟的衣服了。

诺拉：难道有哪些东西是我不该穿的吗？

格蒂：那长筒袜，我穿一双，你能穿两双。不过其他的倒是一样。

诺拉：[略笑了笑] 人是干净了，但啥也干不来。

格蒂：虽然是句玩笑话，却也在理。

泰勒：我说，雷吉，听说你刚到这儿的时候，你问爱德浴室在哪，这是真的吗？

特罗特：[窃笑道] 千真万确。爱德跟他说，离着一英里半的地方有条河，除此之外他再不知道哪儿还有浴室了。

马什：一个人很快就能适应这些了，对吧，雷吉？

霍恩比：当然了。现在我看到浴室只会紧张得发抖。

泰勒：在不列颠哥伦比亚省①，我认识几个英国单身汉，他们周围都是印度人。在那儿的头两年，他们不愿和印度人打交道，因为他们太脏了。但到了后来，连印度人也不愿意和他们打交道了。

[他把手指放在鼻子上，表示有一股难闻的气味]

诺拉：这故事真让人倒胃口！

泰勒：是吗？我倒挺喜欢的。

诺拉：你当然喜欢。

[他微笑地看着她，没说什么。

格蒂：[起身道] 你要在那儿坐一整天吗，诺拉？

马什：你怎么就不能消停五分钟呢？诺拉刚洗了一大堆衣服，我猜她肯定想歇会。

格蒂：就凭那点工作量，怎么就能累坏她了。

---

① 位于加拿大西部。

诺拉：我还不习惯干这样的活儿。我确实有点累得不行了。

格蒂：我没发现有什么活儿是你习惯做的。

　　　　　[诺拉站起身来，两位女士开始收拾桌子。马什坐在摇椅上抽烟。

马什：给她点时间适应吧，格蒂。你不可能指望所有事情一步到位。

格蒂：英国人总是这样。什么都得手把手教。

马什：哦，格蒂，你可没教我怎么向你求婚。

　　　　　[诺拉把泰勒面前的东西拿走。泰勒起身。

泰特：我是不是挡你的道儿了。

诺拉：跟平常差不多，谢谢。

泰特：[笑着说] 如果以后你再见不到我，我猜你也不会感到遗憾吧。

诺拉：老实说，你走也好，留也罢，对我来说都没区别。

马什：你俩可别拌嘴了。

霍恩比：几点的火车，弗兰克？

泰勒：三点半。一个钟头内我就得出发。

马什：雷吉可以送你过去，这样他可以把马车再拉回来。

泰勒：行。那我去收拾收拾，换件衣服。

格蒂：要回家了，我想你一定很高兴吧。

泰勒：我当然不会觉得难过。

　　　　　[餐桌清理完毕。格蒂拿了一个大金属脸盆放在桌上。诺拉拿起水壶，把热水倒进盆里。俩人开始洗碗。

格蒂：诺拉，我来洗，你来擦干。

诺拉：好的。

格蒂：我发现让你洗根本洗不干净。

诺拉：我很抱歉。为什么你之前不告诉我呢？

格蒂：我想你在英国从来没洗过碗吧。过于高高在上了吧？

诺拉：我想如果有办法的话，谁也不会愿意洗碗。这不是个有趣的差事。

格蒂：你总想着找乐子。

诺拉：并非如此，我只是想过得快乐些。

格蒂：唔，有间遮风挡雨屋子，有张舒服的床睡觉，一天三顿好饭，还有不少事可以做，我寻思这些已经足够让人快乐了吧。

霍恩比：哦，我的老天！

格蒂：[转向他，尖利地说道] 唔，如果你不喜欢加拿大，那你为什么要出来？

霍恩比：[慢慢地站起来] 如果我知道等着我的是这种生活，你觉得我还会让他们把我打发走吗？不太可能。早上五点起床，像挖土机一样在地里干活，直到背像是要折了一样，然后下午还得继续下地干活。日复一日地重复着同样的事情。如果我这辈子就干这样的活，那送我去哈罗公学和牛津大学读个什么劲？

马什：你很快就会习惯的，雷吉。一开始会有点难，但是一旦你慢慢站稳脚跟，别人让你转行你都不会愿意了。

格蒂：这个国家不适合那种在家里睡大觉、等着天上掉馅饼的人。

特罗特：我现在不愿回英国了，当然这是有原因的。在英国！我一周挣十八先令，就这么多，没一点前途，一年还有五个月没活干。

诺拉：你在英国做的什么工作？

特罗特：砌砖匠，小姐。

格蒂：你不需要叫她小姐。她名字叫诺拉。你也叫我格蒂，不是吗？

特罗特：那些年接连闹罢工，经济形势也不好，你永远不知道你能落魄到什么境地。而且工头还欺负你。我真是一点也不知道。我可以告诉你，那种日子我受够了。自打我到这儿的第一天起，我就没失业过。我想吃多少就吃多少，而且我正在攒钱。在这个国家，每个人都可以过得跟其他人一样好。

诺拉：如果不是更好的话。

特罗特：过两年我就能自立门户了。怎么说呢，有个叫汤普森的老头，他现在在普拉特。他从约克郡来的，最开始也是砌砖匠。眼下他在银行的存款已经有七千美元了。

马什：你们现在的条件比我刚来那会好多了。那时候他们都不愿招英国人，他们宁愿要西班牙人。在温尼伯，当他们在报纸上登招聘劳工的广告时，你经常会看到上面说不招英国人。

格蒂：唔，那是英国人自找的。他们不愿干活，只管喝酒。

马什：你说得不错，这是他们自找的。这里是英国那些游手好闲的人、酒鬼和无赖的垃圾场。英国人有种错觉，他们认为如果一个人是个大混蛋，在英国不成器，他唯一的出路就是被送到这儿来，之后在这里发大财。

泰勒：我想现在情况没那么糟了。他们认为英国人是不同的种。跟其他人相比，一个英国人要多花上两年时间才能摸清里面的门道，但一旦他悟到了，那他比任何人都干得好。

马什：我想现在看到英国人越做越好，每个人都会高兴的。三年前我差点破产，但好多人都愿意帮我一把。

霍恩比：你怎么会落到那步田地呢？

马什：哦，我当时运气太背了。有一年，我的庄稼遇着霜冻了，第二年又被冰雹打坏了。要想挺过这关，得要一大笔钱。

泰勒：我也遇着了。天下大冰雹，我没资金周转，只好自己出来找点活干。[对诺拉道] 如果没有那场冰雹，你就不会有幸认识我了。

诺拉：[挖苦地说道] 如果没有那场冰雹，生活将是多么空虚和寂寞。

222

格蒂：我很好奇你当时为什么不放弃这行当，去卡尔加里 ① 找点事做呢？

泰勒：唔，我已经在自家田地里忙活了两年，做了大量的清理工作。现在放弃的话就有点太没脑子了。而且你的田地一旦被冰雹砸过，往后几年很可能都不会再遇上了，到那时我应该能攒下些钱。

诺拉：你的房子是什么样的？

泰勒：唔，它可能不是你所谓的宫殿，但两个人住足够了。

马什：想过结婚吗？

泰勒：嗯，农场里没个女人，着实有点寂寞。但当你刚开始自立门户时，娶妻的确没那么容易。加拿大女孩会再三考虑，是不是真的要嫁个农夫。

格蒂：加拿大女孩确实不简单。

马什：唔，你自己不也嫁了，格蒂。

格蒂：并不是我想要嫁给你，这一点你可以确信。真不知道你给我灌了什么迷魂汤。

马什：我也想知道。

格蒂：我猜或许是因为看你可怜见的，我不知道如果没有我的话，你会成什么样。

马什：我猜是出于爱，你爱我爱得不能自已。

泰勒：我想等去了温尼伯，我要去趟职业介绍所，看看那里有没有合适的姑娘。

诺拉：跟挑绵羊似的。

泰勒：绵羊我可一点不了解。从没做过相关的活计。

诺拉：那你对女人有什么了解？

---

① 加拿大西南部城市。

泰勒：她们体格是否强健，是不是愿意跟我在一起，我想这些我还是能看出来的。只要眼睛别长歪了，哪个女人做我妻子都行。

诺拉：那姑娘为什么愿意跟你在一起呢？

特罗特：这就是为什么他想找那些涉世未深的小姑娘，在她们刚来加拿大、还搞不清状况的时候就把她们拿下。

泰勒：我有自己的宅基地——足足有一百六十英亩，七十英亩已经清理好了——我还有一栋自己搭的小木屋。这很了不起，不是吗？

诺拉：你能给的不过是个能住的地儿，再给点吃给点喝。一个姑娘去哪都能得到这些，她们有必要赶着趟求着你做牛做马吗。

泰勒：有些姑娘就喜欢步入婚姻。这里头还是有吸引她们的地方。

诺拉：你似乎觉着，只要你想娶，姑娘就会毫不犹豫地嫁给你。

泰勒：她可能比我更着急。

诺拉：你真是太高看你自己了。

泰勒：我知道自己有几斤几两，周围敢说这话的可没几个。我有脑子。

诺拉：那你怎么会说出这样的话？

泰勒：唔，我也能看出来你不是个傻蛋。

格蒂：[咯咯地笑道] 诺拉，他要你呢。

泰勒：[心情愉悦] 你在我这不顶用，不意味着别人也觉得你一钱不值。

　　　　[格蒂把脸盆拿出去，把水倒掉。诺拉继续擦干餐具。

诺拉：当然，每个人品位不同。

泰勒：我当然也可以一试，对不对？

诺拉：你挺明智的，想去职业介绍所里找。比起天天见到你的姑娘，那些头一次见你的姑娘更有可能会嫁给你。

泰勒：[冲其他人使了个眼色] 想到我要结婚，你似乎很抓狂啊。

诺拉：你肯定是看不起女人，不然怎么会说出这样的话来。哦，我真同情那个做你妻子的可怜人。

泰勒：我想等我让她适应了我的生活方式，她会过得很好的。

诺拉：你真觉着你能做到？

泰勒：没错。

诺拉：你不会真想着你们之间会有多少爱吧——你和那个被你选中的幸运儿？

泰勒：还谈什么爱呢？这不过是一次商业合作。

诺拉：什么！

泰勒：我给她提供食宿，并让她与我交往，感受我的魅力。作为回报，她得做饭、烤面包、洗衣服，并保持小屋的干净整洁。如果她能做到这些，我就不在意她长什么样了。

马什：只要眼睛别长歪了。

泰勒：是的，这是我的底线。

诺拉：[讽刺地说道] 很抱歉，我不知道你原来想找一个总管仆人啊。你花一块五买张结婚证，就可以不用付任何工钱了。这是一项很好的投资。

泰勒：诺拉，你这姑娘说话真是刻薄啊。

诺拉：请别叫我诺拉。

马什：别犯傻了。在这儿都是这么叫的。你看，他们不也叫我爱德吗。

诺拉：这里怎么叫我管不着。我不想让一个帮工对我直呼其名。

泰勒：别费口舌了，爱德。如果她喜欢，我就叫她马什小姐好了。

诺拉：我倒希望你娶到一个能治得住你的女人。真希望看到你的骄傲被击垮。你自以为很了不起，是吗？我倒想看看那个姑娘是怎么揪住你的心弦，拧得你疼得哇哇叫的。

马什：[大笑着说道] 诺拉，你也太暴力了。

诺拉：你真是个盛气凌人、目空一切、自以为是的东西。

泰勒：我不敢保证我知道这一串词是啥意思，但我猜肯定不是什么好词。

诺拉：[生气地] 我猜也不会是。

泰勒：真是抱歉。我还想着去职业介绍所之前，先把这个职位提供给你呢。

诺拉：你怎么敢这样对我说话！

马什：别生气，诺拉。

诺拉：他无权对我说这般无礼的话。

马什：你看不出来他在跟你开玩笑吗？

诺拉：他不应该乱开玩笑。这人没半点幽默感。

　　　　[诺拉把一个杯子掉在地上摔碎了，这时，格蒂走了进来。

格蒂：怎么老是手滑。

诺拉：很抱歉。

格蒂：笨手笨脚的东西。总是做错事。

诺拉：你不用担心，我会赔的。

格蒂：谁想让你赔？你不会以为我连个杯子也买不起吧？你道个歉就行——这就是我想要的。

诺拉：我说了我很抱歉。

格蒂：你没说。

马什：我听见她说了，格蒂。

格蒂：她说她很抱歉那语气，像是帮了我大忙似的。

诺拉：你不会想让我给你跪下吧？这杯子也就值两便士。

格蒂：我想的不是这东西值多少钱，而是你这人马虎大意。

诺拉：到目前为止，我在这也就打碎过三样东西。

格蒂：你什么也做不了；你比一个六岁的孩子还无能。你们都是一样的，你们都是。

诺拉：你不至于因为我打碎了一个两便士的杯子，就侮辱整个英国吧？

格蒂：还有你那装腔作势的样儿。用"居高临下"这个词都不足以形容。就算是再有耐心的圣人，也受不了你这副样子。

马什：哦，消停会吧。

格蒂：你这辈子没做过半丁点工作，你以为你跑来这儿就能对我指手画脚的吗？

诺拉：我可没这么想，不过我确实可以教你懂点礼数。

格蒂：你怎么敢说这种话！你怎么敢！你来这里，我给你房子住，给你盖我的被，给你东西吃，然后你还这样侮辱我。

　　　[她突然哭起来。

马什：好了，格蒂，别哭了。别犯傻了。

格蒂：哦，别烦我。你当然会站在她那边。你当然会。就算我这三年给你做牛做马，对你来说也不算什么。她一来，扮出一副淑女相……

　　　[她匆匆跑出房间。马什犹豫了一会儿，然后去追他妻子。

屋里安静了一阵。

泰勒：我想也许我得去洗个澡。时间不等人啊。你要来吗，本？

特罗特：走，一起去。我猜你会骑那匹母马？

泰勒：没错。爱德今早跟我说了。

　　　[两人退场。屋内只剩下诺拉和雷吉·霍恩比。

霍恩比：[挤出一丝笑容] 唔，你是否像你说的那样享受这片应许之地 ① 呢？

诺拉：反正自己种因，自己得果。

――――――――――

① 《圣经·旧约·创世记》记载，由于以色列人祖先亚伯拉罕对上帝非常虔敬，上帝便与其立约，允诺赐予其后裔一片流着牛奶与蜜之地。这里比喻充满希望的乐土。

霍恩比：你还记得我去威克姆小姐家请你写信的那天下午吗？

诺拉：那会儿我根本没想着要来加拿大。

霍恩比：不怕告诉你，只要有机会我会立马回英国去。我心甘情愿将我白人的责任 ① 拱手让人，还白送一包口香糖。

诺拉：［笑着说］你更喜欢死气沉沉的东方帝国 ② 吗？

霍恩比：可不是嘛。那里能让我时刻感受到衰败文明的堕落。

诺拉：你父亲见着你会很高兴的，不是吗？

霍恩比：我可不这么想。当然，我也真是个十足的傻瓜才想着要离开温尼伯。

诺拉：我知道如果不是逼不得已，你是不会离开的。

霍恩比：你哥哥真是个十足的好人。我把你的信给了他，告诉他我的难处——你知道吗，我那会手头一分钱也没有？我当然非常乐意在别人家的花园里挖坑，赚个半个美元。这么说有点过了，但这是事实。

诺拉：［大笑道］我明白的。

霍恩比：你哥哥把来这儿的旅费寄给我，说我可以做点杂活。我不知道那是什么。后来我才发现，这指的是别人不干的活，都得你来干。他们还把这儿称作"上帝青睐之国" ③。

　　　　［与此同时，诺拉已经在炉子上放了几个熨斗，现在她正搬起烫衣板。这对她来说相当重。

诺拉：你在这真是碍眼。

霍恩比：怎么了？

---

① "白人责任论"（White Man's Burden）这一说法源自诗人吉卜林 1899 年写的一首诗的题目，是帝国主义用来为其殖民政策进行狡辩的一种"理论"。他们认为有色人种都是野蛮的、落后的民族，他们有责任教育这些劣质民族。

② 指英国。

③ God's Own Country，通常用来描述那些人口稀少、自然风光辽阔的地区。

诺拉：[笑着说]你就心安理得地坐在那儿抽烟斗，眼睁睁地看着我抬着烫衣板走来走去。

霍恩比：[并未挪动半步]你想让我搭把手吗？

诺拉：别了……这让我想起在老家的时候。

霍恩比：我想我至少得坚持一年，除非我能把我母亲哄好，让她给我寄些路费过来。

诺拉：如果她够明智的话，她应该一个子也不给你才是。

霍恩比：如果可以的话，难道你不想逃离这里吗？

诺拉：[情绪一下上来了]然后承认自己的无能？[略顿了顿]你不知道我来这之前经历了什么。我试着去另外找份做贴身女伴的工作。看到招工启事我就去应聘。我经常在职业介绍所门口转悠……有两个人愿意招我，但没多少工钱。一位女士说每周给我十先令，包一顿午饭。一周就给这么点钱，她还指望我自己找地儿住，自己买衣服，自己解决早晚餐。就因为这样我才下了决心。我给我哥写信说我要过来。付完路费，我全身上下只有八英镑了。我做了十年的贴身女伴，就落了这么个结局。当他到代尔车站接我时……

霍恩比：别说"车站"，说"下车点"。

诺拉：我全身的家当加起来就剩七块三毛五了。

　　　　[马什走进来，瞥了霍恩比一眼。

马什：要你劈的那些木头呢，雷吉？你最好现在就开始吧。

霍恩比：哦，我的老天！恶人永无宁日 ①。

　　　　[他慢慢地站起来，懒洋洋地踱到门口。

马什：你没必要走这么快，不是吗？

霍恩比：今天屋里四下盘旋着各种绝妙的讽刺。

―――――――――――――

① 出自《圣经》，意为一个人永远需要工作或忙碌，都源于他的罪恶。

[霍恩比退场。

马什：这简直是我毕生遇到过的最棘手的难题了。你究竟为什么要帮他写信？

诺拉：他求着我写的。我不好拒绝。

　　[在接下来的场景中，诺拉一直在熨衣服，洗好的衣物堆在筐子里，她陆续拿出来熨烫。

马什：真搞不懂老家那帮人究竟在想些什么。他们认为如果一个人在英国不成器，他唯一的出路就是被送到这儿来，之后在这里发大财。

诺拉：他或许会慢慢改好的。

马什：[看着诺拉道] 你把格蒂彻底惹恼了。

诺拉：她太容易生气了，不是吗？

马什：自从你来之后，没一件事是顺的。我们之前从不会闹成这样。

诺拉：你这是在怪我吗？来之前我就想着，要喜欢她，要帮她干活。但不管我有了什么进步，她都要对我一通质疑。

马什：她认为你看不起她。你应该记住，你有的那些机会她从来没有过。她打十三岁起就开始单打独斗。她不像你，她没过过受人保护的生活，所以你也不要指望她能举止高雅，彬彬有礼。

诺拉：我从来没说过一句她的不是。

马什：亲爱的，你从内到外都表现出你的不满。你不会按我们这儿的方式做事。但你在坦布里奇韦尔斯的生活方式终究只是其中一种。我们过的是适合我们的生活方式，你跟我们住在一起，你就必须按照我们的方式生活。

诺拉：她从来没给过我学习的机会。从我来到这儿的第一天起，她就对我充满怀疑和敌意。当我说"车站"而不是"下车点"时，她便嘲笑我，那我当然是我行我素，继续说"车站"了。吃饭的时候我喜欢喝水而不是浓茶，她又说我摆架子。

马什：你怎么就不能迁就她一点呢？你看，你得担着过去来这儿的那些英国人的骂名，别人说我们懒惰、没用、目空一切。他们称我们为殖民者，对我们嗤之以鼻。你期望他们说些什么？说"先生，非常感谢；我知道我们不配给您擦靴子；您也不用劳神干活了——给您钱是我们的荣幸"之类的话吗？过去人们对英国人确实有很大的偏见，这是不容忽视的事实；但现在这种偏见正在消失，每一个从英国出走的明事理的男男女女都能做点什么来扭转这种偏见。

诺拉：[耸耸肩] 如果你已经厌倦我，不想让我在这待了，我可以去温尼伯。我在那找个活计应该不成问题。

马什：老天，我不是想让你走。我喜欢你在这儿，格蒂也有个伴。而且你知道，工作可不像你想的那样好找的，尤其是冬天马上要到了。每个人都想在城里谋份差事。

诺拉：你想让我怎么做？

马什：唔，你必须得忍着她点。为什么就不能随遇而安，彼此各让一步呢？即使你认为她不在理，或许你也可以稍微体谅她些。

诺拉：我会试试看。

马什：我想你必须为你刚才所说的话向她道个歉。

诺拉：我？我没什么好道歉的。是她弄得我心烦意乱，忍无可忍。

　　　[有那么一会，两人都没说话。马什刚才一通长篇大论，其实主要是为了让她道个歉，这会突然有些不好意思。

马什：她说除非你跟她道歉，否则她再也不跟你讲话了。

诺拉：她觉得道歉对我来说有这么难吗？

马什：亲爱的，离我们最近的商店足足有十二英里。这个漫长的冬天，我们几个每天抬头不见低头见。去年下了一场暴风雪，整整六个星期，除了农场里的人，其他人一个也没见着。有些人确实是想一出是一出，不也得忍着吗，不然这一天天还不跟待

231

在地狱里一样。

诺拉：你大可说个通宵，爱迪 ①——我绝不道歉。她一次又一次地嘲笑我，气得我血直往脑门上蹿。一直以来我都在忍。瞧她那副德行，我那样说她都是给她脸了。你觉得我会向那种女人屈服吗？

马什：诺拉，你记着，她是我的妻子。

诺拉：你为什么不娶个淑女呢？

马什：你觉得在这个鸟不拉屎的地方，娶个淑女究竟顶什么用？

诺拉：自从离开了英国，你愈发堕落了。

马什：现在听着，亲爱的，我告诉你格蒂为我都做过什么。之前，她在温尼伯的明尼多萨酒店做服务生，她那会是拿工钱的。农场生活肯定比她过惯了的城市生活艰难得多，这些她都知道，但她甘愿吃这些苦，甘愿忍受单调乏味的生活——因为她爱我。

诺拉：她认为你值得嫁。你之前是个绅士。

马什：别瞎扯了。她有机会找到比我好得多的男人……之前，地里连着两年歉收，你知道她做了什么吗？那年冬天，她回到温尼伯的酒店继续打工赚钱，好让我们能撑到下一次收成。那年冬天快结束时，她把挣来的每一分钱都给了我，让我偿还抵押贷款的利息，还有分期购买机械设备的钱。

　　[两人沉默了一阵。

诺拉：行吧，我道歉。不过得让我单独跟她说。我——我当着别人的面说不出口。

马什：好吧。我去叫她过来。

　　[马什退场。诺拉独自沉思。不一会儿，格蒂上场，马什在她身后。

────────────

① 即爱德华·马什。

诺拉：[试着装出一副轻松的样儿] 我一直在熨衣服。

格蒂：是吗？

诺拉：[笑着说] 我能干好的也就这么点事了。

格蒂：一个小屁孩都会熨衣服。

马什：唔，我去趟棚屋。

格蒂：[迅速转向他] 去那干吗？

马什：我想看看能不能把那扇门修修。总是关不严。

格蒂：我想诺拉有话要说。

马什：所以我才要走，让你俩独处。

格蒂：真了不起。她当着所有人的面羞辱我，结果要单独跟我道歉。不用了，我谢谢你。

诺拉：你这话什么意思，格蒂？

格蒂：你让爱德来告诉我，你要跟我道歉，是吧？

诺拉：大家相安无事，耳根子也清净。

格蒂：这么说吧，你之前当着男人们的面那样说我，你必须当着他们的面跟我道歉。

诺拉：你怎么能让我做这样的事！

马什：别这样为难她，格蒂。没人喜欢道歉。

格蒂：不喜欢道歉，那就管好自己的嘴。

马什：让她在男人们面前赔礼道歉对你没有任何好处。

格蒂：也许没有，但对她有好处。

诺拉：格蒂，别这么残忍。对不起，我刚才脾气上来了，说了些伤害你的话。请不要让我当着众人的面出丑。

格蒂：我主意已定，别费口舌了。

诺拉：你没发现，光让我在爱迪面前道歉就已经够糟的了吗？

格蒂：[生气地说道] 为什么你不能像我们一样叫他"爱德"？"爱迪"听着可真够腻的。

233

诺拉：我这辈子都叫他爱迪……他妈妈就是这么叫他的。

格蒂：你尽你所能让自己与众不同。

诺拉：不，我没有，我向你保证我没有。我会尽力讨好你，让你高兴，你为什么不愿相信我呢？

格蒂：那不是要紧事。去把人叫来，爱德，我要听听她怎么说。

诺拉：不，我不要，我不要，我不要。你对我也太狠了。

格蒂：你的意思是你不会向我道歉？

诺拉：[崩溃的语气] 我说我可以教你懂点礼数。我错了，我教不了你。朽木不可雕也。

马什：[厉声道] 住口，诺拉。

格蒂：现在你必须逼她，爱德。

马什：我真是受够你们了。

格蒂：我是你的妻子，也是这房子的女主人。

马什：让她在男人们面前赔礼道歉糟透了。你没资格要求她做那样的事。

格蒂：[怒不可遏地说道] 你是站在她那边吗？她来这儿后你怎么变成这样了？对我来说，你已经不是从前的你了。她为什么到这里来挑拨我们的关系？

马什：我什么也没做。

格蒂：自打你妹妹过来，你就让她羞辱我。你从没帮我说过一句话。

马什：[苦笑道] 亲爱的，我已经为你说了不少话了。

格蒂：我不想再受气了，我受够了。你必须在我们之间选一个。

马什：你这话到底是什么意思？

格蒂：如果你不马上让她在帮工面前向我道歉，我这就走。

马什：如果她不愿意，我没法强迫她道歉。

格蒂：那就让她走。

诺拉：哦，我希望我能走。我向上帝祈祷，希望我能离开。

马什：你知道她走不了。她无处可去。我许诺要给她一个家。我提议让她过来的时候，你是很乐意的。

格蒂：我乐意是因为我觉得她能帮上忙。我们养不起闲人。我们得干活才能挣到钱，事实就是如此。

诺拉：我不知道你对我一直有怨言，我才吃那么点。不知道如果我是你，我会不会像你这样斤斤计较。

马什：听着，多说无益。我不会把她赶出去的。只要她想要个家，农场的大门就永远向她敞开。但凡我所拥有的一切，我都乐意跟她分享。

格蒂：这么说，你要选她了？

马什：[生气地] 我不知道你在说些什么。

格蒂：我是说，你必须在我们之间做出选择。很好。让她留下。我以前是靠自己挣钱养活自己，我大可再出去挣钱。我走了。

马什：别胡说八道了。

格蒂：你以为我只是说说而已吗？你以为我还会留下来继续受气吗？我何必要这样？

马什：难道你——不爱我了吗？

格蒂：难道我为你做了这么多，还不够爱你吗？你都忘了吗，爱德？

马什：亲爱的，我们一起经历了太多太多。

格蒂：[吞吞吐吐道] 是的，我们经历了很多。

马什：那你能原谅她吗？

格蒂：不，我不能。你是个男人，你不明白。如果她不道歉，要么她走，要么我走。

马什：我不能失去你，格蒂。没有你我该怎么办？

格蒂：咱们在一起这么久，我想你应该很了解我。我这个人说一不二。

诺拉：爱迪。

马什：[很不自在] 毕竟，她是我的妻子。要不是她，我现在就得出去打工，一个月挣四十美元。

　　　　[诺拉犹豫了一会，随即下定了决心。

诺拉：[嗓音沙哑] 好，我会照你说的办。

马什：你真的不能改主意的吗，格蒂？

格蒂：坚决不改。

马什：我去把他们叫过来。

诺拉：弗兰克没必要过来，对吧？

格蒂：为什么没必要？

诺拉：他今天就要走了。这跟他没什么关系，这是肯定的。

格蒂：既然如此，那你又何必这样在意呢？

诺拉：其他人都是英国人。而且他肯定会喜欢看我被羞辱。他把女人看得一钱不值。他……哦，我不知道，但别让我在他面前道歉。

格蒂：小姐，自尊心别那么强，会对你有好处的。

诺拉：哦，太无情了——太残忍了。

格蒂：去吧，爱德——我想快点回去干活。

　　　　[马什犹豫了一下，耸了耸肩，然后走了出去。

诺拉：[情绪激动地说] 为什么要这样羞辱我？

格蒂：我猜，你到这儿来，自以为自己什么都知道。但你并不知道自己要和什么样的人打交道。

诺拉：在这里我就是个陌生人，我无家可归。但凡你有点怜悯之心，你都不会这样对我。我想让自己喜欢你。

格蒂：你连我面都没见着，就已经看不起我了。

　　　　[有好一会，诺拉用双手捂住双眼，随后强迫自己再次恳求她。

236

诺拉：哦，格蒂，我们就不能做朋友吗？难道我们不能冰释前嫌，重新开始吗？我们都喜欢爱迪。他是你的丈夫，你爱他。而他是我在这世上唯一的亲人。你就不能让我做你的亲妹妹吗？

格蒂：现在说这些已经太迟了。

诺拉：但仍然还有挽回的余地，不是吗？我不知道我做了什么事让你这样生气。我能看出你是个很能干的人，我很钦佩你。我知道你和爱迪处得有多好，你和他同甘共苦。你为他做了你能做的一切。

格蒂：[粗暴地打断她] 哦，别再以高人一等的态度对待我了。我要发疯了。

诺拉：[一脸难以置信] 以高人一等的态度对待你？

格蒂：你跟我说话那样儿，好像我是个不听话的倒霉孩子似的。你倒像个学校老师。

诺拉：看来完全没有希望了。

格蒂：甚至跟我道歉时，你也是一副傲慢的样子。你让我原谅你，就好像你在帮我什么忙一样。

诺拉：[轻声笑道] 我这人肯定很容易得罪人吧。

格蒂：[火冒三丈] 不许嘲笑我。

诺拉：那你就别让自己如此滑稽可笑。

格蒂：你以为我会忘记在我嫁给爱德之前，你给他写的信吗？

诺拉：[迅速看向她] 我不明白你的意思。

格蒂：难道你忘了吗？你在信上说，如果他娶了我，那真是一大耻辱。他是个绅士，而我……哦，你的态度已经显露无遗了。

诺拉：他不该把信给你看。

格蒂：他那会已经被我迷得找不着北了。

诺拉：我完全有权在这桩婚姻发生之前阻止它。但既然你们已经结婚了，我只想你们能幸福地过下去。如果你对我心有不满，为什么还同意让我到这来？

格蒂：爱德想让你来。况且男人们整日不在家，没一个说话的人，我也很寂寞。我以为你过来我能有个伴……我受不了你跟爱德谈论你们老家的那些人和事，我根本不知道你们在说什么。

诺拉：[吃惊地说] 你在吃醋吗？

格蒂：这是我的房子，我是这里的女主人。我不会甘心被人欺负。你来这儿干什么，让大家都闹心？在你来之前，我从没跟爱德拌过一句嘴。哦，我恨你，我恨你。

诺拉：格蒂。

格蒂：现在有这个机会，我是不会放过你的。我要灭一灭你嚣张的气焰。

诺拉：你在想方设法赶我走。

格蒂：让你留在这真的非常伤脑筋，你不会不知道吧。你说要去找份活干——你找不到的，姑娘，这里头的门道我是知道的。你！你什么也做不了……他们来了。现在你要付出代价了。

　　[爱德·马什上场，后面跟着特罗特和弗兰克·泰勒。弗兰克脱下了他的工装裤。

格蒂：雷吉哪去了？

马什：他马上到。

格蒂：他们知道要过来干吗吗？

马什：不知道，我没跟他们说。

　　[霍恩比上场。

格蒂：诺拉刚才当着你们的面说了些侮辱我的话，现在我猜她要跟我道歉。

泰勒：爱德，你要我来就是为了这个，如果你早跟我说，我会让你见鬼去吧。

诺拉：怎么说？

238

泰勒：除了为女人吵架的事操心，我还有大把的事要做。

诺拉：哦，真是抱歉，我还以为你是出于好意呢。

格蒂：说吧，诺拉，我们等着呢。

  [诺拉犹豫了一下，然后攥紧双手，鼓起勇气。

诺拉：很抱歉之前对你无礼，格蒂。我为我说过的话道歉。

泰勒：[默默地笑了笑] 我想这话说出口不容易。

马什：现在没什么好说的了吧?

格蒂：我相当满意。

马什：那大家回去做事吧。

  [男人们转身要走。

格蒂：把这当做一个教训吧，姑娘。

  [听到这几个字，诺拉心态崩溃。这是压死骆驼的最后一根
  稻草。

诺拉：弗兰克，你能先别走吗?

泰勒：[稍显吃惊] 当然。我能为你做些什么?

诺拉：我知道我在这里不受欢迎。我是眼中钉、肉中刺。你刚才说
  要找个女人给你做饭、烤面包，给你洗衣补衣、收拾房间。你
  愿意让我试一试吗?

泰勒：[相当开心] 当然。

马什：[惊骇地] 诺拉。

诺拉：[眨巴着眼睛] 那恐怕你得娶我了。

泰勒：我想那样做才更体面。

马什：诺拉，你不是说真的吧。你正在气头上呢。听着，弗兰克，
  你千万别理她。

格蒂：只能说，真不害臊。

诺拉：怎么? 他想找个女人照顾他。他差不多半小时前就向我求过
  婚了。对不对?

239

泰勒：可以这么说。

霍恩比：我得说，我从没见过有人如此果断地拒绝别人的求婚。

马什：自从你来了以后，你跟弗兰克吵吵闹闹的就没消停过。亲爱的，你不知道等着你的是什么样的生活。

诺拉：如果他愿意冒这个险，我也愿意。

泰勒：[严肃地看着她] 那样的生活对你来说可不容易。跟我那棚屋比，这个农场可算是宫殿了。

诺拉：这个地方不欢迎我，但你说你需要我。如果你带我走，我就走。

泰勒：我会顺顺利利地把你带过去的。你什么时候才能准备好？一个小时够吗？

诺拉：[突然间慌张起来] 一个小时？

泰勒：是的，这样我们就能赶上三点半去温尼伯的火车了。今晚你可以去基督教女青年会 ①，在那儿住一晚，明天一早我们就把婚结了。

诺拉：你挺着急的。

泰勒：我想你是认真的吧？你不会只是在吓唬人吧？

　　　　[诺拉犹豫了一会，两人相互打量着对方。

诺拉：我会在一小时之内准备好。

第二幕终

————————————

① 一个致力于消除种族主义，赋予妇女权利的非营利性组织。

第三幕

　　场景：曼尼托巴省普伦提斯镇，弗兰克·泰勒的棚屋里。那是一间低矮的小木屋，由两个房间组成。场景是客厅。舞台后方有一扇门朝向左侧，右侧是另一扇通往卧室的门。后面有一扇非常小的窗户，位置很靠下。左边有一个带长烟囱的炉子。墙上歪七扭八地钉着从画报上剪下来的图片。墙上的钉子上挂着驯鹿的毛皮。火炉旁的架子上放着弗兰克·泰勒的几只锅碗瓢盆，尽管破破烂烂的，但使用频率极高。角落里放着一把扫帚。客厅里的家具包括一把已被用得破旧不堪的摇椅，一张泰勒用货箱做成的简易桌子，一把厨房用椅和两三只当凳子用的货箱。另一个架子上放着枫糖浆罐头，食品杂货就存放在这里。一个角落里有一只旧衣箱，当地人称之为手提箱，此外还有一堆旧衣服。另一个角落里是一堆破烂的杂志，有不少是《温尼伯自由报》。棚屋内又脏又乱，让人感到不适。

　　幕布升起时，整个场景一片漆黑，空无一人。透过窗户有微弱的灯光。夜晚很明亮，繁星点点。外面传来马车驶来的轻微声响，接着传来一阵说话声。

夏普：吁！吁！
泰勒：拉绳子利落点，最后一下了。这小路不好走。
夏普：你个畜生，别乱动。
泰勒：我猜她想回家了。

[眼下传来钥匙插进锁眼里的声音。他转动钥匙，动静很大，随后打开门。一辆马车停在门外，夏普仍然坐在那里，手握着缰绳。诺拉刚从马车上下来。诺拉的行李箱和泰勒的手提箱绑在马车后面。外面是大草原的景致，以及加拿大明亮的夜空。泰勒上场。他穿着一件羊皮衬里的防水外套，用的是某种粗织的蓝色面料，做工很粗糙；头上戴着一顶宽边平顶帽。

泰勒：等一下，让我先把灯点上。[他划了一根火柴，向四周看了看] 那东西到底哪儿去了？这屋子也就差不多两英尺宽，三英尺长，在这巴掌大点地方还找不到那该死的东西，我可真够没用的。

夏普：我来帮你搬行李箱。

　　　　[他边说边从车上下来。泰勒找到那盏灯，点亮了它。

泰勒：你稍等一会儿，我给你搭把手。进来吧，诺拉。

夏普：吁!

　　　　[诺拉上场。她戴着帽子，穿着外套，手里拿着一个网兜，里面装着几小包东西。

诺拉：坐了这么久的车，整个人都僵硬了。

泰勒：你冷吗?

诺拉：不，一点也不冷。我穿得挺暖和的。

泰勒：我想是因为天太冷了。但这是你来之后的第一个冬天，你不会像我们那样觉得冷。

诺拉：[放下手里的网兜] 我去把东西搬些进来。

泰勒：别搬你的行李箱，对你来说太重了。

诺拉：我强壮如牛。

泰勒：别搬了。

诺拉：[笑着说] 我不会的。

　　　　[泰勒出门，从马车上搬下来更多包裹，然后把它们弄

进屋。

泰勒：我们都得喝杯茶。瞧瞧那炉子，用不了两下就能把火点着了。

诺拉：好像没必要再这么折腾。时候不早了。

泰勒：[快活地] 把火点上，我的姑娘，别说这么多。

　　　　[泰勒出去帮夏普解开箱子。诺拉蹲下，把炉子里的灰耙出来。泰勒和夏普两个人合力抬着行李箱。夏普是个相貌粗野的四十岁男子。他曾是英国一个团的军士长，现在还有点军人的派头。

夏普：你这行李箱可不轻啊，泰勒太太。

诺拉：这里头装着我全部的家当。

泰勒：我想它可装不下。从今早开始，曼尼托巴省一百六十英亩的沃土和一间非常不错的棚屋，有一半归你了。

诺拉：还有一个丈夫，这自不必说。

夏普：这东西要放哪?

泰勒：最好搬到隔壁屋，马上就搬过去，不然我们迟早得给它绊倒。

　　　　[他们把箱子搬到卧室里。诺拉站起身来，走到火炉旁的一堆木头前。她拾起两三根木头和几张报纸。男人们再次上场。

泰勒：嘿，直接这样烧是生不了火的。那把该死的斧头哪去了? [他环顾四周，看到斧子在木头堆旁。他劈了几根木头] 我估摸着要把这屋子收拾干净，要干的事不少呢。[夏普帮泰勒把手提箱和手枪拿进来] 希德，你真是太好了。

夏普：在代尔有没有机会去打猎，弗兰克?

泰勒：那儿附近有很多草原松鸡，但我没出去几天。

夏普：行吧，我现在得回家了。

泰勒：哦，留下来喝杯茶吧?

夏普：不喝了。天色不早了，马在外面该冻坏了。

泰勒：把它拉到马棚里。

夏普：不了，我得走了。泰勒太太，我太太让我向你问声好。明天
　　　她会过来瞧瞧，看你这边缺不缺东西。

诺拉：她太客气了。谢谢。

泰勒：希德就住在离这儿一英里开外的地方，看见那道光了吗，诺
　　　拉。你初来乍到，夏普太太能帮你不少忙。

夏普：哦，没错，我们在这已经有十三个年头了，现在已经完全熟
　　　悉这里的生活方式了。

泰勒：我想诺拉肯定跟一张崭新的美钞一样，一切对她而言都很
　　　陌生。

夏普：你不能指望一来就知道所有的东西。那我就先说晚安了，
　　　好运。

泰勒：好，如果你不愿意留了，那就晚安了，希德。谢谢你驾马车
　　　载我们回来，你真是个好人。

夏普：哦，别客气。晚安，泰勒太太。

诺拉：晚安。

　　　　　[夏普出门，驾着马车离开。

泰勒：听到他叫你泰勒太太，你一定觉得很好笑吧？

　　　　　[诺拉迅速瞥了他一眼，差点没忍住打了个寒战。

诺拉：是的。

泰勒：火生得怎么样了？

诺拉：还行。

泰勒：我想我得去打点水来。

　　　　　[他提着桶出去了。外面传来用泵抽水的声音。诺拉站起身
　　　来，把灯举高，好看得更清楚些，她环顾着四周。她脸色苍白，
　　　神情惊恐。她没注意到弗兰克进屋了。他张口说话时，她着实
　　　吓了大一跳。

泰勒：在看我们的小屋呢？

诺拉：[把灯盏放下] 你吓着我了。

泰勒：你觉得这屋子怎样？

诺拉：不知道。

泰勒：我亲手建起来的。每一根木头都是我亲手砍下来的。等明天早上，我带你看看那些接角处是怎么安在一起的。我的姑娘，我想我的手艺还是不错的。

诺拉：呐，水壶。

    [他把桶里的水倒进去，诺拉把水壶放在炉子上。

泰勒：架子上的罐子里有茶叶，你去找找看。我走之前应该还剩有一些。我猜你饿了吧。

诺拉：不饿，一点也不饿。我在火车上吃的那顿晚餐挺丰盛的。

泰勒：我很高兴你把那叫做一顿丰盛的晚餐。你吃的那丁点东西，我估摸着用一张邮票就能包起来了。

诺拉：[微微一笑] 我没什么食欲。

泰勒：我有。今天下午我们在温尼伯买的面包哪儿去了？

诺拉：我去拿。

泰勒：再拿点黄油。我想明天你得烤点面包。

    [诺拉从她带的网兜里拿出一条面包和一块黄油。她把它们放在桌子上。

诺拉：我帮你切一点？

泰勒：好。

诺拉：有劳了。

泰勒：什么有劳了？

诺拉：[带着笑意说] 你应该说，"好的，有劳了"。

泰勒：哦，不是吧！

    [他看了她一眼，她带着笑颜，切了两三片面包和黄油。然后她把茶叶从罐子里拿出来，放进茶壶里。

泰勒：我想你最好把帽子和外套脱下来。

　　　　[诺拉照做了，但没有答话。

泰勒：我的姑娘，你可真是个不怎么健谈的女人。

诺拉：现在我没什么好说的。

泰勒：唔，话少的妻子总比嘴碎的妻子要好。

诺拉：[摆出一副一本正经的样子] 我想绝对完美的女人一百个里都挑不出一个，都是些苦命人。

泰勒：你在说什么？

诺拉：在想些以前的事罢了。

　　　　[泰勒脱下外套，穿着一件灰色毛衣。他坐在摇椅上。

泰勒：我觉得没什么地方比得上自己家。我受够了出去做帮工。爱德人挺好的，但终归比不上自己给自己打工。

诺拉：[用手指了指] 那边是什么？

泰勒：哦，那边是卧室。想去看看吗？

诺拉：用不着。

泰勒：我造房子时就规划好了，这样结婚时就能派上用场。希德·夏普问我到底为什么要把屋子分成两间，但我想着女人愿意要些这样的享受。

诺拉：什么样？

泰勒：就是有间房睡觉，有间房作生活起居用。

诺拉：给你面包和黄油。想再来点糖浆吗？

泰勒：当然。

　　　　[他站起身，坐到餐桌旁。

诺拉：水应该开了。牛奶呢？

泰勒：什么时候我买得起一头牛了，你就什么时候有牛奶喝。

诺拉：不加奶的茶我喝不下。

泰勒：那也得试试。我说，你会挤牛奶吗？

诺拉：我？不会。

泰勒：还好我没养牛。

诺拉：你真是个哲学家。

> [她掀开水壶盖子瞧了瞧，把水倒到茶壶里，然后把茶壶放在桌上。

诺拉：有蜡烛吗？我想去箱子里找一两件东西出来。

泰勒：你不坐下来喝杯茶吗？

诺拉：我不想喝，谢了。

泰勒：坐下，我的姑娘。

诺拉：为什么？

泰勒：[面带微笑] 因为我让你这么做。

诺拉：[语气十分轻快] 我觉得你最好别命令我做事。

泰勒：那我问你，你要拒绝我向你提出的第一个请求吗？

诺拉：[露出灿烂的笑容] 当然不。[她坐了下来] 坐下了。

泰勒：现在给我倒杯茶，好吗？[他看着她倒茶] 看到我妻子坐在桌旁为我倒茶，那感觉真够古怪的。

诺拉：会让你觉得开心吗？

泰勒：当然。你自己也来点吧，我的姑娘。你很快就会习惯喝不加牛奶的茶。我想你明天能在夏普太太那儿弄些牛奶来。

> [诺拉给自己倒了些茶。

泰勒：我猜我想和你一起吃你在新家的第一顿饭。吃点黄油和面包就行。

> [他把一片面包递给她，面带笑意，她切下一小块放进嘴里。

泰勒：我觉得我们真没浪费多少时间。这么说吧，就在昨天你还让我别叫你"诺拉"。

诺拉：我真是傻透了。那会我正在气头上。

泰勒：看看现在，我们已经结为夫妻了。

诺拉：匆匆忙忙就结婚了。

泰勒：你有没有感到一丁点害怕？

诺拉：我？怕什么？怕你？

泰勒：爱德住在温尼伯的另一头，他倒不如还待在你们老家的好，这样还能给你帮点忙。而且跟一个陌生男人共处一室，我猜你可能会有点害怕。

诺拉：我没什么好怕的。

泰勒：好极了。

诺拉：不过你着实吓了我一跳。当我问你是否愿娶我时，我想你只花了十五秒就给出了答案，但对我来说好像有十分钟那么漫长。我还以为你会拒绝我。

泰勒：我在思考。

诺拉：[笑道] 在心里算计着我哪里好，哪里不好？

泰勒：不，我在想，如果你不是——看不起我，你是不会这样问我的。

　　　[诺拉稍有些吃惊，飞快地看了他一眼，但她表现得漫不经心，企图把这件事掩饰过去。

诺拉：我不知道你为什么会这么想。

泰勒：唔，如果你真心想要羞辱我的话，我不知道还有什么比这更好的方式。

诺拉：那你为什么不拒绝我呢？

泰勒：我想那是因为我也不是一个胆小鬼。

诺拉：[眨巴着眼睛] 而且在曼尼托巴省，女人可是稀罕物。

泰勒：我一直都对英国女人很有好感。你把她们调教好后，她们会是世界上最棒的妻子。

诺拉：[着实被逗笑了] 你不会真打算要那样改造我吧？

泰勒：你有颗聪明的脑袋瓜。我想稍微给你点提示你就能领会了。

诺拉：你这样恭维我，怪不好意思的。

泰勒：明天我会带你四处转转，看看这片土地。清理工作我还没做
　　　完，所以冬天还有一大堆活要干。明年我打算先播种一百英亩
　　　地。如果有好收成，我想再种个一百六十英亩。耕地面积没个
　　　三百二十英亩，根本赚不到什么钱。而且如果你手头没有本金，
　　　一切都寸步难行。

诺拉：我并不觉得我嫁的是个百万富翁。

泰勒：没关系，我的姑娘，我向你保证，你不会在这棚屋里住太久
　　　的。这里是世界上最伟大的国家。只需要三季的好收成，你就
　　　能拥有一栋砖砌的房屋了，跟你在老家住的一个样。

诺拉：不知道这会儿他们在英国做些什么。

泰勒：唔，我猜他们都睡了。

诺拉：我常常在每天下午茶的时间想到英国。[她看了一眼他们刚用
　　　过的茶具] 威克姆小姐有一个漂亮的老式银茶壶——那是乔治
　　　二世时候的老器物了——她对此感到非常自豪。她对自己的茶
　　　具也满意得不得了——那是一套颇有年头的伍斯特 ① 茶具——
　　　她连洗都不让洗⋯⋯一位年长的印度法官每周会过来两到三次，
　　　他总会跟我聊起那些东方国家——哦，为什么要让我想起这一
　　　切呢？

泰勒：过去的就让它过去吧，我的姑娘。我们拥有的是未来。

诺拉：[丝毫不在意他说的话] 人总是身在福中不知福，不是吗？还
　　　在想那些早已成为过去式的东西，真是疯了。

泰勒：真希望现在这会能有酒，这样我们就能举杯祝愿对方身体安
　　　康。但既然没有酒，你何不给我一个吻呢。

---

① 成立于 1751 年，被认为是现存最古老或第二古老的英国瓷器品牌。

诺拉：[语气轻松] 我一点也不喜欢亲吻。

泰勒：[笑了笑] 这种兴致确实不是后天养成的，不过我想你是个特别的人。

诺拉：也许是的。

泰勒：来吧，我的姑娘，我们结婚之后你还没亲过我呢。

诺拉：[以极度友好的语气回道] 难道我暗示得还不够吗？为什么非要逼我说这么些话来拒绝你？

泰勒：我觉得，当一个女人拒绝给她的丈夫一个吻时，似乎需要说几句话来解释清楚。

诺拉：请坐下，这才对嘛，我跟你说点事。

泰勒：你可真够客气的。[他重新躺回身后的摇椅上] 你对坐哪儿有讲究吗？

诺拉：你占着唯一一个还算舒服的位子。剩下的没差别，没什么好选的。

泰勒：确实没什么好选的。

诺拉：我觉得，在我们开始过日子前，我们最好先把事情讲清楚。

泰勒：当然。

诺拉：之前你很明确地告诉我说，你娶妻是因为你想要一个不用支付薪水的总管仆人。毕竟加拿大雇人成本很高。

泰勒：这是你的说法。

诺拉：独居也没那么舒服。

泰勒：不怎么舒服。

诺拉：你希望有人为你做饭、烤面包、洗衣、打扫和修理。我主动提出要到你家来，为你做这些事。但我从没想到你竟然还期待着我做别的事。

泰勒：你这样想那可就太傻了，我的姑娘。

诺拉：[心里憋着一肚子火] 麻烦你别这样跟我讲话，行吗？

泰勒：[和气地] 在谈话结束前，我想我还会说很多类似的话。

诺拉：我愿意嫁给你，只是因为我不能不明不白地跟你同住一个屋檐下。

泰勒：我猜你向我求婚是因为你当时正在气头上。你想立马离开爱德的农场，一分钟也不想多待，只要能让你离开那里，你什么都做得出来。但当你开始收拾行李的时候，你悔得肠子都青了。

诺拉：[冷淡地说] 你怎么会这么想？

泰勒：我这么想是因为当时你回到厨房，脸白得像张纸。你想说你改变主意了，可是你那该死的自尊心不让你这么做。

诺拉：说什么我都不愿意再在那里住下去了。

泰勒：今天早上我去基督教女青年会找你，那时你就想说你不愿嫁给我。你尝试说出那些话，但就是说不出来。和我握手时，你的手冷得跟冰块一样。

诺拉：那会儿我是有些紧张。毕竟结婚这种事又不是天天做，对吧？

泰勒：要不是我把结婚许可证和戒指给你看了，我想你就要打退堂鼓了。那时你已经没有勇气再中途退出了。

诺拉：我整晚没合眼。我在心里反复考虑这件事。我对自己所做的事感到害怕。但我在温尼伯一个人也不认识。我无处可去。我兜里只有四块钱。我不得不忍受这一切。

泰勒：我猜，在来这里的火车上，你心里不知道估量过多少回了。

诺拉：[逐渐回过神来] 你为什么会这么想？

泰勒：唔，我能感觉到你一直在盯着我看。不难看出你心里正在掂量整件事。你得出什么结论了？

诺拉：你知道的，我和一个老太太一起生活了很多年。我对男人知之甚少。

泰勒：我猜到了。

诺拉：我的结论是你是个正派的人。我觉得你会对我好。

泰勒：真是好一通恭维话。你还有什么要说的吗？

诺拉：没有了。

泰勒：那就把我的袋子拿给我，好吗？我想它在我外套的兜里。

　　　　[她犹豫了一会，看了看他，然后转身去拿袋子。

诺拉：给你。

泰勒：[略带嘲讽道] 我以为你要说，真是活见鬼，怎么不自己去拿。

诺拉：我不太喜欢被人使唤。

泰勒：我想，直到今天你才注意到我。

诺拉：我一直对你很有礼貌。

泰勒：非常有礼貌。但我是个帮工，你从没让我忘记这一点。你自认为比我强得多，因为你会弹钢琴，会说法语。可是这里没有钢琴，而且温尼伯附近也没人会说法语。

诺拉：你究竟要说什么？

泰勒：你在客厅里那些把戏在这大草原上可不顶用。它们就像是哈得孙湾上的美钞。要跟爱斯基摩人做交易，唯一管用的东西是烟草。你饭不会做，牛奶不会挤——哎呀，你甚至连马也不会套。

诺拉：你已经开始后悔这桩交易了吗？

泰勒：不，我觉得我能教会你。但如果我是你，我绝不会再摆架子。我想等我们熟络起来，我们会相处得很愉快的。

诺拉：你会发现我完全有能力照顾好自己。

泰勒：[并没有接她的话茬] 同住一个屋檐下，我们必须得相互迁就对方。只要你照我说的做，一切都会好的。

诺拉：[微笑道] 只可惜，每当别人指使我做事时，我浑身都在抗拒。

泰勒：我想我已经领教过了。但你必须得克服这一点。

诺拉：有那么一两次，你跟我说话的方式我很不喜欢。我想如果你很客气地请我帮你做事，我们会相处得更好。

泰勒：别忘了，我大可以让你做事。

诺拉：[饶有兴味地问] 如何？

泰勒：嗯，我块头比你大。

诺拉：男人在和女人打交道时不可能使用武力。

泰勒：哦？

诺拉：你看起来很吃惊。

泰勒：有什么能阻止男人使用武力呢？

诺拉：[咯咯地笑] 别犯傻了。

　　　[他瞥了她一眼，然后自顾自地笑了笑。

泰勒：好了，我要去收拾我的手提箱了。[指着茶具] 把这些东西洗干净。

诺拉：[略微耸了耸肩] 明早我会洗的。

泰勒：现在就去洗，我的姑娘。你会发现，保持东西干净的唯一方法就是，在你用完它们的那一刻把它们清洗干净。

　　　[诺拉看着他，脸上带着一丝微笑，但没有动身。

泰勒：我说的话你听到了吗？

诺拉：听到了。

泰勒：那为什么还不动起来？

诺拉：[笑着说] 因为我不想去。

泰勒：洗个东西花不了你多少时间。

诺拉：他们说，当下这一刻是最美妙的时光。

泰勒：你到底去不去洗？

诺拉：不去。

　　　[他盯着她看了一会，然后起身把水倒进桶里，接着把一块

破抹布放在桌上。

泰勒：你要把这些东西洗干净吗？

诺拉：不。

泰勒：你非得让我强迫你吗？

诺拉：你想怎么样？

泰勒：我让你瞧瞧我的厉害。

诺拉：我去把毯子拿出来，好吗？我估摸着，快到早晨的时候天气
　　会很冷。[她站起来，走到一个旅行袋前，解开袋子]

泰勒：诺拉。

诺拉：嗯。

泰勒：过来。

诺拉：为什么？

泰勒：因为我让你过来。

　　　[她看着他，但没有动弹。他走到她身边，作势要抓她的
　　手腕。

诺拉：你绝不敢碰我。

泰勒：谁告诉你的。

诺拉：我是女人，难道你忘了吗？

泰勒：不，我没忘。这就是为什么你要照我说的话做。如果你是个
　　男人，我兴许就没法这么做了。过来，就现在。

　　　[他猛地一伸手，想要抓住她的胳膊。她挣脱，并迅速地打
　　了他一耳光。他顿住了。

泰勒：你刚刚做了一件愚蠢透顶的事。

诺拉：你以为我会怎么做？

泰勒：我以为你不至于蠢到扇我一耳光。你瞧，说到——说到动武，
　　我比你强了可不止一点半点。

诺拉：我可不怕你。

泰勒：现在过来把这些东西洗了。

诺拉：我不洗。

泰勒：过来。

　　　[他抓住她的手腕，试图把她拽到桌子旁。她拼命想要挣脱，但怎么也挣脱不开。他把她拽到桌旁时，她踢了他一脚。

诺拉：放开我。

泰勒：现在就洗了吧，我的姑娘。真是活见鬼，这样大吵大闹究竟有什么好处？

诺拉：你这个畜生，竟敢碰我！你永远不能强迫我做任何事。放开我！放开我！放开我！

　　　[当他们走到桌前时，她弯下腰咬了他一口。他本能地放开了她。

泰勒：哎呀，你的牙真尖呀！

诺拉：无赖！无赖！

泰勒：[看着自己的手] 我从没想到你会咬人。那可不像个淑女做出来的事。

诺拉：你这个下流的混蛋，居然敢打女人。

泰勒：哇，我可没打你。明明是你扇我耳光，踢我腿，咬我手。然后你居然说是我打了你。

诺拉：[情绪激动] 你个混蛋！我恨你。

泰勒：只要你肯洗杯子，你怎么说我我都不在乎。

诺拉：瞧好了。

　　　[她突然大手一挥，把茶具全都扫到地上，摔碎了。

泰勒：真是太可惜了。我们这里很缺陶制品。现在我们只好用锡罐喝茶了。

诺拉：我说过我不会洗，现在我也不会洗。

泰勒：我想现在也不需要洗了。

255

诺拉：我想我赢了。

泰勒：[笑了笑] 你赢了。现在去拿扫把收拾残局吧。

诺拉：我不扫。

泰勒：听着，我的姑娘，我想我已经听够了你的废话。叫你怎么做
　　　就怎么做，机灵点。

诺拉：你愿意的话大可杀了我。

泰勒：杀了你对我有什么好处呢？在曼尼托巴省，女人可是稀罕
　　　物……扫帚拿好。

诺拉：如果你想收拾烂摊子，你可以自己收拾。

泰勒：你让我很累。[他把扫帚放到她手里，但她猛地把扫帚甩了出
　　　去] 听着，如果你不马上收拾的话，别怪我暴打你一顿，让你
　　　知道你以前挨过的那些打都是小儿科。

诺拉：[轻蔑地说] 你？

泰勒：[点点头] 千真万确。我没心思跟你玩过家家了。

　　　　[他卷起毛衣袖。她突然大声喊叫起来。

诺拉：来人啊！来人啊！来人啊！

泰勒：别白费力气了吧？方圆一英里连个人影都没有。不信你听。

　　　　[他们沉默了一会儿，倾听着草原的寂静。

诺拉：如果你敢碰我，我就以施虐罪起诉你。有法律保护我。

泰勒：我一点也不在乎法律。我知道我会是这里的主人。如果我让
　　　你做一件你讨厌的事，你也得去做，因为我有权命令你这么做。
　　　别再嘴硬了。现在去把碎片捡起来，拿扫帚把地扫干净。

诺拉：我不去。

　　　　[他大步向前，在要抓住她的那一刻，她退缩了。她看得出
　　　他来真的了。她被他的眼神吓坏了。

诺拉：不，不要，不要伤害我。

泰勒：[他停下来看着她] 我想这里只有一条法则，那就是强者法

256

则。我对城市一无所知。也许在那里男女是平等的。但在草原上，男人就是主人，因为他比女人高大、强壮。

诺拉：弗兰克。

泰勒：去你的，闭嘴！

　　　[诺拉顿了顿，在骄傲和恐惧之间挣扎着。她不愿看她丈夫一眼。她觉得他开始不耐烦了。最终，她慢慢俯下身，拾起茶壶、茶杯和茶托，把它们放到桌子上。然后，她倒在椅子上大哭起来。他看着她，脸上带着一丝微笑，但还算友善。

诺拉：哦，我太难过了。

泰勒：[话里话外听不出一丁点愤怒] 来吧，我的姑娘，别再逃避这一切了。

　　　[她抬头一看，看见茶叶洒在了地上。她缓缓起身，把脸背对着他，拿起扫帚。她扫了起来。扫完后，她把扫帚放在角落里。他一直盯着她。然后，她拿起帽子和外套穿了起来。

泰勒：你在干什么？

诺拉：我已经做了你让我做的事。现在我要走了。

泰勒：哪儿去？

诺拉：只要我能逃离这里，去哪不成？

泰勒：你不会以为拐角就有一家高级旅店吧？那是不可能的。

诺拉：我要到夏普家去。

泰勒：我想他们现在已经上床睡觉了。

诺拉：我可以叫醒他们。

泰勒：你不可能找得到路。现在外面伸手不见五指。

诺拉：那我就睡在外面。

泰勒：在大草原上？你会被冻死的。

诺拉：我是死是活跟你有什么关系？

泰勒：关系大了去了。在曼尼托巴省，女人可是稀罕物。

诺拉：难道你要阻止我出门吗？

泰勒：没错。

　　　　[他站在门前，面对着她。

诺拉：你不能违背我的意愿把我关在这里。我今晚不走，明天也可以走。

泰勒：明天还远着呢。

　　　　[她吓了一跳，瞪大眼睛惊恐地望着他，嗓子都吓干了。

诺拉：弗兰克，你这话是什么意思？

泰勒：我不知道你脑子里都是些什么愚蠢的念头。和你结婚的时候，我就打算让你做一个合格的妻子。

诺拉：但是……但是……[她几乎说不出话来]但你要理解我。[他没有接话。她终于平静下来。她尽量心平气和地跟他说话]弗兰克，我为我的行为道歉。我这样大吵大闹，没个大人样儿。我这样也是因为你说话的方式激怒了我。

泰勒：哦，我不介意。我不太了解女人，我猜她们都有点神经质。我们迟早得把这些事情说开了，我想早点说清楚也没什么坏处。

诺拉：你处处碾压我，我完全处于你的股掌之中。你就可怜可怜我吧。

泰勒：我想，今后你不会再有那么多借口抱怨这抱怨那了。

诺拉：我脑子一热就嫁给了你。我真是太傻了。我很抱歉——抱歉给你添了这么多麻烦。你会让我走吗？

泰勒：不，我不能那样做。

诺拉：我在这对你没有任何好处。你也说我一无是处。你想让一个妻子做到的事，我一件也办不到。你不能这样狠心，让我为我一时的疯狂搭上一辈子。

泰勒：我放你走对你有什么好处？你会去找格蒂，让她再带你回去吗？你自尊心太强了，你决不会这样做。

诺拉：我想我已经不剩什么自尊心了。

泰勒：难道你觉得应该试一试吗？

诺拉：这里的一切对我来说都太陌生了。这里的真实面貌跟许多英
　　　国人所想象的大相径庭。我以为我能有一匹自己的马。我以为
　　　会有舞会和网球聚会。但当我真正来到这里的时候，我完全搞
　　　不清状况。我觉得自己碍手碍脚的。昨天他们把我逼疯了，我
　　　觉得我在那所房子里一刻也待不下去了。我只是一时冲动。我
　　　做错了。我不知道我在做些什么。但凡有点怜悯之心，你都不
　　　会利用这一点的。

泰勒：我知道你在犯傻，但需要处处留心的是你自己。我卖马给人
　　　时，买家得自己留心检查，但我没有义务告诉他马的缺陷。

诺拉：你的意思是说，在我几乎跪在地上求你放我走之后，你还是
　　　要强迫我留下来。

泰勒：没错。

诺拉：哦，我太难过了。

泰勒：也许等你习惯了就好了。

诺拉：[绝望地] 哦，我为什么会走进这个陷阱？

泰勒：来吧，我的姑娘，过去的事就让它过去吧，给我一个吻。

　　　　[她看了他一会儿。

诺拉：我并不爱你。

泰勒：我猜到了。

诺拉：你也并不爱我。

泰勒：你是女人，我是男人。

诺拉：我在身体上对你很排斥，你非得让我把话说得这么直白吗？
　　　一想到让你吻我，我就感到害怕和恶心。

泰勒：[心情愉快] 谢谢。

诺拉：看看你的手。你一碰我，我就起鸡皮疙瘩。

泰勒：砍树，耕地，照料马匹，所以我的手没那么洁白和光滑。

诺拉：放我走。放我走。

　　[泰勒改变了他一向的好脾气，说话变得尖锐起来，带着某种严厉的气势。

泰勒：听着，我的姑娘——你被教育得要像个淑女，一辈子衣来伸手，饭来张口——你之前做贴身女伴，是不是？——大清早带小狗出去散散步，仔细梳理它那漂亮纤细的毛发。你自视甚高，自认为比我强很多。我从来没上过学，写封信对我来说是件苦差事，但我既然到了这个年纪，我就得自己挣钱过日子了。我想这个国家我已经走遍了。我当过捕兽者，也在铁路工作过，还当过两年的货运员。我想，除了没在商店里当过服务员外，我几乎什么都做过。现在你就让自己忙碌起来，忘掉你脑子里的那些没有意义的东西吧。把自己当成一个大字不识的无知妇女，我是你的主人。我想怎么使唤你就怎么使唤你，如果你不乖乖听话，我向上帝发誓，我会像从前那些对付自家婆娘的人一样对待你。

　　[他向她走去，她躲开了，一把抓起靠在墙边的枪。她举起枪对准他。

诺拉：你敢动一下，我就杀了你。

泰勒：[突然停下] 你没这胆量。

诺拉：如果你不开门放我走，我就开枪了。我要杀了你。

泰勒：[向前走了一步] 你倒是开枪啊。

　　[她扣动了扳机。只听见咔哒一声，但再无别的声音了。

泰勒：我的天啊，你来真的。

诺拉：[大吃一惊] 没装子弹。

泰勒：当然没装子弹。如果有的话，我还会站在那儿叫你开枪吗？我也不想哪天把自己误杀了。

诺拉：我差点要佩服你的勇气了。

泰勒：你没有理由这么做。被一把上膛的枪瞄准，而且就在离他五英尺开外的地方，这没有什么值得钦佩的。他是个该死的傻瓜，仅此而已。

诺拉：[愤怒地把枪扔到一边] 你一直在笑话我。我再也不会原谅你了。

泰勒：如果枪装了子弹的话，我现在必死无疑。你可真行。我从没想过你还有这样的胆气。

诺拉：我永远也不会原谅你。

泰勒：我想你就是我要找的那个女孩。

　　[她还没反应过来的时候，他便张开双臂搂住她，试图亲吻她。她拼命挣扎着，转过脸去。

诺拉：放开我。你再碰我一下，我就自杀。

泰勒：我想你不会的。

　　[他在她的脸颊上重重地吻了一下，伴着清脆的亲吻声，然后他放开了她。她一屁股坐在椅子上，双手抚着红扑扑的脸颊。

诺拉：哦，太丢人了，太丢人了。

　　[她无助、愤怒而绝望地啜泣起来。他把手轻轻地放在她的肩上。

泰勒：你还是屈服的好，我的姑娘？你已经和我较量过了，但无济于事。你想开枪打我，但我只会让你看起来像个十足的大傻子。我想你输了，我的姑娘。这里只有一条法则，那就是强者法则。你必须按我说的做，因为我有权命令你。

诺拉：你就不能宽宏大量一点吗？

泰勒：你想要的我身上估计没有。

诺拉：哦，我太难过了。

泰勒：听着。[他举起一根手指，似乎在专心听着什么。她看着他，没有说话] 听听这寂静。你难道听不见草原的寂静吗？这么说吧，我们可能是这附近仅有的两个人，你和我，在这草原上的这间棚屋里。听，一点声音也没有。这里可能就是伊甸园。为什么上帝创造了男人和女人？我想那是因为我需要你，我的姑娘，你是我的妻子。[她惊恐地瞥了他一眼，但还是没有说话。他拿着灯走到卧室门口。他打开门，高举着灯望着她。为了让自己有事情干，她拿抹布擦起桌子来。她想拖延时间] 我想时候不早了，明天你就可以大扫除了。

诺拉：明天。

[一种羞愧、恐惧和痛苦的神色在她脸上掠过。接着，她全身剧烈地抽搐起来。她用双手掩住双眼，慢慢地向卧室门口走去。

第三幕终

第四幕

　　场景：与前一幕一致，曼尼托巴省普伦提斯镇，弗兰克·泰勒的棚屋里，但屋里的种种迹象表明有女人的存在。桌上铺着桌布，摇椅上放着靠垫；窗前挂着薄棉窗帘，窗帘用缎带绑着；枫糖浆罐里种着天竺葵。墙边一个粗糙的书架，上面放着诺拉的几本书。圣诞节报纸上的插图被整齐地剪下，钉在墙上。原来用作凳子的木箱已不见踪影，取而代之的是泰勒冬天里亲手制作的几把粗糙椅子。打开小屋门，蓝天和大草原映入眼帘。诺拉正把芥花插在桌上原本装布丁的盆里。她穿着一条毛织裙，上身是一件干净而宽松的衬衫。她看起来比以前健康了，她的脸晒得很黑，脸色也更红润了。她听到一阵声响，抬起头来。泰勒上场。

诺拉：原来你就在附近啊。

泰勒：今天没有太多事要做。我跟希德·夏普在外头，还有一个从
　　　普伦提斯来的男人，过来串串门。

诺拉：哦！

泰勒：[注意到了桌上的花] 唉，这是什么？

诺拉：它们是不是很漂亮？我刚刚才摘的。这花开得太好了。

泰勒：[冷冷地说] 非常好。

诺拉：几枝花就能让小屋看起来更加明亮、舒适。

泰勒：[环顾四周] 你把这里变成了一个真正的家，诺拉。夏普太太
　　　总是好奇你是怎么做到的。希德前几天还说那是因为你是个淑

女。我想还是有区别的。

诺拉：[带着一丝笑意] 你没觉得我是个无可救药的失败者，这让我很高兴。

泰勒：我想我这辈子从来没有这么舒服过。我一直都说，英国姑娘一旦适应了这种生活，她们比任何人都干得好。

诺拉：那人从普伦提斯过来，要做什么？

泰勒：[他沉默了一会儿] 我想你在这儿过得不是很快乐吧，我的姑娘。

诺拉：你为什么会这么想？

泰勒：我想你还记得清清楚楚，刚来那天晚上我那样对你，你永远也不会原谅我。

诺拉：[目光向下瞥] 我很快下了决心。我自己干出来的事，我必须得自己承担后果。我尝试依着你的方法来。

泰勒：你很聪明，知道我要做这个家的主人，而且我有这样的实力。

诺拉：[淡然一笑] 我给你做饭，补衣服，把屋子打扫得干干净净。你吩咐什么，我就做什么。

泰勒：[轻声笑了笑] 我猜有时候你恨我。

诺拉：没人喜欢那样被羞辱。

泰勒：爱德正在来的路上，我的姑娘。

诺拉：谁是爱德？

泰勒：你哥哥。

诺拉：[大吃一惊] 爱迪？什么时候？

泰勒：哎呀，我猜就是这会。他今早在普伦提斯。

诺拉：你怎么知道的？

泰勒：他打电话给夏普，说他正骑马过来。

诺拉：哦，真是太好了！你怎么不早点告诉我？

泰勒：我不知道。

诺拉：所以你刚才问我过得开不开心？我还说你哪根筋不对了。

泰勒：唔，我猜如果你仍想离开这里，爱德这趟过来能帮上你很多。

诺拉：为什么你认为我想要离开？

泰勒：这几个月你话一直不多，但我估摸着如果能让你离开这里，你几乎愿意放弃一切，这不难看出来。

诺拉：我不会回爱迪的农场去的，如果你是这个意思的话。

泰勒：如果他在我回来之前到了，告诉他我很快就回来。我猜你很乐意单独跟他闲聊几句。

诺拉：你觉得我会在背后说你的坏话吗？

泰勒：不，我想你不会。你不是那样的人。或许我们还不知道彼此的长处，但我想我们都知道对方最差劲的时候是什么样。

诺拉：[眼神犀利地看着他] 弗兰克，是不是发生了什么事？

泰勒：什么，没有的事。干吗这样问？

诺拉：你这几天看上去似乎有点不大对劲。

泰勒：我猜那是你在胡思乱想。我该走了。希德和另一个人在等我。

　　　　[他退场。诺拉迷惑不解地看着他，摸了摸那些花，然后继续干活。她在桌旁坐下，开始缝补一只厚厚的羊毛袜子。突然有人大声敲门。她起身跑过去开门。爱德华·马什站在门外。她高兴得叫了起来，伸手搂住他的脖子。他上场。

诺拉：爱迪！哦，亲爱的，见到你真开心。

马什：哈喽，一切都好吗！

诺拉：但你是怎么过来的？我没听到马车的声音。

马什：你瞧。

　　　　[她走到门口处，向外看去。

诺拉：哎呀，是雷吉·霍恩比。[大叫起来] 雷吉。

霍恩比：[在门外打招呼道] 哈喽！

诺拉：他可以把马放到旁边的马棚里。

马什：是的。[大喊道] 雷吉，好好喂喂这匹老马，然后把它拉到马
　　棚里。

霍恩比：得嘞。

诺拉：你看到弗兰克了吗？他前脚刚出去。

马什：没见着。

诺拉：他马上就来。先进屋吧。哦，亲爱的，见到你真是太好了。

马什：你看上去气色不错啊，诺拉。

诺拉：你吃过晚饭了吗？

马什：吃了。我们离开普伦提斯之前吃了点东西。

诺拉：好吧，我给你泡杯茶。

马什：不用了，别忙活了，谢谢。

诺拉：如果别人请你喝茶你不愿喝，那你还算不上一个真正的加拿
　　大人。哦，坐吧，怎么舒服怎么来。

马什：你过得怎样，诺拉？

诺拉：哦，别管我。先说说你。格蒂怎么样？你这趟过来有什么事
　　要办吗？雷吉·霍恩比在这里做什么？那个家伙还跟着你吗？
　　我是说那个帮工。他叫什么来这？叫特罗特，对不对？哦，亲
　　爱的，别像个毛绒玩具一样坐在那儿，跟我说说话，不然我就
　　不搭理你了。

马什：亲爱的，我不能同时回答十五个问题啊。

诺拉：爱迪，见到你真是太开心了。你能来看我真是太好了。

马什：让我也说句话吧。

诺拉：我一个字也不说了。但看在上帝的分上，快说。我想知道所
　　有事。

马什：唔，第一件要跟你说的事是，三四个月后我就要当个幸福的
　　爸爸了。

诺拉：哦，爱迪，真为你高兴。格蒂一定很快乐吧！

马什：她有点手足无措。不过我觉得她心情还是很不错的。她让我替她捎来对你的爱，还说希望你能尽快以她为榜样。

诺拉：我？但话说回来，你还没跟我说你这趟过来要做什么呢？

马什：[笑着说] 话说回来？

诺拉：[咯咯地笑起来] 几个月来，除了弗兰克，我几乎没跟别人说过话。我说话的方式越来越像他了。

马什：唔，我收到弗兰克的信，信上说到清理机……

诺拉：[打断他] 弗兰克给你写信了？

马什：哎，是的。他没跟你说吗？他说在普伦提斯有一台很便宜的清理机。我一直想着，如果有台机器的话，来钱会更容易一些。他们说用这机器一天可以清理三到四英亩地。弗兰克说过来看看不会吃亏的，而且他估摸着你见到我会很高兴。

诺拉：他一个字也没跟我说过，真是奇了怪了。

马什：我猜他想给你个惊喜。现在该说说你了，婚后的生活怎么样？

诺拉：哦，挺好的。雷吉·霍恩比跟着过来做什么？

马什：你知道吗，自打你结婚后我就没见过你了。

诺拉：确实是这样，不是吗？

马什：我一直有点担心你。所以弗兰克跟我说到那个清理机的时候，我想都没想就过来了。

诺拉：你真是太好了。但是为什么雷吉·霍恩比要来呢？

马什：哦，他要回英国了。

诺拉：这样吗？

马什：没错，他终于说服他们把路费寄给他了。他的船下星期才开，他说不妨在这儿停一停，跟你道个别。

诺拉：他近来如何？

马什：你还指望他怎么样呢？他认为工作只有该死的傻瓜才会做。弗兰克哪去了？

诺拉：哦，他和希德·夏普 ① 出去了。他是我们的邻居。你来的路上经过的农场就是他的。

马什：跟他处得还好吧，诺拉？

诺拉：挺好的。那小伙子近来在忙活些什么啊？他人挺老实的，不是吗？

马什：现在的生活对你来说是个巨大的改变，毕竟你过惯了以前那样的日子。

诺拉：[尽力转移话题] 真希望你能给我写几封信。我已经很久没收到信了。

马什：说到这，我突然想起来了，真是有够健忘的。邮差送来两封你的信，我没给你寄，想着要亲自过来看你。

诺拉：信没忘记带吧？

马什：没忘，在这儿呢。

诺拉：[看着信上的地址] 信看起来没什么意思。一封是艾格尼丝·普林格尔寄来的，她是我之前在坦布里奇韦尔斯认识的一个贴身女伴。另一封来自怀恩先生。

马什：他是什么人？

诺拉：哦，他是威克姆小姐的律师。他之前给我写过一封信，说希望我一切都好。[把信放在桌上] 我不想再听到任何有关英国的消息了。

马什：亲爱的，为什么这么说？

诺拉：老想着过去是没用的，不是吗？

马什：你不打算看你的信吗？

诺拉：现在不想看。我想一个人的时候再看。

马什：不用管我。

---

① 即希德尼·夏普。

268

诺拉：我真傻，可英国来的信让我总想哭。

马什：[犀利地看着她] 诺拉，你在这过得不开心吗？

诺拉：挺开心的，为什么不开心呢？

马什：为什么自打你结婚以来，一封信也没给我写过？

诺拉：我没什么要说的。[笑了笑] 毕竟，我几乎是被你赶出了家门。

马什：[一脸困惑] 我不知道你怎么会这样想。

诺拉：[神经紧张，几乎要被激怒了] 哦，别再盘问我了，这样我会
　　很感激你。

马什：弗兰克·泰勒对你还好吧，没什么出格的行为吧？

诺拉：挺好的。

马什：我叫你来农场住的时候，我想你很快就会结婚的，但我没料
　　到你会嫁给一个帮工。

诺拉：哦，亲爱的，别为我担心。

马什：说得轻巧，我怎么能不担心。你在这世上只有我这一个亲人
　　了，而且在——在我们的母亲临终前，她还说："你会照顾好诺
　　拉的对吧，爱迪？"

诺拉：[带着哭腔道] 哦，别说了，别说了。

马什：诺拉。

诺拉：[努力保持镇静] 自从我到这儿的第一天起，我们就没有吵过
　　架。雷吉来了。

　　　[她看向霍恩比，松了一口气。霍恩比穿着一件蓝色毛织西
　　服，看上去又像个衣冠楚楚的英国绅士了。

诺拉：[满脸开心] 真不知道你究竟在那忙活些什么。

霍恩比：[和她握了握手] 我说，你这小屋真不错。

诺拉：我尽量让它好看些，更有家的感觉。

　　　[马什看到了碗里的茶花。

马什：哎呀，这是什么？

诺拉：好看吧？我刚摘回来的。这是芥花。

马什：我们管这叫大麻。这东西有很多吗？

诺拉：哦是的，可多了。怎么了？

马什：哦，没什么。

诺拉：[对霍恩比说] 听说你要回家了。

霍恩比：是的，我受够了这个"上帝青睐之国"。我身上向来没有做苦力的特质。

诺拉：你现在打算怎么办？

霍恩比：[信心满满] 游手好闲！

诺拉：[被逗乐了] 你不会觉得无聊吗？

霍恩比：我从不会觉得无聊。看别人干活让我觉得很有趣。我讨厌我的同伴们无所事事。

诺拉：[略带笑意] 我觉得人应该活得有意义，而不是单纯在俱乐部里闲逛，或者和那些牌打得不如自己的人较量。

霍恩比：我非常同意你的看法。这个冬天我都在认真思考一些事。我觉得得找个有钱的中年寡妇收养我。

诺拉：印象中你对"白人的责任"一直饶有见地。

霍恩比：我只想舒适地度过一生。我不想多干一丁点活，除非我非干不可，我要尽量过得快活些。

诺拉：[笑着说] 我相信你会如愿的。

霍恩比：到了伦敦我要直奔丽思大酒店，去吃顿高档晚餐。吃完饭我要去欢乐剧场看场音乐戏剧，在那之后再去罗曼诺餐厅美餐一顿。英格兰啊，你虽有千般不是，我仍爱你如初。

诺拉：我想，一个人在大草原上过了几个月后，那些过去觉得有趣而奇妙的事——哎，现在看起来大不同了。

霍恩比：[冷淡地说] 恐怕你并不完全赞成我的想法。

诺拉：[还算愉快] 你没什么胆气。

霍恩比：这点我不太清楚。我希望我能有跟别人一样的胆气，只是我不会大惊小怪地，满世界去宣扬这些。

诺拉：哦，鼓起勇气站起来直面枪口——我敢说这样的勇气你是有的。但是，日复一日地重复干些单调乏味的活，老实、诚实而努力地工作——你还没有这种勇气。你是一个失败者，最糟糕的是，你并不为此感到羞耻。你对此还自鸣得意。

霍恩比：不列颠尼亚 ① 被统治后，英国国旗付出了怎样的代价？

诺拉：［笑起来］你真是无可救药。

霍恩比：我……我想你没什么要我帮你带回去的吧。我要去坦布里奇韦尔斯看望母亲。有什么口信要捎的吗？

诺拉：怕是没有。爱迪刚给我捎了几封信。我看看里面写的什么。

［她打开普林格尔小姐的信，读了两三行，然后叫了一声］哦！

霍恩比：发生什么事了？

诺拉：她这话是什么意思？［她继续读信］我刚从韦恩先生那里得知了你的好运，我还有一个好消息要告诉你。她放下信，迅速打开律师的那封信。她从信封里拿出一封信和一张支票。她瞥了一眼。］一张支票——五百英镑……哦，爱迪，你听着。［继续读信］"亲爱的马什小姐：关于已故的威克姆小姐的财产问题，我已经同威克姆先生谈过好几次，我斗胆提醒他说，之前威克姆小姐待您并不好。现今一切已安排妥当，为感谢您费心服侍他已故的姑妈，兹寄上支票以表谢意……"足足五百英镑！

马什：这可不是一笔小数目。

霍恩比：我要是有这么大一笔钱就好了。

诺拉：我这辈子从没有过这么多钱。

马什：但那个老古董小姐说的另一个好消息是什么呢？

---

① 罗马帝国对于大不列颠岛的古称。

诺拉：哦，我忘了。[她又把普林格尔小姐的信拿起来读]"……告诉你一个好消息。我立马就给你写信了，好让你能据此来做后续的规划。我在上一封信告诉过你，我嫂子突然去世了，现在我哥哥非常想让我跟他住在一起。所以我要离开哈伯德太太了，她希望我告诉你，如果你有意愿做她的贴身女伴，她会很高兴的。我服侍她十三年了，她一直平等待我。她非常体贴，除了遛狗，几乎什么也不用做。而且年薪有三十五英镑。"

马什：两封信的收件人都是马什小姐。他们不知道你已经结婚了吗？

诺拉：不。我没告诉他们。

霍恩比：真是太妙了！你大可回到坦布里奇韦尔斯，那些老女人不会知道你已经结婚了。

[听他这么说，诺拉猛地吃了一惊，睁大眼睛望着他。一时间谁也没说话。

马什：你先出去一下，雷吉。我想跟诺拉单独说几句。

霍恩比：得嘞。

[霍恩比退场。

马什：诺拉，你想走吗？

诺拉：你怎么会那样想呢？

马什：他说那话的时候，你意味深长地看了他一眼。

诺拉：我整个人都蒙了。弗兰克知道这事吗？

马什：亲爱的，他怎么会知道呢？

诺拉：这太奇怪了。他刚才正在谈论我要走的事呢。

马什：[迅速接话] 怎么回事？

诺拉：哦！

[她意识到自己无意中泄露了秘密。

马什：诺拉，看在上帝的分上，能告诉我出了什么事吗？毕竟过了这个村没这个店，你可得把握住了。你一直有事瞒着我。你们处得不好吗？

诺拉：[低声道] 不怎么好。

马什：为什么不告诉我呢？

诺拉：我觉得很丢脸。

马什：但你说他对你很好。

诺拉：他确实没什么可指摘的。

马什：我一直觉得哪里不对劲。我就知道你和他在一起不会幸福的。
你这样的姑娘，和一个帮工在一起。这一切太可怕了。感谢上
帝，我来了，现在你有了这个机会。

诺拉：你这话说什么意思？

马什：你不适合这种生活。现在你有机会回英国了。看在上帝的分
上，回去吧。六个月后，你在这里所经历的一切都将成为一场
可怕的噩梦。[他突然被她脸上的表情吓了一跳] 诺拉，你怎
么了？

诺拉：[悲伤地说] 我不知道。

　　　　[霍恩比再次上场。

霍恩比：我说，有人看你来了。

诺拉：看我？[她走到门口向外看] 哦，是夏普太太。她竟然走路
过来了，怎么回事？如果不是万不得已，她是一步也不肯走的。
她是我邻居的妻子……下午好，夏普太太。

　　　　[夏普太太上场。她是一位中年妇女，面色红润，身体粗
　　　壮，呼吸有些急促。她戴着一顶旧遮阳帽，穿着一件褪了色的
　　　宽松衬衫——都不太干净，还有一条相当破旧的裙子。

诺拉：快进来。

夏普太太：下午好啊，泰勒太太。我累得都出汗了。我已经好几个
月没走过这么远的路了。

诺拉：这是我哥哥。

夏普太太：你哥哥？真的假的？

诺拉：［笑着说］你看起来挺惊讶的。

夏普太太：我整个人非常紧张，实在没法在家待着。我出来看看能不能找到希德。我一直往前走，这时我看见停在外面的马车，这可把我吓坏了，我还以为是检查员的车。我不得不过来。我太紧张了。

诺拉：出什么事了吗？

夏普太太：你不会告诉我你不知道吧？哎，自从弗兰克发现那东西后，他们俩就没再谈过别的事。

诺拉：发现什么？

夏普太太：大麻。

马什：［对着盛满鲜花的布丁碗缓缓地做了个手势］你这不是已经摘了些吗？

夏普太太：泰勒地里的情况更糟。虽说我们地里也有。

诺拉：这意味着什么？

夏普太太：不知道是谁举报我们。我们应该没有树敌啊。

马什：哦，总会有人举报你的。没有人会冒险让它落到自家地里。

夏普太太：［看着桌上那些花］她把这东西摘回家里，好像它们真的是花一样。

诺拉：告诉我这意味着什么，爱迪。

马什：亲爱的，你摘的这些漂亮的小花让小屋看起来明亮而温馨——但它们可能意味着灭顶之灾。

诺拉：爱迪！

马什：你一定听我们说过大麻的事。我们农民有三个敌人要对付——霜冻、冰雹和大麻。

夏普太太：去年我们的庄稼被冰雹毁了。颗粒无收。一分钱也没赚到。如果今年也没有收成——哎，还不如别种地了。

马什：田里有这东西出现时，你必须得上报，如果不报告，你的某个邻居会举报你。然后上头会派检查员过来，如果他判定田里的确有这玩意儿，那你必须得把所有的作物给毁了，这样你一整年的心血就白费了。如果你在银行里有一笔存款，那你还算幸运的，你可以一直撑到收割下一茬作物。

夏普太太：我们只有一百六十英亩地，还要养五个孩子。根本存不下什么钱。

马什：他们现在跟检查员出去了吗？

夏普太太：是的。他今早从普伦提斯过来。

马什：这对弗兰克来说可不是什么好事。

夏普太太：哦，他没有几口人要养活。他大可再出去做帮工。但我们会落个什么下场呢？

诺拉：我想知道他为什么没告诉我。

夏普太太：我想他习惯了把烦恼藏在心里，你也没教会他有什么事要说出来。

　　　[诺拉飞快地看了她一眼，但她看着这个神经紧张的女人，没有接话。

马什：你得往好的方面想，夏普太太。

夏普太太：希德说只有一小块地方有这东西，不过也许他这么说只是为了让我放心。那些检查员是干什么吃的，他们可是些狠角色。他们一丁点也不放过。你饿上一整个冬天也罢，他们可不管这些。

　　　[她抽泣着，大颗大颗的泪珠滚落双颊。

诺拉：哦，别——别哭，夏普太太。毕竟事情可能没你想的这么糟。

马什：除非情况很糟糕，不然他们不会让你把整片庄稼都毁了的。很多双眼睛都盯着呢。机器代理商，贷款公司。

夏普太太：冰雹来了，把地里的东西砸得稀巴烂；当你正指望着地里那些庄稼的时候，霜冻又来了，庄稼全死光了；现在又来个大麻——我再也受不了了。如果眼下这茬庄稼没了，我就再也支撑不下去了。我会让希德把地卖掉，然后回家。我们可以找个地方开个小商店。这是我一开始就想做的事，可希德却一心想种地。

诺拉：你回不去了。你在小店里永远不会快乐的。如果你待在英国，那你一辈子都得听命于人。现在你拥有土地。在英国你可没这待遇。当你走出家门，看着正在生长的小麦，难道你不会因为它们是属于你的而感到骄傲吗？

夏普太太：你不知道我受了多少苦。我生孩子的时候，只请过一次医生，其余几次只有希德在旁边帮我。我就像只畜生一样。我真希望自己从来没来过这个国家。

诺拉：你怎么能这么说呢！你的孩子们又强壮又健康。他们很快就能帮你干活了。这样的机遇，他们在英国永远也得不到。

夏普太太：哦，对他们而言路都已经铺好了。他们会过得很轻松。我知道的。但必须付出代价的是我们，希德和我。

诺拉：你看，你们是第一个吃葡萄的人。在一个新国家开拓自己的事业是一项艰苦的工作，而且丰收之时，享受劳动成果的或许另有其人。但我觉得，那些开拓者所获得的奖赏是后来者做梦也得不到的。

马什：她说的不错，夏普太太。第一次看着我种下的庄稼发芽，那种感觉我永生难忘。想想看，在此之前，在这一小块土地上还不曾生长过任何麦苗……无论如何，我再不会回英国。在那个地方，我连呼吸都不顺畅。

夏普太太：你是个男人。你能从中获得最大的利益，所有功劳也都会归功于你。

诺拉：其他人不知道这些。你不该怪他们。只有那些在大草原上生活过的人才知道，开拓一个新国度的种种艰辛其实都是女性在担着。但她们的丈夫，他们知道这些。

马什：我想他们是知道的，夏普太太。

[诺拉跪在她身旁，抚摸着夏普太太的手。夏普太太感激地笑了笑。

夏普太太：亲爱的，谢谢你跟我说这些。我太焦虑了，都不知道自己在说什么。

诺拉：希德和弗兰克马上就会回来的，放心吧。

夏普太太：你说得对，亲爱的，老家我再也回不去了。如果失去了眼下这茬庄稼，那就只能等到明年了。我们不会挨饿的。人应该既能享乐，又能吃苦。总而言之，这是个好国家。

[弗兰克·泰勒上场。

诺拉：弗兰克。

夏普太太：[起身] 希德哪去了？

泰勒：哎呀，他不在你家能在哪。嗨，爱德，我刚才看到你在马车里呢。早上好，雷吉，没想到会在这见到你。

霍恩比：给你一个惊喜。

夏普太太：事情怎么样了？告诉我发生了什么。

诺拉：夏普太太实在是坐立不安，所以过来找我来了。

泰勒：[高兴地说] 哦，你家没什么大事。

夏普太太：[倒吸一口气] 我们家？

泰勒：没错。只有几英亩地遭了殃。损失不会太大。

夏普太太：感谢上帝。我们将会有一次史无前例的大丰收。这里是世界上最好的国家。

泰勒：你最好现在就回去。希德今晚要请检查员吃个饭。

夏普太太：是吗？一看就是希德会办出来的事。好在要毁掉的庄稼不多，真是谢天谢地。那我现在就回家。

诺拉：别走回去了。爱迪的马车在外面。让雷吉送你回去。

夏普太太：哦，太谢谢你了。我真走不惯这么远的路，可把我累坏了。那就日安了，泰勒太太。

诺拉：再见。雷吉，你不介意送夏普太太回去吧？只有一英里多地。

霍恩比：一点也不。

马什：我来帮你套马。

　　　　　[夏普太太和霍恩比退场。

马什：现在知道处理结果了，我想这对你来说是一种解脱，弗兰克。

泰勒：真可怕……待会我想跟你好好聊聊，爱德。

马什：没问题。[他退场]

诺拉：谢天谢地，一切还不算太糟。可怜的夏普太太，担心成那个样子。

泰勒：他们有五个孩子要养活。我想这事办不好对他们影响很大。

诺拉：你之前怎么不告诉我这事。我一直觉得你心里有事，但我又不知道是什么事。

泰勒：如果庄稼没事，那我也没必要大惊小怪的。但如果庄稼保不住了，你迟早会知道的。

诺拉：我把花放在这里，你怎么受得了。

泰勒：如果这能让你开心，我不介意这些。你不知道这是大麻。你觉得它们漂亮极了。

诺拉：[带着一丝微笑] 你真好，弗兰克。

泰勒：我想，这么一朵该死的小花，也能弄出这么大的乱子来，真是怪事。

诺拉：你为什么不告诉我你已经写信给爱迪了。

泰勒：我想我忘了。

诺拉：弗兰克，爱迪今天从家里给我捎来了几封信。我得到了在英国的工作机会。

[弗兰克刚想要惊呼，但立马控制住了自己，然后平静地接过话茬。

泰勒：哇！我猜你会接受的。

诺拉：真是古怪，刚才你还在谈论我要走的事。

泰勒：怪得很。

诺拉：[对他的态度有些吃惊] 你没有任何异议吗？

泰勒：我想即使我有，也不会对你有多大影响。

诺拉：你怎么会那么想呢？

泰勒：我猜你留在这里只是迫不得已。

[她走到小窗前，看着窗外的大草原。

诺拉：生活总是如此吗？你渴望已久的东西到来之时，却似乎只会
徒增痛苦。[他飞快地看了她一眼，没有说话，她并未注意到这
些] 日复一日，我就坐在这，看着外面的大草原，有时我想用
尖叫的声音打破沉默。我以为我永远也无法摆脱这一切了。这
小屋就像一座监狱。我被大雪、寒冷和寂静裹挟着。

泰勒：你现在要和爱德一起离开吗？

诺拉：[笑着说] 你似乎急于摆脱我。

泰勒：我想我们的婚姻生活并不成功，我的姑娘……当真正看透这
一切时，是觉得挺奇怪的。我以为只要我愿意，我就能使唤你
做所有事。看上去我似乎拿了一手稳赢的好牌。可最后你还是
把我打败了。

诺拉：我吗？

泰勒：哦，是的。你不觉得吗？

诺拉：我不明白你的意思。

泰勒：我想我一直不知道一个女人能有多坚强。你总是让步，我让
做什么你就做什么——可有些关于你的事我却怎么也无法了解，
你也一直不让我知道。每当我想要触碰你时，我猜我抓住的只

是你的影子。

诺拉：我不知道你还想要什么。

泰勒：我猜我想要爱。

诺拉：你吗？

　　　　　[她惊愕地看着他。他的话莫名地触动了一下她的心弦。

泰勒：目前我对你的了解仅仅局限于和你在爱德家共度的一周。我根
　　　本找不到通向你心房的路，我不过是在灌木丛里胡乱挣扎罢了。

诺拉：[低声说] 我从来不知道你想要的是爱。

泰勒：我想我也不知道。

诺拉：我想离别总是相当痛苦的。

泰勒：如果你回到你的祖国，我猜——我猜你再也不会回来了。

诺拉：[有些害羞] 也许你最近会到英国来。如果你有几年的好收
　　　成，你大可以说停工就停工，然后离开一整个冬天。

泰勒：我想这将是一场危险的试验。在英国你是一位小姐，而我只
　　　是个帮工。

诺拉：你会成为我的丈夫。

泰勒：我想我不会冒这个险。

诺拉：你能不能偶尔给我写写信，告诉我你过得怎么样？

泰勒：你想知道吗？

诺拉：[笑道] 哦，当然。

泰勒：如果我过得好，我会写信告诉你的。如果过得不好，我猜我
　　　就没什么写信的欲望了。

诺拉：但你会成功的，弗兰克。我很了解你。

泰勒：是吗？

诺拉：在我们一起生活的这几个月里，我学会了尊重你。过去我
　　　看重的很多东西，现在对我来说都变得无足轻重了。你教了我
　　　很多。

泰勒：我的姑娘，你偶尔也会想起我，对不对？

诺拉：[笑着说] 我想我控制不住自己不去想你。

泰勒：我大字不识，没什么文化。我不知道该怎样待你。我想让你快乐，但我似乎不知道该怎么做。

诺拉：你一直都对我挺好的，弗兰克。你对我一直很有耐心。

泰勒：我想离我远点你会更开心。我能想象到，你在温暖舒适的家里，有吃不完的好东西。

诺拉：你以为这就是我想要的吗？

　　　　[他飞快地瞥了她一眼，然后咬紧牙关，把目光移开。

泰勒：我不能指望你留在这里，尤其是当你有机会回到你的祖国的时候。这里的生活对你来说是全新的。而另一种生活是你所熟悉的。

诺拉：哦，是的，我知道，我想我知道。[她想象着未来每天在等待着她的生活，心中充满了忧郁和不屑；正如她所说，现在她心中充满了愤恨和沮丧] 每天早上八点，女仆会给我送茶和热水。然后我起床吃早餐，然后去见厨师。我会选好午餐和晚餐的菜品。我要替哈伯德太太的博美犬梳理毛发，然后带着它们到草地上遛弯。草地上所有的小道都铺上柏油，这样上了年纪的绅士和贴身女伴的脚就不会被打湿了。

泰勒：哇!

诺拉：然后我会回屋吃午饭，午饭后我会开车去兜风，今天往这边开，明天往那边开。然后我会去喝茶，之后我会再到漂亮整洁的柏油路上去遛狗。然后我会换衣服下楼吃饭。晚饭后，我会和我的雇主玩伯齐克 ①，我必须把握好尺度，不能赢她，因为她不喜欢输牌。十点钟我会上床睡觉…… [她顿了顿] 第二天早

① 一种纸牌游戏。

上八点，女仆会给我端来茶和热水，新的一天又开始了。每天都将一如既往。在英国，有成百上千强壮而能干的女人，她们干劲十足，渴望得到一份这样的工作。这几乎就是小姐般的生活了，每年还有三十五英镑。

[泰勒一直目不转睛地盯着她。他开始明白她的意思，但他克制住了自己。他现在不愿看她。

泰勒：我想这和你在这里的生活有些许不同。

诺拉：[看向他] 而你会清理灌木丛，砍伐树木，耕种田地，播种收割。你每天都在斗争，跟霜冻、冰雹和大麻作斗争；你会斗争下去，但我知道你最终会征服一切。荒野终将变成良田。或许哪个饥饿的孩子会吃上你种的小麦做成的面包，谁知道呢？而我的生命将毫无意义，但你做的是很有意义的事。

泰勒：哎，你怎么这样说呢，诺拉，诺拉？

[这话他似乎并不是对她说的，而是在自言自语，仿佛是精神上的极度痛苦迫使他说出这句话。

诺拉：刚才和夏普太太说话的时候，我也不知道自己在说什么，我只是想安慰她，因为她一直哭。但那声音好似来自别人，而我在聆听。漫长的冬季里，我以为我讨厌这草原，但不知怎的，我却被深深吸引住了。这一切沉闷而单调，但我却无法不爱它。它美丽而浪漫，使我的灵魂充满渴望。

泰勒：[轻声道] 我估摸着有时我们都讨厌这草原，但当你在这里生活过之后，想要住到别处去可就没那么容易了。

诺拉：我现在明白生活这东西了。它不跌宕起伏，也不振奋人心。无论男人还是女人，都得干着一样的苦活，从早干到晚。而且我知道，女人身上的担子更重。男人还能到城里去，偶尔还能打打猎，时节不同，干的活也不一样。但对女人而言，要做的事万年不变，做饭、缝补、洗衣、扫地。但这一切是有意义的。

我们在开拓这一国度的过程中也出了一份力。我们是这里的母亲,未来掌握在我们手里。我们正在建设伟大的国家。这需要我们怀着勇气、力量和希望,这些必备的品质也渐渐在我们身上显露。哦,弗兰克,那种琐碎、狭隘的生活我再也回不去了。你对我做了什么?

泰勒:[声音沙哑]我想如果我现在叫你留下,你会留下的。

诺拉:[低声说]你说你想要得到我的爱。你不知道吗?……爱已经悄然在我的心间发芽,日复一日,而我却不愿意面对。我告诉自己我恨你。我感到丢脸。直到今天,当我有办法永远离开你的时候,我才知道,没有你我活不下去。我不再感到丢脸了。我爱你。

泰勒:我想我从一开始就爱上你了,诺拉。

诺拉:为什么你说得好像……? 怎么了,弗兰克?

泰勒:我想你得接受英国的那份工作了。我不能要求你留下。

诺拉:为什么?

泰勒:检查员让我毁掉所有的庄稼。我完蛋了。

诺拉:哦,你为什么不告诉我?

泰勒:我想我做不到。跟你结婚的时候我就下定决心要做到最好。这次的确是我运气不好,但我不能指望你能看出这一点。任何一个人的庄稼地里都有可能长大麻。不过我想人总该倒几次霉吧。如果霉运落到他头上,那可能就是他自己的错。

诺拉:现在我开始理解爱迪了。

泰勒:当我知道有人举报我时,我就给他写信了。

诺拉:你打算怎么做?

泰勒:对我来说都还好。我可以出去当帮工。我担心的是你。我敢肯定你不会再回到爱德那里了。我也没想过让你去服侍有钱人家的小姐。我不知道应该怎样安顿你,我的姑娘。当你告诉我你在英国有工作的时候，我就想着要放你走。

诺拉：但却不告诉我你摊上事了。

泰勒：哎，如果我没有落得这步田地，你以为我会让你走吗？我发誓，我会留住你——我发誓，我会留住你。

诺拉：你打算放弃那块地吗？

泰勒：不，我想我不能那样做。我在这上面投入了太多精力。我现在也有了底气。夏天我会出去当帮工，明年冬天我可以砍砍树。现在这块地属于我了，明年我还会回来种地的。

诺拉：你瞧。

泰勒：这是什么？

> [她递给他一张怀恩先生寄来的支票。

诺拉：之前我服侍的那位夫人，她侄子给我的。二千五百美元①。你可以在旁边再清理个一百六十英亩的地，机器有需要的你尽管买，再买些奶牛。这钱给你了，你想怎么花都行。现在你愿意让我留下了吗？

泰勒：哦，我的姑娘，我该怎样感谢你才好呢！

诺拉：老天，别谢我。能为所爱之人付出，世上没有比这更美妙的事了……试着亲我一下。

泰勒：我想这是你第一次叫我这么做。

诺拉：哦，我太幸福了。

全剧终

---

① 前文提到的是五百英镑，一战前英镑与美元的汇率大约为 5 美元兑 1 英镑。

未知

THE UNKNOWN

三幕剧

吴洁静　译

献给

薇奥拉·特里

本剧于一九二〇年八月九日星期一首演于奥德维奇剧院，演员阵容如下：

沃顿上校	查理·V. 弗朗斯先生
沃顿少校（约翰）	巴兹尔·拉斯伯恩先生
沃顿太太	特里夫人
利特尔伍德太太	海迪·莱特小姐
诺曼·普尔牧师	H. R. 西格尼特先生
普尔太太	莉娜·哈利迪小姐
西尔维娅·布洛	艾伦·欧马利小姐
麦克法兰医生	克拉伦斯·布莱基斯顿先生
凯特	格温德琳·弗洛伊德小姐

人物表

沃顿上校

沃顿少校（约翰）

沃顿太太

利特尔伍德太太

诺曼·普尔牧师

普尔太太

西尔维娅·布洛

麦克法兰医生

凯特

厨娘

故事发生在肯特郡斯陶尔的某座庄园。

若读者对剧中所讨论的问题抱有任何新的看法，作者建议不妨直言。那些问题曾引发诸多观点，或可视作无解，他也未曾打算就此提供任何答案。他试图以戏剧的形式，反映近年来引发热议的思想和情感，出于此种目的，他选择了世上最普通，同时也是他所处的环境所导致的他最熟悉的一群角色。多年来，他与一位教区牧师保持着亲密关系，因此安排了诺曼·普尔牧师这个人物形象，但因为不了解神职人员的最新观点，便在诺曼·普尔牧师的台词中引入了先前戈尔博士所说的"教会的信仰"和斯图尔特·霍尔登博士的布道内容。由于戏剧中无法通过添加双引号的方式标明那些内容是借鉴的，作者想特此说明，诺曼·普尔牧师能够发表如此令人钦佩的演讲，承蒙以上两位的恩惠。

第一幕

场景：在沃顿上校的庄园宅邸的会客厅里。那里陈设简朴，摆放着老式家具，多少显得有些沉重，而且没有一件东西可以说具有艺术感；但家具舒适，不新不旧。铺了墙纸的墙壁上挂着几幅四十年前的学院旧照。还有一大堆男士身着军装的镶框照片。房间里到处都是些花瓶，插着简单的花束。全然一番异国情调的东西，包括那几件来自印度集市的银质摆设，和一些劣质的印度织物，或铺在边桌上作为台布，或打着褶边覆盖钢琴。

舞台后方有几扇落地窗，窗外是花园，一眼望去，能看见草坪和树丛。此刻正值夏日，窗户都敞开着。早晨。

沃顿太太坐在沙发的一角，织着一条卡其色的羊毛围巾。她五十五岁，纤瘦高挑；五官淡定从容，慈眉善目；深色的头发已经变得灰白，梳成简单的式样；她的衣裙也很简单，一眼便知是旧的，而且从来算不上不时髦。

凯特是个中年女佣。她穿着印花裙，戴着帽子，系着围裙，走进屋子。

凯特：太太，抱歉打扰，屠夫来了。

沃顿太太：哦！凯特，我已经跟厨娘商量过了，今天午餐吃冷烤牛肉。让屠夫今晚带两磅半上等的牛颈肉过来，告诉他，挑块真正的好牛肉给我。少校已经很久没有吃过一顿像样的英式牛肉了。

凯特：遵命，太太。

沃顿太太：他还可以再送一对腰子过来。上校和少校都非常喜欢他们昨天早餐吃的腰子。

凯特：遵命，太太。抱歉还有件事情，太太，园丁送来了一篮子豌豆，但篮子不大，厨娘说看上去不够三个人吃的。

沃顿太太：哦，没关系，只要男士们够吃就行。我只是假装吃上几颗。

凯特：遵命，太太。

　　[女佣正要离开，这时沃顿上校提着一篮子樱桃，从花园里走进来。他是个精瘦的老男人，满头银发，比他妻子年纪大很多；虽然身体孱弱，但依然直挺着腰板。脸庞在热带阳光长时间的曝晒下呈现出古铜色。即便如此，脸色却依然憔悴。他穿着一套浅色花呢西装，衣服松松垮垮地挂在身上，就好像为他量身定做后，他个子缩小了。他头上还戴着一顶同样面料的花呢圆帽。

沃顿上校：凯特，报纸送到了吗？

凯特：到了，先生，我现在就拿来。

　　[凯特退场。

沃顿上校：伊芙琳，我给你带来了一些樱桃。我只找到这些熟了的。

沃顿太太：哦，太好了，但愿没累着你。

沃顿上校：天哪，我还没有衰弱到这种程度，连摘几个樱桃都能累着我。要是有把梯子，我能再多摘一倍给你。

沃顿太太：哦，亲爱的，你最好让园丁去摘。我可不赞成你在梯子上爬上爬下。

沃顿上校：园丁已经跟我差不多年纪了，还没有我灵活呢。约翰怎么还没回来？他说他只是去一趟邮局。

沃顿太太：也许他回来路上顺便去探望西尔维娅了。

沃顿上校：西尔维娅才不想在早晨受他打扰呢。

沃顿太太：乔治！

沃顿上校：我在，亲爱的，你怎么了？

沃顿太太：听到你说"约翰怎么还没回来？他说他只是去一趟邮局"，我感觉很不寻常，弄得我直想哭。

沃顿上校：这是一段漫长的时光啊，伊芙琳，对我俩来说都是煎熬，亲爱的，当然你更痛苦。

沃顿太太：乔治，我一直尽力不给你添乱。

沃顿上校：宝贝，每次你遇到麻烦，我都会跟你一起承担，不是吗？

沃顿太太：他好像任何时候都有可能回来，这感觉那么自然，就好像他从不曾离开——直到今天，我还是有点无法相信。他真的回来了吗？这太不可思议了。

沃顿上校：[拍拍她的手] 亲爱的伊芙琳！

    [凯特拿来报纸，把它交给上校，然后就出去了。

沃顿上校：谢谢。[说着戴上眼镜] 能够作为绅士，读到这些生死嫁娶的消息，而没头一个成为伤亡者，这真是一种福气啊。

沃顿太太：希望过不了多久我们也能在那个栏目里发布一个小小的声明。

沃顿上校：那两个年轻人，他们的日子定了吗？

沃顿太太：不知道，约翰什么也没说。至于西尔维娅，我只是昨天从教堂出来后匆匆见了她一面。

沃顿上校：亲爱的伊芙琳，园丁跟我说，他没有多少豌豆可供今天的晚餐，于是我让他送些胡萝卜给我；我想胡萝卜还更利于消化。

沃顿太太：胡说八道，乔治。你知道你自己有多喜欢吃豌豆，我就不怎么喜欢。我本来还指望豌豆只够你们两个人吃，这样我就一颗也不用吃了。

沃顿上校：伊芙琳，编出这种故事，你还能期待自己死后去什么好地方？

沃顿太太：好了，乔治，别那么固执。你偶尔也应该听听我的。那是园子里的第一批豌豆，我想让你吃。

沃顿上校：不，亲爱的，我想看到你吃。我的身体已经不中用了，所以想干吗就干吗。

沃顿太太：你这个暴君！你早上没去看麦克法兰医生？我非常担心。

沃顿上校：你总爱瞎操心！不是操心儿子，就是操心我。

沃顿太太：尽管你不把我灵魂还给我，但我也还是不想现在就失去你。

沃顿上校：别担心。我还能再活个二十年，不停地纠缠你。

[凯特进屋。

凯特：夫人，抱歉打扰，普尔太太上门来了。

沃顿太太：为什么不把她带进来？

凯特：她不想进来，太太，她说她只是路过，顺便问候您一声。

沃顿上校：凯特，去叫她进来。她这样扭扭捏捏的是想干吗？

凯特：遵命，先生。

[凯特退场。

沃顿太太：我猜她是来打探约翰的情况。

沃顿上校：如果她能多等一分钟，就有机会见到这位年轻人本人了。

[凯特进屋，身后跟着普尔太太。来访的普尔太太是一个身材瘦削、严肃刻板的中年人。她动作利落，干练沉稳。她知道自己想要什么，而且会毫不犹豫地说出来。她不算个冷漠无情的人。她穿着一身耐穿的黑色衣裙套装，戴着一顶黑色草帽。

凯特：普尔太太来了。

[凯特退场。

沃顿上校：你想不露面就走，这是什么意思？你就是以这种方式在教区里开展访问的？

普尔太太：[与沃顿太太握手，又与沃顿上校握手] 我本来是想进来的，可我担心你们今天也许不希望见到我，我那样说是想便于你们打发我去忙我自己的事情。

沃顿太太：亲爱的，我们向来希望见你。

普尔太太：如果我有个儿子四年没见，又受了重伤，在他回家后的前几天里，我会只想独自陪伴他。

沃顿上校：所以说你没有伊芙琳那么无私。

沃顿太太：或者说没有那么自负。

普尔太太：你星期六去车站接他了吗？

沃顿太太：上校去了。他不让我去，说我会在站台上让自己出丑。

沃顿上校：我带了西尔维娅。我觉得那样就够了。她能控制好自己，我想我能相信她。

普尔太太：他俩打算什么时候结婚？

沃顿太太：哦，我希望很快就能结婚。这段日子对她来说又长又难熬。

普尔太太：他才刚回来，你忍心放他走？

沃顿太太：哦，跟西尔维娅结婚不是放他走。她一直都像我们的女儿一样。你也知道，他们订婚已经七年了。

普尔太太：我希望他们将来能幸福。西尔维娅绝对应该得到幸福。

沃顿上校：她开开心心地承受了对所有人而言最艰难的事。整个战争期间，她都一直渴望离开家，去为战争承担起她自己的那部分责任，但最后还是待在家里，和她卧床不起的母亲在一起。

沃顿太太：可怜的布洛太太。

沃顿上校：是的，但西尔维娅也可怜。这责任既危险又令人兴奋，承担起来并不难，难的是你什么都做不了——坐着一动不动，只能看着别人做有价值的事情——这种感觉没有人比我更清楚了。这场战争对我而言晚了十年。

普尔太太：这也是牧师从战争开始一直说到现在的话。不过，毕竟你儿子接替了你的位置，我想你会为他感到自豪。

沃顿上校：[表现出强烈的满足感] 这个淘气鬼获得了十字勋章和战时优异服务奖章。

普尔太太：我很高兴他回来后的第二天就是个礼拜天。

沃顿太太：我们肩并肩跪在教堂里，你不知道我当时的感受。我的内心充满感激。

普尔太太：我知道。我能从你和上校的脸上看出来。

沃顿上校：上帝赐予了我们莫大的仁慈。

普尔太太：他没留下来领圣餐，这让教区牧师极其失望。你知道，他将那个环节视作整个仪式中不可或缺的部分。

沃顿太太：我想我们也有点失望。约翰走出教堂时，我们都很吃惊。

普尔太太：他有没有说为什么要这么做？

沃顿夫人：没有。我和上校讨论过这件事。我们完全不知道该怎么办。我不知道该不该跟他提起。

普尔太太：我真心希望下个礼拜天他能留下来。

沃顿太太：他以前一直都是按时领圣餐的。

沃顿上校：伊芙琳，我不明白，关于这件事，你为什么不跟他谈谈？

沃顿太太：如果你希望这样，那好吧。

　　　　[花园里传来一阵笑声。

　　　　哎呀，他来了，还有西尔维娅。

　　　　[西尔维娅·布洛和约翰·沃顿走进屋子。她已经算不上很

年轻了。她的长相，不能说漂亮，而应该说有亲和力，使人舒心。她展现出在一个温馨和睦的英国家庭里被悉心抚养长大的女孩通常所具有的优秀品质；她给人感觉是一位务实干练、明白事理的女性。她会成为贤妻良母。她身着轻巧的夏装，干净利落，戴着草帽，拎着网兜，里面放着不少刚买来的日用品。

约翰·沃顿穿着军队便服。他今年三十岁。

西尔维娅：各位，早上好！

沃顿太太：亲爱的，你来了真是太好了！

约翰：她不想来，是我让她来的。

　　　　[西尔维娅先是亲吻了沃顿太太，接着和普尔太太握了握手，然后又亲吻了上校。

西尔维娅：[兴高采烈地]你这是在故意骗他们，约翰。

沃顿太太：普尔太太，这是我儿子。

约翰：[与她握手]我猜您并不相信。

普尔太太：上次在教堂的时候，我已经仔细观察过你了。

约翰：都说牧师太太举止端庄，就是这样的端庄吗？

普尔太太：如果有年轻人从外面放假回来，她们会对自己略微放松些要求。

沃顿上校：你们是在村子里碰见的吗？

约翰：确切地说，不是。我看见她一头冲进甘太太的商店，显然是为了避开我……

西尔维娅：[打断他]我不知道你凭什么想象我能用后脑勺看见你。

约翰：于是我跟个野兔似的撒腿就追，就在她购买两磅细面的时候逮住了她。

西尔维娅：更别提还有一罐沙丁鱼和一包芥末酱了。

约翰：现在可以摘下你的帽子了，西尔维娅。你不该把你最美的部分遮起来。

西尔维娅：[摘下帽子] 我现在听你的话，但我希望你别以为战争结束后我还能继续这样。战争一旦结束，我就不会再听你的了。

约翰：我从没发现你有哪次是欣欣然按我说的去做的，如果有的话，那我真会吓一大跳。

西尔维娅：你这个忘恩负义的家伙！哪怕是你最小的愿望，我哪次不是毫不犹豫地照做了？

沃顿夫人：他回来不过四十八小时，可怜的孩子。

约翰：难道我刚才没有在马路中央卑躬屈膝地求你跟我一起散步？

西尔维娅：哦，没错，但是我想来见你父亲。我焦急地想知道那位专科医生是怎么说的。

约翰：[吃惊地] 爸爸，你看过专科医生了？你身体不好吗？

沃顿上校：好得不能再好了。我去看医生只是为了让你可怜的母亲满意。

约翰：但你为什么没有告诉我？妈妈，爸爸有什么不舒服吗？

沃顿太太：亲爱的，你父亲不让我在你回来的时候跟你讲任何这方面的事情。他不想让你担心，而我自己也认为也许留到今天说会比较好。

沃顿上校：其实是这样的，最近我的身体指标不怎么正常，麦克法兰医生希望我最好能看一下专科医生。所以，星期六我去了一趟坎特伯里，去看了凯勒医生。

普尔太太：是的，我也听说你去看他了。他们说他很聪明。

约翰：那他怎么说？

沃顿上校：哎，你知道那些医生的。他没有对我说太多。他说他会写信给麦克法兰医生。

约翰：然后呢？

沃顿上校：我估计麦克法兰医生会在今天早上收到他的信。他可能很快就会来这里。

普尔太太：我一个钟头前看见他在比林路上驾驶着他的轻便马车。等他来了，你可以问问他是去见谁。

约翰：你感觉不舒服吗，爸爸？

沃顿上校：没有，我做梦也没想过要去看专科医生，只因为你母亲担心罢了。

西尔维娅：别都怪在她身上。我也很担心。

约翰：[走到父亲身边，挽起他的手臂] 可怜的老父亲，你绝不可能生病的。

沃顿上校：哦，你知道，目前我还不打算去死呢。

约翰：我也绝对相信你没有这打算。等到你活到一百零二岁，我们再来谈这件事。

> [斯陶尔教区的牧师，诺曼·普尔大人，出现在窗口。他是个瘦高个儿，秃顶，穿着黑色短外套，戴着黑色草帽。他精力充沛，活泼风趣，兴高采烈。他乐于让别人知道，他虽然是神职人员，但也是个凡人；他表现出一副相当职业化的快活开朗的模样。普尔先生和太太身上有一种你时而会在已婚夫妇身上见到的夫妻相。你会好奇，究竟是他们因为彼此相像才结的婚，还是结婚让他们彼此相像。

牧师：喂，喂，喂！我能进来吗？

沃顿太太：[微笑着] 当然可以。你好吗？

沃顿上校：亲爱的牧师！

牧师：[走进屋子] 我想我本应该绕路去前门，像绅士一样地按下门铃。亲爱的多萝西，你何时才能教我正确的举止？

普尔太太：我很久前就已经放弃这种尝试了。

牧师：我想我应该进来看看，问候一下我们负伤的英雄。

沃顿太太：这是我儿子。这位是牧师。

牧师：欢迎欢迎！我刚才在村子里从你身边经过。我有点想走上前来握住你的手，但我想你也许会说，见鬼，这个神职人员到底是谁？

约翰：你好。

牧师：一位真正的英雄，他的言谈就跟你我一样。各位大人，这是个奇怪的世界。你这次受伤回老家休养，感觉怎么样？

约翰：我很高兴能又回到家里。我曾经以为自己再也回不来了。

牧师：战争开始后，你就一直没有回过家，是吗？

约翰：是的，战争刚爆发时，我在印度。先是加里波利之战，接着又是这个仗那个仗的，每次都休不成假。

牧师：是啊，那是一条没有拐弯的漫漫长路。但我知道你也在各种地方收获了一些零零碎碎的小东西。比如十字勋章和战时优异服务奖章，对吗？

普尔太太：你一定为此感到自豪。

牧师：你是如何赢得它们的？

约翰：哦，我不知道。基本上也就是到处搞搞。

沃顿太太：我想你无法从约翰那里问出更多话来了。

牧师：[朝着约翰] 你这个幸运的家伙！给了你机会，你也抓住了它。那是我本应该去的地方，是我一心向往的地方，和英勇的年轻人一起上前线。但我该死的胸痛把我锁在这个小破罐儿似的无足轻重的教区里。

普尔太太：我的丈夫一直遭受着肺病的折磨。

约翰：我为你感到难过。

牧师：是的，那种巨大的白色危险。他们说肺病的破坏力很可怕。这就是为什么我会调来这里；我刚开始发病时，正掌管着斯托克纽因顿的圣犹大教区。战争爆发后，我试图让他们派我去前线，但他们不听。

沃顿太太：旁观待命者亦有贡献。[①]

牧师：我知道，我知道。都怪我的这该死的体力。我是个老朽之人，我只是必须竭尽全力，做出最后一点贡献。我已经被抛弃在一边了。你们这些英勇的年轻人曾经赴汤蹈火，未来在你们的手上。昨天我布道的时候，我想你睡着了。

约翰：根本没有。我听得非常仔细。

牧师：就算你睡着了，我也不该怪你。布道是我在战争期间唯一能做的事情。不过，有时候我也确实怀疑自己这样做到底有没有益处。

沃顿太太：你给我们所有人都带来了巨大的帮助。

牧师：从我的角度来看，我并不谴责战争。我们的主说："你们不要想，我来是叫地上太平。我来并不是叫地上太平，乃是叫地上动刀兵。"基督教会是凭借手里的剑存活下来的。我们这个世界所认知的一切在自由、公正和启蒙上的发展进步，都是仰仗耶稣基督之剑所赢得的。

沃顿上校：但愿所有的教区牧师都能如此开明豁达。我知道什么是战争。我在埃及和南非待过。我在印度打过六七场仗。我讨厌废话和多愁善感。我相信战争对一个国家而言是必要的。它能够激发一个人最优秀的品格。

牧师：我万分同意您的看法。它是一所培养人格的伟大学校。在武器的对决中，伟大的基督美德闪耀不朽的光泽。勇气、献身、仁慈、自立。战争开始前，没有人知道奔赴前线的英勇的年轻人能够凭借自己的力量将英雄主义推高到怎样的巅峰。

普尔太太：您怎么看呢，沃顿少校？

约翰：[微笑着] 我？我觉得今天天气不错。我有三个星期的假期，

---

① They also serve who only stand and wait. 出自约翰尔顿的诗句。

战火离得很远。

牧师：［轻笑一声］很好的回答。我刚才说的是一些大家都明白的道理，这一点我自己心里也很清楚。但是你知道，有时候，我们必须把那些大家都明白的道理说出来，而且我认为等到必须说出来的时候，人们应该有勇气把它说出来。好了，亲爱的，我们走吧。

普尔太太：我们一大早这样打扰沃顿太太，不知道她会怎么看待我们呢。

牧师：我们在这里的人都是朋友，我希望也相信是这样。如果我们不受欢迎，沃顿太太早就可以说出来。在我看来，午后拜访这种习俗，遵守它不如破坏它来得更体面。①

沃顿太太：你们能来真是太好了。

　　　　［众人彼此握手。

牧师：［朝着约翰］那么，再见，年轻人。我已经努力向你表明，在所有的教区牧师中，我算得上相当开明豁达。就算听到你说"他妈的""该死的"，我也不会震惊。我自己也经常想说一些猛烈的词汇。我刚才问你，在我布道的时候你是否睡着了。就算你睡着了，我也不会有丝毫愠怒。

约翰：您能这么说真是太仁慈了。未来某个时候，也许我会用得到您的建议。

牧师：未来某个时候，要不——就下个礼拜天怎么样？——我希望你能在参加了我们教堂的整个圣礼中最伟大的环节后才离开教堂。别忘了，全能的上帝以他的仁慈，带你穿越巨大而又恐怖的险境，进入安全之地。我要对你说的就这些。再见。愿上帝

---

① 后半句 "...is a convention more honoured in the breach than the observance." 引自莎士比亚的《哈姆雷特》。

保佑你。

约翰：再见。

牧师：[与沃顿太太握手] 再见。这些教区牧师把自己变得多么令人
　　　讨厌啊，不是吗？

沃顿太太：我想问问你，可怜的利特尔伍德太太回来后，你有没有
　　　见过她？

牧师：没有，她昨天没来教堂。当然，星期天我总是很忙——我是
　　　教区里唯一一周工作七天的人——所以我还没机会见到她。可
　　　怜的人儿。

西尔维娅：她是星期六六点三十五分抵达的，和约翰坐了同一班火
　　　车，但那时我顾不上别人，就没有跟她说话。

沃顿上校：希望我们能为她做点什么。

沃顿太太：[跟约翰解释] 上周她接到电报，让她去法国布洛涅看望
　　　内德。内德是星期二死的。

约翰：[惊讶地] 内德死了！可他还是个孩子。

沃顿太太：哦，你还没离家的时候他就已经不小了，今年都快十九
　　　岁了。

普尔太太：她的两个儿子都已经死了。只剩她孤零零一个了。

沃顿太太：我们大家都一定要对她好点。她独自住在那幢大房子里
　　　会很难受。乔治，我希望星期六那天你能跟她说说话。

沃顿上校：我很难为情。毕竟，我们也为那个小淘气鬼担心了好一
　　　阵子。万一他遇到什么不测——好吧，我承认，我至少还有伊
　　　芙琳，而她，可怜的人儿，就只剩下她自己了。

西尔维娅：我昨天就应该去看看她。

沃顿太太：她肯定伤心欲绝。

牧师：不知道她想不想来牧师寓所住下。一想到她孤单单的一个人，
　　　我就受不了。

普尔太太：那是个了不起的主意，诺曼，只有你这样的人才能想到。我马上就去问她。能为她做些力所能及的事情，我会感到很高兴。

西尔维娅：确实应该试着找点什么东西转移她的注意力。

牧师：幸好她一直是个非常虔诚的人。等到大家该说的都说了、该做的都做了的时候，像那样的悲伤，只有一个庇护所永远不会让你失望。

　　　[凯特走进屋子，身后跟着利特尔伍德太太。她是一个上了年纪的小个子女人。她没有穿丧服，只是穿着她在丧亲之前会穿的平常衣服。

凯特：利特尔伍德太太来了。

　　　[凯特退场。

沃顿太太：[起身去迎接她] 亲爱的朋友，见到你我真是太高兴了。

利特尔伍德太太：你好！[她对众人灿烂地微笑着] 哦，约翰，你已经回来了？[朝着沃顿太太] 我来是想问你，今天下午你要不要和上校一起来玩桥牌。

沃顿太太：桥牌！

　　　[他们都惊讶地望着她，但谁都没有开口说话。

利特尔伍德太太：我本来还想去问问麦克法兰医生，这样就可以凑齐四个人。不过，要是约翰想加入也可以。

沃顿太太：[尴尬地] 你真是太客气了，不过上校最近身体不太好。我想他应该不想出门，而我也不想丢下他一个人。

利特尔伍德太太：哦，真遗憾。

沃顿太太：你要坐下吗？

利特尔伍德太太：非常感谢，但我要走了，去威尔金森家转一圈，看看他们是不是想打牌。

牧师：希望这样走来走去不会累着你。

利特尔伍德太太：我一点也不累。

普尔太太：我们还以为你很累，因为我们没见你来教堂。

利特尔伍德太太：对，我是没来。我觉得来了也没什么意思。

　　　　[众人沉默片刻。

沃顿太太：你是——你是从法国直接回来的？

利特尔伍德太太：不是，我在伦敦待了几天。

沃顿太太：[语气中带着怜悯] 一个人？

利特尔伍德太太：不，我在酒店里认识了一位非常好的女士，我们一起外出。我们先是一个晚上去了欢乐剧场，接着下一个晚上又去了帝国剧院。你知道吗？我以前从来没有看过乔治·罗比的表演。

普尔太太：谁是乔治·罗比？

牧师：我想是个喜剧演员。

利特尔伍德太太：[和蔼可亲地] 你这次回来待多久，约翰？

约翰：我有三个星期的假期。

利特尔伍德太太：我们肯定都想为你多做点什么。我来为你搞个网球派对，怎么样？

西尔维娅：哦，利特尔伍德太太，我觉得这种时候你肯定不会想搞什么派对的。

利特尔伍德太太：我想啊。在这种地方，难得有借口搞个派对。

沃顿太太：[拉起她的手] 亲爱的，我想让你知道，对于你痛失爱子，我们都感到非常难过。

利特尔伍德太太：[拍了拍沃顿太太的手，随即又抽出自己的手来] 你真是太好了。[朝着西尔维娅和约翰] 星期三你们有空吗？我把两个球场都订上。

西尔维娅：[绝望地] 我没法儿来，利特尔伍德太太，我没法儿来。

利特尔伍德太太：到底是为什么？

西尔维娅：[努力克制自己，保持礼节] 那天我很忙。

沃顿上校：约翰在家的时间很短。我想是他和西尔维娅感觉自己不想参加派对。

牧师：[经过深思熟虑地] 看来，你到达法国的时候你儿子还活着，你赶上了见他的最后一面。

　　　　[利特尔伍德太太飞快地看了他一眼，停顿片刻，调整了一下自己的情绪，接着几乎是轻飘飘地回答。

利特尔伍德太太：不，他那时已经死了，可怜的孩子。[朝着沃顿太太] 再见，亲爱的，很遗憾今天下午你不能来玩桥牌。约翰，我想我应该送你一个结婚礼物。

约翰：我想你会的。

利特尔伍德太太：[对其他人微笑着] 再见。

　　　　[她走出房间。其他人目瞪口呆地留在原地。

普尔太太：她是不是彻底没心没肺了？

沃顿上校：我还一直以为她深爱着自己的儿子。

西尔维娅：内德是她的最爱。

普尔太太：她没有穿丧服。

西尔维娅：她不打算穿了，你觉得呢？

沃顿太太：我无法理解。她以前很疼爱那两个男孩。

普尔太太：诺曼，我还没有邀请她来牧师寓所住下。

牧师：我想在情形变得稍微明朗些之前，我们最好还是别邀请了。她让我们感觉她根本丝毫不在乎内德的死。她肯定跟钉子一样坚硬。

沃顿太太：不，她不是那样的人。我认识她已经有三十五年了。你们觉得她会不会疯了？

沃顿上校：伊芙琳，等麦克法兰医生来了，我们最好问问他。

牧师：听到她说她再也不来教堂了，因为觉得来了也没什么意思，我这辈子都没有如此震惊过。

普尔太太：诺曼，我得走了。家里还有很多事要做。

牧师：那一起走吧，我们就从花园出去吧。

> [他们互相道别，刚才发生的怪事令每个人都失魂落魄。牧师和普尔太太出去了。上校把他们送到门口。

西尔维娅：约翰，你一言不发。

约翰：我在想利特尔伍德太太，在我印象中，她既不算冷酷无情，也没有神经错乱。

西尔维娅：那她为什么要这样？

约翰：[若有所思地] 不知道。[耸了耸肩，摆脱这种情绪] 反正我现在也不是很在乎。过来，在我身边坐下，好好抚慰一下我这个负伤的英雄。

西尔维娅：傻瓜！

沃顿太太：你留下来吃午饭吗，亲爱的西尔维娅？

西尔维娅：不吃了，我想我应该回家陪我母亲。

约翰：趁你还没走，我们把我们一直在商量的那件事情告诉他们吧？

沃顿上校：我想这不难猜。

约翰：我想尽快跟西尔维娅结婚。

沃顿太太：当然应该这样。

约翰：如果我们想要抓紧，可以申请一张特别许可，星期四就能结婚。我们不想去太远的地方度蜜月，因为我的假期太短了。我建议去伦敦。

西尔维娅：你觉得呢，沃顿太太？

沃顿太太：好吧，亲爱的，我认为你跟约翰怎么决定都是对的。

西尔维娅：他刚刚回到你们身边。我不忍心立即就把他带走。你会不会希望我们再等等？

沃顿太太：亲爱的，我们自始至终都认为，他一回来你们就该结婚。我们已经做好了失去他的准备。也许过几天，如果上校的健康状况允许，我们也去伦敦，我想你不会介意吧？我们会尽量不打扰你们。

西尔维娅：[在沃顿太太身边跪下，亲吻她]哦，亲爱的，你对我真是太好了。我永远不知道该如何报答你的恩情。

沃顿太太：我们大家都度过了一段疲倦而又焦虑的日子。我知道有时候你有多么不开心。当下，我想把他交给你。他是个好小伙儿，我想他会让你幸福的。

西尔维娅：[站起身，把手伸给约翰]我相信他一定会的。我也会努力做个好妻子的，约翰。

约翰：对我这样的人来说，你已经够好了。那就约好了下个星期四。

西尔维娅：[微笑着]好的。

　　　　　[他把她拉到身边，亲吻她。她几乎要情绪失控了。]

西尔维娅：约翰，我盼你盼了很久，望眼欲穿。

约翰：看在上帝的分上，可别哭啊。

西尔维娅：[轻轻笑着从他怀里挣脱出来]约翰，你这个家伙！我讨厌你。

沃顿太太：约翰，你喜欢那个牧师吗？

约翰：他看上去没什么不好。

沃顿上校：他是个一流的伙计，本来在伦敦过着非常优越的生活，但后来递交了辞呈，在东区找了个职务。

约翰：真的？

沃顿上校：他说他不是被派来陪那些上了年纪的富太太喝中国茶的。[轻轻笑着]他有时候说话很有意思。

沃顿太太：他们夫妻俩在东区干得十全十美。他们要和教区居民过同样的生活，所以没有仆人，全部家务都自己做，连衣服也是

306

自己洗。

约翰：听起来有点无趣，但是当然，确实很有英雄气概。

沃顿太太：你还记得关于圣餐他是怎么跟你说的吗？你昨天没有留下来领圣餐，你父亲和我都有点失望。

约翰：这一点我很抱歉，亲爱的妈妈。

沃顿太太：如果我们三个人能一起领圣餐，会让我们老两口感受到莫大的幸福。

约翰：亲爱的妈妈……西尔维娅，你要是真打算回家吃午饭，我陪你走回家。

沃顿太太：星期三早上，牧师还会举行一次圣餐仪式，到时候你能来吗？那将是你结婚前的最后一次机会了。

约翰：哦，天哪，你不会想让我半夜起床吧？毕竟回家的一大乐趣是早上可以赖床啊。我不知道如何才能把我自己从那些薰衣草味的床褥上剥离下来。

沃顿太太：亲爱的约翰，你就不能来让我们高兴一下吗？

约翰：[依然想轻描淡写地把这个话题敷衍过去] 哦，我亲爱的妈妈，你真的认为有必要？

沃顿太太：亲爱的，我很希望能这样。你知道，这对我来说意义重大。

约翰：[神情变得严肃] 难道你不认为去参加那种仪式需要一定的心境？

沃顿上校：[好脾气地] 好啦，我的孩子，你回来到现在，你母亲第一次跟你提要求，你不会拒绝吧？

约翰：非常抱歉，妈妈，我恳求你别再坚持了。

沃顿太太：我不太明白你的意思。这么固执，都不像你了……你来不来，约翰？

约翰：我不来。

沃顿上校：为什么?

约翰：我已经离开很久了。你知道，有时候人们身不由己。我经历了一些非常可怕的事情。

沃顿太太：[惊恐地] 你是说，你已经放弃了你的——信仰?

约翰：亲爱的，我非常抱歉让你感到痛苦。

西尔维娅：[双眼紧盯着他] 你还没有回答你母亲的问题，约翰。

约翰：如果你想要一个直截了当的答案，我恐怕不得不说——是的。

沃顿太太：[受到了极大的打击] 哦，约翰!

西尔维娅：可是昨天你来了教堂。

约翰：那只是一个传统仪式。我来出席一下，就好像犹太人出席基督徒朋友的婚礼一样。

西尔维娅：可是我们站着的时候你也站着，下跪的时候你也下跪，祈祷的时候你也看上去在祈祷。

约翰：如果在某个罗马天主教教堂里，我也会这么做。这在我看来是一种礼貌。[微笑着] 你觉得这样不诚实?

西尔维娅：我不明白你为什么要捡了芝麻丢了西瓜。

约翰：我没有。这是一个我吞不下的西瓜。我知道，如果我拒绝上教堂，会让你们很痛苦。我不想显得目中无人。但这次在我看来有所不同。如果要求我积极主动地投入一个对我而言毫无意义的仪式，那就完全是另一回事了。我不想专门为此说谎。而且从你的角度来看，这肯定是在亵渎上帝。

沃顿太太：[沉溺在自己的思绪中] 太可怕了!

约翰：[走上前搂住她] 别不开心了，妈妈。我管不住自己的感觉。毕竟，这也只是一件关乎个人的事情。

西尔维娅：[思考着] 是吗?

约翰：肯定是的。[朝着他母亲] 我宁愿不告诉你。我知道你有多在意。但我不得不告诉你。也许这样更好。一想到欺骗你和父亲，我就觉得很讨厌。现在让我们忘了这件事吧！

沃顿上校： 约翰，你是不是已经忘了三个星期后你就要回到前线？迟早你会发现自己再次走上战场。你有没有问过自己，缺少了全能的上帝的帮助，你将如何面对死亡？

约翰： 面对死亡永远是艰难的。

沃顿上校： 人们在一切顺利的时候总觉得特立独行很容易，但在遇到危险和疾病后，就会发现完全不是这么一回事。你不会是第一个遇到这种问题的人。

约翰： ［微笑着］恶人遭难，其行也善。

西尔维娅： 利特尔伍德太太的大儿子阿奇在索姆战区身受重伤。他的营部不得不撤退，但不知怎么地，没有把他带走。他在丛林角落里躺了三天，靠着从地里挖出来的甜菜根活了下来。天知道，我不希望你遇到这种事情，但万一你遇到了，你能肯定那种时候你的勇气不会辜负你？你能肯定你不会本能地呼唤上帝来拯救你？

约翰： 就算我这么做了，那又怎么样？那个身受重伤、流血、饥饿、神志失常的家伙，已经不是我了。现在这个说着话、身强体壮、意识灵敏的人才是我。现在这个才是真实的我。我不承认我在遭受痛苦和疾病的折磨时的任何感受或言语。这就好像犯人接受酷刑时的招供，跟真实的我自己没有半点关联。

西尔维娅： ［盯着他看］你害怕发生那种事情，对吗？

约翰： 是的，我不希望在我的心灵无法照看我的身体时，我的身体对我要鬼把戏。

沃顿上校： 你有没有遇到过真正的危险，自从你——自从你这样思考以来？

约翰： 有的。有一次我在战壕里，德军的纵射炮火正在朝我们射击。他们瞄得很准。炸弹一个接一个地落下来，从战壕的一头开始，一路慢慢地轰炸过来。几乎算得出来什么时候炸弹会落到我们头上，把我们炸成碎片。

沃顿太太：［害怕得轻轻地吸了一口气］哦，约翰，别说了！

约翰：［微笑着］好啦，后来轰炸出了点问题，否则我现在肯定不会在这里了。

沃顿上校：你想说你当时不害怕？

约翰：不是害怕，而是魂飞魄散：就像被十足的飓风吹着。我感觉自己缩小了，衣服突然像麻袋一样耷拉在我身上。我的嘴唇不顾我的意志，开始念祷词。我想这是出于长久以来的习惯，是自发形成的恳求，恳求上帝别让炸弹落下。于是我不得不跟自己战斗，不得不反反复复地对自己说："别像个傻瓜一样。别像个他妈的傻瓜一样。"

沃顿太太：所以你抵抗？这是上帝在跟你说话的声音。这祷告出自你的内心，他以他的仁慈倾听。这向你证明了你的错误，不是吗？那一刻，你相信了，即使你挣扎着不去相信。你的整个灵魂都在哭喊着它对上帝的信仰。

约翰：不，这不是我的灵魂：是我对死亡的恐惧。

沃顿上校：我也上过战场。在南非和苏丹，我们不时遇到非常紧张的局势。每当我加入战斗，我就会把我的灵魂托付给上帝。现在我老了，我可以说，我从来没有体会过"恐惧"。

约翰：我并不认为自己特别勇敢。每次战斗开始前，我时常不得不点支烟，以掩饰我嘴唇的颤抖。

沃顿上校：基督徒不害怕死亡。他的整个生命都不过是在为那个可怕的时刻做准备。对他而言，那是通往永生的金光大道。

约翰：想到生命不是别的，只不过是在为死亡做准备，我会感到难过。在我心里，死亡微不足道。我认为一个人应该努力把它赶出脑海。他应该好好活着，活得好像生命没有尽头。生命本身才是最重要的东西。

西尔维娅：那不就成了一种卑劣的物质主义？

约翰：不，因为只有愿意拿生命来冒险，才能让生命发挥最大的价值，是冒险改变了一切。生命是一个人所能拥有的最珍贵的东西，但除非准备好拿它去冒险，否则它毫无价值。

西尔维娅：你认为有什么东西值得你拿生命来冒险？

约翰：几乎所有东西。荣誉，或者爱情。一首歌，一个想法。[他沉思了一会儿，露出笑容] 一扇五杆栅栏。

西尔维娅：那不是很没逻辑？

约翰：也许吧。我说不好。我想我要说的是，生命本身没有价值。是你放进去的东西让它有了价值。

沃顿上校：你认为是什么让你从险象环生的战争中平安归来？约翰，你知不知道？我和你母亲，还有西尔维娅，过去每天都在向上帝祷告，希望他能有充分的理由放过你。

约翰：[突然来了劲] 难道只有你们是这样做吗？为什么他没有充分的理由放过别人？

西尔维娅：上帝的安排神秘莫测。我们是谁？有什么资格质问呢？

沃顿上校：[回答他儿子] 我不知道你为什么会这么问。战争中总有人被杀害。司令发动战争，在还没开始前，他就已经清楚地知道会有怎样的损失。

　　　　[约翰轻轻地耸了耸肩，恢复了平静。

约翰：如果你不介意的话，我想说，我们最好还是别争了。争论永远不会带来进步，不是吗？

沃顿太太：[温和地] 可是我们想弄清楚。约翰，你过去一直都是个非常虔诚的男孩。

约翰：[微笑着] 哦，妈妈，这一点可别告诉任何人，太难为情了。

沃顿太太：[也报以微笑] 哦，我不是那个意思。相反，你很会捣乱。有时犟头倔脑，很难管教。

约翰：这样说好多了。

沃顿太太：我想把你培养成一个敬畏上帝的人。曾经，当我看到你的信仰是那么简朴而又感人，有时会感觉很幸福。你过去常常出于各种荒诞的理由向上帝祷告，比如能在板球比赛里多一些跑动，或者通过某一门你没认真复习的考试等等。

约翰：是的，我记得。

沃顿太太：如果你放弃了信仰——我们知道你和那些人不一样，他们是刻意放弃信仰，因为他们沉溺于感官享受，一举一动无不在侮辱上帝，于是不敢信仰他。只要你愿意把一切都告诉我们，也许我们能帮助你。

约翰：亲爱的，你最好先把这件事放一放。如果我说出来，只会伤害你们所有人。

沃顿太太：我们愿意冒这个险。我们知道你不会故意伤害我们。也许只是一些我们能够解释的难题。就算我们不够聪明，解释不了，牧师也能为你解释。

　　　　[约翰摇摇头，什么也没说。

西尔维娅：你不想信仰上帝吗，约翰？

约翰：不想。

　　　　[众人停顿了片刻。凯特进屋通报，说麦克法兰医生来了。这是一个相当特立独行的老男人，留着一头长长的白发，个子矮小，脸颊红扑扑的。他是一个老派的乡村医生，穿着破旧的黑色衣裤，手上拿着一顶褪色的丝绸帽子。他身上有一点乡绅的气派，又有一点旧时药剂师的感觉。

凯特：麦克法兰医生来了。

　　　　[凯特退场。

沃顿太太：哦，我一时把这件事给忘了！[露出欢迎的微笑] 我们一

312

直盼着你。

麦克法兰医生：[与两位女士握手] 我今天早上很忙。[朝着约翰]
你好吗，约翰？

约翰：已经恢复得差不多了。谢谢关心。

麦克法兰医生：看起来你的这次冒险并没有让你变糟。可能也就是，
更成熟了一点。

沃顿太太：哦，没错，他回来后你还没见过他。

麦克法兰医生：是没见过。但我妻子昨天在教堂见到他了，可惜我
没能去。我得去看一个病人。

约翰：同一个病人？

麦克法兰医生：我没听明白，请再说一遍？

约翰：你在过去二十五年里，每个礼拜天早上大约十一点的时候，
都要去见一个病人。我在想是不是同一个病人。

麦克法兰医生：如果真是这样，我把殡仪馆的人拒之门外那么久，
肯定应该得到表扬。[朝着上校走去] 上校，你今天感觉如何？

沃顿上校：哦，我感觉很好，谢谢。你有没有收到你那位坎特伯里
的同行寄来的信？

麦克法兰医生：收到了。

沃顿上校：那他怎么说？

麦克法兰医生：你们这些军官，办起事情来都风风火火的。

沃顿太太：你把信带来了吗？

麦克法兰医生：信里都是专业术语，恕我冒昧，我认为你们没一个
人能看懂。这样吧，亲爱的沃顿太太，你能否和我一起去你美
丽的花园走上几步，来聊一聊这位老暴君？

沃顿上校：那样做有什么意义？等到你一走，伊芙琳就会把你们不
在屋里时说的每句话都告诉我的。她这辈子也没能瞒过我什么。

麦克法兰医生：你必须对我有耐心。我已经一把年纪了，喜欢按我

自己的方式做事。

沃顿上校：听着，我可不是懦夫，我不会忍受你的任何一点无理取闹。把那个医生说的话原原本本地告诉我们，少给我来花样。抱歉，请原谅我，亲爱的，但我必须跟这个老傻瓜用他听得懂的方式说话。

麦克法兰医生：他很粗暴，不是吗？

约翰：就算是再斯文的海盗，也割开过别人的喉咙。

沃顿上校：医生，你知道，你这个老骗子一眼就能让人看穿。你有坏消息要带给我，在你进来的时候，我就已经看出来了。你原本期待这里只有伊芙琳一个人。

麦克法兰医生：在这个时间点，所有有自尊心的退役上校都应该在书房里阅读《泰晤士报》。

沃顿太太：凯勒医生怎么说？

沃顿上校：我猜他想让我动手术。手术是个讨厌的东西，但是在上帝的帮助下，我能挺过去。

麦克法兰医生：好吧，反正你迟早也会知道的。让年轻人出去，我们静下心来，好好说一说。

沃顿上校：毫无必要。约翰是我儿子，西尔维娅也几乎算是我的女儿了。我自认为我所关心的就是他们所关心的。就算我只有一个月的活头了，也没什么好大惊小怪的。

麦克法兰医生：［犹豫着］你希望我现在就把整件事情告诉你——就像这样？

沃顿上校：是的，你别以为我害怕听到最坏的消息。无论是怎样的消息，我希望自己像个基督徒、像个绅士那样，勇敢地接受它。

　　　　［众人一阵沉默。

麦克法兰医生：你说得很对。我有坏消息要带给你。凯勒医生确认了我的诊断。我本来就很肯定，只是我不愿意相信。我想我

也可能搞错了……我恐怕得说，你确实病得很重。你必须万分
小心。

沃顿太太：乔治！

沃顿上校：好了，好了，亲爱的，别激动。那么他有没有建议我动
手术？

麦克法兰医生：没有。

沃顿上校：[愣住了] 你的意思是……可我没有感觉那么糟。虽然有
时候我会觉得痛，但是接着就……你不会想说我快死了吧？看
在上帝的分上，告诉我真相。

麦克法兰医生：我亲爱的老朋友啊！

沃顿上校：你是说我得了绝症。什么都做、做不了了？

麦克法兰医生：那我不好说，总能做点什么的。

沃顿上校：但我指的是治疗。我还能接受治疗吗？

麦克法兰医生：如果你真想知道，我恐怕得说，我不抱什么希望。

沃顿上校：你还能给我多少时间？[拼命想笑出来] 我想你不会只勉
强给我一年或两年吧？

麦克法兰医生：[故作轻松地] 哦，你要相信，我们一定会尽可能地
让你活久一点。

约翰：爸爸，你体格强健。我感觉你会再活上二十年，把医生耍得
团团转。

麦克法兰医生：内科不像外科那样是一门严谨的科学。医生会在病
人希望得知真相时，把真相告诉他，这是医生的职责。但我要
是病人，也只会半信半疑。

  [上校怀疑地看着他。

沃顿上校：你肯定对我还有所隐瞒。如果仅此而已，你为什么希望
单独见伊芙琳？

麦克法兰医生：这么说吧，有些人对自己非常紧张。我不太确定，

让你知道到底好不好。我想先跟她谈谈。

沃顿上校：我是不是有很快死掉的危险？看在上帝的分上，告诉我。就把我一个人蒙在鼓里是很残忍的。

沃顿夫人：医生，请诚实回答。

麦克法兰医生：[停顿了一会儿] 我想，如果你还有什么事情想安排的话，立即安排会是比较明智的做法。

沃顿上校：这么说，这甚至不是一个一年还是两年，而是几个月还是几个星期的问题？

麦克法兰医生：我不知道。没人能回答。

沃顿上校：你把我当小孩。[突然愤怒起来] 该死的，先生，我命令你告诉我。

麦克法兰医生：随时都有可能。

沃顿上校：[突然发出一阵恐惧的哭喊] 伊芙琳！伊芙琳！

沃顿太太：哦，亲爱的！我亲爱的丈夫！

　　　　[她把他抱在怀里，像是在保护他。

麦克法兰医生：你为什么要强迫我告诉你？

沃顿上校：[惊恐地喃喃低语] 哦，伊芙琳！伊芙琳！

沃顿太太：[朝着其他人] 你们都走吧！

约翰：[朝着西尔维娅] 我们走吧，他们想要单独待一会儿。麦克法兰医生，您能跟我去花园待上几分钟吗？

麦克法兰医生：当然可以，当然。

　　　　[他们走出屋子，只剩下沃顿上校和沃顿太太。他俩沉默了一阵。

沃顿太太：亲爱的，也许这不是真的。

沃顿上校：是真的。我现在知道这是真的了。

沃顿太太：哦，这太难了。我宁愿生病的人是我。宝贝，如果能让我代替你，我会非常高兴。

沃顿上校：伊芙琳，我们在一起一直都很幸福。

沃顿太太：我们有很多事情要感激。

沃顿上校：哦，伊芙琳，我该怎么办？

沃顿太太：哦，亲爱的，我为你感到难过。我实在太难过了……我
觉得你很勇敢。如果有人那样对我说，我——我会崩溃的。

沃顿上校：太出乎意料。

沃顿太太：[试图安慰他] 幸好你始终拥有光明而又清晰的信仰。如
今它带来了莫大的安慰，亲爱的，多么巨大的安慰！[她把他拉
得更近]

你即将丢弃人类终将腐朽的褴褛衣衫，穿上天堂的衣服。
这就是我们一直记在心中的，不是吗？这短暂的一生只是一条
道路，通往我们挚爱的天父所处的宅邸。[她察觉到他内心的恐
惧，她竭尽全力给他勇气] 面对世间领袖的召唤，你从未犹豫。
你是一名优秀的士兵；现在天堂的领袖正在召唤你。基督正朝
着你，张开他慈爱的臂膀。

沃顿上校：伊芙琳——我不想死。

第一幕终

第二幕

场景与上一幕相同。

两天过去了。此刻是星期三下午。

沃顿太太坐在一张小桌子旁，若有所思地望着前方。桌上有一个工具篮，旁边是一件她正在缝制的婴儿衬衫。壁炉里烧着火。一分钟后，约翰走了进来。她抬头看着他，露出愉快的微笑。他走向她，把手放在她肩上。她轻轻地拍了拍他的手。

约翰：妈妈，你这是在发呆吗？我很少见到你让恶魔有机可乘啊。

沃顿太太：我很坏吧。

约翰：你做的这个是什么？看在老天的分上，你怎么会在做婴儿衬衫？真见鬼，我还没结婚呢。

沃顿太太：[假装有点惊讶] 别淘气了，约翰。这是给可怜的安妮·布莱克的宝宝做的。

约翰：她是谁？

沃顿太太：她跟爱德华·德里菲尔德，也就是木匠的二儿子订了婚。他们原本打算等到他下次休假回来就结婚的，但是现在他死了，而她怀孕了。

约翰：可怜的人儿。

沃顿太太：眼下，普尔夫妇照顾着她。你瞧，她无处可去，他们又不想让她落入济贫院，所以普尔太太把她安顿在牧师公寓。我提出让我来为她准备所有的婴儿用品。

约翰：[满怀爱意地] 你真是位善良的老母亲。

沃顿太太：你不认为普尔夫妇也很好吗？

约翰：是的，很有魅力。

沃顿太太：约翰，他们今天下午要来。我想让牧师见见你父亲……
我还没跟你父亲说他们要来。

沃顿：你还没说？

沃顿太太：他现在非常敏感。这也很正常吧？我不知道他究竟会如
何看待他们的来访。我想如果普尔太太跟着一起过来，看上去
就会像是一次朋友间的普通走动。也许牧师能有机会跟你父亲
说上几句。

约翰：[微笑着] 我明白了，你想让我故意带你离开，留下他们
独处。

沃顿太太：我讨厌干偷偷摸摸的事情，约翰，但是我认为，如果你
父亲能跟牧师私下聊上一小会儿，也许会给他带来很大的帮助。

约翰：你为什么不直接对他提议这么做？

沃顿太太：我不想。我担心他会恼火。我原本以为他自己会提议的。

约翰：[非常温柔地] 妈妈，别让自己这么紧张。

沃顿太太：我努力不去想这件事，约翰。我只希望结局来临时不会
太痛苦。

约翰：我从不指望这个。

沃顿太太：[停顿了一会儿] 约翰，我不明白你的意思。

约翰：不，你明白。你看到父亲的脸色，就已经明白了。

沃顿太太：我真的不明白。[几乎是气急败坏地] 你错了，约翰。他
承受的痛苦比你想象中多得多，所以才会有那样的脸色。

约翰：[严肃地] 妈妈，他的脸上有恐惧，对死亡的恐惧。这一点你
跟我一样清楚。

沃顿太太：[绝望地] 我多么希望只有我一个人明白这一点。我为此心碎。可我无能为力。他变得如此陌生。有时候他看着我，就好像我是他的敌人。

约翰：他不想死，不是吗？他打心底里妒忌你，因为你可以继续活下去。

沃顿太太：你也注意到了？我努力视而不见。

约翰：别为他生气，也不要对他失望。你知道，对我们所有人而言，死亡都是艰难的。通常随着年纪的增长，精力开始衰弱，生命逐渐变成了负担，这样走到人生的终点就不会太艰难。但是可怜的父亲有某种更艰难的东西需要面对。

沃顿太太：他信仰我们的宗教所包含的伟大真相，这支撑了他的整个人生。哦，约翰，就在这种时候，就在需要他把这些真相付诸实践的时候，他的内心却动摇了，这太可怕了。这几乎是对爱他的上帝的背叛。

约翰：亲爱的妈妈，难道你想象不出来，上帝根本不会发现吗？一个欢乐、纯洁、诚恳、无私、有责任心的生命，在最后几个星期里的表现又有什么要紧的呢？我们前几天讨论过这一点，你还记得吗？我说评判一个人，应该根据他在年富力壮的时期信什么和做什么，而不应该根据他饱受折磨时被逼成什么样。你要祈祷上帝给予我父亲英勇无畏和顺其自然的心态。

沃顿太太：你自己都不信上帝，怎么能让我祈祷呢？

约翰：一样可以祈祷，亲爱的，也为了我。

沃顿太太：亲爱的，我想你父亲死后，我也不会活太久。像我们这样相濡以沫的夫妻是不习惯分离的。想到你将和西尔维娅厮守在一起，我感到很高兴。

约翰：西尔维娅是个好姑娘，对吧？

沃顿太太：你不在家的时候，我独自为你牵肠挂肚，当然，我也替她担忧。她跟她母亲一起度过了一段非常艰难的时光，就靠着一点点钱，一点点她的抚恤金过日子；你要是出了什么事，等到她母亲死了，她就真的一无所有了。你们订婚那么久，她已经算不上很年轻了。不可能再有别人想跟她结婚了。

约翰：我亲爱的妈妈，你现在非常多愁善感。

沃顿太太：[带着使人发笑的愤怒] 我没有，约翰。一个青春已逝又身无分文的女人，在世上形单影只，你不知道这对她意味着什么。

约翰：不，我知道。但你也不必为此哭泣，因为西尔维娅和我快要结婚了，她的将来会有所托付的。

沃顿太太：想到你要结婚，她是我唯一能接受的姑娘。

约翰：好了，除了她，我也无法接受跟其他任何姑娘结婚，我们俩都很满意。

    [凯特进屋，身后跟着利特尔伍德太太。

凯特：利特尔伍德太太来了。

    [凯特退场。

利特尔伍德太太：[亲吻沃顿太太] 你好！

沃顿太太：你好，亲爱的。

利特尔伍德太太：[朝着约翰] 我给你带来了一件新婚礼物。

    [她递给约翰一个小盒子，里面有个珍珠别针。

约翰：哦，我说，你真是太慷慨了。看呀，妈妈，上面是一把锯齿刀，对吗？

利特尔伍德太太：这是阿奇的东西，你知道的，他生前一直都以此为豪。

约翰：太好了，你把他的一件遗物给了我！

沃顿太太：夏洛特，你真好。

利特尔伍德太太：别说傻话了。我留着也没用。我想与其躺在保险箱里，还不如让约翰拿着。我听说，如果没有人佩戴它，上面的珍珠会发黄。

沃顿太太：约翰，亲爱的，你去花园抽个烟吧。我想跟利特尔伍德太太单独聊聊。

约翰：好的，妈妈。

  [约翰走出屋子。

利特尔伍德太太：你知道吗？我最近想卖掉我的房子。以前我之所以留着它，是因为我想儿子们休假回来能有个住处，但现在他俩都已经死了，我想我应该去伦敦找个更有意思的地方住下。我要参加桥牌俱乐部。

沃顿太太：夏洛特，你这是什么意思？你为什么要说这种话？

利特尔伍德太太：亲爱的，为什么我不应该参加桥牌俱乐部？[微笑着]对我这个年纪的人来说，这肯定算是个相当体面的活动。

沃顿太太：你把我搞糊涂了，你不是来跟我谈你儿子的吗？

利特尔伍德太太：[冷冰冰地]如果你觉得你必须发泄一下你的同情，那请便；但我不觉得我特别需要你的同情。

沃顿太太：大家都不理解你。你从法国回来后，行为举止始终非常怪异……可怜的孩子在坟墓里尸骨未寒，你就上剧院去了，这太可怕了！你好像除了桥牌，其他什么都不在乎。

利特尔伍德太太：我想每个人都有自己的行事方式。

沃顿太太：我在想你不会疯了吧。

利特尔伍德太太：[有点被逗乐了]是的，我看出来了。

沃顿太太：你要是知道我有多么渴望帮你就好了。但你不让我靠近你。我们结识已经超过三十年了，夏洛特，你为什么还要在我们之间筑起一堵石墙？

利特尔伍德太太：[温柔地，就好像跟孩子说话似的]亲爱的，别让你的好心肠为我发愁。如我需要你的帮助，我会立即来找你的。

只是我现在不需要，真的不需要。

　　[沃顿太太听见楼梯上传来她丈夫的脚步声。

沃顿太太：乔治来了。[走到窗边] 约翰，你要是愿意，可以进来了。

　　[上校走进房间。他的脸色比两天前更苍白，眼神里不时地流露出焦灼。

沃顿天天：乔治，夏洛特·利特尔伍德来了。

沃顿上校：我看见了，你好。

利特尔伍德太太：上校，你今天看起来气色不太好。

沃顿上校：你这话真让人欢欣鼓舞。我自己感觉很好。

沃顿太太：我觉得比一两天前看起来好多了。

沃顿上校：今天这么暖和的天气里你还生火，我猜不是为了我的缘故吧。

沃顿太太：不是，是我觉得有点冷。乔治，你总是忘记我已经不像过去那么年轻了。

　　[上校在一把扶手椅上坐下，沃顿太太拿来几个靠垫。

沃顿太太：宝贝，让我把它们垫在你身后。

沃顿上校：伊芙琳，看在上帝的分上，别大惊小怪了。我如果需要靠垫，完全可以自己来拿。

　　[约翰和西尔维娅一起进屋，他们听见了两人刚才的对话。

约翰：好了，好了，爸爸，不准你宠坏妈妈。她服侍我们已经三十年了。别让她在有生之年养成别的坏习惯。

沃顿太太：哦，西尔维娅，我没想到今天能遇到你。你说你很忙。

西尔维娅：我觉得我必须过来看看你们都还好吗。

　　[上校怀疑地看了她一眼。她亲吻了沃顿太太、利特尔伍德太太和上校。

约翰：[给西尔维娅看珍珠别针] 看利特尔伍德太太给了我什么。它让结婚更有意义了，不是吗？

西尔维娅：啊，多可爱啊！

利特尔伍德太太：你回家后也会发现有个小礼物正在等你。

西尔维娅：太让人激动了！我要一路跑回家。

沃顿太太：宝贝，既然来了，不如一起喝杯茶吧。

西尔维娅：我真的不能留下来，家里还有很多事情要做。

约翰：胡说八道。你根本没事做。我们不会让你走的。

西尔维娅：别忘了，从明天起，你就要永远跟我在一起了。今天你
　　就不能考虑放我一天吗？

约翰：不能。

西尔维娅：真是个磨人精。但我也不得不说这让我很愉快。

沃顿上校：我从没见过哪对年轻人像你们这样中意彼此。

约翰：[伸出一只胳膊，搂住西尔维娅的腰] 我可一点儿也不中意西
　　尔维娅。我希望她能有乌黑的头发和像黑刺李一样的眼睛。

西尔维娅：傻瓜，什么是黑刺李？

约翰：不知道，我从小到大总在书里读到。

西尔维娅：哦，上校，你知道吗？我在来这里的路上，穿过田野时，
　　真的看见了一只兔子。

约翰：爸爸，我听说这片土地上的动物都已经死绝了。

沃顿上校：是的，害虫大量繁殖。房子周围有还一两只野公鸡，就
　　这些了。我不知道下一季会怎样——但毕竟我已经不必操心下
　　一季了。那将成为你的烦恼，约翰。

约翰：希望我能有跟你一样的运气打猎到那些野公鸡。

沃顿上校：老天哪，我真希望自己能年轻个二十岁。我会抓住机
　　会让德国人把我一枪击毙。那也好过现在跟老鼠似的死在捕鼠
　　器上。

　　[凯特进屋，通知牧师和普尔太太来了。

凯特：牧师和普尔太太来了。

    [凯特退场。

沃顿太太：你们好。

    [众人相互致以寻常的问候。上校看看普尔夫妇，接着又将视线转向他妻子，满脸狐疑。普尔夫妇对利特尔伍德太太表现得相当冷淡。

沃顿上校：你好。你们能来真是太好了。请坐。

普尔太太：西尔维娅，明天的事，你都准备好了吗？

西尔维娅：算是差不多了。

普尔太太：我们还以为你会想把婚礼推迟几天呢。

沃顿上校：他们等得已经够久了。为什么还想推迟？

西尔维娅：[急忙解释] 我昨天跟普尔太太说，我感觉可能来不及在明天之前把一切都安排妥当。

沃顿上校：我看是因为我太太告诉你们我不太舒服。

普尔太太：哦，上校，你不会真有什么不舒服吧？听你这么说，我很难过。

牧师：今天早上的圣餐仪式结束后，她告诉我你最近身体状况不怎么好。

沃顿上校：我记得当年在埃及时，每当驴子或马生了病，秃鹫就会在空旷的天空中聚集起来，非常引人注目。

沃顿太太：乔治，你在说什么？

沃顿上校：[苦涩地轻笑一声] 是不是伊芙琳让你来为我履行牧师职责？

牧师：我听说你病了，就来探望你，这没什么不自然的。当然啦，这也碰巧是我的工作职责之一。

沃顿上校：我不明白伊芙琳为什么认为我会希望自己像个老太太一样地在世人的呵护下离世。我曾经直面过死亡。我认为不到非

不得已，人们是不会想死的。但是，当我的大限来临时，我希
望自己能像个绅士或士兵一样地直面它。

约翰：哦，我活着就为了听我父亲胡说八道。你别听信那些观念陈
腐的老医生说的话。你一定能继续欺负你心爱的家人，再欺负
个二十年。

沃顿上校：别骗我了，约翰。你们都把我当成小孩子。谁都不许跟
我作对。谁都必须宠着我、娇惯我、逗我开心、迁就我。该死
的，你们连一分钟都不肯让我忘记这件事。

沃顿太太：我们去花园里待一会儿，怎么样？太阳已经出来了。

沃顿上校：你想去就去。我要待在这里，我觉得冷。

沃顿太太：散散步对你有好处，乔治。牧师想看看那几只新来的浅
黄奥品顿鸡长得怎么样了。

沃顿上校：[轻笑一声] 我可怜的伊芙琳，你这个人一眼就能看穿。
等到我想跟牧师谈谈的时候，我自己会告诉他的。

利特尔伍德太太：[始终饶有兴趣地看着这一幕] 上校，我们来打皮
克牌怎么样？

沃顿上校：我已经很多年没打皮克牌了。我很乐意。牌在哪儿，伊
芙琳？

沃顿太太：我去拿。

　　　[她从抽屉里拿出牌，放在牌桌上。上校坐在桌边，把牌从
　　牌盒里拿出来。

牧师：利特尔伍德太太，我星期一上门找过你。

利特尔伍德太太：我听说了。

牧师：我被告知你不在家。但是在我离开的时候，我看见你在你家
花园里，非常显眼，想不看见都难。

利特尔伍德太太：我这个花园不够私密，站在街上就能看见里面。

牧师：我很伤心。我不认为自己自从履职以来有任何冒犯你的行为，

以至于你这样粗鲁地对待我。我们的关系一直相当融洽。

利特尔伍德太太：我不想见你。

牧师：连我这种智商的人也能看出来。但我不会允许皮克牌阻碍我
　　　履行职责，我觉得这是我的责任。我有一大堆话要对你说，我
　　　认为你该听一听，所以昨天我又上门找你，但又被告知你出
　　　去了。

利特尔伍德太太：[冷冰冰地] 我不想见你。

牧师：我能问问理由吗？

利特尔伍德太太：那就告诉你吧，我猜你是想跟我谈谈我的儿子。
　　　但我不认为跟你谈话就能把他带回到我身边。

牧师：难道你不认为我或许能帮助你减轻失去他的痛苦吗？我能想
　　　出几句发自肺腑的话，让你节哀顺变。我至少能够给予你同情。

利特尔伍德太太：抱歉，也许这样很失礼，但我确实不需要你的
　　　同情。

牧师：你的态度让我惊讶。

普尔太太：要不是我们知道你有多么爱你的儿子，也许真会认为你
　　　无所谓失去他们呢。

利特尔伍德太太：[若有所思地] 不，我并不是无所谓。

牧师：既然你不肯单独见我，那我只好在这里，把那些原本应该私
　　　下跟你说的话说都出来了。我有权对你表示抗议，因为你的行
　　　为已经在我的教区里构成了丑闻。

利特尔伍德太太：[微笑着] 哦，那我请求你的原谅。我还以为你关
　　　心的是我的安康。如果涉及的是教区的利益，那你爱怎么说就
　　　怎么说吧。

牧师：[一阵脸红，不肯善罢甘休] 从你儿子在法国的墓地回来后
　　　的当天，你就去了剧院，这在我看来真可怕。不过那是在伦敦，
　　　你惹恼不了任何人，除了你自己，所以也就算了。但你回来后

也为所欲为，那可就不同了。这是一个很小的地方，你搞派对，还挨家挨户地上门打牌，大家都觉得可耻。

普尔太太：还不穿丧服，这是多么没心没肺。

约翰：[轻率地插嘴，想阻止这场对话陷入僵局] 为什么这么说？谁要是为我穿丧服，我肯定会很厌恶的。

牧师：你给所有人都留下了极其冷酷无情的印象。你觉得你的这种做法会给村子里不得不冒着生命危险和其他伙伴一起奔赴前线的年轻人造成怎样的影响？他们原以为身在家乡的我们热爱他们，如果他们倒下了，我们会心怀感激永远铭记他们，这些对他们而言都是安慰，结果却被你剥夺了。

利特尔伍德太太：一个老妇人的古怪行为不可能对其他人产生多大的影响。

[她停顿了一下，茫然地看了一会儿，接着下定决心继续说。她的声音很轻，几乎是在自言自语。

当他们派人来找我去法国的时候，我并没有很紧张，因为我知道上帝已经带走了我的大儿子，会把我的二儿子留下。你瞧，我只剩下他了。可是等我到了那里，却发现他死了——但我突然感到那也无所谓了。

沃顿太太：亲爱的，你这是什么意思？你怎么能说出这种话？

约翰：不，妈妈，让她说下去。

利特尔伍德太太：我感到一切都无所谓了。很难确切地解释我的想法。我觉得自己和这个世界不再有关系了。在我看来，我彻底失败了。你们都知道，我的婚姻生活不幸福，但我爱我的两个儿子，他们让一切变得值得，可现在他们死了。就让其他人继续这——这冒险吧。我靠一边去。

沃顿太太：亲爱的，你受了太多苦。

利特尔伍德太太：不，奇怪的是我并没有觉得太痛苦。你知道吗？

有时候，人们在做噩梦的过程中，始终知道自己在做噩梦。[朝着牧师，同样是温和地，几乎是觉得好笑地] 我上剧院让你很惊讶。但这有什么好惊讶的呢? 对我而言，没有比生活更不真实的场面了。如今，生活在我看来就跟戏剧一样，我没法儿严肃对待它。我感到出乎寻常的超然。我不会厌恶你们这些与我同类的生物，但是在我眼里，你们并不非常真实，也没有特别重要。我为什么不跟你们玩桥牌?

牧师: 哦，但是，亲爱的，有一种真实你永远无法逃离，那就是上帝。

　　　[老妇人的眼底闪过一丝光芒。她站起身，举起一只手，好像为了避开一拳。

利特尔伍德太太: 恕我冒昧，我不想谈论上帝。我情愿打皮克牌。

　　　[她在牌桌边坐下，上校已经就座。

沃顿上校: 你想玩四手还是六手?

利特尔伍德太太: 四手——首尾翻倍，这样更刺激。

沃顿上校: 我们发牌吧?

利特尔伍德太太: [开始发牌] 好极了。

沃顿上校: 有牧师在场，我想我们不敢来赌钱的吧?

利特尔伍德太太: 我们会假装他不在。一百张牌一先令怎么样?

沃顿上校: 这样我俩怎么输也不至于破产。

　　　[凯特进屋，身后跟着麦克法兰医生。

凯特: 麦克法兰医生来了。

　　　[凯特退场。

麦克法兰医生: 你好。

沃顿太太: [与他握手] 你能来真是太好了。

麦克法兰医生: 上校今天感觉怎么样?

沃顿上校: 正打着皮克牌呢。

约翰：医生，你明天会来的，对吗？

麦克法兰医生：当然，是的，你俩都是我接生的。我很有兴趣看着你俩结合为一体。

牧师：[乐呵呵地] 你已经很久没来教堂了，医生。

麦克法兰医生：自从你们这些神职人员不再用永世燃烧的烈火威胁我，我感到在这件事情上，我有权遵从我自己的内心倾向。

牧师：[打趣他] 但我们依然相信堕入地狱者的灵魂将被毁灭。

麦克法兰医生：要是有机会，我倒愿意试试。对于一个二十年间没有放过一天假的人来说，没什么是可怕的。

牧师：你并非没有信仰，所以我不明白你为什么不来教堂。

麦克法兰医生：要我来告诉你？那是因为经过再三试验，我得出一个结论：不来教堂反而更好，而且好很多。

约翰：牧师，你就对他死了心吧。他是个老顽固。方圆十里就他一个医生，他利用了这一点。而且他这个医生，只要让你活下去能为他赚取每次七先令六便士的诊疗费，他就不会害死你。

沃顿上校：你是说，我们的教会已经不再相信永世的惩罚了？

约翰：哦，爸爸，地狱永远不会跟我有什么关系。你和我都会很安全。你想啊，没有我们的陪伴，妈妈在天堂是永远不会感到幸福的。上帝不会拒绝她的任何请求。

沃顿太太：[充满柔情地] 约翰，你胡说八道些什么。

普尔太太：我有时候会想，现代教会随随便便就放弃了我们的主亲自赋予权威的信仰。还有多少罪人会因为害怕永恒的惩罚而前来忏悔？

约翰：那简直是在召唤天堂的烈火，用来点一支雪茄。

普尔太太：这话也许挺好笑的，但我没明白什么意思。

约翰：[好脾气地] 我的意思是，我觉得不该要求任何如同永恒般巨大的事物来对付人类的邪恶。我认为罪恶源自人类的性格，无法控制，或者出于无知，难以怪罪。

牧师：事实上，在你心里，罪恶纯属虚构。

约翰：我认为很遗憾，基督徒过分强调了罪恶。我们在教堂里断言自己是痛苦的罪人，但我不认为我们真心这样想，我甚至不认为我们是罪人。

普尔太太：我们在罪恶中出生，罪恶是我们继承而来的。如果不是为人类赎罪，基督为什么会死？

约翰：战争中会接触到各种各样的怪人。我想我部队里的战友是我这辈子了解得最透彻的一群人。他们诚实勇敢、鼓舞人心、无私善良；他们也许是会骂很多脏话，一有机会就会喝个酩酊大醉，还会向漂亮姑娘抛媚眼，但你觉得他们因此就成了罪人吗？我可不觉得。

牧师：你扪心自问，如果你真没意识到这是一种令人痛心的可怕的罪恶，那就说出来。

约翰：老实说，我没意识到。

牧师：你是想说你没什么可自责的？

约翰：我做过一大堆我自认为非常愚蠢的事情，但我想不出任何一件会让我特别羞愧。

牧师：你是想告诉我你始终是纯洁的？

约翰：我是正常健康的，不比我的任何一个同龄人更纯洁。

牧师：这难道不是罪恶？

约翰：我觉得不是。我认为这是人类的天性。

牧师：我们是鸡同鸭讲。如果你认为万事万物非黑即白，那说什么都毫无意义了。

约翰：[微笑着] 问题在于，如果我回答你"是的"，你会想我是个骗子或傻瓜。

牧师：人类文明的可怕现状，眼看着要推翻关于人类尊严或者上帝正义，这种想法本身——只能出于一种解释，那就是罪恶。

约翰：你是指战争？这需要解释，对吧？

牧师：每个基督徒肯定都问过自己：为什么上帝会允许战争这种声名狼藉的恐怖存在？我听说前线英勇无畏的年轻人不断地问牧师，为什么万能的上帝允许它继续存在。我不能责怪任何一个为此感到困惑的人。长久以来，我也一直忧虑不安地与这个问题较劲……我不相信上帝会任由他的孩子受苦，这背后一定有什么目的。

普尔太太：上帝的做法是不可捉摸的。我们怎么说得出永恒的目的是什么？我们只知道都是些好的目的。

约翰：可是，男人像苍蝇一样地被杀害，留下他们孤零零的妻子和母亲，他们的孩子从此没有了父亲。

牧师：你不该忘记"全能"到底是指什么，不是指有能力做到一切，而是指具有掌控一切的力量。

约翰：啊，我在部队里的随军牧师也这么对我说过。也许是我愚钝，我觉得两者的区别相当细微。对于普通人来说，依然是道难题。到底是上帝想要阻止战争却无能为力，还是他能阻止战争只是不愿意。

普尔太太：在我看来，这完全不成问题。有句话是这样写的："没有天父的意志，连一只麻雀都不可能掉到地上。"

牧师：记住，我们有自由意志，上帝利用我们的自由意志惩罚我们、教育我们、使我们更配得上他的恩典与仁慈。人类，生于罪恶，给自己带来这场漫长的灾难，纯属咎由自取，无疑等同于亚当为自己招来神的惩罚，我们如今所继承的这种惩罚。

约翰：如果我看见两个男孩打架，就算他们一个是游手好闲的小乞丐，而另一个偷了农民吉尔斯的苹果，我也会拉开他们。我不会为了让他们将来成为更好的男孩而袖手旁观，让他们把彼此打成重伤。

普尔太太：你说得好像所有这些痛苦必定都是无用的。我们都知道痛苦能够带来净化和提升。我在自己身上反反复复看到这一点。

麦克法兰医生：人们都这么说。他们通常会想到某个生活条件舒适的老妇人，在医术高明的医生的帮助下，对某种长期的慢性病逐渐表现出顺其自然的态度。

约翰：我真想给那些认为苦难能带来净化作用的人吞一大口毒气，看看他们是否喜欢。

牧师：战争是可怕的。它所表现出的残忍是可怕的。它所带来的苦难也是可怕的。对此唯一的解释是：那正是我们的天父充满爱意的体贴和无限的慈悲。

约翰：你能说服你自己吗？

牧师：我们沉湎于酒色、自私、浮躁和骄傲。需要这场天翻地覆的考验来净化我们。焚化炉里会走出一个更高贵的英格兰。哦，我向上帝祈祷，所有的鲜血将清洗我们的灵魂，让我们由此在他的眼里重拾价值。

普尔太太：阿门。

约翰：在这一点上，你肯定比我懂得多。但每当我的战友做了我认为错误的事，我通常只会取笑他们几句，我认为这样做会比抡起大锤砸在他们头上来得好些。

牧师：自从人类有了历史，罪恶就已经存在，而且贯穿了整个历史进程。上帝救赎的动机只基于这样的事实：出于崇高的目的而造就的人类，已经深深地陷入罪恶不可自拔，已经严重地损毁了他们心目中上帝的形象，只有上帝为了救赎他们而自我牺牲的行为才能将他们从废墟中拯救出来。

约翰：我真希望你是个连长，这样你就能看到一个人如何能够奋不顾身地为他的朋友献出生命。

牧师：这我知道，我亲爱的孩子，我知道。你觉得上帝会无视他们的牺牲吗？我祈祷并且相信，他们会在上帝的眼里发现仁慈。我敢肯定，他更乐于宽恕，而非惩罚。毕竟，我们的主是来号召罪者忏悔的。人类总会犯错，上帝赐予宽恕——这一点谁都不会比上帝派来的牧师更清楚吧？

[两个打皮克牌的人心不在焉，听到刚才那几番话，索性不再假装打牌。利特尔伍德太太一直专心致志地听着。此刻，她放下手里的牌，站起身，走向牧师。]

利特尔伍德太太：那么谁来宽恕上帝？

沃顿太太：[惊恐地] 夏洛特！

牧师：[庄严地表示反对] 你不觉得那样问是在亵渎神明？

利特尔伍德太太：[一开始平静从容，但随后越来越激动] 我从小信奉上帝，全心全意，付出我的整个灵魂。我一直努力按照他的意志生活。我从来没有忘记，在他的眼里，我什么也不是。我虚弱，我有罪，但我始终努力承担我的职责。

沃顿太太：没错，亲爱的，你是我们大家的榜样。

利特尔伍德太太：[没有搭理她] 老实说，我已经竭尽全力，我认为我所做的一切应该令他满意了。我赞美他，将他的声名发扬光大。你也听说了，我丈夫在我为他生了两个孩子后抛弃了我，留下我孤单一人。我把两个孩子培养得光明磊落、敬畏上帝。当上帝带走我的大儿子时，我痛哭一场，但我转身对主说："这是在完成您的意志。"他是一名战士，他走了好运，他为伟大的事业而献身。

牧师：伟大而又善良的事业。

利特尔伍德太太：但是为什么上帝还要带走我的二儿子？他是我唯一剩下的，是我这把年纪唯一的安慰、唯一的快乐，只有他能让我感到人生没有白费，让我不至于恨不得自己从来没有出生

334

过。我不该遭这种罪。如果有一匹马忠心耿耿地为我服务多年，等到它老得再也干不动了，我虽然有权把它送去屠马场，但我不会这样做，我把它放归草原。就算对一只狗，我也不会像天父对我那样。我被骗了。你说上帝会宽恕我们的罪恶，但谁来宽恕上帝？我不会。永远，永远都不会！

[在一阵狂怒中，她冲进了花园。房间里一片沉默。

沃顿太太：别生她的气，牧师。她痛苦得疯了。

牧师：她会回来的。她就像一个闹脾气的孩子，受点挫折是为了她好。她哭哭闹闹，但过一小会儿就又会扑进母亲的怀抱，满是泪水地乞求原谅。

普尔太太：[欣慰地叹了口气] 诺曼，我就知道你会这么想的。你这个人真是宽容大度、开明豁达。

牧师：我想我会找到办法帮助她的，可怜的人儿。

约翰：我倒想知道你有什么办法。你对邪恶存在的唯一解释是罪孽。在我看来，你可以让人们承认自己罪有应得，但你永远无法阻止他们厌恶别人受苦。为什么一位万善的上帝会允许世上存在邪恶？

牧师：我想无论我怎么回答，你都不会满意。但承蒙上帝的恩典，我成了基督徒。而你只是无神论者。

[众人一阵尴尬。约翰意识到他母亲正在重复牧师刚才那番话。

约翰：你的话表明了你非常武断的态度。我认为谁都不能断言上帝不存在，就跟你看不见墙的另一边却断言那里什么也没有似的，很没道理。

牧师：你相信上帝？

约翰：这轮不到你来问我。[微笑着] 圣人保罗不是说了嘛，"别过分热情"。

牧师：你不可能没有意识到，你前几天说的一些话给你最亲最爱的人带来了巨大的痛苦。

西尔维娅：约翰，你的话让我很难过。我不知道该怎么办。我去了牧师那里，想征求他的意见。

约翰：你难道不认为一个人的信仰是他自己的事情吗？我不想干涉别人的信仰，可别人为什么就不能让我安安静静地拥有我自己的信仰呢？

西尔维娅：约翰，这不可能只是你一个人的事情。你和我明天要结婚了。我需要确切地知道你在一件和我如此关系密切的事情上的立场，这样才合理。

约翰：我从没想过这一点。我觉得你说得有点道理。我愿意尽心尽力地对你和父母解释。但我真不想把陌生人扯进来。

沃顿太太：约翰，我认为你还是跟牧师谈谈比较好。我们不想假装聪明，你问我们问题，我们却回答不了，这样没什么意义。

牧师：就像你生病了会去看医生，医生开给你药方，然后你就痊愈了。

约翰：[微笑着] 医生，这种说法，你怎么看？

麦克法兰医生：这是我们用尽绵薄之力想让全世界都认同的观点。

牧师：总之你会听从医嘱，不会与医生争辩。为什么呢？因为他是专家，你假设他懂行。但为什么研究永恒灵魂的学科会被认为没有研究容易腐烂的躯体的学科那样复杂难懂呢？

沃顿太太：把自己当成非常愚蠢和老派的人，对自己和善点。如果纷繁的疑惑让你感到困扰，那就把这些疑惑坦诚地告诉牧师，也许他能帮助你。

牧师：[虔诚地] 相信我，我会竭尽全力。

沃顿太太：如果他能说服你，让你相信自己错了，你决不会为了自尊心而拒绝承认错误。我没有这种妄想，因为我太了解你了。

亲爱的，你小时候跪在我的膝头念祷词，如果你能像那时候那样相信上帝，会给我们带来发自内心的快乐。

牧师：我真的认为我能帮助你。你能否别管我是个陌生人，让我试一试？

麦克法兰医生：你们也许会希望我离开。我在这里只是为了等上校打完牌，然后我就可以带他去楼上检查一下身体。但我也可以过会儿再来。

约翰：我们完全不介意你待在这里。[朝着牧师] 你想问我什么？

牧师：你曾经以上帝的名义在教堂里接受洗礼，你现在还信仰上帝吗？

约翰：不相信！

牧师：不管怎么说，这回答相当坦诚。只不过，你是不是有点落伍了？近些年出现的最称心如意的潮流之一，是在知识分子群中，信仰又开始死灰复燃。

约翰：我认为死灰复燃的与其说是信仰，还不如说是修辞。有文化的记者用上帝平衡句子或修饰短语，我觉得那算不了什么。

牧师：可不只是受过教育的人群。还有我们在前线的英勇无畏的年轻人，他们现在又回归了在很多人看来他们已经遗忘了的信仰——这件发生在战争期间的事情不算很不起眼，你又怎么解释？

约翰：大部分原因是害怕，外加一些困惑。

牧师：有史以来，世上有能力者皆以此为信仰。拒绝这种信仰，你不觉得自己很鲁莽吗？

约翰：在信仰的问题上，无论有多少人相信它，也无论这些信仰者的能力怎样，都不能让信仰变得确凿。只有证据可以。

普尔太太：你就那么确定，你的想法之所以有别于我们，不是因为你心底的骄傲自大？

牧师：不，亲爱的，别把反对者的反对归因于毫无价值的动机。

约翰：[微笑着] 不管怎么说，我还没有这种动机。

牧师：是什么让你认为上帝的存在是无法证明的？

约翰：如果可以证明，人们不会直到今天还在设法证明。

牧师：亲爱的朋友，在这个地球上，无论多野蛮、多落魄的人，对上帝多少都有着几分信仰。这个事实，正是你想要的最有力的证据。

约翰：证明了什么？只不过从根本上证明了全世界都渴望上帝存在，但并没有证明这种渴望已经得到了满足。

牧师：我知道你对一些普通的理性主义观点了如指掌。相信我，我跟它们老打交道了。一旦我回应过一次，往后就要回应上一千次。

约翰：那你有没有说服过任何一个不曾被说服的人？

牧师：当然没有。我没本事让瞎子复明。

约翰：我在想，那不是向你提示了一个明显的结论？

牧师：什么？

约翰：还用问吗，结论就是：争论是白费力气。花点时间想一想。你相信上帝的存在，并非出于任何可以证明他存在的理由。你相信他，是因为你全心全意地感觉到他的存在。没有任何争论能够触及那种感觉。内心是独立于逻辑和规则的。

牧师：我觉得你说得有点道理。

约翰：所以，对我来说也一样。如果你问我为什么不相信上帝的存在，我想我能给你举出一大堆理由，但是那个真正的理由，那个赋予其他理由力量的理由，是我内心的感受。

牧师：你为什么会有这种感受？

约翰：我说出来你可能会觉得这个理由还远远不够。我有个朋友，他被杀死了。

338

牧师：我恐怕在这样的战争中，每个人都要做好失去朋友的准备。

约翰：我觉得自己既愚蠢又多愁善感。人们已经习惯了朋友的过世。当有人对你说："某某出局了。"你通常会回答："真的？可怜的家伙。"然后你就不再多想。罗比·哈里森并不是一个非常普通的人。

沃顿太太：我之前就担心他的死让你触动很大。你从没在信里提起过这件事。我感觉那是因为你不忍心提起。

约翰：他是那种幸运的家伙，做什么都比别人强。他聪明，长得也英俊极了，还很幽默。我从没见过像他那样热爱生活的人。

沃顿太太：是的，我记得有次他对我说："活着真是妙不可言，不是吗？"

约翰：还不止这些呢。他有一个很不寻常的特质。很难说清楚那是什么，会让他散发出柔和的光芒，就好像乡村五月惬意的感觉。你知道是什么吗？是善良。就是善良。我就想成为他那种人。

沃顿太太：他真讨人喜欢。

约翰：刚刚宣布战争打响的那会儿，我兴奋极了。当时我在印度。我想方设法上前线。我认为战争是世界上最高贵的运动。但后来，我发现它是一桩沉闷、暗淡、肮脏、恶臭、血腥的勾当。我想罗比的死是压垮我的最后一根稻草。这看起来太不公平了。我没想到悲哀到了极点会生出愤怒。所有那些恐怖、痛苦和折磨，让我感到厌恶。

普尔太太：你肯定见过一些可怕的事情。

约翰：也许正是基督教本身向我们展示了另一种可能性：可能存在一种比基督教教义更为崇高的道德。我想我大错特错了。一想到有这样一位上帝，他竟然允许这样一场邪恶残忍的战争存在，我灵魂中所有的道德成分为之反感。我无法相信天堂里有上帝，我只能这么说。

牧师：但你有没有意识到，如果不存在上帝，世界就没有了意义？

约翰：也许是这样。但如果存在上帝，那也是声名狼藉。

牧师：你用什么来代替信仰？你又如何解释宇宙的神秘性？

约翰：我认为你的答案是错的，不过我还没有找到更合适的东西来代替信仰。

牧师：如果我们问你人类为何出现在这里、他们会有怎样的命运，你根本什么也回答不了，不是吗？你就好像一艘没有舵的船只，在惊涛骇浪中航行。

约翰：我认为人类是在地球的一部分历史条件的影响下出现的，也会在其他条件的影响下灭亡。我看不出来生命比二加二等于四更有意义。

西尔维娅：[压抑着激动的情绪] 也就是说，你认为我们所有的努力和挣扎、痛苦和悲哀、我们的目标，都是毫无意义的？

约翰：你记不记得，战争打响前，我们去看过一次俄罗斯芭蕾？我永远忘不了其中一位舞者的某个动作。那是一种姿态，她只在空中那一瞬间展示出来，却是我这一辈子见过的最美的东西，你能感觉到，只有通过无穷无尽的练习才能完成这样的动作。一掠而过，就像鸟飞过河流的身影——让画面更加美妙。自那以后，我经常想起这一幕，在我看来，它贴切地象征了生活。

西尔维娅：约翰，你能不能严肃点？

约翰：我来跟你解释一下。生活在我看来就像一幅巨大的拼图，不构成任何画面，但只要我们愿意，就能用这些碎片，在某种程度上拼出一点点图案。

西尔维娅：那有什么用？

约翰：没有用，也不必有用。这只是一些我们做了让自己开心的事情。痛苦和悲哀是我们必须应付的碎片。通过最大程度利用我们的天赋、尽可能地抓住所有的机会，以我们生命中多种多样的事物，包括经历、行动、感觉、思考，我们能做出一幅错综复杂、庄严美丽的图案。再让死亡一下子完成它，同时也是摧毁它。

[众人一阵沉默。

普尔太太：那我想知道，为什么你明天还要来教堂结婚？

约翰：[微笑着] 我想如果在婚姻登记处结婚，西尔维娅单单想一想就能气疯掉。

普尔太太：你很幸运，好在牧师是个宽宏大量的人。要是一位死板的牧师，可能会认为自己有义务拒绝赐福于一个不信教的人。

沃顿太太：[焦虑地] 牧师，你不会考虑那样做吧？

牧师：我承认我的内心曾经掠过这样的疑问。[和蔼地] 但我想我不会让你和西尔维娅这样虔诚的基督徒面对这种尴尬的。

西尔维娅：牧师，你不必让自己为难。我决定不跟约翰结婚了。

约翰：[惊恐地] 西尔维娅！西尔维娅，你肯定在开玩笑吧？

西尔维娅：那天，当你告诉我们你已经失去了信仰，我脑子里一片混乱。当时我没敢说话。我已经吓蒙了。

约翰：但你一点也没表现出来。

西尔维娅：当时我来不及想明白，但后来我整日整夜地仔细琢磨。今天我很认真地听了你讲的话，我不能再假装下去了。我已经下定决心，不跟你结婚了。

约翰：看在上帝的分上，这是为什么？

西尔维娅：你不再是那个我爱过的、山盟海誓过的约翰了。你是从海外归来的另一个人。我和那个人没有半点共同之处。

约翰：西尔维娅，你不会是想说，因为我和你在某些问题上的看法不同，你就不再爱我了？

西尔维娅：但那是世界上最重要的事。你说得好像我们只是对会客室的窗帘颜色有不同想法似的。你甚至不再理解我了。

约翰：我怎么可能理解那些在我看来完全荒谬的事情？

西尔维娅：你是否认为，信仰只是一种我连同我的祷告书一起带去教堂、回家后我又放回书架上的东西？约翰，上帝是一种活生生的存在，一直和我在一起。我没有一刻感受不到那神圣的爱，伴随着无穷无尽的仁慈，照顾我，保护我。

约翰：但是，亲爱的心肝，你非常了解我。你知道我永远不会阻挠你实践信仰，我会永远对此怀有最大的敬意。

西尔维娅：对我而言关乎生命的意义和美丽的那一切，在你眼里却只是个谎言——在这种情况下，我们凭什么幸福？

约翰：凭我们的相互包容，我希望还有尊重。无论两个人的观点差异有多大，都应该能够和平相处，没道理不这样。

西尔维娅：当我看到你深陷错误之中，我如何包容？哦，不只是错误，是罪孽。你在光明和黑暗中做出了选择，你故意选择了黑暗。你是一个逃兵。如果言论也算在内，你会被定罪。

约翰：但是，亲爱的，人们只能信其所信。一个人不相信某些他认为不可思议的东西，你不会严肃地认为仁慈的上帝会因此惩罚他吧？

西尔维娅：我们的主会对那些永远没有机会接受他的教诲的人施以仁慈，这一点毫无疑问。但你得到过机会，是你拒绝接受机会。你忘了《十才子寓言》吗？那是个可怕的警告。

约翰：毕竟，就算我错了，我也只会伤害我自己，不会伤害到其他任何人。

西尔维娅：你忘了什么是婚姻。它让我们合为一体。上帝要求我对你矢志不渝、随你去天涯海角。但如果你的灵魂与我之间相隔一座无法逾越的深渊，我又怎能做到呢？

沃顿太太：西尔维娅，这是一个至关重要的决定。你要三思而后行。

约翰：西尔维娅，我们已经订婚七年了，你不能就这样丢开我。这太绝情了。

西尔维娅：我已经不信任你了，对你也不再有把握。除了满足你自己粗野的趣味，你还在乎别的什么吗？罪孽对你来说一文不值。

约翰：亲爱的，难道你认为是信仰让人变得正派？如果一个人亲切、诚实、率真，那是因为他本性如此，而不是因为他信仰上帝或者害怕地狱。

西尔维娅：我们都不算太年轻了，不需要把自然而然的事情搞得讳莫如深。如果我们结婚，我最大的愿望是能有几个孩子。

约翰：这也是我的愿望。

西尔维娅：你有没有问过自己，这会给他们带来怎样的影响？他们要成为怎样的人，基督徒还是无神论者？

约翰：亲爱的，我向你保证，我决不会干涉你对他们的教育。

西尔维娅：你是想说，当他们学习一套毫无价值的谎言时，你会袖手旁观？

约翰：你的信仰是我们的民族延续了几百年的信仰。就算我有不同的观点，我也不会拒绝让孩子们接受这方面的指导。等到他们长大了，有自主权了，他们可以自行判断。

西尔维娅：如果他们问你这方面的问题呢？你知道，拯救者的故事对孩子们很有吸引力。很自然，他们会问你这类问题。到时候你怎么回答？

约翰：我想你不会要求我说一些我自己并不相信的话。

沃顿太太：亲爱的西尔维娅，每次遇到这种情况，他可以让他们来问你。

西尔维娅：你自然也不会上教堂。在我希望他们能铭刻在心的至关重要的事情上，你树立了怎样的榜样？

约翰：[微笑着] 亲爱的，肯定是幽默感不足遮蔽了你生动的智慧。大量优秀的神职人员都不上教堂，我也没觉得他们的孩子因此就堕落了。

西尔维娅：［激动地］你不明白。你永远不会明白。在你看来，这就是个笑话。一切都结束了，约翰。让我走吧。我求你让我走。

沃顿上校：［从椅子上半站起来］我感觉很不舒服。

沃顿太太：［惊慌地］乔治！

约翰：［与此同时］爸爸！

　　　　［沃顿太太、约翰和医生急忙跑向他。

麦克法兰医生：怎么了？

沃顿太太：乔治，你很难受吗？

沃顿上校：非常难受！

麦克法兰医生：你最好在沙发上躺下。

沃顿上校：不，我最好上楼去。

麦克法兰医生：别围着他。

沃顿上校：我感觉自己快死了。

麦克法兰医生：你还能走吗？

沃顿上校：能，伊芙琳，帮我一把。

约翰：勾住我的脖子，爸爸。

沃顿上校：不，没事，我能行。

麦克法兰医生：我们带你上楼，让你躺在床上。

沃顿太太：来吧，亲爱的，靠在我身上。

麦克法兰医生：对了，就是这样。你别来了，约翰。你只会挡着路。

　　　　［沃顿太太和医生帮助上校走出房间。

普尔太太：诺曼，我们最好还是走吧。［朝着约翰］希望没什么大碍。

约翰：但愿如此。

普尔太太：请不要因为诺曼和我今天对你说的话而怨恨我们。你知道，我看过你受伤后你所在部队的上校写给沃顿太太的信，我知道你有多么了不起。

约翰：哦，不值一提！

牧师：在不久的将来，我恐怕你们将承受大量的痛苦。关于今天下午我们谈论的那些事情，如果你能改变心意，我会比任何人都高兴。

约翰：感谢你能这么说，只是我觉得不可能有什么改变了。

牧师：没有人知道，至高无上者会通过哪条路召唤他的生灵上前。比起他那些迷失自我的孩子们，他技高一筹，知道如何拯救他们。如果你听见召唤，就来圣餐桌前。我不会向你提问。我们的主、我们的拯救者赐予我们圣餐，如果我能将它提供给你，那么对我而言，那将是充满喜悦的一天。

　　[他伸出手，约翰握了握。

约翰：再见。

　　[牧师和普尔太太走进花园。约翰转身朝着西尔维娅。

约翰：是我们谈论罪孽时牧师问我的问题让你感到不安了吗？

西尔维娅：不是，我认为他不该这么问。我不认为这有什么问题。看不出来我凭什么指望你比其他人更优秀。

约翰：那你刚才说的话都是认真的吗？

西尔维娅：每一个字都是认真的。

　　[她取下订婚戒指，递给约翰。他没有接过来。

约翰：[情深意切地] 西尔维娅，有句话太亲密、太私人，我刚才无法当着所有人的面说出来。那就是"我爱你"，难道这句话你一点也不在乎了吗？在我经历那一切的过程中，想念你，对我来说意义重大。在我看来，你就是全世界。每当我感到寒冷、潮湿、饥饿和痛苦，我会想到你，然后就会觉得什么都可以忍了。

西尔维娅：我很抱歉。但我不能跟你结婚。

约翰：你怎么可以这么冷酷无情？西尔维娅，亲爱的，我爱你！你

345

就不能再给我一次机会吗？

[她注视了他一会儿，准备使出最后的劲儿。]

西尔维娅：但我已经不爱你了，约翰。

[她再次把戒指递给，他一声不吭地接了过来。]

约翰：这戒指算不上漂亮，对吗？那时候我没什么钱，又不想让父亲帮我。我想用自己的钱来买戒指。

西尔维娅：我戴了七年，约翰。

[他转身离开西尔维娅，朝着壁炉走去。西尔维娅突然意识到他想干什么，做出意欲阻止的动作，但立即又控制住了自己。他站在那里，朝着火焰望了一会儿，随即把戒指扔了进去；他看着戒指慢慢变化。西尔维娅捂着自己的心口。她难以抑制这撕心裂肺的哭泣。]

西尔维娅：我想我要回家了。约翰——如果你父母想见我，你会来喊我的，对吗？

约翰：[回过头来] 当然，我会马上让你知道。

西尔维娅：[声音自然地] 再见，约翰。

约翰：再见，西尔维娅。

[他转过头去看着火焰，而她慢慢地走出房间。]

第二幕终

第三幕

场景和前两幕相同。又过去了一周，此刻是下一个星期三的清晨。壁炉里依然留有昨日燃尽的死灰。不远处传来教堂的钟声，召唤虔诚的信徒去参加今天的第一次祷告。

沃顿太太站在桌子旁，桌子上放着一大篮子她刚从花园里摘来的白色鲜花。她拿起一朵玫瑰，轻抚它，脸上露出淡淡的微笑。西尔维娅从花园里走进来。

西尔维娅：[惊异地] 沃顿太太！

沃顿太太：哦，西尔维娅，是你？

西尔维娅：我吓了一跳，没想到在这里遇见你。我从花园进来，是因为我看见门开着，同时又怕大门的门铃音太吵。我想如果上校正在睡觉，也许会吵醒他。

沃顿太太：现在还早，不是吗？

西尔维娅：是的，我正要去参加早祷。我想进来问问上校身体如何。但我没想到会在这里遇见你。我以为会在附近碰见凯特或汉娜。

沃顿太太：西尔维娅，乔治死了。

西尔维娅：[惊讶地] 沃顿太太！

沃顿太太：就在大约一小时前，他很平静地死了。我刚去摘了一些花，想放在他的房间里。

西尔维娅：哦，沃顿太太，我很难过。我为你感到非常难过。

沃顿太太：[轻拍她的手] 谢谢，亲爱的。这些日子，你对我们一直都很好。

西尔维娅：约翰去哪儿了？

沃顿太太：我想他肯定是出去散步了。我刚去过他房间，他不在。昨晚他想和我一起通宵陪他父亲，但我没同意。

西尔维娅：也就是说……约翰还不知道他父亲已经过世了？

沃顿太太：是的，还不知道。

西尔维娅：你没叫他回来？

沃顿太太：我不知道结局会来得这么快，而且乔治想和我单独待在一起。你瞧，我们已经结婚三十五年了。他直到最后一刻都几乎是神志清醒的。他死得非常突然，好像一个孩子睡着了。

西尔维娅：失去他实在太痛苦了。你这个可怜的人儿，一定是连心都碎了。

沃顿太太：确实非常痛苦，但我没有心碎。乔治幸福地安息了。如果我们为爱人的死亡而感到痛苦，我们会成为可悲的基督徒。乔治已经进入了永生。

西尔维娅：哦，沃顿太太，能有你这样的信仰，真是天赐的福分。

沃顿太太：亲爱的，昨晚发生了一件美妙的事情。一想到那件事，我就不会为亲爱的乔治的过世而悲哀。我有一种很奇怪的感觉，就好像走在一座被施了魔法的花园里。

西尔维娅：我没听懂你的意思。

沃顿太太：自从那天乔治拒绝跟牧师交谈之后，我再也不敢提起这个话题。他已经不是原来的自己了。我为此感到痛苦。可是昨晚，麦克法兰医生离开后不久，他主动要求把普尔先生找来。牧师是一个可亲可爱的人。他告诉过我，只要乔治找他，无论白天还是晚上，无论任何时候，他都会立即赶来。所以我派人去找他。他给乔治带来了圣餐。接着，西尔维娅，奇迹发生了。

西尔维娅：奇迹？

沃顿太太：面包和红酒一碰到他的嘴唇，他整个人焕然一新。他所有——所有焦虑都不见了，他又变回了那个可亲可爱、善良勇敢的自己。他死得非常幸福。就好像一只看不见的手拉开了乌云帷幕，他眼前看见的，不是黑夜和黑色的寒冷，而是一条金色的阳光大道，直通向上帝的臂弯。

西尔维娅：我太高兴了。我现在也感觉到了幸福。

沃顿太太：牧师为临终者念完祷词，留下我们单独待着。我们追忆往昔，提到不久后又将重聚。然后，他就死了。

西尔维娅：这真是一件美妙的事情。是的，这是奇迹。

沃顿太太：我一生都能感到上帝的手在塑造人类的命运。我从未见过他满怀爱意的仁慈如此直白地显现。

　　[凯特打开门，站在门槛上，没有进屋。

凯特：那个女人来了，夫人。

沃顿太太：很好，我这就来。

　　[凯特走出去，关上身后的门。沃顿太太提起她的一篮子花。

沃顿太太：西尔维娅，约翰很快就会回来。他答应过八点半回来接替我照顾他父亲，所以我现在可以去弄点东西吃。你愿意见他吗？

西尔维娅：我愿意，沃顿太太，如果你希望我见他的话。

沃顿太太：你能不能把他父亲的死讯转达给他？我知道你会很温柔。

西尔维娅：哦，沃顿太太，你不想亲口告诉他吗？

沃顿太太：不想。

西尔维娅：那好吧。

沃顿太太：西尔维娅，你知道他爱你。你俩之间如果能多一些理解，我会非常开心。只可惜你俩的幸福看来都要毁了。

西尔维娅：我愿意为约翰做任何事情，但我不能牺牲那样东西，它对我而言甚至比他更珍贵。

沃顿太太：你就不能指引他相信吗？

西尔维娅：哦，我希望我能，我日日夜夜为他祈祷。

沃顿太太：我后来想到，如果昨晚我和他父亲受领圣餐时，能把他也叫来参加就好了。在那个最后的庄严时刻，我想他肯定会深受感动，主动和我们一起受领圣餐的。

西尔维娅：你认为……或许奇迹也能发生在他身上？也许他是会相信的。

沃顿太太：我必须上楼去了。

    [一个主意攫住了西尔维娅，她轻轻地倒吸一口气，发出奇怪的声音。沃顿太太刚要离开房间，西尔维娅突然问了一个问题，让她停下了脚步。

西尔维娅：沃顿太太……沃顿太太，你认为如果目的正当，可以不择手段吗？

沃顿太太：亲爱的，这是个不同寻常的问题！永远不该作恶，就算能带来好的结果。

西尔维娅：你能确定永远没有例外吗？毕竟，如果说谎可以救人，谁都不会迟疑。

沃顿太太：也许我不能确定。[露出苍白的笑容]我们不太可能遇到这样的情形，为此必须感谢上帝。你为什么要这么问我？

西尔维娅：我想知道，如果只有犯下重大的罪孽，才能把某个人从巨大的险境中拯救出来，那该怎么办？你认为该不该救？

沃顿太太：亲爱的，你没有权利为了世上的任何人去冒犯上帝。

西尔维娅：就算是为了你深爱的人，也不行吗？

沃顿太太：当然不行，亲爱的。深爱你的人决不会希望你为他做出邪恶的事情，一小会儿都不会。

西尔维娅：但想想你自己，沃顿太太，如果你看见上校或者约翰处于致命的危险中，你会冒生命危险去救他们吗？

沃顿太太：［微笑着］当然会。我为有这样的机会而感到幸福和感激。但那是两码事。我只会冒生命危险，不会放弃我的灵魂。

西尔维娅：［几乎发狂地］但如果他们的灵魂正处在极大的危险中，你用你的灵魂来冒险吗？

沃顿太太：亲爱的，你这是什么意思？你看起来很激动。

西尔维娅：［拼命地控制自己］你肯定没有注意到我。我已经三四个晚上没有睡过好觉了。我想我是有点歇斯底里。

沃顿太太：亲爱的，你想不想回家？

西尔维娅：不，如果你不介意的话，我想待在这里。我想见约翰。

沃顿太太：好的。我很快就回来。

　　　　［沃顿太太走出屋子。教堂的钟声在一阵急促的"叮叮当当"之后停了下来。西尔维娅在房间里走来走去，然后一动不动地站在约翰身着军装的照片前。她拿起照片看了看，然后放下照片，双手十指交叉，抬起眼睛，看上去正在祈祷。她听见花园里有动静，一边侧耳倾听，一边走到窗口。她犹豫了一下，然后鼓起勇气做出一个决定。她喊了一声。

西尔维娅：约翰！

　　　　［约翰走过来，在门槛上停了一下，然后悠悠然往前走。

约翰：早上好！你来得很早。

西尔维娅：我进来看看你父亲身体如何。

约翰：我昨晚离开他时他感觉还挺舒服的。我要去问问母亲，他现在怎么样了。

西尔维娅：不，别——别打扰他。

约翰：我过几分钟去接替我母亲。我醒得早，所以去散了散步……

　　　　西尔维娅，在过去这段悲惨的日子里，你对我们所有人都很好、很和善。要是没有你，我不知道我们会变成什么样。

西尔维娅：我一直都非常难过。你们忍受了太多煎熬。想到可怜的
人儿再也不能——不，是到现在还没能恢复，就已经够难过的
了，况且……实际上情况还要更糟。

约翰：[飞快地瞄了她一眼] 我也知道这件事瞒不过你。但不知怎么
地，我还是希望只有我和我母亲知道。

西尔维娅：哦，约翰，你不会介意的。我把你父亲当成自己的父亲
来爱戴。他怎样都不会让我减少对他的爱。

约翰：他害怕死亡。看出他的恐惧却又无能为力，这让我非常痛苦。

西尔维娅：如果你能帮他，无论要你做什么，你都会做吗？

约翰：当然。

西尔维娅：当你发现需要对自己的信仰做出解释，那是一种不幸。
他一直是个很单纯的人。他始终深信不疑地接受他的成长环境
所秉持的信仰。也许他现在没那么肯定了。

约翰：西尔维娅，你胡说。父亲的信仰十分坚定，不会被我的任何
观点动摇。

西尔维娅：我想一般情况下是这样的。但现在他病了，他极度痛苦，
他不再是原来的自己了。你没能管住自己的嘴，我想这也许算
个遗憾。要引发疑虑总是很容易，消除起来却很难。

约翰：[心烦意乱地] 西尔维娅，你把这种想法灌输到我的脑子里，
真是太可怕了。万一发生了……我会永远无法原谅自己。

西尔维娅：如果你能相信我们所相信的，他就能获得我们所有人在
信仰上的支持。如此一来，从此生通往彼生的那条道路，也就
不会那么可怕。就在他需要你的时候，你却辜负了他。

约翰：[气愤不已地] 哦，西尔维娅，你怎么能说出那样残酷无情
的话？

西尔维娅：[冷酷地] 这是事实。

约翰：天地良心，我知道死亡绝非易事。你不会认为我是在毫无人性地让死亡变得愈发困难吧？

西尔维娅：通常情况下你不会这么做，除非为了不伤害你的傲慢……

约翰：[不耐烦地] 这跟傲慢有什么关系？

西尔维娅：你说的每个字里都包含着傲慢。你敢肯定你改变信仰不是因为在智力上的傲慢？

约翰：[冷冰冰地] 也许吧。那你认为我要怎样做才能打消我的傲慢？

西尔维娅：你瞧，你可以认错。

约翰：我不认为那是个错误。

西尔维娅：至少你可以弥补一部分你造成的伤害。你知道折磨你父亲的主要是什么吗？是你拒绝受领圣餐。他不断地跟你母亲提起这件事。他一直唠叨个不停。他对此感到痛苦至极。如果你受领了圣餐，约翰，就能给你父亲带来安宁。

约翰：西尔维娅，我怎么能这么做？

西尔维娅：从你出生到现在，你父亲为你做了世上所能做的一切。为了你，怎么做都不够。你所有的幸福、成就和抱负都归功于他。你就不能为他做这么一件小事？

约翰：不能，完全无法接受。我真的做不到。非常抱歉。

西尔维娅：你怎么能这么冷酷无情？这是他在世上最后的愿望，也是你最后的机会向他表达你的爱。哦，约翰，对他的虚弱表示出一点仁慈吧！

约翰：但是，西尔维娅，那是亵渎神明。

西尔维娅：你说什么呢？反正你又不信仰上帝。对你而言，这只是一场随随便便的仪式。从头到尾走一个无意义的形式而已，又会把你怎样呢？

约翰：我曾经做过太长时间的基督徒。我受到基督教上百年的历史
　　　所带来的影响。

西尔维娅：之前我们打算结婚的时候，你对教堂婚礼也没有半点
　　　犹豫。

约翰：那不一样。

西尔维娅：怎么不一样了？那也是一场圣礼。你害怕的是牧师会加
　　　以解释的那一点点面包和红酒？

约翰：西尔维娅，别折磨我，我告诉你我办不到。

西尔维娅：[鄙夷地] 我从没想过你那么迷信。你害怕了。你感觉自
　　　己就像是坐在桌边的第十三个人。当然，这些都毫无意义，但
　　　里面也可能真有点什么。

约翰：我说不清自己的感受。我只知道，在我还信仰上帝的时候，
　　　那种典礼在我心里是神圣的。现在我已经不信仰上帝了，所以
　　　不能再参加了。

西尔维娅：[苦涩地] 这很自然。这只说明了你爱自己胜过其他任何
　　　人。人们怎能指望你对你父亲报以同情和感激呢？

约翰：哦，西尔维娅，你从哪里学来这些残忍的话？我做不到，我
　　　告诉你，我做不到。如果父亲心智正常，无论他还是母亲，都
　　　不会希望我做这种事情。

西尔维娅：但你母亲确实是希望的。哦，约翰，别那么固执。看在
　　　上帝的分上，给你自己个机会吧。你父亲快死了，约翰；你没
　　　有时间可以浪费……约翰，圣餐仪式才刚开始。如果你骑上自
　　　行车，就能及时赶到。那天牧师说如果你能出现在圣餐桌旁，
　　　他会毫不犹豫地把圣餐递给你。

　　　　[约翰怔怔地看着眼前，然后下定决心；他突然站起来，一
　　　言不发地走出屋子。

西尔维娅：[轻声说] 哦上帝，请宽恕我，宽恕我，宽恕我！

[舞台帷幕拉下一分钟，代表时间过去了半小时。当帷幕再次拉起，西尔维娅站在窗边，看着窗外的花园。

[利特尔伍德太太进屋。

利特尔伍德太太：我能进来吗？

西尔维娅：哦，利特尔伍德太太，当然可以！

利特尔伍德太太：我在家门口遇见了麦克法兰医生，他告诉我上校死了。我和他一起过来看看有什么可以帮忙的。

西尔维娅：你真是太好了。麦克法兰医生也来了？

利特尔伍德太太：来了，他去楼上了。约翰在哪里？

西尔维娅：他很快会来的。

[沃顿太太进屋，身后跟着麦克法兰医生。利特尔伍德太太走向她，两位老妇人相互亲吻。她们拥抱着站了一会儿。

利特尔伍德太太：亲爱的老朋友！

沃顿太太：夏洛特，你能来真是太好了。我知道你会同情我。

麦克法兰医生：坐下吧，亲爱的沃顿太太，坐下休息休息。

[他让她在一把椅子上坐下，在她身后塞了一个靠垫。

沃顿太太：约翰还没来？

西尔维娅：我肯定他很快就会来的。可能马上就来了。

麦克法兰医生：西尔维娅，亲爱的孩子，你要不要去给沃顿太太端一杯茶？我想这会让她舒服些。

西尔维娅：当然。

沃顿太太：哦，亲爱的，不必麻烦。

西尔维娅：不麻烦。你知道我喜欢为你做事。

[她走出屋子。

沃顿太太：世上的每个人都那么亲切。这让人感觉自己很低微……乔治和我结婚三十五年。他从没对我说过一句粗话。他总是很绅士、很体贴周到。我知道我经常惹麻烦，但他总是对我很有耐心。

利特尔伍德太太：约翰和西尔维娅不打算结婚了，这是真的吗？

沃顿太太：我恐怕是的。

利特尔伍德太太：世人似乎总不厌其烦地让自己不幸福，真是太奇怪了！

沃顿太太：我跟西尔维娅谈过这件事。对她来说，信仰意义重大。她不介意约翰回来时瞎了眼或者瘸了腿，她会为他奉献一生，毫无怨言。

麦克法兰医生：对于我们身上没有的缺陷，人们总认为即使有了也能够容忍；而对于我们身上存在的缺陷，人们却总是如鲠在喉。

沃顿太太：哦，医生，别说那种挖苦的话。你不知道西尔维娅受了多少苦。那件事情关乎意识。我确实明白，一个人无法让另一人用灵魂做出妥协。

麦克法兰医生：我认为灵魂就跟举止礼仪一样，不想太多反而比较好。

沃顿太太：西尔维娅将要放弃的东西太重要了。如果她不嫁给约翰，我不知道接下来她会怎样。等到她母亲死了，她一年就只有三十英镑收入了。

  ［西尔维娅回来了。她端着一个小托盘，上面放着一杯茶。她把托盘放在沃顿太太身边的一张桌子上。

西尔维娅：沃顿太太，茶给你端来了。

沃顿太太：哦，谢谢，亲爱的，非常感谢。你对我太好了……我不明白约翰为什么这么久还没来。他通常都很准时。

西尔维娅：［压低声音］沃顿太太，其实约翰已经来过了。

沃顿太太：哦，这么说，你已经见过他了？

西尔维娅：是的。

沃顿太太：你对他说了？

西尔维娅：是的。

沃顿太太：那他为什么又出去了？他去哪儿了？

西尔维娅：他很快就会回来。

麦克法兰医生：喝茶吧，亲爱的夫人，喝茶。

  [西尔维娅又回到窗边，望着花园，不再注意房间里的人。

沃顿太太：我很高兴能有你们两位老友陪着我。我现在唯一真正拥有的，似乎只剩下"往昔"了，而你俩都是其中很重要的部分。

麦克法兰医生：你们度完蜜月就搬来了这里。那真的已经是三十五年前的事情了？

利特尔伍德太太：我和我母亲是最早来拜访你们的。伊芙琳，我还记得当时你穿的绿色天鹅绒在我们看来非常时髦。

沃顿太太：我也记得很清楚。第三年我把它染成了黑色。那时候的流行更具有淑女风范。不可否认，裙子的衬垫凸显了女性的曼妙身姿。

麦克法兰医生：当年你有着那样的腰身！腰带还被你勒得那么紧！

沃顿太太：我经常会想，不知道现在的年轻人是否跟我们当年一样享受生活。你还记得我们过去的那些野餐吗？

利特尔伍德太太：我们的所有的爱、痛苦、欢乐和悲伤，如今感觉好像不曾有过。我们只是两个可笑的老妇人，有没有来过这世上，根本不会有任何影响。

麦克法兰医生：不一定呀，不一定呀。

沃顿太太：你的两个儿子献身于崇高的事业，这是你的荣耀。这难道还不值得你来这世上一遭？

利特尔伍德太太：有时候我问自己，我们所生活的这个世界不就是地狱吗？也许我在宇宙其他地方的另一段人生中犯下了罪孽，我丈夫带给我的不幸，还有我两个儿子的死亡，是我为此而遭受的惩罚。

沃顿太太：夏洛特，有时候你说的话让我害怕。我一直担心你会轻生。

沃顿太太：我？不，我为什么要轻生？我认为生命没那么重要，不需要我刻意了结它。我不会费心去杀死天花板上的一只苍蝇。

麦克法兰医生：在过去的五十年里，我一直千辛万苦地为人治病，有时候也会杀死他们。人类数不清的世世代代，总是先踏入变幻莫测的世间，做一些微不足道的事情，然后离开人世。哎，谁能否认，在这个世界上，美德不仅常常得不到奖赏，恶行也往往能逃避惩罚。幸福很少降临在好人身上，生命中难能可贵的东西也总是太频繁地给了那些配不上的人。雨水一视同仁地落在公正者和不公正者的头上，但不公正者却往往有一把坚固的伞。看起来好像世界上没什么公正，人有怎样的境遇似乎全凭运气。

沃顿太太：但我们都知道浮生若梦。

麦克法兰医生：若梦也许没错，但为什么是浮生？若梦我们都知道。那天你发表意见的时候，我忍住没说话，因为如果我插话，我想你会说我是一个愚蠢的老傻瓜，但对于痛苦和不幸，我其实也始终感到困惑。你瞧，干我这一行的，见过了太多的痛苦和不幸。这让我难过。亲爱的朋友，很长时间以来，我也跟你一样，总在怀疑上帝的善意。

利特尔伍德太太：[微笑着]医生，我看你是要开始向我布道了。

麦克法兰医生：我这辈子可是头一次这么做。

利特尔伍德太太：继续说吧。

麦克法兰医生：我想告诉你们我如何找到平静。我的解释跟山脉一样古老。我相信众多德行完美的人正因为接受了这种解释才能坚强地活着。我们尊敬的牧师也许会说我离经叛道。但我不能不这么想。我找不出其他任何说法能使"上帝的善意"和"邪恶的存在"相协调。

利特尔伍德太太: 怎么说?

麦克法兰医生: 我不相信上帝是全知全能的,但我认为他和我们一样在与邪恶作斗争。我不相信他有意通过折磨让我们懊悔,或者用痛苦将我们净化。我相信痛苦和折磨是邪恶的,他也痛恨它们,他也想粉碎它们,只要他可以。上帝与邪恶在漫长的岁月中持续斗争,我相信我们能够为上帝贡献力量,我是指我们所有人,包括最坏的人;我相信我们的善良能够通过某种方式——虽然我不知道具体是哪种方式——助上帝一臂之力。也许——谁知道呢?——我们给予他的力量,最终能帮助他打败邪恶——最终,这些痛苦和折磨也一并被摧毁。[微笑着] 如果我们是好人,我们就能为天堂的国王买银子弹;如果我们是坏人,那么,我们就是在和敌人做买卖。

西尔维娅: [头也不回地] 约翰骑着自行车回来了。

麦克法兰医生: 走吧,利特尔伍德太太,现在他们不希望我们待在这里了。

利特尔伍德太太: [站起身] 没错,我敢肯定,你更愿意和约翰单独待一会儿。

沃顿太太: 你们能来真是太好了。再见,我亲爱的,上帝保佑你们。

利特尔伍德太太: 再见。

  [她们相互亲吻,然后利特尔伍德太太走出屋子。

麦克法兰医生: [和沃顿太太握了握手] 我今天晚些时候再来看看你身体状况如何。

沃顿太太: 哦,亲爱的医生,我一点也没病,你知道的。

麦克法兰医生: 还是那句话,别太操劳。你也知道,你已经不年轻了。再见,西尔维娅。

  [西尔维娅没有回答。麦克法兰医生离开。西尔维娅往屋里

走了几步，然后又转过身，看着约翰进来时一定会穿过的那扇门。她万分紧张，竭尽全力控制着自己。

沃顿太太：西尔维娅，发生了什么事吗？

西尔维娅：没有，为什么这么问？

沃顿太太：你看上去很奇怪。

西尔维娅：[没有留意这句评价] 约翰就要回来了。

沃顿太太：你瞧，亲爱的，在我看来，在这一生中，大部分困难都是可以克服的，只要双方都愿意做一点让步。

西尔维娅：有时候让步是不可能的，唯一的希望是——奇迹。

[她说完最后一个词，脸上挤出淡淡的微笑，为了掩盖一个事实：她赋予了这个词重大的意义。约翰走进房间。他脸色苍白，筋疲力尽。看见母亲在屋里，他惊讶地愣了一会儿，然后走上前去亲吻她。

约翰：哦，妈妈，我以为你在楼上。抱歉我来得太晚了。

沃顿太太：没关系，亲爱的。你的脸色怎么这么苍白？

约翰：我今天早上出去散步了。我还没有吃东西。我觉得很累。

沃顿太太：亲爱的，你吓坏我了，你的整张脸都感觉挤压扭曲了。

约翰：哦，妈妈，别为我担心。我吃过早餐就会好的。毕竟，你还有一个病人需要照顾，已经够辛苦的了。

[沃顿太太惊讶地看着他。西尔维娅的神经颤动了一下，但立即控制住了自己。

西尔维娅：你有没有去——那个你刚才说你去的地方？

约翰：我去了。

[西尔维娅欲言又止，审视般地久久望着约翰；她意识到并没有发生她期望中的事情，她在脑海中发出一声悲叹，然后跌坐在椅子上，悲哀沮丧，心力交瘁。约翰与她对视了一眼，然后转向他母亲。

约翰：爸爸在睡觉吗？

沃顿太太：[微微一颤] 约翰！

约翰：怎么了？

沃顿太太：我还以为你已经知道了，亲爱的，你父亲死了。

约翰：妈妈！

沃顿太太：我让西尔维娅告诉你的。我还以为……

西尔维娅：[声音沉闷地] 沃顿太太，你让我告诉他，可是我没有。

约翰：我想不通，这不可能。他昨晚还好好的。他什么时候死的？

沃顿太太：今天早上大约七点。

约翰：但是，亲爱的妈妈，你为什么没叫我？

沃顿太太：我也没料到。我们一直在交谈，他说他累了，他想他可以睡一会儿。他安静地打着盹儿，过了一会儿，我意识到他死了。

约翰：哦，我可怜的妈妈，你怎么受得了这种痛苦？

沃顿太太：听着，很奇怪的是，我一点也没有感到不幸。感觉上他并没有离开我，感觉上他和从前一样在我身边。我不知道该如何跟你解释。我想他过去都没有像现在这般活生生的。哦，约翰，我现在知道了，灵魂是不灭的。

约翰：亲爱的妈妈，我很高兴你没有感到不幸。你这双可爱的眼睛，正散发着乐观的光芒。

沃顿太太：如果你能知道我通过这双眼睛看见了什么就好了！

约翰：带我上楼看看他吧？

沃顿太太：估计女人们还没干完。我先上去看看。等一切就绪，我就来叫你。

约翰：妈妈，我很抱歉，从我回来后给你带来了那么多的痛苦。我要是能避免就好了。

沃顿太太：[她搂住他的脖子，他亲吻她] 我亲爱的儿子！

[她走出屋子。约翰走到窗边，看着窗外。有那么一会儿，西尔维娅不敢跟他说话。最后她鼓起勇气。

西尔维娅： [绝望地] 约翰，无论你想对我说什么，说吧！

约翰： [带着冷淡的礼貌] 我想我没有什么想特别对你说的。

西尔维娅： 你一定认为我是个恶毒的骗子。

约翰： 我不想问你问题，也不想责备你，不可以吗？

西尔维娅： 哦，约翰，毕竟我们曾经彼此拥有，你那样对我说话太无情了。如果你认为我错了，你就说出来吧。

约翰： 为什么要说？

西尔维娅： 你真是铁石心肠。[她朝着他走去] 约翰，你听我说。

约翰： 说吧。

西尔维娅： 你母亲让我把你父亲的死讯告诉你。可我隐瞒了你。我对你说了一整套的谎言。我故意利用了你对你父亲的柔情。我觉得自己非常可怕。但是我想让你受领圣餐，这是我唯一的机会。

约翰： 但凡你对我还有一丝爱意，就不会做出如此令人作呕的事情。但凡你对我还有一点尊重，就不会这样做。

西尔维娅： 让我说完，约翰。

约翰： 安静！是你坚持要跟我谈论这件事情的，那么现在，看在上帝的分上，轮到你听我说了。你知道我有怎样的感觉吗？羞耻！当我接过面包和红酒，我感觉它们掐住了我的喉咙。我曾经非常虔诚地相信上帝，因此在我看来，我正在做一件可怕的事情。我明知故犯，说了肮脏的谎言。我感觉自己的灵魂深处被玷污了。

西尔维娅： 我想这也许并非谎言。我必须这么做，约翰，这是我唯一的机会。

约翰： 你为什么要这么做？

西尔维娅：别这样严厉地看着我。我受不了。你吓到我了。我脑子里一片混乱。

约翰：你为什么要这么做？让我来告诉你吧！因为在你作为基督徒的谦虚背后，隐藏着支配的欲望。我信不信上帝并不重要，重要的是我不信你想让我相信的东西。你想按着我的脸在泥土地上摩擦。

西尔维娅：[激动地] 约翰，你怎么就不明白啊！我心里想的只有你。一直以来，我心里想的只有你。

约翰：别那么虚伪！

西尔维娅：[结结巴巴地] 我期待奇迹发生。

约翰：在这种时候？

西尔维娅：看在上帝的分上，对我仁慈些吧！是你母亲让我有了这种想法。你父亲昨晚受领了圣餐。

约翰：你对人类的弱点没有丝毫同情。你非常害怕他的死亡最终没有带来教化作用。好像那个可怜可亲的人最后如果神经崩溃了，就会造成什么影响似的。

西尔维娅：[渴望地] 但他没有神经崩溃。关键就在这里。你自己也注意到了你母亲脸上的表情。她尽管有着悲伤，但也是幸福的。你知道这是为什么吗？

约翰：为什么？

西尔维娅：[仿佛突然受到鼓舞] 因为他受领圣餐之后，对死亡的恐惧便离开了他。他又变回那个英勇无畏的绅士，不再害怕前途的艰辛险阻。他死得很幸福。

约翰：[态度温和了一些] 是真的吗？我亲爱的爸爸，我很高兴。

西尔维娅：这是奇迹。这是奇迹。

约翰：我还是不明白你的想法。

西尔维娅：我原以为，当你跪在祭坛的台阶上像童年那样受领圣餐时，所有对童年的感觉都会突然回到你身上。我必须让你受领圣餐。

约翰：以我目前的心态？我肯定没那个权利。

西尔维娅：我知道。那样做会让我的罪孽愈加深重。也许我疯了。对上帝而言，万事皆有可能。我明确地感到你会相信的。

约翰：[非常悲哀地] 你也许是实现了一个奇迹，但不是你期待的那个。

西尔维娅：你这是什么意思？

约翰：那天你说你不会跟我结婚的时候，我——我觉得天旋地转——就好像一个遇到海难的人。我未来所有的计划都跟你有关。我无法想象没有你的生活。我感到孤苦伶仃。

西尔维娅：但你知道我付出了怎样的代价吗？

约翰：一开始我以为你不是真想这么做。你说你不爱我，我不相信。这听上去太荒唐了。西尔维娅，我痛苦至极。

西尔维娅：约翰，我不想让你不幸。

约翰：后来，我受领圣餐的时候，心中产生了一种非常异样的感觉。我无法向你描述那种感觉。就好像母亲在听我讲些淫秽肮脏的事情。我强迫自己参加完仪式，因为我真心以为这样能给我可怜的父亲带来内心的平静。但其实是你让我这么做的。你的想法让我充满恐惧。

西尔维娅：[惊愕地] 约翰！

约翰：你治愈了我，西尔维娅，为此我应该向你表示感谢。我对你的爱已经从我身上滑落了，就像披风从肩头滑落一样。现在，我看见了真相。你是对的。这些年，我们变成了不同的人，我们跟对方已经无话可说。

西尔维娅：[激动地] 但是我爱你，约翰！你怎么能如此盲目呢？你难道不明白我这么做完全是因为我爱你吗？哦，约翰，你现

在不能离开我！这些年我一直在等你。我一直盼着你回来。如
果我做错了，请你原谅我。我现在不能失去你。我爱你，约翰，
你不会离开我的，对吗？

约翰：[停顿了一会儿] 我当然不会离开你。我原以为是你不愿意跟
我结婚。

西尔维娅：[几乎不知道自己在说什么] 我已经不再年轻了，已经
失去了花期。我现在只有你了。哦，约翰，别抛弃我！我受
不了！

约翰：[仿佛在对孩子说话] 亲爱的，别让自己难过。我没有想过抛
弃你。我们可以尽快结婚。

西尔维娅：是的，我们会结婚，对吗？我那么爱你，约翰，我也会
让你爱我。我现在不能失去你，我等你等了太久。

约翰：好了，亲爱的，别难过了。现在问题都解决了。擦干你的眼
泪。你不想让自己看上去蓬头垢面的，对吗？

西尔维娅：[依偎着他] 我是那么地悲惨。

约翰：胡说，好好地吻我一下，我们会把所有烦恼都忘掉。我会成
为一个好丈夫的，西尔维娅。我会用尽全力让你幸福的。吻我
一下吧。

[当他摸索着想要抬起她的脸亲吻她时，她突然用力挣
脱他。]

西尔维娅：不，不要！别碰我。上帝给我力量。可惜我太软弱了。

约翰：西尔维娅！

西尔维娅：别靠近我！看在上帝的分上！[她把手放在脸前，想要控
制情绪，让自己恢复平静；两人停顿了一会儿] 我从来也没有
想过你会再也不在乎我，所以当你说出这句话时，我一下子昏
了头。请原谅我，亲爱的，忘了刚才的话。我不会跟你结婚的。

约翰：好了，西尔维娅，别傻了。我要是拉住你的头发，把你拽去

祭坛，那会很不合适的。

西尔维娅：约翰，你很善良，我想你这么说是因为现在悔婚并不合适。我很穷，我把自己最好的时光都浪费了，都用来等你了。你不必担心将来我会怎样。我可以和其他女人一样挣钱养活自己。

约翰：哦，西尔维娅，你在折磨你自己，也在折磨我。你就不能忘掉我一怒之下说出的话吗？你肯定知道我爱你有多深。

西尔维娅：我不想忘记。这是上帝的意志。我说了谎。我做了令人发指的邪恶的事情。你无法想象我的罪孽有多深。我付出我的灵魂，冒险来救你，约翰，上帝已经对我施加了惩罚，但比我应得的惩罚减轻了许多。他已经把你对我的爱从你的心里拿走了。

约翰：但你爱我，西尔维娅。

西尔维娅：我比世上任何人都更爱你。我从十岁起就爱上你了。那是我身体上唯一的弱点。我的灵魂在上帝展示给我的伟大仁慈中欢呼雀跃。

约翰：哦，我亲爱的，你会很不幸。

西尔维娅：不，别可怜我，你给了我一个绝好的机会。

约翰：我？

西尔维娅：我一直感到屈辱，因为我在这场战争中毫无作为。我知道自己有责任待在这里照顾我的母亲，但我想去法国，跟我的朋友们一样贡献一份绵薄之力。

约翰：那很自然。

西尔维娅：现在我至少有机会去做点事情了。在上帝的眼里，任何牺牲都是有价值的。一颗破碎的悔过之心，哦上帝，您不会嫌弃。我现在要献出我在世上所有珍贵的东西，我的爱情，以及我对这一生幸福的希冀。我满怀欣喜地献出它，我祈求上帝接

受。这样我就能承担起我这部分的责任，弥补这场可怕的战争
所带来的罪孽。

约翰：我要是没有回来就好了。我给你们所有人都带来了痛苦和
折磨。

西尔维娅：约翰，你拿走了我们订婚时你给我的戒指。你把它扔进
了火堆。

约翰：我觉得自己很蠢。我当时感到一阵苦涩才这么做的。

西尔维娅：你曾经去坎特伯里买过一枚结婚戒指。现在放哪儿了？

约翰：就带在我身上。怎么了？

西尔维娅：能给我吗？

约翰：当然。

　　　[他从西服背心口袋里拿出戒指，疑惑地递给她。

西尔维娅：[把戒指戴在手上] 我从此不再爱任何男人。我要抛弃可
怜的短暂之物，投入永恒的事业。我将成为上帝的新娘，他永
远不会拒绝任何人追寻他的爱。上帝之爱，坚定而又永恒。我
可以托付我全部的信任，我永远不会感到它匮乏……再见，约
翰，上帝永远保佑你。

约翰：再见，亲爱的孩子。

　　　[她快步走出屋子。一分钟后，凯特进屋。她提着一个大木
箱子，里面有纸、木柴、壁炉刷和一只脏脏的大手套。

凯特：少爷，沃顿太太问你能否现在上楼？

约翰：好的。

　　　[他走出屋子。凯特来到壁炉边跪下，戴上手套，开始清理
余烬。厨娘走进屋子。她四十五岁，一副肥胖的居家模样。

厨娘：凯特，屠夫来了。我现在不太想上楼去找沃顿太太。午餐我
有冷牛肉，不过他们还需要一些东西作晚餐。

凯特：哦，这样吧，他们一直都很喜欢牛颈肉。你准备一点这个，

总不会出大错。

厨娘： 我还有不少豌豆。

凯特： 那不错。

厨娘： 我在想要不要做一个水果挞。最好订购两磅半牛颈肉吧。

　　　　[厨娘走出屋子。凯特继续生火。

全剧终

圈子
THE CIRCLE
三幕喜剧

黄雅琴　译

人物表

克莱夫·钱皮恩-切尼

阿诺德·钱皮恩-切尼,议会议员

波蒂厄斯勋爵

爱德华·卢顿

凯瑟琳·钱皮恩-切尼夫人

伊丽莎白

申斯通夫人

　　故事发生在阿斯顿-阿黛庄园,阿诺德·钱皮恩-切尼位于多塞特郡的宅邸。

第一幕

场景是阿斯顿-阿黛庄园富丽堂皇的客厅，墙上挂着精美画作，四处摆放有乔治时代的家具。阿斯顿-阿黛出现在很多乡村风情的绘画中。它并非一幢房子，而是一处地标。主人引以为傲，房内陈设看不出现代痕迹。透过客厅后部的落地窗可以看见美丽的花园，那也是阿斯顿-阿黛的景点之一。

这是一个晴朗的夏日早晨。

阿诺德进屋。他年约三十五岁，人高马大，相貌英俊，浅色的头发收拾得干净利落，那是一张多愁善感的脸。他看上去像知识分子，有点冷血。穿着讲究。

阿诺德：[呼叫] 伊丽莎白！[他走向窗户，再次大喊] 伊丽莎白！
　　[他按铃。等待的当口，环视房间。略微调整了一把椅子的位置。从壁炉架上取下一件装饰品，吹去灰尘]
　　　[男仆进屋。
　　哦，乔治！去找下切尼夫人，问她是否安好，愿意过来一聚。
男仆：好的，先生。
　　　[男仆转身离开。
阿诺德：谁照管这间房？

男仆：我不知道，先生。

阿诺德：我希望他们掸灰的时候能用点心，要把东西放回原位。

男仆：好的，先生。

阿诺德：[把他打发走] 就这样。

　　　　[男仆离开。阿诺德又来到窗边呼喊。

阿诺德：伊丽莎白！[他看见申斯通夫人] 哦，安娜，你知道伊丽莎
　　白在哪儿吗？

　　　　[申斯通夫人从花园进屋。她年方四十，平易近人、雍容
　　华贵。

安娜：她不是在打网球吗？

阿诺德：没有，我去过网球场。发生了点很麻烦的事儿。

安娜：哦？

阿诺德：她到底在哪里。

安娜：你打算什么时候见波蒂厄斯勋爵和姬蒂夫人？

阿诺德：他们会在午宴时乘车抵达。

安娜：你确定你希望我在场？现在还来得及，你懂的。我可以理好
　　箱子，踏上火车，找个目的地前往。

阿诺德：不用，我们当然需要你。有人在场，事情会容易很多。你
　　能来，真是个大好人。

安娜：哦，胡说八道！

阿诺德：还有，泰迪·卢顿能来也是好事一桩。

安娜：他这人太有趣了，不是吗？

阿诺德：是的，这是他的大优点。我知道他这人不算很聪明，可你
　　知道的，有些场合你需要一个莽莽撞撞的家伙。我派个仆人去
　　找伊丽莎白。

安娜：我敢说她在穿鞋。她和泰迪要再打一场单打。

阿诺德：换鞋用不了这么久。

安娜：［笑盈盈］换鞋事小，打扮事大，你明白的。

　　　　［伊丽莎白进屋。她是个二十出头的美人坯子。身穿轻薄的
　　夏季女装。

阿诺德：亲爱的，我到处找你。你去了哪儿？

伊丽莎白：没什么！闲着。

阿诺德：我的父亲来了。

伊丽莎白：［惊讶］哪里？

阿诺德：乡间别墅。昨晚到的。

伊丽莎白：该死！

阿诺德：［心情不错］我希望你不要这样说话，伊丽莎白。

伊丽莎白：发生了该死的事，你却不能说该死，那什么时候才可
　　以说？

阿诺德：我想你可以说"哦，麻烦了！"或诸如此类。

伊丽莎白：可这无法表达我的情感。还有，演讲比赛那天，你在颁
　　发奖杯时说过，英语里面不存在同义词。

安娜：［微笑］哦，伊丽莎白！期许一名政客的私生活如同他公开宣
　　称的那样，这太不公平了。

阿诺德：我言出必行。英语没有同义词。

伊丽莎白：照此说来，我只能遗憾地继续说"该死"，只要我愿意。

　　　　［爱德华·卢顿站在窗口。穿着法兰绒服装的他是个迷人的
　　小伙子。

泰迪：我说，网球比赛怎么样？

伊丽莎白：进来。我们在吵架。

泰迪：［进屋］好棒！吵什么？

伊丽莎白：英语。

泰迪：不要告诉我你用了分裂不定式。

阿诺德：［眉头一皱］我希望你认真点，伊丽莎白。这局面并不

愉快。

安娜：我看，我和泰迪还是回避一下。

伊丽莎白：胡扯！你们都要在场。如果发生不愉快的事，我们需要你们精神上的支持。所以我们才会叫你们来。

泰迪：还以为我被叫来是因为我的蓝眼睛。

伊丽莎白：自负的混蛋！眼睛碰巧是棕色的。

泰迪：怎么了？

伊丽莎白：阿诺德的父亲昨晚来了。

泰迪：真的？天呐！我以为他在巴黎呢。

阿诺德：我们也这么以为。他告诉我下个月回来。

安娜：你见到他了？

阿诺德：没有！他给我打了电话。谢天谢地乡间别墅装了电话。假如他不告而来，这场面有的好看了。

伊丽莎白：你告诉他凯瑟琳夫人要来吗？

阿诺德：当然没有。知道他在这里，我都吓傻了。所以，当务之急，我们先要讨论下。

伊丽莎白：他会来阿斯顿-阿黛吗？

阿诺德：会的。他提了，我也想不出理由不让他来。

泰迪：那你让其他人别来？

阿诺德：他们开车来的。分分钟会到。太晚了。

伊丽莎白：还有，这么做会招人恨。

阿诺德：我知道，把他们邀请来是昏招。但伊丽莎白非要这样。

伊丽莎白：毕竟她是你的母亲，阿诺德。

阿诺德：母亲一词于她而言几乎没有意义，在她离家出走的时候。你无法想象这件事对我造成的影响之深，即使到了今时今日。

伊丽莎白：都过去三十年了。时过境迁还耿耿于怀，似乎过于荒唐了。

阿诺德：我不是耿耿于怀，事实就是她对我造成的伤害无法弥补。我找不到理由原谅她。

伊丽莎白：你试过吗？

阿诺德：亲爱的伊丽莎白，旧事重提有何裨益。事实可惜就这么简单。她有个爱她的丈夫，有优越的社会地位，可以随心所欲地花钱，还有个五岁的孩子。她跑了，和一个已婚男人。

伊丽莎白：阿诺德，波蒂厄斯夫人这人没啥魅力。［转向安娜］你认识她吗？

安娜：［微笑］可以说，令人望而生畏，我想。

阿诺德：如果你是想要开个小小的玩笑，那我无话可说。

安娜：对不起，阿诺德。

伊丽莎白：或许你的母亲情难自禁呢——或许她坠入爱河了呢？

阿诺德：而且，没有荣誉感、责任感、廉耻心？哦，是的，在那种情况下，你可以给出一大堆的辩解。

伊丽莎白：这样谈论你的母亲可不地道。

阿诺德：我没把她当妈。

伊丽莎白：你心里过不去的坎是她没有顾虑你。我们中的有些人更像母亲，有些更像女人。她爱那个男人爱成这样，想到这点，我都有点毛骨悚然了。她牺牲了名声、地位，还有孩子。

阿诺德：你真的无法指望这个孩子能对母亲存有多少爱，既然她是这样对待他的。

伊丽莎白：是的，我无法指望。但过了这么多年，你们还不能以朋友相待，我觉得颇为遗憾。

阿诺德：顶着这桩可怕丑闻投下的阴影长大成人，我在想你是否真的理解。所到之处，学校、牛津，之后到了伦敦，我永远是姬蒂·切尼夫人的儿子。哦，残忍，残忍！

伊丽莎白：是的，我懂，阿诺德。于你而言，糟糕透了。

阿诺德：就算寻常人家碰上这等事，也够糟心的，更何况我们家的地位，情势更要恶化十倍。我的父亲那时在下议院，而波蒂厄斯——还没继承头衔——也在下议院；他曾是外交事务政务次官，时常出现在公众视野中。

安娜：父亲曾说，他是党派中最能干的。人人都以为他能当上首相。

阿诺德：你可以想象这给英国民众提供了多大的笑料。他们那代人还从没碰上过这等好事。那时候最流行的一首歌就是关于我母亲的。你听过吗？"姬蒂夫人真淘气。说来这事也可惜……"

伊丽莎白：[打断他的话] 哦，阿诺德，别！

阿诺德：他们还不让民众遗忘。假如他们就安安静静地在佛罗伦萨过他们的日子，不要大动干戈，那丑闻也会渐渐平息。但波蒂厄斯勋爵和夫人打起了遥遥无期的官司，时时提醒民众还有这么一桩丑闻。

泰迪：为了什么事打官司？

阿诺德：我的父亲自然和他的妻子离了婚，但波蒂厄斯夫人拒绝和波蒂厄斯勋爵离婚。他胁迫她，比如，拒绝承担她的生活开销，把她扫地出门，天知道还做了什么。他们就在法庭上吵个没完没了。

安娜：我觉得，波蒂厄斯夫人做得过分了。

阿诺德：她知道她的丈夫想娶我的母亲，她恨我的母亲。你不能怪罪她。

安娜：想必他们也是过了一段苦日子。

阿诺德：这就是他们搬去佛罗伦萨的原因。波蒂厄斯有钱。他们在那里找得到认同这种局面的人。

伊丽莎白：这是他们第一次回英格兰。

阿诺德：必须告诉父亲，伊丽莎白。

伊丽莎白：是的。

安娜：［面对伊丽莎白］他有没有和你提过姬蒂夫人？

伊丽莎白：从来没有。

阿诺德：自打三十年前她离开了这幢房子，我觉得这个名字就再也没有从父亲的嘴里说出过口。

泰迪：哦，他们以前住这儿？

阿诺德：当然啦。这幢房子常常设宴，有天晚上，波蒂厄斯和我的母亲都没下楼参加晚宴。其他人都在等他俩。大家不明就里。父亲派人去母亲房间找她，而后在针垫子上面发现了一张纸条。

伊丽莎白：［淡淡一笑］生活在欧洲黑暗时代的人们就是这么做的。

阿诺德：我猜，经过了那个可怕夜晚，他对这幢房子产生了厌恶之情。再也没有住到这里，等我成婚后，他把房子送给了我。自己留了一座乡间别墅，在他想回来的时候能有地方住。

伊丽莎白：他对我们太好了。

阿诺德：我的一切都是父亲给的。我觉得，他永远不会原谅我把这些人请来。

伊丽莎白：我会把所有责任揽到自己身上，阿诺德。

阿诺德：［暴躁］局面已经够尴尬了。我都不知道该如何面对他们。

伊丽莎白：你不觉得等你见到他们，一切都会迎刃而解吗？

阿诺德：无论如何，他们都是我的宾客。我会努力的，像个绅士一样行事。

伊丽莎白：我不会。我们这里没有集中供暖。

阿诺德：［心不在焉］她会期待我的吻吗？

伊丽莎白：［莞尔一笑］当然。

阿诺德：面对情感外露的人，我总会感到不自在。

安娜：可我不明白为什么你之前没和她见过面。

阿诺德：我相信，在我还小的时候，她曾经尝试见我，但父亲认为还是不见为好。

安娜：那是，但后来你长大了？

阿诺德：她长居意大利。我又从没去过那儿。

伊丽莎白：你在街上偶遇某人，相见却不相认，于我而言似乎过于可悲了。

阿诺德：那是我的错喽？

伊丽莎白：你说过，你会善待她的。

阿诺德：错就错在把波蒂厄斯也请来了。就好像我们原谅了一切。我该如何对待他？我要和他握握手，拍拍他的背？他毁了我父亲的人生，彻彻底底。

伊丽莎白：[微笑] 你可以出多少钱来制造一场漂亮的车祸，从而阻止他俩的拜访？

阿诺德：我竟然听信了你的话，放弃了我的判断力，我后悔了。

伊丽莎白：[心情良好] 幸好有安娜和泰迪在场。我并不指望午宴大获成功。

阿诺德：我尽量。我向你保证，我会克制的。但没法替父亲保证。

安娜：你的父亲来了。

　　　　[钱皮恩-切尼先生出现在一扇落地窗后面。

钱皮恩-切尼：我可以从这里进屋吗，或是要让一个傲慢的仆人来宣告我到场？

伊丽莎白：请进。我们一直盼着您呢。

钱皮恩-切尼：翘首期盼，我希望，亲爱的孩子。

　　　　[钱皮恩-切尼先生人高马大，六十出头，清瘦，一头漂亮的灰色头发，那张脸透露出睿智和禁欲。他的穿着打扮非常讲究。属于那种知足常乐的人，心满意足地颐养天年。他吻了伊丽莎白，把手伸向阿诺德。

伊丽莎白：我们以为您会在巴黎多待一个月。

钱皮恩-切尼：还好吗，阿诺德？我保留了改变主意的权利。这是年长绅士和漂亮女士唯一共享的特权。

伊丽莎白：安娜，您认识的。

钱皮恩-切尼：[和她握手] 当然。真高兴能在这儿见到你！会住多久？

安娜：住到不受欢迎。

伊丽莎白：这位是卢顿先生。

钱皮恩-切尼：你好？玩桥牌吗？

卢顿：玩。

钱皮恩-切尼：好极了。没有最大的牌你敢叫牌吗？

卢顿：从不。

钱皮恩-切尼：在天国的，正是这样的人 ①。我看出来了，你是个好青年。

卢顿：但通常，好人即穷人。

钱皮恩-切尼：没关系；如果你的打法是对的，可以用十先令赢回一百，没有任何风险。我从不输钱，但见好就收。

阿诺德：你呢——你会在这里待很长时间吗，父亲？

钱皮恩-切尼：待到午餐，如果你邀请我的话。

　　　　[阿诺德看向伊丽莎白的眼神透露出疲惫。

伊丽莎白：太好了。

阿诺德：我不是这意思。你当然可以留下来享用午餐。我是说，你在这里会住多久？

钱皮恩-切尼：一个星期。

　　　　[停顿片刻。所有人，除了钱皮恩-切尼，都略感尴尬。

泰迪：我看，我们先别打球了。

伊丽莎白：是的。我想让公公来和我说说这周巴黎人都穿了啥。

---

① 出自《圣经·马太福音》第 19 章第 14 节。

泰迪：我去把网球拍放好。

      [泰迪走出屋子。

阿诺德：都快一点了，伊丽莎白。

伊丽莎白：我不知道原来这么晚了。

安娜：[对阿诺德] 我在想，我是否能说服你，午餐之前陪我逛一逛花园。

阿诺德：[正中下怀] 很是乐意。

      [安娜从落地窗走出去，阿诺德紧随其后，又犹豫不决地停下脚步。

阿诺德：我要看一眼我刚买的椅子。我觉得很棒。

钱皮恩-切尼：迷人。

阿诺德：1750 年的古董，我觉得。设计得很漂亮，不是吗？还没有翻修过。

钱皮恩-切尼：相当漂亮。

阿诺德：我觉得这笔买卖很划算，您怎么看？

钱皮恩-切尼：哦，我的孩子！你知道的，我对这类事一无所知。

阿诺德：我喜欢那个时代的家具……那么，午餐见。

      [他跟着安娜穿过落地窗。

钱皮恩-切尼：那个年轻人是谁？

伊丽莎白：卢顿先生。他刚从部队复员。目前经营着 F.M.S 的橡胶园。

钱皮恩-切尼：他们都回国了，那 F.M.S 指的是？

伊丽莎白：马来联邦。他在战争伊始参了军。刚从那儿回来。

钱皮恩-切尼：他们为什么要这么刻意地把我们两人单独留下？

伊丽莎白：是吗？我没注意到。

钱皮恩-切尼：我猜，现在的年轻人已经很难理解，人会老，但不会傻。

伊丽莎白：我可从没这样想过您。人人都知道您非常睿智。

钱皮恩-切尼：截至目前，的确如此。这话，我和他们说过很多遍了。你有点紧张？

伊丽莎白：让我搭下脉搏。[她把手放在手腕上] 很正常。

钱皮恩-切尼：我刚才提到我要留下来吃午饭，阿诺德看上去就像喝了蓖麻油①。

伊丽莎白：我希望您最好坐下来。

钱皮恩-切尼：这能让你舒服点？[他拉过一把椅子] 想必你要对我说的事很棘手。

伊丽莎白：您不会生我的气吧？

钱皮恩-切尼：你多大了？

伊丽莎白：二十五。

钱皮恩-切尼：我从不冲着三十以下的女子生气。

伊丽莎白：哦，那我还有十年。

钱皮恩-切尼：靠数学？

伊丽莎白：不。靠化妆。

钱皮恩-切尼：所以？

伊丽莎白：[若有所思] 如果能坐在您的腿上，话可能容易出口。

钱皮恩-切尼：你们的情趣可真有意思，不过，可千万别把全身的重量压上来。

　　　　[她坐上他的腿。

伊丽莎白：我是不是瘦骨嶙峋？

钱皮恩-切尼：恰恰相反……我听着呢。

伊丽莎白：凯瑟琳夫人要来。

---

① 蓖麻油无香气或有淡淡的气味，味道温和，有黏稠感，人体食用后有强烈的通便效果。

钱皮恩-切尼：谁是凯瑟琳夫人？

伊丽莎白：您——阿诺德的母亲。

钱皮恩-切尼：是她？

　　　　[他稍稍抽回身子，伊丽莎白站起来。

伊丽莎白：千万不要责备阿诺德。是我的错。我坚持的。他反对过。我和他闹腾，直到他妥协。然后，我写信邀请她来。

钱皮恩-切尼：我不知道原来你认识她。

伊丽莎白：不认识。我听说她在伦敦。下榻在克拉里奇酒店。对她完全不管不顾，那似乎太没良心了。

钱皮恩-切尼：什么时候来？

伊丽莎白：我们希望她来赴午宴。

钱皮恩-切尼：这么快？我明白那尴尬了。

伊丽莎白：您瞧，我们没料到您会来。您说，您会在巴黎多待一个月。

钱皮恩-切尼：亲爱的孩子，这是你们的房子。没道理你们不能邀请想要相聚的人。

伊丽莎白：毕竟，无论她犯下怎样的错，她都是阿诺德的母亲。一辈子老死不相往来，未免过于刻意了。这个可怜、孤单的女人让我心如刀绞。

钱皮恩-切尼：我从没听说过她孤单，而且她肯定不可怜。

伊丽莎白：我还没说完。我不能只邀请她。这样会显得很——很冒犯。我还邀请了波蒂厄斯勋爵。

钱皮恩-切尼：明白了。

伊丽莎白：我敢说，您宁愿不见他们。

钱皮恩-切尼：我敢说，他们也宁愿不见我。我回到乡间别墅享用一顿丰盛的午餐。我发现，如果贸贸然到访，你总能品尝到美食佳肴，好得和仆人的饭菜一模一样。

伊丽莎白：没人和我谈起过姬蒂夫人。人人都回避这个话题。我从没见过她的相片。

钱皮恩-切尼：她离开的时候，这幢房子挂满了她的照片。我想是我让管家把它们都扔进了垃圾桶。她拍了很多照。

伊丽莎白：能否和我说说她是怎样的人？

钱皮恩-切尼：她和你很像，伊丽莎白，只是她是深色头发，而你的是红色。

伊丽莎白：可怜人啊！现在会是满头白发了吧。

钱皮恩-切尼：想必如此。她就是个小不点。

伊丽莎白：但她曾是她那个时代的大美人之一。人人都说她美。

钱皮恩-切尼：她有最最可爱的小鼻子，就像你的……

伊丽莎白：你喜欢我的鼻子吗？

钱皮恩-切尼：她品味高雅，身形娇小，体态优美；亭亭玉立，轻盈婀娜。她就像是老派法国喜剧里面的侯爵夫人。是的，她是个美人。

伊丽莎白：我敢肯定，她还是个美人。

钱皮恩-切尼：早已青春不在，你知道的。

伊丽莎白：您不能指望我和您还有阿诺德持有相同的看法。如果您还爱着她，她也爱着您，那就算年华老去，也是美丽地老去。

钱皮恩-切尼：你真浪漫。

伊丽莎白：要不是每个人讳莫如深，我敢说我不一定会这么做。我知道她对您，对阿诺德犯了天大的错误。这点，我愿意承认。

钱皮恩-切尼：我相信，你的心地非常善良。

伊丽莎白：但她爱过，她敢作敢当。浪漫是多么虚无的事啊。您可以在书中读到，却难以亲眼见到。浪漫让我心潮澎湃，我会情难自已的。

钱皮恩-切尼：我痛苦地意识到，这类故事中的丈夫不会是浪漫的人。

伊丽莎白：她把世界踩在脚下。您富有。她是社交圈的风云人物。
而她为了爱情抛弃了一切。

钱皮恩-切尼：[干巴巴] 我开始怀疑你不仅仅是为了她和阿诺德才
邀请她来的。

伊丽莎白：我感觉早已认识她了。想来，她的脸上露出淡淡的忧伤，
因为爱情，她无法让您欢乐，徒留悲伤，但她苍白的脸上没有
皱纹。宛若孩童的脸。

钱皮恩-切尼：亲爱的，你是在想入非非啊！

伊丽莎白：我能想象她的冷漠和脆弱。

钱皮恩-切尼：脆弱，当然。

伊丽莎白：纤细美丽的手，一头白发。我时常想象她生活在文艺复
兴风格的宫殿里，墙上挂着老派画师 ① 的作品，美丽的雕刻物件
线条圆润，她身穿黑丝绸长裙，脖颈围了一条古董蕾丝，配上
老款的钻石。你知道的，我从未见过我的母亲；在我还是婴儿
时，她就去世了。你无法指望拖家带口的阿姨。我希望阿诺德
的妈妈也成为我的妈妈。我有好多话要对她说。

钱皮恩-切尼：你和阿诺德相处愉快吗？

伊丽莎白：为什么不呢？

钱皮恩-切尼：为什么你俩没生孩子？

伊丽莎白：给我们一点时间。我们结婚才三年。

钱皮恩-切尼：我在想休吉现在会是什么样！

伊丽莎白：波蒂厄斯勋爵？

钱皮恩-切尼：他的穿着是全伦敦最讲究的。你要知道，如果他愿意
留在政坛，他会当上首相。

---

① 指 1800 年前在欧洲工作的画匠。

伊丽莎白：那时的他是个怎样的人？

钱皮恩-切尼：英俊的家伙。出色的骑手。想来他身上有某种迷人的特质。黄头发、蓝眼睛，你懂。身高马大。我喜欢他。我是他的议会秘书。他还是阿诺德的教父。

伊丽莎白：我知道。

钱皮恩-切尼：我在想他可曾后悔过。

伊丽莎白：我认为没有。

钱皮恩-切尼：好吧，我必须慢慢走回我的乡间别墅了。

伊丽莎白：您不会生我的气吧？

钱皮恩-切尼：一点也不。

[她仰起头，让他吻她。他吻了她的双颊，离开。不一会儿，泰迪出现在落地窗后面。

泰迪：我看见那老家伙走了。

伊丽莎白：进来。

泰迪：一切都好吗？

伊丽莎白：哦，还行，就他而言。他会置身事外。

泰迪：他对你态度恶劣吗？

伊丽莎白：不，他对我很温柔。他是个和蔼的老东西。

泰迪：你受惊了。

伊丽莎白：有点。现在还是。我不知道原因。

泰迪：我猜到你会怕。所以我觉得我该来，给你点精神支持。这里很漂亮，是吗？

伊丽莎白：相当的美丽。

泰迪：回到马来联邦后，我会高兴地回想起这一切。

伊丽莎白：你偶尔想家吗？

泰迪：哦，每个人时不时地都会想家，你明白的。

伊丽莎白：你可以在英格兰找份工作，只要你愿意，你愿意吗？

泰迪：哦，但我喜欢那里。英格兰是你竭力想要回去的故土，但我不能留在这里了。就好像你疯狂地爱上了一个不得见的女子，可等你见到了，她却腼腆得你再也受不了。

伊丽莎白：[微笑] 英格兰哪里不好？

泰迪：我不是说英格兰不好。我想我不对劲。离开太久了。英格兰于我而言，尽是些为了满足他人期望做着心不甘情不愿事儿的人。

伊丽莎白：这难道不是你们所说的高度文明？

泰迪：我觉得，他们待人接物并不真诚。参加伦敦的宴会，人人都在喋喋不休地讨论艺术，但你会感到他们打心眼里不在乎。他们阅读众人谈起的书，因为他们不想成为局外人。在马来联邦，我们买不到很多书，所以一遍又一遍阅读手头仅有的。它们对于我们而言意义重大。我并不认为那里的人的智商要比这里的低一半，要好好了解他们。你瞧，我们很少有人会尽全力挖掘别人的潜能。

伊丽莎白：我猜，马来人的衣服不太打褶。穿着一定很舒服。

泰迪：一个地方，人人对你的身份和收入一清二楚，这也没什么可以自命不凡的。

伊丽莎白：我并不认为社交圈需要多少真诚。就像纸牌屋不需要铁梁。

泰迪：还有，你要知道，那里很漂亮。当你习惯了蓝天，你在英格兰就会想念它。

伊丽莎白：你要如何打发时间？

泰迪：哦，人们努力工作。你必须十分强壮才能成为种植园主。在那里游泳也很惬意。你知道的，可爱的地方，海滩边种满了棕榈树。还有打猎。时不时地，我们会伴着留声机的音乐来一场小型舞会。

伊丽莎白：[装作取笑他] 我觉得你在那边有了年轻姑娘，泰迪。

泰迪：[反应过激] 哦，没有！

　　　　[他一本正经的否认令她稍稍吃了一惊。片刻沉默后，她镇
　　定如初。

伊丽莎白：但总有一天你要结婚，安定下来，你明白的。

泰迪：我想的，但这事做起来谈何容易。

伊丽莎白：我不明白为什么那里会远胜于其他地方。

泰迪：在英格兰，如果你没法出人头地，那就按自己的方式过活，
　　不紧不慢地追随潮流。在那样的地方，你要自食其力。

伊丽莎白：当然。

泰迪：很多女孩漂洋过海，以为能过上好日子。但如果她们脑袋空
　　空，就要面临口袋空空，榨干榨尽，全都毁了。如果丈夫供得
　　起，她们可以回到家乡，过上长期两地分居的生活。

伊丽莎白：我见过这类人。她们似乎觉得这是笔愉快的交易。

泰迪：可对于她们的丈夫而言，糟糕透了。

伊丽莎白：如果丈夫承担不起呢？

泰迪：哦，他们酗酒。

伊丽莎白：这个前景可不令人向往。

泰迪：但如果找对了女人，她就不会用那里的生活去交换世界上任
　　何其他地方的生活。说到底了，是我们缔造了帝国。

伊丽莎白：什么叫对的女人？

泰迪：一个勇敢、坚韧、真挚的女人。当然，希望渺茫，除非她爱
　　上了丈夫。

　　　　[他看她的目光真挚热烈，她抬眼，久久地凝视他。两人一
　　时相对无言。

泰迪：我的房子建在山的一侧，椰子树林蜿蜒而下，直到岸边。花
　　园里种了杜鹃、茶花，还有各种各样美丽的鲜花。站在房前，

可以眺望曲折的海岸线，还有蔚蓝的大海。

　　[停顿。

你知道我深深地爱着你?

伊丽莎白：[严肃] 我不太确定。我想过。

泰迪：那你呢?

　　[她缓缓点头。

泰迪：我从没吻过你。

伊丽莎白：我希望你不要这么做。

　　[他们一直看着对方。两人表情严肃。阿诺德急匆匆走进
　　屋子。

阿诺德：他们来了，伊丽莎白。

伊丽莎白：[仿佛从遥远的世界回来] 谁?

阿诺德：[不耐烦] 亲爱的! 我的母亲，当然啦。车子已经开上了
　　车道。

泰迪：需要我离开吗?

阿诺德：不，不! 看在上帝的分上，留下来。

伊丽莎白：我们最好出去迎接他们，阿诺德。

阿诺德：不，不; 我觉得，他们还是被迎进门比较好。我紧张死了。

　　[安娜从花园回来。

安娜：你的客人到了。

伊丽莎白：是的，我知道。

阿诺德：我下了命令，立马开饭。

伊丽莎白：为什么? 还没到一点半，不是吗?

阿诺德：我觉得吃饭有用。当你不知道该说什么，你总可以吃东西。

　　[管家进屋宣布。

管家：凯瑟琳·钱皮恩-切尼夫人! 波蒂厄斯勋爵!

　　[姬蒂夫人进屋，波蒂厄斯跟在后面，管家走出去。姬蒂夫

人是一个快活的小个子女性，头发染成了红色，两颊经过了修饰。她的穿着有点矫揉造作。她从未忘记自己是大美人，现在的行为举止仿若仍是二十五岁。波蒂厄斯勋爵头秃得厉害，上了年纪的绅士，松松垮垮的衣服相当古怪。他看上去精力充沛，态度生硬。这样一对伴侣不是伊丽莎白期望的，有那么一刻，她瞪大了圆溜溜的眼睛，惊恐地看着两人。姬蒂夫人走到她面前，伸出双手。

姬蒂夫人：伊丽莎白！伊丽莎白！［她热情地吻她］真是个妙人儿！
　　［转向波蒂厄斯］休吉，她是不是很可爱？

波蒂厄斯：［咕哝一声］咳咳！

　　　　［伊丽莎白保持微笑，转向他，把手伸给他。

伊丽莎白：您好？

波蒂厄斯：你们这地方的路糟透了。你好，亲爱的。为什么英格兰的路烂成这样？

　　　　［姬蒂夫人的目光落在泰迪身上，她走到他面前，张开双臂，准备将他拥入怀中。

姬蒂夫人：我的男孩，我的男孩！我应该在哪里见过你！

伊丽莎白：［匆忙］这位是阿诺德。

姬蒂夫人：［没有片刻的犹豫］长得像他的父亲！我应该在哪里见过他！［她搂住他的脖子］我的男孩，我的男孩！

波蒂厄斯：［咕哝一声］咳咳！

姬蒂夫人：告诉我，你还认得我吗？我变了吗？

阿诺德：那时我五岁，您知道的，当您——当您……

姬蒂夫人：［情感充沛］我记得，仿佛就是昨天。我上楼走进你的房间。［冷不丁换了个姿势］顺便提一句，我一直认为那个保姆酗酒。你后来有没有发现她酗酒？

波蒂厄斯：你怎么能指望他知道这事，姬蒂？

姬蒂夫人：你没有孩子，休吉；你怎么知道，他们知道什么不知道什么？

伊丽莎白：[抓住救命稻草] 这位是阿诺德，波蒂厄斯勋爵。

波蒂厄斯：[和他握手] 你好吗？我认识你父亲。

阿诺德：是的。

波蒂厄斯：还活着？

阿诺德：是的。

波蒂厄斯：日子肯定过得不错。身体如何？

阿诺德：很好。

波蒂厄斯：哼！他需要照顾自己，我猜。我一点也不好。这该死的天气和我不对付。

伊丽莎白：[对着姬蒂夫人] 这位是申斯通夫人。这位是卢顿先生。我希望您不会介意这是个小型宴会。

姬蒂夫人：[和安娜以及泰迪握手] 哦，不，我很喜欢。过去，这里常举办大型聚会。政客，你知道的。你把这间房收拾得多漂亮啊！

伊丽莎白：哦，这是阿诺德干的。

阿诺德：[局促不安] 您喜欢这把椅子吗？我刚买的。正好是我喜欢的时代。

波蒂厄斯：[直率] 赝品。

阿诺德：[激怒] 我压根没想过它是假的。

波蒂厄斯：椅子腿不对。

阿诺德：我不明白您为什么这么说。这椅子如果有哪部分是对头的，那就是椅腿。

姬蒂夫人：我敢肯定，椅腿没问题。

波蒂厄斯：你什么都不懂，姬蒂。

姬蒂夫人：这是你的看法。我觉得这是把漂亮的椅子。赫波怀特① 的?

阿诺德：不，谢拉顿的。

姬蒂夫人：哦，我知道。《造谣学校》。②。

波蒂厄斯：谢拉顿，亲爱的。是谢拉顿。

姬蒂夫人：是的，我就是这意思。我在佛罗伦萨参加过票友性质的演出，然后厄梅特·诺维利，伟大的意大利悲剧作家，对我说从没见过像我这样的缇诗夫人③。

波蒂厄斯：咳咳！

姬蒂夫人：[转向伊丽莎白] 你演戏?

伊丽莎白：哦，我不行。我会超级紧张的。

姬蒂夫人：我从不紧张。我天生就是演员。当然啦，如果时光可以倒流，我会站在舞台上。你知道的，她们能常保青春，真是太美妙了。女演员，我是说。我觉得那是因为她们可以扮演不同角色。休吉，你觉得阿诺德长得像我还是像他父亲?当然随我啦。阿诺德，我觉得我必须告诉你，我在去年冬天加入了天主教会。这件事我考虑了很多年，然后上次在蒙特卡洛碰见了一位很好的主教。我向他倾诉了我的难处，他真的太棒了。我知道休吉不会同意的，所以我悄悄行事。[对着伊丽莎白] 你对宗教有兴趣吗?我觉得那太棒了。我们必须挑个日子好好谈一谈。[指着她的连衣裙] 卡洛姐妹④?

伊丽莎白：不，沃斯。

姬蒂夫人：我就猜不是沃斯就是卡洛姐妹。当然啦，线条是最重要

---

① 赫波怀特和下文的谢拉顿，都是 18 世纪三大英国家具制造商。

② 由爱尔兰剧作家谢里丹撰写的风俗喜剧。姬蒂夫人把家具品牌"谢拉顿"和剧作家"谢里丹"混为一谈。

③ 《造谣学校》中的人物。

④ 卡洛姐妹和下文的沃斯，都是 20 世纪初著名的高级时装屋。

的。我见过沃斯本人，我常常对他说："线条，亲爱的沃斯，线条。"怎么了，休吉？

波蒂厄斯：我的新牙齿真他妈的不舒服。

姬蒂夫人：男人真是神奇。他们受不了一星半点的不舒服。为什么女人从早上起床到晚上睡觉就能忍受不舒服？你以为敷个面膜睡觉能舒服？

波蒂厄斯：新的假牙似乎不够妥帖。

姬蒂夫人：好吧，那不是你牙齿的错。是你牙龈的错。

波蒂厄斯：那该死的烂透的牙医。这就是问题所在。

姬蒂夫人：我觉得他是个好医生。他说我的牙齿可以用到五十岁。他有个房间装修成了中国风。非常有趣；他一边掏空你的牙齿，一边和你谈论那位敬爱的皇太后。你对中国感兴趣吗？我觉得太棒了。你知道吧，他们把辫子剪了。我觉得太可惜了。多么别致啊。

    [管家进屋。

管家：午饭准备好了，先生。

伊丽莎白：您想参观一下吗？

波蒂厄斯：饭后再说。

姬蒂夫人：我要给我的鼻子扑点粉，休吉。

波蒂厄斯：就在楼下扑。

姬蒂夫人：我从没见过这么不善解人意的。

波蒂厄斯：你会让我们等上半小时。我了解你。

姬蒂夫人：[在包里摸索] 哦，好吧，和平无价，比肯斯菲尔德爵士这么说的。

波蒂厄斯：他说过很多蠢话，姬蒂，但他没说过这句。

    [姬蒂夫人脸色忽变。先是困惑，再是惊愕，又转成失措。

姬蒂夫人：哦！

伊丽莎白：怎么回事？

姬蒂夫人：[苦恼] 我的口红！

伊丽莎白：找不到了？

姬蒂夫人：我在车上还用过。休吉，你记得我在车上用过的。

波蒂厄斯：我不记得任何事。

姬蒂夫人：别犯傻了，休吉。车子穿过大门时，我还说："我回家了，回家了！"然后，我掏出口红，往嘴上抹了点。

伊丽莎白：可能落在车上了。

姬蒂夫人：看在上帝的分上，派个人去找下。

阿诺德：我来按铃。

姬蒂夫人：没了我的口红，我要魂不守舍了。把你的借给我，亲爱的，可以吗？

伊丽莎白：非常抱歉。恐怕我没有。

姬蒂夫人：你是说你不用口红？

伊丽莎白：从不。

波蒂厄斯：看看她的嘴唇。你真的以为她需要吗？

姬蒂夫人：哦，亲爱的，你犯了多大的错误啊！你必须用口红。对嘴唇好。男人喜欢，你懂的。没了口红，我活不下去。

　　[钱皮恩-切尼出现在落地窗后面，手中举着金色小盒子。

钱皮恩-切尼：[他走进屋里] 谁丢了这个小玩意，里面放着，除非我搞错，里面应该放着化妆用品？

　　[阿诺德和伊丽莎白见到父亲露出震惊的表情，就连泰迪和安娜都吃了一惊。不过姬蒂夫人欣喜若狂。

姬蒂夫人：我的口红！

钱皮恩-切尼：我在车道上捡到的，所以我还是决定把它送回来。

姬蒂夫人：是圣安东！我在翻包的时候，向他祷告了一下。

波蒂厄斯：圣安东会大吃一惊的！是克莱夫，老天！

姬蒂夫人：[吃惊，她的注意力突然从口红上移开了] 克莱夫！

钱皮恩-切尼：你没认出我。我们好多年没见过面了。

姬蒂夫人：我可怜的克莱夫，你的头发都白了！

钱皮恩-切尼：[伸出手] 我希望从伦敦来到这儿的你有段愉快的旅途。

姬蒂夫人：[探出面颊] 你可以吻我，克莱夫。

钱皮恩-切尼：[吻她] 你不介意吧，休吉？

波蒂厄斯：[咕哝一声] 哼！

钱皮恩-切尼：[亲切地走向他] 那你好吗，我亲爱的休吉？

波蒂厄斯：该死的风湿，如果你想知道的话。这国家的气候讨厌极了。

钱皮恩-切尼：你不愿和我握手吗，休吉？

波蒂厄斯：我并不反对和你握手。

钱皮恩-切尼：你老了，我可怜的休吉。

波蒂厄斯：某人前几天还问我你几岁了。

钱皮恩-切尼：你告诉他们的时候，他们有没有吃惊？

波蒂厄斯：惊到了！他们以为你死了。

    [管家进屋。

管家：先生，是您按铃？

阿诺德：不。哦，是的，是我。现在没事了。

钱皮恩-切尼：[正当管家要离开] 等等。亲爱的伊丽莎白，我要请你大发慈悲。我的仆人在忙自己手头的事儿。我在别墅里面没东西可吃。

伊丽莎白：哦，如果您愿意和我们共进午餐，我们不胜荣幸。

钱皮恩-切尼：正是此意，否则我会立刻饿死了。你不介意吧，阿诺德？

阿诺德：我亲爱的父亲！

伊丽莎白：[转向管家] 切尼先生在这里吃午餐。

管家：很好，夫人。

钱皮恩-切尼：[转向姬蒂夫人] 你觉得阿诺德怎么样？

姬蒂夫人：我喜欢他。

钱皮恩-切尼：他长成大人了，不是吗？不过，就算再过三十年，你还是会期望他长大。

阿诺德：看在上帝的分上，伊丽莎白，我们去用餐吧！

第一幕终

第二幕

布景和第一幕相同。

下午。幕布升起时，波蒂厄斯勋爵和姬蒂夫人，安娜和泰迪在打桥牌。伊丽莎白和钱皮恩-切尼在观战。波蒂厄斯勋爵和姬蒂夫人是搭档。

钱皮恩-切尼： 阿诺德什么时候回来，伊丽莎白？

伊丽莎白： 快了，我猜。

钱皮恩-切尼： 他要开会？

伊丽莎白： 不是的，只是和他的代理人还有一两个选民见个面。

波蒂厄斯： [动怒了] 谁会想到打桥牌的时候有人在周围高声嚷嚷，就说我吧，我理解不了。

伊丽莎白： [微笑] 对不起。

安娜： 我能看见你的牌了，波蒂厄斯勋爵。

波蒂厄斯： 对你有用。

姬蒂夫人： 我和你说过好多次了，把你的牌举举好。万一有人控制不住看了对手的牌，这局牌就搞砸了。

波蒂厄斯： 也不是非要偷看。

姬蒂夫人： 阿诺德上次选举胜了多少？

伊丽莎白： 七百多吧。

钱皮恩-切尼： 他下次必须奋力一战才能保住席位。

波蒂厄斯： 你是打牌还是谈论政治？

姬蒂夫人：我并不觉得交谈会影响打牌。

波蒂厄斯：相较于你闭嘴的时候，你一说话，牌就打得烂透了。

姬蒂夫人：我认为你这么说话非常冒犯，休吉。仅仅因为我打牌的方式和你的不一样，你就认为我打不好。

波蒂厄斯：很高兴你也承认我们俩打的不是同一种牌。但是，以上帝的名义，你为什么要把这叫做桥牌？

钱皮恩-切尼：我同意姬蒂。我讨厌那种人，打起桥牌仿佛是在参加丧礼，而且发现鞋子进了水。

波蒂厄斯：你当然支持姬蒂。

姬蒂夫人：他这是略尽绵薄之力。

钱皮恩-切尼：我天性开朗。

波蒂厄斯：你的开朗从没遇到过挫折。

姬蒂夫人：我不知道你这话是什么意思，休吉。

波蒂厄斯：[竭力克制自己] 你非要我打出王牌？

姬蒂夫人：[一脸无辜] 哦，那是你的王牌，亲爱的？

波蒂厄斯：[发怒] 是的，是我的。

姬蒂夫人：哦，好吧，我只有一张王牌。无论如何，我都不会打的。

波蒂厄斯：你不用把这些都说出来。现在她清楚我手上的牌了。

姬蒂夫人：她早知道了。

波蒂厄斯：她怎么知道的？

姬蒂夫人：她说了，她看了你的牌。

安娜：哦，我没有。我是说，我能看到。

姬蒂夫人：好吧，我自然而然地认为，既然能看见，她就看了。

波蒂厄斯：姬蒂，你的的确确充满了奇思妙想。

钱皮恩-切尼：并非如此。如果有个大傻帽把牌露给我看，我当然会看。

波蒂厄斯：[气得冒烟] 如果你研读过桥牌礼仪，你会发现旁观者不应干扰牌局。

钱皮恩-切尼：亲爱的休吉，这事关伦理，而非桥牌。

安娜：反正，我赢了。决胜局①。

泰迪：我要提出有人藏牌。

波蒂厄斯：谁藏牌？

泰迪：您。

波蒂厄斯：胡说。我这辈子从没藏过牌。

泰迪：我给您看。[他把桌面上打完的牌翻转过来给波蒂厄斯看] 你您第三轮红心的时候扔了梅花，可您还有一张红心。

波蒂厄斯：我只有两张红心。

泰迪：哦，您的红心不止两张。看这里。这是您最后一轮打的牌，一张红心。

姬蒂夫人：[兴高采烈地抓个正着] 千真万确，休吉。你藏牌了。

波蒂厄斯：我告诉你我没有。我从不藏牌。

钱皮恩-切尼：你藏了，休吉。我在想你到底在干吗啊。

波蒂厄斯：周围一直吵吵闹闹说个不停，我不知道还能有谁做到不藏牌。

泰迪：好吧，我们又赢了一百分。

波蒂厄斯：[面向钱皮恩-切尼] 我希望你不要盯着我不放。有人看着我，我没法打牌。

　　　　[众人离开牌桌，四散到房间各处。

安娜：好啦，我要拿本书，躺在吊床上，直到需要换正装吃饭。

泰迪：[已经算好分] 我要记在本子上，可以吗？

波蒂厄斯：[没有动弹，理好纸牌在玩单人牌戏] 可以，可以，记吧。我从来不藏牌。

---

①　盘式桥牌，采用三局两胜制，小分可以累积至 100 分成局。

400

[安娜走出房间。

姬蒂夫人：你想要出去溜达一会儿吗，休吉？

波蒂厄斯：为了什么？

姬蒂夫人：锻炼。

波蒂厄斯：我恨锻炼。

钱皮恩-切尼：[看着单人牌戏] 七跟着八。

　　　　[波蒂厄斯没注意到。

姬蒂夫人：七跟着八，休吉。

波蒂厄斯：我就不要七跟八。

钱皮恩-切尼：杰克跟王后。

波蒂厄斯：我不瞎，谢谢。

姬蒂夫人：三跟四。

钱皮恩-切尼：到此为止。

波蒂厄斯：[怒火中烧] 是我玩牌，还是你玩？

姬蒂夫人：可你全都错过了。

波蒂厄斯：那是我的事。

钱皮恩-切尼：为这事儿发脾气可不好，休吉。

波蒂厄斯：走开，你们两个。你们惹到我了。

姬蒂夫人：我们只是想帮帮你，休吉。

波蒂厄斯：我不需要帮助。我想一个人玩。

姬蒂夫人：我认为你的举止很没礼貌，休吉。

波蒂厄斯：玩牌的时候，别人不让你清净，你也会抓狂。

钱皮恩-切尼：我们一句话也不说了。

波蒂厄斯：这三列都通了。我就知道一定行。要我刚才傻乎乎地把
　　七跟在八后面，那这几列都顺不下来了。

　　　[他放下几张牌，他们一声不吭地看着他。

姬蒂夫人和钱皮恩-切尼：[异口同声] 四跟五。

波蒂厄斯：[粗暴地扔下牌] 该死！为什么不让我一个人清净点？忍无可忍。

钱皮恩-切尼：发脾气了啊，我的老伙计。

波蒂厄斯：我知道我在发脾气。妈的！

姬蒂夫人：你真小气，休吉！

波蒂厄斯：小气，该死！我跟你说了一遍又一遍，我玩牌的时候不喜欢被人打扰。

姬蒂夫人：别这么和我说话，休吉。

波蒂厄斯：我想怎么和你说话，就怎么说。

姬蒂夫人：[开始哭泣] 哦，你这个没良心的！没良心的！[她夺门而出]

波蒂厄斯：哦，该死！她要哭哭啼啼了。

    [他跟跟跄跄地走进花园。钱皮恩-切尼、伊丽莎白和泰迪留在屋里。片刻的停顿。钱皮恩-切尼的目光从泰迪落到伊丽莎白身上，露出讥讽的笑容。

钱皮恩-切尼：老天，他们应该结婚。天造地设。

伊丽莎白：[呆滞] 他们来了之后，您能频繁造访真是善解人意。你在场，很多事情好办多了。

钱皮恩-切尼：讽刺？这种修辞手法在这个神圣的故事当中，在这房子，在这地界，在英格兰，并不讨喜。

伊丽莎白：您到底想咋办？

钱皮恩-切尼：现在的年轻女子说话真粗鲁！我猜，因为阿诺德说话干净，你才走了反方向，言行放纵。

伊丽莎白：随便吧，反正您明白我的意思。

钱皮恩-切尼：[微微一笑] 我有个模糊的、不成熟的猜测。

伊丽莎白：您答应过会保持距离。为什么他们一来您就出现了？

钱皮恩-切尼：好奇心，亲爱的孩子。一份当然可以原谅的好奇心。

伊丽莎白：所以您就一直待在这儿。您以前住在乡间别墅的时候，可没有这么喜欢陪伴我们。

钱皮恩-切尼：我非常乐在其中。

伊丽莎白：我太震惊了，只要他俩开始吵吵嚷嚷，您就恶趣味地不断刺激他们。

钱皮恩-切尼：我认为，他俩真爱长存，你呢？

　　　　［泰迪作势要离开屋子。

伊丽莎白：别走，泰迪。

钱皮恩-切尼：不，请你别走。我再待一分钟。姬蒂夫人来到之前，我们正在谈论她。［转向伊丽莎白］你还记得吗？苍白、纤弱的女士，黑丝绸长裙，古董蕾丝。

伊丽莎白：［轻声笑］您是魔鬼，您知道的。

钱皮恩-切尼：啊，好吧，他名声在外是因为他风趣幽默、风度翩翩。

伊丽莎白：您有没有想到她成了现在的样子，可怜的爸爸？

钱皮恩-切尼：亲爱的孩子，我压根没有任何想法。你问过我她私奔离开的时候是什么样。我没有和盘托出。她快活自由，毫不做作。谁会料到那种活力会变成轻浮，那种迷人的率性会变成可笑的矫情？

伊丽莎白：听您这么讲述她让我不安。

钱皮恩-切尼：让你不安的是事实，不是我。

伊丽莎白：您爱过她。您对她没有感觉了吗？

钱皮恩-切尼：没有。为什么要有？

伊丽莎白：她是您儿子的母亲。

钱皮恩-切尼：亲爱的孩子，你有可爱的个性，单纯、率直、天真，就像过去的她。不要让那骗人的鬼话扰乱你的常识。

伊丽莎白：我们无权评判。她到这儿才两天。我们对她一无所知。

钱皮恩-切尼：亲爱的，她的灵魂和她的脸庞一样浓妆艳抹。她穿金戴银，但矫揉造作。你觉得我这个老头冷酷无情、愤世嫉俗。想一想过去的她，再看一看现在的她，如果我没有哈哈大笑，难道我该流泪吗？

伊丽莎白：您怎么知道如果她还是您妻子，会不会就是跟现在一个样？您以为您对她有如此正向的影响力？

钱皮恩-切尼：［心情愉快］你尖酸刻薄、嚣张跋扈的样子让我更喜欢你了。

伊丽莎白：那您是否能抬爱回答一下我的问题？

钱皮恩-切尼：她离开的时候只有二十七岁。她可能变成任何样子。或许是你期望的那种。但我们当中极少有人能强大到让时势环境为自己所用。我们都是我们环境的产物。她是个一无是处的蠢妇，因为她过的日子既愚蠢又没价值。

伊丽莎白：［心绪不宁］今时今日的您真可怕。

钱皮恩-切尼：我没说我可以挽救迟暮美人摆脱那可笑的刻板模样。但生活可以。在这里，她会交到地位相当的朋友，参加得体的活动，培养恰当的兴趣。去问问她这些年是怎么过的，和离婚妇女厮混，身边都是阿谀奉承的男男女女。还有更可悲的追求吗，比起寻欢作乐？

伊丽莎白：无论如何，她爱过，她轰轰烈烈地爱过。我只是同情她，爱戴她。

钱皮恩-切尼：她是爱过，那当她看见自己毁了休吉，你觉得她会作何感想？昨晚饭后的他面色不善，前天的他也是。

伊丽莎白：我知道。

钱皮恩-切尼：她把这一切看作理所当然。每个晚上的他都面色不善，你觉得这有多长时间了？你以为这是他三十年前的模样？你能想象他曾是才华横溢的大好青年，人人都以为他会当选首相？看看现在的他。性格乖戾、呆头呆脑的老家伙，还装了一口的假牙。

伊丽莎白：您也戴假牙。

钱皮恩-切尼：是的，不过我的假牙都他妈的很合适。她毁了他，她知道她毁了他。

伊丽莎白：[疑惑地看着钱皮恩-切尼] 您为什么要和我说这些？

钱皮恩-切尼：我让你难受了？

伊丽莎白：此刻的我觉得受够了。

钱皮恩-切尼：我要去看看金鱼。等阿诺德回来了，我想见他。[文质彬彬] 恐怕我们扰到卢顿先生了。

泰迪：一点没有。

钱皮恩-切尼：你什么时候回马来联邦？

泰迪：一个月后。

钱皮恩-切尼：明白了。

　　　　[他走出屋子。

伊丽莎白：我在想，他在动什么脑筋。

泰迪：你觉得他这些话是对你说的？

伊丽莎白：他猴精猴精的。

　　　　[片刻的停顿。泰迪犹豫了一会儿，当他再次开口时，语调变了。严肃，有点神经质。

泰迪：和你单独待上几分钟似乎都是煎熬。我在想，是不是因为你的缘故？

伊丽莎白：我会想一想。

泰迪：我决定了，明天离开。

伊丽莎白：为什么？

泰迪：我希望你一起走，否则免谈。

伊丽莎白：你真够任性的。

泰迪：你说过——你说过你喜欢我。

伊丽莎白：是的。

泰迪：你介意我们再来谈谈？

伊丽莎白：不介意。

泰迪：[皱眉] 谈论感情让我羞涩又尴尬。我练习过好多遍我想对你说的话，可那些准备好的说辞现在看来一无是处。

伊丽莎白：我真担心我要哭出来了。

泰迪：我觉得这件事非常严肃，我们不能感情用事。你太感性了，不是吗？

伊丽莎白：[含泪而笑] 这件事上，你也用情了。

泰迪：这就是为什么，我要把想对你说的话写成白纸黑字。假如因为我对你示爱或者类似的事，让我乱了方寸，我觉得这太不公平了。我把爱写了下来，我想寄封信给你。

伊丽莎白：为什么没有这么做？

泰迪：我害怕。一封信太过——太过冷酷了。你知道的，我爱你爱得热烈。

伊丽莎白：老天，别说了。

泰迪：别哭。请别哭，我要崩溃了。

伊丽莎白：[试图微笑] 对不起。我的泪水说明不了什么。它们就是夺眶而出了。

泰迪：我们唯一的机会就是要严格地实事求是。

　　　　[他停顿片刻。发现很难控制自己。他清了清喉咙，因为自恼而皱起了眉头。

伊丽莎白：怎么回事？

泰迪：喉咙堵住了。真傻。我要抽根烟去。

　　　　[她默默地看着他点燃香烟。

泰迪：你瞧，我之前从没有爱上过任何人，真正的爱。这份爱把我吓坏了。我不知道，没有了你，我现在该如何活下去……那个老笨蛋是否知道我爱上了你?

伊丽莎白: 我猜是的。

泰迪: 当他说起姬蒂夫人毁了波蒂厄斯勋爵的职业生涯时，我觉得他意有所指。

伊丽莎白: 我认为，他是在说服我不要毁了你。

泰迪: 他这么做当然很体贴，但我恰巧缺了一个能毁了我的人。我倒希望我有。此生只有此刻我希望自己是个了不起的人物，这样我就可以抛下一切，让你明白，于我而言，你胜过世上的一切。

伊丽莎白: [含情脉脉] 我亲爱的老伙计，泰迪。

泰迪: 你知道的，我并不懂得如何去爱，但就算会爱，现在也不会这么做，因为我要务实。

伊丽莎白: [逗弄他] 我很高兴你不懂得爱。否则的话，你的爱我承受不起。

泰迪: 你瞧，我不是浪漫的人。我只是一个普普通通的生意人。这一切都不能儿戏，而我认为我们应该理智。

伊丽莎白: [破音了] 你这个头脑清醒的家伙!

泰迪: 别，伊丽莎白，别这样对我说话。我希望你能权衡利弊，而我的心脏在我的胸膛内猛烈跳动，你知道的，我爱你，我爱你，我爱你。

伊丽莎白: [动情地叹了口气] 哦，我的爱。

泰迪: [不是对伊丽莎白按捺不住，而是难以自已] 别犯傻，伊丽莎白。我不会对你说什么"没了你我就活不下去了"或者类似的话。你知道的，你就是我在这个世上的一切。[似乎泄了气，几乎要放弃了] 哦，老天啊!

伊丽莎白: [声音颤抖] 还有什么你要对我说的话是我不知道的?

泰迪：［绝望］我还没说我想做的事。我是个生意人，我希望一切都按生意场上的做法来办，你明白我的意思吧。

伊丽莎白：［微笑］我可不信你是个优秀的商人。

泰迪：［语气严厉］你不知道自己在说什么。我是一等一的好商人，但有些差别。［绝望］我不明白为什么行不通。

伊丽莎白：你要做什么？

泰迪：你明白的，我爱你，并不是因为你美艳绝伦。就算你又老又丑，我还是会爱你。我爱的是你，不是你的样貌。而且，这不仅仅是爱；爱会烟消云散！我爱你爱得热烈。你是如此美好的事物。我只想和你厮守在一起。想到你在那儿，我就欢欣雀跃。我爱死你了。

伊丽莎白：［破涕为笑］我在想，你是不是就是这样提出商业方案的。

泰迪：该死，你不让我说完。

伊丽莎白：你说了"该死"。

泰迪：我就是这个意思。

伊丽莎白：你的嗓音说明了一切，你这个完美无瑕的人儿。

泰迪：真的，伊丽莎白，你让我忍无可忍。

伊丽莎白：我什么都没做。

泰迪：不，你做了，你无视我。我想要表达的意思很简单。我是个普普通通的生意人。

伊丽莎白：你说过了。

泰迪：［怒气冲冲］别说话。除了自食其力挣到的那份，我没有别的收入。我没有地位，我一无所有。你富有，你是个大人物，你拥有你想要得到的一切。这样对你说话十分无礼。可说到底，在这世界上唯一恼人的，那就是爱。我爱你。抛下一切吧，伊丽莎白，到我身边。

伊丽莎白：你是在生我的气？

泰迪：暴怒。

伊丽莎白：亲爱的！

泰迪：如果你不希望我立马对你袒露心声，那就让我速速离开吧。

伊丽莎白：泰迪，除了你，这世界上没有任何事情能打动我了。你
　　带我去哪里，我就去哪里。我爱你。

泰迪：[激动不已] 哦，老天！

伊丽莎白：这话对你有意义吗？哦，泰迪！

泰迪：[试图控制自己] 别犯傻了，伊丽莎白。

伊丽莎白：傻的是你。你让我流泪了。

泰迪：你就是太他妈的感情用事了。

伊丽莎白：感情用事的是你。你一定是个蹩脚的生意人。

泰迪：我不介意你的想法。你让我高兴坏了。我说，生活多么
　　美好！

伊丽莎白：泰迪，你是天使。

泰迪：我们快点走。没必要磨磨蹭蹭，浪费时间，伊丽莎白。

伊丽莎白：什么？

泰迪：没什么。我就是喜欢说伊丽莎白。

伊丽莎白：你个傻瓜！

泰迪：我说，你会射猎吗？

伊丽莎白：不会。

泰迪：我会教你的。你不知道那有多棒，黄昏时分，从你的营地出
　　发，穿过雨林。晚上你精疲力竭，天空布满繁星。人间美事。
　　当然，我不会把一切都告诉你，直到你打定主意。我下定决心
　　要务实的。

伊丽莎白：[打趣他] 你说出口的唯一务实的话，就是爱情才是
　　关键。

泰迪：[欢快] 你下次再鬼扯吧，好吗？我还会说出更大的鬼话呢。

伊丽莎白：爱上同样爱你的人，是不是很有意思？

泰迪：我说，我应该立刻走人。待在这里——这幢房子里，感觉糟透了。

伊丽莎白：今晚不能走。没有火车了。

泰迪：我明天走。我会在伦敦等你，直到你来和我会合。

伊丽莎白：我不会像姬蒂夫人那样在针垫上留个便条，你知道的。我要当面告诉阿诺德。

泰迪：真的？难道你不怕惹上麻烦？

伊丽莎白：我必须面对。偷偷摸摸、骗人骗己，我会恨我自己的。

泰迪：好吧，那就让我们一起面对吧。

伊丽莎白：不，我自己去找阿诺德坦白。

泰迪：你不会让别人影响到你吧？

伊丽莎白：不会。

　　　　[他伸出手，她握住。互视对方，严肃、深情。室外传来汽车声。

伊丽莎白：汽车声。阿诺德回来了。我必须离开，洗洗眼睛。我不希望他们看出我哭过。

泰迪：好的。[在她走出去时] 伊丽莎白。

伊丽莎白：[停住] 什么？

泰迪：吻你。

伊丽莎白：[含情脉脉] 傻瓜！

　　　　[她走出房间，泰迪穿过落地窗进入花园。屋内一时空无一人。阿诺德进屋。坐下，从公文包里取出几份文件。姬蒂夫人进屋。他起身。

姬蒂夫人：我看见你进了屋。哦，亲爱的，不用起身。你干吗对我这么客气。

阿诺德：我只是想要按铃喝杯茶。

姬蒂夫人：或许我们能趁此机会稍微谈一谈。我们都没单独处上五分钟。我想要了解你，你知道的。

阿诺德：我希望您明白，父亲在场并非我所愿。

姬蒂夫人：但我很有兴趣见见他。

阿诺德：我担心您和波蒂厄斯勋爵会尴尬。

姬蒂夫人：哦，才不呢。休吉曾是他最好的朋友。他们是伊顿和牛津的同窗。我觉得你父亲有了很大改观，自从我最后一次见过他之后。他不像年轻时那样英俊了，但他相当的帅气。

　　　　[仆人托着放了茶具的盘子进屋。

姬蒂夫人：我来给你倒茶？

阿诺德：非常感谢。

姬蒂夫人：要糖吗？

阿诺德：不。战争期间，戒了。

姬蒂夫人：多么明智。对身材不好。除了爱国，当然了。我竟然要问儿子是否吃糖，这难道不荒谬绝伦吗？人生充满离奇。可悲，当然，但是，哦，多么离奇！晚上，我常常躺在床上想到人生是多么的离奇，我就觉得很好笑。

阿诺德：恐怕我生性严肃。

姬蒂夫人：你几岁了，阿诺德？

阿诺德：三十五。

姬蒂夫人：真的？当然啦，嫁给你父亲的时候，我还是个孩子。

阿诺德：千真万确。他常常对我说，您那时才二十二。

姬蒂夫人：哦，简直是胡闹！就好像我出了幼儿园就去结了婚。婚礼当天是我第一次把头发盘起来。

阿诺德：波蒂厄斯勋爵呢？

姬蒂夫人：亲爱的，听你叫他波蒂厄斯勋爵让我觉得很荒诞。你为什么不叫他——休吉叔叔？

阿诺德：很不巧，他不是我叔叔。

姬蒂夫人：可他是你的教父。你知道的，我敢肯定，只要你了解他多一点，你就会喜欢上他的。我多么希望你和伊丽莎白可以去佛罗伦萨和我们住上一段时日。我就是喜欢伊丽莎白。她太漂亮了。

阿诺德：她的头发很漂亮。

姬蒂夫人：没有染过色？

阿诺德：哦，没有。

姬蒂夫人：我就是有点疑问。太巧了，她头发的颜色和我一样。我猜这说明你和你父亲喜欢相同的事物。太有趣了，父子传承，不是吗？

阿诺德：非常有趣。

姬蒂夫人：当然，但自从我皈依了天主教，我就再也不信这套了。达尔文，诸如此类。太讨厌了。恶劣，你懂的。还有，这有失体统，不是吗？

　　[钱皮恩-切尼从花园走进屋里。

钱皮恩-切尼：我能进来吗？

姬蒂夫人：请进，克莱夫。我和阿诺德正在进行一场开诚布公的谈心。

钱皮恩-切尼：很好。

阿诺德：父亲，我回来的路上路过哈维家。他们对那幢房子干的事儿简直就是暴行。

钱皮恩-切尼：他们做了什么？

阿诺德：那是一幢完美的乔治时代的建筑物，但他们放了一堆维多利亚时代的家具，太可怕了。我给他们出了主意，但希望渺茫。

他们说他们喜欢那些家具。

钱皮恩–切尼：阿诺德本可以成为室内设计师。

姬蒂夫人：他的品位很棒。从我那里遗传到的。

阿诺德：我猜我有些天分。我喜欢设计房子。

姬蒂夫人：你把这里改造成了迷人的地方。

钱皮恩–切尼：姬蒂，你还记得吧，我们住这儿的时候，买了印花棉
　　布，还有舒服的椅子。

姬蒂夫人：丑得吓死人，不是吗？

钱皮恩–切尼：那个年代，绅士和淑女不需要品位。

阿诺德：您知道吧，我又在琢磨这把椅子。自从波蒂厄斯勋爵说了
　　椅腿不对劲，我就一直觉得不踏实。

姬蒂夫人：他这么说只是因为心情不好。

钱皮恩–切尼：姬蒂，我觉得他现在的脾气太暴了。

姬蒂夫人：哦，是的。

阿诺德：他知道自己在说什么吧。我为了这把椅子花了七十五镑。
　　我很少被骗。我一直认为，事情不对劲，你会感觉到的。

钱皮恩–切尼：好吧，别让这事败坏了你晚上的休息。

阿诺德：但是，亲爱的父亲，事情已经发生了。我昨晚做了噩梦。

姬蒂夫人：休吉来了。

阿诺德：我要去翻一翻我那本英国古董家具书。书里有张插图，和
　　我那把椅子几乎一模一样。

　　　[波蒂厄斯进屋。

波蒂厄斯：欢聚一堂啊，千真万确！

钱皮恩–切尼：我在想我们可以拍张照，典型的其乐融融的英国一
　　家人。

阿诺德：我五分钟后回来。我要给您看点东西，波蒂厄斯勋爵。

　　　[他走出去。

413

钱皮恩-切尼：休吉，你要和我玩皮克牌吗？

波蒂厄斯：不太想。

钱皮恩-切尼：你的皮克牌打得不太好，是吗？

波蒂厄斯：亲爱的克莱夫，你不懂得英格兰的皮克牌是什么。

钱皮恩-切尼：那我们来一局。你可以赢点钱。

波蒂厄斯：我不想和你玩。

姬蒂夫人：我不懂你为什么不肯，休吉。

波蒂厄斯：我来告诉你，我不喜欢你这个腔调。

钱皮恩-切尼：我为此感到抱歉。恐怕到了这个岁数，也是本性难移了。

波蒂厄斯：我不明白你为什么总在这里晃悠。

钱皮恩-切尼：自然而然地恋家。

波蒂厄斯：如果你识趣点，你应该离得远远的，避开我们。

钱皮恩-切尼：亲爱的休吉，我完全不懂你的态度。如果我乐意既往不咎，你又何必唱反调呢？

波蒂厄斯：该死，那不是我们的错。

钱皮恩-切尼：无论如何，我是受辱的一方。

波蒂厄斯：你到底受了哪门子的辱？

钱皮恩-切尼：好吧，是不是你和我的妻子跑路了？

姬蒂夫人：别再说这些老掉牙的事了。我不明白为什么我们不能和好。

波蒂厄斯：我求你别掺和进来，姬蒂。

姬蒂夫人：我非常喜欢克莱夫。

波蒂厄斯：你压根不在乎克莱夫。你这么说只是为了刺激我。

姬蒂夫人：才不是呢。我就不懂了，他为什么不能来我们这儿，和我们一起住。

钱皮恩-切尼：很乐意。春天的佛罗伦萨令人愉快。你们有中央暖气吗?

波蒂厄斯：我从未喜欢过你，现在也不喜欢你，以后也不会。

钱皮恩-切尼：多么可惜啊！因为我喜欢过你，现在仍是，将来也会继续。

姬蒂夫人：你身上有些非常讨人喜欢的品质，克莱夫。

波蒂厄斯：如果你这样想，那你他妈的干吗要离开他?

姬蒂夫人：你要因为我爱你而指责我吗? 你太太太讨厌了!

钱皮恩-切尼：现在，现在，别吵了。

姬蒂夫人：都是他的错。我是这世上最好相处的人。他真的是在惹毛我。

钱皮恩-切尼：好啦，好啦，别难过了，姬蒂。两个人生活在一起，总要有商有量。

波蒂厄斯：我不知道你他妈的在说什么。

钱皮恩-切尼：我注意到你有点儿没事找事。很多夫妻都这样。真可惜。

波蒂厄斯：你能否大发慈悲管好自己的事?

姬蒂夫人：那关他的事。他当然希望我幸福。

钱皮恩-切尼：我对姬蒂怀有最诚挚的感情。

波蒂斯：那你他妈的为什么不自己照料她?

钱皮恩-切尼：亲爱的休吉，你是我最好的朋友。我信任你。或许当年是冲动了。

波蒂厄斯：不可原谅。

姬蒂夫人：我不懂你这话是什么意思，休吉。

波蒂厄斯：别，别，别试图威吓我，姬蒂。

姬蒂夫人：哦，我明白了你的意思。

波蒂厄斯：那你他妈的为什么说不明白?

姬蒂夫人：当我想到我为了这个男人牺牲了一切! 整整三十年，我不得不生活在臭烘烘的大理石宫殿中，没有卫生设施。

钱皮恩-切尼：你是说你没浴室？

姬蒂夫人：只能在澡盆里。

钱皮恩-切尼：可怜的姬蒂，你遭了多大的罪！

波蒂厄斯：真的真的，姬蒂，我受够了听你唠叨你的牺牲。你是认为我没有做出任何牺牲吧。不是因为你，我早当上首相了。

姬蒂夫人：胡说八道！

波蒂厄斯：你这话什么意思？人人都说我会成为首相。我会当上首相吗，克莱夫？

钱皮恩-切尼：这当然是众人的期望。

波蒂厄斯：我是那个时代最有前途的年轻人。我铁定能在下届选举过后在内阁中得到一个位置。

姬蒂夫人：他们就会发现我已经发现的真相。我受够了，你总是说是我毁了你的职业生涯。你根本没有职业生涯可以毁。首相！你没这脑子。也没这能力。

钱皮恩-切尼：厚颜无耻、死缠烂打、口吐莲花，这些都有用，你知道的。

姬蒂夫人：再说了，在政治圈，男人不是关键。是站在男人背后的女人。我可以让克莱夫当上内阁大臣，只要我愿意。

波蒂厄斯：克莱夫？

姬蒂夫人：凭借我的美貌、我的魅力、我的人格力量、我的智慧，我无所不能。

波蒂厄斯：克莱夫什么都不是，他就是我的议会秘书。我当上首相的话，我或许会给他封个殖民地总督。西澳洲，比如。纯粹出于良心发现。

姬蒂夫人：[两眼放光] 你以为我会让自己埋没在西澳洲？凭借我的美貌？我的魅力？

波蒂厄斯：或者巴巴多斯 ①，或许吧。

姬蒂夫人：[愤怒] 巴巴多斯！巴巴多斯可以去——巴巴多斯。

波蒂厄斯：你只能得到这些。

姬蒂夫人：鬼话！我会得到印度。

波蒂厄斯：我不会给你印度。

姬蒂夫人：你会给我印度。

波蒂厄斯：我告诉你我不会。

姬蒂夫人：国王会把印度给我的。国家会坚持把印度给我。我会成为总督夫人或者什么也不是。

波蒂厄斯：我告诉你，为了大英帝国的利益——该死，我的牙齿掉了！

　　　　[他急匆匆跑出屋子。

姬蒂夫人：忍无可忍。我受够了。忍了他三十年，我山穷水尽了。

钱皮恩-切尼：冷静，亲爱的姬蒂。

姬蒂夫人：我听不进一个字。我做出决定了。结束了，结束了，结束了。[语调变了] 当我知道，自从我离开后你再也没有住过这栋房子，我感动极了。

钱皮恩-切尼：杜鹃总是聒噪。它们的语调自有其含义，我必须说，我觉得非常具有攻击性。

姬蒂夫人：当我看到你没有再婚，我不禁想到，你还爱着我吧。

钱皮恩-切尼：我是那种极少数可以从过往经历中吸取教训的人。

姬蒂夫人：在教会看来，我仍然是你的妻子。教会真是睿智。它明白，一个女人最终的归宿是初恋。克莱夫，我愿意回到你身边。

钱皮恩-切尼：亲爱的姬蒂，我不能任由你因为一时和休吉闹脾气就走出我断定你会万分后悔的一步。

――――――――――――――

① 拉丁美洲国家，在小安的列斯群岛最东部。

姬蒂夫人：你等了我这么长时间。为了阿诺德。

钱皮恩-切尼：你觉得我们真的需要把阿诺德也搅和进来吗？三十年过去了，他早已适应了这种局面。

姬蒂夫人：[微微一笑] 我觉得我曾经放浪形骸，克莱夫。

钱皮恩-切尼：我不曾。我曾是个大好青年，姬蒂。

姬蒂夫人：我知道。

钱皮恩-切尼：而且我很高兴，因为它让我变成了一个坏老头。

姬蒂夫人：你再说一遍。

　　　　　[阿诺德捧着一本大书走进房间。

阿诺德：我说，我找到了要找的那本书。哦，波蒂厄斯勋爵不在？

姬蒂夫人：等会儿，阿诺德。我和你父亲正忙着呢。

阿诺德：非常抱歉。

　　　　　[他走进花园。

姬蒂夫人：你给我解释一下，克莱夫。

钱皮恩-切尼：你从我身边逃走时，姬蒂，我伤心，我生气，我痛苦。但我首先我觉得自己是个傻瓜。

姬蒂夫人：男人就是自负。

钱皮恩-切尼：但我是学历史的，我立马反应过来，那些最伟大的人物有过和我类似的悲惨经历。

姬蒂夫人：我是我自己的好读者。连我自己都惊讶极了。

钱皮恩-切尼：解释很简单。女人不喜欢睿智，当她们发现自己的丈夫是聪明人，她们就要展开报复，而唯一可行的办法，就是让他们变成——好吧，就是你对我干的事。

姬蒂夫人：巧妙。或许真是这样。

钱皮恩-切尼：我感到已经尽了社会义务，我决心把余生奉献给兴趣爱好。下议院让我厌烦至极，离婚的丑闻给了我一个契机请辞。我宽慰地发现，没了我，这个国家照旧好端端的。

姬蒂夫人：可爱情从没走进你的生活?

钱皮恩-切尼：坦白告诉你吧，姬蒂，你不觉得人们给予了爱情太多无关紧要的关注?

姬蒂夫人：爱情是全世界最奇妙的事物。

钱皮恩-切尼：你冥顽不灵。你真的认为值得做出这么大的牺牲?

姬蒂夫人：亲爱的克莱夫，我并不介意告诉你，如果时光倒流，我会对你不忠，但不会离开你。

钱皮恩-切尼：有那么些年，我是那个众所周知的受害者，因为那件不能说出口的憾事。但我发现有那么多的尤物亟需我安慰，到了最后，一切都变得乏味了。出于身体健康的考虑，我不再光顾梅费尔区的客厅。

姬蒂夫人：之后呢?

钱皮恩-切尼：之后，我用金钱资助了一连串可爱的小东西，我乐在其中，她们全都出身贫寒，年龄介于二十至二十五之间。

姬蒂夫人：我无法理解男人对年轻女子的迷恋。我觉得她们都很乏味。

钱皮恩-切尼：品味而已。我喜欢陈年的酒，喜欢老友，喜欢古董书，但我喜欢年轻女人。在她们二十五岁生日那天，我送上一枚钻戒，告诉她们不要把青春和美貌浪费在我这样一个老家伙身上。场面感人至深，我在这些场合施展的技巧炉火纯青，接着我就故技重施。

姬蒂夫人：你这个坏老头，克莱夫。

钱皮恩-切尼：我就是这么告诉你。但是，老天啊! 我是个快活的人。

姬蒂夫人：现在我只有一件事可以做了。

钱皮恩-切尼：什么?

姬蒂夫人：[莞尔一笑] 梳妆打扮，享用晚餐。

钱皮恩-切尼：好极了。我也要这么干。

　　　　[姬蒂夫人走出房间时，伊丽莎白正好进门。

伊丽莎白：阿诺德在哪儿？

钱皮恩-切尼：露台上。我去叫他。

伊丽莎白：别麻烦了。

钱皮恩-切尼：我正要回乡间别墅换一身无尾礼服。[他往外走时]
　　　阿诺德。

　　　　[钱皮恩-切尼退场。

阿诺德：哎呀！[进屋] 哦，伊丽莎白，我找到了一张椅子插图，和
　　　我的椅子几乎一模一样。年份是 1750 年。看呐！

伊丽莎白：真有趣。

阿诺德：我要拿给波蒂厄斯看看。[摆弄起一把放错地方的椅子] 你
　　　知道的，人们非要变动一下东西的位置，这点着实让我恼火。
　　　我刚把它归位，就有人来动它。

伊丽莎白：你肯定很抓狂。

阿诺德：是的。你是最恶劣的犯禁者。我不能理解，我为这幢房子
　　　所做的一切，为什么不能让你感到骄傲。毕竟，这是乡间最有
　　　看点的地方之一。

伊丽莎白：恐怕你觉得我无法满足。

阿诺德：[心情甚佳] 我不知道。不过，我的两个爱好，一个是政
　　　治，一个是装潢。如果我看不出你对这两点都毫不在乎，那我
　　　就是个彻头彻尾的傻瓜。

伊丽莎白：我俩没有什么共同点，阿诺德，不是吗？

阿诺德：我并不认为你可以就此指责我。

伊丽莎白：不会的。我不会因为任何原因指责你。你无可指责。

阿诺德：[那意味深长的语调令他惊讶] 我的天啊！你这话是什么
　　　意思？

伊丽莎白：好吧，我想没必要拐弯抹角了。我希望你让我走。

阿诺德：走去哪儿？

伊丽莎白：离开。永远。

阿诺德：我亲爱的孩子，你在说什么啊？

伊丽莎白：我想要自由。

阿诺德：[与其说是惊慌不如说是被逗乐了] 别傻了，亲爱的。我敢
　　说你是累了，你想要来点变化。我带你去巴黎住上两星期，如
　　果你愿意。

伊丽莎白：如果我没有下定决心，我是不会对你说的。我们结婚有
　　三年了，我并不认为我俩的婚姻算得上美满。坦白讲，你想让
　　我过的日子让我厌烦。

阿诺德：好吧，如果你让我说，错在你。我们的生活是受人尊敬的，
　　有所裨益的。我们认识很多非常好的人。

伊丽莎白：我非常乐意承认，错在我。但这能让情况变好吗？我只
　　有二十五岁。既然犯了错，我还来得及改正。

阿诺德：我没法认真对待你的言辞。

伊丽莎白：你看，我不爱你。

阿诺德：好吧，非常抱歉。但没人强迫你嫁给我。你种下的因，你
　　要接受那个果。

伊丽莎白：这句老话最假了。为什么就要接受那个果呢，我不愿接
　　受呢？总会有别的选择吧。

阿诺德：老天啊，别逗了，伊丽莎白。

伊丽莎白：我打定主意要离开你了，阿诺德。

阿诺德：好吧，好吧，伊丽莎白，做人明白点。你没理由要离开我。

伊丽莎白：你为什么要绑住一个想要自由的女人？

阿诺德：碰巧我爱上了你。

伊丽莎白：你应该已经说过了。

阿诺德：我觉得你把一切当作理所当然。你不能指望一个男人婚后三年还继续爱着他的妻子。我很忙。我热衷政治，我忙得像条狗似的把这幢房子打理得漂漂亮亮。毕竟一个男人需要结婚成家，还有，因为他不想受到性以及诸如此类的事的困扰。第一次见到你我就爱上了你，从那之后就一直爱着。

伊丽莎白：对不起，但假如你不爱一个男人，他的爱对你来说就一文不值。

阿诺德：真是忘恩负义。我做的一切都是为了你。

伊丽莎白：你对我很好。但你要求我过的生活不是我喜欢的，不是我能适应的。我非常抱歉让你难过了，但你必须放我走。

阿诺德：胡扯！我比你大很多，我想我比你有点理智。无论是为了你的利益还是我的，我都不会做出那种事。

伊丽莎白：[微笑] 你怎么阻止我？你不能把我锁起来。

阿诺德：请你别把我当傻子似的说话。你是我妻子，你还要继续当我的妻子。

伊丽莎白：你认为我们过的是怎样的生活？你不觉得我俩的夫妻生活给了你更多幸福？

阿诺德：但你这话到底是什么意思？

伊丽莎白：好吧，我希望你同意离婚。

阿诺德：[惊愕] 我？非常感谢。你是否有种错觉，我会为了你的一时兴起就牺牲了我的事业？

伊丽莎白：为什么这么说？

阿诺德：我席位不保。你以为身陷离婚官司的我能扛得住吗？就算有内幕，就像现在很多离婚一样，我还是会受到打击。

伊丽莎白：离婚的女性才更艰难。

阿诺德：[突然起疑] 你这话什么意思？你爱上了谁？

伊丽莎白：是的。

阿诺德：谁？

伊丽莎白：泰迪·卢顿。

　　　　[他吃惊了片刻，然后哈哈大笑。

阿诺德：我可怜的孩子，你怎么这么荒唐？为什么，他一文不名。
　　他就是个平平无奇的年轻人。太荒谬了，我都没法生你的气了。

伊丽莎白：我无可救药地爱上了他，阿诺德。

阿诺德：好吧，你最好无可救药地结束。

伊丽莎白：他想娶我。

阿诺德：我猜他会的。他给我去死。

伊丽莎白：这样说话不好。

阿诺德：他是你的情人？

伊丽莎白：不，当然不是。

阿诺德：说明这个阴险卑鄙的家伙利用了我的好客来向你示爱。

伊丽莎白：他从未吻过我。

阿诺德：我要是你，这话我就对着傻子说。

伊丽莎白：我不希望做些下三滥的事儿，所以我才和盘托出真相。

阿诺德：你有这个念头多久了？

伊丽莎白：自从见到泰迪，我就爱上了他。

阿诺德：而你从来没考虑过我，我猜。

伊丽莎白：哦，是的，是的。我不值一提。但我情不自禁。我希望
　　爱上你，可做不到。

阿诺德：我建议你在做傻事之前想想清楚。

伊丽莎白：我考虑得非常清楚了。

阿诺德：老天啊！我不明白我为什么不能结结实实揍你一顿。我不
　　太确定这是不是让你恢复理智最好的方法。

伊丽莎白：哦，阿诺德，别这样。

阿诺德：你能指望我怎么做？你安安静静地走到我跟前，然后说：

"我受够你了。我们结婚三年，我现在想要嫁给另外一个人。我能拆散你的家吗？你这人多无聊啊！你介意我和你离婚？你的职业生涯就完蛋了，是吗？多可惜啊！"哦，不，我的女孩，我可能是个傻子，但我不是失败的傻子。

伊丽莎白：泰迪明早乘第一班列车离开。我提醒你，等他安排妥当，我就会尽快去和他会合。

阿诺德：他在哪？

伊丽莎白：不知道。我猜是在自己的房间。

　　　　　[阿诺德走到门边，喊起来。

阿诺德：乔治!

　　　　　[他在屋内焦躁地走来走去，走了一会儿。伊丽莎白看着

他。*管家进屋。*

男仆：先生。

阿诺德：请卢顿先生立刻到这儿。

伊丽莎白：问问卢顿先生是否乐意来客厅待一会儿。

管家：很好，夫人。

　　　　　[管家退出。

伊丽莎白：你要对他说什么？

阿诺德：这是我的事。

伊丽莎白：如果我是你，我不会吵架。

阿诺德：我不会吵架。

　　　　　[他们默默地等待。

阿诺德：你为什么坚持请我的母亲来？

伊丽莎白：我觉得荒唐的是，我的作风可能会遭受她的污蔑，当我……

阿诺德：*[打断她]* 当你和她干的事如出一辙。好啦，你见过她了，觉得怎么样？满意吗？这是一个男人希望拥有的母亲吗？

伊丽莎白：我感到羞愧。我非常抱歉。糟糕、可怕。今天早上，我
　　　　留意到花园里的一朵玫瑰。开败了，花瓣都皱了。就像一个涂
　　　　脂抹粉的老女人。我记得一两天前还见过它。那时的它美好、
　　　　鲜嫩、正当花期、芳香扑鼻。现在的它或许丑陋，可夺不走它
　　　　曾有过的美丽。那是真真切切的。

阿诺德：诗情画意，老天！就好像现在还有闲情逸致！

　　　　[泰迪进屋。他换了无尾礼服。

泰迪：[对着伊丽莎白] 你要见我？

阿诺德：我派人把叫你来。

　　　　[泰迪看看阿诺德又看看伊丽莎白。他意识到发生了某
　　些事。

阿诺德：你何时方便离开这栋房子？

泰迪：我本来打算明早离开。但我非常乐意马上离开，如果你希望。

阿诺德：希望。

泰迪：很好。还有什么话要对我说？

阿诺德：你跑到这里，爱上我的妻子，你认为这事体面吗？

泰迪：不，我不这样想。我并不为此感到有多高兴。所以我打算
　　　离开。

阿诺德：你果然冷酷。

泰迪：就算我说抱歉，或者类似的话，恐怕也无济于事。你明白目
　　　前的情况。

阿诺德：你真的要娶伊丽莎白？

泰迪：是的。只要可以，我会立刻娶她。

阿诺德：你想过我吗？你有没有偶然想到过你在摧毁我的家庭和我
　　　的幸福？

泰迪：既然伊丽莎白并不爱你，我不明白你幸福何来。

阿诺德：让我告诉你，我拒绝一个一文不名的冒险家利用一个蠢女

人来破坏我的家庭。我拒绝离婚。我不能阻止妻子和你私奔，如果她铁定要做个该死的傻瓜，但我告诉你：任何情况下都没法让我离婚。

伊丽莎白：阿诺德，这太过分了。

泰迪：我们可以逼迫你。

阿诺德：怎么做？

泰迪：如果我们光明正大地离开，你就必须采取行动。

阿诺德：在你离开这栋房子二十四小时之后，我就带着舞女去布赖顿。你或者我都没法离婚。我们家族离得够多了。现在，给我出去，出去，出去！

　　　［泰迪游移不定地看向伊丽莎白。

伊丽莎白：［淡淡一笑］别担心我。我很好。

阿诺德：出去！出去！

第二幕终

第三幕

布景和第二幕相同。

故事接第二幕发生的事,当天晚上。

身穿无尾礼服的钱皮恩-切尼和阿诺德碰见了。钱皮恩-切尼坐着,阿诺德不安地在屋里走动。

钱皮恩-切尼:如果你照着我信上的建议做,我认为,行得通。

阿诺德:我不喜欢,您知道的。它违背了我的准则。

钱皮恩-切尼:亲爱的阿诺德,我们都希望你拥有灿烂的政治前程。你不会很快学会,关于准则最有用的一点,是可以为了利益牺牲准则。

阿诺德:可万一没成呢?女人是让人料不着的。

钱皮恩-切尼:胡说八道!人类天性浪漫。只要给了女人机会,她常常会牺牲自我。那是她们钟爱的放任自我的方式。

阿诺德:我永远搞不懂您是幽默风趣还是愤世嫉俗,父亲。

钱皮恩-切尼:都不是,我亲爱的孩子;我只是实话实说。但人们不惯于接受真相,宁愿把它当作玩笑或嘲讽。

阿诺德:[暴躁]这事发生在了我的身上,这不公平。

钱皮恩-切尼:冷静,男孩,按我说的做。

[姬蒂夫人和伊丽莎白进屋。姬蒂夫人盛装出席,光彩照人。

伊丽莎白:波蒂厄斯勋爵呢?

427

钱皮恩-切尼：露台上。他在抽雪茄。[走到窗边] 休吉！

    [波蒂厄斯进屋。

波蒂厄斯：[嘴里嘟嘟囔囔] 什么事？申斯通夫人呢？

伊丽莎白：哦，她头疼。睡觉去了。

    [波蒂厄斯进屋时，姬蒂夫人一脸不可一世，噘着嘴，拿起
    一份画报。波蒂厄斯嗔怪地看了她一眼，拿起另一份画报，坐
    到房间另一头。两人都不说话。

钱皮恩-切尼：我和阿诺德刚去了我的乡间别墅。

伊丽莎白：我还在想你们去了哪儿。

钱皮恩-切尼：下午我找到了一本老相簿。我本打算晚饭前把它带回
    来，但我忘拿了，所以我俩回去了一次。

伊丽莎白：哦，让我看看！我喜欢看老照片。

    [他把相簿递给她，她坐下，把相簿放在膝头，开始翻阅。
    他站在她身后，姬蒂夫人和波蒂厄斯偷偷地瞄了对方一眼。

钱皮恩-切尼：我猜你会有兴趣欣赏一下二十五年前的美人长什么
    样。那是美人的年代。

伊丽莎白：你觉得她们比现在的美？

钱皮恩-切尼：哦，美多了。你现在可以看到很多漂亮的小东西，但
    美人屈指可数。

伊丽莎白：她们的衣服难道不可笑吗？

钱皮恩-切尼：[指向一张照片] 那是兰特里夫人。

伊丽莎白：她有个可爱的鼻子。

钱皮恩-切尼：她是我见过的最美的尤物。那些贵妇常常坐直身子，
    就为了在她进入画室时一睹她的芳容。我和她骑过一次马，她
    上马的时候，我们不得不把马厩的门给关上，因为乌泱泱的都
    是人。

伊丽莎白：她是谁？

钱皮恩-切尼：朗斯代尔女士。这是达德利女士。

伊丽莎白：演员，对吗？

钱皮恩-切尼：是的，确实如此。埃伦·特丽。上帝啊！我多爱那个
女人啊！

伊丽莎白：[莞尔一笑] 可爱的埃伦·特丽！

钱皮恩-切尼：那是巴布斯。我这辈子没见过比他更聪明的人。还有
奥利弗·蒙塔古。戴眼镜的亨利·曼纳斯。

伊丽莎白：英俊，不是吗？那这位呢？

钱皮恩-切尼：玛丽·安德森。我希望你看过她演的《冬天的故事》。
她的美会让你屏气凝神。看啊！这是伦道夫女士。博纳尔·奥
斯本——我见过的最诙谐的人。

伊丽莎白：太甜蜜了。我喜欢她们那些好笑的撑裙还有窄袖。

钱皮恩-切尼：她们的身材多棒啊！那时候的女性并不需要瘦得跟麻
秆似的或者平得像块饼。

伊丽莎白：哦，可她们束腰？怎么忍受得了？

钱皮恩-切尼：她们不玩高尔夫，或者类似的无聊事儿。她们打猎，
戴着高礼帽，身穿黑色长外套，她们对村里的穷人既和蔼又
慷慨。

伊丽莎白：穷人喜欢？

钱皮恩-切尼：如果不这么干，日子会很难过。当她们住伦敦时，每
天下午跑去公园，参加有十道菜的晚宴，见到的每个人都认识。
帕蒂 ① 或阿尔巴尼夫人 ② 来巡演时，在剧院里定个包厢。

伊丽莎白：哦，多么可爱的小东西！她究竟是谁？

钱皮恩-切尼：这位？

———————————————

① 意大利女高音歌唱家。

② 19 世纪末 20 世纪初首屈一指的歌剧女高音。

伊丽莎白：她看上去好脆弱，就像一件精美的瓷器，那貂皮大衣，她的脸贴在皮手笼上，还有纷飞的大雪。

钱皮恩-切尼：是的，那时候一度流行在人造雪景中拍照。

伊丽莎白：多甜美的笑容，俏皮、率真、自信！哦，我真希望能长成这样！告诉我她是谁！

钱皮恩-切尼：你不认识？

伊丽莎白：不认识。

钱皮恩-切尼：怎么会——她是姬蒂。

伊丽莎白：姬蒂夫人！[转向姬蒂夫人]哦，亲爱的，看哪！太美了。[她激动地把相簿递给她]您为什么不告诉我这是您？人人都会爱上您。

　　[姬蒂夫人接过相簿去看。接着她任由相簿从手中滑落，双手捂脸。大哭起来。

伊丽莎白：[惊慌失措]亲爱的，怎么回事？哦，我干了什么？真对不起。

姬蒂夫人：别，别和我说话。让我一个人静静。我真傻。

　　[伊丽莎白困惑地看了她一会儿，然后转身，把手伸进钱皮恩-切尼的臂弯中，领他前往露台。

伊丽莎白：[他们往外走的时候，她低语]你存心的？

　　[波蒂厄斯起身走向姬蒂夫人，把手放在她的肩头。就这样过了会儿。

波蒂厄斯：恐怕我在饭前对你太过粗鲁了，姬蒂。

姬蒂夫人：[拿开波蒂厄斯放在肩头的手]没关系。我知道，我很烦人。

波蒂厄斯：我说的不是这个意思，你明白的。

姬蒂夫人：我也不是。

波蒂厄斯：我当然知道我永远当不上首相。

姬蒂夫人：干吗说傻话，休吉？如果你还留在政坛，其他人不会有机会。

波蒂厄斯：我这人没啥个性。

姬蒂夫人：你比我见过的任何人都有个性。

波蒂厄斯：还有，我清楚我不是非常想当首相。

姬蒂夫人：哦，但我会为你骄傲。你当然会成为首相。

波蒂厄斯：我可以把印度给你，你知道的。我想那会是一个肥差。

姬蒂夫人：我根本不关心印度。我更喜欢西澳大利亚。

波蒂厄斯：亲爱的，难道你以为我会让你葬送在西澳大利亚？

姬蒂夫人：或者巴巴多斯。

波蒂厄斯：不会的。巴巴多斯这名字听上去像是扁平足的疗法。我会把你留在伦敦。

　　　　[他拾起相簿，准备看一看姬蒂夫人的照片。她用手捂住。

姬蒂夫人：别，别看。

　　　　[他拿开她的手。

波蒂厄斯：别犯傻。

姬蒂夫人：变老真可恨！

波蒂厄斯：你知道，你的变化不多。

姬蒂夫人：[兴高采烈] 哦，休吉，你怎么说得出这样的傻话？

波蒂厄斯：你当然成熟了一点点，仅此而已。女性还是成熟点好。

姬蒂夫人：真的这么想？

波蒂厄斯：发自肺腑。

姬蒂夫人：你这么说不是为了讨我欢心吧？

波蒂厄斯：不，不。

姬蒂夫人：让我再看看照片。

　　　　[她拿走相簿，自满地看起照片。

姬蒂夫人：其实，骨相好，年龄真的不成问题。你就能美貌永驻。

波蒂厄斯：[微微一笑，就像是在对孩子说话] 你这个傻瓜干吗哭呢。

姬蒂夫人：我的睫毛膏没花吧，没有？

波蒂厄斯：一点也没。

姬蒂夫人：我现在用的睫毛膏很好用。睫毛不会黏在一起。

波蒂厄斯：看看这里，姬蒂，你还想在这里待多久？

姬蒂夫人：哦，只要你愿意，我随时准备走。

波蒂厄斯：克莱夫让我恼火。我不喜欢他总是围着你打转。

姬蒂夫人：[面露惊讶，接着被逗笑了，心情愉快] 休吉，你这意思是你妒忌那可怜的克莱夫？

波蒂厄斯：我当然没妒忌，但他看你的样子让我情不自禁地犯恶心。

姬蒂夫人：休吉，你可以把我推下楼梯，像艾米·罗布萨特①那样；你可以拉着我的头发在地上拖行；我无所谓，你在妒忌。我不会变老了。

波蒂厄斯：该死，那人曾是你的丈夫。

姬蒂夫人：亲爱的休吉，他从来没有你的范儿。每当你走进房内的那刻，为什么大家都会看过来，并且说："他到底是谁？"

波蒂厄斯：什么？你这么想？好吧，我可以说你的话里有点意思。该死的极端分子想说什么就说什么，可是，老天，姬蒂啊！当一个人是绅士——好吧，该死，你知道我的意思。

姬蒂夫人：我看，自从我们离开后，克莱夫就垮了。

波蒂厄斯：我们直奔意大利去圣米凯莱，觉得怎么样？

姬蒂夫人：哦，休吉！我们离开那儿有些年头了。

波蒂厄斯：想不想故地重游——就再去一次？

---

① 罗伯特·杜德利勋爵第一任妻子，她的主要死因是从楼梯上摔下来而死，这种情况经常被认为是可疑的。

姬蒂夫人：你还记得我们第一次去那里的情景吗？那是我见过的最宛如天堂的地方。我们离开英格兰仅仅过了一个月，而我说我要在那里度过一生。

波蒂厄斯：我当然记得。整整两周，统统都是你的。

姬蒂夫人：我们那时很幸福，休吉。

波蒂厄斯：那我们再去一次。

姬蒂夫人：我不敢。那里充斥着我们过往的幽灵。永远不要回到曾经幸福的地方。那会让我心碎。

波蒂厄斯：你还记得我们常常坐在古堡的露台上，眺望亚得里亚海？仿佛全世界只有你和我，姬蒂。

姬蒂夫人：[悲哀地] 那时的我们以为我俩的爱情会天长地久。

　　　　[钱皮恩-切尼进屋。

波蒂厄斯：今晚再来一局桥牌？

钱皮恩-切尼：我觉得凑不出四个人。

波蒂厄斯：那个男孩就这么走了，真是烦人啊！他是个不错的牌手。

钱皮恩-切尼：泰迪·卢顿？

姬蒂夫人：他走的时候都没和大家说再见，真好笑。

钱皮恩-切尼：现在的年轻人非常随性。

波蒂厄斯：我觉得晚上火车停了。

钱皮恩-切尼：晚上没有。最后一班是在五点四十五分。

波蒂厄斯：那他怎么走？

钱皮恩-切尼：靠腿。

波蒂厄斯：我要说这多自私。

姬蒂夫人：[来了兴趣] 他为什么走，克莱夫？

　　　　[钱皮恩-切尼若有所思地看了她一会儿。

钱皮恩-切尼：我有非常严肃的事要告诉你。伊丽莎白打算离开阿诺德。

姬蒂夫人：克莱夫！这究竟为了什么？

钱皮恩-切尼：她爱上了泰迪·卢顿。这就是他离开的原因。我们家族的男人真的非常不幸。

波蒂厄斯：她想和他私奔？

姬蒂夫人：[慌慌张张] 亲爱的，该怎么办？

钱皮恩-切尼：我觉得你可以做很多事。

姬蒂夫人：我？什么？

钱皮恩-切尼：告诉她，告诉她这意味着什么。

    [他直勾勾看着她。她也盯着他看。

姬蒂夫人：哦，不，不！

钱皮恩-切尼：她是个孩子。不是为了阿诺德。为了她。你必须这么做。

姬蒂夫人：你不知道你在要求什么。

钱皮恩-切尼：我知道。

姬蒂夫人：休吉，我该怎么办？

波蒂厄斯：做你想做的。我永远不会责怪你的。

    [管家进屋，托盘上有封信。他有所犹豫，因为发现伊丽莎白不在屋里。

钱皮恩-切尼：什么事？

管家：我在找钱皮恩-切尼夫人，先生。

钱皮恩-切尼：她不在这儿。有信？

管家：是的，先生。刚从"冠军纹章"送来。

钱皮恩-切尼：把信留下。我会交给钱皮恩-切尼夫人的。

管家：好的，先生。

    [管家把托盘伸向克莱夫，后者取走信。管家离开。

波蒂厄斯："冠军纹章"是个当地酒吧？

钱皮恩-切尼：[看向信件] 也有旅馆的功能，但我从没听说过有人在那里留宿。

姬蒂夫人：如果火车停了，那我猜他只能去那里。

钱皮恩-切尼：说得对。我在想，有什么事他必须写信！[他走到通
　　向花园的门边] 伊丽莎白！

伊丽莎白：[户外] 来了。

钱皮恩-切尼：有你的信。

　　　　[沉默。大家在等伊丽莎白。她走进屋子。

伊丽莎白：今晚的花园舒适宜人。

钱皮恩-切尼：刚从"冠军纹章"送来的。

伊丽莎白：谢谢。

　　　　[她毫无尴尬地打开信。他们看着她读信。一共有三页。她
　　把信放入包中。

姬蒂夫人：休吉，我希望你替我去拿一件披风。我想去花园散会儿
　　步，不过在意大利住了三十年之后，我发现英国的夏天相当冷。

　　　　[波蒂厄斯一言不发地出去。伊丽莎白陷入沉思。

姬蒂夫人：克莱夫，我要和伊丽莎白谈谈。

钱皮恩-切尼：告辞。

　　　　[他走出去。

姬蒂夫人：他说了什么？

伊丽莎白：谁？

姬蒂夫人：卢顿先生。

伊丽莎白：[吃了一惊。接着她看向姬蒂夫人] 他们告诉您了？

姬蒂夫人：是的。他们此刻让我觉得我自始至终都知道这件事。

伊丽莎白：我并不指望您会同情我。阿诺德是您的儿子。

姬蒂夫人：对你的可怜，微乎其微。

伊丽莎白：我不适应这种生活。阿诺德想要我拿下他所谓的"社交
　　地位"。哦，我厌倦了伦敦那些聚会。尽是些浓妆艳抹的中年妇

女，身穿华服，在舞厅中闲逛，身边陪着老气横秋的年轻人。没完没了的午宴，对某人的风流韵事说三道四。

姬蒂夫人：你真的很爱卢顿先生？

伊丽莎白：全身心地爱着。

姬蒂夫人：他呢？

伊丽莎白：他从未爱过任何人，除了我。他之后也不会再爱了。

姬蒂夫人：阿诺德会让你离婚？

伊丽莎白：不，他不会同意的。他甚至拒绝休了我。

姬蒂夫人：为什么？

伊丽莎白：他认为这个丑闻会让人想起那些陈芝麻烂谷子。

姬蒂夫人：哦，我可怜的孩子！

伊丽莎白：事情就这样了。我愿意承担后果。

姬蒂夫人：你不明白有一个仅仅为了自己的颜面而把你绑在身边的男人是怎么回事。结婚的人过不下去可以离婚，但如果连婚都没结，那就不可能离。这种连接只有死亡可以切断。

伊丽莎白：如果泰迪不再爱我了，我不会让他在我身边多待五分钟的。

姬蒂夫人：一个人之所以这么说，是因为她确定男人的爱，但如果爱没了——哦，情况大不一样。那种情况下，她就不得不挽留住男人的爱。这是她仅剩的东西。

伊丽莎白：我是个人。我可以自力更生。

姬蒂夫人：你有钱吗？

伊丽莎白：没有。

姬蒂夫人：那你怎么自力更生？你以为我孩子气、傻乎乎，但我在更残酷的环境中学会了一些事。男人可以为所欲为地制定规则，男人可以让我们受苦受难，然而当你非要追根究底时，那就变成他们是老大他们说了算。女人想要和男人平起平坐，那她就

436

一定要像男人一样挣钱。

伊丽莎白：［微笑］听您这么说真好笑。

姬蒂夫人：嫁了管家的厨娘可以用手抓老公的脸，因为厨娘和管家挣得一样多。但处于你我这种地位的女性通常只能依靠男人了。

伊丽莎白：我不需要奢华的生活。您不知道我是有多讨厌这些漂亮的家具。那些装修过度的房子如同一座牢笼，让我呼吸不能。我穿着一身的卡洛姐妹，开着劳斯莱斯兜风，我多么羡慕那些售货员女孩，她们身穿裙子和大衣，跳上公交车的踏板。

姬蒂夫人：你意思是，如有需要，你可以挣钱养活自己？

伊丽莎白：是的。

姬蒂夫人：你能干什么？护士，还是打字员？天方奇谭。奢侈会毒害一个女人的神经。一旦她尝过了，奢侈就会变成必需品。

伊丽莎白：这还是取决于人。

姬蒂夫人：年轻的时候，我们总以为自己与众不同，但年岁渐长，我们会发现我们就是大多数。

伊丽莎白：您能说出自己的困扰，真是大好人。

姬蒂夫人：想到你要犯下我当年犯下的可悲的错误，我就伤心欲绝。

伊丽莎白：哦，别这么说，别，别。

姬蒂夫人：看着我，伊丽莎白，再看看休吉。你觉得这算成功吗？如果时光重来，你觉得我会重蹈覆辙吗？你觉得他会吗？

伊丽莎白：您看，您不知道我有多爱泰迪。

姬蒂夫人：那你觉得我不爱休吉？你觉得他不爱我？

伊丽莎白：我肯定他爱过。

姬蒂夫人：哦，当然啦，起初，一切宛如天堂。我们觉得自己勇敢极了，充满冒险精神，我们俩爱得轰轰烈烈。最初的两年，棒极了。大家都不理我，你知道的，但我不在乎。我以为爱情大过天。也会稍稍感到不自在，当你看到一个老朋友，你热络地朝她走去，很高兴能见到她，却得到冷冷的一眼。

伊丽莎白：您觉得这样的朋友值得交吗？

姬蒂夫人：或许他们不是非常自信。或许他们真的惊到了。最好不要对朋友进行这样的测试，如果可以避免的话。发现自己朋友寥寥，相当的苦涩。

伊丽莎白：但人总会有几个朋友的。

姬蒂夫人：是的，他们会邀请你去做客，在他们确信没人会反对的时候。否则，他们会对你说："亲爱的，你知道我是忠于你的，我也不在乎，但我的女儿长大了——我相信你懂的；如果我没邀请你来我家，你不会以为是我不好吧？"

伊丽莎白：［微笑］对我来说不算大事。

姬蒂夫人：起初，我还觉得松了口气，因为我和休吉会更加紧密地联系在一起。但你要知道，男人非常可笑。即使身处爱河之中，他们的爱也不会天长地久。他们想要变化，想要消遣。

伊丽莎白：我不愿据此责备他们，可怜的人儿。

姬蒂夫人：之后，我们在佛罗伦萨定居下来。因为我们进不了我们熟悉的社交圈，只能退而求其次。放荡的女人和卑鄙的男人。假借他人之名、仗势欺人的势利小人。乐意找休吉借点钱的身份存疑的意大利亲王，喜欢叫我一起去卡西纳的声名狼藉的伯爵夫人。之后休吉开始对前妻大献殷勤。他想要去狩猎，但我不让。我担心他一去不回。

伊丽莎白：但你知道他爱您。

姬蒂夫人：哦，亲爱的，婚姻制度是多么神圣啊——对于女性而言，破坏婚姻的行为又是多么愚蠢！教会真是明智，坚持婚姻永——永——

伊丽莎白：续——

姬蒂夫人：婚姻永续。当你只能依靠自己拴住男人时，相信我，这就一点也不好笑了。衰老的代价，我承受不起。亲爱的，我告诉你一个我从来没有对活人说出的秘密。

伊丽莎白：什么？

姬蒂夫人：我的发色不是真的。

伊丽莎白：真的？

姬蒂夫人：染的。你完全猜不出来，对吗？

伊丽莎白：猜不出来。

姬蒂夫人：没人猜得到。亲爱的，我的头发白了，早早地白了。我常常想这象征了我的人生。你对冥冥之中的象征感兴趣吗？我觉得太奇妙了。

伊丽莎白：我认为我了解得不多。

姬蒂夫人：无论多么疲惫，我都要装得兴高采烈，光彩照人。我不能让休吉看到我那笑眼之后痛苦的心。

伊丽莎白：[深受感动] 可怜的人。

姬蒂夫人：当我看见他的魂儿被其他女人勾走了，恐惧和嫉妒攥住了我！你明白的，我不敢大吵大闹，如果我有婚姻的保护，我就敢这么做了——我只能装聋作哑。

伊丽莎白：[目瞪口呆] 您是说他爱上了别人？

姬蒂夫人：当然，终归是这样。

伊丽莎白：[不知道该说什么] 您肯定很难过。

姬蒂夫人：哦，是的，难过极了。当休吉告诉我他要去俱乐部玩牌，我明明知道他是去见那个讨人厌的女人，我的心在哭泣，一宿连着一宿。当然，也不是没有男人看着心疼来安慰我。男人总被我吸引，你明白的。

伊丽莎白：哦，当然啦，我相当明白。

姬蒂夫人：但我要顾及自己的脸面。无论休吉做了什么，我不会做出让自己后悔莫及的事情。

伊丽莎白：想必现在的您很满意吧。

姬蒂夫人：哦，是的。尽管诱惑重重，我在精神上是忠于休吉的。

伊丽莎白：我不是很明白您的意思。

姬蒂夫人：好吧，有个可怜的意大利男孩，年轻的乔瓦尼堡伯爵，无可救药地爱上了我，他的母亲恳求我对她的儿子不要太过残忍。她担心儿子会思念成疾。我能怎么办？后来呢，哦，几年之后，换成了安东尼奥·梅利塔。他说，他要开枪自杀，除非我——嗯，你懂的，我不能让可怜的男孩自杀啊。

伊丽莎白：您真的以为他会自杀？

姬蒂夫人：哦，谁知道呢，你明白的。激情四射的意大利人。他就像个小羊羔。有双漂亮的眼睛。

　　　　[伊丽莎白看了她一会儿，面对这个风流放荡、浓妆艳抹的老女人，一丝恐惧涌上心头。

伊丽莎白：[声音嘶哑] 哦，但我觉得这——太可怕了。

姬蒂夫人：你吓到了？一个人为了爱情牺牲了这辈子，然后她发现爱情根本不会天长地久。爱情的悲剧不是生离死别。爱情可以超越这些。爱情的悲剧在于终成陌路人。

　　　　[阿诺德进屋。

阿诺德：伊丽莎白，我能和你聊会儿吗？

伊丽莎白：当然。

阿诺德：我们去花园散散步？

伊丽莎白：如果你希望。

姬蒂夫人：不要，留在这儿。我出去。

　　　　[姬蒂夫人退场。

阿诺德：我希望你能听我说上几分钟，伊丽莎白。你刚才告诉我的消息让我手足无措，不知如何是好。我刚才的举止荒唐可笑，我恳求你的原谅。那些说出口的话，我感到惭愧。

伊丽莎白：哦，不要责备自己。我感到抱歉，我本应给你一个机会说出一切。

阿诺德：我想问你是不是打定主意要离开了。

伊丽莎白：决心已定。

阿诺德：我刚才似乎说了一堆不该说的话，该说的却一句没说。我在犯傻，口不择言。我从没告诉过你我深深地爱着你。

伊丽莎白：哦，阿诺德！

阿诺德：现在让我说。很难说出口。我似乎把所有心思用在了政治和家装上，凡此种种，反而忽略了你，我感到非常抱歉。我猜，我简直是疯了，会认为你把我的爱当作理所当然。

伊丽莎白：但是，阿诺德，我没有怪你。

阿诺德：我在怪我自己。是我疏忽了。但我希望你能相信我这不是因为我不爱你。你能原谅我吗？

伊丽莎白：我没觉得有什么事需要原谅。

阿诺德：直到今天你说要离开我，我才意识到我有多爱你。

伊丽莎白：过了三年？

阿诺德：你让我自豪。我是多么爱慕你。看见宴会上的你，清新动人，所有人都为你赞叹，我有点点激动，因为你是我的，宴会结束后，我就会把你带回家。

伊丽莎白：哦，阿诺德，你言过其实了。

阿诺德：我无法想象这栋房子没有你会怎样。生活突然之间没了意义，一片空白。哦，伊丽莎白，你一点也不爱我了？

伊丽莎白：最好还是直言相告。不爱。

阿诺德：我的爱对你没有意义？

伊丽莎白：我非常感激你。我很难过让你痛苦了。我守在你身边有什么用呢，如果我天天不开心？

阿诺德：你有这么爱那个男人？我的不幸对你没有任何意义？

伊丽莎白：当然有。它让我心碎。你瞧，我从不知道原来我对你这么重要。我好感动。我很抱歉，阿诺德，真的抱歉。但我情难自已。

阿诺德：可怜的孩子，残忍的我是在折磨你啊。

伊丽莎白：哦，阿诺德，相信我，我努力尝试过。我想要爱上你，但做不到。毕竟，爱就是爱，不爱就是不爱。努力也无济于事。此刻的我精疲力竭了。我管不了那么多了——我必须做我向往的事。

阿诺德：我可怜的孩子，我是多么担心你会不开心。我是多么担心你会后悔。

伊丽莎白：你必须让我面对自己的命运。我希望你能忘记我，忘记我给你带来的所有不幸。

阿诺德：［停顿片刻。阿诺德若有所思地在屋子里来回踱步。他停下，看向伊丽莎白］既然你爱那个男人，并且想要和他在一起，我不会做任何事来阻止你的。我唯一的愿望是你去做对你最有利的事。

伊丽莎白：阿诺德，你太好了。如果我对你态度不好，那我至少要让你知道，我感激你对我的好。

阿诺德：希望你能帮我个忙。可以吗？

伊丽莎白：哦，阿诺德，当然啦，我尽量。

阿诺德：泰迪没有多少钱。你习惯了奢华的日子，我都不敢想没了那些你曾拥有的东西，你要如何过下去。想到你要遭受苦恼，遭受贫困，我就难过。

伊丽莎白：哦，可泰迪会挣到我们需要的钱。再说了，我们也不需要很多钱。

阿诺德：恐怕我母亲的生活也不太容易，但显而易见的是，他们两人之所以能过下去，是因为波蒂厄斯有钱。我希望你能允许我每年给你两千英镑的补贴。

伊丽莎白：哦，不，我没法想。太荒唐了。

阿诺德：我恳求你接受。你不知道这其中的差别。

伊丽莎白：你人太好了，阿诺德。谈钱是在侮辱我。我绝不会从你这里拿走一个便士。

阿诺德：好吧，你也无法阻止我以你的名义在银行开个账户。每个季度汇一次钱，无论你支取与否，万一你碰巧需要，那这笔钱就躺在账上。

伊丽莎白：你让我不知所措了，阿诺德。我只希望你为我做一件事，我就感激不尽了，只要你愿意尽快和我离婚。

阿诺德：不，我不愿意。但你可以找个理由和我离婚。

伊丽莎白：你!

阿诺德：是的，当然在此期间你要多加小心。我会尽快完成，但恐怕你要再过六个月才能获得自由。

伊丽莎白：但是，阿诺德，你的席位，还有你的政治生涯!

阿诺德：哦，好啦，我的父亲在类似的情况下也放弃了席位。没了政治，他过得很舒坦。

伊丽莎白：但那是你全部的人生。

阿诺德：毕竟，世事难两全。你不能又事奉神、又事奉玛门。^① 想要做出正确的事，就要做好准备，承受相应的结果。

伊丽莎白：但我不希望你受苦。

阿诺德：首先，我拿不定主意会不会有丑闻。可我敢说，这是我唯一的软肋。有鉴于此，这事最好在离婚法庭外解决，如果可以的话。

伊丽莎白：阿诺德，你让我显得如此渺小。

---

① 出自《圣经·马太福音》第 6 章第 24 节。

阿诺德：你饭前说的话很对。对于男人而言，什么都不是，对于女人而言，就有很大的不同。我自然应该先考虑你。

伊丽莎白：荒唐。不可能。无论付出什么代价，我都得付。

阿诺德：我要求的不多，伊丽莎白。

伊丽莎白：我从你那里拿走了一切。

阿诺德：我只有一个要求。我决意已定。我绝不会和你离婚，但你可以和我离。

伊丽莎白：哦，阿诺德，你这种大度是种残忍。

阿诺德：这不是大度。我只有这条途径来告诉你我对你的爱有多深，有多真，有多热烈。

　　　　[沉默。他伸出手。

阿诺德：晚安。上床睡觉前我还有很多事要做。

伊丽莎白：晚安。

阿诺德：你介意我吻你吗？

伊丽莎白：[面露难色] 哦，阿诺德！

　　　　[他在她的前额郑重地印下一个吻，然后走出屋子。伊丽莎白心事重重地站在那里。她看上去茫然不知所措。姬蒂夫人和波蒂厄斯进屋。姬蒂夫人披了件斗篷。

姬蒂夫人：就你一个人，伊丽莎白？

伊丽莎白：姬蒂夫人，您刚才问我那信，泰迪找人带给我的……

姬蒂夫人：是的？

伊丽莎白：他希望在他离开之前我能和他谈一谈。他在网球场边上的避暑小屋等我。波蒂厄斯勋爵是否愿意走一趟，邀请他来这里？

波蒂厄斯：当然。当然。

伊丽莎白：请原谅我给您造成的麻烦。但这非常重要。

波蒂厄斯：一点也不麻烦。

[他走出去。

姬蒂夫人：我和休吉会让你们单独待会儿。

伊丽莎白：但我不希望就我们俩人。我想要你们留下。

姬蒂夫人：你要对他说什么？

伊丽莎白：[绝望] 别再问我问题了。我非常的不开心。

姬蒂夫人：可怜的孩子！

伊丽莎白：哦，难道生活就是一团糟？为什么一个人的幸福总会妨碍别人的幸福？

姬蒂夫人：我希望我能知道怎么帮你。我一心一意为你好。[她思索了会儿有什么好说的或者好做的] 喜欢我的口红吗？

伊丽莎白：[破涕为笑] 谢谢。我还从没用过呢。

姬蒂夫人：哦，试一试。身处麻烦时，它会是莫大的安慰。

[波蒂厄斯和泰迪进屋。

波蒂厄斯：我把他带来了。他说，如果他回来，那他就该死。

姬蒂夫人：如果是一位女士让你回来呢？现在的年轻人就这种礼貌？

泰迪：当你被郑重其事地踢出一栋房子，却装作若无其事地回来，我认为这似乎过于鲁莽了。

伊丽莎白：泰迪，我要你严肃点。

泰迪：亲爱的，我在酒吧吃了顿糟糕的晚餐。如果你要求我对此持严肃态度，我要哭了。

伊丽莎白：别犯傻了，泰迪。[她声音颤抖] 我落入了十分悲惨的境地。

[他认真地看了她一会儿。

泰迪：什么意思？

伊丽莎白：我不能和你一起走了，泰迪。

泰迪：为什么不能？

445

伊丽莎白：[尴尬地扭过头去] 我爱你爱得不够多。

泰迪：胡扯！

伊丽莎白：[怒气一闪而过] 别对我用"胡扯"两个字。

泰迪：我想说什么就说什么。

伊丽莎白：我不会被你吓到的。

泰迪：现在，看看这儿，伊丽莎白，你很清楚我爱你，你也很清楚你爱我。所以，为什么要胡说八道呢？

伊丽莎白：[她的嗓音断断续续] 你还在生我的气，我就没法说。

泰迪：[温柔地微笑] 我不会生你的气，傻瓜。

伊丽莎白：在你头脑清醒的时候，更难办了。

泰迪：[轻声笑] 是我搞错了吗？我觉得你不是容易取悦的人？

伊丽莎白：哦，太可怕了。我紧张死了，我准备好豁出去了，而你又让我心烦意乱。我感觉自己就像是个快要吹爆的气球，有人拿个长针在下面等着。[突然看了他一眼] 你是存心的？

泰迪：我指天发誓，我不明白你在说什么。

伊丽莎白：我在想你是否比我想象的要聪明。

泰迪：[握住她的手，让她坐下] 现在一五一十地告诉我你的想法。还有，你希望姬蒂夫人和波蒂厄斯勋爵在现场吗？

伊丽莎白：是的。

姬蒂夫人：伊丽莎白让我们留下来。

泰迪：哦，我不介意，上帝保佑你们。我只是以为你们会尴尬。

姬蒂夫人：[冷冷地] 淑女是不会尴尬的，卢顿先生。

泰迪：难道你不能叫我泰迪？每个人都这么叫我，你知道的。

　　　　[姬蒂夫人想要狠狠地剜他一眼，但她忍不住笑了起来。泰迪轻抚伊丽莎白的手。后者抽回去。

伊丽莎白：别，别这样。泰迪，当我说我并不爱你，这不是真话。当然，我爱你。但阿诺德也爱我。我不知道那份爱有多深。

泰迪：他对你说了什么？

伊丽莎白：他对我很好，很温柔。我都不知道他这么温柔。他提议我提出离婚。

泰迪：他真是个体面人。

伊丽莎白：可难道你没发现，这会束缚住我的手脚。我怎么能接受这样的牺牲？我永远不会原谅自己的，我利用了他的大度。

泰迪：假如我和另一个人都饿坏了，现在我们两人面前只有一份羊排，然后他说："你吃吧。"我不会费时间讨论的。我会在他改变主意之前狼吞虎咽地吃完。

伊丽莎白：别这么说。我要疯了。我在尝试做出正确的事。

泰迪：你不爱阿诺德；你爱的是我。你是个傻瓜，为了混混沌沌的情感，打算牺牲掉自己的人生。

伊丽莎白：毕竟，我的确嫁给了他。

泰迪：好吧，你犯了一个错误。没有爱情的婚姻是无效的。

伊丽莎白：我犯下了这个错误。那他为什么要承受这一切？如果有人必须要遭罪，那这个人只能是我。

泰迪：你想过和他在一起会是怎样的人生？结为夫妻的两个人，一个不开心的人很难让另一个人开心。

伊丽莎白：我没法利用他的大度。

泰迪：我敢说他能从中得到满足感。

伊丽莎白：你好残忍，泰迪。他是个简简单单的好人。我从不知道他内心有过龌龊。他真的是个高尚的人。

泰迪：你在胡言乱语，伊丽莎白。

伊丽莎白：我在思考你是否可以这样为所欲为。

泰迪：我怎么为所欲为了？

伊丽莎白：如果我是嫁给了你，然后跑来告诉你，我爱上了其他人，打算离开你，你会怎么做？

泰迪：你有一双非常迷人的蓝眼睛，伊丽莎白。我会先弄瞎一只，再弄瞎另一只。之后呢，再看吧。

伊丽莎白：你这该死的禽兽！

泰迪：我常常想，我算不上绅士。这话有没有吓到你？

　　　　[他们对视了一会儿。

伊丽莎白：你知道的，你对我的利用不公平。感觉我是全心全意地靠近你，而你却趁我不注意一脚踢在了我的小腿上。

泰迪：难道你不认为我们会相处融洽吗？

波蒂厄斯：如果伊丽莎白不忠于丈夫，她就是个傻瓜。男的够糟了，而女的——可恶。我并不同情阿诺德。他的牌技烂透了。恕我冒昧，姬蒂，我认为他做人一本正经。

姬蒂夫人：亲爱的，他的父亲也曾是那个年纪。我敢说，他会成熟的。

波蒂厄斯：但你忠于他，伊丽莎白，你忠于他。男人是群居动物。我们是某个群落的一员。谁打破了群落的法则，谁就要遭罪。受苦受难。

姬蒂夫人：哦，伊丽莎白，我亲爱的孩子，别去。不值得。不值得。我告诉你，我已经为了爱情牺牲了一切。

　　　　[停顿。

伊丽莎白：我怕。

泰迪：[低语] 伊丽莎白。

伊丽莎白：我无法面对。对我要求太多了。让我们互道再见吧，泰迪。只有这件事可以做了。请对我大发慈悲吧。我放弃了获得幸福的全部希望了。

　　　　[他走向她，直视她的眼睛。

泰迪：但我不会给你幸福的。我的那种爱不会带来幸福。我妒忌。我难相处。我动不动就发脾气。我偶尔会厌烦你，你也会厌烦我。我敢说我们会大吵大闹，有时还会憎恨彼此。你常常会感到不幸、厌倦、孤单，你常常会想家，接着你就会惋惜失去的一切。愚蠢的女人会粗暴地对待你，因为我俩私奔了。她们其中一些人还会伤害你。我无法给你平和、安宁的生活。我给你的是动荡不安，是焦虑烦恼。我没法带给你幸福。我带给你的是爱。

伊丽莎白：［伸出双手］你这个可恨的家伙，我全身心地爱着你！

　　　　　［他抱住她，热情地吻上她的唇。

姬蒂夫人：当他说出会弄瞎她的眼睛，我就知道完了。

波蒂厄斯：［心情甚佳］你个傻瓜，姬蒂。

姬蒂夫人：我知道我是，但我无能为力。

泰迪：让我们溜之大吉吧。

伊丽莎白：现在？

泰迪：现在。

波蒂厄斯：你们都是该死的傻瓜，两个都是，该死的傻瓜！如果愿意，就开我的车走吧。

泰迪：你真是太好了。事实上，我已经把它从车库开出来了。就停在车道上。

波蒂厄斯：［气呼呼地］你这话什么意思，你把它开出了车库？

泰迪：好吧，我估计我们会有一堆的麻烦，在我看来，对于我和伊丽莎白来说，最佳选择不是眼睁睁地得到可以离开的许可，你明白的。说干就干。生意人的至理名言。

波蒂厄斯：你是说你打算偷车？

泰迪：不完全是。我是共产一下，可以这么说。

波蒂厄斯：无话可说。真的无话可说。

泰迪：该死，我不可能一路背着伊丽莎白去伦敦。她可沉了。

伊丽莎白：你这个下流坏！

波蒂厄斯：[语无伦次了] 好吧，好吧，好吧! …… [无可奈何] 我喜欢他，姬蒂。装作不喜欢，这不好。我喜欢他。

泰迪：月亮出来了，伊丽莎白。我们可以连夜开车赶路。

波蒂厄斯：他们最好去圣米凯莱。我会写封信，让他们做好准备。

姬蒂夫人：那是我和休吉曾去过的…… [声音颤抖] 哦，你们这两个家伙，我是多么妒忌你们!

波蒂厄斯：[擦擦眼睛] 别哭，姬蒂。妈的，你别哭啊。

泰迪：走吧，亲爱的。

伊丽莎白：但我不能这样走。

泰迪：胡扯! 姬蒂夫人会把她的斗篷借给你。对吧?

姬蒂夫人：[脱下斗篷] 我不肯的话，你尽可以从我身上扯下来。

泰迪：[把斗篷披在伊丽莎白身上] 我们明早还要在伦敦买把牙刷。

姬蒂夫人：她必须给阿诺德写张便条。我会把它放在针垫上。

泰迪：这该死的针垫! 走吧，亲爱的。我们开车迎接黎明，迎接日出。

伊丽莎白：[亲吻姬蒂夫人和波蒂厄斯] 再见。再见。

    [泰迪伸出手，她握住。两人携手步入夜色。]

姬蒂夫人：哦，休吉，往事重现啊! 他们会经历我们经历的一切吗? 我们经历的那些是否没有任何意义?

波蒂厄斯：亲爱的，我不知道一生中重要的是你做了什么还是你是怎样的人。没人可以从别人的经历中吸取教训，因为情况不会完全一样。如果我们把事情搞砸了，那或许是因为我们都是普通人。你在世上可以做任何事，只要你做好准备承担后果，而后果取决于性格。

    [钱皮恩-切尼搓着双手进屋，乐开了怀。]

钱皮恩-切尼：好啦，我看，我已经搞定了那个年轻人。

姬蒂夫人：哦!

钱皮恩-切尼：先下手为强。

> [传来汽车发动的声音。

姬蒂夫人：什么声音？

钱皮恩-切尼：像是汽车。我希望是你的司机带上某个女仆去兜风。

波蒂厄斯：你到底在说搞定谁？

钱皮恩-切尼：爱德华·卢顿先生，亲爱的休吉。我一五一十地告诉
阿诺德该做些什么，他做了。如何禁锢一人？锁上门闩。把门
闩打开了，囚徒就不愿逃走了。聪明，我都要夸夸自己。

波蒂厄斯：你一贯如此，克莱夫，但此时此刻的你深不可测。

钱皮恩-切尼：我吩咐阿诺德去找伊丽莎白，告诉她可以获得自由
身。我让他无条件地牺牲自我。我知道女人是怎么回事。阻碍
她和泰迪·卢顿结合的障碍移除的那刻，泰迪的魅力也就消散
了一半。

姬蒂夫人：阿诺德这么做了？

钱皮恩-切尼：他按部就班地执行了我的建议。我刚才见到了她。她
动摇了。我愿意赌五百镑，她不会逃走了。一个毛茸茸的老鸟，
嗯？就是毛茸茸这个词。毛茸茸。

> [他开始大笑。他们也笑了起来。此时，在场的三个人都
> 在笑。

全剧终

恺撒之妻
CAESAR'S WIFE

三幕喜剧

黄雅琴　译

人物表

维奥莉特·利特尔

亚瑟·利特尔

罗尼·帕里

安妮·埃瑟里奇

克里斯蒂娜·普里查德

亨利·普里查德

阿普尔比夫人

阿普尔比先生

第一幕

场景：驻开罗领馆官员官邸起居室。阿拉伯风格的窗户，门框上方也装饰有阿拉伯纹饰，但起居室室内仍是英式装修，通风、宽敞。上了漆的奇彭代尔式家具，扶手椅和沙发椅垫选用了凉爽的印花棉布，玻璃花瓶中插上了玫瑰切花，花盆中的杜鹃生机勃勃；四处摆放着东方情调的古董，一个头盔和一件锁子甲，一件木器，提醒众人穆斯林对埃及的征服；斑岩雕凿的古老神祇、蓝色陶器上的图案、蓝色的碗在唤起更加古老的文明。

帷幕拉开之际，房里空无一人，窗帘放了下来，把热气阻隔在室外，室内光线昏暗，充满神秘感。一个深色皮肤的原住民仆人进屋，身上的华丽制服选用了金红两色，和官邸风格相映成趣，他拉开了窗帘。透过窗户能看见园中的棕榈树、橘子树、柠檬树，以及宽叶热带植物；抬头可以看见湛蓝的天空。远方传来了低沉婉转、如泣如诉的阿拉伯歌谣。一名身穿浅蓝色华达呢制服的园丁挎着篮子从窗前走过。

仆人：愿真主赐予你平安。

园丁：愿真主赐予你平安、慈惠和吉庆。

[仆人走出屋子。园丁停留片刻，固定好掉落下来的攀援植物，继续往前走。起居室房门打开。阿普尔比夫人和安妮·埃瑟里奇进屋，维奥莉特紧随其后。安妮四十左右，漂亮依旧，和蔼可亲；她洞悉人情世故，处事圆滑，懂得节制。她身穿轻

457

薄的夏季款裙子。阿普尔比夫人上了年纪，她相貌平庸，穿着低调奢华。身为北部制造商的妻子，她把钱全都浪费在了俗气的衣物上。维奥莉特年方二十，明艳动人。身着平纹细布长裙的她清丽脱俗，英国范儿十足；她的外表洋溢着某种类似春天以及童贞的气质，而她的穿衣打扮则浪漫多过时尚。她更应出现在庚斯博罗①的肖像画中，而非巴黎时装海报上。午宴刚结束，女士们进屋之后，仍让门开着，方便男士们进屋。

阿普尔比夫人：屋里真凉快啊！是我们吃饭前离开的那间屋吗？

安妮：不是的。这间屋的窗子一早上都没打开过，窗帘也拉上了，所以我们进屋时才会觉得这么凉快、舒服。

阿普尔比夫人：我估摸着，等我们在这里住上段日子就不会嫌天气太热了。

安妮：哦，可你在上埃及并不会觉得热啊。

维奥莉特：[刚进屋] 阿普尔比夫人在抱怨天热？我倒挺喜欢的。

安妮：亲爱的维奥莉特，你到五六月再瞧瞧。你是不知道那种榨干人的热。

维奥莉特：好期待。我觉得我某个前世一定是只蜥蜴。

阿普尔比夫人：我敢说你第一年不会有什么感觉。我有个兄弟在加拿大定居了，他说起那些第一年离开英格兰的人并不会感到他们此后会认识到的冷。

安妮：我在那里过了好多年的冬，我常认为一定要在 3 月 15 日之前离开加拿大。

阿普尔比夫人：哦，那你会在这里待很久吗？

安妮：天啊，不会。你这话说的，让利特尔夫人的心往下一沉。

---

① 庚斯博罗（Thomas Gainsborough, 1727—1788），英国肖像画及风景画家，曾为英国王室绘制过许多作品。

维奥莉特：胡说，安妮，你知道的，我们希望你想住多久就住多久。

安妮：我先前在开罗有套房，但后来放弃了，利特尔夫人让我住到领馆官邸，直到我安顿好一切。

阿普尔比夫人：哦，那你在亚瑟爵士结婚前就认识他了？

安妮：哦，是的，他是我的老朋友。我总会想，利特尔夫人是怎样一个可人儿，能容忍我的存在。

维奥莉特：那你一定机智过人，亲爱的。

阿普尔比夫人：我相信，两者兼而有之。

安妮：亚瑟去年7月来看我，告诉我他要娶的是全世界最好的姑娘，我当时就想着要和他拜拜啦。男人以为可以维持单身时的友谊，但从没做到过。

阿普尔比夫人：这事通常要看妻子。

维奥莉特：好吧，我认为这都是胡说八道，特别是像亚瑟这样的男人，他单身了这么长的时间，那段人生我自然无法踏足。还有，我喜欢安妮。

安妮：你这么说太好了。

维奥莉特：我人生地不熟来到这儿。毕竟，我年纪也不是很大，对吗？

阿普尔比夫人：十九？

维奥莉特：哦，不，要再大点儿。快二十了。

阿普尔比夫人：[微笑] 好家伙！

维奥莉特：突然发现自己处在亚瑟妻子的位子上，着实令我诚惶诚恐。我手足无措；觉得所有人的目光都聚集到了我的身上。在这样一个半东方半欧洲的国家，你不知道犯错是多么容易。

安妮：更不必说还要应付半打的吹毛求疵的日不落帝国代表。

维奥莉特：还有，你知道的，我总感觉自己微小的差池会给亚瑟及其工作带来万劫不复的灾难。我刚离开学校，却发现自己差不多成了政治家。要是没有安妮，我会把事情搞得一团糟。

安妮：哦，我可不这么认为。你有两张王牌能让大家宽恕你涉世未深，你的优雅和你的美貌。

维奥莉特：你这些话真暖心，安妮。

阿普尔比夫人：你的婚姻太浪漫了，我都不能想象有人会不愿善待你。

维奥莉特：当驻外人员的妻子认为她没有在晚宴上得到应有的位子，她的心中就没给浪漫留出多少位子了。

阿普尔比夫人：我还记得我当时在想，这场婚姻是不是让你兴奋得蒙掉了。

维奥莉特：我也激动的，你知道啊。

阿普尔比夫人：每个人都以为亚瑟爵士会是坚定的单身主义者。都觉得他除了工作什么都不爱。他前程似锦，不是吗？

维奥莉特：首相告诉我亚瑟是他见过的最能干的人。

安妮：我一直认为，对于任何一届政府来说他都是一粒定心丸。无论何时有人闯了祸，派他去就能摆平。

维奥莉特：当然，他一贯如此。

阿普尔比夫人：阿普尔比先生今早还在说呢，亚瑟会是这世界上最后一个闪婚的人。

维奥莉特：但愿等他闲下来不会反悔。

安妮：[微笑] 阿普尔比夫人迫切地想要知道一切，维奥莉特。

阿普尔比夫人：我是个老妇人，利特尔夫人。

维奥莉特：[欢快地] 好吧，我是在一个周末晚会上遇见亚瑟的。他当时休假返乡，头头脑脑的大人物都想见他。这阵仗把我给吓坏了。公爵夫人显摆着她们的爵位象征，看我的时候是用鼻子看的。内阁大臣的妻子龇牙咧嘴，也是拿鼻子看我。

安妮：你说的都是什么胡话，维奥莉特！

维奥莉特：我以为我会害怕亚瑟。毕竟，他是个大人物嘛。但你知
　　道了，我一点也没怕。他更像慈父，我在他的脸颊上亲了一下。

安妮：我可以想象他的惊讶。有二十年没人这么干过了。

维奥莉特：当你熟悉了亚瑟的为人，你会发现他会直截了当地说出
　　自己的需求。他告诉晚宴的女主人，希望晚餐时我坐他边上。
　　女主人并不情愿，但她没法拒绝。不知道为什么，大家都不会
　　对亚瑟说不。内阁大臣的妻子看着就像骆驼，到了周日晚上，
　　亲爱的，那些公爵夫人的爵位象征都要碎一地了。

安妮：可怜的女主人，我同情她。给自己的晚宴请来了这么一个大
　　人物，替他挡了一堆来骚扰的闲人，到最后让一个小姑娘得了
　　便宜，而女主人叫她来，只是为了凑数！

阿普尔比夫人：他对你是一见钟情？

维奥莉特：他现在是这么说的。

阿普尔比夫人：你当时知道吗？

维奥莉特：我觉得看着很像，但你知道的，只是不太可能而已。然
　　后，我收到了请柬，刚认识的一位夫人邀请我参加下周宴会，
　　并说亚瑟也会出席。我的心开始扑腾扑腾乱跳。我把信拿给姐
　　妹看，坐在她的床上和她反反复复讨论。"他是想向我求婚，"
　　我说，"还是不是？"我的姐妹说："我无法想象他看中了你什
　　么。"她接着问："如果他求婚了，你会接受吗？""哦，不。"我
　　说，"上帝啊，他为什么要比我大二十岁呢！"当然，这是我心
　　心念念的。就算他一百岁，我也不该介意，他是我认识的最棒
　　的人。

阿普尔比夫人：那个周末他向你求婚了吗，他在此之前只见过你
　　一次？

维奥莉特：我是下午去的，他已经在那儿了。我刚咽下一杯茶，他
　　就对我说："我们出门走走。"好吧，我本来还想再喝一杯的，

但我说不出口，就跟他出去了。不过，半个小时后，我俩在一座农舍别墅喝了第二杯，然后我们订婚了。

　　[阿普尔比先生和奥斯曼帕夏进屋。白手起家的阿普尔比先生曾当选议员；他年约六十，灰色胡子，身材敦实，说话带点口音，精明、朴实、和善。他穿了蓝色哔叽西服。奥斯曼帕夏是个皮肤黝黑、留着胡子的东方人，肥胖、年长但庄重；他穿了埃及总督的长外衣礼服，头戴塔布什帽子。

阿普尔比先生：亚瑟爵士过会儿就来。他在和秘书说话。

维奥莉特：真是的，他们这样是不对的，都不让他消停一下，他嘴里的食物还没来得及咽下去。

奥斯曼帕夏：亲爱的夫人，请允许我抽根烟。

维奥莉特：当然。坐到这儿来，帕夏。

阿普尔比先生：我想告诉阁下我对他的提议很有兴趣，他打算在开罗建一所技术学校，但我说不来法语。

维奥莉特：哦，阁下听得懂英语，而且我打心眼儿相信他的英语说得和我一样好，只是他不乐意说。

奥斯曼帕夏：夫人，我只听得懂你说的英语，但凡献殷勤的男士都能听懂美女所言所语。

安妮：[为阿普尔比夫妇做翻译] 他说他只听得懂利特尔夫人的英语，还有每个绅士都听得懂美女的话。

维奥莉特：没人像你这样恭维过我。你知道的，我在学阿拉伯语。

奥斯曼帕夏：这是美丽的语言，而你，夫人，智慧与美貌并存。

维奥莉特：有个科普特人天天来教我。安妮，我找你的兄弟来练习阿拉伯语。

安妮：[对着阿普尔比夫人] 我的兄弟是亚瑟爵士的秘书之一。我希望阿普尔比先生是把他留给了亚瑟爵士。

维奥莉特：如果是这样，那我要责备他了。他很清楚，既然是在亚瑟的官邸，他就无权叨扰他。但人人都说他是杰出的阿拉伯学者。

奥斯曼帕夏：你是在说帕里先生？我从没见过一个英国人阿拉伯语说得这样流利。

安妮：他说从没见过一个英国人说阿拉伯语说得像罗尼那样好。

维奥莉特：这语言太难了。我的脑瓜子有时都拧成了一团。

　　　　[两名塞舌尔人进屋，其中一位手托托盘，上面摆放有咖啡杯，另一位手中的托盘里面是装有土耳其咖啡的银壶。他们绕屋一周，为众人倒咖啡，然后静候一旁。亚瑟爵士进屋，他们给他倒完咖啡后就出门了。

安妮：你能坚持学下去太棒了。

维奥莉特：哦，你知道的，罗尼非常会鼓励人。他说我真的有进步。我多么希望能开口说。你无法想象我是多么热爱埃及。我爱它。

奥斯曼帕夏：比不上埃及对你的爱，夫人。

维奥莉特：我们抵达亚历山大时，我看见了那蓝蓝的天，看见了花枝招展、手舞足蹈的人群，我怦然心动了。我知道，我在这里会开心的。每过一天，我对埃及的爱就多一点点。我爱它的古迹，我爱它的沙漠，我爱开罗的街道，我爱尼罗河畔那些可爱的小村庄。我从不知道世界上还有这样的美景。我以为你只能在书里读到浪漫；我没想到会有一个国度，浪漫就在棕榈树下的井边，浪漫就在身边。

奥斯曼帕夏：你真迷人，夫人。这是个美丽的国家。只需要一样东西就能在这里生活下去。

安妮：[翻译]这是个美丽的国家。只需要一样东西就能在这里生活下去。那是什么，阁下？

奥斯曼帕夏：自由。

阿普尔比先生：自由？

[维奥莉特开始讲述埃及时，亚瑟就进来了，他聆听着妻子表达热爱，脸上露出纵容的笑容。他在帕夏示意下向他走去。亚瑟·利特尔，四十五岁，才思敏捷，做派年轻，非常聪明，温文尔雅，充满自信，圆滑老练，足智多谋，是个经验丰富的外交官。任何事情都逃不过他的眼睛，但他通常不会表现出他的在意。

亚瑟：埃及有其自由行善，阁下。它需要自由作恶吗，直到它没了这样的意愿？

维奥莉特：[对着阿普尔比夫人] 我想你不介意土耳其咖啡吧？

阿普尔比夫人：哦，不，我喜欢。

维奥莉特：我很高兴。我觉得土耳其咖啡味道好极了。

亚瑟：你看见了吧，帕夏，我的妻子疯狂爱上了这个国家。

奥斯曼帕夏：我很高兴。

亚瑟：我让罗尼进来喝杯咖啡。[对着安妮] 我猜你会说，你怎么这么使唤他。

安妮：今天很忙？

亚瑟：天天很忙。不是吗，阁下？

奥斯曼帕夏：确实，请容许我先行告退。我的手下在找我了。

[他起身和维奥莉特握手。

维奥莉特：你能来太好了。

奥斯曼帕夏：老天，夫人，是我要感谢你让我有幸能赞美你的优雅和美貌。

[他向其余人等弯腰致意。亚瑟将他送到门口，帕夏走出去。

安妮：你不动声色就说了这么一堆场面话，维奥莉特。

亚瑟：[回身] 你知道的，帕夏是个很好的老人。他受过良好的教育，举止优雅，很难想到他会不会在明天把我们全部杀光。

464

阿普尔比先生：你提议任命他为教育部长时，我记得英格兰本土掀起了一阵局促不安。

亚瑟：英国那边并不了解这里的情况。奥斯曼是一个老派的穆斯林。他对英国人怀有些许敌意。这么多年过去了，他开始接受木已成舟的事实，但他不会就此放弃的。他不会忘记自己的目标。

阿普尔比先生：什么目标？

亚瑟：哦，愿上帝保佑你，把英国人赶进海里啊。不过，他是个聪明的老无赖，而且明白当务之急是教化埃及人。好吧，我们也想教化他们。我脑袋里装满了各种改革方案，但我从来没法让保守的穆斯林接受，除非有这样一个倡议者，他的爱国情怀让众人信服，他的正统性能打消众人的疑虑。

安妮：和有过嫌隙的人一起工作，你不尴尬吗？

亚瑟：我和他没有嫌隙。我还相当欣赏他，我压根不恨他，因为他打心底讨厌我，就这么简单。

阿普尔比先生：我不明白他为什么这样。

亚瑟：我年轻的时候在埃及待过三年。那时的我就是个小鱼小虾，但我和奥斯曼起了冲突，他试图下药毒死我。我病了两个月，病得很严重，他从没原谅过我，因为我康复了。

阿普尔比先生：简直是个恶棍！

亚瑟：在一个非国教徒的社会中，他有点出格。在伊斯梅尔统治的美好旧年代，他还把一个妻子殴打致死，再扔进了尼罗河。

阿普尔比先生：任命这样一个人做高官，这种做法对吗？

亚瑟：他们只是俗随时迁。

阿普尔比夫人：但他试图杀了你。你难道不讨厌他吗？

亚瑟：我认为他的举动并不友好，你明白的，可毕竟政治家无法顾及私情。政治家的职责是为合适的人找到合适的职位，然后任命他。

安妮：他为什么来这里？

亚瑟：他对维奥莉特又敬又爱。她拿他打趣，如果你乐意这么说，而这位老人喜欢她。维奥莉特成功缓和了他对英国殖民者的敌对情绪，我认为，她所做的一切胜过我们整个外交部的努力。

阿普尔比夫人：在这样的国度有权有势一定很棒。

维奥莉特：有权有势？哦，我没有。但想到自己有点用处，我就非常骄傲。但愿我能有机会做更多的事儿。因为我来到这里，我深深爱上了这片土地。

　　　　[罗尼·帕里进屋。他是个年轻人，非常英俊，青涩、可爱，举手投足流露出特别的魅力。

亚瑟：啊，罗尼来了。

罗尼：我是不是来得太晚了，已经没有咖啡了？

维奥莉特：不，咖啡立马就送来。

罗尼：[和维奥莉特握手] 早安。

维奥莉特：这是帕里先生，这是阿普尔比夫妇。

罗尼：你好？

亚瑟：罗尼，你现在不用摆出外交人员的架势。阿普尔比夫妇都非常和善。

阿普尔比夫人：我很高兴你这么想，亚瑟爵士。

亚瑟：好吧，你留下名片时旁边还有张英国外交部的餐券，看得我心往下一沉。

阿普尔比先生：这个嘛，亲爱的，我告诉过你他不会费精力招呼我们的。

亚瑟：你瞧，我本以为会接待一对傲慢自大的夫妇，他们通晓一切，会一五一十告诉我该如何治理埃及。一位议员无法提振一个忧心忡忡的官员的信心。

维奥莉特：我不懂了，亚瑟，你觉得这算是待客之道？

亚瑟：哦，如果不是因为阿普尔比夫妇和我的想象大相径庭，我是不会说这些话的。

阿普尔比夫人：我永远不会忘记那些日子，阿普尔比先生亲自给灶头生火，我每周一早上做完一周的清洗工作。我想我俩都没怎么改变，我们两人。

亚瑟：我明白，而且我非常感谢外交部给我送来你的信。

阿普尔比夫人：你真好，邀请我们来并接待了我们。能见到利特尔夫人，我的心乐开了花。如果你们不介意我这么说的话，她就像春天的早晨，看着她就觉得春风拂面。

维奥莉特：哦，别这样！

亚瑟：凡是善待她的人，我也会善待他们。你们一定要好好享受上埃及的旅行，等你们回到开罗时，请务必告知我们。

阿普尔比：我期待能从旅程中获益良多。

亚瑟：你会了解到很多让你大吃一惊的信息。你会发现，这个世界上有些人种生而统治，有些人种生而被统治；民主不是灵丹妙药，能医治人类的所有顽疾，它只是一种政府系统，可以是这种也可以是那种，它并没有经过充分验证来确保是否可取；所谓自由，通常而言就是强权欺压弱权，是聪明的政治家许诺人民的假象而非实质——简而言之，纷至沓来的信息会让一名激进的议员张皇失措。

安妮：话又说回来，你们可以欣赏美丽的尼罗河以及寺庙。

亚瑟：它们或许会提醒你们，古老的世界曾经年轻过，归根结底，这个地球永恒不变的一面似乎就是——常变的理想。

阿普尔比：法妮，看样子我们吃了好大一块蛋糕，我们要好好回味一番。

阿普尔比夫人：哦，好吧，尽量。我从没算对过计算题，我一直在想或许有人能幸免于难吧。再见，利特尔夫人，谢谢你招待

467

我们。

维奥莉特：再见。

[众人互道再见，阿普尔比夫妇走到门口。罗尼为他们开门。他们走出去。

罗尼：我忘了告诉你，爵士，普里查德夫人刚打电话过来，询问是否能来见你，生意上的事儿。

亚瑟：[冷笑] 就说我今天很忙，十分抱歉今天不能见她了。

罗尼：[眨巴眼睛] 她说她马上到。

亚瑟：如果她下定决心不惜一切代价都要来见我，她就没必要自寻烦恼打电话来确认是否合适。

安妮：你姐姐这人意志坚决，亚瑟。

亚瑟：我知道，我在这个国家的事务上有些话语权，但我管不了克里斯蒂娜。我在想她要什么。

维奥莉特：我们尽力想些好的吧。

亚瑟：我注意到，凡是急吼吼来找我的，从没好事。克里斯蒂娜十万火急地来见我，我就性命不保了。

维奥莉特：你要好好对她，亚瑟。你对她不好，她就来折腾我。

亚瑟：可怕，不是吗？

维奥莉特：无论如何，她为你照料了十年的房子。令人叹服，提个醒。

亚瑟：令人叹服。她要确保房里的一切井井有条，井然有序，她是这方面的天才。每件事情都按部就班。她从不浪费一分钱。她为我节约了数百镑。她让我过的日子跟狗一样。我可以就此做出论断，最讨厌的人就是一名好管家。

维奥莉特：你娶了我是多么幸运！但你不能指望她和你的想法一样。她没了这份美差，对于她来说，这太难了，当你不愿照做她吩咐的事儿，她自然而然会以为是我在施加影响。

468

安妮：处在你的位置上，想必很难办吧。

维奥莉特：我做了一切让她喜欢上我的事儿。我确实觉得自己像是篡位者，你明白的。我试图让她明白，我一点也不想端起女主人的架子。

亚瑟：幸好她心平静气地接受了。我要坦白，她告诉我想留在埃及，陪在儿子身边时，我有点点紧张。

安妮：不喜欢维奥莉特的人应该是个讨厌的家伙，我认为。

亚瑟：讨厌。我会毫不犹豫地把她驱逐出境。

罗尼：我想我该回去工作了。

安妮：哦，罗尼，你需要我来替你打包行李吗？

维奥莉特：[对着罗尼] 你要去哪里？

罗尼：我要离开开罗了。

安妮：你不知道？罗尼被派驻到巴黎了。

维奥莉特：他要永远离开埃及了？

     [这个消息让她吃了一惊。她紧紧抓住扶手椅的扶手；亚瑟和安妮注意到了这个下意识的小动作。

罗尼：我猜是这样。

维奥莉特：可是，为什么不告诉我？你们为什么要保守这个秘密？

亚瑟：亲爱的，没人要保守秘密。我——我以为安妮会告诉你。

维奥莉特：哦，没关系，不过罗尼一直为我打点所有事情。如果提前告诉我这个变动，会更妥帖点。

亚瑟：非常抱歉。这事今早刚定下。我收到了外交部的电报。我想这消息会让安妮感兴趣的，所以我派罗尼去告诉她。

维奥莉特：我讨厌被当作孩子对待。

     [片刻的尴尬。

安妮：是我犯傻了。我应该告诉你的。我太高兴，太兴奋，然后忘了这茬儿。

维奥莉特：我有点不懂你为什么这么兴奋。

安妮：能和罗尼亲近点，真是太好了。你看，我出手了在埃及的公寓，我没法经常回埃及，也不能一直见到罗尼。我可以时不时跑去巴黎。此外，这算是个跳板吧，不是吗？我希望在我死前能看见他成为大使。

维奥莉特：他的阿拉伯语说得和本地人一样，我看不出他去巴黎有什么好。

亚瑟：哦，好吧，这都是外交部的决定。部里最好的波斯语学者还在华盛顿待了六年。

罗尼：对于我而言这是个天大的惊喜。我以为要在埃及待一辈子了。

维奥莉特：[情绪恢复过来] 我希望你在巴黎过得开心。什么时候走？

罗尼：后天有艘船。亚瑟爵士认为我可以搭这艘。

维奥莉特：[努力控制好自己的情绪] 这么快！[恢复，显得开心雀跃] 我们会十分想念你的，我都无法想象没有你我要怎么办。[对着安妮] 你是不知道自从我来到这里，他给了我多大帮助。

罗尼：你这么说真好。

维奥莉特：他在工作岗位上是千金难换。你看，他知道每个人在晚宴上的位置。最初，就是他传授我关于各色人等的细节，我才不会说错话。

亚瑟：你说话这么动听，没人会讨厌。

维奥莉特：我好担心接替罗尼的人会拒绝为我写请柬。

亚瑟：确切来说，这不是秘书的职责。

维奥莉特：不是的，但我讨厌自己干这事。罗尼还能模仿我的笔迹。

亚瑟：我敢肯定，他的字没法这么丑。

维奥莉特：哦，是的，他能做到。不是吗？

罗尼：我尽量写得像你的笔迹，这样大家就不会注意到差别。

维奥莉特：你看，现在还有三十二封要写。

安妮：你为什么不发名片？

维奥莉特：哦，我觉得写请柬看着更得体。怎么说呢，我还没有资格老到可以用一张第三人称的名片请人来和我吃饭。

罗尼：只要亚瑟爵士同意我离开，我立刻去写。

亚瑟：你最好在维奥莉特出门前写完。

维奥莉特：我马上就要走了。埃及总督的母亲让我下午三点半去见她。我现在就去把名单拿来，行吗？我看我不用候着克里斯蒂娜。如果她见你是为了生意上的事，我敢说她不希望我在场。

亚瑟：很好。

维奥莉特：[对着罗尼] 等你方便的时候，能过来下吗？

罗尼：当然。

      [维奥莉特出门。

亚瑟：报告写完了？

罗尼：还没，爵士。十分钟内可以搞定。

亚瑟：写完放我桌上。

罗尼：好的，先生。

      [罗尼退出。屋里只剩下亚瑟和安妮。他若有所思地看着她。

亚瑟：就算是再微不足道的事，维奥莉特也会一惊一乍。

安妮：很正常，不是吗？朝气蓬勃的姑娘。

亚瑟：她喜欢我把所有安排都一五一十告诉她。比其他人提前知道一些事，这会让她觉得自己更重要一些。

安妮：哦，当然。相当理解。换作是我，我也会这样。

亚瑟：我本应该记得把罗尼要走的消息告诉她。她有点生气了，她以为我背着她搞鬼。

安妮：是的，我明白。她自然需要一点时间来接受这个突如其来的变动，一个经常接触的人就要离开了。

亚瑟：［眨巴眼睛］我在想我是否应该责怪你让我损失了一位这么出色的秘书。

安妮：我?

亚瑟：外交部为什么突然做出这样一个决定，把你的弟弟调去巴黎。是你在暗中牵线?

安妮：［微笑］你这种疑神疑鬼的性格!

亚瑟：安妮，招了吧。

安妮：我认为罗尼在这里有了很大进步。不会有更大的空间了。如果你想听真话，我会使出浑身解数把他调走。

亚瑟：你一个字都没说，你可真能骗!

安妮：我不希望他为了这事焦虑不安。我知道他很想去巴黎。尘埃落定之前绝不走漏风声，我认为这么做比较好。

亚瑟：你觉得他很想去巴黎?

安妮：［回避他］年轻人都想去。

亚瑟：我在想，假如我另作安排，他是否会大失所望。

安妮：你这话什么意思，亚瑟? 你不能阻止他离开，我想尽办法才让他调走的。

亚瑟：［突然］你为什么这么急切地要他走?

　　　　［她惊愕地看了他一会儿。］

安妮：老天，别这么声色俱厉地对我说话。我刚才对着维奥莉特说过了。我希望他有更好的前程。我认为，在巴黎这样的地方，他会有更多机会得到赏识。

亚瑟：［微微一笑］啊，是的，你说你来埃及的次数比过去少了。把罗尼留在这里是值得的，可以把你拉回埃及。

安妮：埃及于我而言今非昔比。

亚瑟：我希望我的婚姻没有影响到我俩的友谊，安妮。你知道我是多么看重它。

安妮：你过去常常来看望我。你知道我为人谨慎，总是和我说你的烦心事。我既高兴又受用。当然，我意识到一旦你有了家室，我们之间愉快的交谈就到此为止了。今年冬天来这里我只是为了收拾衣物，处理财产。

亚瑟：你让我隐隐约约地觉得对你心存愧疚。

安妮：你当然不是那种人。但我不希望维奥莉特会觉得我在试图——把你占为己有。她对我和蔼可亲。我越是了解她，就越能发现她的可爱。

亚瑟：你能这么说真是个好人。

安妮：你知道我一直非常欣赏你。我很高兴看见你娶了一个配得上你的女孩。

亚瑟：我猜，一个男人到了我这岁数娶了一个十九岁的女孩会是危险的尝试。

安妮：想必是这样。但你总是受到上帝的眷顾。你的婚姻很美满。

亚瑟：做丈夫的需要具备无限的智慧、耐心和容忍。

安妮：你占了个大便宜，维奥莉特真的很爱你。

亚瑟：我看，只有蠢货会坦白一个漂亮姑娘爱上了他。

安妮：你让她非常快乐。

亚瑟：为了让她快乐，我什么都可以做。比起娶她的那会儿，现在的我更爱她了，爱得无可救药。

安妮：我很开心。我只希望你幸福。

亚瑟：克里斯蒂娜来了。

　　[亚瑟说话的当口，房门打开，一名英国管家在为普里查德夫人带路。她又高又瘦，身姿笔挺，头发变灰了，颇有姿色，举手投足流露出果决的个性；尽管她擅长指使人，为达目的誓不罢休，但她是个正直、坦率、诚实的人，还带点幽默感。穿

着得体，符合她的身份和地位。

管家：普里查德夫人。

      [管家退出。

亚瑟：就知道是你，克里斯蒂娜。我感到一股责任感降临到了这幢房子。

克里斯蒂娜：[吻他] 维奥莉特怎么样？

亚瑟：可爱。

克里斯蒂娜：我是关心她的健康。

亚瑟：身强体健。

克里斯蒂娜：她这个岁数总是很好，我看。[亲吻安妮] 你好吗？还有你，我可怜的亚瑟？

亚瑟：你问我的口气就好像我是一个颤颤巍巍的老先生，因为风湿走路都跟跟跄跄的。我好得很，非常感谢，而且我这些年一直生龙活虎。[克里斯蒂娜看见花瓶里一朵花掉在了桌上，她拾起它，把它放回原位] 你在干什么？

克里斯蒂娜：我不喜欢杂乱。

亚瑟：我喜欢。

      [他又把花取出来，放在桌上。

克里斯蒂娜：我本来以为会在你的办公室见到你。

亚瑟：你是认为我忽略了工作？我想着在起居室接待你更合适。

克里斯蒂娜：我来见你是要和你说生意上的事。

亚瑟：你这话我理解得没错的话，你是要让我发家致富。

安妮：我先行告退，可以吗？

克里斯蒂娜：哦，不，求你，千万别。根本没理由你不能听。

亚瑟：那你不是为了让我发财喽。你要我替你干点事儿。

克里斯蒂娜：你在想什么呢？

亚瑟：你希望有第三个人在场，可以见证我拒绝你时的粗暴、自私。

474

我了解你，克里斯蒂娜。

克里斯蒂娜：[微笑] 像你这么英明的人是不会拒绝合情合理的请求的。

亚瑟：我们来听听。[她坐在沙发上。靠垫被先前坐在那儿的人弄乱了，她挨个抖动靠垫，拍打它们，再复归原位] 我希望你别动我家的物件，克里斯蒂娜。

克里斯蒂娜：我不明白看着东西乱糟糟的，有什么好开心的。

亚瑟：你终于说到点子上了。

克里斯蒂娜：我听说埃及总督和他的秘书闹翻了。

亚瑟：你太神奇了，克里斯蒂娜。你掌握着整个八卦网络。

克里斯蒂娜：是真的，对不对？

亚瑟：真的。但我也是午宴前才听说。这消息怎么传到你耳朵边的？

克里斯蒂娜：这不要紧，不是吗？我有办法搞到我感兴趣的消息。

亚瑟：恐怕我为人愚钝，我看不出来这事对你有什么特别之处。

克里斯蒂娜：[微笑] 亲爱的亚瑟，埃及总督让你推荐一位英国秘书吧。

安妮：他真的这么说了？他变了。他以前从来不用英国人做秘书。

亚瑟：从没有过。

安妮：千载难逢的机会。

亚瑟：如果我们找对了人，那这人会是极大的助力。假如这人圆滑、机智、谦恭，他迟早会对埃及总督产生举足轻重的影响力。如果我们真的能让埃及总督老老实实、一心一意地配合我们工作，而不是暗中对我们使绊子，我们就能在这个国度创造奇迹。

安妮：谁能得到这份工作，谁就是交了天大的好运！

亚瑟：我看是。假如他具备恰当的品格，他就能做成任何事。说到底了，能用出色的服务回馈我们这个古老的国家的确是交了好运。

克里斯蒂娜：关于他想找的人，埃及总督有没有给出具体条件？

亚瑟：他自然是想要一名年轻男子，运动健将。能说阿拉伯语很重要。不过，能让埃及总督满意的条件于我而言没有意义。错误的人会对英国利益造成万劫不复的损害。

克里斯蒂娜：你觉得亨利适合吗？

亚瑟：我没想过，克里斯蒂娜。

克里斯蒂娜：他年轻，他擅长运动。他能说阿拉伯语。

亚瑟：的确，我相信。我认为他非常适合现在的岗位。想到他不得不带着工作回家给他造成的困扰，多可怜。

克里斯蒂娜：你不能把教育部这份收入微薄的工作和埃及总督的私人秘书岗位相提并论。

亚瑟：最好的工作是最适合的工作。

克里斯蒂娜：你挑不出亨利的毛病。他是个很好的员工，诚实、勤勉、不辞辛苦。

亚瑟：你不会夸奖一双靴子，就因为你穿着它出门不膈脚；如果靴子穿得不舒服，你早就把它给扔了。

克里斯蒂娜：这话什么意思？

亚瑟：你提到的品质真的不足以得到特别奖赏。如果亨利连这些都做不到，那我会毫不犹豫炒了他。

克里斯蒂娜：我满以为你会欢迎这个机会。亨利这辈子最大的不幸就是碰巧成了你的侄子。

亚瑟：另一方面，作为补偿，他实乃万幸是你的儿子。

克里斯蒂娜：他有很多机会，是你碍着他了。

亚瑟：[心平气和] 你知道这不是真的，克里斯蒂娜。你逼我干过很多糟心事，我都拒绝了。他拥有和其他人同等的机会。你是令人钦佩的母亲。要是我对你言听计从，他都要当上总司令和首

476

相了。

克里斯蒂娜：我让你为亨利做的事从没有不合情理的。

亚瑟：关于合情合理这点，显然我俩观点不同。

克里斯蒂娜：我来问问你，安妮：让亨利去当埃及总督的私人秘书，有哪里不对？

亚瑟：我就知道她让你在场是有所图，安妮，来见证我的冥顽不灵。

克里斯蒂娜：别犯傻，亚瑟。我是想从安妮那里得到公正的看法。

亚瑟：事关安妮一无所知的事物，她不可能给出有价值的看法。

安妮：[轻声笑] 这明白无误是在暗示我最好闭上嘴。我从善如流，克里斯蒂娜。

克里斯蒂娜：你这是不讲道理，亚瑟。你都不愿意听听我的理由。

亚瑟：你唯一能给出的理由就是：这是份好工作，亨利是你侄子，给他。亲爱的，你难道看不出来埃及总督绝不会接受我的近亲做他的秘书？

克里斯蒂娜：我完全不同意。他让你推荐英国秘书，就说明他希望拉近你和他之间的关系。说到底了，你是可以给这个男孩一个机会的。

亚瑟：时机不对，这种机会给不起。要么成功要么失败。如果我选中的人没做好，埃及总督再也不会找我做同样的事。我不能冒风险。

克里斯蒂娜：你能告诉我亨利有哪些欠缺，因此无法胜任这个岗位？

亚瑟：当然。他的确能说阿拉伯语，但他不理解当地人的思维。语法课不会教你这些，亲爱的，只有同理心可以。他的思维是公务员式的。我常常想你早年肯定是吞了一根推弹杆下去，所以可怜的亨利一根直肠子通到底。

克里斯蒂娜：一点也不好笑，亚瑟。

亚瑟：我坚信假以时日他会成为一名能干的公务员，但他当不了别的。他缺乏想象力，而这正是一名政治家或者一名小说家所必需的。最后，他毫无魅力。

克里斯蒂娜：你怎么可以这么说他？你是他舅舅。你还不如说我没有魅力。

亚瑟：你没有。你是位令人钦佩的女士，具备所有女性应有的美德，但没有魅力。

克里斯蒂娜：[冷笑] 指望你夸我，我真是个傻子，不是吗？

亚瑟：你在任何情况下都不会吸取经验教训的。

克里斯蒂娜：还有，我不同意你的话。我认为亨利是有魅力的。

亚瑟：我们为什么叫他亨利？为什么亨利这个名字和他相得益彰？如果他有魅力，我们会自然而然叫他哈里。

克里斯蒂娜：说真的，亚瑟，你让我大吃一惊，像你这样身居高位的人会因为这种不足挂齿的细节而受到干扰。这不公平，一个男孩拥有一打的实实在在的品质，而你拒绝引荐他，只是因为他在你眼里缺乏那个微不足道、虚无缥缈的优势，比如魅力。

亚瑟：虚无缥缈，或许吧，但绝不是微不足道。相信我，魅力这个优点价值连城。魅力可以补偿没脑或缺德，这话听着很不道德，是不是？哎，可碰巧这是真的。头脑带给你权利，不过魅力可以让你保住它。毫无魅力的你无法领导人民。

克里斯蒂娜：那在你的想象中你可以找到一个英国籍的年轻男子，运动健将，通晓阿拉伯语，同时具备圆滑的手腕、想象力、同理心、智慧、礼貌以及魅力？

安妮：如果你找得到，亚瑟，我恐怕他不会在这儿逗留很长时间，因为我要警告你，我会一心一意想要嫁给他的。

亚瑟：这事没这么棘手。我打算提议罗尼。

克里斯蒂娜：[震惊] 罗纳德·帕里！这是我以为你最后会提名

478

的人。

亚瑟：[针锋相对] 为什么？

安妮：[惊愕] 你不会真的这么干，亚瑟？

亚瑟：为什么不？

克里斯蒂娜：[对着安妮] 你不知道？

安妮：我压根想不到。

克里斯蒂娜：我以为你做了安排，准备把他送走。

亚瑟：我没有做安排。我收到了外交部的电报，说是他被派遣至
　　巴黎。

安妮：[短暂的停顿] 难道你不认为该维持现状？

亚瑟：不，我不认为。我要打电报给伦敦，解释清楚这里的情况，
　　并且提议我认为他非常适合刚才提到的职位。

安妮：[语气试图轻描淡写] 我感到愤愤不平，毕竟我费了好大的劲
　　把他调去巴黎。

克里斯蒂：哦，他该对你感激不尽，不是吗？你之前认为他离开这
　　里是上策？

亚瑟：[从容不迫] 我不是很明白你的意思，克里斯蒂娜。

克里斯蒂娜：[大胆地面对亚瑟的挑衅] 我想象不出还有比罗纳
　　德·帕里更不合适的人选。

亚瑟：这事由我来判断，不是吗？

安妮：或许外交部会说没理由改变决定。

亚瑟：我不这么认为。

安妮：你告诉罗尼了？

亚瑟：没有，在不确定埃及总督是否乐意接受他之前，我认为没
　　必要。

克里斯蒂娜：我是出乎意料了，亚瑟。当亨利告诉我罗纳德·帕里
　　将要离开时，我不禁想到这样的结果皆大欢喜。

亚瑟：为什么？

　　　　[她看着他，想要开口说话，又犹豫不决。她不敢，于是决
　　　　定保持沉默。安妮上来解围。

安妮：克里斯蒂娜知道我将来不太会来埃及了，我和罗尼又感情甚
　　　笃。我俩自然想离对方近点。

克里斯蒂娜：[冷笑] 我真的觉得很好笑，你拒绝把一份好工作给亨
　　　利，因为你决定把它给罗纳德·帕里。

　　　　[亚瑟故意走到她身边，面对她。

亚瑟：如果你对他不满，请说。

　　　　[两人默默直视对方一会儿。

克里斯蒂娜：既然你没有对他不满，我没理由要说。

亚瑟：我明白了。今天下午我有很多事要做。如果你没有其他的话
　　　要对我说，我要回去工作了。

克里斯蒂娜：很好，我走。

亚瑟：你不留会见见维奥莉特？

克里斯蒂娜：我认为没必要，谢谢。

　　　　[她往外走。他为她开门。

安妮：你刚才为什么不告诉我你打算把罗尼留在开罗？

亚瑟：我认为事情没定之前没这个必要。我敢说，善解人意的你会
　　　守口如瓶的吧。

安妮：你打定主意了？

亚瑟：打定了。

　　　　[他们长时间地对视。

安妮：我想，我要上楼回我的房间。我还保留了饭后睡个午觉的
　　　习惯。

亚瑟：我希望维奥莉特也能这么做。

安妮：她还太年轻，她会觉得没必要。

亚瑟：是的，太年轻了。

　　　　[安妮走出去。有那么一会儿，亚瑟感到灰心丧气。他发现
　　自己老了，累了。但当他听到脚步声，他又打起精神。他又成
　　了那个自信、愉快、殷勤周到、幽默风趣的人，而维奥莉特恰
　　在此刻走进了房间。

维奥莉特：我看见克里斯蒂娜开车走了。她想要什么？

亚瑟：地球。

维奥莉特：但愿你能给她。

亚瑟：不，我刚刚想把月亮给你，亲爱的，而且我认为假如把地球
　　给了她，那整个宇宙会引起不小的骚动。

维奥莉特：我想我最好在换衣服之前搞定请柬。

亚瑟：你打算换身衣服去和埃及总督的母亲喝下午茶？你穿这身真
　　迷人。

维奥莉特：我觉得这身有点太年轻了。早上穿还行。

亚瑟：到了下午，你当然老了点，千真万确。

维奥莉特：现在，你能割爱把罗尼借给我吗？

亚瑟：[停顿片刻] 可以，我立刻让他去找你。

维奥莉特：[看着他往外走] 我准时回来和你喝下午茶。

亚瑟：那就太好了。先说再见。

　　　　[他走出去。她在沉思。罗尼进来时，她稍稍一怔。

维奥莉特：但愿我没有中断你手头非常重要的工作。

罗尼：只是在打一份非常无聊的报告。刚打完。

维奥莉特：就算不合适，你也不能和我计较，你知道的。

罗尼：我没有多少机会了，不是吗？

维奥莉特：没有……看，这是名单。

　　　　[她递给他一张纸，上面潦草地写了一些名字，他读了
　　起来。

罗尼：看样子是个乏善可陈的宴会，不是吗？我看见你把我的名字划掉了。

维奥莉特：你都不在这里工作了，叫你来不太好吧。你提议谁来顶替你的位置？

罗尼：不知道。我讨厌有人来顶替我。我能现在就开始吗？

维奥莉特：如果你不介意。我必须出门了，你知道的。

[他坐在写字桌边。

罗尼：我要从最不讨厌的那位开始。

维奥莉特：[咯咯笑] 你不记得了吗，亚瑟告诉我必须邀请冯·施德兰夫妇时，我们俩是多么讨厌给他们写便函？

罗尼：[写信] 亲爱的辛克莱夫人。

维奥莉特：哦，她让我叫她伊芙琳。

罗尼：该死！要重写了。

维奥莉特：让我直呼那些胖老太太名字，我总感到不自在。

罗尼：我用"您亲爱的朋友"结尾，可以吗？

维奥莉特：我猜，你很激动能离开吧？

罗尼：没有。

维奥莉特：对你来说是升职，不是吗？我……我该恭喜你的。

罗尼：你知道我不想走，不是吗？我恨。

维奥莉特：为什么？

罗尼：我在这里很开心。

维奥莉特：你知道你不能在这里待一辈子。

罗尼：为什么不能？

维奥莉特：[努力控制住自己] 名单上下一个宾客是谁？

罗尼：[看着清单] 你会想我吗？

维奥莉特：我猜，一开始会的。

罗尼：这么说话可不太好。

维奥莉特：是吗？我没有恶意，罗尼。

罗尼：哦，我太痛苦了！

      [她轻轻叫出了声，看着他。她把手按在自己的心口。

维奥莉特：我们继续写信。

      [他安静地写信。她没看他，两眼放空，流露出绝望的神色。她无法克制住呜咽。

罗尼：你在哭。

维奥莉特：不，我没有。我发誓没有。[他起身走向她。直视她的双眼] 一切发生得太过突然。我从没想过你会离开。

罗尼：哦，维奥莉特！

维奥莉特：别这么叫我。请你不要这样。

罗尼：你知道我爱着你吗？

维奥莉特：我怎么会知道？哦，我太难过了。我做了什么能配得上你的爱？

罗尼：我情不自禁地爱上了你。现在告诉你也没关系了。事已至此。我不希望在我离开时，你还不知道我的爱。我爱你。我爱你。我爱你。

维奥莉特：哦，罗尼！

罗尼：过去几个月太美妙了。我认识的人没一个及得上你。你说的每一句话让我欢笑。我爱你走路的方式，爱你的大笑，爱你的嗓音。

维奥莉特：哦，别！

罗尼：只要看到你，和你说话，知道你在哪里，来到你身边，我就心满意足。你给了我无穷欢乐。

维奥莉特：我吗？哦，我很高兴。

罗尼：我情难自已。我试过不去想你。你会生我的气吗？

维奥莉特：不会。哦，罗尼，有段日子我过得很糟糕。我浑然不

知发生在我身上的事，我不知道发生了什么。我以为我只是喜
欢你。

罗尼：哦，我最最亲爱的！那是否可能……？

维奥莉特：当我想到……哦，我害怕极了。我想，我的心思肯定都
写在了脸上，每个人都看得见。我知道这是错误。我知道我不
可以。我情不自禁。

罗尼：哦，说下去，维奥莉特。我想听你说"我爱你"。

维奥莉特：我爱你。[他跪倒在她面前，吻遍了她的双手] 哦，别，别！

罗尼：我的最爱。我的最最爱。

维奥莉特：我做了什么？我下定决心不让任何人发现。我以为这没
关系。我会照常为亚瑟履行义务。这不会影响到我对他的爱。
我以为不会伤害到任何人，只要我把对你的爱锁在心里，牢牢
地守住秘密，我就会很开心。我乐在其中。

罗尼：我从不知道。我总是字斟句酌地对你说话。你从未给过我
暗示。

维奥莉特：我不知道是否可能像爱你那样爱任何人，罗尼。

罗尼：我的宝贝！

维奥莉特：别这样对我说话。我的心要碎了。我本不该告诉你的，
只是你要离开的消息搅乱了我的心绪。如果我有足够的时间来
消化这个念头，我就不会……就不会自欺欺人了。

罗尼：你不能责怪我，就因为这微乎其微的慰藉。

维奥莉特：但一切来得过太突然，你要离开的消息，你要走了。我
发觉我受不了。他们为什么不给我点时间？

罗尼：别哭，我的最爱，我痛不欲生。

维奥莉特：这是我们最后独处的时光，罗尼。我不能让你走，在没
有……哦，上帝啊，我受不了。

罗尼：我们在一起会幸福的，维奥莉特。为什么我们不能早点遇见

对方？我觉得我俩天造地设。

维奥莉特：哦，别这么说。你以为我没对自己说过："哦，如果我先遇见的是他？"哦，罗尼，罗尼，罗尼！

罗尼：我从不敢想象你会爱我。我要疯了，我必须走。想到现在就要和你分离，我就觉得恐怖。

维奥莉特：不，这样更好。我们不能这样继续下去。我很高兴你要走了。尽管我心碎了。

罗尼：哦，维奥莉特，你为什么不能等我？

维奥莉特：我犯了错。必须付出代价。亚瑟是好人。他全身心地爱着我。哦，我多么傻啊！我一度不知道爱是什么。以为我的人生完蛋了，而我还这么年轻，罗尼。

罗尼：你知道在这世上我可以为你做任何事。

维奥莉特：亲爱的。［他们站起来，面对面，凝视着对方，惆怅又悲伤］这不好，罗尼，我们俩都让自己陷入了异常痛苦的境地。向我告别吧，我们就此别过。［他把她拉向他］不，别吻我。我不想让你吻我。［他抱住她，热烈地吻她］哦，罗尼，我真的爱你。［她最终挣脱了他的怀抱。跌倒在扶手椅中。他朝她走了一步］不，别靠近我。我太累了。

　　［他看了她一会儿，然后回到写字桌边，坐下来写信。两人慢慢四目相对。

罗尼：这是道别，嗯？

维奥莉特：这是道别。

　　［她把手按在心口，就好像她的心疼得受不了。他把头埋在双手中。

第一幕终

485

第二幕

　　场景：领馆官员官邸的花园。东方风情的花园，种有棕榈树、木兰花、杜鹃花。一边是一口阿拉伯古井——井口装饰有《古兰经》经文；黄色的蔷薇缠绕在古井上方的铁架上，正是盛花期。另一边摆放了柳条椅和桌子。花园尽头能看见流淌的尼罗河，而在更加遥远的河畔是影影绰绰的棕榈树，还有东方的天空。夜晚将近，夕阳西沉。

　　桌上摆放着茶具。安妮坐在边上读书。身穿蓝色华达呢工作服的园丁露出棕色的双腿，头上戴了埃及工人常戴的那种小圆帽，他在浇花。克里斯蒂娜走进来。

安妮：［抬头，露出笑容］啊，克里斯蒂娜！

克里斯蒂娜：我被告知能在这里找到你。我来见维奥莉特，但听说她还没回来。

安妮：她去拜访埃及总督的母亲了。

克里斯蒂娜：看来我要等她了。

安妮：想要喝茶吗？我打算等到维奥莉特回来。我估计她迫不得已吃了各种甜食，会想要来杯茶恢复味觉。

克里斯蒂娜：别，别给我倒茶……我还不适应被当作客人对待，毕竟我做了好多年这幢房子的女主人。［对园丁说］出去。

园丁：希望您有个愉快的夜晚。

　　［他走出去。

安妮：你的阿拉伯语词汇相当贫瘠，克里斯蒂娜。

克里斯蒂娜：我一直不明白我为什么要学那些奇怪的语言来给自己添麻烦。如果外国人想要和我说话，他们能对我说英语。

安妮：可我们不在本国，我们才是外国人。

克里斯蒂：胡说八道，安妮，我们是英国人。我还好奇，亚瑟竟然同意维奥莉特学习阿拉伯语。我忍不住会想，这会给当地人造成恶劣的影响。我用五十个阿拉伯语单词就能管理整栋房子。

安妮：[微笑] 我相信，你用一百个单词就能治理整个国家了。

克里斯蒂娜：你不能否认我在这儿的出色工作。

安妮：你是个能干的管家。

克里斯蒂娜：我有常识，我在管理方面具备天赋。[噘起嘴] 看到现在这个样子，我的心都要碎了。

安妮：你要谨记，维奥莉特非常年轻。

克里斯蒂娜：太年轻了，并不适合做亚瑟的妻子。

安妮：他似乎非常满意，说到底了，他才是当事人。

克里斯蒂娜：我知道。热恋是——盲目的，你不这么认为?

安妮：[冷冷地] 我认为，看见一对恋人深深地爱着彼此，实乃赏心悦目之事。

克里斯蒂娜：你知道吗，我以前妒忌死你了，安妮?

安妮：[被逗乐了] 我知道你恨我入骨，克里斯蒂娜。你都没有费心思藏着掖着。

克里斯蒂娜：我当时总担心亚瑟会娶你。我不想被赶出这栋房子。我想，你会觉得这样的我很可怕吧。

安妮：不，我认为这是人之常情。

克里斯蒂娜：我不明白亚瑟为什么结婚。我为他提供了家庭生活应有的安逸舒适。而且，我认为婚姻会影响他的工作。我当然知道他喜欢。每次他偷偷去找你共进晚餐，我就备受煎熬。[抽动鼻子] 他说，和你吃饭可以让他放松下来。

安妮：或许吧。你为了这事责备过他？

克里斯蒂娜：我知道你很爱他。

安妮：你现在有必要揭我伤疤吗？真的，我配不上他。

克里斯蒂娜：亲爱的，我希望他娶的是你。我从没想过他会娶一个
　　比他小二十岁的女孩。

安妮：他一直把我当朋友对待。我并不认为他曾闪过一丝的念头，
　　明白我的感情或许有别于朋友的那种。

克里斯蒂娜：我好蠢。我应该给他点暗示。

安妮：[微笑] 你特意没这么做，克里斯蒂娜。或许你知道所有这一
　　切是顺其自然。

克里斯蒂娜：[若有所思] 我认为他对你不好。

安妮：胡扯。男人没义务要娶一个爱他的女人。我不明白为什么能
　　以爱的名义向所爱之人索取。

克里斯蒂娜：你会是很棒的妻子。

安妮：维奥莉特也可以，亲爱的。大部分男人娶了和他们般配的
　　妻子。

克里斯蒂娜：你对她的善意让我啧啧称奇。你宅心仁厚，谁能想到
　　她夺走了你在这个世界上最想要得到的东西。

安妮：如果我还将憎恨的暗影洒在她身上，那我也不太看得起自己。
　　我很高兴她温柔、迷人和聪明；我轻而易举地喜欢上她。

克里斯蒂娜：我知道。我想要讨厌她。但真的做不到。她有某种东
　　西能让人缴械投降。

安妮：难道不算幸运？她处境尴尬，而她散发出的不可阻挡的魅力
　　让任何事都变成了可能。毕竟，我和你在一点上能达成共识：
　　我们都希望亚瑟快乐。

克里斯蒂娜：我在想这有多少概率。

[安妮疑惑地看了她一会儿，克里斯蒂娜冷静地对视。

安妮：今天下午你为什么来这里，克里斯蒂娜？

克里斯蒂娜：[淡淡一笑] 你为什么大费周章把弟弟调去巴黎？

安妮：老天啊。我今早说过了。

克里斯蒂娜：你觉得我们俩之间还需要遮遮掩掩吗？

安妮：我觉得，我不是很明白你的话。

克里斯蒂娜：不明白吗？你希望罗尼离开埃及，因为你知道他爱上
　　了维奥莉特。

　　　[她震惊得愣了一会儿，但她很快恢复正常。

安妮：他是个感性的人。他常常掉入爱河又抽身而去。我注意到他
　　被迷住了，我承认我以为还是让他远离伤害比较好。

克里斯蒂娜：你真狡猾，安妮！你抵死都不会承认，除非你很肯定
　　对话的人也知道了实情。我和你都十分清楚维奥莉特也爱上了
　　罗尼。

安妮：[心绪不宁] 克里斯蒂娜，你要做什么？我怎么会看不出来？
　　只要看看这两人对视的眼神。他们害了相思病了。

克里斯蒂娜：亚瑟在想什么？我从没见过一对男女这么天造地设的。

安妮：我本以为没人知道，直到今天早上，看到你和亚瑟交谈。然
　　后我明白了，你也知道。我的心都提到了嗓子眼，我担心你要
　　告诉他了。但你没有，我还在想我是搞错了吧。

克里斯蒂娜：你从不认为我具备美好的情感，安妮。因为我的行事
　　不像个彻头彻尾的禽兽，你就以为我是个百分百的傻瓜。

安妮：我知道你很爱你的儿子。我不相信你会放手，一旦危及他的
　　利益。对不起，克里斯蒂娜。

克里斯蒂娜：求你别道歉。连我自己也不明白。我话到嘴边了，正
　　要告诉亚瑟，但我就是做不到。我不能做这么卑鄙的事。

安妮：哦，克里斯蒂娜，我们绝不能让他知道，我们不能把他推向

悲惨的境地。他会心碎的。

克里斯蒂娜：好吧，接着怎么办？

安妮：天知道。我绞尽脑汁。什么都想不出来了。我漂漂亮亮地安排好了一切。现在的我孤立无援。我甚至想过去对罗尼说，让他拒绝任何一份需要留在这里的工作。可亚瑟把这份工作看得非常重要。他会坚持让罗尼接受这份工作，除非他要走的理由是——我想说哪个词来着？

克里斯蒂娜：无可辩驳。听来似乎很难过，罗尼夺走了我的孩子一个天大的好机会。要不是你的兄弟，我敢肯定亚瑟会把这份工作留给亨利。

安妮：〔外交辞令〕我知道他对亨利的能力有极高的评价。

克里斯蒂娜：你不能指望我干坐着，任由事情发生。

安妮：亚瑟一无所知。他以为维奥莉特爱他就像他爱维奥莉特一样。你不能给他暗示，你不能这么残忍。

克里斯蒂娜：你是多爱他啊，安妮！尽管放心。我不会对亚瑟吐露一字半句的。我要去和维奥莉特谈下。

安妮：〔惊恐〕你要说什么？

克里斯蒂娜：我要让她竭尽所能说服亚瑟把这份工作留给亨利。这样，罗尼就能去巴黎了。

安妮：你不会告诉她你知道了？

克里斯蒂娜：〔从容不迫〕如有必要，她必须让罗尼推掉这份工作。而罗尼必须找点理由让亚瑟接受。

安妮：可这是敲诈。

克里斯蒂娜：我不介意这是什么。

　　　　〔维奥莉特走进花园。她穿着下午外出的外套，别致、简约、优雅，适合下午的约会。她戴了一项大帽子，正脱下来。

安妮：维奥莉特来了。

维奥莉特：哦，可怜的人，你们还没喝下午茶？

安妮：我想，我们该等到你回来。茶现在就能上。

维奥莉特：你好吗，克里斯蒂娜？亨利好吗？[她俩互吻] 我有几天没见到他了。

克里斯蒂娜：他正要来接我。

维奥莉特：我要对他说，他冷落了我。只有他这个亲戚我一点也不怕。

克里斯蒂娜：他是个好孩子。

维奥莉特：他有个好母亲。我觉得有个比我大好几岁的侄子十分有趣，但他不用把我当作舅妈来对待。他可以叫我维奥莉特。我要对他说，他太过毕恭毕敬了。

　　　　[与此同时，仆人把茶端上来。

克里斯蒂娜：今天下午你做了什么？

维奥莉特：哦，我去见了埃及总督的母亲。她请我吃了十七种不同的食品，我觉得自己就像一条吃饱喝足的蟒蛇。[看向蛋糕和司康饼] 恐怕算不上美妙的下午茶。

克里斯蒂娜：我发现了。

维奥莉特：[粲然一笑] 我猜我没法说服你倒茶。

克里斯蒂娜：[高兴满意] 当然，如果你想要。

　　　　[她坐在茶壶前，为大家倒茶。亚瑟进来了。

亚瑟：哈喽，克里斯蒂娜，你在倒茶？

克里斯蒂娜：维奥莉特让我倒的。

维奥莉特：如果我不在这儿，这个画面就像回到了旧时光。

亚瑟：我知道你想见我，维奥莉特。

维奥莉特：哦，我希望你不是特意过来。我给你传了信息，等你方便的时候，想和你说句话，但我不想催你的。我准备好去见你。

亚瑟：听上去棒极了。我有几分钟的时间，过会儿有些信需要我来签字。不过，我随时可以为你效劳。

维奥莉特：埃及总督的母亲让我和你提一嘴名叫阿卜杜勒·萨伊德的男人。

亚瑟：哦！

维奥莉特：她认为，假如我先把情况说给你听⋯⋯

亚瑟：[打断她的话] 他和她有什么关系？

维奥莉特：他在她一处尼罗河畔的房产中干活，有些年头了。他的母亲也是她的女仆之一。似乎女仆结婚的时候，她还给了一份嫁妆。

亚瑟：[微笑] 我明白了。我看这个阿卜杜勒·萨伊德有着举足轻重的影响力。

克里斯蒂娜：这人是谁，亚瑟？

亚瑟：他因为谋杀被判死刑。案子清晰明了，但其中涉及大量伪证，我们在定罪时碰到了麻烦。埃及总督的母亲让你做什么？

维奥莉特：她向我解释了案情的来龙去脉，然后问我是否可以向你求个情。我允诺尽我所能。

亚瑟：你不该这么做。老人家很清楚这类事情和你无关。我希望你有这么和她说过。

维奥莉特：亚瑟，我该怎么做呢？那人的妻子和母亲都在。如果你见到她们⋯⋯我见不得她们悲伤的样子，而我什么都做不了。我说，我敢肯定等你掌握了所有事实，你会判他缓刑的。

亚瑟：我无权做这些事。特赦的特权在埃及总督手上。

维奥莉特：我知道，但如果你建议他这么做，他会的。他只是太过焦虑，你给了他建议，他就能有所动作了。

亚瑟：埃及总督的母亲这样利用你，居心叵测。她是准备好了陷阱等你跳。

安妮：那人到底做了什么？

亚瑟：案件有点特殊。阿卜杜勒·萨伊德和一个亚美尼亚商人产生了分歧，没多久，他唯一的儿子生病去世了。他认定是那个亚美尼亚人对儿子施加了诅咒，于是他拿起枪，等候时机，开枪打死了亚美尼亚人。通常而言，阿卜杜勒·萨伊德不算杀人犯，但我们不敢搞特例。如果我们这么做了，那会有层出不穷的人用同样的理由杀人。我今天早晨审查了卷宗，我看不出有何理由来建议埃及总督干扰司法进程。

维奥莉特：今天早晨？当你走进起居室的时候，你兴高采烈，还欢笑打趣，而之前你让一个男人去送死？多么铁石心肠！

亚瑟：你这么想我感到抱歉。我处理每件事都专心致志，当我尽我所能做出决定后，我就把它忘得一干二净了。我认为让公务影响我的生活并非明智之举，就像医生不能沉溺于病患的痛楚。

维奥莉特：就这样杀死了一个不幸的人，我感到恐怖，他只是无知和头脑简单。你难道没有亲自求证？

亚瑟：恐怕此刻的我不能按照个人情感来解释法律，我们要遵照司法精神。

维奥莉特：说来轻巧，你都没有感同身受。你难道没有意识到那个男人的悲惨处境，他只是自认为采取了正义的行动就要被判死刑？我希望你目睹可怜妇人的悲伤。她们现在高兴起来了，因为我答应会帮他。埃及总督的母亲告诉她们，我能够影响你。可她只知其一！

亚瑟：你永远都不应该把自己牵连进此等处境。毫无公正可言。我要确保这类事不会再次发生。

维奥莉特：你意思是你什么都不会做？你就不能再看下卷宗——带上一点点同情心？

亚瑟：不能！

维奥莉特：这是我第一次开口求你，亚瑟。

亚瑟：我知道。我只是感到抱歉，我必须拒绝你。

维奥莉特：这是我们结婚之后埃及第一个死刑案例。难道你不知道这对我意味着什么，我以为我能挽救那人的性命？埃及总督正在等待签署死缓文件。只要你发句话。你不愿说？我觉得这些可怜女人的感激会是对我们的庇佑。

亚瑟：亲爱的，我认为我的职责非常明确。我必须这么做。

维奥莉特：是很明确，因为悲伤对你而言没有意义。一个你从没见过的男人被吊死了，你会在乎什么呢？我在想如果事情和你有关，你还能轻松履行职责吗？它对你意味着悲伤抑或幸福。如果那人不在意，那他就能轻轻松松地尽职。

亚瑟：你说得相当正确。这是考验：看他能否做到尽忠职守，即便这意味着他要失去这世界上他最为珍视的一切。

维奥莉特：我希望你永远不需要经受这样的考验。

亚瑟：[冷笑] 亲爱的，你这话听上去倒像是希望发生截然相反的情况。

维奥莉特：我是否该给埃及总督的母亲去封信，告诉她我完完全全搞错了，我对你的影响力还不如下榻在施普赫尔德酒店的路人？

亚瑟：劝你别写给她。我会派人递个信儿过去，你放心，我会保全你的颜面。

维奥莉特：[冷冰冰地] 恐怕你还有很多要务；你无需留在这里。

　　　[他若有所思地看了她一会儿，走了出去。令人尴尬的沉默。]

维奥莉特：今天来参加午宴的善男信女会乐呵呵地发现，他们恭维我所拥有的那份权力到底有多大。

克里斯蒂娜：亚瑟很少拒绝你。在这世上，他几乎会为你做任何事来讨你欢心。

维奥莉特：下次让他做任何事，那要等很久了。

克里斯蒂娜：别这么说，维奥莉特。我今天特意来找你就是为了让你去说服亚瑟。

维奥莉特：现在你知道我有多少影响力了。

克里斯蒂娜：那是原则问题。男人总是奇怪地执着于原则。你永远无法让他们明白因事制宜。

维奥莉特：亚瑟把我当小孩子。毕竟这不是我的错，我比他小了二十岁。

克里斯蒂娜：我非常需要你的帮助，维奥莉特。你知道的，当亚瑟拒绝了你的一个请求，他会迫不及待地答应你再次提出的任何要求。

维奥莉特：我不想被再次拒绝，再次颜面扫地。

克里斯蒂娜：这事对我很重要。也关乎亨利的将来。

维奥莉特：[态度发生了改变，风情万种] 哦！我愿意为亨利做任何事。

克里斯蒂娜：埃及总督请求亚瑟帮他找个英国秘书。我觉得亨利具备了所有条件，但你知道亚瑟的为人；他担心被人指摘任人唯亲。

维奥莉特：亲爱的克里斯蒂娜，我能做什么呢？亚瑟只会告诉我，管好自己的事儿。

克里斯蒂娜：他要把这个职位留给罗纳德·帕里……

维奥莉特：[迅速地] 罗尼？但罗尼要去巴黎了。都安排好了。

克里斯蒂娜：是的。但亚瑟认为他有必要留在埃及。

维奥莉特：你知道这事，安妮？

安妮：刚知道。

维奥莉特：罗尼知道了吗？

安妮：我认为没有。

[维奥莉特惊呆了。她竭力掩饰焦虑不安。两个女人看着她，克里斯蒂娜是冷冷的好奇心，安妮是尴尬。

维奥莉特： 我……我太吃惊了。就在一两个小时之前，我和罗尼还临别依依。

克里斯蒂娜： 是吗？从现在到后天离开，就没说话的机会啦。你这么急急忙忙地要和他告别。

维奥莉特： 我看他会忙着打包行李，我不一定再有其他机会了。

克里斯蒂娜： 你们的关系这么亲密，我肯定他会在火车发动前挤出时间和你还有亚瑟告别的。

[维奥莉特不太明白话中意思。她看了克里斯蒂娜一眼。安妮急忙解围。

安妮： 罗尼一定程度上可以说是维奥莉特的秘书。我看他们应该有些小秘密，两人只能私下讨论。

克里斯蒂娜： 当然。太正常了。[举止亲昵] 如果我认为是从你身边夺走了一个对你而言必不可少的人，我是不会请求你替亨利说好话的。当然，如果罗纳德成了埃及总督的秘书，他就没法继续为你写信，替你付账单，不是吗？

维奥莉特： 我太震惊了。我满脑子都是罗尼要离开的想法。

克里斯蒂娜： 我可以向你保证，帮助亨利不会伤害到罗纳德。安妮非常希望他离开埃及。不是吗？

安妮： 某种程度上。亨利打算在埃及完成他余下的公务员生涯。相比罗纳德，那个工作任命对他而言自然更加重要。罗纳德是一只漂泊不定的小鸟。

克里斯蒂娜： 千真万确。罗尼在这里已经取得了资历。他再待下去，也是浪费时间。安妮当然希望罗尼离她近点。我敢说她有点担心罗尼会在这里惹是生非。

安妮： 我不知道这点，克里斯蒂娜。

496

克里斯蒂娜：亲爱的，你知道他是多么的感情用事。他总有可能爱
　　上某个不太值得的人。

维奥莉特：我头疼得厉害。

克里斯蒂娜：为什么不吃点阿司匹林？我相信，只要你下定决心，
　　你就能说服亚瑟把工作留给亨利。那么，所有事情都解决了。

维奥莉特：我说服不了他呢？

克里斯蒂娜：那你就告诉罗尼。

维奥莉特：我？

克里斯蒂娜：你看，如果罗尼拒绝任命并且离开了埃及，那我肯定，
　　亚瑟会接受亨利。

维奥莉特：我为什么要告诉罗尼？

克里斯蒂娜：[愉快地] 你们的关系很亲密，不是吗？如果你暗示
　　他……是他挡了亨利的道……

维奥莉特：我原以为应该由安妮来做这事。

克里斯蒂娜：你头脑真简单啊！男人通常愿意为美女效劳，而不是
　　他的姐姐。

维奥莉特：你希望我让他走？

克里斯蒂娜：难道你不认为这是最好的结局……对于各方而言？

　　　[维奥莉特和克里斯蒂娜定定地看着对方。维奥莉特垂下双
　　眼。她明白克里斯蒂娜觉察到了她的爱情。她害怕了。罗纳德
　　走进花园，兴致高昂。

罗尼：我来喝杯茶。亚瑟爵士马上就到。我刚得到消息。我要留在
　　埃及了。是不是很棒？

　　　[维奥莉特微微倒抽了一口气。

维奥莉特：定了？

罗尼：你知道了？我还以为这会是个惊喜呢。

维奥莉特：不，刚听说。

罗尼：是不是天大的好事？

克里斯蒂娜：你这人真善变！几个月之前，你还时不时地告诉亨利，你厌倦了这个国家。

罗尼：从没有过。我爱它。我愿意一辈子留在这儿。

克里斯蒂娜：真没想到！

罗尼：[对着维奥莉特] 离开一方让你快乐的土地，这是疯了，不是吗？我在这里感到充满活力。这是个神奇的国家。每一分每一秒都要好好享受。

克里斯蒂娜：你真是热情澎湃啊。差点以为你恋爱了呢。

维奥莉特：罗尼天性热情。

罗尼：[对着克里斯蒂娜] 我为什么不能恋爱？

克里斯蒂娜：难道你要告诉我们你爱上了谁？

罗尼：[冷笑] 开玩笑而已。在一个充满希望的国家有一份前程似锦的工作，还不满足吗？亚瑟爵士给了我千载难逢的机会。如果我没做到最好，那就是我的过错。

克里斯蒂娜：[干巴巴地] 要我倒杯茶吗？

罗尼：[和她开玩笑] 你是希望我冷静下来？我觉得自己就像是个马上要被吊死的囚犯刚刚得到了赦免。我不想冷静。我要自由自在地寻欢作乐。

克里斯蒂娜：你那意思，我猜想，你不要茶。

罗尼：急慢我没用。我今天无坚不摧。你还没恭喜我呢，安妮。

安妮：亲爱的，你说话来滔滔不绝。我都没机会插上嘴。

罗尼：[对着维奥莉特] 你会把我的名字重新放进晚宴的邀请名单上吗？错过它，我要难过死的。

维奥莉特：你的官方身份变了，不是吗？我再不敢要求你来凑数了。

罗尼：哦，好吧，我正要把请柬寄出去。我给自己写一封正式的信，解释下情况，我敢说我能找到接受的理由。

克里斯蒂娜：亲爱的罗纳德，你十八了吧。

[亚瑟和亨利·普里查德一同走进来。亨利是克里斯蒂娜的儿子，一个可爱、干净的年轻人，但平平无奇。

亚瑟：亨利告诉我他是来接你的，克里斯蒂娜。

克里斯蒂娜：所以你刻不容缓把他带来了。

亚瑟：克里斯蒂娜，你真的冤枉我了。我都不敢想象你要和你的宝贝儿子分离太长的时间。

亨利：[和维奥莉特握手] 你好吗，我高贵的舅妈？

维奥莉特：欢乐又幸福，谢谢。

亨利：你知道我快要过生日了吧？

维奥莉特：所以呢？

亨利：我一直听说，舅妈要在侄子的生日上给他十个先令。

维奥莉特：真的？那好啊。我乐意把十先令放在你那乐于助人的手上。

亨利：好啊，罗尼。走运的家伙。恭喜你。

罗尼：你太好了，老家伙。

亚瑟：恭喜什么？克里斯蒂娜？

克里斯蒂娜：我告诉亨利了。我觉得这没什么关系，还是让他知道比较好。

亨利：我要说，亚瑟舅舅，恐怕我妈给你添麻烦了。那不是我的错，你知道的。

亚瑟：不是什么？

亨利：好吧，母亲在午餐时告诉我埃及总督在找一名英国秘书，我看见她双眼放光，如果我得不到这份工作，她肯定会为难某人的。

克里斯蒂娜：真的，亨利。我不懂你的意思。

亨利：好吧，母亲，你是个和蔼可亲的老……

499

克里斯蒂娜：没这么老。

亚瑟：当然不老，亨利。不要胡说八道。

亨利：但你清楚得很，如果你帮我搞来这个肥差，你会兴高采烈地在我们耳边反反复复地唠叨大英帝国。

亚瑟：就像黄毛丫头和乳臭未干的小子喋喋不休……

克里斯蒂娜：你无权这么说，亨利。我为你索求的东西都是你应得的。

亨利：好吧，母亲，我们私下说说，我不介意告诉你，罗尼比我更适合这份特殊的工作。只有十足的傻蛋才会犹豫，为了家族荣誉，我们不能怀疑亚瑟舅舅是傻瓜吧。

亚瑟：你看看这孩子被教导得多好，克里斯蒂娜；你把他培养成了一个正派的人，尽管这并非你所愿。

克里斯蒂娜：你是个讨厌的家伙，亨利，但我爱你。你可以吻我。

亨利：快点，母亲。我不能在大庭广众之下吻你。

克里斯蒂娜：[起身] 好吧，再见，维奥莉特。别忘了我俩的小小沟通，好吗？

维奥莉特：再见。再见，亨利。

克里斯蒂娜：[对着安妮] 你为什么不和我们一起兜个风？今晚夜色多美。

安妮：你愿意带上我？我很乐意。等我一分钟，我戴顶帽子。

    [她起身。众人朝房子走去。

克里斯蒂娜：[送上脸颊] 再见，亚瑟。

亚瑟：哦，我要护送你上车。你就不能说我怠慢你了。

    [他们慢慢走出去。维奥莉特和罗尼独自留下来。

维奥莉特：你会回来吗，亚瑟？

亚瑟：哦，是的，马上。[退出]

罗尼：[压低声音] 维奥莉特。

维奥莉特：安静。

罗尼：是不是妙不可言？我都控制不住自己流露出有多爱你。

维奥莉特：你不能。克里斯蒂娜先前有所怀疑了，而现在你是明明白白地告诉她了。

罗尼：[愉快] 这只是你的想象。这事对你来说明白无误，你就以为所有人也都看破了。

维奥莉特：我从来没有藏着掖着过。你以为我喜欢？

罗尼：就算她知道了，有什么关系？不会造成伤害的……还有，怎么有人控制得住不爱你呢？

维奥莉特：[迅速地] 注意你的措辞。

罗尼：没人听到。别人看到我俩，会以为我们在讨论政治局势。

维奥莉特：你真坏，罗尼。

罗尼：我爱你。我爱你。我爱你。

维奥莉特：看在老天的分上，别说了。我害臊了。

罗尼：[震惊] 害臊什么？

维奥莉特：就在刚才，今天下午之前，我绝不会说那些话的，但我以为你要走了。我都不是我自己了，罗尼。我本不该……

罗尼：感谢上帝你说了。你不能责备我带给你的欢乐。你现在也不能从我这里夺走这份快乐。我知道你爱我。我手里握有太阳和月亮，还有天上所有星辰。

维奥莉特：[绝望] 你要做什么？哦，这对我不公平。

罗尼：话已出口。你赖不掉了。每次我看见你，我就会想起来。我把你拥在怀里，我吻了你的唇。你再也不能从我这里夺走了。而且，我不需要离开了。可以经常见到你。哦，我太开心了。

　　[她来回踱一会儿步，试图控制住自己，然后她做出了决定：她站定，面向他。

维奥莉特：我希望你离开，罗尼。我希望你找个理由，拒绝这份工作。

罗尼：不，我现在不能离开你。

维奥莉特：我求你离开。

罗尼：你希望我走？

维奥莉特：是的。

罗尼：那么，把你的手给我。

维奥莉特：为什么？

罗尼：把你的手给我。［她把手给他，他握住了］说你爱我，维奥莉特。

维奥莉特：不。

罗尼：你的手冰冰冷！

维奥莉特：让我走。

罗尼：你真的想让我走？

维奥莉特：你知道我不想。我爱你。你走了，我都要活不下去了。［他俯身热烈地亲吻她的手］罗尼，罗尼，别这样！你在干什么？［她抽回手。因为情绪激昂而颤抖。他激动得脸色苍白，冰冷。两人面对面沉默地坐了会儿］多么可怕的惩罚！当你今天下午告诉我你爱我时，我在想我之前的人生从来没有这么开心过，可是，想到你必须离开，我的心碎了一地，我觉得——哦，我不知道——就好像我的快乐来势汹涌，心里再也装不了其他东西。现在的我是不幸的，不幸的。

罗尼：为什么？亲爱的！亲爱的，我们差点分离，但现在又能在一起了。其他事还要紧吗？

维奥莉特：所有的一切都是无望的。

罗尼：没关系。

维奥莉特：那还有其他事情怎么办？

罗尼：我爱你不是一天，一个星期，维奥莉特；我会爱你到永远。

维奥莉特：无论如何，我要履行我对亚瑟的义务。

罗尼：我不会阻止你。我能要求什么呢？我只是想要见到你。想要知道我就在你身边。想要触碰你的手。想要思念着你。这会对你造成什么伤害？

维奥莉特：如果我能控制我自己，我可以一笑置之，随你行事。但我做不到。你让我束手束脚。这对我是种折磨。最糟的是，我喜欢这些关系。我不希望失去它们。我听任你的摆布，罗尼。我爱你。

罗尼：哦，这对我来说足够了。我向你发誓，我不会要求你做任何你会后悔的事。

维奥莉特：万一这事脱离了我们的掌控。万一事情发生变化。

罗尼：能发生什么变化？

维奥莉特：或许埃及总督改变了主意。或许外交部认为你必须去巴黎。

罗尼：你会高兴吗？维奥莉特，我想要从你这里获得的微乎其微。给我这些，能对你造成什么伤害？就让我们把握机会，快快乐乐的。

维奥莉特：我们永远不会快乐的。永远。我们唯一能做的事就是分开，而我不能让你走。不能。不能。这对我来说是强人所难。

罗尼：我全身心爱着你。我不知道还能不能像爱你这样爱其他的人。

    [传来亚瑟欢快的口哨声。

维奥莉特：亚瑟来了！

罗尼：[迅速地] 我要离开吗？

维奥莉特：好的。不要。我们非得躲躲藏藏？已经到了这个地步？哦，我恨我自己。

    [亚瑟走进花园。

维奥莉特：[爽朗地] 今天下午你很高兴啊，亚瑟。不常听见你吹口哨。

亚瑟：你是觉得这和我的年龄不配还是和我的身份不配？

维奥莉特：要我给你倒杯茶吗？

亚瑟：老实告诉你，我就是为此而来的。

维奥莉特：能为我的伴侣服务，我深感荣幸。

亚瑟：罗尼，你能不能帮我和埃及总督确认下，他是否方便明天
十一点来见我？

罗尼：很好，爵士。

　　　　[他走出去。

维奥莉特：你要和埃及总督讨论什么——是不是机密？

亚瑟：不算。我只是想要和他提一提罗尼。

维奥莉特：所以这事还没定下来？

亚瑟：没有正式定下来。我还没收到外交部的回复电报，我也还不
知道埃及总督是否会接受我的提议。

维奥莉特：假如外交部表示他最好还是去巴黎呢？

亚瑟：我认为这不太可能。他们现在明白了，身处当地的人最能做
到审时度势，而且我已经让他们习惯了给我放权。

维奥莉特：你觉得埃及总督会提出反对吗？

亚瑟：他有点知道罗尼，也喜欢他。我认为，他会欣然接受我的
选择。

　　　　[停顿。亚瑟喝茶。没有迹象表明他留意到了维奥莉特的不
安。她还在犹豫，她为此惴惴不安。

维奥莉特：亚瑟，对不起，我刚才因为阿卜杜勒·萨伊德的事儿冲
你生气。我是个傻瓜，介入了不是我分内的事。

亚瑟：哦，亲爱的，别这么说。抱歉的是我，我不能按你的意愿
来办。

维奥莉特：是我讨人嫌了。你能原谅我吗？

亚瑟：亲爱的，别怪自己。你这么说，我更难过。没什么事需要
　　原谅。

维奥莉特：我欠你太多。我讨人厌了，我好讨厌会这么想。

亚瑟：你对我没有任何亏欠。你怎么会讨人厌。

　　　　[他抓起她的手，想要亲吻，她贸然地抽走了。

维奥莉特：别，别吻我的手。

亚瑟：为什么?

　　　　[他吃了一惊。她自己也愣了一下。他看着她的手，而她抽
　　了出来，似乎担心他会注意到罗尼几分钟之前留在手上的吻痕。

维奥莉特：[局促地笑了一笑] 你想要吻我的话，我希望你吻我
　　的脸。

亚瑟：显而易见，脸就是用来亲吻的。

　　　　[他并不打算吻她的脸颊。她迅速瞥了他一眼，然后看向别
　　的地方。

维奥莉特：亚瑟，恐怕克里斯蒂娜会很失望亨利得不到这份工作。

亚瑟：但愿她和我一样坚强，能够承受这份失望。

维奥莉特：我认为，她还心存一丝侥幸你会改变主意。

亚瑟：[冷笑] 我知道。事情没有正式告一段落之前，我是不指望过
　　太平日子了。所以我希望尽快搞定。

维奥莉特：你为什么反对亨利?

亚瑟：我没有反对他。他只是没有罗纳德·帕里那样出色，仅此
　　而已。

维奥莉特：上次也有份好工作，但亨利错过了。

亚瑟：亨利是那种人，如果同一时间没有更合适的人选，那这份工
　　作他也能干得很出色。

维奥莉特：克里斯蒂娜认为你是太过焦虑才会冷落他，因为他是你
　　的侄子，你对他有偏见。

亚瑟：克里斯蒂娜，就像她这个性别的大多数人，总觉得自己洞若观火，能找到龌龊的理由。

维奥莉特：她怪到我身上，就因为你不帮亨利。她认为那是因为我妒忌她。

亚瑟：多么像她的行事风格！我见识过的最好的母亲以及最不可理喻的女人。

维奥莉特：[勉强说出口] 如果你肯改变主意，让亨利得到工作，而不是罗纳德·帕里，我会很高兴的。

亚瑟：哦，亲爱的，别让我干这事。你知道的，我是多么讨厌辜负你的期待。

维奥莉特：安妮迫切希望罗尼去巴黎。他也做好了所有准备，你不觉得可以就此放手让他走吗？

亚瑟：恐怕不行。我希望他留下。

维奥莉特：我想要高高兴兴地告诉克里斯蒂娜你同意了。对我而言，会有很大很大的差别，你明白的。我希望她能喜欢我，我知道她会没齿难忘我这次的鼎力相助。哦，亚瑟，可以吗？

亚瑟：亲爱的，恐怕不行。

维奥莉特：我保证，我这辈子不会再对你提任何要求，只要你为了我做了这件事。它对我意义重大。你都不知道有多大。

亚瑟：我不能，维奥莉特。

维奥莉特：你会和安妮商量这事吗？

亚瑟：告诉你实话，我认为这和她没关系。

维奥莉特：[犹豫不决] 是她施展影响，把罗纳德调去巴黎的吗？

亚瑟：为什么？

维奥莉特：我想知道。如果是她在幕后操纵罗尼的调职，想必是有原因的。他在这里待得如鱼似水。对你来说，并不是常常能找到一个用起来顺心顺意的秘书。

亚瑟：好吧，是的，是她的手笔。她告诉我她不打算像过去那样频繁地来埃及，她希望离自己的弟弟近点。

维奥莉特：如果她希望多见见弟弟，竟然任由他选择了这个倒霉职业……我看，她没有对你说实话。

亚瑟：[迅速地] 我确信她说了。我认为她的解释合乎情理。我感到抱歉，我必须破坏她的计划了。

维奥莉特：我确信她不会介意我告诉你，她为什么急着让罗尼离开埃及。她认为他爱上了有夫之妇，让他离开似乎能皆大欢喜。或许她不愿告诉你。我能想得到，她为此操碎了心。

亚瑟：我敢说那只是一时的心血来潮。但愿他能很快摆脱。我不能损失这样一个有用的公仆，就因为他碰巧有了一段不幸的恋情。

维奥莉特：恐怕我没有解释得很清楚。罗尼的爱无可救药。没有其他办法了。你必须让他走。毕竟，你非常喜欢他，他还是个小男孩的时候，你就认识他了；他并不是外交部随随便便派给你的年轻人。你不能对他完全无动于衷。他的幸福或许危在旦夕了。你难道不认为这样更明智——或只是仁慈——把他送走，让他免于伤害。

亚瑟：亲爱的，你知道我——亚瑟·利特尔——会为你做任何事来取悦你，而且我在乎安妮的幸福以及罗纳德·帕里的福祉。可是，你看，我还是公务员，常人能随心所欲干任何事，但公务员不能。

维奥莉特：你怎么区分得开公务员和常人两种身份？公务员不能做常人非议的事。

亚瑟：啊！国家成立之初讨论过这个问题。私人的道德准则是否要和政治家的捆绑在一起？理论上来说，我们大多数人会回答是，但实际上鲜少有人实践准则。在这件事上，亲爱的，很难实现。我并没看出来公事和私情之间有冲突。

维奥莉特：你认为这事和你没有切实的关系，亚瑟？

亚瑟：我没这么说。不过，我不愿让一个感情用事的请求影响我的
判断。我认为，我清楚现在的局面。我不会改变主意的。我明
天就把罗尼的名字告诉埃及总督。

维奥莉特：你是不是觉得我很蠢，亚瑟？

亚瑟：一点也不，亲爱的。只有聪明的女人才会拥有你这等的美貌。

维奥莉特：你就从来没想过，我坚持让罗尼离开，势必有其原因？

亚瑟：[迅速看了她一眼] 你不觉得我们最好别谈这个话题了，亲
爱的？

维奥莉特：我说这些话，恐怕你还是会觉得我又傻又没用，但我认
为你应该知道——知道罗尼爱上了我。所以我希望他离开。

亚瑟：他爱上你那是顺其自然的事。我还常常感到惊讶，竟然有人
不爱你。除了把你留在撒哈拉沙漠，我想不到有什么办法可以
阻止这事。

维奥莉特：别说风凉话，亚瑟。告诉你这一切，对我来说并不容易。

亚瑟：你希望我怎么做？我不能责备罗纳德。他是个绅士。我一直
对他很好。他会把一份蹩脚的工作干得风生水起。

维奥莉特：你的意思是你无所谓？

亚瑟：秘书这份工作会是他今后得到重要职位的跳板。你不会撺掇
我夺走他这个好机会，就因为他做了再正常不过的事，他爱上
了整个埃及最有魅力的女人？我想象得到，我所有的秘书都会
爱上你。可怜的家伙，我都不知道他们要如何克制这份情愫。

维奥莉特：你要把我逼疯了。这事很严肃，非常非常严肃，你还有
心情开玩笑。

亚瑟：[严肃地] 你有没有想过轻浮是化解危机的最佳途径？有时形
势太过严重，反而不能严肃对待。

维奥莉特：这话什么意思？

亚瑟：没有特别意思。抱歉说了不合时宜的玩笑话。

维奥莉特：你是铁定要留住罗尼了?

亚瑟：铁定。[停顿片刻。亚瑟起身,把手搭在她的肩上] 我觉得没有什么好说的了。如果你愿意原谅我,我这就回办公室去。

维奥莉特：不,别走,亚瑟。我还有话要对你说。

亚瑟：我能提个建议吗,不要再说了? 话很容易就说过头;守口如瓶,从来不出错。我恳求你不要说出任何让我俩后悔不迭的话。

维奥莉特：罗尼爱不爱我,你都觉得不重要,因为你毫无保留地信任我。

亚瑟：毫无保留。

维奥莉特：你有没有想过,罗尼非我所愿的爱会对我产生影响? 你真的认为万无一失?

亚瑟：如果我允许一星半点的怀疑潜入我的脑中,那我必然辜负了你的爱。

维奥莉特：亚瑟,我不能对你有秘密。

亚瑟：[试图阻止她] 别,维奥莉特。我不要你说下去。

维奥莉特：现在,必须。

亚瑟：哦,亲爱的,你难道不明白话一出口就无法收回了。我们俩或许都知道某些事⋯⋯

维奥莉特：[打断他] 什么意思?

亚瑟：只要我们不告诉对方,我们就可以对其视而不见。某些话说出了口,情势就会天翻地覆了。

维奥莉特：你在吓唬我。

亚瑟：我不想这么做。除非你说的是我一无所知的事。但如果你说了,覆水难收。

维奥莉特：你的意思是你知道? 哦,这不可能,亚瑟,亚瑟,我做不到。我必须告诉你。我难受死了。我全身心地爱着罗尼。

[片刻停顿，两人互视对方。

亚瑟：你以为我不知道？

维奥莉特：那你为什么要给他这份工作？

亚瑟：必须这样。

维奥莉特：就算你推荐了亨利，也没人怪你的。

亚瑟：亲爱的，我高薪厚禄。如果我没有做到恪尽职守，那我就是
　　拿着钱在玩忽职守。

维奥莉特：对于我们三人而言，这或喜或忧。

亚瑟：我必须冒险。你瞧，罗尼适合这个特殊职位。但凡正直的人，
　　都会推荐他。

维奥莉特：你还爱我吗？

亚瑟：别这么问，维奥莉特。你知道我全心全意爱你。

维奥莉特：那我不明白了。

亚瑟：你以为我不希望他留在埃及，是吗？收到外交部的电报，责
　　令他前往巴黎，我那颗中年男人的心因为欣喜而怦怦乱跳。你
　　以为我看不出他在各个方面都胜过了我？他似乎能给予你好多
　　好多，相形之下，我显得杯水车薪。

维奥莉特：哦，亚瑟！

亚瑟：他如果走了，我猜想你会很快忘了他。我在想，假如我好好
　　待你，包容你，假如我向你要求的不会多过你准备给予的，我
　　迟早会让你的心向着我，那不一定是爱，但会是柔情和喜爱。
　　这就是我希冀的一切，这些就能让我快乐无比。然后，埃及总
　　督想要英国秘书，我知道罗尼是唯一能够胜任的人选。你瞧，
　　这份工作我干得太久了，我身体里的公务员驱使我按部就班地
　　做出了决定。

维奥莉特：假设这一切让你身体里的个人心碎了呢？

亚瑟：[微笑] 感谢上天的介入，我们才足够强大能扛起我们肩负的

责任。

维奥莉特：你是这么认为的？

亚瑟：你喜欢我们其他所有人，维奥莉特。

维奥莉特：你多久之前知道我爱他？

亚瑟：一直。我想，或许比你知道得都早。

维奥莉特：你为什么不做点什么？

亚瑟：你能告诉我可以做什么吗？

维奥莉特：你不生我们的气？

亚瑟：我要是生气我就是傻瓜。在我看来这很自然，太自然了。他
年轻、英俊、快活。我现在会想，你爱上他是命中注定的。你
们俩天造地设。

维奥莉特：哦，你这么想？

亚瑟：你也这么想过，是不是？但凡花了点心思想这事的，看来都
一清二楚。[她没有回答]难道你没有满心希望你先遇见的是
他？难道你没有恨我娶了你？[她看向别处]我亲爱的孩子，我
十分对不起你。我衷心感谢过去一两个月中你对我的爱护。我
看见你在努力爱上我，想要和我亲热。我急迫地想要告诉你，
别勉强自己，因为我明白，你不能对我不满意。但我不知道怎
么回事。我只是让自己更加讨人厌了。

维奥莉特：你对我好得无以复加，亚瑟。

亚瑟：这是你对我最低的要求。我犯了大错，我不该娶你。我知道
你不爱我。天时地利把你搞得晕头转向。你不明白婚姻是什么，
它会令人憎恶，除非爱情的力量让约束美好得胜过自由。但我
爱慕你。我以为爱情迟早会有的。我打心眼里希望你能原谅我。

维奥莉特：哦，亚瑟，别这么说。你知道我是多么开心嫁给你。我
知道你是人中龙凤，我欣喜若狂、沾沾自喜——我以为那就是
爱。我从不知道爱会以这样的形式到来。如果我清楚自己的期

盼，那我就会抗争一下。但它出其不意地征服了我。我都没机
会反抗。是我的错，亚瑟。

亚瑟：我没有怪你，亲爱的。

维奥莉特：你怪我，我心里倒能舒服些。

亚瑟：只是运气不佳。运气不佳吗？我本该料到的。

维奥莉特：我还是高兴说了出来。我讨厌对你有秘密。我俩应该开
诚布公。

亚瑟：如果能对你有所裨益，我也很高兴你告诉了我。

维奥莉特：接着怎么做？

亚瑟：什么都不用做。

维奥莉特：亚瑟，直到今天，我和罗尼从未交流过一字半句别人听
不得的话。我喜欢他陪在身边，我知道他喜欢我，我对此相当
受用。可当我知道他要离开，所有的事情突然之间全都不一样
了。我觉得我受不了看着他离开。哦，我好羞愧，亚瑟。

亚瑟：亲爱的孩子。

维奥莉特：我不知道这怎么发生的。他告诉我他爱我。他也是不由
自主。亚瑟，千万不要以为他对你不忠诚。我们俩都心烦意乱。
既是我的错，也是他的错。我没控制住自己，让他知道了他对
我意义非凡。我俩都以为再也见不到对方了。他把我拥入怀里，
抱住我。我好高兴，又好难受。我从没想过生活会如此五味
杂陈。

亚瑟：刚才你俩独处时，他吻了你的手。

维奥莉特：你怎么知道的？

亚瑟：当我想吻的时候，你把手抽回去了。你无法忍受我触碰它们。
你仍能感到罗尼的唇在你手上留下的余痕。

维奥莉特：我做不到。他欣喜若狂，因为他不需要走了。我不想爱
他的，亚瑟。我想要爱你。我努力地尝试过，竭尽所能。

亚瑟：亲爱的，爱就是爱，不爱就是不爱。恐怕尝试去爱也不会有好结果的。

维奥莉特：他要是留下来，我就会常常见到他。我就没机会克服这个难关了。哦，我做不到。我做不到。这让人受不了。求你可怜可怜我。

亚瑟：恐怕你会非常的难过。但你看，有些比你的开心更重要的事正岌岌可危。不久之前，你还说你想要为这个国家做更多的事。此刻的你有没有想到可以做点什么？

维奥莉特：我？

亚瑟：我们都想做些伟大的事，英雄主义的事，可我们通常只能做些微不足道的小事。你认为我们可以逃避吗？

维奥莉特：不明白。

亚瑟：罗尼能在这里发挥极大的作用。你对他情难自已。我不能责怪你。但你可以控制自己的言行。我们要做什么？你总不能指望我辞职卸任吧，我在这里的工作才开展了一半。我们必须尽忠职守。请记住我们在这里的所有人，尤其是你胜过大多数妇女，因为你是我的妻子，我们所有人奉献了人生，是在为共同的事业而工作，是在为我们树立的典范而工作。我们必须表现得诚实、正直、无可指摘，不惜一切代价。而根据经验不难发现，想要少些麻烦，那就应该说到做到，而不仅仅是表现成那样。想要避免指摘，那我们只有一条路可以走，就是做到无可指摘。

维奥莉特：你的意思是，国家需要你和罗尼留在这里？就算我心碎难过，也无关紧要。我以为我做了这么多努力，让你把他送走。难道你不知道我真心实意希望他留下来？你知道我的感受吗，亚瑟？我无法思考其他的事。对他的思念令我魂不守舍。我一直坚持到今天。但现在……我感到他的双臂每时每刻都环抱着我，他的吻仍留在我的唇间。你不知道，那种狂喜、那种折磨，还有那种激动都让我精疲力竭。

亚瑟：哦，亲爱的，你以为我不懂爱？

维奥莉特：我想做正确的事，亚瑟，但你不能对我要求过多。如果我只能把他当作萍水相逢的朋友来对待，我就没法继续和他见面。我做不到，亚瑟，做不到！要是他留下，那我就离开。

亚瑟：绝对不行！我认为，就算不是必须，我现在也应当把他留下来。我和你都不是临阵退缩的人。无论如何，我们不能任由情感来支配我们——我们能够驾驭它，如果我们想的话。为了你自己，你必须留下来，维奥莉特。

维奥莉特：如果我搞砸了呢，搞砸了。

亚瑟：不幸只会破坏毫无价值的东西。你有信念、勇气以及诚实，不幸只会让你更加坚强。

维奥莉特：你想过你自己吗，亚瑟？看见我和他在一起，你会作何感受？当你在办公室工作，却不知道我身处何地，你会不会起疑心？

亚瑟：我知道你是不幸的，我应该对你抱有最温柔的同情。

维奥莉特：你是把我置于我心甘情愿想要沦陷的诱惑面前。是什么原因令我踟蹰不前？就因为我念及我必须对你履行的义务。我在这里能得到什么奖赏？仅仅一个信念，或许我能为我的祖国做点事。

亚瑟：我把我交托在你手上，维奥莉特。我从未怀疑过你会做一些事，会让我责怪你——永远不会——但你可能会责怪自己。

　　[停顿。

维奥莉特：就在刚才，我们在讨论阿卜杜勒·萨伊德的案件，我问过你能否为我履行义务，如若这事关系到你，关系到你开心抑或难过，我是说。

亚瑟：亲爱的，义务这个词不要轻易出口。让我们这样说，我——
　　要做好我的本分。

维奥莉特：你一定觉得我很傻。我说过，我希望你永远不要经受考
　　验，可考验已经出现了，而你未曾有过半点犹豫。

亚瑟：这类事情，司空见惯，你知道的。

维奥莉特：你能做到的，我也能，亚瑟——假如你相信我。

亚瑟：我当然相信你。

维奥莉特：那么，让他留下来。我尽力而为。

　　　[罗尼走进花园。

罗尼：我打电话的时候，埃及总督在忙。但我留了消息，回复刚到。
　　他很高兴来见你，十一点。

亚瑟：一切顺利。罗尼明天和我们一起吃午饭，维奥莉特。我们要
　　开瓶酒庆祝他的升迁。

　　　　　　　　　　　　　　　　　第二幕终

第三幕

场景：领馆官邸花园一角和游廊。到处装点着彩色灯笼。时值晚上，远处能看见繁星点点的湛蓝天空。没有游廊的那边窗户灯火通明。传来乐队演奏的舞曲。维奥莉特在跳舞。每位宾客都盛装出席。维奥莉特珠光宝气。亚瑟的衬衫外面披了一根绶带。夜已深。各色人等聚集在游廊上乘凉。包括阿普尔比夫妇、克里斯蒂娜和亚瑟。

阿普尔比先生：好吧，亲爱的，我看时间差不多了，我要把你带回旅馆了。

亚瑟：哦，胡说八道！要等人都走光了，舞会才开始真正有趣。

克里斯蒂娜：你这话说得让宾客听得真舒服。

阿普尔比夫人：我真的不太好意思留到最后，但我真的喜欢看年轻人寻乐子。

亚瑟：啊！你终于学会享受老年生活啦。年老的慰藉就是能够从年轻的后来人那里找点乐子。

克里斯蒂娜：我觉得你不太礼貌，亚瑟。

阿普尔比夫人：哎呀，我知道我不再年轻了。

亚瑟：你介意吗？

阿普尔比夫人：我？为什么要介意？我有过自己的年代，我享受过了。现在要把机会让给别人，公平公道。

克里斯蒂娜：相信你这次尼罗河之旅很不错。

阿普尔比夫人：哦，我们度过了一段美妙时光。

亚瑟：你的结论如何，阿普尔比先生？我记得你希望从旅行中收获见闻和乐趣。

阿普尔比先生：我没忘记你对我说的话。我耳听八方，管住嘴巴。

亚瑟：金科玉律，不过民主团体不太崇尚。

阿普尔比先生：但我得出了一个明确结论。

亚瑟：是什么？

阿普尔比先生：事实上，是两个。

亚瑟：这不太令人满意——除非两者自相矛盾；这样的话，我就可以冒昧指出，你抓住了埃及问题的实质。

阿普尔比先生：第一个结论：你是这个正确位置上的正确人选。

亚瑟：克里斯蒂娜从不会认可这点。这么多年来她一直认为，让她治理埃及会比我强。

克里斯蒂娜：我一点也不否认。我认为总体上看，女性比男性更加冷静。她们不会被情绪左右。她们更加务实。她们知道原则常常受制于私利，而且她们能在保全原则的同时找到权宜之计。

亚瑟：你说得我头昏脑涨，克里斯蒂娜。

阿普尔比先生：我有幸见识了形形色色的人。我从未听到一句对你的指责是入情入理的。有些人从私情上来说不喜欢你，但他们敬重你，信赖你。我在想你是怎么做到的。

阿普尔比夫人：我告诉他，那是因为你有人情味。

亚瑟：克里斯蒂娜认为听那些夸奖我的话，对我很不好。

克里斯蒂娜：克里斯蒂娜不知道她的兄弟会做什么，如果他没有一个感情甚笃的姐姐让他嘲笑。

阿普尔比先生：看着这个国家一年一年越来越繁荣昌盛，安居乐业，想必你非常有成就感吧。

亚瑟：你的第二个结论是什么？

阿普尔比先生：我正要说呢。我们大多数人因为分身乏术而搞得焦头烂额。这个那个都急着等你去做，你修正了这件，势必要改动另一件。我们都希望做到最好，但我们不是很清楚最好是什么。现在，你已经清清楚楚地界定了你的义务，如果你明白我的意思；你年轻。

亚瑟：还年轻。

阿普尔比先生：你有成功的职业生涯，你有成功的人生。不是所有人都能这么说。我的第二个结论就是：你是活着的最幸福的人。

阿普尔比夫人：我很高兴他终于把话说出来了。过去的十天，他一直在我耳边唠唠叨叨。我还以为他爱上了利特尔夫人，就是六个星期之前我们一起进餐的那天。

亚瑟：我不会为此责怪他的。每个人都会……有位睿智的老者说过，直到一个人死的那刻你才知道他幸福与否。[克里斯蒂娜看了他一眼，动情地把手搭在他的胳膊上。他迅速抽走]维奥莉特来了。

　　[她搭着亨利·普里查德的胳膊走进来，摔进椅子里。

维奥莉特：我筋疲力尽。感觉我的两条腿就要断了。

亚瑟：小心哦，亲爱的，那会变成丑八怪的。

维奥莉特：哦，我还可以用残肢跳。

亚瑟：你什么时候把这个倒霉乐队送走？

维奥莉特：哦，我们必须再跳一支。毕竟，这是本季最后一场舞会了。现在人都走光了，我就没必要故作矜持了。只剩下亨利、安妮和罗尼。我们刚跳了一支很精彩的一步舞，是不是，亨利？

亨利：精彩纷呈。你是个出色的舞者。

维奥莉特：我唯一的本事。[乐队开始演奏华尔兹舞曲]老天，他们又开始了。是安妮，我敢肯定。她本来像个英国女舍监，现在她也放飞自我了。

亚瑟：你们这些女孩永远都长不大。

亨利：维奥莉特，准备好再来一轮吗？

亚瑟：别再跳了，亲爱的，你看上去虚脱了。

维奥莉特：亨利，和你母亲去跳上一支。我都能看见她的脚趾在黑
　　色缎鞋里面跃跃欲试了。

克里斯蒂娜：瞎说什么！我都十五年没跳过了。

亨利：来吧，母亲。给他们看看你的能耐。

　　　　[他抓住她的手，把她拉起来。

克里斯蒂娜：在我那个时代，我的跳舞水平也不赖。

亚瑟：克里斯蒂娜这么说，她意思其实是她要高出一截。

亨利：来吧，母亲，否则还没等我们开跳音乐就要结束了。

克里斯蒂娜：别跟我拉拉扯扯的，亨利。

　　　　[他俩走进屋里。

阿普尔比先生：我们也该找点乐子，法妮，仅此一次。怎么样，我
　　们也试试，亲爱的？

阿普尔比夫人：给我消停点，乔治。你的乐子就是看我跳起舞来浑
　　身上下的肉一起抖。

阿普尔比先生：我没否认你变胖了，但我从不喜欢瘦麻秆。这或许
　　是我们最后共舞一曲的机会了。

阿普尔比夫人：家里那些人会怎么说，如果他们知道我们还在跳
　　舞？乔治，你真的让我大吃一惊。

亚瑟：[乐呵呵] 我不会说出去的。

阿普尔比先生：你知道你想跳，法妮。你只是担心他们会嘲笑。来
　　吧，否则我就一个人去跳了。

阿普尔比夫人：[起身] 我看你是铁了心要当大傻瓜。

　　　　[他们走出去。亚瑟笑盈盈地看着他俩。

亚瑟：多好的人啊！看到他俩成双成对的真是乐事一桩。

维奥莉特：阿普尔比先生对你赞许有加。他刚才向我讲述了他的上埃及之旅。印象深刻。他说，我应该为你感到骄傲。

亚瑟：这样的评价更让你讨厌我吧。

   [她深深地看了他一眼，然后看向其他地方。她说话的语气不尴不尬的。

维奥莉特：你对我满意吗，亚瑟？

亚瑟：亲爱的，你这话是什么意思？

维奥莉特：自从那个午后，我告诉了你……

亚瑟：是的，我知道。

维奥莉特：我们就再没提过这事。[把手给他] 我想要感谢你对我这么好。

亚瑟：恐怕你不用对我如此感激。如果我能帮你一把，事情会简单一些，但我看不出我可以这么做的理由，所以只是袖手旁观。

维奥莉特：我感受到了你对我的信任，这就是帮助。你从来没有表现出一星半点的迹象，让人觉得事情都变了。你过去还时不时问我白天做了什么。最近，你都没这么问过。

亚瑟：我不希望你会有片刻的怀疑，怀疑自己不能够百分百地自由行动。

维奥莉特：我知道。没人可以比你更体贴周到了。哦，我是多么的不幸，亚瑟。过去的六周我浑浑噩噩。

亚瑟：看见你面色苍白、黯然失色，我心如刀绞。还有，看见你大吼大叫，我都要失去理智了。我不知道该怎么做。

维奥莉特：既然我爱着他，我就控制不住，亚瑟。这超出了我的能力。但我力所能及的事，我都做了。无论如何，我尽量避免和他单独相处。

亚瑟：你有没有向他解释过？

维奥莉特：似乎没什么好解释的。你认为我该对他说，我没爱过他？我做不到，亚瑟。做不到。

亚瑟：亲爱的！亲爱的！

维奥莉特：他给我写过一两次信。我知道他会这么做，我也决定不去读。但送到我眼前后，我就控制不住了。我只能读。我是个讨厌鬼，可是，他爱我这件事对我意义太大了。[亚瑟下意识地表现出痛苦] 我不想这么说的。请原谅我。

亚瑟：我认为我理解。

维奥莉特：我没有回信。

亚瑟：他只给你写过一两次？

维奥莉特：就这些。你瞧，他走不出来。他以为我是态度恶劣。哦，我认为这才是天底下最难的事。我看见了他眼中的悲伤。而我无能为力。我没有勇气告诉他。我是个懦夫。我太脆弱了。当我和他独处时，我……哦，他爱着我，我却要让他承受这些，多么残忍。

亚瑟：我不知道要对你说什么。你必须寄希望于时间所能发挥的仁慈效果，这样的话似乎也没什么作用。时间会抹去你的痛苦和他的。或许最坏的阶段已经过去了。

维奥莉特：我全心全意地希望如此。我再也承受不了更多的，亚瑟。我精疲力竭了。

亚瑟：亲爱的甜心，你现在已经耗尽了体力。我们要把众人送走，你必须上床睡觉去了。

维奥莉特：是的。累垮了。但我想告诉你，亚瑟，我认为你是对的。最坏的阶段过去了。我不像之前那么痛苦了。我发现不去想他，事情就会变得容易一点点。当我遇见他时，我努力表现得开心、俏皮、毫不在意。我太高兴了，亚瑟。

亚瑟：你非常勇敢。我告诉过你，我们足够强大，可以扛起我们肩负的责任。

维奥莉特：你不能对我期望太高。我本来做不到的，要不是我明白他对我的深情。我算不算背信弃义，亚瑟？

亚瑟：[严肃地] 不算，亲爱的。

维奥莉特：你能理解，是吗？他的爱，对我意义重大。是这个想法在支撑我渡过难关。这么想着，过去六周才没有那么无法忍受。知道他爱我，我就心满意足。再无他求。

　　　　[阿普尔比夫妇进来。亚瑟立马摆出嘲弄的架势。

亚瑟：哎呀？怎么回事？你们这就打退堂鼓了？

阿普尔比先生：兴致高昂，身板虚弱。

阿普尔比夫人：我不喜欢在家里谈论这事，但我们确实上气不接下气了。

维奥莉特：好吧，坐会儿，休息休息。

阿普尔比夫人：就一会儿，你不介意的话，然后我们就回家。

　　　　[克里斯蒂娜和亨利现身。

亚瑟：可怜的克里斯蒂娜来了，她的精神和肉体都崩溃了。

克里斯蒂娜：别犯傻，亚瑟。

亚瑟：你怎么样？

亨利：一级棒。只是母亲不够放松。我一直在和她说，现代舞中你只要做一件事——让你全身的骨头松弛下来，剩下的交给男士去做。

克里斯蒂娜：[咯咯笑] 我认为现代舞这种消遣方式应该遭到抛弃。任何情况下，我都不会让我的骨头松弛下来。

亨利：母亲的观点，跳舞就该自持。

克里斯蒂娜：[舐犊情深地看着他] 你这个粗鲁的孩子。

阿普尔比夫人：[对着维奥莉特] 我多么希望看你和帕里先生跳一曲。他是出色的舞者。

维奥莉特：他跳得真的很好，对吧？

亨利：你今晚没和他跳过，维奥莉特？

维奥莉特：没有。他来得太晚了，我都被约满了。我允诺和他跳一
　　支，但某个古板的外交官老头来邀我跳舞，所以我抛弃了罗尼。

阿普尔比夫人：太糟了。看你和帕里先生一同跳华尔兹，想必是难
　　得一见的景象。

维奥莉特：你怎么知道他跳得很好？

阿普尔比夫人：上周，我在我们旅馆的舞会上见到过他两三次。

维奥莉特：哦，我明白了。

阿普尔比先生：[咯咯笑] 我喜欢这个年轻人。当他抓住某个美好的
　　事物，他绝不松手。

维奥莉特：哦？

阿普尔比先生：旅馆里面住了一个美国姑娘，彭德小姐。我在想你
　　认识她吗？

维奥莉特：不，我不认识。冬天的游客，我们所知甚少。

阿普尔比夫人：她美得像幅画。而且是一位美丽的舞者。

阿普尔比先生：昨晚所有人都在看他们。两人站一起，金童玉女。

维奥莉特：你认识这位小姐吗，亨利？

亨利：是的，见过两三次。她美得不可方物。

阿普尔比先生：我认为没人配得上她。

亨利：好吧，你没必要为此难过。

阿普尔比先生：只要能一直看着她和帕里先生跳舞就行。

阿普尔比夫人：看他俩在一起，赏心悦目。

维奥莉特：[语气有点不确定] 如果找到了心仪的伴侣，最好还是不
　　要放手，我一直这么认为。

阿普尔比夫人：哦，我认为不仅仅是这样。她真的很爱他，不由自
　　主地会表露出来。

亨利：我从没见过罗尼这样的人。但凡有机遇，他总能抓住。

维奥莉特：他也爱上了她？

阿普尔比先生：哦，说不准。

阿普尔比夫人：就算现在没爱上，也快了。她太漂亮了，任何男人都扛不了很长时间。

亚瑟：[轻巧地] 这些禽兽，你懂他们，是吗？

阿普尔比夫人：哎哟，我可不是责备他们。漂亮姑娘有什么用？除了让那些英俊小伙快快乐乐的。我也曾是漂亮姑娘。

亚瑟：那阿普尔比先生是英俊小伙喽？

阿普尔比先生：我认为那是一定的，因为你让我快乐，亲爱的。

阿普尔比夫人：我希望你把这话写下来，乔治。当你表现得冷若冰霜时，我需要一点这样的慰藉。

阿普尔比先生：唔，我看你需要的是床，法妮。向夫人告别吧，我们要走了。

阿普尔比夫人：晚安，利特尔夫人，非常感谢你邀请我们。我们度过了美好的一晚。

维奥莉特：晚安。

阿普尔比先生：晚安。

亚瑟：我希望你的回程旅途也能愉快舒心。幸运的人啊，你们能见到英格兰的春天了。你们回去的时候，树篱都会爆出绿叶了。

　　　　[阿普尔比夫妇走出去。

维奥莉特：亨利，美国女孩多大？

亨利：哦，我不知道，大概十九或二十吧。

维奥莉特：她真的像大家说的那样漂亮？

亨利：相当漂亮。

维奥莉特：她白吗？

亨利：很白。还有一头漂亮的头发。

维奥莉特：你从没提过她。你觉得罗尼是否爱上了她?

亨利：哦，我不知道。她是个有趣的人儿。还有你知道的，有个漂亮姑娘对你紧追不舍，你总会沾沾自喜的。

[片刻的沉默。刚刚得知的消息乱了维奥莉特的方寸。亚瑟意识到危机已到。]

克里斯蒂娜：[不露声色] 让我们静候佳音吧。罗尼不结婚，这事没道理啊。我认为，今时今日大家结婚太晚了。

[罗尼和安妮出现。]

安妮：我太羞耻了。我还心存半分期待，你们已经上床睡觉去了。

维奥莉特：[微笑] 跳得开心吗?

安妮：鉴于有个好乐队，整个舞池只属于一个人。顺便说一句，维奥莉特，乐队想要知道他们是否可以离开了。

维奥莉特：抱歉罗尼，要扫了你跳舞的兴致了。

罗尼：倒霉。但我猜测，在这样的场合，渺小如我只能将就了。

维奥莉特：如果你愿意，我们可以在把乐队送走之前跳一支。

罗尼：我愿意。

[亚瑟动了一下，好奇地看向维奥莉特。安妮也吃了一惊。]

克里斯蒂娜：如果你还要再跳一支，那我们走了。亨利明天一大早要出现在办公室呢。

维奥莉特：那么，晚安。

克里斯蒂娜：[吻她] 你的舞会很成功。

维奥莉特：你能这么说太好了。

克里斯蒂娜：[对着亚瑟] 晚安，亲爱的老朋友。上帝会一直保佑你，指引你。

亚瑟：亲爱的克里斯蒂娜，为什么你的表现尴尴尬尬的?

克里斯蒂娜：我不知道我们该怎么做，如果某些事情发生在你身上。

亚瑟：别说傻话，亲爱的；任何事都不会发生在我身上的。

克里斯蒂娜：[微微一笑] 我不能阻止你把我看作不折不扣的傻瓜。

亚瑟：走吧，克里斯蒂娜。你继续发现点不用你管的事，我就要把你驱逐出境。

维奥莉特：她发现了什么？

亚瑟：鸡毛蒜皮的小事，即便公众不知情也无伤大雅。

克里斯蒂娜：[和罗尼握手] 我不会再因为你得到那份工作责怪你了。我们都欠你一句谢谢。

罗尼：运气好点而已。没什么好小题大做的。

亚瑟：去跳你的舞吧，亲爱的。真的很晚了。

维奥莉特：[对着罗尼] 可以了吗？

罗尼：我们要让乐队演奏什么曲子呢？

　　　　　[他们走出去。

克里斯蒂娜：晚安，安妮。

安妮：[吻她] 晚安，亲爱的。[亨利和安妮以及亚瑟握手。他和他母亲走掉了] 我看，我不该问你克里斯蒂娜的话是什么意思？

亚瑟：我阻止不了你提问。

安妮：但你无意回答。怎么回事，亚瑟？你的脸白得吓人。

亚瑟：没事。我累了。我忙了一天，现在还有舞会。[传来华尔兹舞曲的乐声] 哦，这该死的音乐！

安妮：坐下，放松。为什么不来支烟！[把手搭在他的胳膊上] 我亲爱的朋友。

亚瑟：求你别可怜我。

安妮：你就不能坦坦白白说出来？我或许能帮到你。过去那些年岁中，你会把你的烦恼带来告诉我，亚瑟。

亚瑟：我告诉你，我只是累了。无能为力的事，说出来有什么用呢？

安妮：你必须知道，关乎你幸福的事，我几乎都看在眼里。[看向别处]你为什么不想一想我干吗费了九牛二虎之力把罗尼调去巴黎?

亚瑟:我怀疑过。我该谢谢你?我太不幸了,颜面扫地。

安妮:你听说过彭德小姐吗?那个美国姑娘。

亚瑟:当然。掌握开罗发生的每件事是我职责所在。

安妮:你不认为那会是解药?

    [亨利进来。

亚瑟:[严厉地]来找什么?

亨利:请你原谅。母亲把她的扇子落在这儿了。

    [他从一把椅子上拿起扇子。

亚瑟:我以为你们五分钟之前就离开了。

亨利:哦,我们看了会儿罗尼和维奥莉特跳舞。我敢对天发誓,赏心悦目。

亚瑟:他们这对舞搭子精彩绝伦,不是吗?

亨利:恐怕维奥莉特累坏了。她一言不发,脸色煞白。

亚瑟:等他们跳完,我就把她送上床。

亨利:晚安。

亚瑟:[微笑]晚安,我的男孩。

    [亨利退场。

安妮:有什么问题?

亚瑟:和我说说那个美国姑娘。她爱上了罗尼,是吗?

安妮:显而易见。

亚瑟:他呢?

安妮:他一度郁郁寡欢,你知道的。

亚瑟:[几乎粗鲁地]这个不幸我认为我可以承受,可以慢慢来。

安妮:他现在受宠若惊。我见过女孩。可怜的好姑娘,她做了各种各样的事来讨我欢心,因为罗尼是我的兄弟。她漂亮极了。但罗尼还没爱上她。我认为他会的。他正在岸边溜达，如果没有其他因素，他会跌入爱河的。

亚瑟：这正是我的疑虑。你知道的，安妮，年岁渐长，我越来越觉得人类不可理喻。我一度以为我是那种十分正派的人。我从不知道我体内的兽性意味着什么。我都无法向你袒露，我是多么讨厌你的兄弟。我本该和和气气地善待他，老天啊，但我想杀了他。

安妮：你为什么不让他走？你真的确定必须要给他这份工作吗？

亚瑟：现在的他已经是无价之宝。

安妮：那么，就让我们寄希望于最好的结果吧。

　　　　[片刻的停顿。亚瑟接着说的那番话更像是说给他自己听的，而不是安妮。]

亚瑟：没人知道过去几个月我经历了什么。妒忌将我吞噬，假如我在维奥莉特面前表露出一点点的坏脾气，我知道将会万劫不复。我不断对自己说，那不是她的错，她爱上了罗尼。[风趣地] 你不能想象这有多难，不能因为没人喜欢我这个事实而心生怨恨。

安妮：[冷笑] 哦，我能。

亚瑟：我知道事情的发展很大程度上取决于我过去几周如何行事，而令我抓狂的是，我无能为力，除了干坐着，除了控制好自己。我看见她愁云惨淡，我知道她不需要我的安慰。我是多么想把她拥入怀中，我知道她允许我这么做，那是因为她要履行义务。阿普尔比夫妇，这对心善人蠢的老家伙刚才还在对我说，他们认为我是活着的最幸福的人！一个星期又一个星期，心如刀绞的我还要强颜欢笑。你觉得我好笑吗，安妮？

安妮：有时。

亚瑟：这是一场不公平的战斗。从一开始就注定了我的败局。他在每个方面都胜我一筹。但我认为我最终会赢的。我认为维奥莉特会慢慢屈从的。她刚才告诉我最坏的阶段已经过去。而那些不识相的人还来搅局。没眼力见的!

安妮：怎么回事?

亚瑟：阿普尔比夫妇和她说了彭德小姐的事。再自然不过了。没理由不念叨一下旅馆中的八卦。

安妮：所以，她让罗尼和她跳舞?

亚瑟：是的。这就是危机。当她知道他爱她时，她就有力量对他敬而远之。她现在会怎么做?

安妮：你听到亨利说的。他俩似乎没有交谈。

亚瑟：没听见。

安妮：你为什么让他们一起跳舞?你大可以这样说，太晚了，乐队必须回去了。

亚瑟：这么做有什么好处?没有。我没有做过任何事阻止他俩见面。我给了他们完全的自由。

安妮：你认为这对维奥莉特公平吗?你知道的，女人凭冲动行事。环境条件会对她们产生巨大影响。想想两人共舞时的激情四射，想想这个迷人夜晚的神奇魔力，想想繁星之下的凄清孤独。你抱怨从一开始就注定了你的败局，但你现在是作茧自缚。

亚瑟：我备受折磨，但我必须给他们一个机会让他们自己打开心结。

安妮：可怜的孩子，她太年轻了。

亚瑟：太年轻了。

安妮：别这么说，听上去你似乎后悔娶了她。

亚瑟：难道你不认为后悔也在折磨着她，自从她发现了何为真爱?尽管我如痴如醉地爱着她，我知道我犯了个错。你不断地给予某人柔情、忠贞以及友善，你以为就能让对方爱上你了?

安妮：男人或许不行。但女人可以，真的，真的!

亚瑟：谁会爱上第一眼没有爱上的人呢?我非常非常想让她幸福，

但我只是将她推入悲惨的境地。没有出路。真可惜，怎么不来一场适时的脑膜炎让我一命呜呼呢，我身强体健。

安妮：你知道的，亚瑟，爱情的痛楚无法弥补。当某人在为爱情而痛苦时，他以为永远克服不了，但他可以的，在痛苦烟消云散之后，它甚至不会留下一道疤痕。当他蓦然回首，他会记起折磨以及奇迹，原来这一切是能够忍受的。

亚瑟：说得就像你经历过似的。

安妮：我经历过。

亚瑟：我一直以为你非常冷静，还有自持。

安妮：我曾经不可救药地爱上了一个男人，爱了好多年。我本该成为他的贤妻，虽然这话出自我本人之口。但他就连一刹那都没想过我对他的感情胜过友谊。最终，他娶了别人。

亚瑟：我亲爱的朋友，想到你不开心，我就恨。

安妮：我没有不开心。所以我把这个悲惨的故事告诉了你。我已经完完全全走出来了，现在可以平心静气地爱着他以及他的妻子。

亚瑟：你知道吗，安妮，我一度差点脱口而出，想问你愿不愿意嫁给我?

安妮：[愉快地] 哦，胡言乱语!

亚瑟：我敢说，我没付诸行动倒是好事。否则，我就会失去最好的朋友。

安妮：另一方面，我失去了拒绝我们这个时代最杰出男人的满足感。你为什么不问我?

亚瑟：你是个好得出奇的朋友。我以为我们维持这种关系是最好的。

安妮：这不是理由，亚瑟。你没问我，因为你不爱我。如果你问了，这段友谊就告吹了。[看见他没把心思放在她身上] 怎么回事?

亚瑟：音乐停了。

安妮：[嘴唇微微抿紧] 恐怕我的担心让你兴致缺缺。我谈论这些只是为了让你散散心。

亚瑟：请原谅我，我的心痛苦万分。安妮，等他们回来后，我希望
　　你能陪我去花园里面散会儿步。

安妮：为什么？我累坏了。我想要去睡觉。

亚瑟：不行，为了我，安妮。我想要给他们创造一个机会。对于我
　　们所有人来说，这或许是最后一个机会。

安妮：[*微微叹了口气*] 很好，我还是会照办的，为了你。

亚瑟：你是个好朋友，我是个自私的禽兽。

安妮：我希望你能有个孩子，亚瑟。一切就会迎刃而解了。

亚瑟：我也是满心盼望着。我想，她会爱上孩子的父亲。

安妮：那时她会意识到只有你可以这么包容，这么耐心。然后当她
　　回首往事，她会心存感激。

　　　　[*罗尼和维奥莉特进来了。*]

维奥莉特：我让乐队走了。

亚瑟：我猜这话他们不想听两遍。跳得尽兴吗？

维奥莉特：很累。

罗尼：是我冒昧了，让你跳了这么久。我要告辞了，在我精疲力竭
　　之前。

亚瑟：哦，走之前，你不想坐下来抽根烟？我和安妮要去花园尽头
　　散散步，欣赏一下尼罗河。

维奥莉特：哦。

安妮：我太激动了，还睡不着。

　　　　[*亚瑟和安妮走出去。维奥莉特和罗尼一时无言。最初的交
　　谈是轻松的。*]

维奥莉特：克里斯蒂娜刚才提到的事怎么回事？和你有关的？

罗尼：我认为我没有正当理由告诉你。如果亚瑟爵士认为你需要知
　　道，我敢说他会亲自告诉你的。

维奥莉特：你当然不会告诉我，假如这是个秘密。

罗尼：我差点忘了你也曾是美丽的舞者。

维奥莉特：[微微一笑]这么快？

罗尼：过去几周，你没给过我机会和你共舞。

维奥莉特：我听说格齐拉宫旅馆来了一个姑娘，舞跳得很棒。彭德小姐，是她的姓？

罗尼：是的，她很棒。

维奥莉特：听说她迷人又可爱。

罗尼：非常。

维奥莉特：我应该会会她。我在想有谁可以把我们俩撮合到一起。

罗尼：[变了声调]你为什么说起她？

维奥莉特：为什么不能？

罗尼：你是否意识到，这是过去六周中我第一次和你独处？

维奥莉特：[仍旧保持轻松的语气]既然你不再是亚瑟的私人秘书，我们连见面时间也变少了，这在所难免。

罗尼：我欣然接受这份新工作，只是因为我以为可以不用和你分隔两地。

维奥莉特：你不觉得我俩少见面为好？

罗尼：我怎么了，维奥莉特？你为什么要这样对待我？

维奥莉特：我没发现我对你的态度变了。

罗尼：你为什么不回我的信？

维奥莉特：[低声]我无话可说。

罗尼：我在想，你是否想过我经历了些什么，焦急地盼望着你的回信，只言片语也会让我心满意足，每次邮差过来，我是多么地热切期待，一天又一天，我越来越绝望。

维奥莉特：你不该给我写信。

罗尼：你以为我能控制住自己？你忘了我俩以为再也无法相见的那

天？如果你只是把我当作朋友，那你为什么要告诉我你爱我？你为什么让我吻你，让我把你拥入怀中？

维奥莉特：你知道得很清楚。我昏头了。我傻了。你——你把一时的激情看得太重了。

罗尼：哦，维奥莉特，你怎么可以这么说？我知道你爱我。毕竟，过去已是既定事实。我爱过你。我知道你爱过我。我们无法让时光倒流，回到我们只是朋友的那刻。

维奥莉特：你忘了亚瑟是我的丈夫，你在这世上的一切都是他给的。我们俩都是。

罗尼：不，我一刻都不会忘记。毕竟，我俩光明磊落，我和你都是，我们可以相信彼此。我别无他求，除了允许我爱你，允许我知道你爱我。

维奥莉特：你还记得你第一封信上写的内容吗？

罗尼：哦，你不能为此责怪我。我爱了你很久，爱得热烈。我从不敢希求你会眷顾我。后来我知道了！我提的要求不过十分之一。我回到家中，写下心中充溢得快要满出来的感情。我想让你知道，你给予我的那份奇妙的欢乐，我对此感激涕零。我想让你知道，我灵魂中最隐秘的角落都有你的存在。

维奥莉特：我要怎么回？

罗尼：你不必害怕我，维奥莉特。如果会冒犯到你，我就永远都不会说出我对你的爱。我会把你放在心里，就像那是一张圣母像。当我俩在某处相遇，尽管有上千人将我俩隔开，尽管我们没交流过一句话，我还是会认为我们是这世界上仅存的两个人，而且我俩以某种奇特神秘的方式互相属于彼此。哦，维奥莉特，我只是想要一点点的善意。这个要求过分吗？

　　[维奥莉特深受触动。她几乎控制不住自己了，她所承受的痛苦似乎不堪忍受了；她喉咙发紧，说不出话来。

533

维奥莉特：大家都说，彭德小姐爱上了你。真的吗？

罗尼：男人以为姑娘爱上他时，通常就变身为骄傲自负的大混蛋。

维奥莉特：别管这些。真的吗？请坦白告诉我。

罗尼：或许吧。

维奥莉特：如果你求婚，她会嫁给你吗？

罗尼：我认为会的。

维奥莉特：没有旁人的撺掇鼓励，她不可能爱上你。

罗尼：她经常打网球，还热衷跳舞。你知道的，那时的我挺不幸的。你有时看我的眼神似乎充满了恨意。你似乎在试图避开我。我想要忘记。我不明白我到底做了什么，让你待我如此冷酷。这时候身边有个对你情有所钟的人，还是非常令人欢欣鼓舞的。和她相处，我可以少一点悲伤。当我发现她爱上了我，我备受感动，我真的很感激。

维奥莉特：你确定没有爱上她？

罗尼：是的，我非常确定。

维奥莉特：但你很喜欢她，不是吗？

罗尼：是的，非常。

维奥莉特：你难道不认为你会爱上她，没有我的话？

罗尼：不知道。

维奥莉特：我希望你对我坦白。

罗尼：[不情不愿] 你不要我的爱。她呢，她甜美可人，温柔娇嫩。

维奥莉特：我想，她让你很开心。

罗尼：谁知道呢？

　　　　[停顿。维奥莉特迫使自己作出最后的分手宣言。她的手指神经质地动来动去，尽量让自己能够镇定自若地说话。

维奥莉特：可惜你或许白白浪费了生命。恐怕你要把我当成铁石心肠的情场老手了。我不是的。此时此刻，我觉得我把该说的都说了。但是……我并不十分理解自己。我会心血来潮爱上某人，连理智都没了，但不能持久。我……我猜我无法维持长久的激情。有这样的人，不是吗？它突如其来地来，又一阵风似的离开。当它走了——好吧，那就是一去不复返了。我看不懂这个曾让我怦然心动的男人。我非常抱歉，我让你这么痛苦。你把这事看得太重，超出了我的想象。之后，我不知道该怎么做了。你必须——必须尝试着原谅我。

　　　　[长久的停顿。

罗尼：你现在一点都不爱我了？

维奥莉特：还是如实相告比较好，不是吗？尽管要伤了你的感情。我为自己感到万分羞愧。恐怕在你眼里我孩子气十足。

罗尼：你为什么不能明明白白地说出来？

维奥莉特：你需要吗？[她犹豫了，然后鼓起勇气] 我非常抱歉，亲爱的罗尼。恐怕我不能那样爱你了。

罗尼：很高兴知道这事。

维奥莉特：你不会生我气吧？

罗尼：哦，不，亲爱的，你怎么会这么想？我们就是我们本来的样子……你介意我现在离开吗？

维奥莉特：难道不能等一等，和安妮告个别？

罗尼：不了，如果你不介意的话，我想要立刻就走。

维奥莉特：很好。试着原谅我，罗尼。

罗尼：晚安。

　　　　[他握住她的手，两人对视。

维奥莉特：晚安。

　　　　[他走出去。维奥莉特抚住胸口，似是为了缓解心痛。安妮和亚瑟回来了。

安妮：罗尼哪去了？

535

维奥莉特：他走了。太晚了。他让我替他说声晚安。

安妮：谢谢。想必很晚了。我也要告辞了。[她俯身亲吻了维奥莉特]晚安，亚瑟。

亚瑟：晚安。[安妮走出去。亚瑟坐下。一个塞舌尔人进来熄灭几盏灯。远处传来阿拉伯人哀婉的歌声。亚瑟向塞舌尔人打了个手势]放着吧。我自己来弄。[塞舌尔人进屋，关掉了底楼所有的灯，只留了一盏。现在，仅剩的灯光围绕着亚瑟和维奥莉特。阿拉伯歌曲如泣如诉]听了一晚上的华尔兹舞曲和一步舞曲，现在听到这歌声怪怪的。

维奥莉特：似乎来自很远的地方。

亚瑟：这悲伤仿佛穿越了数个世纪，来自不可考的过去。

维奥莉特：歌里唱的是什么？

亚瑟：不知道。应该是古老的哀歌。

维奥莉特：肝肠寸断。

亚瑟：停了。

维奥莉特：花园好安静。它似乎也在聆听。

亚瑟：你是不是非常不开心，维奥莉特？

维奥莉特：非常。

亚瑟：我听了心痛，我，愿意为你在这世上做任何事，只要能安慰到你，哪怕宽慰的效果微乎其微。

维奥莉特：你知道吗，罗尼不再爱我了？

亚瑟：我怎么会知道他的喜怒哀乐？

维奥莉特：我从没想过，他会变心。他的爱让我觉得安稳。我从没想过竟然有人会把他从我身边夺走。

亚瑟：他对你说，他一点也不爱你了？

维奥莉特：没有。

亚瑟：我认为他没有爱上彭德小姐。

维奥莉特：我告诉他，他对我而言没有任何意义了。我告诉他，我动过情，但都过去了。我让他误以为我是愚蠢的情场高手。他信了。如果他真的、真的爱我，就像他之前那样，那无论我说什么，他都会明白那是假话。哦，如果他这人在我眼中变得一文不值了，那我就不会再信他了。

亚瑟：可怜的孩子。

维奥莉特：他还没有爱上她。我知道。他只是受宠若惊，还在生我的气。既然他在气，那就说明他仍然爱着我。他所求甚少。只需一句话，他就会继续爱我，一如往常地爱下去。我该怎么做？会对你造成怎样的伤害？我把他打发走了，永永远远。全都结束了。而我的心在疼。我该怎么做，亚瑟？

亚瑟：亲爱的，鼓起勇气。我恳求你鼓起勇气。

维奥莉特：我们俩曾彼此相爱，想来也够羞耻的。但我们情难自已，如何是好？我们可以控制自己的行为，却无法指挥我们的感情？毕竟，感情是个人的。我不知道该怎么做了，亚瑟。今晚之前，一切还没那么糟糕；我可以控制自己，我以为痛苦渐渐消散了……我的灵魂在思念他，而我必须让他走。哦，我恨，我恨。如果他爱我，他对我的忠贞应该能持续短短几周。他不该让我痛彻心扉的。

亚瑟：你不能对他不公，维奥莉特。我想，在他爱上你时他也不知道会有怎样的命运。而当他明白了，我相信他抗争过，英勇地、体面地，就像你一样。你知道，几乎一切都逃不过我的眼睛。我在他身上看到了某种羞涩，当他和我相处时，就好像我的存在让他感到一点点的羞愧。我甚至对他产生了愧疚之情，因为他认为他的所作所为对我造成了伤害，而他又控制不住自己。他遭受的痛苦和你一样多。这没有什么奇怪的，另一个女孩爱上了他，似乎又有了新的希望。他闷闷不乐，她送来安慰。安妮说她很像你。假如他爱她，那或许是因为他爱着她身上的你。

维奥莉特：你为什么要对我说这些话？

亚瑟：你经历了种种苦难。此刻，我不再希望有新的不幸降临在你身上。这是你第一次爱上一个人，我不能忍受你把这份爱看得一钱不值。我认为，时间会治愈你的创伤，尽管现在的你认为那是无法愈合的，然而当伤口弥合之后，我希望你回头再来看看这份爱，会把它当作一份独一无二的美好事物。

维奥莉特：我是禽兽，亚瑟。我不值得别人对我这么好，就像你这样对我。

亚瑟：还有些事我必须告诉你……似乎有些胆大包天的家伙制订了计划，想要把我干掉。

维奥莉特：［吓了一跳］亚瑟！

亚瑟：今早我识破了一桩针对我的阴谋，有人在我去复审的路上要杀了我。

维奥莉特：多么可怕！

亚瑟：哦，没什么好大惊小怪的。我们有条不紊地搞定了所有事。我们的老朋友奥斯曼帕夏出于健康原因，会花些时间待在私人领地上，有六个愚蠢的年轻人将遭受牢狱之灾。他们差点就得逞了，如果不是罗尼。罗尼救了我。

维奥莉特：罗尼？哦，我太高兴了。这算个小小的弥补。

亚瑟：他干得漂亮。他展现了坚定的意志和沉着冷静。

维奥莉特：哦，我的丈夫！我亲爱的，亲爱的亚瑟！

亚瑟：你不难过了？

维奥莉特：我为自己所做的感到高兴，亚瑟。有时我会觉得，相较于你给我的一切，我的回报寥寥无几。但现在，我至少把我的一切给了你。

亚瑟：不要以为那是无利可图的。履行义务听来像是冷酷又无聊的事，但最终它会给人带来某种奇特的满足感。

维奥莉特：要是失去了你，我该如何是好？我好害怕。

亚瑟：［温柔地微笑］我曾想过，你会因为我幸免于难而高兴。

维奥莉特：我所经受的一切是值得的。我为你做了些事，是吗？甚至还为英国做了一些……我好累。

亚瑟：为什么还不去睡觉，亲爱的？

维奥莉特：不，还不想去。好累。让我再坐上一会儿。

亚瑟：把你的腿抬起来。

维奥莉特：坐到我边上来，亚瑟。我需要你的安慰。你对我太好了，亚瑟。我好高兴我拥有了你。你永远不会辜负我。

亚瑟：永远不会。［她打了个冷颤］怎么回事？

维奥莉特：我希望他很快会结婚。我想做你的好妻子。我想要你的爱。我非常非常想要你的爱。

亚瑟：我的爱。

维奥莉特：抱住我。我好累。

亚瑟：你快睡着了……睡着了？

　　　　［她闭上眼睛。他温柔地吻她。远处再次传来哀婉动人的贝督因情歌。

第三幕终

全剧终

539